CÉLÉBRITÉ

THOMAS THOMPSON

CÉLÉBRITÉ

traduit de l'américain par
SIMONE MANCEAU

Domino

LES ÉDITIONS DOMINO LTÉE
(Division de Sogides Ltée)
955, rue Amherst, Montréal
H2L 3K4
tél. : (514) 523-1182

Distributeur exclusif pour le Canada :
AGENCE DE DISTRIBUTION POPULAIRE INC.
(Filiale de Sogides Ltée)
955, rue Amherst, Montréal
H2L 3K4
tél. : (514) 523-1182

Ce livre a été publié en anglais sous le titre :
Celebrity
Copyright 1982, Thomas Thompson
Copyright 1983, Éditions Mazarine — 8, rue de Nesle, Paris VIe
pour la traduction française
Copyright 1984, les Éditions Domino Ltée
Dépôt légal, 2e trimestre 1984
Bibliothèque nationale du Québec

ISBN 2-89029-051-4

PROLOGUE

Un Prince silencieux

Les deux hommes, minces et secs, l'air aussi aimable que des piquets de clôture, faisaient semblant d'être adossés nonchalamment contre le mur du couloir de l'hôpital. On aurait pu les prendre pour des fils dévoués, se reposant peut-être du spectacle d'un père qui s'entête à ne pas lâcher la rampe. En dix jours, ils avaient eu le temps de s'intégrer au paysage. Fumant, parlant peu, ils passaient le plus clair de leur temps à regarder leurs bottes, fierté des Texans, qui brillaient tels des serpents se prélassant au soleil.

Quand quelqu'un passait, infirmière ou femme de la campagne accrochée au bras d'un fermier trottant comme un dindon, les deux hommes hochaient poliment la tête et portaient la main à leur chapeau. Seule l'arrivée d'un ennemi, aussi bien déguisé fût-il, les faisait se redresser et trahir la raison de leur présence. Jusque-là, leurs plus belles prises avaient été un faux concierge dont le seau contenait un appareil photo et une infirmière stagiaire dissimulant un magnétophone sous les boucles de son énorme perruque.

Quand ils sentaient l'odeur du journaliste, les deux hommes, qui étaient deux détectives en civil de la police de Fort Worth, se plantaient devant la chambre 610 et se figeaient en lions de pierre. Comme l'on dit au Texas, même le petit jour n'aurait pas pu passer. Aucun échotier n'avait le droit de pénétrer dans cette chambre, et aucun n'y était parvenu. Pas de chèque en blanc ou de droit du public à être informé qui tiennent. Le deuxième jour, un photographe de *Paris-Match* leur avait offert 10 000 dollars pour une visite de deux minutes. Tentant.

Leur attitude ne s'assouplissait qu'à la fin du jour, quand le procureur du comté de Tarrant, accompagné du docteur responsable du patient le plus célèbre de l'hôpital, faisait sa visite quotidienne. Calvin Sledge, qui entendait bien devenir gouverneur du Texas avant ses quarante-cinq ans, soit dans quatre ans, était époustouflé, comme chaque jour depuis deux semaines, par la largesse des témoignages de sympathie. Le lit du malade était devenu une chaloupe flottant sur une mer de roses. Glaïeuls jaunes, bouquets d'asters et de marguerites, chrysanthèmes regorgeant de soleil, phlox multicolores, orchidées dans des vases de porcelaine peints à la main, et même un bananier nain dont les branches portaient des fruits mûrissants : il y en avait partout. Les piles de télégrammes et de cartes de vœux tombaient par terre chaque fois qu'on ouvrait la porte. Ni la mort d'un roi ni les fiançailles d'une princesse n'auraient pu susciter pareil déluge floral. Mais si l'homme à qui tout cela était destiné voyait, sentait ou percevait quelque chose, il n'en donnait aucun signe.

Oh! il était vivant; les appareils auxquels il était relié en témoignaient. Mais pour le reste...

— Regardez-moi ça, murmura Calvin Sledge en lisant, avec un rien d'émotion dans la voix, un télégramme de la Maison-Blanche : « Ma femme se joint à moi et au pays tout entier pour prier pour votre rapide guérison. »

Witt, le médecin de service, haussa les épaules. Il en avait soupé depuis longtemps de ce remue-ménage.

— Les Ford eux aussi ont envoyé des fleurs. Sinatra a envoyé une caisse de vin français. Il y a des télégrammes de Gary Grant, d'Elizabeth Taylor, de John Connally. Rien du Vatican, mais le secrétaire de la princesse Grace a appelé. Toutes les chambres de l'étage sont bourrées de fleurs. Il y a un pauvre type, à trois chambres d'ici, qui a attrapé un tel rhume des foins à cause du pollen que, la nuit dernière, il a eu une arythmie.

Le Dr Witt, un grand échalas aux oreilles décollées et aux rides aussi profondes que des rangées de blé dans un champ, était extrêmement fatigué. Il n'avait pas quitté l'hôpital depuis l'arrivée du patient. D'un geste délicat, il saisit le poignet desséché, couleur d'ivoire, pour prendre son pouls. Il inscrivit quelques chiffres sur le tableau attaché au pied du lit, puis souleva le coin de l'épais bandage enroulé autour de la gorge du patient. Il était ensanglanté, mais le médecin hocha la tête, apparemment satisfait.

— A-t-il déjà repris conscience? demanda Sledge.

— Au sens strict, non, répondit le Dr Witt, qui inscrivit quelque chose d'autre sur le tableau.

Sledge se dit : « Il faudra que je fasse réquisionner le dossier médical. Le plus tôt sera le mieux, sachant quel cirque c'est pour obtenir des documents hospitaliers... »

— A-t-il *dit* quelque chose?

— Non.

— *Rien du tout?*

Le docteur hocha la tête mécaniquement. Puis il ajouta un nouveau couplet au chant funèbre qu'il entonnait tous les après-midi.

– En fait, je ne crois pas qu'il reparlera.

– *Jamais?*

– C'est mon opinion.

– Mais des fois, il vous arrive de vous tromper, non? Ces cancers qui se résorbent sans raison apparente, par exemple...

– Je vous crois, fit Witt. Et les aveugles qui voient de nouveau. Et les sourds qui se mettent à entendre. Et les culs-de-jatte à marcher. Et les fous à écrire des poèmes... Il y a un prix Nobel qui attend de récompenser l'olibrius qui saura définir le mot « miracle »! Ce que nous avons, ici, c'est un type qui n'est plus là, pour des raisons que nous ne connaîtrons peut-être jamais.

– Je peux faire un essai?

Le docteur acquiesça en souriant, mais son sourire voulait dire : Vous perdez votre temps et votre énergie.

Sledge se pencha sur le lit et essaya de prendre une voix aussi naturelle que s'il rendait visite à un copain.

– Alors, vieux? C'est moi, Cal! Comment va, aujourd'hui?

Rien.

– En tout cas, t'as meilleure mine! Tu commences même à avoir des couleurs aux joues... Tu sais qu'on est tous là à attendre que ça aille mieux. Tu m'as entendu lire le télégramme du Président? A ta place, je serais rudement fier... Il y a même des gens qui se réunissent pour prier pour toi...

Aucune réponse. Dehors, le haut-parleur réclama d'une voix froide le matériel d'assistance cardiaque pour une chambre proche. Partout, le duel entre la vie et la mort.

Le Dr Witt fit signe à Sledge de se presser. Le visage du juge trahissait sa frustration. Comment ouvrir ce coffre-fort? Il y avait sûrement une clé. Witt vit son impatience et lui fit signe de venir dans un coin de la chambre.

– Écoutez, je n'ai jamais eu de patients qui réussissent à simuler le coma. Je leur attrape les bijoux de famille et je serre jusqu'à ce qu'ils crient amen. Mais ce type n'est plus *là*. Ça ne vous suffit pas?

– Non, fit Sledge qui, de plus en plus en colère, revint vers le lit. *Parle*-moi sacré nom!

L'ordre n'entraîna aucune réaction dans les fluides limpides qui glissaient en silence dans les veines du patient. Derrière le lit, les fonctions vitales s'inscrivaient sur de petits écrans, lignes sinueuses qui montaient ou descendaient, métaphores électroniques de la vie. Mais le temps qui lui était alloué se terminait : Sledge avait échoué, une fois de plus. Il aurait voulu que le malade partage son épreuve.

— Bon sang de bonsoir, je vais être vraiment direct! Ça fait dix jours que j'essaie de te faire rentrer quelque chose dans le crâne! Et tu sais quoi? Je ne serais pas étonné que tu joues au mort. Je crois même que tu entends absolument tout ce que je dis. Et que tu peux ouvrir les yeux et me regarder d'homme à homme. Ce faisant, tu verrais que je suis de ton côté. Mais nom de Dieu! Je ne peux pas inculper l'autre corniaud si tu ne me donnes pas une toute petite chance...

Le docteur perdit patience. Il saisit Sledge par une épaule, mais Sledge n'était pas prêt à abandonner. Il se pencha sur le visage du patient, sentit l'odeur âcre des médicaments et s'écria :

— Ça ne colle pas! Ton électrocardiogramme : impeccable. Encéphalo : idem. Tu tournes comme une mécanique! Si tu n'es plus bon à rien, autant t'envoyer tout de suite dans un labo et te ranger sur une étagère! Alors, crénom, dis-moi donc ce qui s'est passé cette nuit-là!

— Ça suffit! ordonna le Dr Witt.

— Attendez, docteur! Trente secondes...

Sledge avait usé de tact. Ce qu'il voulait, c'était tonner, menacer, déverser tout son désarroi et sa déception sur ce lit couvert de roses. Quelqu'un essaya en vain de le pousser vers la sortie.

C'est alors qu'un événement inattendu les arrêta tous les deux. Retenant sa respiration, le juge d'instruction pivota sur lui-même et regarda le lit. Parmi les fleurs, un petit bruit s'était fait entendre, un faible sifflement, comme de la vapeur sortant d'un vieux radiateur. Mais c'était un bruit humain, et non mécanique.

— Vous avez entendu ça? demanda le juge en contenant sa nervosité.

Le médecin hocha la tête. Il n'avait rien entendu du tout.

— Bon sang, je jurerais que j'ai entendu quelque chose! insista Sledge. Quelque chose comme... *huit... huit...* Je vous paie une caisse de Veuve Clicquot s'il n'a pas dit...

— Il n'a rien dit du tout. Il a peut-être soupiré. Ils font tous ça. Leurs boyaux gargouillent. Que pourrait-il bien dire, au reste?

Dans le couloir, Sledge félicita les deux policiers de leur vigilance. Ses rêves les plus sombres faisaient apparaître des émules de Jack Ruby et de Sirhan Sirhan, ce nouveau type de célébrité américaine : l'assassin. Il les prévint qu'il reviendrait le lendemain.

— Pas pour me refaire la même scène, en tout cas, lança le

Dr Witt. Encore une comme ça, et je vous fais jeter hors de l'hôpital. C'est moi qui commande ici!

Le juge d'instruction et le médecin ne se quittèrent pas bons amis.

Étouffant sous les roses et les appareils de toutes sortes, le patient attendait. Le temps passa. Combien? Il ne le savait pas et il n'en avait cure. Plus tard, il ouvrit les paupières d'un demi-millimètre, les referma rapidement, heureux d'être seul dans l'obscurité. « Quelle *nuit?* » répéta-t-il en silence, franchissant une porte qu'il n'avait jamais réussi à fermer, depuis plus d'un quart de siècle.

La pluie. Il entendit la pluie. Il n'aurait pu rêver mieux. Une douce pluie de printemps battant les fenêtres de ce qui lui semblait être une cellule en enfer n'ayant attendu que lui.

LIVRE I

Les Trois Princes

CHAPITRE 1

Sept jours durant, la pluie tortura le cœur du Texas. Et quand, le troisième vendredi du mois de mai 1950, le soleil réapparut enfin, ce fut une bénédiction et une promesse. Mais l'espoir ne dura pas. Vers le milieu de la matinée, le soleil céda devant de nouveaux nuages menaçants; à midi, les plaines septentrionales du Texas étaient de nouveau trempées et transies. Le long des autoroutes menant à Fort Worth, les fleurs baissaient la tête, comme les supporters d'une équipe perdante. La Trinity River sortit de son lit; la plaine du Brazos se transforma en marécage; le Texas prit un teint de veuve dont le maquillage part avec ses larmes.

La pluie faisait le malheur des paysans, le bonheur des médecins et des garagistes, et offrait à tout le monde un sujet de conversation. Mais que ce déluge dût changer de façon radicale la vie de plusieurs personnes pleines d'avenir, personne, en ce sinistre vendredi, ne pouvait s'en douter.

Kleber Cantrell tenta de se calmer les nerfs en sortant la vieille De Soto 1938 que lui avait refilée son père, un engin qui ne reflétait en rien la personnalité de son propriétaire. L'alternateur était prêt à expirer, les pneus étaient presque lisses, et des grincements sinistres accompagnèrent son entrée sous le portique de la maison de Kleber, où le moteur sénile expira bruyamment. Kleber attendit quelques instants pour entendre le bulletin de midi à la radio, mais ce n'était toujours pas là qu'il allait apprendre des bonnes nouvelles.

Harry Truman sillonnait l'Amérique à pied, à cheval et en voiture, se drapant dans des couvertures d'Indiens Umatilla, s'exclamant « Bon dieu » et « Vains dieux » comme un fermier qui sème son seigle, essayant de convaincre un électorat malheureux que, sous la bannière sacrée du Parti démocrate, le niveau de vie de cent cinquante millions d'Américains doublerait – je vous jure, doublerait – d'ici dix ans. Pendant ce temps, un adversaire aussi noir que les nuages assombrissant le ciel du Texas, un sénateur du nom de Joe Mac Carthy, tentait de saboter la campagne de Truman en répétant une accusation qui devait bientôt devenir célèbre : « J'ai ici une liste de deux cent cinq noms connus du secrétaire d'État comme membres du Parti communiste et qui n'en continuent pas moins de travailler au Département d'État et d'influencer la politique de celui-ci. » Joe commençait à inquiéter les gens, rien qu'à voir comment la Russie venait d'annoncer l'explosion de la première bombe atomique rouge.

Kleber entendit et nota tout cela, mais seulement d'une oreille. L'information qu'il attendait, au risque de mettre définitivement à plat sa batterie, ne vint qu'à la fin : « Si vous n'aimez pas le temps au Texas, voici de quoi vous remonter. Aujourd'hui, il y en aura pour tout le monde. Le vent soufflera du nord, oui, je dis bien du nord (et pourtant nous sommes à la fin mai); nous aurons encore de la pluie (deux à trois centimètres), ainsi que de la grêle. On annonce des tornades dans la région des chutes de Wichita et à l'ouest de Weatherford. Une seule bonne nouvelle : il ne gèlera pas! Donc, rien à craindre pour les plants de tomates. Mais cette nuit, la température sera plus froide qu'une poignée de main de croque-mort! »

« Et merde! » lança Kleber en entrant dans la maison où il avait toujours vécu depuis dix-huit ans. C'était trop injuste. Ce moment tant attendu, les derniers jours du lycée, allait être gâché par les caprices de la météo. Kleber visa et lança des fléchettes imaginaires contre le mur de la cuisine. Le pique-nique de la classe? A l'eau! La fête des terminales à 20 dollars par couple, payés d'avance? Un désastre! Mises en plis ratatinées, robes trempées, camélias ornant les corsages (3 dollars la fleur, avec obligation d'en acheter *deux*) répandant leurs pétales comme des vieux dindons perdant leurs plumes. Bref, le carnage. De la façon dont les choses se passaient, ou ne se passaient pas, il ne serait pas arrivé au milieu de son discours, le lendemain soir, que le toit de la salle Will Rogers s'écroulerait sûrement. Le seul avis qu'il serait capable de donner à la promotion de 1950, ce serait de se construire une arche comme Noé!

Kleber enleva son pull rouge, trempé, son pantalon kaki et les envoya valser sur le lino impeccable, geste impulsif portant atteinte à l'atmosphère de la maison de sa mère. Pendant quelques instants, il jouit du plaisir audacieux de se trouver dans la cuisine de VeeJee Cantrell simplement vêtu de son slip. Mais très vite, il trouva sa robe de chambre et revint au conformisme bourgeois.

Il jeta un regard morne par la fenêtre. Malgré les assauts continus de la pluie, le voisinage ne changeait guère. Le gris des nuages convenait aussi bien que le beige du soleil. Cette partie de Cloverdale Avenue regroupait des maisons de briques ternes, carrées et aussi décoratives que des boîtes à chaussures orthopédiques. Elles avaient toutes été construites aux environs de 1928, à la veille de la grande dépression. Plus tard, on y avait attendu avec résignation le retour des hommes partis à la guerre. C'était un quartier de première génération urbaine, c'est-à-dire de gens nés à la campagne et venus à la ville dans l'espoir d'y rouler sur l'or. En fait ils avaient fini agents d'assurances, sous-directeurs d'école, propriétaires de stations-service, fonctionnaires ou plombiers. Ils avaient épousé des secrétaires, des vendeuses; ils avaient fait des enfants, adoraient le Dieu des protestants, payaient leurs impôts et s'estimaient heureux. Les résidents de Cloverdale Avenue avaient atteint le sommet auquel ils étaient destinés – un étage – et s'en était contentés. Kleber Cantrell n'attendait qu'une chose : ficher le camp.

Sur la table de la cuisine, un billet à son intention avait été déposé dans un panier plein de pommes jaune pâle. De son écriture soignée, sa mère lui avait tracé un emploi du temps minuté :

Midi : Chez Monnig, pour acheter cadeaux de fin d'année.
13 h : Hôpital Harris – Visite à tante Lula (ça empire).
14 h : Église – répétition des altos.
15 h : Réunion – pétition de soutien à Ike. (J'ai 114 signatures!)
16 h : Supermarché Safeway. (Quatre douzaines de hot dogs devraient suffire.)
17 h au plus tard : Retour.
Salade de pommes de terre dans le frigo. N'oublie pas d'accrocher casquette et imper à la porte du placard pour qu'ils ne se froissent pas.
Mack a appelé deux fois. T.J., une fois.
Je t'embrasse. Maman.

Au moins, avec elle, se dit Kleber, on n'a jamais besoin de se demander à quoi elle occupe ses heures. Sa vie ressemblait à une note de restaurant. Un jour, il s'était demandé si, dix-huit ans et neuf mois plus tôt, VeeJee avait noté : « 21 h 20 : conçu enfant. 21 h 30 : tricoté chaussons. » Peut-être, dans trente ans, trouverait-elle le moyen de noter : « 15 h 35 : décès. »

Au moins un jour sur deux, VeeJee y allait de son petit sermon sur son seul enfant. « Chaque minute compte, aimait-elle à s'écrier. Le soir, juste avant de dire mes prières, je dresse mentalement la liste de tout ce que j'ai fait pendant la journée. S'il y a un seul temps mort, j'ai honte. Et si je n'ai pas appris quelque chose de nouveau, j'ai fait mauvais usage de mon intelligence et du don le plus précieux de Dieu : le temps. » Toute sa vie, Kleber ne pourra faire une petite sieste ou prendre des vacances sans se sentir coupable.

L'emploi du temps de VeeJee était des plus éclectiques. On était à peine à la moitié de l'année 1950, et elle avait déjà appris à tailler les rosiers, passé un diplôme de secouriste avec option pour les spécialités : morsures de serpents et massages cardiaques, et travaillait dur à apprendre par cœur le Livre des Proverbes. En entier. De plus, et avec zèle, elle étudiait le communisme, ayant découvert lors des réunions de Cercle d'actualité des femmes du West Side que Joseph Staline n'avait rien du pépé polisson qui serrait la main de Roosevelt et de Churchill, et promettait de ne pas mordre sur les frontières de ses voisins. VeeJee était à présent persuadée que les Soviétiques se préparaient à envahir le Texas. Deux semaines plus tôt, elle avait écrit à un studio de Hollywood pour protester contre un projet de film sur Hiawatha : les conservateurs tenaient le chef indien pour un héros marxiste. Elle alla jusqu'à décrocher du mur de la chambre d'amis l'affiche qui s'y trouvait depuis des années : deux colombes s'envolant au-dessus de deux mains jointes en prière. « Les colombes sont rouges, aujourd'hui. Quelle tristesse! »

Comme à l'accoutumée, VeeJee avait préparé deux sandwiches emplis de charcuterie (elle ne s'inquiétait pas encore des problèmes de nutrition). Ayant un jour calculé, pendant un cours de mathématiques, qu'il avait mangé assez de sandwiches à la charcuterie pour faire le tour de la Terre si on les mettait bout à bout, Kleber avait pourtant entamé son deuxième tour du monde. Il mangea rapidement, sachant que le téléphone allait sonner d'une minute à l'autre. A la troisième bouchée la sonnerie retentit, mais il laissa sonner sept fois avant de répondre. Il ne voulait pas qu'on croie qu'il attendait après. Les chefs sont des gens qui semblent occupés, et en décrochant le téléphone, il feignit une respiration haletante, comme s'il était interrompu dans quelque tâche urgente.

— C'est moi, Le Magnifique, fit Mack d'une voix sinistre comme le temps. Qu'est-ce qu'on fait?

— J'sais pas, répliqua Kleber. Achetez des pébroques en gros!

— Je viens de parler avec T.J., et il dit que c'est à toi de décider... C'est toi le grand chef de la classe, Bison Futé, et le plus minable des joueurs de foot qui ait jamais réussi à en placer un.

— Tu crois que je vais me laisser insulter par des gens dont le Q.I. n'atteint même pas celui de l'homme de Neandertal? Tu es aussi drôle que Martha Higby.

C'était une référence au professeur d'histoire qui, si elle n'était pas complètement cinglée, baignait dans une névrose qui n'en était pas loin. Higby exprimait sa souffrance d'avoir affaire à de tels cancres en déroulant sauvagement la carte du Texas pour se cacher derrière un coin...

Kleber resta silencieux : il pensait. A l'autre bout de la ligne, quinze mètres plus loin, de l'autre côté de Cloverdale Avenue, dans une autre boîte à chaussures orthopédiques, Mack Crawford attendait, imaginant son meilleur ami en train de mâcher et de remâcher la question. Rien ne pressait. Il savait fort bien que Kleber était capable de passer cinq minutes avant de décider de tourner à gauche ou à droite à un croisement. Ces attentes étaient agaçantes, mais Mack les supportait, tout comme T.J. Luther, le troisième membre du trio, ou tous ceux qui cherchaient à avoir des relations, sociales, commerciales ou émotionnelles, avec Kleber Cantrell. Le fils de VeeJee ne ramait pas plus vite que le fil de l'eau...

Un éclair déchira le ciel accompagné du plus sinistre des coups de tonnerre. Kleber jeta un coup d'œil triste par la fenêtre. Ah, cieux impitoyables!

– Quel est l'avis général? demanda Kleber.

– C'est que personne ne va se pointer au lac, avec un temps aussi dégueulasse.

Le projet pour la soirée, mûri de longue date, était qu'une douzaine de couples *importants* devait se réunir au bord du lac de Fort Worth, pour cuire des hot dogs, engloutir d'énormes quantités de bière Pearl, écouter des disques de Nat King Cole, bref... être ensemble. Ce n'était pas une soirée officielle, mais plutôt une réunion de têtes couronnées, au snobisme retors et aux tourments délicieux de l'adolescence. Le lendemain soir, la soirée de remise des prix, *elle,* serait ouverte à tous. Cela aurait lieu dans la salle de danse délabrée, assez spacieuse pour y livrer une nouvelle fois les batailles de la guerre de Sécession. Chacun se réjouirait de la fin des douze ans d'esclavage au lycée; chacun y irait de sa larme. Puis tout le monde essaierait de faire la fête jusqu'à l'aube, selon la coutume établie. Mais ce soir, seuls quelques-uns, la crème, l'infime fraction dotée du pouvoir ou de la beauté, ou des deux, aurait droit à la communion des élites.

– Bien! lança Kleber. On attend jusque 5 heures. S'il pleut encore à ce moment-là, on transfère la soirée chez Lisa.

Mack grommela. Lisa Ann Candleman, pour qui Kleber se consumait, était la fille d'un prédicateur. Les soirées chez elle étaient aussi gaies que les après-midi musicaux de la tante de Mack. Mais il ne dit rien : c'était Kleber qui commandait.

– Ouais, murmura-t-il, mais ce ne sera pas la même chose...

– Ce sera peut-être *mieux!* Écoute, il faut que je raccroche. J'attends la journaliste qui vient m'interviewer.

– Ah, ouais, se rappela Mack. J'arrive toujours pas à comprendre pourquoi ils perdent leur temps avec toi. Ils devraient plutôt écrire un article sur le Meilleur Athlète ou Le Plus Beau Gars, et dans les deux cas, c'est un seul et même type...

– Elle a eu l'intelligence de choisir *le garçon qui a le plus de chances de réussir*. Une petite victoire de l'intelligence.

– Le temps nous le dira, rétorqua Mack en cachant à peine sa jalousie.

Elle s'appelait Laurie et c'était une jolie fille. Elle était mince et ses seize ans étaient encore loin d'offrir des courbes généreuses. Mais elle avait des cheveux longs d'un noir bleuté, et dans les yeux les reflets violets du crépuscule. C'était un oiseau de la nuit – rapide, nerveuse, secrète. Peu de gens connaissaient la beauté sombre de Laurie parce que peu de gens connaissaient son existence. Laurie n'habitait jamais longtemps nulle part (elle déménageait parfois une fois par mois), car la mère de Laurie avait toujours une longueur d'avance sur un chèque en bois ou une facture impayée. Une fois, l'enfant avait dit à sa mère en montant dans un bus de plus : « *J'adore* cette maison. » Pour le moment, mère et fille habitaient dans une caravane abandonnée, posée de façon précaire sur des parpaings, le long d'un chemin de campagne où il ne passait pas grand monde, quelque part près de la route entre Fort Worth et Weatherford.

En fait, Laurie n'était allée qu'une seule fois à Weatherford, bourg de campagne à huit kilomètres environ de la caravane connu pour ses pastèques grosses comme des citrouilles et sa gloire musicale, Mary Martin. Mais cet isolement ne gênait pas Laurie, pas plus que le manque d'électricité ou de confort, ou l'absence de son père. Quel qu'ait été son nom, il avait disparu depuis des années, Dieu seul savait où; sans doute à l'hôtel des tôlards. Tout ce que Laurie savait de lui venait d'une photo floue, l'image pas très nette d'un homme debout, près d'une camionnette remplie de cages à poules. Il avait des bras très musclés et un paquet de Lucky Strike dans le revers de manche de son maillot de corps. Il portait un chapeau de cow-boy en paille et avait la prunelle noire. Il s'appelait « ce pauvre type »; du moins c'est ainsi que la mère de Laurie, SuBeth Killman, en parlait.

Les temps étaient durs pour SuBeth Killman. Durant la guerre, elle avait relativement prospéré, se baladant dans les différentes bases militaires du Texas pour « entretenir le moral de nos gars ». Cinq ans plus tard, elle avait les cheveux raides comme un balai à force d'être teints, et ses seins étaient passés du « Garde-à-vous! »

au « Repos! ». Régulièrement, SuBeth enchantait sa fille avec des projets de remariage, mais la mairie se dérobait toujours à la dernière minute. En ce printemps 1950, SuBeth se trouva du travail : elle débouchait des canettes de bière pour les routiers dans un magasin en bordure de route, et elle nourrissait Laurie de boîtes de conserve chapardées, macaroni ou porc aux haricots. De temps en temps, elle ramenait à la maison un client – un mari en puissance!; ces jours-là, Laurie était censée aller se faire voir ailleurs. Non pas tant parce que la maison était petite et ne contenait qu'un lit pliant, ou parce que quand maman et sa conquête entraient dans le vif du sujet, il y avait de grandes chances pour que la caravane dégringole de ses pieds et s'affaisse dans la gadoue.

Les jours où elle était seule, Laurie n'avait pas grand-chose à faire, sinon écouter la radio. Elle avait quitté l'école à douze ans, mais ce n'était pas une grande perte pour l'enseignement car Laurie avait peur des mots compliqués et pour elle, les chiffres étaient restés des hiéroglyphes. Elle passait son temps à s'amuser avec un vieux chat du nom de Moïse qui adorait laper le jus de raisin servi dans une soucoupe, ou encore elle faisait pousser des pois que sa mère vendrait au bord de la route, si elles restaient là assez longtemps.

Chaque matin, quand SuBeth s'en allait au travail, elle se retournait pour crier à Laurie :

– Dis donc, poussin, t'en va pas vadrouiller, hein?

Quelquefois, elle avait droit aux avertissements maternels quant à ce qui arrivait aux petites filles enlevées par des militaires en bordée. Pourtant, Laurie avait un certain goût pour l'aventure et, désobéissant à sa mère, elle se livrait à des escapades secrètes dans la campagne. En moins de six semaines, Laurie avait découvert quelques merveilles... Cette partie du Texas possède une certaine « atmosphère » que Laurie interpréta selon sa principale référence culturelle : les contes de fées. Les petits cimetières de pionniers qui surgissaient tous les deux ou trois kilomètres fournissaient à Laurie des ancêtres imaginaires. Elle découvrit la tombe de la seconde femme de Davy Crockett et dut chasser un troupeau de herefords, tachetés blanc et roux, venus paître sans vergogne sur la dernière demeure de cette grande dame. Elle connaissait certain champ où les meules de foin ressemblaient à des châteaux forts, certain bosquet de saules qui ressemblait à des plumes sur un chapeau d'altesse orientale. Quand, sur la route, il lui arrivait de rencontrer des chemineaux pliés par l'âge, Laurie savait en secret que leurs épreuves étaient dues à des magiciens, et non aux misères de la vie paysanne. Un jour, se frayant un chemin à travers joncs et bouteloue, elle découvrit la rivière Brazos. Elle contempla, presque hypnotisée, les eaux claires et puissantes, puis s'enfuit en courant de peur d'être victime d'un sort.

Laurie n'ignorait pas que les princesses devaient toujours subir quelque horrible pénitence – pomme empoisonnée, cent ans de sommeil – avant de mériter la récompense, c'est-à-dire l'amour et le prince charmant. C'est pourquoi elle établit une règle secrète : si elle faisait quelque chose de bien – comme laver les draps au ruisseau sans qu'on le lui demande, les étendre dehors et les remettre dans le lit avant que maman ne revienne – alors et alors seulement elle s'accordait une récompense. Par décret royal, la princesse était ensuite autorisée à ouvrir le coffre au trésor, à savoir une boîte contenant ses déesses, soigneusement découpées dans les magazines de cinéma trouvés dans les rebuts de sa pauvre vie. Ses favorites du moment étaient June Allyson, Lana Turner, aussi glacée que le pôle Nord, mais le genre de femme que les hommes sifflent, et surtout la nouvelle, la meilleure, la beauté au-delà de toute envie car personne au monde ne pouvait l'égaler : Elizabeth Taylor. La relique la plus précieuse de Laurie était un vieux numéro de *Life,* avec deux articles qu'elle avait réussi à apprendre par cœur. Le premier racontait l'histoire d'une princesse indienne épousant un maharadjah. Les photos étaient merveilleuses; des joueurs de tambours en peau de léopard ouvraient le cortège, suivis d'éléphants couverts de rubis et d'émeraudes sur lesquels trônait le couple. Ils gravissaient une montagne dont le sommet étincelait de feu d'artifice. Pourtant, chaque fois que Laurie étudiait les images, elle avait l'impression que la jeune mariée avait l'air effrayée, comme une renarde prise au piège et qui devra bientôt se ronger la patte pour se libérer. Ce mariage-là ne ferait pas l'année.

Mais à la page suivante, Elizabeth Taylor devenait l'épouse d'un homme jeune et beau : Conrad (Nick) Hilton. C'étaient eux, le vrai prince et la vraie princesse. Elizabeth avait dix-huit ans (seulement deux ans de plus que Laurie) et la plus belle photo était prise au moment où elle quittait l'église de Beverley Hills, agitant avec émotion la main vers les milliers de gens qui l'adoraient. Laurie avait tellement lu et relu cet article qu'elle décida de se rationner, de peur que l'encre ne s'en dissipe.

L'unique miroir dans la caravane de SuBeth avait depuis longtemps jauni et il était veiné comme des cuisses de grand-mère. Mais Laurie faisait semblant de croire qu'il était enchanté. Elle fermait les yeux, retenait sa respiration, comptait jusqu'à dix, les rouvrait d'un coup et voyait le reflet de Mlle Laurel Killman prenant pour époux M. Conrad (Nick) Hilton. Laurie réussissait maintenant à imiter parfaitement le sourire timide d'Elizabeth, mais pour la coiffure, ce n'était pas encore tout à fait au point.

En cet après-midi de mai, alors que la pluie recommençait et que les plants de haricots tapaient contre la caravane, évoquant irrésistiblement les coups de lance de Lancelot, Laurie se passa une épaisse couche de rouge à lèvres de sa mère, se servit de charbon de bois en guise de mascara, se colla un peu de terre rouge sur les joues, puis s'installa comme une reine en face du miroir et déclara :

— Oui, c'est vrai, je m'appelle Elizabeth.

Maman gâcha tout en arrivant, soûle, un quelconque trouduc à son bras.

— Va te laver la figure, puis va faire un tour, tu m'entends?

Elle avait déjà passé une main sous la chemise du gars et lui chatouillait la poitrine pendant qu'il préparait des cocktails.

Laurie se pressa de sortir, un panier sur la tête pour que la pluie ne vienne pas effacer son masque.

Clara Eggleston n'était pas une grande journaliste et n'écrivait pas bien, mais elle en voulait. Elle apparut à la porte de Kleber Cantrell portant une jupe de laine noire trempée par l'orage, un pull-over d'angora blanc dont les pois voletaient chaque fois qu'elle écrivait sur son bloc-sténo et un béret écarlate sur des cheveux passés au henné! Fascinante apparition... Elle avait quarante-deux ans et était la veuve d'un soldat de Brooklyn qui l'avait amenée au Texas pendant la guerre, puis avait eu le malheur d'être tué par un cric, sous une jeep, à la base aérienne de Fort Worth. Clara avait alors obtenu un poste temporaire à la rubrique nécrologique du *Star Telegram* de Fort Worth...

Six ans plus tard, elle était toujours là, à traîner sa lassitude dans le domaine dont elle était spécialiste : les questions d'éducation. Cela signifiait un petit scandale de temps en temps et des portraits d'étudiants exceptionnels. Excentrique et solitaire, elle se cramponnait à quelques restes de credo libéral, aussi inutiles à Fort Worth que des skis ou des roubles. Mais elle avait l'avantage de travailler vite, et avant que les présentations fussent finies, elle avait déjà griffonné un portrait efficace de Kleber : « Grand (1,80 m environ), mince, visage ouvert et honnête, cheveux couleur sable peu fournis (il finira chauve)... des yeux qui passent du bleu innocent au vert calculateur... vous regarde à la façon des gens qui se savent intelligents (s'ils ne sont pas condescendants)... un tantinet arrogant... un fonceur en puissance... »

Clara croisa les jambes, révélant à un Kleber ébahi son absence de culotte. A partir de ce moment-là, il lui devint très difficile de regarder Clara ou de répondre à ses questions. Kleber essaya de penser à sa grand-mère étendue dans son cercueil, truc qu'il employait fréquemment pour rabattre les érections indues. Il entendit vaguement Mme Eggleston lui demander ce que faisaient ses parents.

– Eh bien... euh... Papa est dans le commerce en gros, membre du conseil de l'Église presbytérienne. Et Maman, elle est très occupée. C'est une républicaine – Papa dit que c'est la seule dans l'histoire de la famille. Elle appartient à des tas de clubs... Elle rend visite aux malades dans les hôpitaux... Quand elle ira au ciel, sa couronne sera constellée d'étoiles.

Clara ne nota pas sa dernière phrase. Kleber fut déçu; il pensait que c'était plutôt bien tourné. En revanche cette femme affolante croisa de nouveau les jambes, et sa jupe noire trempée lui arrivait presque à ras le bonbon, Kleber était prêt pour la broussaille. Même s'il s'était souvent vanté auprès de Mack et de T.J. d'expéditions dans ces zones interdites, c'était à vrai dire la première fois qu'il les apercevait. Ah, que n'avait-il quelque dictionnaire à se coller par-dessus cette bosse...!

Si Clara avait remarqué quoi que ce fût, et le contraire était impossible (car une des contreparties de son métier était de frayer avec de jeunes mâles), elle ne laissa en tout cas paraître aucune joie, et continua de passer en revue les succès du jeune homme. Depuis toujours, Kleber avait été une figure de proue : rédacteur en chef du journal du lycée, toujours dans les premiers, tous les prix en fin d'année : Dieu s'était de toute évidence penché sur son berceau.

– Et maintenant, fit brusquement Clara, ça vous ennuie si je vous pose quelques questions intimes?

– Intimes? répéta Kleber, de nouveau très gêné.

– Oh, des questions générales. Par exemple, j'ai lu récemment qu'il y avait de plus en plus de filles enceintes avant le mariage. Puisque vous êtes le meneur de la classe et donc au cœur de tout ce qui se passe, j'aimerais savoir ce que vous en pensez.

– Rien du tout, fit Kleber.

La seule chose qui lui vînt à l'esprit était un film éducatif appelé Papa et Maman qu'on leur avait montré (les garçons à 14 heures, les filles à 16), et pendant lequel des infirmières faisaient les cent pas au cas où quelqu'un s'évanouirait lors des gros plans effrayants sur des organes sexuels ravagés par les maladies vénériennes. Après ce film, Kleber avait cessé de se masturber, avec difficulté, pendant trois semaines.

– Est-ce que vous avez une petite amie attitrée? demand
Clara.

Enfin, une échappatoire! Oui, oui. Lisa. Premier prix de beauté
de la classe. Majorette. Présidente de la Jeunesse méthodiste.
Kleber sortit une photo de son portefeuille. Clara entrevit des
cheveux blonds, et des yeux bleus – bref, du petit-lait...

– Très intéressant, dit Clara, d'une voix qui disait le
contraire. Pour terminer, une question plus philosophique...
Nous voici en plein milieu du XX° siècle. La jeunesse de 1950
est prête à prendre le départ. Vous avez devant vous une page
ouverte. Vous voulez être journaliste. Voici ma question :
qu'écririez-vous sur cette page vierge pour que l'Amérique soit
meilleure?

Kleber ne savait pas si c'était un piège, mais il devait faire
attention. Il savait que les paroles qu'il allait prononcer seraient
transformées en caractères d'imprimerie qui atterriront devant
le petit déjeuner de deux cent mille Texans. Le *Star Telegram*
couvrait, pareil à une couverture épaisse, un quart de l'État,
c'est-à-dire une région plus grande que New York, la Pennsylva-
nie, l'Ohio, l'Illinois et la Nouvelle-Angleterre réunis. Gare à ce
qu'il allait dire! De plus s'il existait, en ce printemps du demi-
siècle, une jeunesse mécontente, c'était une infime minorité. La
génération de Kleber était innocente. Conçue dans la dépression,
sevrée dans la mélancolie économique, élevée pendant une guerre
mondiale où les objectifs nationaux n'étaient pas remis en question, et où le joyeux patriotisme applaudissait à deux mains quand
John Wayne crapahutait sur des plages ensanglantées et que les
nuages en forme de champignon montaient au-dessus du Japon.
Le mode de vie américain était sain; il n'y avait aucune critique à
y apporter; on ne pouvait que l'aimer... Et c'est pourquoi Kleber
ne put offrir à croquer, au stylo de Clara Eggleston, qu'un point de
vue politique éminemment peu engagé : le respect de la loi et de
l'ordre.

Depuis quelques mois, en effet, Fort Worth, d'ordinaire si
calme, d'une courtoisie si peu typique de l'Ouest (et en cela, tout le
contraire de sa voisine Dallas, ville dure, mercantile et prétendant
rivaliser avec New York et même Paris), était en proie à la
violence et au crime. Même dans le quartier de Kleber, où les seuls
bruits gênants étaient ceux des marteaux piqueurs s'affairant à la
construction de l'autoroute ou parfois le mitraillage des piverts à
ventre rouge, il arriva un matin qu'un pauvre type entre dans sa
voiture, appuie sur l'accélérateur et vole en éclats avec toute sa
famille. Des boîtes aux lettres, des garages explosèrent; même les
pasteurs prirent l'habitude d'ouvrir le capot de la voiture de la

paroisse pour jeter un coup d'œil avant de démarrer. Fort Worth, surnommée « La Ruminante », était en train de devenir, selon un échotier, « La petite Chicago ».

— Je pense que nous devrions faire quelque chose pour enrayer toute cette violence, annonça Kleber.

— Ah! dit Clara. Et quoi par exemple?

Kleber haussa les épaules.

— Peut-être, pour commencer, on pourrait évacuer tous les voyous, dit-il.

Suggestion sensée, mais, comme la vie ne manquerait pas de lui apprendre, inconstitutionnelle.

— Ou alors, on pourrait les enfermer et jeter la clé.

Étonnée, Clara posa son crayon. Elle dévisagea ce garçon qui avait « toutes les chances de réussir ». Elle n'y vit ni hypocrisie, ni rancœur, ni culpabilité; aucune arrière-pensée. Ce qu'elle avait devant elle, c'était le Texas — l'acceptation des choses telles qu'elles étaient, sont et, à ses yeux de libérale invétérée, seraient toujours.

Fort heureusement pour Kleber, le téléphone retentit en même temps que la sonnette de la porte d'entrée. L'appel était pour Clara. En revenant, elle annonça que le photographe était en route. A la porte, c'était Mack et T.J., feignant de s'excuser de déranger, mais en réalité, ravis d'interrompre le tête-à-tête. De plus, annoncèrent-ils en aparté, le temps pressait. Kleber fit rapidement les présentations.

— Voici Mack Crawford.

Le jeune athlète inclina la tête, galant mais nerveux, et tendit la main dans un large geste. La blondeur de ses cheveux et son teint clair étaient comme des cierges dans une cathédrale de ténèbres. Depuis des années, Clara Eggleston arpentait les couloirs et les cours de récréation des écoles, et plus d'une fois, il lui était arrivé de remarquer des jeunes gens dont la sexualité était évidente. Mais Mack Crawford était le jeune mâle le plus superbe qu'elle eût jamais vu. Il méritait le kidnapping par chloroforme... Ses épaules étaient larges et musclées; de ses deux mains, presque tremblantes, elle n'aurait pu faire le tour de ses avant-bras. Si, comme elle désirait, elle s'était jetée autour de ses cuisses, ses mains n'auraient pas pu se rejoindre. De plus, il se déplaçait avec une grâce de danseur rare pour une personne d'1,93 m pour 95 kilos.

Contre son gré, elle dut se détourner pour être présentée au troisième garçon.

— Et voici T.J. Luther, dit Kleber. Le chouchou de la classe. En réalité, c'est notre clown.

Se forçant à loucher, T.J. se pencha en avant pour faire un

baisemain à la journaliste, se fit volontairement un croche-pied, et alla s'étaler de tout son long sur la moquette.

— J'ai honte à le dire, fit Kleber, mais ces rigolos sont mes meilleurs copains. Nous avons grandi ensemble dans ce quartier.

— Les trois mousquetaires, murmura Clara qui n'avait d'yeux que pour Mack et se faisait l'effet d'une coquette ridicule.

Finie, l'interview. Ses fantasmes sexuels étaient lâchés; plus question de Kleber!

— Non, madame, corrigea T.J.; pas les trois mousquetaires. Les Trois Princes!

— Les trois princes? demanda Clara. C'est quoi? Un club?

— Pas vraiment, répondit Mack. Mais c'est idiot. Je suis désolé; nous ne voulions pas vous déranger.

— Mais non! insista Clara. Continuez, je vous en prie...

Ce que disait l'athlète n'avait aucune importance, pourvu qu'il parlât, et que Clara eût un prétexte pour le regarder.

Mais ce fut Kleber qui prit la parole. Lorsqu'ils étaient en troisième, leur professeur d'anglais, férue de théâtre, avait épuisé toutes les ficelles du métier pour intéresser la classe à Shakespeare. Actrice manquée répondant au nom théâtral de Maude Silverlake, elle s'était un jour perchée sur le rebord de la fenêtre de la classe, pour jouer Juliette déclarant son amour à Roméo. Une autre fois, elle se jucha sur son bureau, affublée de sacs à patates, et interpréta à elle seule les *trois* sorcières de *Macbeth,* tenant à la main une bouteille thermos contenant du bouillon chaud pour remplacer le chaudron fumant... Même si l'on ne s'ennuyait pas durant ces intermèdes, Mlle Silverlake finit par sentir que ses étudiants n'étaient pas conquis par les beautés du drame classique. Elle chargea donc la classe de concevoir une pièce originale utilisant le langage fleuri du mélodrame romantique.

— Alors, la classe écrivit ces *Trois Princes*. En fait, c'est Mlle Silverlake qui a presque tout écrit...

— Et j'imagine que vous avez interprété les rôles principaux? demanda Clara.

— Eh oui! dit T.J. On a été élus à l'unanimité par les filles de la classe.

— Quelle était l'intrigue?

A contrecœur, comme un enfant forcé de danser pour ses vieilles tantes, Kleber poursuivit, tout en souhaitant que cette digression stupide ne soit pas imprimée.

— Rien de très important. Il y avait trois princes. Le prince du Pouvoir, le prince des Charmes, le prince des Tentations. Tous les trois couraient après la princesse du Bonheur éternel! Je me rappelle qu'il y avait beaucoup de « De grâce! » « Par exemple! » et autres « Malédiction! ».

– Tu charries, dit T.J. L'histoire était meilleure que ça! Chaque prince offrait un gage d'amour à la princesse pour gagner sa main. Le prince du Pouvoir promettait de la rendre riche et célèbre. Le prince des Charmes lui promettait des nuits d'amour sans fin. Et le prince des Tentations lui offrait une coupe d'or pleine de vin.

– Et lequel choisissait-elle?

– Elle arrivait pas à se décider. Alors, elle s'empoisonnait. Personne ne voulait de fin heureuse.

– Je parie que vous jouiez le rôle du prince des Charmes, fit Clara en désignant T.J.

– Non, j'étais le prince des Tentations. C'est moi qui causais les ennuis. Et Kleber était le prince du Pouvoir. C'est lui qui endormait tout le monde avec ses discours stupides sur la vertu. Quant à Mack, vous n'allez pas me croire, mais c'était le prince des Charmes. De l'avis général, c'était la pire des erreurs. J'avais pourtant bien suggéré qu'il joue le prince des Grosses Brutes et arrive en portant des... épaulettes rembourrées!

Mais son récit fut interrompu par l'arrivée du photographe. C'était un type court sur pattes et difforme dont la grande spécialité était de se poster entre les buts pendant les matchs de foot et d'envoyer son flash en plein dans la figure des joueurs au moment où ils allaient marquer, si bien que ses sujets ressemblaient à des chats traversant une autoroute la nuit, aveuglés par les phares des voitures. Clara décida que ce serait mieux de photographier les trois jeunes gens ensemble, même si l'article traitait essentiellement de Kleber. Elle suggéra de réunir le trio à l'extérieur.

Le photographe haussa les épaules.

– Ça recommence à tomber. Mais si tu es d'accord pour payer 200 dollars pour faire réparer mon Graflex, moi je veux bien les prendre dans la rivière!

On transigea et on opta pour le porche, devant la maison, et le photographe les aligna.

– Une seconde! demanda Clara.

Elle détestait ce nabot qui mettait autant d'art dans ses photos qu'un vendeur de tracteurs. Les Trois Princes avaient l'air de condamnés attendant la dernière salve. Il fallait arranger ça. Gros plan sur les visages en contre-plongée, l'un derrière l'autre selon la taille. Pour flatter l'orgueil du photographe, elle lui laissa entendre que la photo ferait peut-être la une et aurait de l'impact.

– Toi, tu les disposes, coco. Moi, je les prends. Dépêche.

Comme il était le plus grand et qu'il avait l'habitude d'être toujours au dernier rang des photos, Mack poussa Kleber d'un geste moqueur pour le dominer. T.J. s'accroupit sans faire d'histoires.

– Non, s'écria Clara, mécontente. Le Pouvoir d'abord, dit-elle en faisant signe à Kleber de se relever. Puis la Beauté...

– La Beauté? demanda Mack.

– Désolée, fit Clara, presque humiliée de son lapsus. Le *Charme* sous le Pouvoir. Et enfin, la Tentation en bas, là où elle doit être.

Clara laissa échapper un rire creux.

Au moment du flash, le sourire de Kleber était crispé. De toute évidence, il n'appréciait guère de devoir partager ce moment de célébrité avec ses amis. Le rire de Mack trahissait une sexualité ne demandant qu'à s'épanouir. T.J. fronçait le sourcil, la tentation à l'état pur.

CHAPITRE 2

Au crépuscule, la pluie s'arrêta momentanément. Laurie traversa le bosquet de bouteloue et se glissa sans bruit jusqu'à la caravane, espérant que le nouveau mari potentiel de sa mère était parti. Mais sa camionnette était toujours là, ailes recouvertes de boue. Derrière le siège du chauffeur, un fusil de chasse. A travers les petits hublots de la caravane, perçait la faible lumière jaune d'une lampe à gaz. Filtrait aussi la musique préférée de sa mère, tristes mélodies de Nashville – cœurs brisés et amours malheureuses. Laurie sut que la séance allait se prolonger tard dans la nuit.

Elle alla se jeter sur un vieux sommier rouillé que sa mère avait ramené la semaine dernière et qu'elle avait abandonné dehors, car il ne passait pas par la porte. Laurie était gelée, trempée et, curieusement, folle de rage. Il était rare qu'elle se laissât aller à songer aux injustices de la vie (elle n'avait pas de moyens de les mesurer), mais à ce moment glacé de son âge, les deux plateaux de la balance lui paraissaient par trop inégaux. Même la nature venait lui donner raison, car le jour et la nuit étaient sens dessus dessous. Les gros hiboux étaient déjà dehors, comme s'il était minuit, inquiétants comme des lutins. A contrecœur, Laurie se posta devant la porte de la caravane, hésita, décida qu'elle était dans son droit et frappa. Pas de réponse. Elle frappa de nouveau. SuBeth entrouvrit la porte de quelques millimètres. Elle avait le visage rouge et en sueur, le cheveu sale en bataille. Elle était en slip et en soutien-gorge. Le connard continuait de se trémousser derrière elle. Il était maigre et tout blanc, exception faite d'un visage rougeaud et d'une marque en forme de V sur son cou, ce qui le faisait ressembler à un coloriage commencé par un gamin qui aurait voulu représenter un Blanc en Indien.

– J' croyais que t'étais en train de t' promener, fit SuBeth, mécontente.

Laurie avait préparé sa réponse.

– Oui, Maman, mais y fait froid. J' me suis enrhumée.

Elle avait l'air malheureuse, et ce n'était pas entièrement du cinéma.

Il restait encore quelque chose de la fibre maternelle : la porte s'ouvrit. Mais le connard, qui avait déjà investi 3 dollars en bière, 2,50 pour une pinte de Schenley, plus un petit « cadeau » de 10 dollars probablement (à négocier) avant de pouvoir tirer son coup, voyait les choses autrement.

– T'es une gentille jeunette, dit-il à Laurie. J'étais juste en train d'dire à ta maman qu'on pourrait tous aller au rodéo à Decatur, samedi prochain. Ça t'plairait, non?

Laurie dut admettre que oui.

– Bon! alors, i' faut qu'on s'organise, ma p'tite... En privé... Pourquoi qu' tu vas pas t'installer dans ma camionnette? Il y fait bien chaud. D'accord, poussin?

Laurie accepta sans enthousiasme. Maman envoya au connard un regard qui voulait dire : « Sois gentil avec la petite »; il fouilla les poches de sa salopette et jeta à Laurie une pièce comme si c'était la paie du vendredi soir.

– Allez, vas-y, dit SuBeth. Il fait froid, dans le courant d'air. (Et de glisser à l'oreille de sa fille :) Celui-ci est prêt à m'épouser. Il a 840 dollars en banque, à Wichita Falls.

– Au poil! fit Laurie avec un agacement inhabituel. Je pourrais avoir une couverture?

– Ouais. Si tu veux, prends mon manteau.

La caravane, enfumée par les cigarettes, puait la bière. Le connard avait tellement monté le chauffage que les fenêtres ruisselaient. Derrière le rideau du placard, Laurie trouva le doux manteau bleu et, à côté, la ravissante robe rose que sa mère avait achetée l'été dernier, croyant à tort qu'elle allait épouser un vendeur de bétail. Hélas, la robe n'avait jamais été portée et depuis faisait tapisserie sur son cintre, avec l'étiquette de 17,95 dollars encore accrochée au col. Par dépit, ou par bravade, Laurie prit aussi la robe, la fourra à l'intérieur du manteau et se précipita dehors sans même saluer.

Une fois installée dans la camionnette, elle se régala un moment de la chaleur du joli manteau et joua avec la robe. Elle admira la dentelle princesse qui ornait le bustier et la façon dont la jupe ondulait, tel un parachute. Une fois, Laurie l'avait essayée en secret, faisant comme si elle était l'épouse du prince Vaillant, et elle lui allait presque; il eût suffi de la raccourcir et de la reprendre un peu à la taille.

Puis elle passa à autre chose. Elle regarda longtemps le fusil de chasse, eut enfin le courage de le toucher, mais retira aussitôt sa main à ce contact glacé et reptilien. Dans la boîte à gants, elle découvrit une lampe de poche, dont elle fit rebondir le faisceau entre les troncs d'arbre, effrayant les méchants hiboux. A la radio, elle ne trouva que de la musique mexicaine et des prêches de prédicateur. Puis elle vit sur le plancher un journal boueux. Se servant de la lampe de poche, elle en parcourut les pages. Rien ne l'intéressa vraiment, jusqu'à la rubrique cinéma où Laurie s'arrêta, le souffle coupé. D'abord, elle crut qu'il s'agissait de la photo qu'elle chérissait tant : Elizabeth Taylor, le jour de son mariage. Puis, à force de relire le titre, elle comprit que si Elizabeth portait une robe de mariée, c'était parce qu'elle jouait dans un nouveau film intitulé *Le Père de la mariée*. Et le plus incroyable, c'était que le film passait à Weatherford, à moins de huit kilomètres de là! Peut-être encore moins, si elle coupait à travers champs.

– Je verrai ce film, coûte que coûte!

Elle avait presque 2 dollars cachés sous son matelas, glissés entre les pages d'un missel que quelqu'un lui avait donné. Dès demain matin, dès que Maman serait partie travailler, elle irait à Weatherford rendre hommage à sa déesse.

Tout en rêvassant, Laurie s'endormit. Quand elle se réveilla en sursaut, gelée, il n'y avait plus de lumière dans la caravane, mais encore de la musique. C'était parti pour durer. Laurie pensa qu'il était à peine plus de 8 heures. Que faire, sinon se blottir et dormir? Mais en remettant la lampe de poche dans la boîte à gants, sa main frôla une liasse de papiers. Du fric. Le vieux avait 42 dollars. Juste à côté, il y avait un petit objet froid et dur. Laurie ralluma la lampe et découvrit une petite bague en or, avec un camée vert pâle monté dessus. Il représentait une vieille femme souriante, avec un très long nez, un cou de cygne les cheveux tirés en chignon.

Moins de cinq minutes plus tard, Laurie avait enfilé la robe rose dans laquelle sa mère ne s'était pas mariée, avait arraché la photo d'Elizabeth Taylor qu'elle avait cachée contre son cœur battant et, pieds nus, ses chaussures à la main, se dirigeait vers Weatherford. Elle ne savait pas très bien comment s'y rendre, mais elle trouverait. La princesse trouve *toujours* le château. Le connard était trop soûl pour s'apercevoir que Laurie avait emprunté 5 dollars. Et elle serait de retour avant son réveil, pour remettre la bague à sa place.

A trente kilomètres environ à l'est de là, les Trois Princes étaient aussi moroses que des exilés. Ils étaient installés dans la jeep de T.J. Luther parquée devant un cinéma de plein air, Le

Panorama, plus connu du public sous le nom de L'Odorama, étant donné les épaisses nappes de parfum et de transpiration émanant des voitures où se passaient les petites sauteries.

Ce n'était certes pas là qu'ils avaient envie d'être. Après l'interview, Kleber avait passé une heure frénétique à tenter désespérément le sauvetage du pique-nique. La mère de Lisa donna le ton en refusant de recevoir deux douzaines de jeunes gens dans une maison brillante comme un sou neuf, prête à accueillir les cours de catéchisme le lendemain matin. Avec toutes les ruses possibles et imaginables, Kleber plaida mais tout le monde refusa, même VeeJee qui ne voulut pas se laisser envahir par de joyeux lurons tout à leur joie de se voir diplômés.

Vers 6 heures du soir, Kleber décréta que la célébration des grosses têtes était, littéralement, un bide. Son plan de secours (un film suivi d'un restaurant mexicain) s'écroula aussi, car les filles décidèrent de se réunir entre elles chez Carralou King, la fille d'un inspecteur dont l'allure et la corpulence faisaient penser à un taureau brahmine. Il était veuf, et l'on racontait que sa femme avait rendu l'âme lors d'une séance d'amour tumultueuse. Il veillait sur la poitrine de sa fille comme s'il s'agissait d'atouts pour le grand chelem. T.J. se vantait d'avoir une fois tété aux cornets extraordinaires de Carralou, mais personne ne le croyait. Quoi qu'il en fût, une fois les filles sous la bonne garde de l'inspecteur LeRoy King, elles étaient intouchables.

Écrasés par la nature et les circonstances, les Trois Princes contemplaient un royaume en déroute. Leur carrosse était une jeep rouillée et boueuse dont le compteur avait passé trois fois les cent mille miles. Leur cour était un parking inondé par la pluie, leur banquet royal : le menu spécial du cinoche (hamburgers, frites, bière sans alcool : 55 *cents*) dont les restes étaient éparpillés au milieu d'une mare d'huile et de chili, sur un plateau en métal accroché à la portière. Et ce n'est pas non plus Ludeen, la championne des flirteuses en voiture, avec ses cheveux et ses lèvres framboise, qui pouvait égayer la soirée. Elle avait dit à T.J. qu'il était « un petit con emmerdant » et qu'il avait « une sale gueule ».

— Et toi, espèce de trumeau, tu pues des pieds, avait répliqué T.J.

Il jura à ses copains qu'en réalité, Ludeen l'adorait. Il commençait à se faire tard et T.J. pensa qu'il était temps de se secouer un peu.

— Eh! fit-il brusquement, et si on allait faire un tour du côté des culs bénis?

Mack et Kleber répondirent par un grognement. Deux fois déjà dans le passé, T.J. avait annoncé la découverte d'une secte pas piquée des vers. Mais, après s'être avancés sur la pointe des pieds jusqu'aux fenêtres embuées de ce qui avait été autrefois le Tabernacle du Sang de l'Agneau de Worth Hill et, un autre soir, de la Mission Rédemptrice Épiscopalienne et Africaine, dans le quartier noir, tout ce qu'ils avaient découvert, c'étaient des hurlements excités et des lavages de pieds. Kleber s'était senti embarrassé de surprendre une cérémonie religieuse apparemment sincère malgré l'étrangeté de la représentation. T.J., au contraire, était fasciné et nourrissait le rêve impossible de se faire engager dans leurs rangs pour faire la quête, ayant vu miroiter les sommes d'argent données par les fidèles.

— Eh bien les mecs, vous n'avez rien dans le ventre, lança T.J. On a combien de fric?

— Peut-être 7 dollars, fit Kleber, sur ses gardes. Mais si c'est encore pour un bordel de Dallas, alors ce sera sans moi!

Au début du printemps, tous trois s'étaient rendus en voiture jusqu'à Dallas, sur la foi d'un tuyau exclusif de T.J. : un nouveau bordel sensationnel venait d'ouvrir. Toujours à l'affût de ce genre de nouvelles, T.J. avait expliqué qu'il y avait un petit orchestre, des filles portant des robes du soir et avec un minou à faire rêver le Dr Fleming, des cocktails (une aubaine irrésistible dans ce Texas asséché par les baptistes) et que, pendant la période d'ouverture, on pouvait négocier « un p'tit coup » pour 3 dollars. Kleber et Mack n'étaient pas sûrs que de tels rabais fussent possibles, mais comme T.J. avait toujours été le plus déluré des trois, ils avaient accepté. Malheureusement, une fois arrivés à Dallas, ils n'avaient pas trouvé l'hôtel Queen. T.J. prétendait que c'était en plein cœur de la ville, mais ils avaient tourné en rond pendant des heures et n'avaient réussi qu'à vider un quart du réservoir à essence.

Tout à coup, T.J. avait repéré un Noir dans l'embrasure d'une porte. Il portait une chemise violette et une casquette de jockey. Pour sûr, ce type était au parfum. Courageusement, T.J. s'était dirigé vers lui pour demander des indications. Puis il avait ramené le Noir vers la voiture et l'avait invité à monter.

— Je vous présente Chigger. Il y est allé et il dit que c'est le paradis.

Claquant ses doigts, laissant échapper des petits grognements extatiques, Chigger avait dirigé la De Soto de Kleber vers une rue sombre dans le quartier des entrepôts.

— J' vais vous expliquer comment ça marche, les gars. Vous m' donnez 5 dollars chacun, tout de suite; moi, je rentre, je montre les biftons à la crémière, et elle, elle voit que vous êtes des gentlemen, des clients sérieux avec du pèze.

Il attendit des éclats de rire qui ne vinrent pas. Il ajouta à voix basse :

– J'ai entendu dire qu'y avait une nouvelle, ce soir. De *Hollywood*. Elle prend 10 dollars pour un double T, mais quand elle verra que vous êtes des potes à Chigger, y se peut qu'elle vous le fasse à 5.

Chigger s'éventait le visage comme s'il était à côté d'un brasier.

– Ouah! s'écria T.J.

Toujours curieux, Kleber demanda :

– C'est quoi, un double T?

Chigger sourit largement, révélant quelques tristes chicots.

– Tu la tires, puis tu te tires.

Éclats de rires complices...

Très excité, T.J. avait tendu ses 5 dollars et poussé ses amis moins enthousiastes à en faire autant. Les Trois Princes avaient vu Chigger disparaître par la porte d'une bâtisse sombre et inquiétante. Et ils avaient attendu, chacun faisait face à ses propres frayeurs, Kleber de se faire attraper, Mack d'être incapable d'accomplir sa première copulation, T.J. que ça parte avant même d'avoir visé. Cinq minutes avaient passé, puis dix, puis vingt minutes, puis quarante. Ils avaient fait sortir T.J. de la voiture pour voir ce qui se passait. Il était entré dans le sombre bâtiment pour réapparaître aussitôt, penaud et furieux.

– Eh bien, on s'est bien fait baiser! Ce nègre a foutu le camp.

Depuis longtemps, il n'y avait plus personne dans l'immeuble. Chigger, ses 15 dollars naïfs dans la main, était tout simplement monté à l'étage, s'était glissé par une fenêtre ouverte du premier, et avait gentiment atterri sur un toit avoisinant, d'où il avait filé.

T.J. avait juré d'avoir sa peau, mais quand ils s'étaient retrouvés à Fort Worth, les Trois Princes avaient tellement ri qu'ils avaient versé des larmes retenues depuis leur enfance. Cela allait devenir une histoire aussi drôle que celle qui était déjà entrée dans les annales quand, à l'âge de douze ans, ils étaient allés à un camp scout dans l'Oklahoma. Un soir, T.J. avait entraîné ses copains dans une forêt toute proche où des troupeaux, de plus en plus réduits, de bisons vivaient sous la protection fédérale. Armés de lance-pierres, se traînant à plat ventre comme des éclaireurs Choctaw, les garçons étaient partis à la recherche des grosses bêtes. Ils avaient rencontré d'innombrables grenouilles, des tatous, des choses glissantes et gluantes, des ronces déchirant leurs mains et leurs vêtements, mais rien qui ressemblât à la noble cible des

Peaux-Rouges. A bout de forces, crachant des jurons aussi interdits que le territoire où ils se trouvaient, T.J. s'était relevé et avait lancé un caillou à une racine de cèdre toute proche. Émettant un cri, la masse s'était levée.

– J'en ai un! avait hurlé le chasseur à ses deux copains qui prenaient la poudre d'escampette, paniqués. Eh, attendez!

Kleber et Mack ne s'étaient retournés qu'en entendant un authentique hurlement de terreur. L'énorme bête avançait lourdement vers leur ami, étalé de tout son long parmi des ronces.

– Eh! il va me bouffer! criait T.J. *Faites quelque chose!*

Et les deux autres, paralysés, n'avaient pu que contempler la scène : le bison s'était agenouillé, avançant son museau vers le visage de leur ami prêt au pire, et la bête avait déroulé une langue longue comme un tuyau d'arrosage. Pendant une minute tout entière qui, selon T.J. et la façon dont il devait raconter l'histoire plus tard, avait duré au moins le reste de la nuit, le bison avait léché calmement le petit garçon jusqu'à ce que, apparemment satisfait, il s'éloignât tranquillement pour aller s'accroupir plus loin et se transformer de nouveau en une grosse racine de cèdre. Pendant des années, T.J. se vanta d'avoir atteint la jouissance sexuelle – sa première – grâce aux bons soins d'une langue de bison. Même si la vérité en prenait un coup, le viol de T.J. par un bison était trop merveilleux pour refuser d'y croire.

Car ce qui caractérisait T.J., c'était qu'il était toujours le premier à faire le clown. Le premier à se mettre de la brillantine sur les cheveux et à les lisser en arrière en queue de canard (alors que partout ailleurs, cette mode s'appelait le cul de canard); le premier à se raser le crâne, en laissant juste au milieu une bande à la Mohawk; le premier à peindre le nom de ses petites amies en lettres blanches sur sa veste en jean (mode qui envahit la ville); le premier à voler le petit enjoliveur sur le capot d'une Buick 1948 et à le passer autour du poignet de sa bien-aimée du moment.

Fondamentalement, T.J. était extraordinairement attirant. Il était musique et il était rire. Il se plaçait juste de l'autre côté de la barrière, là où tout le monde a envie de se glisser en secret, rien que pour voir. Il était crâneur et infantile, se mettant dans les pires situations, mais toujours capable de baratiner. C'était un bon acteur, drôle, irrésistible. Kleber était plus intelligent, Mack était plus fort, mais T.J. était celui dont tout le monde parlait.

Et c'est pourquoi, par cette nuit où rien ne s'était passé, ses deux amis l'écoutèrent quand T.J. proposa une solution au marasme.

– Je sais c' qu'on pourrait faire. On va prendre l'autoroute de Weatherford... on va acheter quelques bières... et on va aller dans la vieille maison que loue mon oncle... y a personne depuis des années... Elle est peut-être hantée!

— Et pour faire quoi? demanda Kleber. Chasser la vache?

— Eh bien, je sais pas! Pas encore. On peut se raconter des histoires salées. On peut faire des parties de bras de fer. Ou se branler en faisant le poirier. Quoi! La nuit est ce qu'on en fait. En tout cas, on sera ensemble.

Mack se mit à se faire prier. Sa tante, avec qui il vivait, ne serait pas d'accord pour une randonnée nocturne sans avoir donné la permission.

— Allons! fit T.J. d'un ton moqueur. Tu es libre, tu es blanc et tu as dix-huit piges! Demain, tu quittes le bahut. Cette vieille bonne femme ne va pas te foutre une fessée parce que tu as tardé cette nuit, pour une fois!

A ce défi, Mack se rendit. Sur un terrain de football, c'est lui qui donnait les ordres. Mais, au jeu de l'amitié avec les deux autres, il obéissait. Ils étaient sa seule famille. De même, la première réaction de Kleber fut de refuser. Mais se sentant trahi par le temps, par Lisa, par les dieux grincheux qui abîment les projets des jeunes gens, il haussa les épaules et déclara :

— D'accord! après tout, pourquoi pas?

En atteignant la route goudronnée, Laurie se lava les pieds dans une flaque d'eau, enfila ses chaussures de tennis et, d'un pas léger, se dirigea vers Weatherford. La nuit s'était adoucie; quelques étoiles parvenaient à briller malgré les lourdes traînées de nuages. C'est bon signe, se dit-elle pour se donner du courage. Puis, derrière elle, des phares lointains apparurent. Laurie résista à son envie de se cacher. Quoi? Je ne fais rien de mal. Ce pays est à tout le monde.

Les lumières se rapprochèrent et Laurie se mit sur le côté de la route, regardant un champ labouré sur la droite comme si elle inspectait la récolte. Du coin de l'œil, elle vit une camionnette de boulanger passer. Les battements de son cœur se calmèrent. De nouveau, la nuit lui appartenait. Mais quand Laurie atteignit le sommet d'une petite colline, un peu plus loin, la camionnette du boulanger attendait, moteur tournant au ralenti.

Elle s'arrêta.

— Eh! fit une voix d'homme.

Le conducteur avait descendu la vitre de la camionnette et sorti sa tête.

— On a besoin d'aide?

Laurie hocha la tête.

– Des ennuis de voiture? demanda l'homme en faisant marche arrière pour se rapprocher d'elle.

Sans répondre, Laurie traversa la route et continua de l'autre côté, comme si elle n'avait pas de temps à perdre en bavardant. Mais la camionnette restait à son niveau, avançant, s'arrêtant, comme un chien de chasse.

– Y va encore pleuvoir, dit l'homme. Où allez-vous, à c'te heure-ci?

Il avait une voix agréable. Il ne donnait pas d'ordres; il bavardait. Laurie risqua un regard de son côté et aperçut un type sympathique d'environ trente ans, le visage rougeaud et portant une chemise de cow-boy avec boutons nacrés, fraîchement repassée. Ça le faisait un peu ressembler à son père.

– J' vais à Weatherford, dit-elle finalement, sans ralentir le pas.

– Eh bien, moi aussi. Mais on ne peut pas passer, là-bas. Le pont s'est écroulé. Il va vous falloir faire demi-tour et passer de l'autre côté, par l'église de l'Assembly of God.

Laurie essaya de paraître reconnaissante, forcée de s'arrêter pour réfléchir. Juste à ce moment-là, la pluie recommença à tomber, de grosses gouttes s'écrasant comme des larmes sur le manteau bleu de sa mère.

– Montez donc! J' vous emmène, moi, à Weatherford. Sans quoi, vous allez attraper une pneumonie.

Il ouvrit la portière. A l'intérieur, il y avait de la chaleur, de la musique, un hôte apparemment gentil : elle se laissa convaincre.

– Vous vous appelez comment? fit l'homme dont l'haleine avait des relents de bière.

– Laurie, m'sieur.

– Ça, c'est un joli nom! Moi, c'est Butch. Quel âge as-tu, Laurie?

– Vingt-deux ans, mentit Laurie en retenant son souffle.

– Super! Au moins, y aura pas de détournement! fit Butch en éclatant de rire.

Il appuya à fond sur l'accélérateur et tripota la radio jusqu'à ce qu'il trouve une musique qui lui plaisait. Une vieille femme enrouée chantait : « Si tu triches, ton cœur te trahira... »

Soudain, Butch quitta la route et prit un petit chemin de terre puis un autre, et encore un autre, glissant et dérapant dans la boue. Des trombes d'eau de plus en plus grosses venaient s'abattre contre le pare-brise comme des paquets de mer. Pendant un moment, Laurie sut où elle était. Elle s'était souvent promenée en ces lieux mélancoliques, de jour. Mais bientôt, elle fut perdue, et ni Weatherford ni Elizabeth Taylor ne semblaient se rapprocher.

Elle commença à se sentir mal à l'aise. Butch avait une glacière pleine de bière et il n'arrêtait pas de boire. Il proposa à Laurie de partager; elle refusa, et il haussa les épaules. Il empilait soigneusement les boîtes vides entre ses cuisses jusqu'à ce qu'elles tombent par terre, roulant à chaque virage et tintant comme des cloches d'église. Il eut bientôt le menton plein d'écume et augmenta le volume de la musique pour couvrir la pluie.

Soudain, il freina sec et la camionnette pila.

– Bon dieu! On y voit que dalle, trésor! J' crois qu'on ferait mieux d'attendre un peu que ça passe.

Il avala encore deux bières, rota et coinça les cadavres entre ses jambes.

– Remarque, y a pire, Laurie, dit Butch, imbibé de bière.

Il avança un bras rampant sur le dossier du fauteuil et vint s'accrocher à l'épaule de Laurie.

– T'as déjà vu une tornade? Moi, oui. Une fois, à Midlothian. J'étais avec une vieille copine, en train de rigoler. On a entendu la pluie et le vent qui commençaient à se déchaîner, mais on était tellement occupés, si tu vois ce que je veux dire, qu'on... bon dieu! Qu'est-ce qu'y fait chaud, dans cette bagnole! Moi, j'enlève ma chemise, Laurie. J'ai pas envie qu'elle soit toute trempée sous les bras... Oui, alors, comme j' disais, le lendemain matin, j' lui dis : « Merci pour la petite java, cocotte », et quand je sors, qu'est-ce que je vois? La moitié du toit de la maison d'à côté, parti! Et en bas de la rue, je vois des poteaux avec de la paille plantée dedans! Le vent avait soufflé si fort la nuit précédente que la paille s'était *plantée* dans le bois! Tu t' rends compte? Pendant ce temps-là, moi et ma copine, on s'était envoyés en l'air toute la nuit, comme l'orage, pour ainsi dire!

Rien que d'y repenser, Butch éclata d'un gros rire rauque. Il essaya d'attirer Laurie à lui; elle résista.

– J' ferais mieux de rentrer, fit-elle timidement. J' crois que ça se calme.

Laurie avança la main vers la poignée, mais Butch l'arrêta, plus rapide qu'un joueur de dés.

– T'as un pote qui t'attend à Weatherford?

– Non, m'sieur; je voulais simplement aller au cinéma.

– Allons, ne mens pas, Laurie! C'est un gros péché. Allez, dis-moi, y a un type qui t'attend, hein? Qui n'en peut plus... Il est en train de s' toucher en t'attendant, hien? Il doit avoir une petite queue, pas plus grosse que mon pouce. Mais t'aimes ça, hein, Laurie?

Laurie ne savait que faire. Jamais elle ne s'était trouvée dans une situation aussi dangereuse. La seule chose à laquelle elle pût penser, c'était une vieille recommandation maternelle. Sois toujours polie avec les grandes personnes. *Toujours.*

— En tout cas, j' vous remercie, fit-elle d'une voix polie. Je viens de me rappeler que Maman habite juste là. Alors, j' vais laisser tomber le ciné et j' vais rentrer en vitesse.

Butch hocha la tête. Il saisit la jeune fille par le cou, la força brutalement à se rapprocher de lui, enfouit le visage de Laurie dans les poils de sa poitrine puis, la faisant glisser sur la peau de son ventre en sueur, la coinça entre ses jambes. Il s'arrangea en même temps pour défaire les boutons de sa braguette et sortir son sexe qui, libéré, se dressa agilement, s'agitant comme la queue d'un chien méchant.

— Embrasse-moi, Laurie, ordonna Butch, la tenant par le cou tandis que, de l'autre main, il soutenait ses testicules et les lui fourrait dans le nez. Embrasse-moi là, rien qu'une fois.

Laurie se débattait et hurlait, désespérée, pensant qu'une solution serait de mordre le zizi de Butch. Mais ce serait encore plus dégoûtant que de l'embrasser. Elle vit, alors, par terre, les canettes vides. Elle en saisit une et frappa le coude de son agresseur, mais pas très fort. Heureusement pour elle, elle atteint l'os sensible. Avec un hurlement, Butch releva la tête de Laurie et essaya de l'étrangler. Mais elle tendit la main derrière elle, localisa la poignée et dégringola à l'extérieur, aidée par une claque que Butch-le-Rejeté lui balançait en pleine bouche. En atterrissant dans une mare de boue, Laurie entendit l'adieu de Butch.

— Va t' faire voir, toi et toutes les p'tites allumeuses de ton espèce!

Et il démarra sur les chapeaux de roue, la boue giclant des pneus comme d'une pelle de fossoyeur.

Laurie s'enfuit en courant. Elle trébuchait, sanglotait, mais eut la joie de voir que les feux rouges de Butch disparaissaient au bout de la route. Alors, elle se laissa tomber sur un tronc à terre et se mit à pleurer. Le dos de la robe rose de sa mère était déchiré jusqu'à la taille. L'argent volé avait disparu. La vieille dame sur le camée de la bague ne semblait attendre qu'une chose : tout rapporter. Levant sa tête vers le ciel, Laurie laissa la pluie lui laver le visage. Mais même quand il n'y eut plus de boue, elle se sentit encore sale.

CHAPITRE 3

T.J. ne s'était pas aventuré jusqu'à la ferme abandonnée de son oncle depuis plusieurs années, en tout cas jamais de nuit, à moitié soûl et par temps d'orage. Mais il fallait que la nuit ait lieu. Joyeusement, il manœuvra sa jeep dans le dédale des chemins de campagne détrempée, en braillant *Que ma joie demeure* d'une voix de ténor imbibée d'alcool, et finit par déposer triomphalement ses amis hébétés devant un portail en fil de fer barbelé donnant sur un terrain broussailleux de quatre hectares. A trente mètres, à peine visible sous les trombes d'eau, était plantée une cabane de deux pièces, construite à l'époque où Grover Cleveland était président et apparemment oubliée depuis.

T.J. sortit de la voiture et fit courir sa torche électrique sur des restes de vie oubliés : une charrette à coton renversée, les roues paralysées par la rouille, un tas d'outils de ferme envahis par la vigne sauvage, un tricycle d'enfant à la peinture complètement écaillée et qui avait la même couleur, triste comme une toile d'araignée, que la maison. Il courut jusqu'à la porte et donna un grand coup sur la poignée. La porte s'écroula. T.J. en jeta les débris vers un hangar en ruine où, se rappela-t-il, vivait autrefois une jument dandinante et têtue nommée Cléopâtre.

— Papa m'a monté sur elle quand j'avais juste un an, dit T.J. C'est la première photo Kodak qu'on a prise de moi. J'avais l'air d'avoir fait dans ma culotte.

Il essayait de se donner du courage, se battant contre la même appréhension que partageaient Kleber et Mack au moment de pénétrer dans une maison morte depuis longtemps.

— Eh bien, quand faut y aller, faut y aller...

A l'intérieur, il faisait froid et humide, avec une odeur de journaux pourrissant dans un garage, mais pas de fantômes à l'horizon. Tous trois se mirent à l'ouvrage. Dans un placard de la cuisine, Mack découvrit des restes de bougies qui offrirent une lueur modeste mais intime. Kleber décida que le conduit rouillé de la cheminée tirait encore assez bien pour y faire un feu de planchettes. T.J. dénicha une couverture de l'armée et deux édredons en lambeaux, puis il aligna les boissons; deux flacons de bourbon bon marché, trois pintes de gin, quelques bouteilles de tonic, un paquet de pommes chips et des gâteaux secs.

Ils ôtèrent leurs vêtements trempés, étalèrent jeans et polos devant le feu et s'enveloppèrent dans les morceaux d'édredons. T.J. ouvrit le premier flacon de bourbon, avala une grande lampée avec un sourire qui ressemblait à une grimace, s'écria « Youpi! » et fit passer.

— Le Seigneur avala une frite et un coup de gnôle en disant : mangez et buvez car ceci est mon corps... dit T.J. en prélude à une longue suite de blasphèmes, tandis que les vêtements séchaient, que les corps se réchauffaient et que les gosiers brûlaient.

Quand la bouteille fut à sec, T.J. la balança dans le feu. Les flammes dévorèrent l'étiquette, puis le plastique éclata. Cela leur parut extrêmement divertissant.

— Eh! fit T.J., j'sais ce qu'on va faire. Chacun va raconter sa meilleure baise.

Il se leva, perdant son édredon, et attrapa sa queue comme si c'était un P. 45 prêt à faire feu. Kleber enviait la façon dont T.J. savait montrer sa nudité, comme si de rien n'était. Il se demandait aussi comment T.J. parvenait à maintenir une telle forme physique, vu que le seul exercice qu'il pratiquait, c'était la branlette. Kleber avait beau soulever des poids à se coller une hernie, les seuls muscles qu'il arrivait à assouplir étaient dans sa tête.

— Pour toi, c'est pas compliqué! railla Kleber. C'est la veuve Poignet!

Et il éclata de rire.

— Faut bien se mettre le cœur à l'ouvrage dès le matin! répliqua T.J.

Puis il exigea une réponse à une question importante, à savoir s'il était vrai que Sandra Locher avait sucé toute l'équipe de football.

Mack haussa les épaules, ne voulant ni confirmer ni infirmer. Pourtant il rougit, et ce n'était pas à cause du feu. Se rendant compte de son malaise, Kleber essaya la diversion.

— Celui qui en a le plus raconte le moins. Et vice versa.

— Ça c'est des conneries! déclara T.J. Raconter, c'est plus drôle que de faire.

Il fit passer une nouvelle bouteille et s'envoya un peu de tonic pour faire descendre.

— Ma meilleure baise, commença Mack d'une voix hésitante et surprenant tout le monde, c'était à La Nouvelle-Orléans. L'hiver dernier. Quand on m'avait invité à visiter Tulane. J' vous l'ai dit, vous vous rappelez?

Les deux autres hochèrent la tête. Kleber était surpris : Mack parlait rarement d'autre chose que du score des matchs. L'athlète raconta son histoire avec quelque difficulté, mais aussi un soupçon d'orgueil.

— Eh bien, ce soir-là, j' suis allé au Vieux Carré et j' suis entré dans une boîte appelée le Monkey Bar. Il faisait tout sombre. Comme dans la jungle. Ils m'ont même pas demandé mes papiers. Tout d'un coup, une fille vient s'asseoir sur le tabouret d'à côté. Vraiment mignonne. Elle sentait le gardénia...

— Ouh la la! murmura T.J. Et alors?

— Alors, on a parlé...

— De quoi?

— Chut, T.J.! Laisse Mack raconter.

— Puis elle a dit : « Excusez-moi; j' reviens tout de suite. » En fait, il y avait un spectacle. Moi, j'en savais rien. La salle a été plongée dans une lumière rouge. Y a eu un roulement de tambour et une stripteaseuse est apparue. Elle portait une longue robe du soir brillante. Un perroquet est arrivé de je n' sais où et a commencé à lui défaire sa robe à partir du haut.

— Bon dieu! fit T.J. en respirant lourdement. Tu as vu ses nichons?

— Ouais. Et devinez qui c'était... La fille avec qui je venais de parler! C'était elle, la stripteaseuse! Elle a tout enlevé, sauf un « string », comme on dit, transparent... Après, elle est revenue au bar, on a continué à parler et, une chose amenant l'autre, j'ai pris mon courage à deux mains et j' l'ai invitée dans ma chambre d'hôtel. C'était pas très loin. Mais elle voulait prendre un taxi; alors, je lui ai donné 10 dollars et la clé de ma chambre... Voilà... C'est tout...

— Mais après? hurla T.J. Comment ça s'est passé, nom de dieu?

— Elle est venue me rejoindre vers 2 heures du matin et... voilà, c'est ce que j'ai de mieux à raconter!

Mack garda un sourire aux lèvres et se contenta de hocher la tête à toutes les questions précises de T.J. Ce dernier se tourna alors vers Kleber et lui flanqua un coup dans le bras.

— A toi, maintenant.

Kleber hocha la tête.

— C'est difficile de dire quelle fois a été la meilleure, mentit-il. De plus, je garde le meilleur pour mes mémoires. Un jour, vous paierez pour lire l'histoire de ma vie sexuelle!

Il se leva, vacillant, se rhabilla et avala sa salive pour se débarrasser du goût épouvantable de whisky et de gin qui se battaient dans son estomac.

— Mais où sommes-nous? demanda-t-il.

— Mon vieux, t'es vraiment beurré! dit T.J., ravi.

Il aurait voulu que tout le monde soit soûl. Il fit semblant de composer un numéro de téléphone imaginaire.

— Allô, Associated Press? Le Grand Chef est beurré comme un petit Lu.

— Où sommes-nous? répéta Kleber.

— Au château de T.J., répondit Mack en pouffant de rire.

— Faux, corrigea T.J. Vous êtes dans la propriété de mon oncle Bun, à vendre au prix sacrifié de 200 dollars l'hectare. Le palais où nous sommes est gratuit, en revanche... Exactement comme cette pute que je me suis faite, l'été dernier, à Nuevo Laredo. Conchita s'était installée sur mes genoux, sa langue dans mon oreille, et elle me dit : « Baiser por amor, darling. Baiser gratis por amor. Seulement 10 dollars pour chambre. »

— L'oncle B-b-bun? répéta Mack en s'efforçant de bégayer, comme il l'avait fait en réalité jusqu'à l'âge de dix ans, où son corps avait commencé à se remplir et ses muscles à donner un peu de dignité à ce garçon grandi sous la garde d'une vieille tante excentrique. Le jour où il avait réussi à clouer au sol, sur Cloverdale Avenue, Kleber et T.J. en même temps, il avait cessé de bégayer.

— Exactement, répondit T.J. L'oncle Bun, le plus vache des salauds d'ici à El Paso. Ressemble à Roy Rogers et parle comme Humphrey Bogart. Jure dix-sept minutes sans se répéter. Pense que Gary Cooper est de la jaquette. S'est marié à peu près huit fois.

T.J. aimait les portraits grandioses.

— *Huit* fois? demanda Kleber en essayant désespérément de ne pas vomir et en arpentant la pièce à grands pas, à la recherche du calme intestinal.

— J' sais pas, peut-être seulement cinq ou six. Une était esthéticienne à Amarillo. Bâtie comme des chiottes en briques. Un soir, l'oncle Bun est rentré à l'improviste et l'a trouvée au pieu avec un gardien de chèvres. Il les a flingués tous les deux.

— Morts? demanda Mack qui, comme Kleber, mordait toujours les pièces d'or de T.J. pour voir si elles étaient vraies.

— Bun a dit qu'il les avait butés; alors, j' pense raisonnablement qu'ils ne sont plus de ce monde.

— Et l'oncle Bun?

— Homicide autorisé. C'est la loi, au Texas : tu peux tuer ta femme si elle couche avec un autre.

– Pas de procès? s'étonna Kleber, debout devant le rectangle vide laissé par la porte arrachée.

Il respirait à grands coups l'air humide de la nuit. Des éclairs déchiraient la campagne. De nouveau, le vent s'était levé et hurlait comme une bande de loups.

– Bien sûr que non! L'oncle Bun a dit que parfois, on était forcé de tuer, et le jury a été d'accord.

– Et où est-il, maintenant? demanda Kleber.

Il se sentait mieux et se rapprocha du feu. Il refusa la bouteille que lui tendait T.J., car le décor continuait à tourner sérieusement.

– J' sais pas. Dans des rodéos, probablement. Ou peut-être à Hollywood, à la colle avec Linda Darnell! Lui et mon père m'ont dit qu'ils me donneraient dix pour cent de commission si je vendais cette baraque à un pigeon. 1 000 dollars. Vous en voulez?

– Je répète, dit Kleber. Où sommes-nous *exactement*?

– Crénom! Vous m'entendez, monsieur le président? Nous sommes chez Bun!

– Écoute, crétin, je sais *à qui* est cette maison. Je veux savoir *où* elle est. Exactement.

– Ah bon! Eh bien, à vingt-neuf kilomètres à l'ouest de Fort Worth par l'autoroute 80; on tourne à gauche à l'enseigne Burma Shave, là où est écrit : « Ne sortez pas votre bras ou votre coude; il pourrait rentrer par une autre voiture »; puis à trois kilomètres environ au sud, après quelques virages en zigzag, on y est!

Kleber hocha la tête, examina ces renseignements dans son cerveau embrumé puis, comprenant, sourit.

– Dans ce cas, chers compatriotes, et vous capitaines en mer, j'ai le plaisir de vous informer que nous sommes assis, debout ou, dans le cas de Mack, allongé à l'endroit même où Quanah Parker posa autrefois le pied. En fait, il y a sans doute eu une bataille terrible, ici même, il y a un siècle environ.

– C'est qui ça? demanda T.J.

Se concentrant avec difficulté, trébuchant sur des silences et des rots dus au mélange de mauvais alcools ayant attaqué son pauvre foie, Kleber se livra à un panégyrique enflammé d'un de ses héros. Quanah Parker, dernier chef de guerre des Comanches, était le fils métissé d'un guerrier redoutable nommé Nocone et de sa squaw Cynthia Ann Parker, jeune Blanche kidnappée à l'âge de neuf ans par la tribu.

– Quanah était un type fantastique. Plus grand que Geronimo, Cochise ou même l'oncle Bun! Autrefois, les Comanches contrôlaient tout ce territoire, avant même que l'Amérique n'existe, depuis le Mexique jusqu'au Texas, l'Oklahoma, le Kansas, et, à l'ouest, l'Arizona. C'étaient des nomades qui bougeaient tout le temps, et les meilleurs cavaliers qu'on ait jamais vus. Tout le monde avait peur d'eux.

Kleber s'interrompit pour pisser. T.J., peu intéressé par cette évocation historique, tenta de passer à autre chose.

– Allez, portons un toast. Je bois à nous, les Trois Princes. A Kleber et à toutes les chiées histoires qu'il va écrire; à Mack et à toutes les pépées qu'il va se faire; et je bois à moi, Thomas Jeremiah Luther, et au million de dollars qu'il va se mettre dans les poches avant d'avoir vingt-cinq ans.

– Attends, laisse-moi finir, ronchonna Kleber. J'ai pas tout dit.

– Mais où tu te crois? dit T.J. A la Semaine sainte des bons Indiens? On est là pour se marrer! C'est pas un cours d'histoire du Texas.

– Après la guerre de Sécession, continua Kleber, la cavalerie américaine a encerclé Quanah dans ce petit coin de terre. Les Comanches, qui avaient disposé de dizaines de milliers de kilomètres carrés, se sont retrouvés coincés sur cette misérable portion du Texas. Quanah se battit comme un fou. Il prit une dégelée, perdit la plupart de ses meilleurs guerriers, mais parvint à se regrouper et à se battre encore. Et encore... Finalement, il fut amené à faire un choix : soit sacrifier sa tribu (et ils étaient tous prêts à mourir pour lui, hommes, femmes et enfants), soit pactiser avec le gouvernement.

– Et alors? demanda T.J.

– Il s'est rendu.

– Normal! Tous des trouillards, ces salauds d'Indiens.

– Non, écoute. En se rendant, il a obtenu cinq cent mille hectares de terre en Oklahoma comme réserve pour son peuple. Mais ensuite – et ça, c'est le meilleur – il a reloué une partie de la terre aux Blancs, qui y ont découvert du pétrole et ont fait la fortune du vieux Quanah! Ce fut le seul chef à s'en sortir dignement. Il est devenu le pote de Teddy Roosevelt. C'était le seul Indien qui ait jamais dormi à la Maison-Blanche.

– Je parie qu'ils avaient mis l'argenterie sous clés, dit T.J.

– Une fois, Teddy est allé en Oklahoma chasser le loup avec Quanah. Quand il est mort, le vieux était millionnaire; il avait une superbe voiture noire pleine de bijoux, un hôtel particulier et au moins vingt épouses.

– *Vingt épouses!* s'exclama T.J., retrouvant un peu d'intérêt à l'histoire.

– Tu ne peux pas penser à autre chose qu'à la baise pendant une minute? demanda Kleber.

— Maintenant, j' comprends pourquoi le salaud a vendu son peuple!

— Ça sert à rien, soupira Kleber. On peut pas parler à Priape!

— A qui?

— A Priape! Un dieu grec qui était en érection permanente. En fait, il y a une maladie appelée le priapisme.

— Ah bon, et ça s'attrape comment?

— Tu l'as déjà, mon vieux!

T.J. s'étrangla de rire.

— Et pourquoi nous as-tu raconté cette histoire emmerdante?

— Parce que j'en avais envie, p'tit con! Ce qui est intéressant, c'est que Quanah dut prendre une décision morale. Il était à une croisée de chemins. Tout le monde y vient, un jour ou l'autre. Quanah aurait pu y rester, lui et son peuple. Mais il était sage. Et il est mort glorieusement. Dans son lit. On a donné son nom à une ville et à une ligne de chemins de fer. Il est dans les livres d'histoire. Il est célèbre à tout jamais.

T.J. réfléchit un instant, puis baissa la tête.

— Je serai assez d'accord avec ça. Moi aussi, je serai célèbre. J' veux conduire une voiture décapotable et que les gens me reconnaissent dans la rue. J' veux être tellement célèbre que quand les journaux écriront T.J., ils n'auront pas besoin d'ajouter le nom. J' veux avoir tellement d'argent que j' pourrai m'acheter les dernières Cadillac sans même en demander le prix.

Mack éclata de rire. Il applaudit.

— J'aime ton histoire, Kleber.

Kleber sourit, reconnaissant. Il posa son bras sur les épaules massives de l'athlète. C'était comme faire le tour d'un tronc de séquoia.

— Merci. D'accord, levons nos verres. Aux Trois Princes. Aux muscles (Kleber désigna Mack)... à la tête (il se frappa le front)...

— ... et à l'argent et aux minettes! continua T.J. à sa place. Et votre serviteur n'en aura jamais assez!

Ils burent cérémonieusement, se passant la bouteille avec précaution, bras dessus, bras dessous. C'est alors qu'un énorme éclair s'abattit sur le hangar voisin. Juste après, ils entendirent les cris. Quelque part sous l'orage, tout près, une femme terrorisée hurlait.

La fureur des vents avait puni Laurie comme un parent abusif. Le manteau bleu ciel de sa mère s'était accroché aux ronces;

arraché de ses épaules, il s'était envolé. Elle avait essayé de le rattraper mais avait été terrassée par la pluie aveuglante et des branches qui la frappaient au visage. L'orage était épouvantable; le ciel, barré de déchirures blanches et orange; les rafales de vent, si fortes que Laurie était forcée de tenir sa robe rose à deux mains pour l'empêcher d'être aspirée. Devant elle, un groupe de pacaniers pour s'abriter, mais au moment où elle s'en approchait, un nouvel éclair fourchu transperça un tronc à dix mètres devant elle, dans une odeur âcre de flammes et de fumée. Elle courut de tous côtés, perdue, désespérément perdue, balbutiant des prières, jurant à Jésus et à Elizabeth Taylor que jamais, au grand jamais, elle ne prendrait de robe à sa mère ni 5 dollars à un éventuel beau-père. Des ombres, des formes inquiétantes apparurent devant elle et, pensant qu'il s'agissait d'autres victimes des cieux, elle fonça tête la première dans un troupeau de bétail terrifié, les pattes avant dégoulinant de sang pour s'être rué sur les barrières dans leur panique. Elle fit demi-tour et se retrouva devant un ruisseau qu'en temps normal, elle eût sauté. Cette nuit-là, c'était un fleuve déchaîné. Pendant des kilomètres, Laurie courut, gorge sèche, poitrine en feu, jusqu'à ce qu'enfin, au loin, elle aperçut une douce lumière aux fenêtres d'une maison délabrée semblant prête à l'accueillir.

En entendant ses cris, Mack fonça dans l'orage. Laurie l'aperçut et s'écroula dans ses bras, en sanglots, à bout de forces.

– C'est fini, fit-il doucement. Ça va aller.

Il la porta à l'intérieur. Kleber lava le visage et les jambes de la jeune fille; T.J. lui sécha les cheveux avec une serviette. Très vite, Laurie récupéra. Restaient quelques égratignures aux doigts et une éraflure serpentant sur son épaule. Elle tira sur les morceaux de la robe rose pour cacher ses seins, mais déjà T.J. avait remarqué leur forme prometteuse. Avec audace, il lui tendit la bouteille de whisky. C'était la première fois qu'elle en goûtait, et malgré un haut-le-cœur, elle se sentit réchauffée. A la seconde gorgée, elle sourit.

– J' me suis perdue, dit-elle, respirant encore par à-coups.

– Nous aussi, dit T.J. Comment t'appelles-tu, ma belle?

– Laurie. Et toi?

– Prince.

T.J. jeta aux autres un regard complice. De tous les personnages qu'il aurait pu choisir, aucun ne pouvait avoir un effet plus magique. Laurie rayonna.

– Vraiment? demanda-t-elle. Tu t'appelles vraiment Prince?

– Mais oui, madame, fit-il en s'inclinant.

– Prince comment?

– Prince comme tu désires. A ton service. Notre spécialité, c'est le sauvetage en plein orage.

Quand il le voulait, T.J. savait se montrer aussi brillant et aussi galant que Lancelot lui-même. Et, à ce moment-là, c'est exactement ce qu'il voulait. Laurie se tourna vers les autres.

– Moi, je suis Tom, fit Mack, pas très à l'aise dans le jeu de T.J.

– Et moi, Ken, ajouta Kleber.

Laurie resta bouche bée, les yeux écarquillés, émerveillée. Ce sauvetage était la fin heureuse d'une aventure où Butch et l'orage avaient été les forces du mal. De plus, elle commençait à être émoustillée par ce que Prince lui avait fait avaler. Ils s'installèrent tous près du feu, laissant T.J. s'asseoir tout près d'elle, leurs genoux se touchant. Elle ne broncha pas, signal interprété par le prince des Tentations comme la preuve qu'il lui suffisait de tendre la main pour que la plus mûre des pêches fût à lui.

Mais soudain, revenant à la réalité, Laurie éclata en larmes.

– J' vais me faire tuer par ma mère. Le vent a emporté son manteau, et regardez, j'ai déchiré sa plus belle robe.

– Oh, ça ne m'a pas l'air bien grave, répliqua T.J. Un peu d'eau, et il n'y paraîtra rien.

Doucement, il passa son bras autour des épaules tremblantes de la jeune fille.

– T'as qu'à l'enlever. Tom va aller la laver dehors. D'accord, Tom?

Mack hocha la tête, gêné.

– Non, j' ne peux pas, murmura Laurie.

– Mais si! fit T.J. d'une voix encourageante. Nous trois, on est arrivés ici trempés comme des soupes. Mais on s'est déshabillés, et maintenant, nos vêtements sont secs...

Laurie ne semblait pas prête à céder.

– Ah, je sais! Tu veux pas qu'on te voie... Eh bien, on va aller dans la pièce d'à côté, et tourner le dos, yeux fermés. Comme ça, tu pourras t'enrouler dans cette couverture. D'accord?

Laurie baissa les yeux pudiquement et tendit la main vers le feu. La bague volée étincela dans la lumière dorée.

– C'est joli, ça, dit T.J.

Mais le seul effet de son compliment fut que Laurie se sentit de nouveau coupable et recommença à pleurer. T.J. jeta un regard du genre « Fais quelque chose, bon dieu » à Kleber, qui décida de venir au secours du séducteur.

– Elle est très belle, dit Kleber. C'est peut-être grâce à elle que t' as réussi à traverser l'orage.

Il se pencha pour examiner le camée, la vieille dame vert pâle, au long nez et au cou élancé.

– Serait-elle magique? Elle a peut-être certains pouvoirs...

– Tu crois? dit une Laurie si fascinée que T.J. bénit Kleber d'avoir pensé à cette histoire ridicule de conte de fées.

– Pourquoi pas? Je dirais qu'elle a au moins dix siècles. Et je crois qu'elle possède un charme transmis à travers les âges qui protège celle qui la porte. C'est le pouvoir de la bonne reine Proboscide.

– La reine qui? murmura T.J.

– La reine Proboscide, voyons, célèbre pour son nez! Célèbre et ancienne famille royale celte...

Laurie était aux anges devant la galanterie de Kleber. Il fit une révérence et posa un baiser sur la bague. Puis il trébucha et s'affala sur T.J., renversant la bouteille de whisky sur la jeune fille. Un instant, il sembla que Laurie allait recommencer à hurler, mais elle finit par rire.

– Bon, cette fois, j'crois qu'y va falloir laver cette robe, dit-elle.

Pendant que les trois garçons lui tournaient le dos, dans la cuisine, Laurie se déshabilla et drapa son corps frêle dans la couverture de l'armée. Aussitôt, T.J. se précipita dehors, rinça la robe abîmée et puante dans un seau plein d'eau du puits, et la mit à sécher devant le feu en moins de trois minutes.

– Comme la vie est belle, ronronna-t-il, en offrant à Laurie un gâteau et un tonic dans lequel il avait habilement ajouté trois doigts de gin.

Pendant qu'elle buvait, T.J. fit un clin d'œil à ses amis. De nouveau, la nuit leur appartenait. Enfin, pas tout à fait. Tout à coup, Laurie se redressa, vacillante, l'air hagard, et proclama :

– Je dois rentrer.

– Une seconde! s'écria T.J. Ta robe n'est même pas sèche! De plus, nous aussi on va s'tirer bientôt, et on te déposera à ta porte.

Laurie battit des paupières comme si elle avait du mal à fixer son regard,

– Vous habitez par ici?

– Non. A Dallas, répondit T.J. en mentant avec une telle assurance que Kleber en resta coi. Là-bas, les filles ne sont pas aussi mignonnes que toi, Laurie. On allait à Lubbock, à une réunion paroissiale, quand ça a commencé à tomber. Et on a trouvé ce havre!

Une fois de plus, Laurie rayonnait.

– Je suis mignonne?

— Mignonne comme une princesse, fit le prince d'opérette, avec des accents de réelle tendresse.

Kleber remarqua un morceau de papier journal par terre. La publicité pour le film d'Elizabeth Taylor était tombée de la robe de Laurie. Il y jeta un coup d'œil et trouva un autre compliment pour aider son ami.

— Pendant une minute, j'ai cru que c'était toi, fit-il en lui rendant son trésor.

— Mais c'est toi, Laurie, non?

Le prince des Tentations apprenait à manier la flatterie.

— Arrêtez de me charrier! C'est Mme Elizabeth Taylor.

— Elle est pas mal, concéda T.J. Mais pour la beauté, tu la bats à plate couture.

Délicatement, il lui passa le bras autour de la taille. La couverture glissa un petit peu, dénudant des épaules lisses comme de la soie. Kleber et Mack n'avaient pas besoin qu'on leur dise ce qu'il fallait faire. Discrètement, ils se retirèrent dans la chambre d'à côté, où il faisait froid et humide. Ils s'accroupirent sur les planches pourries et tordues, attendant le bruit sec du dernier cran du ceinturon de T.J.

— Tu crois qu'il va y arriver? murmura Mack, gêné.

— Ouais. Et après, il va falloir entendre cette histoire dix mille fois!

Mack gémit en se tenant l'estomac.

— J'crois que... je m'sens pas bien. J'crois que... j'vais vomir.

— Alors, va dehors, siffla Kleber en traînant ses fesses sur le plancher pour aller s'adosser contre le mur, y découvrant par hasard un petit trou.

Disons clairement que, dans des circonstances normales, Kleber n'était pas le genre de garçon à jouer les voyeurs dans les fissures d'un mur pour épier son copain. Toutefois, l'alcool et l'obscurité sont venus à bout de la moralité de plus d'un homme et, avec une toute petite pointe de honte, le prince du Pouvoir se mit à plat ventre et se sentit transporté, c'est-à-dire que non seulement il eut une érection, mais qu'il vit immédiatement trente-six chandelles.

Mack revint et dit d'une petite voix.

— J'ai la tête qui tourne.

Kleber le fit taire. Il était témoin d'un tableau vivant autrement plus important auquel rien, dans les pages cornées de livres de Erskine Caldwell, ne l'avait préparé. Il osait à peine respirer, de peur de briser l'instant magique. C'était magnifique. Se découpant en silhouettes contre la lumière du feu, deux amants indigo étaient à genoux face à face. Lentement et tendrement, T.J. retira la

couverture, tout en murmurant des mots sucrés à l'oreille de
Laurie. Elle rit et rejeta la tête en arrière, éclairée par la lumière
du feu. Ses cheveux lavés par la pluie brillaient et caressaient le
sol. L'œil collé au trou, Kleber se sentit envieux. T.J. savait
exactement ce qu'il faisait. Ce salaud n'avait pas menti. Il lui prit
le visage dans ses deux mains et la regarda comme si elle était la
dame pour qui les chevaliers joutent et les troubadours chantent.
Et lorsqu'ils s'embrassèrent, du diable si une baguette magique ne
déclencha pas une pluie d'étincelles, comme si T.J. était un sorcier
exerçant sa magie!

Ce n'est qu'au moment où il essaya de l'étendre sur la
couverture sale que Laurie commença à résister. Elle essaya de le
repousser, mais T.J. possédait son *Manuel du parfait séducteur*. Il
empoigna la bouteille, avala une pleine lampée de whisky et fit
passer directement le goulot de sa bouche à celle de la jeune fille,
sachant qu'elle allait tousser et s'étrangler. Pendant la diversion
qui s'ensuivit, le prince des Tentations, avec des gestes d'une
rapidité et d'une fluidité étonnantes, descendit la culotte de
Laurie, dégrafa son soutien-gorge, ôta son propre jean, puis
embrassa chaque centimètre de peau entre le menton et le nombril
au moins quarante-sept fois.

Au moment même où Kleber s'apprêtait à déboutonner son
propre pantalon pour se soulager, Mack vint tout gâcher. Étant
momentanément venu à bout de ses nausées, le prince des
Charmes choisit ce moment incroyablement inopportun pour
s'affaler et demander plaintivement :

— J'veux rentrer à la maison.

— Chut! souffla Kleber.

— Écoute, y faut que j'te dise quelque chose.

— Ça peut attendre.

— J'ai peur.

— T'as qu'à sortir. Va pas lui scier la baraque, à T.J...

Dans l'obscurité, Mack se tortillait dans tous les sens.

— Kleber, j't'en prie, écoute-moi. Cette fille, à La Nouvelle-
Orléans...

— Ça peut pas attendre?

— Ça s'est pas passé comme ça, tu sais. J'voulais vraiment la
baiser, certes, et j'lui ai vraiment donné la clé de ma chambre
d'hôtel et 10 dollars! Mais c'est en vain que j'l'ai attendue. J'ai pris
six douches et j'ai pas arrêté de me brosser les dents jusqu'au petit
matin. Elle est jamais venue...

— C'est la plus triste histoire que j'aie jamais entendue.

La voix de Kleber était peu chaleureuse, mais il avait perçu
l'angoisse chez son meilleur ami.

— Ne l'raconte jamais à T.J.

— J'te le promets. Fais-moi confiance. Maintenant, chut!

Pendant un instant, Kleber s'inquiéta de savoir pourquoi Mack avait besoin de se confesser, mais le péché étant relatif, il s'en retourna rapidement à son petit trou. Cependant, le spectacle n'était plus aussi beau, non pas à cause de ce qu'il voyait, mais à cause de la proximité de Mack, allongé maintenant près de lui, le souffle aussi lourd que celui des deux acteurs dans l'autre pièce. Le voyeurisme doit être un acte solitaire.

Le feu étincelait et T.J. était au-dessus de Laurie, leurs deux corps unis dans un halo doré. Son sexe effleura la peau de la jeune fille, mais elle ne semblait pas vraiment conquise.

— Non. Je t'en prie, Prince.

— Mais si. T'en as envie, princesse... Il le faut... T'es si belle, Laurie... Je t'aime, princesse....

— Tu m'aimes? dit Laurie, le visage interrogateur.

Elle essaya de se redresser, mais T.J. la maintint sur leur couche.

— Toi et moi, Laurie, on va s'aimer.

Et d'un coup, qui fit sursauter les voyeurs autant que la victime, le prince des Tentations plongea dans l'obscurité, toute tendresse abandonnée, allant et venant jusqu'à avoir le visage écarlate et le front en sueur. Laurie cria, mais T.J. ne voulut entendre que passion dans ses protestations. Il la baisa impitoyablement et longtemps après qu'elle eut cessé de crier et fut devenue toute molle entre ses bras. Au moment où il jouit, il poussa un cri victorieux et remit aussitôt cela, serrant le cou de la jeune fille, à lui laisser des marques. Puis il se retira et courut donner des grands coups dans le mur.

— Eh! les mecs! Elle en redemande. A vous!

Avec une décontraction étudiée, tels des gens qui passaient là par hasard, Kleber et Mack firent leur entrée. Tous deux se battaient avec la même question angoissante : baiser ou ne pas baiser. Et quand c'est la première fois, est-ce que cela se voit? Kleber décida d'examiner Laurie comme s'il s'agissait d'acheter un lot de marchandise de seconde main. Il déclara que la fille ne l'intéressait pas.

— T'es fou ou quoi? fit T.J., railleur. Il faut tremper sa mouillette dans le jus quand il est encore chaud! J'te le dis : celle-ci peut faire la nuit!

Kleber analysa la situation. Dans la vie, il faut prendre des décisions. Ce n'était pas la Crise Existentielle, mais en tout cas une croisée de chemins. D'un côté, l'extase à portée de la main; de l'autre, l'échec, probablement aussi culpabilité et mortification.

Que diable! La journaliste a dit que j'étais une page blanche. C'est le moment d'écrire quelques lignes. On ne regrette que ce que l'on ne fait *pas*... Il baissa son pantalon et se laissa tomber, plutôt lourdement. Par chance, le feu se mourait, et Laurie était comme un triste oreiller. Mais il bandait; une érection admirable, il faut bien le dire, plus substantielle que celle de son prédécesseur. Il espérait un cri d'admiration de la première femme à l'accueillir. Mais avant même que le néophyte ait pu repérer l'entrée de la caverne des miracles, Kleber explosa, faisant jaillir des giclées de sperme sur les jambes de Laurie, se mordant la lèvre pour cacher l'horreur de l'éjaculation précoce. Il fut forcé de rester en selle, pendant quelques moments pénibles, à feindre les gémissements d'un homme parcouru de sensations épiques. Il pensa que sa représentation était réaliste, à l'exception de la façon bizarre dont Laurie se comportait. Ou plutôt ne se comportait pas. Ne bougeait pas. Ne parlait pas. Son corps était glacé. Il la quitta sans regret.

T.J. attrapa le bras de Mack et cria :

– Au suivant!

L'athlète essaya de se défiler.

– Y se fait tard...

– C'est sûr, c'est pas la lune, mais c'est pas un mauvais coup.

Il essaya d'entraîner Mack vers la fille immobile. Kleber remarqua le regard paniqué et comprit : il n'était pas le seul puceau ici.

– Mack est pas obligé, s'il a pas envie, fit Kleber gentiment.

– Si, si, je veux! fit soudain Mack en déboutonnant sa braguette et en s'affalant puissamment sur le corps de cette femme-enfant, menue jusqu'à l'absurde.

Pour la première fois, il sentit l'étrange juxtaposition de textures, la peau douce, la peau rude, la situation sexuelle. Et, comme tous les amants, les nouveaux et les vieux, les peureux ou les blasés, le prince des Charmes fut obligé de jouer le numéro de l'extase. Mais s'il était gêné, ce n'était pas pour les mêmes raisons que Kleber. C'était pire. Mack ne parvint même pas à bander. Il réussit tout juste à se tortiller et à murmurer à l'oreille de Laurie :

– J'suis désolé... t'es si belle...

Dans la gêne qui s'ensuivit, Kleber reprit son rôle de chef. Il décida que la soirée était terminée. Il n'y avait pas de quoi être fier.

– Allez, Laurie, fit-il sèchement. C'est l'heure de rentrer. Prépare-toi.

Mais T.J. s'écroula de nouveau près de la fille, aspergeant son corps des dernières gouttes de whisky.

– Mais elle a pas envie de partir!

Il lui tripotait les seins. A ce moment-là, Mack saisit Kleber par le bras et l'implora de le suivre. Ils s'écartèrent.

– Y'a un petit problème, fit l'athlète d'une voix extrêmement troublée. J'suis... j'suis... regarde.

Son pénis était en sang.

– Merde!

Kleber aussi se sentait trempé et collant. Il ouvrit sa braguette d'un coup sec. Plein de sang.

– Mais bien sûr, dit Kleber, cette fille est vierge. Ou plutôt, l'était.

T.J. recommença à crier :

– Eh! réveille-toi, minette! C'est pas l'moment de nous quitter!

Il la gifla. Kleber saisit la lampe de poche et éclaira Laurie. C'était un spectacle épouvantable. Ses yeux, grands ouverts, étaient gris comme la cendre. La lumière lui balaya les flancs. Partout du sang. Kleber s'agenouilla et posa l'oreille sur la poitrine de la jeune fille. Il n'entendit pas le cœur battre. Il prit son poignet. Pas de pouls. Il resta assis un long moment, sachant qu'il fallait annoncer la nouvelle, mais incapable de trouver les mots. Finalement, il dit simplement :

– Je crois que Laurie est morte.

Mack laissa échapper un petit rire.

– Comment peut-on mourir de... ça?

– T'es cinglé? fit T.J. Elle se fout de nous! J'vais lui foutre des coups de pompes, moi!

Kleber hurla.

– Mais elle est morte, p'tit con!

– Mais non!

– Alors, t'as qu'à voir toi-même.

Mack se précipita vers la porte.

– J'ai besoin d'air.

Mais T.J. se jeta sur lui, l'immobilisa et lui serra la gorge à lui faire sauter les veines.

– Personne ne bouge! Écoutez-moi. Tout va bien. Elle est p'têt tombée dans les pommes; c'est tout... Quand j'ai fini, tout allait bien. Elle riait... Vous vous rappelez, non? Si y en a un qui lui a fait mal, c'est sûrement pas moi!

Mack s'affaissa contre le mur.

– J'ai rien fait, moi...

C'était vrai, mais il n'osa pas insister.

– C'est toi qui as dû la foutre en l'air, avec ta grosse bite, fit T.J.

– Arrêtez! ordonna Kleber. Aidez-moi. Il faut l'emmener à l'hôpital.

Mack prit sa voix geignarde.

– Y a qu'à la laisser. Foutons le camp d'ici.

– Ça va pas, non? hurla T.J. Cette maison appartient à mon oncle. Si on la trouve, on remontera jusqu'à nous.

– Alors, quoi? fit Kleber. T'as qu'à dire ce qu'il faut faire! C'est toi qui as eu l'idée, T.J. C'est toi qui l'as soûlée. C'est toi qui te l'es faite en premier. Elle était vierge. T'as dû déchirer quelque chose...

Il s'arrêta et s'éloigna de la jeune fille inerte, écœuré. Ils s'observèrent les uns les autres, de plus en plus paniqués.

Les Trois Princes habillèrent Laurie dans sa robe rose et la portèrent jusqu'à la voiture. Ils conduisirent au hasard jusqu'à ce qu'ils eurent trouvé un coin éloigné où personne ne semblait être passé, du moins en cette nuit d'orage. Doucement, ils l'installèrent sur un lit humide de feuilles de chêne et de sumac et la camouflèrent sous des branchages, juste à côté du cours du Brazos. T.J. proposa de l'y balancer, mais Kleber refusa.

Sur son visage, il plaça une branche de saule pleureur et décida d'une minute de silence pour prier. Des siècles auparavant, d'après ce qu'il avait lu dans un livre d'histoire, ce fleuve avait été découvert et baptisé par des explorateurs espagnols. Comme ils avaient failli mourir de soif, ses eaux avaient été pour eux comme les « Brazos de Dios », les Bras de Dieu. Kleber ne prit pas la peine de confier ses pensées aux autres. Pour lui, il fallait laisser le fleuve choisir. Les Bras de Dieu pouvaient prendre soin de Laurie, ou l'emporter dans une étreinte finale.

Sur la route qui les ramenait à Fort Worth, T.J. n'arrêta pas de parler, comme une mouche qu'on n'arrive pas à écraser. Il ne semblait pas se rendre compte de l'énormité de leur acte.

– Oh! j'suis sûr qu'elle va se réveiller. Elle a juste bu un peu trop... Vous savez, elle a peut-être eu un coup au cœur. Presque rien. Une absence, quoi!... Elle est dans le fleuve, maintenant. Au fond, les aiguilles de mer et les alligators sont en train de se faire un petit festin. D'ici que les toasts « à la Laurie » arrivent dans le golfe du Mexique, il n'en restera plus beaucoup pour les mouettes.

Ce fut la goutte qui fit déborder le vase. Kleber se précipita sur le volant.

– Ferme-la! hurla-t-il.

Il écrasa le pied sur le frein et jeta T.J. contre le pare-brise. Le prince des Tentations ne dit plus un mot jusqu'à ce que la jeep les ramène dans Cloverdale, cette avenue si tranquille attendant ses enfants comme si rien ne s'était passé. Le quartier semblait clément et lavé à grande eau. Mais T.J. trouva le moyen de sortir encore une insanité.

— En tout cas, vous ne pouvez pas le nier, c'était un sacré cul. Ouh!

— Écoute, fit Kleber, furieux. Écoute-moi bien. Tu sais ce qu'on vient de faire? Tu t'rends compte ou pas? As-tu dans ta petite cervelle la moindre idée de ce qui s'est passé ce soir? Je donnerais tout ce que j'ai pour que cette fille soit chez elle, dans son lit. Prions pour que ce soit vrai. Mais y a tout à parier qu'elle est morte.

— Moi, j'ai tué personne, fit T.J. d'une voix geignarde.

— Alors, allons à la police nous confesser, et eux décideront.

— Non, il faut rien dire, implora Mack.

— Ferme-la, Crawford. C'est sûr, qu'il faut rien dire! Nous allons effacer les six dernières heures. Si jamais on nous questionne, on est allés à Dallas voir un film. On a vu, mmm... *Boulevard du Crépuscule*.

En quelques mots, Kleber leur résuma l'intrigue. Sinistre coïncidence, il s'agissait du meurtre d'un journaliste...

— Maintenant, on va rentrer et faire comme si de rien n'était. Demain, on va se réveiller. *Il ne s'est rien passé*. Compris? Si y en a un qui craque, il nous met tous les trois dans le bain. Maintenant, on jure!

Les Trois Princes croisèrent les mains et penchèrent la tête pour sceller le pacte.

Pendant la nuit, Kleber se souvint qu'ils avaient oublié d'ôter la bague de Laurie. La vieille bique verte, souriant sur le camée, le hantait. Mais tant pis! C'était trop tard.

Deux jours plus tard, en première page du journal du dimanche, s'étalant joyeusement sur quatre colonnes, on pouvait voir trois visages pleins de promesse, d'ambition et d'espoir. En dessous : « LES FUTURS PRINCES DE L'OUEST ». Une bonne partie de l'article de Clara Eggleston avait été coupée. Clara était agacée, mais comme tout journaliste, elle était résignée à se faire caviarder. Restait le réconfort de la belle photo. C'était, elle s'en souvenait fort bien, *sa* création. Avec des gestes tendres, elle la découpa et la colla dans son album. Quelques jours plus tard, sachant que le papier journal vieillit et jaunit vite, abîmant ce qui devrait rester jeune à tout jamais, Clara se faufila aux archives du journal, vola l'original et son négatif, et les plaça sous verre, dans un cadre d'argent de chez Neiman-Marcus.

Impulsivement, elle griffonna derrière une citation empruntée à T.S. Eliot :

Le temps viendra,
le temps viendra de préparer un visage à rencontrer
les visages que l'on rencontre...

Clara plaça sa relique dans le tiroir d'une commode, blottie entre des pull-overs moelleux et des petits sachets. Pendant des mois, elle admira son trésor, deux fois par jour, au lever et au coucher, prenant soin de ne pas salir le verre, effaçant toujours les empreintes de baiser.

Mais le temps passa, et Clara regarda de moins en moins souvent les jolies têtes du Charme, du Pouvoir et de la Tentation, ayant rencontré un veuf chauve et pieux qui lui avait vendu une police d'assurances, l'emmenait jouer aux cartes le vendredi soir, l'invitait à dîner mais, hélas, ne lui proposa jamais le mariage. Plus tard, la photo fut rangée dans une boîte en carton oubliée dans un coin du garage de Clara, et personne ne la regarda plus pendant presque un quart de siècle.

Bien plus tard, par un jour de souvenir, une Clara arthritique devait rechercher les Trois Princes sous verre, et vendre son rêve presque oublié pour 4 500 dollars, le sujet de la photo étant devenu l'objet de l'attention du monde entier. Clara ne versa qu'une ou deux larmes, car elle était presque desséchée. Puis elle utilisa ce bénéfice inattendu pour s'offrir une concession au cimetière de Greenwood, là où les grands de Fort Worth finissent leur vie.

En dernière page de ce mémorable numéro du dimanche, parut une mention négligeable que peu de gens remarquèrent, car le petit paragraphe n'apparut que dans l'édition matinale distribuée uniquement aux lecteurs ruraux.

UNE JEUNE FILLE DE LA RÉGION DISPARAÎT

Weatherford, 21 mai 1950. – Une jeune fille de seize ans, Laurel Jo Killman, a disparu du domicile de sa mère, Mme SuBeth Killman. Le sous-chef de la police du comté de Parker, Paul Prikow, nous a informés que la jeune fille avait disparu durant les récents orages, mais pas dans des circonstances « suspectes ». Mme Killman souffre également d'une fracture de la hanche, la caravane dans laquelle elle habite ayant été renversée par les rafales de vent.

LIVRE II

Le Prince des Charmes

« Souviens-toi que les choses les plus belles du monde sont aussi les plus futiles, les paons et les lys par exemple. »

JOHN RUSKIN.

CHAPITRE 4

Un jour, un jeune fermier de l'Iowa déposa sa semence dans une paysanne du Texas : ainsi naquit Mack, sans avoir été ni prévu ni désiré. Ses parents s'étaient rencontrés au coin de Hollywood Boulevard et de Gower Avenue, un jour d'automne de 1932, alors qu'ils couraient tous les deux vers le même bureau d'embauche, dans l'espoir de se faire engager comme figurants dans un film intitulé *Chercheuses d'or 1933*.

Tous deux étaient venus à Los Angeles, portés par la vague de migration qui déferlait sur l'Ouest et amenait vers le soleil, jusqu'au bord de l'océan, son lot d'Américains tenaillés par la faim, la peur, la colère et l'ambition. La Crise s'étendait sur tout le pays, comme une épidémie de peste médiévale, et faisait des victimes amères et sinistres. Pour celui qui avait un emploi (et trente-quatre millions d'Américains n'en avaient pas), le salaire moyen ne dépassait pas 17 dollars par semaine. Pendant la seule année 1932, vingt mille entreprises firent faillite. Mille six cents banques s'effondrèrent. L'avoine se vendit 10 *cents* le boisseau, le sucre, 3 *cents* la livre. Trois ans plus tôt, en 1929, Henry Ford vendait six cent cinquante mille modèles de ses superbes automobiles. En 1932, les ventes tombèrent à cinquante cinq mille et un tiers des acheteurs revendirent leur voiture. Vingt mille Américains se suicidèrent. L'état d'esprit du pays était parfaitement symbolisé par ce meurtre commis par Winnie Ruth Judd : deux femmes tuées, découpées, les morceaux expédiés en Californie dans une vieille guimbarde laissant derrière elle des gouttes de sang tout au long du chemin.

Clyde Blankenship avait vingt ans lorsque son univers limité, mais jusque-là fiable, s'effondra. Voilà un jeune homme qui n'avait pas la tête dans les nuages. En effet, il était né et avait grandi au milieu d'une vingtaine d'hectares de maïs, fertiles et immuables, non loin de Belle Plaine, dans l'Iowa. Avec ses deux plus jeunes frères, il était la quatrième génération à cultiver cette terre, et il avait une conception de la vie pleine de bon sens qui se résumait à : un cheval, une charrue, une voiture modèle A, une jeune fille luthérienne appelée Hilda, un catalogue de chez *Sears & Roebuck,* et un poulet sur la table dominicale. Clyde frôlait les deux mètres; blond comme les blés, des muscles d'acier : on le considérait généralement entre Cedar Rapids et Waterloo comme le plus beau gars de la région.

Un soir de février 1932, il venait de faire sa cour à Hilda et de lui parler mariage. Puis il rentra à la maison de fort bonne humeur et découvrit mère et frères en larmes : leur père s'était tiré une balle dans la gorge par accident en chassant la caille. Comme il y avait soixante centimètres de neige dehors, Clyde ne crut pas un mot de cette histoire. Vers minuit, il apprit la vérité : le vieux Blankenship s'était tué de désespoir et de honte parce qu'il ne pouvait rembourser un prêt bancaire de 250 dollars, destinés à acheter des outils et de la nourriture pour le bétail.

Après l'enterrement, Clyde et ses frères firent la queue devant la *Farmers Mercantile Bank* durant deux jours et deux nuits, dans l'intention de quémander au directeur un délai de grâce. Mais une fois à l'intérieur, on leur fit savoir en cinq minutes que tout délai était exclu, leur dette ayant grimpé, sous l'effet des honoraires, des agios et des frais de rappel, jusqu'à un sommet inaccessible : 715 dollars. L'été suivant, Clyde rejoignit le syndicat des fermiers de l'Iowa. Il mena la lutte avec ses camarades pour empêcher les camions de livrer la production sur les marchés. Il s'agissait d'une tentative pour faire monter les prix. Elle fut vaine. « Restez chez vous! Ne vendez pas! » criaient-ils. Ils lançaient des briques dans les phares; ils s'enroulaient des chaînes autour des bras et cherchaient à qui ils allaient bien pouvoir casser la figure. La douce campagne fut inondée de sang et de lait répandu volontairement.

La mère de Clyde mourut d'une crise cardiaque. Ses frères, considérés comme des révolutionnaires et inculpés de voies de fait, filèrent au Mexique. Hilda épousa l'employé de banque chargé de distribuer les prêts. Franklin Roosevelt avait beau proclamer dans tous ses discours que la vie des fermiers allait s'améliorer, Clyde n'y croyait plus et, en septembre 1932, il s'avoua vaincu. Il remplit un bocal de cette bonne terre de l'Iowa et partit en auto-stop pour la Californie. Pour sa première nuit à Los Angeles, comme il n'avait plus que 35 *cents* en poche, il alla coucher chez une serveuse de la gare routière. Elle fut enthousiasmée par les possibilités sexuelles de Clyde – une fois qu'il eut pris un bain –, mais demeura fort pessimiste quant à ses chances de trouver du travail. Il y avait plus de chômeurs dans la Cité des Anges que dans tout l'Iowa et le Kansas réunis.

– Mais avec ta carrure, Clyde Blankenship, tu devrais faire du cinéma, dit la serveuse, prête pour la quatrième manche du match d'amour qu'ils disputaient depuis bientôt deux heures.

Cette même année, Lureen Adele Hofmeyer quittait Denton, Texas, en possession de tous ses moyens : son certificat d'études, un accent du terroir repérable de loin, des cheveux ternes mais teints en blond platiné, une enveloppe épinglée à son soutien-gorge contenant 85 dollars légués par son père qui venait de mourir, et la certitude de pouvoir accéder à la célébrité mondiale, tout comme Ginger Rogers, qui n'était après tout qu'une fille du coin et qui avait commencé en gagnant un concours de charleston pour amateurs, sur la scène du Majestic à Fort Worth. Tout le monde, oui, tout le monde avait dit à Lureen Hofmeyer qu'elle dansait mieux que Gingers, qu'elle était plus jolie que Mary Pickford et plus drôle que Kay Francis.

Son pèlerinage vers l'Ouest prit trois mois et faillit se terminer à Albuquerque, où un chauffeur de camion lui prit successivement sa virginité et son porte-monnaie. Mais elle continua en auto-stop jusqu'à Phoenix, où elle usa de ses charmes avec suffisamment de discernement et de profit pour pouvoir s'acheter une Ford à 55 dollars. Elle n'était plus qu'à huit kilomètres du centre de Los Angeles quand le moteur expira dans un grand jet de vapeur. Lureen fit à pied le reste du chemin vers Hollywood, avec plus de ferveur qu'aucun musulman n'en mit jamais pour arriver à La Mecque.

Lorsqu'elle rencontra Clyde Blankenship, par un après-midi d'automne, Lureen était à Hollywood depuis plusieurs mois. Elle n'avait pas réussi à trouver un imprésario et avait fait la queue (mais en vain) pour passer des auditions de *Forty-Second Street*, *Footlight Parade* et de *Flying Down to Rio*. Ce dernier échec lui était particulièrement douloureux, car Lureen avait entendu dire que le film aurait trente et une scènes à grand spectacle, avec du travail pour des centaines de filles. Elle avait dit aussi au gardien des studios de la MGM qu'elle était la petite sœur de Ginger Rogers, arrivée en direct du Texas. Grâce à quoi, elle avait réussi à faire trois mètres à l'intérieur des studios avant qu'on ne la fiche à la porte.

Le seul homme dans sa vie était un fermier de San Bernardino, marié, et qui cultivait des citrons. Elle baisait avec lui tous les dimanches après-midi, gagnant ainsi 7,50 dollars (plus de nombreux sacs de citrons) en échange d'une heure de gémissements. Il avait soixante-huit ans; jamais il ne se rendit compte que Lureen lui jouait la comédie. Elle aurait pu faire une belle carrière.

Il ne se passait pas un jour sans que d'autres hommes remarquent Lureen Hofmeyer, qui avait d'ailleurs changé son nom en faveur de Cassandra Astor. Elle avait la silhouette classique d'une bonne fille de la campagne : des hanches et une poitrine généreuses à une époque où les vedettes féminines se devaient d'être extrêmement minces. Mais seule la promesse d'un rôle pouvait la décider à faire jouer ses appâts. Mis à part sa matinée dominicale, la perspective de voir sa mise en plis défaite pour le simple plaisir ne l'enchantait guère : après tout, il y en avait pour 6 dollars, plus que le loyer.

Cependant, Clyde Blankenship, qui avait changé de nom pour s'appeler McKenzie Crawford, avait un profil si remarquable que Lureen-Cassandra, fort affligée de ne pas avoir été prise dans *Chercheuses d'or 1933*, le laissa lui payer un plat à 45 *cents* dans un restaurant chinois de Melrose Avenue. Ils se revirent de temps à autre, principalement pour échanger des tuyaux strictement confidentiels sur les distributions à venir. Au Noël 1932, ils firent une virée à Tijuana dans une Packard remplie de futurs acteurs, Clyde-McKenzie venant de gagner 75 dollars en dégringolant une colline rocailleuse de Griffith Park pour un western où Tom Mix avait la vedette. L'année suivante, le jour de la Saint-Valentin, Cassandra apprit qu'elle était enceinte, très certainement à cause de la grande quantité de tequila que McKenzie lui avait fait avaler le soir du réveillon, au café de la Luna Roja.

– Si c'est une fille, nous l'appellerons Marguerita, dit McKenzie, ravi et promettant de l'épouser aussitôt qu'il aurait 100 dollars devant lui.

Cassandra ne trouva pas cette plaisanterie très drôle. Elle jeta même McKenzie à la porte de l'unique pièce du bungalow de stuc rose qu'ils partageaient à West Hollywood, en hurlant que, n'était le scandale qui risquait d'entacher sa carrière, elle le traînerait pour viol devant les tribunaux.

Cassandra pleura pendant trois jours, ingurgita un demi-litre d'huile de foie de morue, acheta une aiguille à chapeau de vingt centimètres de long qu'elle n'eut pas le courage de s'introduire dans l'utérus. Et le jour – bien nommé – de la fête du Travail de 1933, elle accoucha d'un bébé de onze livres dans la salle de l'hôpital réservée aux indigents. Renonçant à son premier mouvement, filer en laissant là le petit bâtard, elle opta pour la fraude et écrivit sur le certificat de naissance que son mari s'appelait McKenzie Crawford, acteur travaillant à New York. Elle appela son fils McKenzie Crawford junior.

Quand l'enfant eut trois mois, Lureen-Cassandra rencontra une femme qui partait en autocar à Mobile, dans l'Alabama. Elle la persuada, moyennant 35 dollars, d'emmener Mack junior chez la tante de celui-ci, Mable Hofmeyer. « Mable chérie, ce n'est que pour quelques semaines, écrivit Cassandra. Je viens d'être prise comme vedette dans le dernier film de Wallace Beery (entre nous, j'ai l'air de beaucoup lui plaire), et je dois aller en Oregon pour tourner des scènes en forêt. A mon retour, je me précipiterai à Fort Worth pour venir chercher mon bébé chéri. »

Et Cassandra expédia le gosse. Elle ne retourna jamais au Texas, n'obtint jamais de rôle dans aucun film, fit une carrière honorable de prostituée jusqu'à ce que sa beauté s'estompe et que sa taille s'épaississe et, en 1939, ouvrit un salon de coiffure dans la vallée de San Fernando. Elle ne revit jamais le père de l'enfant, sauf une fois où elle l'aperçut, en 1940, sur Ventura Boulevard. Il était pompiste dans une station-service. Encore pas mal, quoique un peu empâté, il perdait ses cheveux et avait les bras tatoués. Par la suite, elle sut qu'il s'était engagé le 8 décembre 1941 et, quelques années plus tard, qu'il avait été grillé par un bazooka à Guadalcanal.

Le fermier de l'Iowa mourut sans savoir que, à Fort Worth, Texas, vivait son fils unique portant son faux nom, un enfant de bientôt douze ans, grand, blond, fort, remarquable produit de la beauté et de l'échec.

Dans ces années de crise, où les gens étaient déracinés et facilement emportés comme des fétus de paille par les vents les plus capricieux, McKenzie Crawford junior, bien vite surnommé Mack, avait finalement eu de la chance d'avoir trouvé refuge chez sa tante, Mable Lucille Hofmeyer. C'était une femme sérieuse, travailleuse, et une tutrice dévouée, même si sa vie et sa maison avaient quelque chose de lugubre. Mable et sa jeune sœur, Lureen, étaient les seules survivantes d'une grande famille de forestiers texans emportés par une épidémie de pneumonie. Une fois tout le monde enterré et les dettes payées, il restait aux deux sœurs 1 100 dollars chacune. Lureen, déjà un peu Cassandra, utilisa ses dollars pour faire la fête et dépensa sans compter en robes, maquillage et cours d'art dramatique. Les 85 derniers dollars servirent à son infortuné voyage en Californie.

Tout au contraire, Mable garda le deuil dans les règles, ne

portant que des robes noires pendant une année entière. Elle déménagea ensuite pour aller s'installer dans les environs de Fort Worth et s'inscrire à l'université chrétienne du Texas, dans l'intention de devenir professeur d'histoire. Mais chaque matin, lorsqu'elle traversait le campus, ses pas la faisaient longer un bâtiment où l'on enseignait le piano et où, à la fin de l'après-midi, un orchestre de chambre s'essayait à Mozart et Bach. Mable se rendit compte qu'elle arrivait systématiquement en retard à ses cours et que ses résultats aux examens étaient médiocres, certainement à cause du temps qu'elle passait à écouter la grande musique aux portes. Elle n'avait rien d'une impulsive; cependant, elle modifia le cours de son existence. Mais lorsqu'elle commença à apprendre le piano et le chant, y réussissant fort bien, une note discordante vint briser sa joie.

Juste en dessous du menton, à gauche, elle avait une tache de naissance rouge fraise. Comme la tache n'était guère plus grosse qu'une pièce de 25 *cents,* elle avait appris à vivre avec. Elle en atténuait la couleur avec des crèmes et faisait bien attention de ne pas regarder en l'air car, si elle gardait la tête droite ou qu'elle la baissait pudiquement, on ne voyait pratiquement rien.

Vers trente ans, alors qu'elle était sur le point de décrocher son diplôme de musique et qu'elle se voyait déjà s'installant à New York, la tache se mit à s'agrandir sans aucune raison dermatologique connue. Elle monta subrepticement à l'assaut de la joue gauche, sous forme de petits ruisseaux écarlates qui faisaient penser aux bras du delta du Mississippi. Pendant un certain temps, des écharpes artistement disposées et des foulards de mousseline de soie purent constituer des camouflages honnêtes, mais lorsqu'un galant, puis un autre, puis *tous* les soupirants s'enfuirent, visiblement dégoûtés devant la perspective d'un baiser, Mable laissa tomber ses études. Elle passa un an à hésiter entre le suicide et la folie. Les deux lui convenaient. Tout en y réfléchissant, elle prit une chambre meublée dans Cloverdale Avenue, chez une veuve de quatre-vingt-neuf ans, presque aveugle. Elle sortait rarement, mangeait peu et passait presque tout son temps, assise devant un piano droit désaccordé dont elle tirait du Scriabine et du Schumann avec une tendresse passionnée. Lorsque la veuve mourut et qu'on ouvrit son testament, Mable Hofmeyer découvrit avec surprise qu'elle héritait de la maison, des meubles, du piano et de 3 500 dollars. La veuve avait laissé ces derniers mots sur un papier : « Votre musique a rendu si heureuses les dernières heures de ma vie. Tout ce que je souhaite, c'est que les anges jouent aussi bien de la harpe. »

Le jeune McKenzie, arrivé en décembre 1933 dans les bras d'une inconnue, grandit dans une maison remplie d'enfants chaque après-midi de la semaine et tout le samedi. Les petites mains tendaient les billets d'un dollar pour attaquer le piano pendant une heure ou pour faire des exercices vocaux qui, pour Mack, faisaient penser aux gloussements des dindes à l'approche de la hache de Noël. Mais il n'était autorisé à aucun contact avec ces enfants, devant rester, pendant les heures de « travail », tranquille dans sa chambre, ou plus exactement dans sa moitié de la chambre de Mable, où ils dormaient dans des lits jumeaux. La médiocrité de l'architecte – une seule fenêtre mal placée – avait rendu la chambre sombre, et le feuillage d'un orme l'assombrissait encore. La seule source de lumière était une ampoule de 40 W située entre les deux lits; elle n'était allumée qu'à 8 heures du soir pour quelques instants de lecture silencieuse de la Bible, d'examen minutieux de partitions musicales et des factures impayées. La maison entière était sombre et les rideaux généralement tirés. Selon Mable, c'était pour garder la fraîcheur en été et la chaleur en hiver. Des économies, donc. Mais lorsqu'il grandit en âge et en sagesse, Mack comprit que la véritable cause de l'obscurité était la malédiction de la tache de naissance. Assise ou debout, sa tante se plaçait toujours à la gauche de ses élèves, gardant son autre profil aussi dissimulé que la face cachée de la lune. Il n'y avait qu'un seul miroir dans toute la maison, sur la porte de l'armoire à pharmacie. Mack avait la varicelle depuis trois jours déjà quand Mable remarqua enfin ses boutons.

Pourtant, Mack ne douta jamais une seconde que la vieille fille solitaire ne l'aimât et n'eût besoin de lui. Plusieurs fois par jour, Mable disait à son neveu qu'il était « précieux » et le serrait dans ses bras avant qu'il parte à l'école et après la prière du soir. Il ne manquait de rien. Sa bibliothèque contenait les chefs-d'œuvre de la littérature américaine (tout ouvrage frivole en étant exclu). La nourriture était abondante, même si Mable avait une façon de cuisiner un peu bizarre. Véritable pionnière de l'alimentation diététique, elle avait été convaincue par un chiropracteur véreux que des menus composés de verdure, de carottes et de miel au citron atténueraient sa tache. Mack ne connut pas le goût de la viande avant d'entrer à l'école et eut pour son premier hamburger à la cantine un regard plein d'étonnement et de dégoût.

Les questions qu'il posait sur ses parents recevaient traditionnellement une réponse vague et tante Mable chassait ce problème d'un revers de main comme s'il s'était agi d'un moustique. « Ta mère vit en Californie et viendra bientôt ici. » Ou encore : « Ton père, d'après ce que j'ai appris, vit aussi en Californie; il travaille et viendra te chercher quand il aura gagné assez d'argent.

Les temps sont durs, McKenzie. » Un soir (il avait six ans), il rumina longuement une question et se décida enfin à la poser :

— Est-ce qu'ils m'aiment, Papa et Maman?

— Mon père et ma mère m'aiment-ils? rectifia Mable. Oui, j'en suis sûre.

— A quoi ressemble Maman? Est-elle jolie?

— Je ne l'ai pas vue depuis plusieurs années, McKenzie. Mais oui, elle était attirante. Elle avait beaucoup de succès; elle était très gaie et pouvait danser des journées entières.

— Et mon père?

— Je ne l'ai jamais rencontré. Mais j'imagine qu'il est grand, fort et que tout le monde l'aime bien.

Mable éteignit la lumière et s'apprêta à dormir.

— Quand je serai grand, je vais aller les voir en Californie, murmura l'enfant. Demain, je vais écrire une lettre à Maman.

Mack écrivit le lendemain, et de nombreuses fois par la suite, mais Mable ne mit aucune de ses lettres à la poste. Elle n'avait pas l'adresse de sa sœur perdue. De temps en temps, elle téléphonait aux renseignements de Los Angeles et tentait en vain d'obtenir un numéro. Elle écrivit aussi à l'état civil de Los Angeles pour demander une copie du certificat de naissance de McKenzie Crawford junior, mais on lui répondit qu'elle n'y avait pas droit. Un avocat l'informa que cela coûterait au moins 1 000 dollars d'engager une bataille juridique. Elle n'en avait ni les moyens ni, à vrai dire, l'envie. Elle n'avait rien d'autre que Mack dans la vie.

Lorsque son neveu eut neuf ans, Mable lui fit un gâteau d'anniversaire au chocolat (un événement historique), lui offrit une biographie de Puccini et un album d'images sur Salzbourg, afin de se donner bonne conscience. Les yeux pleins de larmes, elle annonça cette triste et fausse nouvelle : « Tes parents ont été tués dans un accident de voiture, près de Los Angeles. Ils distribuaient des paniers de nourriture aux pauvres. » Puisque, en près de dix ans, elle n'avait eu aucun signe de vie ni de sa sœur, ni de celui qui avait mis cette gourde enceinte, Mable avait décidé de rompre définitivement toute attache.

Comme elle s'y attendait, Mack ne pleura pas. Il n'avait rien pour fixer son chagrin, pas même une carte de Noël. Tout ce qu'il possédait, c'étaient quelques photos de sa mère, trouvées en fouillant dans le bureau de Mable. Les photos étaient aussi sombres que la maison de Mable, le destin tragique d'une mère jamais rencontrée et d'un père totalement inconnu ne causa aucun dommage visible dans le psychisme du jeune garçon, qui mangea simplement trois parts de gâteau au chocolat.

— Je t'aime autant que n'importe quelle mère, je veux que tu le saches, dit Mable en bordant son neveu et en s'apprêtant à entonner le vingt-troisième psaume en guise de cérémonie. Et souviens-toi toujours de ceci McKenzie : ta vraie mère est au Ciel, maintenant; elle te regarde. Elle t'observera pendant toute ta vie et elle verra *tout* ce que tu fais; alors, arrange-toi pour qu'elle soit fière de toi.

Cette nuit-là, Mack se réveilla souvent et écarquilla les yeux vers le papier rose bonbon du plafond. Ce fut la première des quelque dix mille nuits que Lureen-Cassandra Hofmeyer-Astor-McKenzie passait au plafond de la chambre, quelle qu'elle fût, où son fils essayait de trouver le sommeil.

Il était chétif, timide et parlait peu en classe car il bégayait. C'était si drôle pour ses camarades et si pénible pour lui que les professeurs l'interrogeaient rarement. Quand on lui demandait son nom, Mack redressait la tête et butait généralement sur la première syllabe : « Ma... Ma... Ma... » Cela devint son nom, à lui qui n'en avait pas vraiment. Dans les jeux d'équipe, il était toujours le dernier à être choisi. Il était le fond du tiroir, le nom qu'appelait d'une voix agacée Kleber Cantrell ou T.J. Luther, qui était *toujours* capitaine. Mack idolâtrait ces deux seigneurs; les observait depuis des années et enviait leurs chariots à roulettes, leurs cabanes dans les arbres, leur cerfs-volants, leurs uniformes de louveteau, les serments d'amitié, leurs droits territoriaux, et aussi leurs petites copines... Mable Hofmeyer n'aimait pas les « enfants remuants » et d'emblée, refusa à ces deux-là l'entrée de sa maison : elle ne pouvait prendre le risque, expliqua-t-elle à Mack, de troubler la belle harmonie musicale qui y régnait. Les rares mères qui téléphonaient pour inviter Mack à un goûter d'anniversaire s'entendaient répondre que l'enfant souffrait d'une faiblesse cardiaque (à deux doigts du rhumatisme articulaire aigu), et devait éviter toute activité fatiguante.

L'heure de la délivrance sonna le jour où la nouvelle maîtresse d'éducation physique, une femme mince et pleine d'entrain qui répondait au nom miraculeux de Mlle Lajoie, organisa une épreuve de course à pied. N'étant pas au courant des disgrâces de Mack, elle le choisit comme dernier coureur dans un relais quatre fois cent mètres, sans écouter les grognements accablés de T.J. et de Kleber. La panique envahit Mack.

— J' p-p-eux pas, fit-il. J' s-s-suis pas bon à la c-o-course...

La maîtresse s'agenouilla devant l'enfant effrayé et l'obligea à la regarder dans les yeux.

– Je crois que si. Tu es grand et tu as de longues jambes. Et
puis, je ne te demande pas de gagner; je te demande seulement
d'essayer.

Mack continua ses protestations mais Mlle Lajoie continua de
l'encourager. Lorsqu'il ne lui resta aucune excuse, il montra du
doigt ses chaussures, luisantes, superbes (pour Mable Hofmeyer,
les chaussures devaient toujours avoir l'air de sortir du magasin).

– J' d-d- dois pas salir mes ch-ch-chaussures, plaida-t-il.

– Alors, enlève-les, dit Mlle Lajoie, pleine de bon sens.

Enlever une paire de chaussures cirées ne ressemble guère à un
acte libérateur, et de fait, au premier tour de piste pour s'échauf-
fer, Mack laissa tomber le témoin, s'emmêla les pieds et tomba de
tout son long à quelques mètres de l'arrivée. Mais de toute
évidence, il essayait. Mlle Lajoie applaudit et Kleber ordonna à
T.J. de cesser ses moqueries car ils étaient, qu'ils le veuillent ou
non, dans la même équipe. Kleber était le premier à courir. Il se
maintint à la hauteur d'un concurrent unanimement respecté et
passa le témoin à un gros lard qui tomba à dix pas du relais.
Ensuite, T.J. eut beau s'essouffler, il ne regagna que peu de terrain
et, fourrant le témoin dans la main tremblante de Mack, **lui**
lança :

– Prends-le, Ma-Ma, et mets-le-toi quelque part!

Mack n'avait que cent mètres à faire, mais cela prenait l'allure
d'une ascension de l'Everest. Son concurrent, dans le couloir d'à
côté, n'était pas seulement en avance; il avait aussi un an de plus,
était à moitié mexicain et avait une telle réputation que même les
plus grands lui accordaient le respect dû à un Joe Louis.
Cependant, Mack n'avait pas le choix. Il courut avec, dans les
oreilles, les encouragements de Mlle Lajoie. Quelque part, tout au
fond de lui-même, dans un endroit que Mable Hofmeyer avait
fermé à triple tour depuis longtemps, Mack trouva une source de
puissance. Ses pieds nus se mirent à voler sur la cendre comme si
c'était une question de vie ou de mort – et c'en était peut-être une.
Au milieu des cris perçants sortis de toutes les gorges impubères,
Mack (qui ne serait plus jamais Ma-Ma) dépassa Tony Garcia
comme un boulet, et en franchissant la ligne d'arrivée, brisa tous
les liens qui l'emprisonnaient.

Mlle Lajoie, en récompense, donna à Mack le témoin de la
victoire. Il l'emporta à la maison comme le Saint-Graal; c'était le
premier trophée de ce qui allait devenir un mur d'or et d'argent
élevé en l'honneur de sa rapidité à la course, de son habileté à
manier la batte et à attraper les balles au base-ball avec une grâce
et une bonne humeur où il n'y avait pas trace de force brutale. Le

lendemain de la course, Mack rentra chez sa tante avec des chaussures boueuses et même éraflées. Son pantalon de toile au pli impeccable, et qui était censé demeurer aussi immaculé que celui d'un amiral en grande tenue, portait une superbe déchirure, résultat de l'ascension d'un poteau télégraphique à la suite d'un défi lancé par T.J. Punition : au lit immédiatement, sans lire ni dîner. Mais Mack s'en fichait; il avait déjà dîné chez Kleber. VeeJee Cantrell avait bien vu qu'il s'agissait d'un enfant affamé, et à sa table, il y avait toujours assez de poulet frit, de purée et de gâteaux pour nourrir une équipe de basket. Dès lors, et pendant des années, Mack mangea un peu partout dans le quartier, comme un jeune chien à qui on a plaisir à donner toujours quelque chose. Grâce à la générosité d'une douzaine de mères de remplacement, il devint de plus en plus grand et fort.

Pour lui, le sport était non seulement une identité, mais aussi un passeport pour la célébrité, un don à utiliser à l'extérieur. A la fin de sa troisième, il était le meilleur buteur de l'État au football et un des meilleurs joueurs de base-ball. On se le disputait. Presque chaque semaine, Mack était invité à dîner par un sélectionneur d'équipe universitaire ou par un ancien étudiant d'une université locale enrichi dans le pétrole. Parfois, il dînait au Colonial Country Club où Ben Hogan en personne, le plus célèbre athlète de Fort Worth, passait en revenant du golf. Au cours de ces festivités, Mack sentait parfois un genou féminin se presser contre le sien, un peu trop longtemps. Il avait beau ne pas réagir à ce qui se passait sous la nappe, il apprit très tôt que l'on accordait un certain prix à son corps. Il se rendit compte également qu'il n'aimait pas qu'on le touche.

Mable Hofmeyer réagit très froidement à la célébrité de son neveu. Le couvre-feu demeurait fixé à 9 heures la veille des jours de classe et à 10 heures le samedi. Les trophées de Mack et les coupures de journaux relatant ses exploits étaient relégués à l'arrière de la maison, sur des étagères, au-dessus de la machine à laver. Les objets d'art personnels de Mable (essentiellement des bustes en bronze de Verdi, Rossini et autres) étaient astiqués et entourés de respect, mais la quincaillerie de Mack était traitée à peu près comme un stock de bouteilles vides attendant le laitier.

Lors du mémorable après-midi de 1949 où il marqua trois points de suite pour son équipe et fit un bond de trois mètres pour anéantir un adversaire qui allait marquer, Mack fut porté en triomphe jusque chez lui sur les épaules de Kleber et T.J., escortés d'une demi-douzaine de filles sautillantes et dans tous leurs états. Mable Hofmeyer apparut à l'entrée avec une tête d'enterrement. Le soir, Mack avala sans un mot le céleri bouilli, les tranches de concombre et les brocolis au miel; il écouta poliment sa tante disserter sur « la mention honorable » obtenue par un élève qui avait interprété *Traümerei* à un concours du club Euterpe et, pour finir, dut supporter à la radio un concert brouillé de parasites : Toscanini dirigeant l'orchestre de la NBC à New York.

Sa tante n'assistait jamais à ses matchs. Mack, déçu, finit par ne plus lui demander de venir. Elle quittait rarement le sombre abri de sa maison et il finit par redouter son éternelle réponse : « Je travaille nuit et jour pour te nourrir et t'habiller, McKenzie. » Une fois, Mack osa demander à sa tante si elle comprenait seulement le sport; il en bégayait presque à nouveau en essayant de lui expliquer l'exaltation de la compétition et de tout ce qui était, pour lui, aussi riche en émotions et aussi rigoureux que la grande musique. Il était tout excité et ses grands yeux bleus brillaient. C'était l'heure de se coucher et il ne portait que son pantalon de pyjama; sa peau était encore rouge de la douche chaude qu'il venait de prendre. Mable l'écouta attentivement et comprit l'appel que contenait le discours de son neveu, mais elle ne trouva aucune charité dans son cœur. Elle se contenta de hocher la tête et de lui souhaiter bonne nuit. Elle ne pouvait lui parler de la jalousie qui la torturait et qui avait grandi en elle toutes ces années, au point de pouvoir à peine poser le regard sur son neveu. Mais elle en parlait à Dieu. Comment, comment pouvez-vous m'avoir damnée moi, une bonne chrétienne, m'avoir fait porter la marque de Caïn? Pourquoi avoir donné au fils illégitime d'une mère débauchée et d'un père inconnu une beauté si parfaite qu'on l'idolâtre comme le dieu Baal?

Mack interrompit cette méditation.

— S'il te plaît, viens au match vendredi soir, implora-t-il.

— Ce sont des jeux pour les enfants, mon neveu, répondit-elle. As-tu lu la première épître aux Corinthiens, chapitre 13, verset 11? « *Lorsque j'étais enfant, je parlais en enfant, je pensais en enfant, je raisonnais en enfant; une fois devenu homme, j'ai fait disparaître ce qui était de l'enfant.* »

— Mais je n'ai que dix-sept ans, dit Mack tranquillement.

— Presque dix-huit, corrigea Mable. Tu es un homme.

Elle se dirigea vers la cheminée et prit un buste de Beethoven.

— Cet homme-ci était petit, laid, personne ne l'aimait, il était presque difforme et, à la fin de sa vie, tellement sourd qu'il ne pouvait même pas entendre un oiseau chanter. Pourtant, il a écrit une musique qui traverse les siècles. Tant qu'il y aura des hommes, elle sera plus précieuse que l'or. Je ne crois pas avoir lu que M. Beethoven jouait au football...

D'un geste, elle congédia Mack. C'était l'heure d'aller se coucher. Vaincu, Mack se sentit angoissé. Il avait une dette envers sa tante, une dette qu'il ne pourrait jamais payer, tout au moins pas d'une monnaie qui ait une quelconque valeur aux yeux de Mable Hofmeyer. Elle s'était assise à son bureau pour faire ses comptes; il se jeta à son cou et dit timidement :

– Je t'aime, tante Mable. Nous ne sommes pas pareils, c'est tout.

– Je t'aime, mois aussi, McKenzie. Tu es ma seule famille.

Elle se raidit et s'écarta de lui.

Mack se risqua de nouveau.

– Je voudrais savoir une chose. C'est important. Même si tu n'*aimes* pas le sport... est-ce que tu es fière de moi?

Mable ne leva pas le nez de ses papiers. Elle continua de griffonner et répondit sèchement :

– *L'arrogance annonce la ruine et l'esprit altier la chute.* Proverbes 16, 18. Bonne nuit, McKenzie.

Mack était entré depuis longtemps déjà dans l'adolescence, une adolescence privée de toute intimité, puisque sa tante et lui dormaient toujours dans des lits jumeaux. Le moment le plus dur, c'était à l'aube, lorsqu'il se réveillait avec l'érection matinale qui accompagne le chant du coq. Il ne pouvait se glisser jusqu'à la salle de bains de peur que les yeux de Mable ne se posent sur sa virilité. La seule solution était de rester sous les couvertures, de chasser les pensées impures, de réciter des versets de la Bible, d'imaginer Maman Lureen sur son nuage céleste, et de prier pour que le barreau cesse d'être dur – prière fort peu efficace... Lorsque Mable ouvrait les yeux et se précipitait aussitôt dans la salle de bains, Mack se ruait aux toilettes, fermait la porte, se branlait à toute vitesse et jurait devant Dieu de ne jamais, jamais recommencer. Jusqu'au lendemain matin.

Dans la maison de Mable Hofmeyer, il y avait deux autres chambres inoccupées. On les appelait « chambres d'amis », bien que la seule personne qui y eût jamais passé une nuit fût une lointaine cousine nommée Alma, venue à Fort Worth une seule fois pour se faire arracher une dent. Ces « chambres d'amis » n'avaient rien pour séduire. L'une était aussi sombre qu'une forêt tropicale, avec couvre-lit et doubles rideaux assortis; l'autre était rouge fraise comme la tache de Mable et, au cours des années, avait tourné à la couleur vinasse. Pourtant, Mack aurait volontiers donné la moitié de ses trophées pour avoir le droit d'y habiter. Il fit diverses allusions à ce sujet, mais en vain. A treize ans, il s'enhardit et demanda à avoir sa propre chambre comme cadeau de Noël. Mable refusa :

– J'ai déjà assez de ménage comme ça.

Par la suite, assuré d'un certain revenu grâce à divers petits travaux (tondre des pelouses, laver des voitures, remplacer Kleber pour livrer des journaux), il proposa de payer un loyer de 20 dollars par mois pour avoir sa propre chambre.

– Chez moi, la famille ne paie pas de loyer, répondit Mable.

Mack passait souvent le samedi après-midi chez T.J. qui habitait tout près. Tout en écoutant les matchs de foot à la radio, il parcourait des yeux avec convoitise le chaos personnalisé de la chambre de son copain : fanions accrochés aux murs, vieux tickets, photos de Betty Grable et de Rita Hayworth, un tas de jeans humides et de slips qui dégageaient une forte odeur de fermentation (il était convenu entre T.J. et sa mère qu'elle n'entrait pas dans la chambre; elle trouvait d'ailleurs plus de plaisir à boire du gin qu'à passer l'aspirateur), ainsi que des piles de bandes dessinées et de magazines d'histoires policières. Dans certains numéros, les pages intérieures avaient été remplacées par une revue de naturisme avec photos de volleyeuses suédoises complètement nues. Par malheur, les photos étaient toujours prises au moment où le ballon se trouvait juste devant les clitoris scandinaves. Le plus grand prodige, c'était l'entrée privée grâce à laquelle T.J. pouvait aller et venir sans attirer l'attention de ses parents.

Kleber avait aussi sa chambre mais, sujette à des inspections journalières de VeeJee Cantrell, elle était en ordre et l'on n'y trouvait rien qui rappelât le sexe. Les seules exceptions à cette dernière règle étaient certaines pages du *Petit Arpent du Bon Dieu* cachées dans un volume de l'*Encyclopedia Britannica* et le dictionnaire que les Trois Princes compulsaient fréquemment dans l'espoir d'y trouver la définition de mots qui ne s'y trouvent de toute façon pas.

Kleber et T.J., au courant des dures conditions de vie de Mack, tremblaient tous deux d'effroi à la seule pensée de dormir à côté de Mable, une femme que, depuis leur plus tendre enfance, ils considéraient comme une authentique sorcière. Avec son astuce habituelle, T.J. imagina une solution. Un matin, à l'école, il fit semblant d'avoir la grippe. Il alla à l'infirmerie, attendit que l'infirmière ait le dos tourné et s'empara d'une feuille de papier à en-tête. Ensuite, en lui promettant à demi-mots quelques faveurs particulières, il persuada une de ses admiratrices de taper une lettre à l'attention de Mlle Hofmeyer :

« Au cours d'un récent examen médical, il est apparu que votre neveu, McKenzie Crawford junior, souffre d'une légère déformation de la colonne vertébrale due au matelas trop étroit sur lequel il dort. De plus, ce garçon mesurant maintenant plus de 1,82 m, ses pieds dépassent du lit et des problèmes de circulation pourraient apparaître. Je lui prescris donc de dormir sur un matelas plus grand et, de préférence, très dur. Je vous prie de croire à l'expression de mes sentiments distingués.

Roberta C. Doyle. »

Et cela marcha. Enfin, presque. Mable lut la lettre avec une extrême attention et accorda à son neveu la chambre sombre, avec le grand lit. Mais elle prit soin d'enlever la serrure de la porte; c'était une précaution en cas d'incendie, expliqua-t-elle. On lui donnait un doigt; Mack n'osa pas demander toute la main. Il déménagea discrètement, s'acheta d'abord une lampe de bureau avec une ampoule de 100 W, et, comme tout semblait bien se passer, acheta ensuite une radio d'occasion à T.J., pour 3,25 dollars, ce qui lui permit enfin d'écouter les émissions de sport au lieu des sonates. Il plaça quelques-uns de ses trophées sur la tablette de la fenêtre, heureux de les voir étinceler au soleil lorsqu'il se réveillait. Mais c'était la limite à ne pas dépasser. Il n'aurait pu accrocher au mur une photo de la fantastique poitrine de Jane Russel, pas plus qu'il ne pouvait se balader à poil dans la cuisine pour prendre son petit déjeuner.

Et le soir, avec pour toute protection une porte sans serrure, il n'osait pas laisser sa main se promener sur le mât qui se dressait dans son pyjama, sachant qu'au moment précis où il se toucherait la queue, Lureen qui êtes au Cieux enverrait un message à Mable et que sa tante ferait irruption à la tête d'une armée de prêtres, de professeurs, d'agents du FBI et d'arracheurs de verrues.

CHAPITRE 5

Calvin Sledge, juge d'instruction et procureur du comté de Tarrant, Texas, protecteur de la vie, de l'intégrité physique et des biens de huit cent dix-huit mille cinq cent cinquante-trois personnes dont la moyenne d'âge était de 26,7 ans, s'éveilla en sursaut. Il avait la tête enfouie dans un amas de pièces officielles et de rapports de police au milieu desquels, peu après minuit, il avait sombré en se promettant de ne pas fermer les yeux plus de deux minutes. A présent, c'était l'aube et il sentait déjà la caresse du soleil sur son cou. Il avait l'haleine fétide et un visage couvert de barbe naissante. En cherchant un tube d'aspirine pour se soulager d'un mal de tête qui lui serrait les tempes, il renversa un gobelet de café froid qui se répandit sur les papiers et dont le fond boueux lui rappela par métaphore l'état de son enquête.

Il essuya les taches et enleva une page de l'éphéméride. 26 juin 1975.

– Mon Dieu, comme ça file! murmura-t-il. On met un siècle pour arriver à quarante ans, puis les années suivantes passent en l'espace de deux semaines!

La fuite du temps tira complètement Sledge du sommeil. Dans moins d'une semaine, il était censé s'avancer avec confiance dans la salle du grand jury, saluer poliment un échantillon de citoyens honorables, des braves gens propres et normaux, totalement étrangers à l'horreur de l'histoire qu'ils allaient devoir entendre. Si tout se passait comme Sledge l'espérait, le grand jury lui offrirait une belle récompense : une inculpation pour meurtre. Mais si son réquisitoire présentait des lacunes (et son mal de crâne venait lui rappeler que si son dossier avait été un radeau de sauvetage, il se serait noyé depuis des semaines!), il devrait se contenter de tentative de meurtre. Et encore! En général, les jurés accordent leurs violons sur le ton donné par le procureur, mais cette affaire-ci était particulièrement délicate. Les passions étaient si fortes que ces braves gens pouvaient se retourner complètement et accuser le procureur de poursuite sans fondement!

Il restait une solution, séduisante, presque irrésistible. Sledge pourrait refermer ce dossier, le balayer de sa table et se défaire à tout jamais de ce fardeau. Il pourrait convoquer la presse, prendre son visage de serviteur confiant du bien public, et annoncer devant l'armée de micros, avec un ton un peu enfantin qui charmerait et persuaderait peut-être Walter Cronkite, Barbara Walters, *Time* et la BBC, que la Justice n'avait pas été bafouée. « A la suite d'une enquête approfondie, le procureur est arrivé à la conclusion qu'il n'y avait pas de preuves suffisantes pour justifier de poursuivre... »

Douce perspective!... Il pourrait être réélu grâce à cela. Personne ne protesterait qu'il étouffait l'affaire. Quelques murmures, peut-être. Mais pas de cris. Personne ne pourrait l'accuser de ne pas avoir *essayé*! Les valises sous ses yeux et les cheveux gris supplémentaires dans ses favoris en témoigneraient. Dans deux ans, il pourrait jongler avec les chiffres et trouver quelques statistiques particulièrement retentissantes (un numéro dans lequel un J. Edgar Hoover excellait), montrant à tout le monde que la criminalité avait augmenté de 14 %, mais regardez bien, chers contribuables, le nombre de mes condamnations a augmenté de 22,4 %. Un célèbre shérif du sud du Texas avait été réélu seize fois avec de tels tours de prestidigitation. Juste avant les élections, ce remarquable juriste parvenait toujours à coffrer un malheureux nègre qui s'empressait de s'accuser de tous les viols, cambriolages et attaques à main armée qui n'avaient pas encore été élucidés dans ce pays de rêve.

Le seul problème était que Sledge n'avait pas envie d'être réélu. Quatre ans de plus comme procureur, cela voulait dire quatre ans de plus sur la même chaise, quatre ans de plus à essayer de nourrir une femme et deux enfants et de maintenir les apparences avec 30 000 dollars l'an. Après ça, un siège au Sénat de l'État, peut-être, puis cinquante balais, et par ici la sortie. Peut-être trouverait-il une petite affaire de pétrole pour arrondir les fins de mois, assez pour envoyer les filles au collège et pour s'acheter une Stratoliner pour aller regarder les cow-boys. Et puis, un petit faire-part dans une rubrique nécrologique locale. Tout bien considéré, ce n'était pas si mal pour le gosse d'un éleveur de dindes de Yoakum qui maquillait les cadavres dans une entreprise de pompes funèbres pour se payer des cours à l'université. Mais Calvin Sledge ne voulait pas succomber au syndrome de Pike's Peak, qu'il combattait depuis l'âge de cinq ans...

Juste avant la Seconde Guerre mondiale, Willis C. Sledge

emmena en vacances sa femme, Rowena, son fils, Calvin, et sa fille, Rose Sharon, les seules vacances de leur vie. Ils se rendirent à bord d'une La Salle de 1936 dans le Colorado, où de lointains cousins dirigeaient une réserve de pêche. Le jeune Calvin fut ébahi par la taille imposante des montagnes Rocheuses, lui qui venait d'une partie du Texas où on baptise « colline » le moindre monticule de trois mètres. Il pria son père de les emmener, pour terminer les vacances, au sommet de Pike's Peak (4 500 m), crevant d'envie d'atteindre un sommet. A la moitié de la côte, la voiture se mit à chauffer et à dégager de la vapeur. Willis Sledge souleva le capot, jeta un coup d'œil et recula devant le jet de vapeur, annonçant qu'il était temps de redescendre. Calvin supplia son père; il avait vu des aires de repos le long de la route où l'on pourrait trouver de l'eau pour le radiateur. Mais le père dit à son fils déçu :

— Nous en avons vu assez, mon garçon. La vue n'est pas différente ici de ce qu'elle est là-haut.

Calvin continua à ronchonner jusqu'à ce que Willis Sledge lui colle une mornifle.

— Estime-toi heureux que nous soyons allés si loin, dit-il.

Faire la moitié du chemin, se disait le procureur quelque quarante ans après, cela revient à ne pas bouger. Là-dessus, il se rasa, se rafraîchit avec des serviettes de papier humide et se remit au travail. Il avait deux choses à faire; premièrement, composer un portrait bien documenté des protagonistes d'une affaire de violence pour le moins « sensationnelle »; deuxièmement, prier dans l'espoir de trouver un détail, un indice, un *quelque chose* qui pourrait persuader un jury d'Assises de condamner... Mais d'abord, rappeler ce connard de toubib pour savoir s'il y avait du nouveau.

Le médecin répondit du ton qu'il employait probablement pour annoncer aux patients condamnés qu'ils devaient mettre leurs affaires en ordre.

— Il va mieux. Nous ne le considérons plus comme un cas critique. Encore des bouquets de fleurs. Natalie Wood a envoyé un télégramme et une caisse de Dom Perignon. Nous avons vidé un petit con qui disait être l'oto-rhino de la reine Elizabeth. Il avait dû trouver son diplôme dans une pochette surprise!

Et le Dr Witt raccrocha.

Le procureur choisit un dossier, secoua les coupures de journaux et les photographies qu'il y avait dedans, puis se mit à dicter au magnétophone lentement et distinctement, en espérant que Darlene serait capable de transcrire ses paroles en quelque chose ressemblant à de l'anglais. Darlene était sa secrétaire, et aussi la fille d'un des principaux pourvoyeurs de fonds de sa campagne électorale.

« Portrait de McKenzie (Mack) Crawford. Mack eut son bac en 1950 et passa l'été suivant à travailler en Louisiane, à fabriquer des derricks pour des plates-formes de forage. En septembre, il s'inscrivit à l'université du Texas, à Austin, grâce à une bourse de football... Voyons voir, d'après *Sports Illustrated,* il se blessa le genou au bout de deux semaines et rata la saison. Je cite. " J'étais paumé, cette année-là, trop tendu. Tout le monde me tirait à hue et à dia. Alors, j'ai gâché une année. Je pense que je voulais voir s'il y avait *autre chose*, à part le football. " Fin de citation... A l'automne 1951, Mack ne se défonça pas pour l'équipe du Texas et faillit perdre sa bourse... Mais à la saison suivante, il avait " mangé du lion ", comme dit le *Houston Chronicle*... Un instant, Darlene, je cherche l'article de *Life*. Mais où l'as-tu fourré? »

Un photographe de *Life* passa deux semaines à Austin, pendant la saison de Mack comme senior. Il utilisa quatre-vingt-seize rouleaux de pellicule de trente-six poses. Cela faisait trois mille quatre cent cinquante-six images d'un joueur de football dont la réputation n'avait pas, jusque-là, dépassé les limites de son comté et les pages sportives de journaux locaux. Mais ayant, comme arrière, battu des records de vitesse et marqué dix-huit buts, on commença à parler de lui pour le trophée Heisman et le plus grand magazine de photos du monde s'intéressa à lui.

La devise de *Life*, « La pellicule ne coûte pas cher », encourageait les photogaphes à mitrailler autant qu'ils le pouvaient. C'est ainsi que Mack fut pris à l'entraînement, se frayant un chemin parmi d'éventuels attaquants un peu comme un tank rentrant dans des plumes. On le photographia au cours de comptabilité, l'air endormi; dans sa chambre, l'air de travailler sérieusement; au milieu d'un groupe de garçons qui donnaient la sérénade à des filles au balcon et en mini-chemise de nuit, fixant le bel athlète d'un regard brûlant de désir inassouvi; au volant d'une Chevrolet Bel-Air orange et blanche « gagnée » en travaillant l'été dans le ranch d'un ancien élève de l'université; en pantalon kaki, chemise Oxford à col boutonné et pull de cachemire bleu marine; en train de les enlever, de se promener au milieu du joli campus sur fond de chênes ancestraux et de bâtiments de pierre blanche couverts de tuiles rouges. Et, où qu'il allât, quoi qu'il fît, Mack rayonnait d'une sensualité puissante. Au départ, pour les journalistes de *Life,* Mack ne devait être qu'un élément dans un tour d'horizon sur le football américain. Des photographes avaient été envoyés en même temps en Californie, en Alabama, au Nebraska et à Annapolis. Mais quand les agrandissements furent disponibles et que, au siège du magazine à New York, les filles des rubriques mode, vie moderne, religion et revue de presse se mirent à se rendre sous des prétextes futiles au service des sports afin de mettre la main sur les épreuves qui montraient Mack sous la douche, ses fesses dures et son pubis blond et soyeux apparaissant à travers la buée d'une vitre, on laissa tomber Californie, Alabama et le reste.

C'est avec Mack, et Mack seul, que l'on fit la couverture et huit pages intérieures; il se retrouva parmi les photos d'art de la bibliothèque du musée d'Art moderne de New York, et provoqua un nombre incalculable de fantasmes chez les trente millions de lectrices. La couverture, une des premières en couleurs de *Life,* était d'une sexualité criante, naïve, spontanée, prise juste à la fin d'un entraînement. Mack portait un vieux short orange, fendu sur les côtés. Son maillot avait des trous sous les bras et s'arrêtait juste en dessous de ses pectoraux. Il avait les cheveux bouclés et humides de sueur. Le photographe avait pris la photo en contre-plongée, détachant son sujet sur un fond de ciel automnal d'un bleu vif, exactement de la couleur des yeux de Mack. Le journal de la faculté en fit un gros titre :

LE HÉROS DU CAMPUS DEVIENT UNE CÉLÉBRITÉ NATIONALE...

L'enfant de la célébrité se réjouit quelque temps de l'événement, puis découvrit un truisme : les pigeons chient sur les statues des gens célèbres. Mack téléphona à sa tante qui, bien entendu, n'avait pas vu *Life.* Elle fit preuve d'un enthousiasme limité... Quant aux coéquipiers de Mack, ils eurent une réaction curieuse. Il se trouva tout de suite deux rigolos pour tomber à genoux et lui faire des salamalecs lorsqu'il entra dans le vestiaire, après quoi un entraîneur adjoint (un type aigri et peu apprécié) lui sonna les cloches parce qu'il avait cinq minutes de retard. Sur le terrain d'entraînement, on prit l'habitude de ne jamais passer le ballon à Mack sans l'avoir d'abord parfaitement nettoyé. Il ne trouvait pas cela drôle.

On lui fit aussi des blagues de mauvais goût. Mack avait toujours eu l'habitude d'attendre que les douches fussent vides pour se laver. Il n'était pas du genre à apprécier le foutoir habituel des vestiaires : serviettes chipées, histoires de cul... Le jour où *Life* parut, une demi-douzaine de footballeurs – trois quarts de tonne à eux six – l'attendirent à sa sortie des douches et saluèrent son apparition nue avec des sifflets généralement réservés aux jeunes filles en maillot de bain.

Les amis s'éloignèrent. De parfaits inconnus qu'il n'avait jamais rencontrés se faisaient passer pour des intimes. La publicité avait érigé autour de lui un mur invisible. Mack était troublé. Il se disait que la raison de toute cette hostilité était principalement la jalousie, mais ne se sentait pas réconforté pour autant. « J'ai pas *demandé* à *Life* de m' prendre en photo! » Mais c'est très volontiers, et même avec enthousiasme, qu'il avait accordé au photographe deux semaines de son temps et trois mille quatre cent cinquante-six images de lui-même.

Il restait deux matchs à jouer dans la saison. La presse les appelait « Les dernières apparitions de Mack Crawford », comme s'il n'y avait qu'un seul joueur dans l'équipe. Le vendredi précédent le match contre SMU (et qui s'annonçait comme un triomphe sans problème), Mack trouva plus de deux cents lettres dans sa boîte. Dans le lot, il y en avait une de Kleber. Mack n'avait pas eu de nouvelles de son meilleur ami depuis des années. Ils s'étaient parlé au téléphone une ou deux fois, et sans très bien savoir quoi se dire, depuis la fameuse nuit où les Trois Princes s'en étaient allés vers des royaumes différents.

> Chère vedette,
> Bon sang, *Life* ne doit plus avoir grand-chose à se mettre sous la dent! Je t'ai vu orner mon kiosque habituel, au coin de la 96ᵉ et de Broadway. J'ai acheté trois exemplaires au lieu de dîner. Toutes mes félicitations. Tu es la seule personne célèbre que je connaisse, à l'exception de Dorothy Kilgallen que j'ai appelée cette semaine pour lui demander une interview. Elle m'a dit qu'elle n'en accordait aucune.
> Je travaille à ma maîtrise de journalisme à Columbia, plus trente heures par semaine dans une confiserie, où j'empêche les jeunes délinquants de voler. Ils ressemblent tous à T.J. A propos, as-tu des nouvelles du prince des Tentations? J'ai perdu sa trace depuis des années. Je suis heureux que *ça* n'ait eu aucune conséquence.
> Comment vont tes amours? Les miennes n'ont rien d'un poème. On dirait plutôt un requiem. Bonne chance contre le SMU et ensuite, fiche en l'air les Aggie. Et puis écris, si toutefois ils enseignent ce genre de chose par chez toi.
>   Ton ami, Kleber.
> P.S. : Le Texas me manque. Saloperie! Je crevais d'impatience de quitter ce désert culturel, et maintenant, c'est comme si notre mère l'Église me rappelait à elle.

Mack fut très heureux de cette lettre, tout particulièrement de la phrase discrète mais capitale : « Je suis heureux que *ça* n'ait eu aucune conséquence. » *Ça*, c'était la crainte d'une nuit jamais complètement oubliée. *Ça*, c'était le souvenir qui torturait la conscience de Mack depuis cinq ans. La manière toute simple dont Kleber se débarrassait de *ça* semblait vouloir dire qu'il n'y avait plus besoin de s'inquiéter. Mack se sentit plus libre. Dimanche matin, après le match, se promit-il, il écrirait à Kleber une longue lettre et tâcherait d'y glisser une allusion quelconque à la disparition de *ça*.

Mais hélas, des événements inattendus s'opposèrent à ses bonnes intentions. Le héros fut victime de la Célébrité : Mack joua mal. Sa tête et ses muscles ne fonctionnaient pas ensemble. Dans la première mi-temps, il prit sept fois la balle dans des passes de routine; quatre fois, elle lui échappa des mains à cause de maladresses grossières. Dans la seconde mi-temps, il ne la laissa pas échapper, mais à chacune de ses attaques, il fut repoussé comme un boomerang par la ligne de défense du SMU qui avait pourtant la réputation d'être particulièrement faible. A la fin du match, retrouvant momentanément sa forme, Mack aperçut une brèche dans la défense. Il parvint à se débarrasser de tout ce qui pouvait l'empêcher de passer, se démenant tant qu'il pouvait, aussi déterminé qu'un enfant de neuf ans qui fait une course pieds nus sur une piste de cendre. Et cependant quelques instants précieux, il n'y eut plus personne autour de lui, plus rien entre lui et le but, rien d'autre que l'herbe du stade d'Austin. Quarante mille supporters poussèrent un rugissement assourdissant pour célébrer la renaissance de la vedette. Et puis, à dix mètres seulement d'un triomphe personnel et de la victoire de l'équipe, il aperçut une armée de photographes juste derrière la ligne de but, l'attendant entre les poteaux. Il ne devait jamais comprendre très bien pourquoi, à ce moment précis, il avait choisi d'en rajouter. Sans aucune nécessité il fit une feinte vers la gauche, puis vers la droite, pour leur en mettre plein la vue. C'est alors qu'il tomba, rata le but et quitta le terrain en boitillant, se plaignant d'une douleur musculaire imaginaire à l'aine.

Après le match, Mack, écœuré, resta dans les douches jusqu'à ce que ses coéquipiers fussent tous partis. Ensuite, il en sortit avec un frémissement de douleur théâtral. S'il restait des traînards, ils verraient comme il souffrait et pourraient certifier que ce n'était pas de la blague. Il se rhabilla à la hâte, pestant contre les odeurs d'ammoniaque et d'eau de toilette qui traînaient encore, et traversa toujours en boitillant le vestiaire. Une armoire à glace nommé Ramirez émergea du brouillard de vapeur et l'empêcha de passer. Ramirez était hideux; il avait un nez écrasé, et son corps ressemblait à la porte d'un coffre-fort. Il avait commencé sa carrière dans l'équipe du Texas en première ligne, et avait dû céder sa place pour une autre moins glorieuse quand Mack était arrivé dans l'équipe.

— Tu veux un autre numéro de ce magazine, mon chou? J'en ai gardé un exprès pour toi.

Et il lança à Mack la couverture de *Life*. Il s'était torché le cul avec.

Les soirs d'automne à Austin, quand l'équipe a été victorieuse, la bizarrerie architecturale appelée « tour de l'Université du Texas » est nimbée d'une lueur orange et luit comme un totem phallique au centre d'une fête païenne. Mais cette nuit-là, la plus sinistre que Mack eût vécue, la tour resta sombre. Il avait garé sa voiture en haut d'une colline surplombant le lac Austin et repassait le match dans sa tête, sans prêter attention à l'étudiante nommée Barbara Lee qui faisait l'impossible pour coller son corps contre le sien. Elle portait un pull rose et avait tout tenté, sauf de prendre la tête dorée de Mack pour l'enfouir dans sa moelleuse poitrine. Mais tout ce que Mack désirait, c'était une bouteille et un silence de pierre. Il voulait être seul. Après le match et le numéro de Ramirez, il était sorti des vestiaires presque comme un voleur. Mais photographes et journalistes étaient là, prêts pour la curée et Barbara Lee, indélogeable, s'était déjà nichée dans sa Chevrolet. Sur le capot, quelqu'un avait gravé avec un ouvre-bouteilles : Enculé!

Barbara Lee croyait avoir des responsabilités. Ce dont Mack avait besoin, à son sens, c'était d'une femme compétente. Elle s'était mise en cheville avec un des photographes de *Life*; le reportage parlait d'elle comme de la « petite amie ». La vérité était légèrement différente. Ils n'étaient sortis ensemble que trois fois. On prétendait que Mack avait un tel appétit sexuel qu'il s'envoyait méthodiquement toutes les étudiantes logées sur le campus, bâtiment par bâtiment. Et en effet, la plupart des jolies jeunes femmes qui lui avaient mis le grappin dessus pour une soirée murmuraient à leurs copines, malades de jalousie, que les exploits de l'athlète dans le stade n'étaient rien comparés aux prouesses qu'il réalisait sur les coussins de cuir orange et blanc de sa voiture. Pourtant, si ces témoins avaient dû en jurer devant un tribunal, c'eût été un faux témoignage. Car ces liaisons n'avaient jamais dépassé le baiser d'adieu, lèvres serrées. Mack savait bien qu'il pouvait faire d'elles ce qu'il voulait; le seul problème, c'était qu'il n'en avait pas envie.

– Écoute, s'exclama enfin Barbara Lee, t' es aussi amusant qu'un enterrement de première classe! Qu'est-ce qui va pas? Ce n'était rien qu'un match, après tout!

Voilà qui arracha à Mack au moins un grognement. Elle mit la radio et tomba sur *Quelqu'un pour s'occuper de moi,* une mélodie bien faite pour vous faire fondre, Mack ferma le poste. Bravement, Barbara Lee se mit à parler de choses et d'autres.

– T' as entendu dire que Claude et Mary Beth sortaient

ensemble? T t' rends compte? Mon Dieu, ils sont tous les deux tellement moches qu'ils devraient s'offrir mutuellement un masque comme cadeau de mariage... Dis donc, tu aimes cette couleur de rouge à lèvres? Réponds franchement. Ça s'appelle « Rhapsodie en rose ». C'est le même que celui de Jane Wyman dans *L'Obsession fabuleuse*, avec Rock Hudson. J'ai vu le film, et j'en ai pleuré pendant six jours...

Exigeant une réponse, Barbara Lee blottit son visage juste sous le menton de Mack et lui fit son regard de vamp. Elle était blonde, les yeux bleus, et aurait pu être sa sœur jumelle. Tous deux étaient extérieurement parfaits, mais intérieurement, dans une vraie mélasse, Mack hocha la tête :

— C'est joli, oui.

Elle aurait pu se mettre des cendres et du crayon de couleur. Pour ce qu'il avait à en faire...

— J'avais commencé par mettre « Folies de minuit », poursuivit-elle; c'est ce qu'avait Natalie Wood dans *La Fureur de vivre*. Mais sur moi, il faisait violet foncé. T' as vu le film? James Dean est fantastique. Quand il est allongé par terre au poste de police et qu'il pleure en jouant avec ce singe mécanique... C'est bien simple : je l'ai vu huit fois! Je s'rais encore au cinéma si t' étais pas là... Sauf que t'as pas vraiment l'air d'être là.

Et cherchant à attirer l'attention de celui qui avait été sur six millions et demi de couvertures de magazine, Barbara Lee ressentit pour la première fois de sa vie l'angoisse d'être rejetée. Les garçons avaient toujours regardé sous sa jupe depuis le toboggan de l'école maternelle.

— Chéri, qu'est-ce qu' y a? Dis-moi, est-ce que j'ai fait quelque chose de mal?

Mack secoua la tête.

— Je sais pas; je sais vraiment pas. J' crois que j' ferais mieux de t' ramener... J'ai une douleur dans la jambe.

— Ça, je peux m'en occuper, dit Barbara Lee avec délice, prenant la réponse de Mack pour une invitation.

Elle se rapprocha hâtivement de lui, et comme elle ne savait pas très bien de quelle jambe il s'agissait, elle commença à masser les deux. Mack la laissa poursuivre son exploration quelques instants, puis lui saisit les poignets.

— Je n'ai pas le courage de... *ça* ce soir.

— Oh, très bien! rétorqua la fille. T'arrive-t-il d'en avoir envie? Écoute, Monsieur-la-Vedette, c'est pas la peine de perdre notre temps. Épargne-nous des efforts à tous les deux. *Si* jamais ça t'arrive d'en avoir envie, c'est pas la peine de m'appeler.

Mack raccompagna Barbara Lee machinalement, sans même

remarquer le visage fermé de la jeune fille, occupé par des problèmes plus graves que le vagin rarement délaissé de celle-ci.

Plus tard dans la nuit, il essaya d'écrire à Kleber. « Heureux d'avoir de tes nouvelles... Je vais bien, très bien... Je n'ai pas grand-chose à te dire. » Il fit une boule avec la feuille et l'envoya à l'autre bout de la pièce, où elle atterrit juste devant une pile de *Life*... Il essaya de dormir, mais ne put rien faire d'autre que rejouer dans sa tête l'horrible match. Comme il aurait aimé parler à quelqu'un! Mais le plus célèbre athlète des États-Unis n'avait pas un seul ami suffisamment digne de confiance pour l'écouter et le comprendre. Il se souvint de la définition de l'amitié donnée par Kleber : « Quelqu'un que tu peux appeler à 3 heures du matin pour qu'il te tire de prison. » Qui est-ce que j'appelle? se demanda Mack. Associated Press?

Une heure avant le lever du soleil, il s'imagina qu'il avait un téléphone à côté de lui et qu'il appelait New York. Kleber répondait vite, s'arrachant à une réception pleine de musique et de rires. Il semblait être entouré de gens qui l'aimaient parce qu'il était intelligent et spirituel, et *non* parce qu'il avait sa photo sur la couverture d'un magazine. Kleber était ravi d'être dérangé par un coup de téléphone du prince des Charmes.

Mack imagina qu'il parlait à son ami :

« Écoute-moi, Kleber; écoute. J'ai besoin que quelqu'un m'écoute. C'est Mack. J'ai la trouille. Oui, c'est vrai; Mack Crawford a la trouille! J'ai fait une grosse connerie, cet après-midi... J'ai foutu en l'air le match contre SMU... Et tout ce que j'ai trouvé comme excuse, c'est une blessure bidon à la jambe. Et tu sais, c'est pas ça qui a tellement d'importance; ni le match ni le mensonge... T'as vu cette " célébrité " sur la couverture de *Life*? Eh bien, voilà un petit scoop pour toi : la vedette ne peut pas s'approcher d'une fille sans penser à *ça*... Cette nuit-*là*, cet orage-*là* et cette fille-*là*. Nom de dieu, j'ai beau essayer d'oublier son nom; j'y arrive pas! C'est *Laurie*, tu t'souviens? Je suis heureux que, apparemment, t'y penses plus... Pour moi, c'est comme un de ces sales boutons sur le menton; ça grossit, ça éclate et ça s'en va – et puis ça revient... Tu m'écoutes toujours, Kleber? J'viens d'me rendre compte que j'connaissais la réponse à une chose... C'est Ted Williams qui avait la réponse... Tu te souviens de cette fois, à Fenway Park, où il a montré son cul à tout le monde? Eh bien, il avait raison... J'les emmerde... J'emmerde tous les gens qui voulaient me toucher hier, et maintenant c'est presque l'aube et j'suis le lépreux du samedi

soir... Personne ne s'approche de moi, et c'est exactement c' que j'
veux... La vérité, c'est que ça n'y change rien. Mais tu me
manques quand même, Kleber. Pourquoi est-ce que les choses
deviennent si compliquées? Si tu trouves la réponse, préviens-
moi... »

La porte de sa chambre s'ouvrit brusquement. C'était Zeke
Mahaffey, le voisin de Mack, un jeunot de première année. Il
essayait désespérément de rester debout et de ne pas renverser le
verre d'eau-de-vie qu'il tenait à la main. C'était un gars de la
campagne. Ses cuites nocturnes lui avaient rendu le teint si rouge
qu'on ne voyait même plus ses taches de rousseur. Zeke était
gêné.

— Oh, j' me suis trompé de chambre, s'excusa-t-il en se cognant
contre le mur. J' suis beurré comme un petit Lu.

— T'es pas plus mal ici, dit Mack.

La chambre était sombre et la silhouette de Zeke se détachait
sur la lumière du couloir.

— T'es encore debout? demanda Zeke. Tout va bien?

— Ça va...

— Comment va ta jambe?

— Mieux. Merci d'y penser.

— Non, sans blague, croix de bois-croix de fer, t'es sûr que tout
va bien?

Mack rit et hocha la tête. S'il avait eu le choix, ce n'est pas Zeke
Mahaffey qu'il eût invité dans sa chambre cette difficile nuit-là.
Mais personne d'autre n'était venu, même par erreur, lui offrir un
peu d'amitié.

— J' peux te demander quelque chose, Zeke?

— Bien sûr. Tu veux boire un coup?

Zeke tendit son verre.

— Ouais, dit Mack.

Il sirota l'alcool fort et sucré.

— Comment ça s' fait que je me sois cassé la gueule à dix mètres
de la ligne de but?

Zeke réfléchit et à son insu sourit avec tendresse.

— Parce que ta tête allait d'un côté et tes pieds de l'autre.
T'emmerde pas. Quelquefois, on n'y peut rien. L'année dernière,
au lycée, j'ai loupé quatre interceptions dans le match contre
Plainview. La semaine d'après, je les ai presque toutes réussies.
Mêmes muscles. Même stade. Il y a des jours où l'on ne peut *pas*
ne pas tomber. Mais il y a toujours un autre match, Mack. Bon
dieu! La semaine prochaine, tu vas sacrément les foutre en l'air, les
mecs d'Aggie... Pas vrai?

— J'espère, Zeke.

Il avait autant de bon sens que n'importe qui. Zeke s'apprêta à sortir. Il avait l'impression d'avoir abusé de l'hospitalité de Mack. Le système des castes à l'université n'autorisait que rarement les contacts importants entre les vedettes seniors et les juniors inconnus.

— Tu veux d' la codéïne pour ta jambe? proposa Zeke.

Il sortit deux cachets de la poche de sa chemise de cow-boy.

— Oui, merci, dit Mack, espérant que les cachets le feraient dormir jusqu'à midi. J' peux te demander encore une chose, Zeke?

— Vas-y, fit Zeke, se conformant aux droits des aînés.

— Tu veux bien t'asseoir ici une minute jusqu'à ce que je m'endorme?

— Mais pourquoi?

— Tu veux que j' t'explique?

— Mon Dieu, non. Je ferai comme tu veux, Mack.

Zeke s'assit au bord du célèbre lit qui, lui aussi, était dans *Life,* et veilla sur Mack comme il aurait veillé sur un animal malade à la ferme paternelle. Au bout d'un moment, comme la respiration de Mack s'était faite profonde et régulière, Zeke décida qu'il pouvait s'en aller. Il se leva avec les précautions maladroites de l'ivrogne qui fait attention à ne pas faire de bruit. Quand Mack attrapa sa main et la serra fortement, il n'y fit pas attention; il prit cette étreinte un peu trop longue pour de l'amitié et rien de plus. Il ne savait pas que Mack souhaitait à ce moment être celui qui touche et non plus celui que l'on touche.

Le lendemain matin, Mack trouva un journal de Houston glissé sous sa porte. Le titre de la page sportive devait avoir fait rire toute la rédaction : LE BEAU GOSSE S'EMMÊLE DANS SES MÉDAILLES. Mack, assis par terre, passa des heures à réduire en confettis dix-sept couvertures de *Life,* puis regarda, fasciné, tous ces petits morceaux de lui-même disparaître en tourbillonnant dans le trou des w.-c.

CHAPITRE 6

Kleber était assis devant sa machine à écrire, glacé par ce froid des derniers jours de novembre malgré deux pull-overs, gelé aussi dans ses efforts pour écrire un article pertinent sur : « Le Président et la Presse ». Ayant décidé de soutenir l'idée de fair-play entre les journalistes et Franklin Delano Roosevelt, Kleber avait commencé par expliquer qu'il n'était ni charitable ni propice au moral du pays de publier des descriptions ou des photographies d'un Président attaché à un lutrin ou installé dans une chaise roulante pour bavarder avec Winston Churchill. « D'un point de vue métaphorique, un Président handicapé pourrait symboliser un pays malade », écrivait-il, satisfait de l'entrée en matière, et pourtant incapable de trouver une transition pour expliquer en quoi il était préférable que l'opinion publique ne sache *pas*.

A ce point, il dériva pendant des heures, regardant par la fenêtre de son quatrième étage de la 110ᵉ Rue Ouest, bien plus intéressé par les événements quotidiens qui se passaient dans la ville de New York, vus à travers des vitres sales. En bas, dans ce petit bout de parc qui vient mourir contre l'Hudson, gris et menaçant, des gosses portoricains jetaient des cailloux sur des poubelles. Kleber était fasciné par la composition du tableau : les couleurs mélancoliques de l'automne, les blousons de cuir râpés, les bandeaux de tissu rouge sur les fronts en sueur, les attitudes, les postures, le chef, les moutons, les tensions, les bouffées d'arrogance agressives. Il aurait pu écrire dix pages là-dessus sans même s'arrêter pour réfléchir. Son dada, c'était le reportage. Ce qu'il détestait, c'étaient ces « analyses » sur des sujets cent fois usés. Plus qu'un semestre, se promit Kleber, puis plus jamais cette odeur poussiéreuse des rayons de bibliothèque.

Deux étages en dessous, le téléphone collectif sonnait sans arrêt. Kleber se demanda pourquoi il n'y avait pas un étudiant pour aller répondre, se rappelant que, mis à part les provinciaux, tout le monde était parti pour le week-end de Thanksgiving. Lui-même l'avait fêté la veille pour 1,19 dollar avec un morceau de dinde insipide dans un bistrot grec. Mais il n'eut pas le temps de s'apitoyer davantage sur son pauvre sort : on frappait à la porte. « Eh, Texas, c'est pour toi », hurla Bananas, le concierge cubain et rondouillard qui d'habitude était trop occupé à organiser des combats de coqs au sous-sol pour se soucier des besoins des locataires en eau chaude ou en chauffage.

– Kleber? C'est ta mère, dit VeeJee Cantrell.

Il fut surpris. Cela ne lui ressemblait pas de lui donner deux coups de téléphone à longue distance en deux jours. L'après-midi de Thanksgiving, elle avait téléphoné pour décrire, avec des détails vengeurs, le repas qu'il avait manqué à la maison, les prières dites pour lui, une description enthousiaste et chaleureuse de l'automne texan, avec en prime un questionnaire en bonne et due forme sur la santé de Kleber, sa situation financière et sa vie à l'université de Columbia. Tout cela fut débité avant même que l'opératrice n'intervienne pour annoncer la fin des trois minutes maximales que VeeJee l'économe avait l'intention de dépenser.

– Bonjour, Maman. Tu sais, j'aimerais bien être là-bas en train de manger les restes.

Mais VeeJee n'entendait pas se laisser détourner.

– Kleber, as-tu lu les journaux du matin?

– Non, Maman. Les communistes ont débarqué à Galveston, ou quoi?

– Kleber, arrête de faire le malin. As-tu lu les articles de Red Alert que je t'ai envoyés?

– Non, Maman. Mais j'ai entendu Adlai Stevenson la semaine dernière. C'est notre plus grand homme. Je donnerais tout ce que j'ai, c'est-à-dire 3 dollars, pour qu'il soit élu Président.

– Kleber, le libéralisme n'est qu'un virus. Je savais qu'en allant à New York, tu serais contaminé. Alors, ne fais pas de provocation. Je t'appelle au sujet de Mack.

– La star? Je lui ai écrit la semaine dernière...

– Mack a été blessé hier dans le match contre les Aggie.

– Il est blessé? C'est grave?

– Je ne sais pas. Dans le *Star Telegram*, on dit qu'on l'a emmené inconscient. Si tu veux lui envoyer quelques mots d'encouragement, je te donne l'adresse : Memorial Hospital, Austin... Bon, travaille bien... Tu sais le prix de cet investissement.

VeeJee raccrocha après avoir donné les dernières nouvelles. Sans le savoir, c'était une excellente journaliste. Aussitôt, Kleber appela Austin, mais tout ce qu'il apprit, ce fut : « M. Crawford est dans un état grave mais stable. » Il essaya de se faire passer pour un journaliste du *New York Times*, mais l'infirmière, à la voix glacée, ne s'en laissa pas conter.

Mack ne se trouvait même pas sur le terrain, au coup d'envoi du dernier match de sa carrière. Il resta assis sur un banc, non pas à cause de sa mauvaise prestation du samedi précédent, ni de cette bizarre « douleur à l'aine » disparue comme par miracle dès le lundi.

Une barrière d'animosité s'était clairement élevée entre le prince et ses courtisans, envenimée par les feux de la publicité. Presque jusqu'à la fin de la partie, Mack fit tapisserie au bord du terrain, tête baissée, casque à la main, sa tenue orange et blanche aussi immaculée que les chrysanthèmes enrubannés sur la poitrine des Texanes.

Il restait trois minutes à jouer et le score était de 14 partout; l'équipe du Texas se trouvait à vingt mètres de la ligne de but adverse, aussi inefficace qu'un boxeur qui voudrait mettre K.O. le punching-ball. C'est alors que Mack fut envoyé sur le terrain, tel l'ambassadeur d'une botte secrète. Son entrée provoqua des hurlements de reconnaissance, et quelques sifflements. L'équipe d'Aggie ricana collectivement à la vue de ce géant net et gracieux, ce symbole de l'aristocratie et des hommes en chaussures de daim blanc qui épousent des femmes possédant un compte ouvert chez Neiman-Marcus. Ces visages de fermiers reflétaient la jalousie la plus primaire; Mack leur renvoya un sourire condescendant et hautain.

Pendant les deux premiers jeux, sa présence ne changea pas grand-chose. Une star sur les planches, sans texte à dire. L'arrière de l'équipe du Texas, Wendall Collin, fit semblant de passer la balle à Mack, puis la balança dans le ventre d'un centre pour se rapprocher de quelques centimètres. Par deux fois, ensuite, Mack se trouva dans la mêlée, et par deux fois, l'athlète le plus en vue d'Amérique émergea de la masse boueuse les mains vides, tel un magicien ayant perdu son lapin. Mais à la faveur d'une passe des moins prometteuses, Mack se retrouva balle en main, avec dix mètres à faire pour marquer. La foule hurlante se dressa, piétinant les gradins avec la puissance d'un tremblement de terre. Les dieux se penchaient sur le Texas. Les photographes se précipitèrent. Mack tricota furieusement des pinceaux, montant ses jambes jusqu'à sa poitrine comme des pistons, s'apprêtant à marquer un corner glorieux dans des buts aussi vides que l'Ouest du Texas. Personne ne pouvait l'intercepter...

Ce qui se produisit alors devait faire du bruit dans les

chaumières pendant des années. Mais jamais personne ne sut, jamais personne ne se douta du fin fond de l'affaire. En cet après-midi de Thanksgiving, l'espace d'une fraction de seconde, Mack fut mis nez à nez avec la nécessité et le défi. C'est sa virilité qui était en jeu. Sauver son honneur ne pouvait venir que d'une suprême épreuve de sa force. Alors il vira, changea de direction et offrit son corps en pâture à l'ennemi. Il se sentit frappé dans sa chair, en haut, en bas, au milieu, traînant les attaquants derrière lui comme des boulets de forçat jusqu'à la ligne blanche, mais à quel prix! Au moment où il marquait, il rebondit sur un des buts et vint donner en plein sur le pare-chocs d'une camionnette de la radio. Son casque tomba; le sang s'étala sur ses cheveux blonds dans la lumière du soir d'automne; les os brisés, il sombra – éclipse solaire – dans l'obscurité.

Une équipe de spécialistes était réunie sous la lumière lunaire des rayons X : un neurologue, un spécialiste des problèmes internes, un chirurgien dentaire, deux orthopédistes, et un chirurgien plastique qui examina la déchirure qui partait de l'œil gauche de Mack et aboutissait au lobe de l'oreille. L'intervention esthétique n'était pas pour tout de suite.

– Mais comment s'est-il débrouillé pour perdre son casque? demanda le chirurgien.

Le neurologue répondit :

– De là où j'étais assis, j'ai eu l'impression que ce crétin l'avait enlevé lui-même. Comme s'il voulait que tout le monde le *voie.*

Puis il ajouta que la fracture du crâne était sérieuse, mais qu'elle n'atteindrait sans doute pas les facultés mentales de Mack.

– Bon Dieu! murmura le Dr Samuel Voker qui, depuis plus de vingt ans, réparait les milliers d'os que se cassaient les athlètes du Texas.

Il examinait les radios, incrédule.

– Mis à part un aliéné qui s'était couché sur les rails en attendant l'arrivée du Southern Pacific pour se faire écrabouiller, je n'ai jamais vu des os dans un tel état, dit-il.

La rotule, le péroné et le nerf péronier étaient détruits.

– Un journaliste a déclaré que le champ était libre, commenta le second orthopédiste. Mais il a foncé tête la première dans l'équipe adverse. *Exprès.*

– Ouais, grommela Sam Voker; j'ai bien vu. Soit M. Crawford faisait le malin, ce qui est possible, étant donné la gamelle qu'il s'est ramassée la semaine dernière contre S M U... soit il a délibérément commis l'acte le plus insensé d'autodestruction que j'aie jamais vu.

Terrassé de douleur, sonné mais conscient malgré le démerol, Mack était étendu nu, son corps parfait barré de balafres rouges, telle une peinture lacérée par des vandales. Les infirmières qui le nettoyèrent firent mine de ne lui porter qu'une attention professionnelle, mais parlèrent de sa sexualité. Son pénis, à demi en érection, ornait lourdement le pli entre le tronc et les cuisses. Ses poils pubiens étaient souillés de sang. Un garçon de salle homosexuel prit une photo en cachette, la développa chez lui et pour 10 dollars, vendit des tirages.

— Je m'appelle Sam Voker. Ça va aller, mon vieux. Mais il va falloir rapiécer un peu vos jambes. Vous m'entendez?

Mack hocha la tête. Voker poursuivit; c'était un des rares docteurs à expliquer clairement ses intentions.

— Pour la jambe gauche, y a un problème. Une petite fracture au tibia. Pour la jambe droite (et quand je parle de « jambe », je me réfère à la partie inférieure du genou), c'est pas bien joli non plus. Maintenant, je vais vous demander quelque chose : j' vais toucher votre orteil droit et vous, vous allez tâcher de l'agiter.

Le docteur toucha, le patient fit des efforts; l'orteil ne bougea pas.

— Très bien, mon vieux, mentit Voker. Essayons encore.

Rien.

Voker s'éloigna, attristé : apparemment, le nerf péronier était endommagé. Dans ce cas, au pire, la victime traîne la patte jusqu'au jour de sa mort.

— Bon, mon vieux, va falloir faire une petite opération. Pour rafistoler la rotule ainsi que le tibia. La radio montre une petite cassure. (En vérité, le tout était complètement écrabouillé.) Quand vous vous réveillerez, on vous aura mis un plâtre. En fait, deux.

Mack parvint à articuler :

— Long... temps?

— Du haut de la cuisse jusqu'à votre gros orteil. Pour chaque jambe. Il faudra les garder au moins huit semaines.

— On a gagné? demanda Mack.

Voker haussa les épaules.

— Ça dépend de quel point de vue on se place.

Dans Cloverdale Avenue, la maison attendait comme un mausolée, avec une Mable Hofmeyer parfaite dans le rôle du gardien.

Mack rentra chez lui juste avant Noël, transporté comme un bidon de lait à l'arrière de la camionnette de Zeke Mahaffey, puis porté jusque dans la chambre à coucher indigo de Mable. Il délirait de fièvre et n'avait aucune force. Zeke resta quelques instants, cherchant à aider et à égayer l'atmosphère, mais Mable lui indiqua la porte.

A contrecœur, le Dr Voker avait accordé à Mack la permission de passer Noël chez lui, à Fort Worth, en indiquant que le patient devait absolument être de retour à Austin pour le nouvel an. Toutefois, Mable avait une vision différente du traitement, que son neveu accepta.

– Pourquoi retourner à Austin? dit-elle. Ce ne sont pas les médecins compétents qui manquent à Fort Worth.

Le jour de Noël, Mack se réveilla juste assez longtemps pour ouvrir le cadeau de Mable, une robe de chambre en flanelle grise. Le démerol refilé par un aide-soignant de l'hôpital d'Austin pourvut à la chaleur familiale.

Mack détestait Voker. Le chirurgien lui avait menti. Mack comprenait maintenant l'étendue de ses blessures. Il n'avait aucune raison d'être optimiste après le pronostic selon lequel, grâce à une thérapie intense, il « devrait » être capable de remarcher, peut-être d'ici un an. « Selon moi, vous serez normal à quatre-vingts pour cent », avait prédit Voker. Mais un après-midi, lors d'une grande tournée où Voker était apparu dans la chambre de Mack entouré de quatorze docteurs et étudiants en médecine, donnant des explications aussi plates qu'un guide de musée, l'athlète lui avait hurlé : « Foutez-moi l' camp d'ici! » Il en avait assez de ces discours médicaux. Tout ce qu'il voulait savoir, il le savait. Sa rotule droite n'était plus : les quelques morceaux rescapés, bien gardés dans un bocal, trônaient sans doute dans la bibliothèque de Voker. A la place, une vis en acier, renforcée par un morceau d'os pris à la hanche. Il n'y avait pas de mots pour décrire sa douleur. Son pied droit était aussi figé qu'un moineau sans ailes.

Mais Mack était rentré, maintenant, et chaque soir, Mable Hofmeyer priait à genoux. Elle ne demandait pas à Dieu de guérir les jambes de son neveu, non! Elle *remerciait* Dieu d'avoir, une fois de plus, rendu le garçon à sa garde. De quoi le remercier d'autre, d'ailleurs? A soixante ans passés, Mable semblait en avoir la moitié et paraissait aussi frêle qu'une bergère de porcelaine. Rien dans la maison n'avait changé, si ce n'est les touches de piano qui avaient jauni et quelques buissons du jardin qui avaient poussé, telle la barbe d'un vieillard négligent. Peu d'élèves venaient prendre des leçons, Mable étant devenue une curiosité locale, la folle dans la maison hantée. Elle avait peu d'argent et encore moins de vie. Mais elle avait Mack, et ils s'accrochèrent l'un à l'autre comme des estropiés du corps et de l'âme. Pendant les vacances, Kleber, rentrant de son université de New York, s'aventura de l'autre côté de la rue et essaya de leur rendre visite. Mable ne le laissa pas entrer. Le matin où il repartait à New York, il glissa un mot sous la porte :

« Mack, j'ai essayé de te souhaiter joyeux Noël, mais il semble que tu dormes tout le temps. Écoute, mon vieux : ce n'est pas parce que tu as une ou deux roues de cassées que la voiture est foutue. Je sais que tu souffres beaucoup, et je n'insisterai pas. Mais je veux que tu saches que je pense à toi. Et écoute bien : en septembre prochain, je débute au *Call Bulletin* de Houston, mon diplôme de journaliste en poche et 58,50 dollars par semaine! Si d'ici là tu n'es pas debout et prêt à me battre à n'importe quel sport, y compris la course en sac, je te casse les bras aussi! Tu me manques, mon pote. Si un soir, tu as besoin de parler à quelqu'un, appelle-moi. Même si c'est tard. Moi aussi, j'aurai sans doute besoin de parler à quelqu'un. K. »

Mack lut la lettre et la déchira.

La section sportive de l'université du Texas envoya à Mack Crawford une lettre recommandée le 1ᵉʳ janvier 1956. Elle annonçait que : 1) sa bourse était suspendue, 2) sa chambre et sa pension étaient annulées, et 3) sa Chevrolet avait été volée dans le parking du dortoir. Dans la même enveloppe, il trouva ses résultats universitaires, montrant qu'il lui manquait bien trop de points pour obtenir un quelconque diplôme. Mack répondit par retour du courrier, déclarant en toutes lettres : « Allez vous faire foutre; de toute façon, j'ai pas l'intention de revenir. » Il perdit alors son assurance médicale. Il avait vingt-deux ans, deux jambes cassées et 115 dollars qu'il donna à Mable. L'obscurité de la maison lui convenait à merveille. Pour préserver tout à fait leur paix, Mable débrancha le téléphone.

Par un matin glacial de la fin janvier, alors que les ormes et les pacaniers de Cloverdale Avenue étaient couverts de givre et que le vent glacial du nord soufflait sa colère à travers les plaines, Mable Hofmeyer répondit à un coup de sonnette inattendu à sa porte. Une jeune femme se tenait sur le pas de la porte. Elle portait deux grosses valises, des flocons de neige sur les épaules, et rayonnait comme un feu chaleureux dans la cheminée.

– Je m'appelle Susan French, dit-elle en tendant sa carte de visite à une Mable de cire. Je travaille avec le Dr Dudley Morgan. Je suis son assistante thérapeute.

Malgré les protestations vigoureuses de Mable, Susan French

franchit le seuil, s'aventura jusqu'à la chambre de Mack, lança un joyeux « Bonjour! », écarta les rideaux, ouvrit les fenêtres, reniflant l'odeur peu ragoûtante d'un homme sale dans une pièce confinée.

– Mais qui êtes-vous? grogna Mack.

Il avait une mine épouvantable. Une barbe blonde clairsemée autour du menton; le teint jaunâtre. Près du lit, des flacons de médicaments; Susan en saisit un pour lire l'étiquette. Mack le lui arracha des mains et le fourra dans un tiroir.

Elle se présenta et sortit une boîte bizarre d'où dépassaient des fils comme des serpents, avec au bout des petites roulettes. Mack dit :

– Je ne connais pas de Dr Morgan. Il doit y avoir erreur.

Il s'efforça de se caler sur ses oreillers.

– Détendez-vous, dit Susan. Je vais vous expliquer. Quand vous n'êtes pas retourné à Austin, malgré votre promesse, Voker s'est inquiété. Alors, il a appelé son ami Morgan et lui a dit – je cite : « Je me suis crevé le cul à rafistoler les jambes de ce jeune homme. Si personne ne le force à faire quelques exercices, j'aurais aussi bien fait de les lui couper et d'acheter à M. Crawford une timbale, des lunettes noires et des crayons. » Moi, j'aime bien Voker. C'est un sacré bonhomme.

Et d'un geste énergique, Susan repoussa l'édredon moisi pour voir et toucher. Sur le plus grand plâtre, celui de la jambe droite, il y avait un petit carré découpé par Voker. Une fenêtre dans un igloo. Elle pinça le morceau de chair exposé et provoqua un hurlement.

– C'est exactement ce que je voulais entendre! déclara Susan.

Elle étala une matière gluante sur le carré de peau et plaça dessus deux petites roulettes.

– Vous devriez sentir un petit chatouillement, dit-elle. Dans le cas contraire, on aura toujours le temps d'acheter la timbale et les crayons.

Avant même que Mack puisse protester, la thérapeute tourna un bouton et envoya un courant de 150 volts dans les roulettes. La jambe de Mack se crispa.

– Formidable! s'exclama-t-elle en regardant sa montre. Maintenant, on attend trente secondes et on recommence.

– Ça fait mal, fit Mack d'une voix plaintive.

– Faux! corrigea Susan. Ça *chatouille*. Ce qui risque de faire mal, c'est si cette jambe s'atrophie et que vous êtes condamné à l'arthrite traumatique. *Ça*, ça fait mal, mon vieux. O.K. On y va.

Le corps de Mack décolla de sa pile d'oreillers, telle une marionnette dont on aurait tiré les fils.

— C'est merveilleux, dit Susan. Nous allons faire cela deux ou trois fois par semaine. D'ici un mois, le Dr Morgan vous déplâtrera. Au printemps, on sera sur des béquilles. Un peu de piscine, un peu d'isométrique, beaucoup de natation, et au moins une heure de poids et haltères par jour...

— Eh! une minute, ma p'tite dame, dit Mack, de nouveau revêche. Qu'est-ce que vous racontez? Personne ne vous a demandé de venir. J'ai pas un sou pour vous payer. Et j' vais certainement pas vous laisser venir ici trois fois par semaine pour me faire des électrochocs.

— J'ai encore électrocuté personne, dit Susan, très affairée à noter quelques informations.

— Vous n'avez peut-être pas bien entendu, dit Mack. Il s'agit de *ma* vie. Si mes muscles s'atrophient, j' m'en fous. Si j'ai de l'arthrite traumatique, j' m'en fous. Je m' fous de tout, sauf de vous voir foutre le camp de ma chambre. *Immédiatement!* Et fermez-moi ces fenêtres. Il fait froid. Tirez les rideaux. La lumière me fait mal aux yeux.

— C'est fini? Ayez au moins la courtoisie de m'écouter, à présent. Si vous voulez rester au lit jusqu'à la fin de vos jours, c'est à vous d'en décider. Comme vous avez décidé de jouer au football. De prendre un risque. La vie, c'est comme ça. Des options. Des choix. Des décisions. Mais j'aimerais bien vous aider à en sortir.

— Pourquoi? Vous avez du temps à perdre?

— Parce que j' suis bonne. Sacrément bonne! Et parce que...
Susan se tut, prête à éclater de rire.

— Qu'est-ce qui est drôle?

— Parce que si vous refusez, je vous botterai le cul!
Mack sourit.

— J' vais réfléchir, dit-il.
Malgré son air bougon, il était intéressé par cette femme volontaire qui travaillait avec efficacité et bonne humeur.

— Très bien. Maintenant, le *régime*. Je vais laisser à votre tante ces menus. Beaucoup de protéines, peu de graisses, du lait écrémé : un quart par jour, si vous voulez. Des légumes frais. Vous êtes un pro. Vous savez de quoi je parle. Nourriture d'entraînement.

Là-dessus, Susan French referma ses boîtes, posa deux brochures sur la thérapie physique sur la poitrine de son patient, et lui caressa doucement la joue.

— Vous êtes mon premier patient célèbre, dit-elle. J'ai intérêt à faire gaffe.

Pour la visite suivante, Mack s'était coiffé. Et pour celle d'après, il s'était rasé, aspergé d'eau de Cologne et fit remarquer à la thérapeute en tapotant sa montre avec impatience qu'elle avait dix minutes de retard. Susan sortit de sa boîte des jonquilles éclatantes et une pile de *Sport illustrated* qu'elle posa sur son lit.

— Corruption, dit-elle. C'est l'heure des quadriceps.

Ce jour-là, l'effort de Mack devait porter sur la concentration de sa jambe droite, la contracter avec toute la force qu'il pouvait rassembler, en essayant de compter jusqu'à dix.

— ... quatre, cinq, six... comptait Susan, ravie, même si Mack ne pouvait pas aller plus loin.

— On arrivera à dix la semaine prochaine, et à vingt la semaine suivante. Quand vous pourrez vous maintenir jusqu'à cent, on dansera.

— Allez-y, dansez pour moi, fit Mack, taquin.

— Règle numéro un : pas de familiarité avec les malades, fit Susan, légèrement troublée.

En sortant, Mable l'arrêta à la porte. La vieille femme portait un foulard violet sur la tête, baissé jusqu'aux joues. Elle ressemblait à une poupée russe.

— Mes moyens sont très limités, murmura-t-elle. J'ai entendu dire que le Dr Morgan était un médecin d'envergure. Je ne crois pas que nous ayons les moyens de vous payer plus longtemps.

— Je vous en prie, ne vous tracassez pas pour l'argent, dit Susan en essayant de prendre la main de Mable d'un geste rassurant.

D'un coup sec, elle lui échappa, comme touchée par de l'acide.

— La seule chose importante est de remettre cette belle bête sur pieds. Vous pouvez l'aider, mademoiselle Hofmeyer. De sa façon de prendre les choses dépend en grande partie le miracle.

— Seul Dieu peut accomplir des miracles.

— Je vous l'accorde bien volontiers. Et si vous êtes en communication directe, touchez-Lui-en deux mots.

Susan descendit les marches glissantes. Tout à coup, elle pensa à quelque chose, s'arrêta, se retourna. Mable était derrière sa moustiquaire, l'observant soupçonneuse.

— Je voulais vous demander, mademoiselle : combien de cachets Mack prend-il par jour?

— Je ne sais pas. Cela le soulage.

— Votre neveu ne doit pas devenir dépendant de ses médicaments; c'est très important. Voudriez-vous parler avec le Dr Morgan?

— Je n'ai pas besoin d'un docteur pour me dire ce qui est bien pour les miens.

Le visage de Susan, d'habitude rayonnant, s'assombrit.

– Je vous en prie, mademoiselle Hofmeyer, faites attention.

Le lendemain, la porte était fermée à double tour, et même si Susan entendit des roulements de musique classique sortant d'un piano, personne ne répondit. Elle frappa à en avoir mal aux doigts. Deux jours plus tard, elle essaya de nouveau. La maison était calme. Point de réponse. Susan fit le tour par-derrière et essaya de jeter un coup d'œil par la fenêtre de la chambre de Mack. Les rideaux étaient tirés. Les fenêtres fermées. Elle cria : « Mack! », gratta au carreau, s'inquiétant d'être prise pour un cambrioleur. Elle revint plus tard dans l'après-midi et glissa un mot sous la porte d'entrée, priant qu'on la laissât entrer. Personne ne répondit.

Une semaine d'inquiétude grandissante. Alors, Susan livra l'assaut. Elle arriva à Cloverdale dans le froid du petit matin, à 6 heures. Elle frappa de grands coups à la porte et glissa un autre mot : « Je vais rester là et frapper nuit et jour, aujourd'hui, demain et après, s'il le faut. Je vous prie de me laisser voir mon patient. » Elle enfila un gant de cuir et se mit à frapper.

Très vite, Mable ouvrit la porte. La vieille femme s'était grimé le visage, comme un clown, avec des cercles rouges et du rouge à lèvres de travers. Elle sentait à plein nez le parfum bon marché.

– Ça alors, bonjour! J'allais justement vous écrire, mademoiselle French. Mack a un nouveau docteur très gentil. Tout va bien et maintenant, nous n'avons plus besoin de vous. Nous vous remercions tous deux de votre aide chrétienne.

– Qui? demanda Susan. Quel docteur?

En ville, elle connaissait tous les orthopédistes.

– Je ne crois pas que cela vous regarde.

La porte lui claqua au nez.

Dans la petite ruelle derrière la maison de Mable, une camionnette d'épicier s'arrêta. C'était la fin février, presque trois mois après cet après-midi de Thanksgiving où Mack avait été blessé. Comme d'habitude, le livreur klaxonna pour que Mable vienne chercher ses marchandises. Elle sortit, un gros châle enroulé autour de la tête en guise de capuchon. Aussitôt, un homme d'âge moyen en costume sombre bondit de derrière la camionnette et s'élança vers la porte de derrière laissée entrouverte. Susan French apparut également. Les deux étaient à l'intérieur de la maison avant même que Mable comprenne ce qui s'était passé et s'élance en criant à leur poursuite.

— Mack se repose! criait-elle.

Sam Voker était déjà à l'intérieur, suivant Susan en direction de la chambre. Brusquement, il déclina son identité à Mable.

— Vous n'avez pas le droit! cria-t-elle.

— Madame, j'ai tous les droits du monde. Mon patient a besoin de moi... Bon dieu!

Voker contemplait la chambre, horrifié. Il porta sa main devant son nez. La puanteur de draps sales, d'urine, de putréfaction, était irrespirable. Près de la couche écœurante, il y avait des morceaux de bougies, encerclant les bustes de bronze de Beethoven et de Mozart, ainsi qu'une reproduction polychrome du Christ à l'agonie. Tout autour, comme des soldats de plomb, une bonne douzaine de flacons de médicaments. Inconscient, trempé de sueur, le corps amaigri d'une vingtaine de kilos, Mack dormait lourdement, les yeux cernés de noir. Le chirurgien lui prit le bras. Le pouls était inquiétant. Il frappa son patient au visage avec force.

Voker se retourna vers Mable avec dégoût.

— Mais bon Dieu! Qu'avez-vous fait à ce garçon, madame?

Il souleva la tête de Mack et le gifla derechef.

— Mack! Debout!

En voyant les cachets près du lit, Voker les identifia sans peine et, furieux, les jeta à terre.

— Appelez-moi une ambulance. Vite! ordonna-t-il à Susan.

Plus tard, on calcula que, depuis Noël, Mack avait pris, ou plutôt on lui avait donné, plus de quatre cents cachets de démerol, de quoi venir à bout de n'importe quel homme moins jeune ou moins fort. Susan remarqua un autre aspect grotesque : Mable Hofmeyer avait dormi dans le lit de Mack. Les draps étaient pratiquement imbibés de son odeur.

Six mois plus tard, déplâtré, trottinant, remplumé, à nouveau blond et beau, McKenzie (Mack) Crawford junior, s'appuyant sur ses béquilles devant monsieur le maire, épousait Susan Martha French. Sam Voker était leur témoin. Le jeune marié, vingt-trois ans, portait un pantalon neuf de chez Montgomery Ward et un blazer; son épouse, vingt-sept ans, une robe rose pâle, avec des marguerites brodées sur le corsage. Elle ne remarqua pas que, en la voyant dans cette tenue à 29,95 dollars et pour laquelle elle avait économisé chaque sou, Mack fermait les yeux. Après la cérémonie, il lui demanda gentiment de ne plus jamais porter de rose, car c'était la couleur qu'il aimait le moins.

Comme ni l'un ni l'autre ne présentaient d'intérêt particulier pour la presse locale, le faire-part de mariage ne fut pas publié. *Sic transit gloria...*

Mable Hofmeyer n'assista pas à la cérémonie. Dans les semaines qui suivirent l'enlèvement de son neveu, les voisins entendirent de la musique dans la maison. Curieusement, les fenêtres étaient grandes ouvertes. On entendait surtout des gospels, avec par-dessus la voix stridente de Mable. Mais la nuit, dans la maison plongée dans l'obscurité, la musique semblait livrer bataille, une phrase de Mozart alternant avec des cris atonals, comme ceux d'un enfant rebelle qui donne de grands coups de poing sur un clavier qu'il hait.

Par une fin d'après-midi de mai, à l'heure douce où les enfants prennent leur vélo et font la course, tout à leur joie de vivre, une petite fille qui sautait à la corde vit quelque chose d'étrange. Elle s'arrêta, regarda et pouffa de rire.

– Venez voir, appela-t-elle.

Mable Hofmeyer descendait le perron, trébuchante, vascillante comme une ivrogne, essayant de se frayer un chemin dans les broussailles qui avaient envahi le jardin. Mis à part un morceau de drap sale entortillé autour de la tête, elle était nue. Les bras tendus vers le ciel, elle levait son masque vers le soleil couchant. Puis elle s'écroula. Six heures plus tard, elle mourait au Harris Hospital. L'autopsie révéla que la pauvre vieille avait été victime d'une série d'attaques cérébrales. Son cerveau était infesté de cellules mortes, piano à touches noires ne produisant plus aucun son. Dans son estomac, on trouva trace de quarante-cinq cachets de démerol.

Le médecin légiste trouva qu'elle avait un visage si intéressant qu'il en prit un cliché. Un jour, Mable serait célèbre dans les journaux de dermatologie. Toute la partie gauche de son visage, du cou aux cheveux, ressemblait à une énorme framboise pourrie; une croûte cramoisie, grotesque, à peine regardable.

CHAPITRE 7

Vingt ans plus tard, Calvin Sledge sonna à la porte de cette même maison de Cloverdale Avenue. Un carillon mélodieux retentit. Tout en attendant, le juge d'instruction étudia le voisinage. Le temps avait passé, mais ce vieux quartier avait rajeuni. Des architectes avaient rénové les façades avec des revêtements de séquoia et des treillis mauresques pour masquer la couleur délavée des vieilles briques. Des allées en demi-lune se déroulaient gracieusement entre des pelouses touffues. Des cyprès se dressaient comme des sentinelles géométriques sur ce qui avait été le territoire du pissenlit et de la myrte sauvage. De jeunes familles avaient emménagé, prêtes à payer 90 000 dollars pour des maisons vendues 3 000 cinquante ans plus tôt. Leurs enfants s'appelaient Jason, Christophe ou Aube, héritiers de l'ancien royaume de Kleber, Mack et T.J.

Dans les années soixante, Fort Worth s'était étendu vers l'ouest, poursuivant le leurre de la nouveauté dans des villages poussant comme des champignons dans les plaines poussiéreuses, à plus de trente kilomètres du centre ville. Mais l'élixir de la vie de banlieue vira à l'aigre quand les autoroutes devinrent des couloirs embouteillés, du temps perdu et des émanations de fumée. Le prix de l'essence atteignit 60 *cents* le gallon, un scandale dans une région où le pétrole giclait autrefois sous la charrue des fermiers. C'est à ce moment-là que les vieux quartiers, cette offense au regard et à la mode, abandonnés comme les vieilles gens qui continuaient d'y habiter, furent à nouveau convoités. Telles les vieilles commodes redécouvertes dans les greniers, les maisons furent grattées, repeintes, modernisées. Elles offraient une forme de permanence à une époque où les fondations sociales s'écroulaient. Pourtant, Calvin Sledge savait que la femme qu'il venait interroger n'avait jamais quitté Cloverdale, alors qu'elle aurait eu les moyens de « monter » jusqu'à Westover Hills, le quartier des maisons dans le genre Tudor anglais, des villas qui semblaient avoir été transportées de la Côte d'Azur et des baraques grandes comme des musées.

Il sonna de nouveau, et comme il n'y avait toujours pas de réponse, il frappa au grillage crème de la moustiquaire. A l'intérieur, un disque de harpe passait sur l'ensemble stéréophonique. De toute évidence, la dame se cachait. Il était tellement furieux qu'il avait envie de lancer des assignations en justice comme des fléchettes empoisonnées.

– Bon dieu, madame, grogna-t-il, ouvrez cette foutue porte!

La femme qui se présenta alors devait avoir la quarantaine, mais sa beauté et son allure rendaient tout juron indécent. Elle était la Texane type et paradoxale : douceur et armure d'acier. Ses cheveux, du miel avec des reflets d'argent, étaient rejetés en arrière et attachés avec un ruban de macramé bleu, tissé à la main. Elle portait un jean, d'où sortaient des pieds nus, soignés et tendres. Sa blouse était d'une couleur de pêche fragile mais en dessous, les bras étaient forts, bras à bercer un enfant ou à tirer à la carabine. Elle était séduisante mais dure, capable de citer la Bible, puis de raconter une histoire salée. Et de bien s'en tirer dans les deux cas.

– Désolée de vous avoir fait attendre, dit-elle.

Les couleurs et l'humidité de son visage mince et anguleux témoignaient d'un travail fatigant.

– J'étais au fond du jardin, à essayer de chasser ces sacrés écureuils de mes pacaniers. Je n'arrivais plus à redescendre.

– Dommage que je ne sois pas pompier, rétorqua Sledge.

Par-dessus son épaule, il vit la pièce où, autrefois, Mable Hofmeyer berçait des ombres. A présent, les murs étaient crépis, avec des étagères en acier et en verre, des fauteuils de cuir noir, des tapis mexicains jaune citron et orange, des affiches encadrées de stars hollywoodiennes, des paniers de charmeur de serpent d'où pointaient des troncs de dracénas s'en allant caresser une coupole donnant sur le ciel. C'était la pièce d'une femme sûre d'elle-même et sûre de ses goûts.

– Eh bien, fit-elle impatiemment, que vendez-vous?

– Êtes-vous madame Crawford?

Elle se raidit.

– Non. Je suis Susan French.

– Mais vous avez *été* madame Mack Crawford, n'est-ce pas?

– Oui, il y a mille ans. Je ne me sers plus du nom de Mack... Je peux savoir qui vous êtes?

Sledge montra sa carte de visite et son insigne.

– Un de mes assistants vous a téléphoné.

– Je m' souviens. Il vous a pas dit que je lui avais raccroché au nez?

– Si, madame. C'est pourquoi je suis venu. Pour tirer moi-même sur la sonnette. Vous avez deux minutes?

– Bon. Je me suis fait avoir. *Deux minutes*, alors.

Mais elle souriait avec une certaine grâce. Symboliquement, Sledge se croisa les doigts. Susan lui servit un verre de thé glacé avec de la menthe fraîche, des chips et, avec attention, écouta son histoire. Il avait besoin de renseignements sur Mack, ce qu'il faisait à Fort Worth, *n'importe quoi*, la moindre information pouvant aider à débrouiller cet écheveau insensé.

Susan French hocha la tête et Sledge crut qu'elle allait raconter quelque chose. En réalité, elle voulait tirer le rideau sur cette affaire, avec autant de fermeté que la tante Mable.

– Je vous aiderais si je le pouvais, Sledge. Mais Mack et moi, nous sommes divorcés depuis longtemps.

Ça, Sledge le savait. Il avait une coupure de journal des potins de Liz Smith, racontant le mariage brisé, le divorce incontesté à Juarez, la part de l'enfant estimée à un million de dollars.

– Mais vous êtes restés en contact. Vous lui parliez. Il vous a appelée quand il venait en ville.

Sledge mentait, mais en dix années d'enquête, il avait appris à jouer au poker menteur.

Susan haussa les épaules.

– Oui... Nous nous parlions de temps en temps. Quand il était bien imbibé, vers 2 heures du matin, il appelait de là-bas... (Elle se leva.) Je n' sais rien. Je n' veux pas être mêlée à ça.

Sledge resta assis, déterminé à ne point capituler. S'il avait rencontré Susan à un tabouret de bar et qu'il avait voulu lui faire du gringue, il n'aurait capitulé que lorsqu'elle l'aurait giflé et lui aurait collé un coup de genou dans les parties.

– Madame French, je voudrais vous signaler qu'il est de votre devoir moral et légal de nous aider. Je pourrais vous assigner en justice. Et si vous ne répondez pas, j'ai le pouvoir de vous faire traîner devant un tribunal.

Susan frappa des mains, amusée.

– Mais faites donc! Ça mettrait un peu de vie dans les nouvelles du soir! J'enseigne l'autodéfense au club des Femmes. On vient de recevoir des petites bombes fumigènes. On la balance sur un violeur : il s'écroule. Alors, allez-y, monsieur le juge. Envoyez donc vos troupes!

Sledge répondit par un petit rire, aussi minable que sa menace. Mais tout en riant, une idée lui vint à l'esprit. Il la soupesa. Cruelle? Oui. Perverse? Probablement. Mais valable? Il enregistra l'idée mais fut diverti par une photo sous plexiglas, posée bien en évidence près du fauteuil de Susan. C'était le visage d'un adolescent, blond comme Mack, fascinant comme Susan, mais curieusement solennel. On aurait dit qu'il avait joué à cache-cache toute sa vie.

– Où est votre fils, en ce moment?

Susan se contracta. Dans sa main, le verre de thé trembla.

– Au collège. En Europe...

– Je devrais peut-être aller le voir...

– Et moi, je convoquerai une conférence de presse pour vous accuser de persécuter un enfant innocent. Nom de dieu, Sledge! Ne jouons pas au plus malin. Vos deux minutes sont écoulées.

Le juge d'instruction hocha la tête, ramassa son attaché-case en tapotant le cuir. C'est peut-être l'acte le plus vil que j'ai jamais commis, se disait-il. Mais qui ne risque rien n'a rien...

– Entendu! Je m'en vais... Mais encore une chose. Une seule question. Et je disparais.

– Allez-y.

– Comment pouvez-vous faire face à tout ce gâchis... comme si rien ne s'était passé? Je veux dire, quand j'ai frappé à votre porte, vous étiez en train de traquer les écureuils dans vos arbres, et maintenant vous êtes là, assise, comme une rivière de diamants dans un écrin. Je vais être honnête avec vous, madame. Mon bureau est sens dessus dessous... et vous, vous n'avez même pas de larmes aux yeux... C'est à se demander si vous ne cachez rien...

Depuis le moment où elle avait ouvert la porte, Susan French avait regardé Sledge droit dans les yeux, d'homme à homme. Mais à ce moment-là, elle baissa les paupières, comme à bout de force. Elle regarda la mallette et répondit d'une voix douce :

– Vous voulez voir des larmes? Je peux vous en montrer de pleins seaux. Quoi d'autre? De la colère? Des cris? Des hurlements? Passez voir vers minuit. Vous aurez peut-être la chance de m'entendre balancer une bouteille de whisky vide contre le mur... Qu'est-ce que vous voulez de moi, Sledge? Des aveux complets? Très bien : c'est moi; j'avoue. Allez-y; arrêtez-moi!

Sledge leva la main. Assez. Il sortit de sa mallette un dossier scellé.

– Moi, j' dis que vous vous bercez d'illusions. Et je me demande si vous êtes capable de regarder la vérité en face.

Susan ne quittait pas des yeux le dossier.

– C'était un *accident*, Sledge. Les journaux l'ont dit. Un *accident.*

Il jeta le dossier sur la table de verre.

– Si vous décidez de l'ouvrir, les deux premières photos sont en noir et blanc. Le reste, en couleurs. Regardez-les, et dites-moi où est l'accident là-dedans...

Susan attendit un instant puis ouvrit le dossier, décontractée, comme s'il s'agissait d'un catalogue de cadeaux de Noël de chez Neiman. Elle regarda sans conviction la première photo, tourna, regarda la suivante sans trahir aucune émotion, comme si elle faisait une réussite avec des images d'une horreur indescriptible. La première fois où Sledge les avait étudiées, il s'était précipité à l'évier pour s'asperger le visage d'eau. Il avait vu des centaines d'hommes morts, mais jamais comme celui-là.

Elle regarda ce cauchemar infernal et enfin, bien sûr, craqua, comme Sledge s'y attendait. Mais cela n'eut rien de soudain, comme un arbre abattu par la foudre. C'est son visage qui changea, comme du papier photo trempé dans le révélateur. D'abord, rien – puis quelques traces – des détails qui émergent – des traits qui se forment – des yeux qui s'élargissent – la terreur qui se précise – les lèvres qui se serrent – les larmes qui se forment – les larmes qui coulent – beauté déformée – brouillée – disparue. Une image à jeter.

– Je suis désolé, fit Sledge, honnête. Je n'aurais pas dû vous imposer ça.

Susan serra ses bras avec ses mains, se balançant d'avant en arrière.

– Je vous déteste. Je vous déteste à un point tel que maintenant je sais pourquoi les gens tuent... Foutez-moi le camp d'ici... Mais revenez ce soir... tard... Vous voulez devenir célèbre, pas vrai, Sledge? Revenez, et je vous expliquerai ce que c'est... Alors, vous me direz si c'est vraiment ça que vous voulez...

Ce soir-là, entièrement maîtresse d'elle-même, Susan French fixa le prix dont il n'était pas question de discuter.

– J'exige que vous laissiez mon fils en dehors de tout ça.

Sledge accepta.

– Je veux dire que vous vous engagez à ne pas le faire comparaître comme témoin, ni même à l'interroger...

Sledge fit oui de la tête.

– Par où voulez-vous que je commence?

– Par le commencement, conseilla Sledge.

– Le commencement? Ciel, quel commencement? Avec Mack, il faut commencer par sa beauté... Je sais qu'en général, on ne parle pas de beauté pour les hommes. Séduisant, désirable, viril, etc. Dans son cas, la beauté est le commencement et la raison...

Elle sourit et se laissa aller. Elle aimait parler. Sledge s'installa confortablement, plein d'espoir.

– Ça, je ne l'ai jamais dit à Mack. Vous savez, j'ai menti le premier jour où nous nous sommes rencontrés. Mon entrée en matière était fausse. J'ai dit que je travaillais pour un chirurgien orthopédiste du nom de Morgan, ici à Fort Worth. En réalité, j'étais engagée par la municipalité. Les cas sociaux. Les Noirs atteints de cancer. Les Mexicains qui se font écrabouiller un bras. Assistante sociale, même si le terme n'était pas utilisé. *Soulager.* C'était ça. Un doux euphémisme. Un matin de 1956, on reçoit un appel d'Austin. C'est le fameux Dr Sam Voker, fou comme un ours en cage, parce que la tante de Mack n'arrêtait pas de lui raccrocher au nez. Il voulait qu'on envoie quelqu'un voir ce qui se passait.

Sledge se mit à prendre des notes discrètes sur un bloc jaune, mais Susan lui arrêta la main avec fermeté. Il n'était pas question d'écrire quoi que ce soit.

– Alors, quand j'ai vu ce nom... McKenzie Crawford junior sur ma fiche de travail, je me suis jetée dessus plus vite que sur un billet de banque perdu sur un trottoir... Vous comprenez, je connaissais Mack. Non, c'est pas vrai non plus. Je ne le connaissais pas vraiment; je ne lui avais jamais serré la main... Mais je savais précisément à quoi il ressemblait. Je faisais mes études de kinésithérapeute à Austin au moment où il y jouait au football. Je me suis même dégotée un boulot au club sportif (servir les œufs brouillés au petit déjeuner) juste pour pouvoir le regarder... Je me mis à aller à tous les matchs de football, alors que, pas plus que maintenant, je ne comprenais rien au football... Je découpais ses photos dans les journaux... Je fis un album plein d'images de lui, et je dormais avec... Quand *Life* l'a fait paraître en couverture, la première fois, j'achetai dix exemplaires et en fis un collage que j'accrochai sur le mur, au-dessus de mon lit... J'étais tellement cinglée que je me cachais sur le campus, derrière une statue de Sam Houston, et j'attendais tous les après-midi pour le voir passer... J'ai peut-être encore quelque part une touffe d'herbe séchée où il avait posé le pied... Je sais ce que vous pensez, Sledge. Fantasmes d'écolière. C'était plus que ça. J'étais folle; vraiment folle. Mack était tous les princes charmants dont une petite provinciale comme moi pouvait rêver... Mack était un symbole sexuel, et c'était plutôt d'avant-garde, dans les années cinquante. Les femmes n'étaient pas censées mouiller leur culotte devant les Mack Crawford de notre époque. Mais c'est ce qu'elles faisaient. En tout cas, moi...

Sledge sourit, mais il se sentait embarrassé. Il n'arrivait pas à se sentir à l'aise en compagnie de ces femmes libérées. Il n'y parviendrait jamais. Il fit dévier son sujet sur un terrain plus traditionnel.

– Ainsi, l'assistance sociale a épousé son patient?

– Oui, répondit Susan, amusée.

Puis, elle se tut. Ses pensées se tournaient vers l'intérieur. Tout à coup, un immense sanglot lui échappa. Son corps fut secoué par les remous du choc émotionnel. Comme si les photos de l'après-midi avaient resurgi dans sa mémoire. Sledge réfléchit très vite. Il devait la faire penser à autre chose qu'aux épouvantables photos.

– Je peux me faire un Nescafé? demanda-t-il hâtivement.

Elle acquiesça. Tout était calme à nouveau.

– Je peux même vous offrir mieux.

Ils restèrent assis à une table de boucher, dans la cusine, jusqu'à 2 heures du matin. Ils burent deux pots de café noir à la chicorée et finirent une salade de poulet et des restes de brie. Quand Sledge partit, exténué mais décidé à se rendre immédiatement au tribunal pour dicter la récolte de la nuit, il se sentait relativement rassasié. Pour lui, Susan était naïve mais utile. Elle semblait sincère. Il ne remarqua même pas la voiture banale qui était garée à cent mètres de là, au coin de Cloverdale et de Camp Bowie Boulevard, et encore moins, le jeune homme mince et solennel assis au volant.

Mais l'homme, lui, vit Sledge. Et cinq minutes après que ce dernier se fut éloigné, le jeune homme était assis à sa place, à la table de boucher. Et une fois de plus, Susan French sanglotait.

La première année de leur mariage avait été simple et facile, du point de vue de Mack, qui n'avait eu qu'à prendre une femme à la fois infirmière, thérapeute, amuseuse publique, femme d'intérieur, psychologue, pourvoyeuse de fonds et de foi. Tous les matins, Susan se levait avant le soleil, en général fatiguée mais décidée à transformer l'oubliette de Mable Hofmeyer en chaumière pour lune de miel. Elle arracha les tentures épaisses et moisies, donna la pièce aux gamins du quartier pour qu'ils l'aident à transporter les vieux meubles au garage, recouvrit de peinture blanche, jaune et verte les murs et les fenêtres. Elle chassa la mort et fit entrer la vie. A 7 heures, le visage soigneusement maquillé, le petit déjeuner sur le feu, Susan réveillait Mack et l'entraînait à faire ses exercices. Plusieurs mois durant, après avoir été déplâtré, le seul fait de plier le genou engendrait des douleurs intenses. Mais Susan comptait implacablement jusqu'à cent avant d'apporter le jus d'orange frais, le café chaud et les œufs au bacon au chevet de son mari, sans oublier la page sportive. Après le petit déjeuner, elle lui attachait un poids de cinq kilos au bout des jambes et l'encourageait, tout en comptant, pour qu'il le soulève trois cents fois. A 8 heures, elle filait dans sa Studebaker 1948 pour gagner les 52,17 dollars par semaine que lui rapportaient les soins qu'elle prodiguait à d'autres corps brisés dont elle avait la charge, n'oubliant jamais d'appeler deux fois à la maison au cours de la journée pour s'assurer que Mack allait bien et qu'il suivait son régime.

Leur vie était frugale et simple, comme du thon en boîte. Ils sortaient rarement, car Mack ne voulait pas qu'on le voie sur ses béquilles. Les amis étaient aussi rares que leurs économies. L'ennemi intérieur, c'était le silence. Mack s'apitoyait sur son pauvre sort et se braquait contre autrui. Mais Susan menait bataille. Elle trouvait toujours quelques précieuses minutes pour étudier la page des sports, territoire inconnu. Cela lui permettait de sortir quelques remarques téléguidées du genre : « Je n'arrive pas à croire que Don Larsen ait fait un si bon tour, hier, dans la coupe du Monde », ou encore : « Quel dommage pour Archie Moore! Il aurait dû décrocher, au lieu de se laisser abattre par ce crétin de Floyd Patterson. » Parfois, ces stratagèmes marchaient. Le plus souvent, Mack jouait le sourd-muet, assis au bord du lit tandis que sa femme babillait, actionnant ses jambes comme une machine inutile. Puis vinrent les fois où Susan trouva son mari dans une des « chambres d'amis » de Mable, devenue depuis l'entrepôt des trophées. Mack aimait à s'appuyer sur ses béquilles et caresser les trésors scintillants, placés glorieusement sur des étagères que sa femme avait montées en suivant les plans d'un journal de bricolage.

Mack lui accordait une étreinte de pure forme avant l'extinction des feux, mais si Susan s'accrochait trop longtemps à son trophée à elle, il agitait le drapeau de penalty. Regagnez vos places. La jeune mariée devait se reculer d'un mètre, faire retraite dans le lit de Mable. En général, elle tendait une main solitaire au-dessus du gouffre, et parfois Mack l'acceptait. Ses gros doigts touchaient ceux de Susan, et pour elle, c'était une forme d'amour maladroit. Mais au fond d'elle-même, elle savait qu'il s'agissait d'un pourboire à la personne qui porte vos valises. Et, bien que fatiguée comme elle l'était toujours quand 10 heures sonnaient, elle avait du mal à trouver le sommeil.

Après un an de mariage, il fallut bien accepter la triste vérité : l'amour était un mot mais pas un acte.

Le catalyseur de leur première vraie dispute (si tant est que l'on puisse trouver un responsable dans les querelles de ménage) fut Kleber. Sans s'annoncer, il apparut à la porte, une bouteille de « bourgogne » californien dans une main, des roses jaunes dans l'autre, excité comme un petit fox-terrier cherchant un maître.

– Si vous êtes Susan, fit-il après un petit sifflet approbateur, ne vous donnez pas la peine de réveiller le bancal.

Mack apparut à la porte de la chambre sur ses béquilles, un tantinet théâtral, selon son épouse, grimaçant de douleur, comme si ces vingt pas étaient un voyage de trois kilomètres. Les deux hommes s'évaluèrent timidement, comme des nouveaux venus dans une geôle. Puis Kleber serra Mack dans ses bras comme un ours, profitant de ces brefs instants où les hommes peuvent s'étreindre en toute décence.

Kleber leva les poings en l'air, joueur.

– Tu veux faire un round ou deux? Cette fois, je peux enfin battre le numéro un.

Mack céda à sa joie. Il dit qu'il était heureux de voir Kleber.

– Pas de panique, Susan, fit Kleber, mais j'aime vraiment cette grosse bête. Comment il est arrivé à prendre au piège quelqu'un d'aussi chouette que vous est un mystère.

Kleber déboucha son vin. Ils levèrent leurs verres au « passé » et au « bon temps ». Depuis six mois, Kleber travaillait à Houston. C'était un reporter novice. Il en a bien l'air, se dit Susan. Veste de sport chiffonnée avec des poches déformées pour y fourrer des blocs-notes; cheveux bonds et clairsemés ayant besoin d'être coupés; lunettes d'écaille devant des yeux gris-bleu qui semblaient tout saisir, chaque détail. Il était loquace et rapide, maître de cérémonie pour la soirée, ramenant les vieux souvenirs d'enfance à Cloverdale, rejetant les années passées à New York et son incapacité à trouver une seule fille prête à comprendre son accent texan.

A chaque réplique, il s'arrêtait et attendait que Mack rattrape la balle au bond. Mais chaque fois la conversation s'écrasait dans un silence gênant. Et Kleber recommençait. Même si ses propos étaient anecdotiques, des clichés déjà racontés, c'était divertissant. Kleber était un acteur, et Susan se demanda s'il occupait toujours le centre de la scène, ou si simplement il jouait ce rôle les soirs où le public était morne et sinistre. Lentement, elle sentait sa colère monter contre Mack, contre sa façon de se tortiller dans son fauteuil et de s'accrocher à ses béquilles comme si c'était bientôt la fin.

Durant la première heure, Mack prononça à peine deux douzaines de mots. A 7 h 45, il bâillait déjà.

– Encore un toast, proposa Kleber. A l'amitié, au bonheur, à ce que nous souhaitons, et jurons, croix de bois-croix de fer, si je meurs je vais en enfer, que jamais plus nous ne passerons sept ans sans nous revoir.

Mack fit semblant de boire. Dans un dernier effort, Kleber proposa soudain d'aller dans le nord de la ville, au fameux restaurant mexicain de Joe T. Garcia, mais Mack refusa, prétextant qu'il était trop fatigué, trop faible pour traverser la ville.

– Je vais t' dire, mon vieux : je crois que tu te sentirais mieux si tu sortais plus. T'as l'air en forme. Quand vas-tu te débarrasser de ces choses-là?

Il montra les béquilles.

– Bientôt.

– Et après?

– Quoi, après?

– Quels sont tes projets? Tu avais envisagé de devenir entraîneur.

Mack hocha la tête.

– Les sports ne m'intéressent plus... J'ai suivi par correspondance des cours de comptabilité...

Susan se mordit la lèvre pour ne pas révéler que Mack avait laissé tomber après la première leçon, que c'était elle qui avait fini les six suivantes et avait obtenu pour son mari un 15 sur 20. Il n'était même pas capable de tenir des comptes sur un carnet de chèques.

Sur le bord du trottoir, sur ce gazon familier, le prince du Pouvoir dit un au revoir maladroit au prince des Charmes. Mack s'appuyait sur ses béquilles, énervé comme un gosse avec un mauvais bulletin. Il n'avait pas souhaité la visite de Kleber. C'était évident. Et maintenant, il n'avait pas envie qu'il parte. Kleber saisit l'occasion.

– Qu'est-ce qui se passe? dit-il gentiment.

– Oh, rien... Merci d'être venu.

– Rien? C'est pas à moi que tu vas la faire. Cette douleur tout le temps sur ton visage, ce n'est pas parce que tes os sont mal en point.

– J' sais pas... Ça n'a pas tourné comme on voulait.

Kleber essaya de mettre une touche de gaieté dans sa voix.

– On n'a pas encore pris le virage. On est encore en plein sprint... T'as envie de faire une petite marche? On va au coin et on revient?

Mack sourit et posa ses béquilles. Mais finalement, il les reprit. Sur le boulevard, les bulldozers dormaient, monstres étranges dont la mission était d'oblitérer le passé. Ils avaient déjà dévasté le vieux drugstore où l'on trouvait les prophylactiques vitaux de la jeunesse et les flippers, la boulangerie du coin qui sortait de ses fours de délicieux petits pains fourrés de confiture d'abricot, ainsi que le magasin où l'on trouvait autrefois les cerfs-volants à 5 sous et des canifs de scout. Tout cela était maintenant remplacé par un monstrueux centre de bricolage plus vaste qu'un hangar pour avions. Mack interrompit la réflexion de Kleber par une question jetée dans la nuit...

— Est-ce que des fois tu penses... à *elle?*

Elle était là, palpable, tangible, comme les liens qui retenaient Mack. Kleber hocha la tête.

— Je savais que c'était ça! Et j'aimerais tellement te dire non seulement non, que jamais je ne lui accorde une seconde... Mais la vérité, c'est que je pense à cette nuit-là aussi souvent que toi... Une fois, à New York, j'étouffais tellement que j'ai tout écrit... l'orage... l'alcool... l'excitation de T.J... Laurie... la rivière... Kleber se tut, incapable d'achever sa phrase. Après un moment, il continua. Et tu sais quoi? C'est le meilleur morceau que j'aie jamais écrit! Oh, bien sûr, je ne me suis pas mis dedans! Ni toi! J'ai changé tous les noms. J'ai déplacé la scène en Louisiane. Le Brazos est devenu le Mississippi. Mais le tout avait une de ces maestria! Il y avait plus de passion que dans *Madame Bovary*. Je l'ai intitulé : *Les Trois Princes*. J'ai même pensé sérieusement à essayer de le vendre...

La panique éclaira le visage de Mack. Kleber s'empressa de le rassurer.

— T'inquiète pas! Jamais personne ne le lira. Une fois terminé, je me suis dit : Laurie, ma pauvre petite, à partir de cet instant et à tout jamais, ta dernière nuit est enfin exorcisée. Terminé. Point final.

— *Les Trois Princes*... j'aurais aimé lire ça, dit Mack.

— Eh bien, devine combien de temps l'exorcisme a marché? Le lendemain matin, elle était revenue, assise sur ma machine à écrire, balançant les jambes, étalant sa robe rose sur mon clavier... Et puis le temps a passé, une semaine, un mois. Je ne crois pas avoir senti mon estomac se serrer pendant au moins trois mois, et puis ce soir, quand je suis arrivé chez toi, le fantôme de Laurie est venu se faufiler entre nous deux.

Mack hocha la tête.

— Je sais. Je l'ai vue, moi aussi.

— Écoute, Mack, nous nous sommes assez punis. Sept ans de pénitence, ça suffit. L'heure est venue d'un nouveau serment. Plus de culpabilité. D'accord?

Ils se serrèrent vigoureusement la main et promirent d'oublier cette nuit-là. Afin de sceller cette promesse, ils ramassèrent des mottes d'argile et les jetèrent contre les bulldozers, exorcisme vague mais satisfaisant.

Sur le chemin du retour, Kleber poussa Mack à faire le point sur sa vie.

– Occupe-toi, suggéra-t-il. On peut pas abattre une cible mouvante. C'est mon credo, ça.

Une fois de plus, il complimenta Mack à propos de Susan. Il dit qu'elle lui semblait une femme vraiment exceptionnelle. Mais il ne dit pas combien il enviait son ami estropié d'être capable de réaliser, même avec fragilité, une relation à deux. En général, Kleber passait cinq minutes avec quelqu'un, puis filait en vitesse. Sentimentalement, ce n'était pas satisfaisant, mais c'était nouveau, toujours nouveau, et surtout sans danger. En tout cas, c'est ce qu'il se disait.

Plus tard, à l'heure du coucher, Susan demanda prudemment de quoi les deux hommes avaient parlé durant leur promenade.

– Pas grand-chose. Sans intérêt pour toi.

Mack balança ses béquilles vers la salle de bains, là où il allait se mettre en pyjama. Il se déshabillait toujours en privé, pudeur superflue étant donné la façon dont Susan l'avait soigné pendant des mois et même lavé au lit. Cette fois, elle arriva avant lui et barra la porte. Le baromètre était à l'orage.

– Et comment sais-tu ce qui m'intéresse, monsieur Bouche Cousue? Ce soir, j'ai eu l'impression d'être un canapé en location... Kleber aura sans doute pensé que tu me renverrais au magasin demain matin...

– Je t'en prie, chérie, je suis fatigué.

– Fatigué! Tu ne sais même pas la signification de ce mot! En revanche, tu voudrais peut-être savoir ce qui m'intéresse? Eh bien, *tout*. Entre autres, j'aimerais savoir combien de feuilles tombent du cotonier, vu la façon dont tu passes tes journées à regarder par cette foutue fenêtre.

– Ne sois pas grossière.

Mack avança ses béquilles, tentant de contourner l'obstacle.

– Ah oui! Et pourquoi?

Sa colère était comme un génie sortant enfin d'une bouteille longtemps fermée.

– Parce que les femmes ne doivent pas être grossières, voilà!

– Ah, vraiment? Eh bien, j'en ai rien à foutre et j'en ai rien à chier. Ça te suffit?

Marck refusa la discussion et battit en retraite vers le lit. Il avait à peine fait quelques pas que Susan se précipitait et donnait un grand coup de pied dans les béquilles qui le soutenaient sous les bras. Il s'étala par terre.

– Tu n'as plus besoin de ça, hurla-t-elle. Arrête ton char!

Mack roula comme un ballon, mains tendues, demandant de l'aide. Il était perdu.

– Oh, mon Dieu! s'écria Susan. Je suis désolée, mon chéri.

Elle se précipita vers lui et se pencha sur le géant.

– Ça va? Je vais t'aider.

– Fous-moi la paix!

Plus tard, dans l'obscurité, chacun à sa place, Susan parla doucement. Elle n'était même pas sûre que Mack était éveillé.

– C'est pas ce que je voulais dire... Je t'aime, Mack... Je ne connais pas de mots assez forts pour te dire combien je t'aime. Et j'ai besoin de toi, aussi. J'ai besoin de toi et je t'aime...

Après un moment, Mack dit enfin :

– Je sais.

– Est-ce qu'il y a quelque chose qui te déplaît?

– Non. Tu es parfaite.

Elle pleurait sur elle-même. Elle tendit la main, cherchant celle de Mack. Il ne bougea pas.

Une chose inattendue arriva.

Quelques jours plus tard, un reporter du *Star Telegram* téléphona à Mack. Kleber avait lancé l'idée, pensant qu'un nouveau coup de projecteur pourrait ressouder à la fois les membres et le moral. Le *Star Telegram* publia un article émouvant, racontant le combat que Mack menait depuis deux ans pour retrouver ses jambes, avec une photo saisissante à l'appui. On voyait Mack s'appuyant sur une canne, renvoyant joyeusement un ballon de foot aux gosses du quartier, quelque chose qu'il n'avait jamais fait et qui était l'idée du photographe.

Très vite, le courrier envahit sa boîte; des lettres d'hommage à sa ténacité, des demandes d'autographes, des pamphlets religieux proposant l'inspiration. La photo fut transmise sur les réseaux d'Associated Press et la chaîne CBS en parla dans son journal du soir. Suivirent des propositions d'emplois. Une chaîne de grands magasins de sport de Houston télégraphia pour proposer la direction d'une nouvelle succursale en banlieue. Le service des parcs et loisirs de Fort Worth offrit à Mark de devenir conseiller itinérant et entraîneur sur le terrain. Un confectionneur de Dallas demanda à Mack s'il voulait poser pour leurs maillots de bain dans leur catalogue par correspondance.

Un après-midi, rentrant du travail, Susan trouva la maison

vide. C'était la première fois. Inquiète, elle se précipita dehors à la recherche de Mack. Il s'était débarrassé de ses béquilles et ne se servait plus que d'une canne, mais il ne semblait pas assez fort pour s'aventurer au-delà d'un périmètre limité. Après une demi-heure de recherches infructueuses, Susan prit le téléphone pour appeler la police. C'est alors qu'une Cadillac bleu ciel se gara devant la porte.

Au volant, il y avait une femme attirante, d'âge mûr, joviale. A ses doigts, des diamants scintillaient. Près d'elle, également épanoui, se trouvait Mack. Il sortit de la voiture, agita joyeusement la main, et se dirigea, sûr de lui, vers la maison. Le soleil se couchait derrière lui et, à contre-jour, Susan admira sa beauté. Il avait l'air d'avoir dix-huit ans. Deux années de plâtre et de béquilles lui avaient affermi les muscles des bras, même si ses jambes s'étaient affaiblies. Longtemps, il avait été difforme, un tonneau sur des cannes. Mais maintenant, grâce aux exercices, ses jambes rivalisaient avec la puissance du torse qu'elles soutenaient. Il ne se servait même plus de sa canne.

Il était guéri.

— J'étais sur le point d'appeler les marines, fit Susan en s'approchant pour lui prendre le coude.

Il la repoussa. Il n'avait guère besoin d'aide.

— Je voulais te faire une surprise. Je suis allé m'entraîner au terrain de sport du lycée... Oh! je suis crevé. (Il s'assit sur les marches pour se reposer.) Il y a environ une semaine, j'ai essayé de faire le tour une fois, avec la canne, et c'était bien. Le lendemain, j'ai fait deux fois le tour de la piste. Aujourd'hui, j'ai parcouru cent mètres et j'ai couru sur dix. A peu près. La semaine prochaine, je courrai cent mètres et je marcherai sur dix.

Susan attendit la fin du dîner pour demander, sur le mode « Oh, à propos », qui était la femme de la Cadillac. Mark répondit franchement :

— C'est Mme Bowman. Elle   était à l'école en train de s'en-traîner au mur du tennis.

— Ah!

Susan voulait en savoir plus. Mack ne dit rien.

— Et qui est Mme Bowman? demanda-t-elle plus tard.

Mack haussa les épaules.

— Une femme riche. Son mari est un grand ponte du Texas. Quand j'étais au lycée, une fois, ils m'ont invité à dîner à Rivercrest.

— Comment se fait-il qu'elle t'ait ramené?

— Je ne sais pas. Elle partait et moi aussi; alors, elle m'a demandé si je voulais qu'elle me raccompagne.

Susan aurait sans doute continué ses questions si Mack ne l'avait surprise en lui passant les bras autour des épaules. Il l'embrassa gentiment.

– Je t'aime, chérie.

Puis il se laissa tomber sur le lit et s'endormit immédiatement.

Ce n'est ni par coïncidence ni par passion du tennis que Catalina Bowman se trouvait sur le terrain de sport du lycée. Si elle avait voulu améliorer son jeu médiocre, elle aurait pu se rendre à l'un des trois clubs auxquels elle appartenait à Fort Worth et à Dallas, ou encore elle aurait pu demander à son mari, Barron (Bear) Bowman, de lui construire un court, leur propriété de Westover Hills s'étendant sur plusieurs hectares.

C'était la photo de Mack parue dans le *Star Telegram* qui avait mis le feu aux poudres. Cat avalait son petit déjeuner, à savoir un second Bloody Mary, tout en regardant les articles de mode et en se demandant si elle allait faire un saut jusqu'à Dallas pour faire les magasins, ou retourner se coucher avec son roman... A ce moment-là, Catalina Bowman avait jeté un coup d'œil à la page des sports. « Tiens, tiens, tiens! » avait-elle murmuré en soulignant la photo de Mack d'un ongle long et flamboyant.

Voilà ce qu'à Fort Worth, on savait de Cat Bowman :

Elle était du mauvais côté de la quarantaine même si, avec une lumière tamisée ou après un verre de Martini, on pouvait charitablement lui accorder cinq ans de moins. Elle était riche, immensément riche, sa fortune personnelle dépassant celle, déjà énorme, de son mari. Cat était l'enfant unique d'un père décédé, un pirate qui avait acquis plusieurs vingtaines de terres du Texas dont la valeur en pétrole dépassait celle des pinèdes poussant dessus. Elle participait aux bonnes œuvres, d'après les journaux, et faisait des collectes pour des causes aussi diverses qu'un foyer pour mères célibataires ou la préservation de l'artisanat des pionniers. De plus, elle se rendait régulièrement à l'église. Épiscopale, bien sûr. Elle s'intéressait à l'art, avait une fois réussi à faire venir Gregory Peck et Jennifer Jones pour présider un dîner mémorable, elle avait un cul admiré de tous mais dont personne ne savait qu'il avait été façonné et remodelé par un chirurgien plastique de Rio de Janeiro.

On soupçonnait aussi que Cat était volage. Mais avec beaucoup de discrétion. Personne ne l'avait jamais prise en flagrant délit. Pendant ces soirées qu'elle adorait, jamais son regard ne se faisait inconvenant; jamais son bras ne quittait celui de Bear Bowman, ce mari chahuteur de cent vingt kilos avec lequel elle vivait, sans enfant, depuis dix-huit ans.

Mais ce que Fort Worth ne savait certainement pas, c'est que, plus qu'une image sociale, plus que son héritage ou plus que l'Église d'Angleterre, ce que Cat aimait, c'était se faire sauter clandestinement – et seulement dans des circonstances extravagantes. Elle traquait certains gibiers avec maestria. Sa condition numéro un, primordiale, le sacre du sexe, était que l'objet en vue fût *célèbre*. Un beau mâle convoité par les foules.

Cela avait commencé au début de son mariage, et la révélation fut si forte qu'il lui fut impossible de la nier. Lors de l'exposition agricole et du rodéo de Fort Worth, en plein milieu d'un concours de dressage, Cat se rendit compte qu'elle devait, toutes affaires cessantes, connaître charnellement un jeune cow-boy mince et courageux du nom de Bart. Il lui fallut trois mois pour apprendre que Bart vivait à Gallup, au Nouveau-Mexique, avec une femme bien en chair et quatre enfants. Il lui fallut dépenser 8 000 dollars pour payer des détectives privés, des livres pour tout savoir sur le comptage des chevaux sauvages (le dada de Bart), une garde-robe pour mettre en valeur sa silhouette, et une carte de membre actif de l'Association des éleveuses. Grâce à quoi Cat put chevaucher la queue du cow-boy pendant quatre-vingt-dix minutes sublimes au motel Navajo près d'Albuquerque, se fit dédicacer sa photo, la plaça dans son coffre privé, et put ensuite lui rendre de fréquents hommages onanistes entre les quatre murs de sa banque.

Mais il y eut plus excitant : le mannequin homme qu'elle découvrit dans les pages du catalogue Montgomery Ward en passant sa commande pour des pavés. Il portait un slip dont les bosses étaient pleines de promesses extraordinaires. Pour pénétrer à l'intérieur de cet article à 49 *cents,* Cat traqua cet homme jusqu'à Chicago, acheta des appareils photos, apprit à s'en servir, persuada Bear qu'elle devait absolument se rendre en Illinois pour la réunion d'une œuvre de charité, loua un studio près de l'Ambassador East Hotel et, à 4 heures lors d'un après-midi pluvieux, allongea 500 dollars en espèces pour que le type 1) pose en slip devant ses objectifs, 2) pose sans slip et 3) place son membre malheureusement fort menu à l'intérieur du sexe d'une Cat néanmoins en chaleur.

Il y en eut d'autres. Un prédicateur fondamentaliste d'Atlanta. Un comte italien rencontré à Rome et coincé à Houston. Un ténor piégé à San Antonio qui, hélas, se révéla homosexuel, mais qui, pour 1 000 dollars, lui interpréta *Céleste Aïda* nu comme un ver. Étant donné ses goûts, Cat aurait préféré que Mack Crawford vive, disons, en Oregon et soit, idéalement, un sénateur dont la photo aurait paru dans *Time* et briguant la vice-présidence, plutôt que cet ex-champion vivant à moins de cinq kilomètres de chez elle. Mais tant pis! Seule la célébrité l'intéressait, et le plus bel homme du moment n'allait pas tarder à avoir une surprise sur un matelas de fortune. Pour Cat, l'unique enjeu était... qu'il y en eût un.

Il faut ajouter que Catalina n'avait jamais considéré qu'elle était infidèle à Barron (Bear) Bowman. En réalité, elle adorait son gros bonhomme, copulait joyeusement avec lui, et avait l'intention de rester son épouse à tout jamais. Bear était son yacht; les autres, des canots pneumatiques. Et à chaque nouvelle lune, elle redevenait vierge.

CHAPITRE 8

Le rideau se leva sur une splendide nuit texane. Une lune à son plein, lourde et jaune, suspendue comme si elle était de location pour la fête, écrasait de sa lumière la terrasse de la propriété Bowman. Le ruissellement des étoiles, comme des diamants sur du velours noir, semblait être à portée de la main. L'air était doux et chaud, chargé du parfum des palmyres, des jasmins et des orchidées apportés de Hawaii par les avions de Bowman et éparpillés esthétiquement sur la piscine où ils flottaient parmi des torches enflammées. Le niveau de vulgarité au Texas est très élevé; l'argent est dépensé pour étaler le contenu du portefeuille.

Le buffet s'allongeait sur quarante pas de géant, suffisant à peine pour tenir les rôtis saignants de bœuf texan, les cailles à l'érable grillées, ainsi qu'un énorme chaudron de chili au gibier et au cœur de tatou, recette personnelle de Bear qui lui avait valu une récompense gastronomique internationale et qui nécessitait un vaste plat de yoghourt pour calmer le feu qui ravageait la gorge des novices. Des serviteurs noirs qui semblaient ne pas savoir qu'on avait fait la guerre de Sécession à cause d'eux s'affairaient en silence, dignes et amidonnés, si dociles qu'ils semblaient prêts à chanter *My Old Kentucky Home* si « not' bon maît' » faisait un signe. Un orchestre mariachi (importé par avion de Guadalajara) faisait la sérénade à soixante invités savamment choisis. Deux d'entre eux étaient Mack et sa souris de sacristie, Susan.

Catalina Bowman avait prévu leur appréhension et s'était précipitée pour accueillir le jeune couple.

— Nous sommes *tellement* honorés de votre visite, leur avait-elle dit, douce comme du miel.

Puis elle s'était extasiée hypocritement sur la robe que Susan avait confectionnée de ses mains. L'hôtesse, elle, portait une robe longue en mousseline crème « made in France », avec des cabochons d'émeraude au cou et aux oreilles. A ses côtés, un Bear en sueur et smoking blanc, chemise à plastron fraisé qui avait du mal à se fermer sur 47 cm d'encolure. Il avait saisi avidement la main des visiteurs pour l'agiter comme une pompe à pétrole.

– Très fier de vous avoir ici, vous et cette charmante dame. Entrez donc dans cette maison et faites comme chez vous.

Dans le patio, se trouvaient des représentants authentiques de la planète Célébrité : un sénateur, une petite-fille de Franklin Roosevelt, une nièce de lord Ismay, l'acteur James Stewart, un multimillionnaire de Houston occupé à faire la cour à Hedy Lamarr. Mais la rumeur se répandit parmi ce gratin du *glamour* que Mack Crawford était dans l'assistance et il devint, lui et son physique exceptionnel, l'objet de l'attention générale. La conversation abandonna les décisions de la Cour suprême sur l'intégration raciale dans les écoles (qui causerait sans doute comme à Little Rock, de nouvelles émeutes), et on ne parla plus que de la légende de Mack Crawford, de ses prouesses sur les stades de Fort Worth et d'Austin. Les hommes lui tapaient dans le dos, lui rappelant des victoires aussi inoubliables pour les mémoires texanes que la chute d'Alamo. Son autographe fut griffonné sur de plus nombreuses serviettes en papier que celui de Jimmy Stewart. Susan remarqua plusieurs jolies femmes qui regardaient son mari avec intérêt mais, malgré sa vigilance, elle ne surprit jamais l'attention, même dissimulée, de Cat Bowman. Vers la fin de la soirée, Susan se reprocha d'avoir imaginé que cette femme gracieuse et de si bonnes manières avait jamais offert à Mack davantage que de le reconduire chez lui.

En des adieux chaleureux, Bear les embrassa tous les deux.

– Maintenant que vous savez où nous habitons, jeunes gens, il faut se voir plus souvent, hein? Le loquet est *toujours* levé.

– C'est vraiment gentil à vous, dit Mack, gagnant son premier match depuis deux ans.

Intelligente en affaires, Catalina Bowman fit remarquer à Bear peu de temps après cette soirée qu'une des entreprises de la famille, une participation dans les intérêts Ford, était en difficulté. La Bear Bowman Ford Co avait vendu en 1957 315 actions de moins que l'année précédente; en outre, la courbe des ventes et bénéfices était en baisse.

Bear grommela :

– Les temps sont durs, mon chou. Je ne peux pas mettre des dollars dans les poches d'un autre.

– C'est vrai, dit Cat. Mais nous *pouvons* amorcer la pompe.

Ils prenaient leur petit déjeuner au bord de la piscine. Bear buvait du café en fronçant les sourcils devant le *Wall Street Journal*. Comme beaucoup de riches Texans, il était depuis toujours démocrate tout en ayant voté pour Eisenhower, et regrettant maintenant son soutien. Sous le premier régime républicain depuis Hoover, l'Amérique s'embourbait dans ce que les bureaucrates appelaient une « récession », qui sentait plutôt la restriction.

— Ça dit là-dedans, lut Bear à haute voix, qu'il y a 5,1 millions de chômeurs qui vivent aux frais de la princesse... L'essence a augmenté de 30,4 *cents* le gallon, mais personne n'en tire aucun profit parce que ces putains d'Arabes m'exploitent comme le dernier des cons... Le bifteck a augmenté de 31 *cents* la livre... Il faut 1 250 dollars pour envoyer un garçon à Harvard pendant un an alors qu'il en fallait 455 il y a dix ans... Ce que ça ne dit pas, c'est que Ike ferait bien de quitter son terrain de golf et de prendre un peu soin des gens qui l'ont assis dans le fauteuil de Président.

Ayant déjà lu le *Wall Street Journal*, Cat cita de mémoire :

— Ça dit aussi que le revenu d'une famille moyenne est de 5 200 dollars, c'est-à-dire soixante-dix pour cent de plus qu'il y a dix ans. Et est-ce que tu as remarqué que les bénéfices de General Motors atteindront le milliard de dollars cette année?

Bear posa son journal, non pas pour s'extasier sur la chance de GM, mais pour menacer d'écartèlement un jardinier mexicain qui piétinait la pelouse.

— Chéri, s'énerva Cat, m'as-tu entendu?

— Je t'ai entendu. Quel rapport entre GM et le prix des pommes de terre?

— Ça veut dire que les gens *ont* de l'argent. Ça veut dire que notre principal concurrent le ramasse. Ça veut dire qu'ou bien nous asticotons ces types qui ne vendent *pas* nos Ford, ou bien nous vendons nos actions et nous allons planter des navets.

Cat amena ces sinistres prédictions avec précaution; elle savait combien Bear adorait l'entreprise qui portait son nom en néon écarlate et flattait son ego à des kilomètres à la ronde.

— Trésor, tracasse pas ta jolie petite tête avec des spéculations. Va donc chez le coiffeur, fais un bridge et laisse-moi m'occuper de garder le bas de laine rempli.

Bear demanda à son chauffeur de préparer la Cadillac. Il allait à Austin pour coincer deux hommes de loi. Son entreprise de construction convoitait un contrat d'État pour tracer des routes superflues qui conduiraient, comme par hasard, à des terres dont Bear Bowman était secrètement le propriétaire.

Catalina soupira et posa un baiser sur chacune des joues veinées de rouge de son mari.

– D'accord, mon chou. Et rentre vite à la maison. Nous parlerons ce soir... au lit...

Puis sa main parfumée effleura la braguette qui gonflait, évoquant des tentations à couper le souffle.

Deux semaines plus tard, Mack Crawford entrait à la Bear Bowman Ford Co comme représentant et responsable des ventes. Salaire : 300 dollars par mois, avec la promesse du double en commissions. Prime : une décapotable rouge cerise qu'on lui permit de promener fréquemment sur les boulevards de Fort Worth. Sa tenue avait été conçue personnellement par la femme du patron. Tous les représentants portaient la même, mais elle allait particulièrement bien à Mack : blue-jean étroit, bottes d'alligator, chemise sport d'un blanc éblouissant ornée sur la poitrine d'un ours rieur, et casquette de base-ball sur laquelle on pouvait lire : BEAR LOVE YOU. La radio de son automobile passait à fond de la country music, son visage rayonnait, et pendant que Catalina, contente d'elle-même, attendait son heure, le nouveau représentant devint, comme prévu, une vedette. Dès le deuxième mois, Mack avait battu les records de vente (un grand nombre des clients ayant été secrètement envoyés par Cat en vue du règlement de factures personnelles). Les ventes augmentèrent de 17 %.

Un après-midi, une publicité télévisée devait être filmée dans les locaux de vente, le directeur du personnel faisant office, comme c'était l'habitude, de porte-parole. Ce Luke Lester, diacre baptiste, avait un jour remporté un concours de violon. Les trente secondes des messages publicitaires Bowman le montraient toujours assis sur son bureau, une Bible bien en vue, encadré par les drapeaux américain et texan, sciant furieusement son instrument sur les premières notes de *Friendship,* puis débitant lentement à la John Wayne : « Ici, chez Bear Bowman Ford, vous ne paierez pas les violons. » On savait que les téléspectateurs fermaient généralement leur poste en voyant la tronche de Luke Lester.

Ignorant que son étoile était sur le déclin, Luke se préparait ce jour-là pour une nouvelle apparition. Mais Catalina Bowman sortit un tout autre scénario. Elle demanda au réalisateur de filmer Mack Crawford arrivant sur les lieux au volant de sa décapotable rouge et se préparant à descendre, assailli alors par une bande hurlante de huit jolies filles en jupe courte. Le dénouement était un gros plan sur le visage de Mack barbouillé de rouge à lèvres, puis un lent panoramique sur ses yeux bleus et l'inscription de sa casquette : BEAR LOVE YOU.

Voyant ce qui se passait et très fâché d'être dépouillé de sa célébrité, Luke Lester téléphona immédiatement au patron dans ses bureaux du Fort Worth Club Building.

– Bear, votre femme est là, en train de tout bouleverser. Elle va nous amener la damnation de tous les prêtres de la ville. Ils sont en train de faire un film cochon; je vous le dis!

Le soir même, Bear se prépara à réprimander sa trop entreprenante épouse, mais elle contre-attaqua en posant ses doux doigts qui sentaient le lilas sur les lèvres de son mari. « Vois d'abord, chéri... » Une semaine plus tard, Bear visionna le travail de Cat. Ses yeux s'agrandirent en apercevant les filles aux longues jambes en mini-jupe; son pied marqua la mesure avec enthousiasme sur la musique d'accompagnement. A la fin, Bear serra Cat dans ses bras et dit :

– C'est le meilleur truc que j'aie jamais vu. Repasse-le.

Le budget télévision fut triplé. Et quand Cat suggéra que la photo de Mack soit utilisée sur toutes les affiches, Bear approuva. Luke Lester fut sommairement licencié, mais il assouvit une vengeance biblique en s'introduisant quelques semaines plus tard dans le magasin et en brisant sept pare-brise. La publicité télévisée, qui était montrée quarante-huit fois par semaine sur les chaînes de Fort Worth et de Dallas, eut non seulement un succès du tonnerre pour la vente des Ford de Bear, mais renforça et embellit ce que Cat avait si obstinément cherché : que Mack devienne un objet d'intense intérêt de la part des femmes. Elles accouraient à la succursale pour voir ou pour essayer une voiture. Elles suivaient Mack, le klaxonnaient dans les rues. Elles passaient par Cloverdale en espérant l'apercevoir poitrine nue. Son courrier n'était pas seulement abondant, mais indécent.

Mack était en train de mettre dans une valise des vêtements se prêtant à une semaine à Acapulco.

– Vraiment, je voudrais tellement que tu puisses venir, dit-il à sa femme.

Les concessionnaires Ford se réunissaient pour une conférence de promotion et la révélation d'un nouveau modèle pour lequel la compagnie avait prodigué 250 millions de dollars en conception et en accessoires. On disait qu'il allait chasser Impala du marché.

– Bear a décidé que les femmes ne seraient pas invitées cette fois-ci. Mais au printemps prochain, il y a une autre réunion à Las Vegas, et il a promis que tu pourrais venir avec moi.

– C'est pas grave, soupira Susan. Je n'aurais pas pu quitter mon travail, de toute façon.

Un curieux phénomène s'était passé dans leur relation, comme si la femme avait passé du sang au mari et n'avait reçu en échange que de l'eau du robinet. Elle était pâle et fatiguée; il était frais et vigoureux, comme une toupie qui vient d'être lancée. L'équilibre émotionnel de Susan était compromis, et bien qu'elle connût l'origine de son mécontentement, la cause en restait inexplicable. Elle alla jusqu'à souhaiter n'avoir jamais recollé ensemble ces morceaux de beauté. Comme la tante vieille fille avec une tache de vin, Susan avait préféré prendre soin de Mack quand il dépendait entièrement d'elle.

Lorsque les premières lumières des projecteurs avaient rejailli sur elle indirectement, Susan avait pris plaisir à la célébrité. Dans la décapotable rouge, aux côtés de son mari connu et sur la voie de la fortune, Susan s'aperçut de l'assaut des autres femmes mais n'y vit que des hommages dont se parer. Des adolescentes qui frappaient à la porte, quémandant un autographe de Mack, se contentaient de sa signature à elle; à leurs yeux, elle représentait tout ce qui devait se passer chez les Crawford quand les lumières s'éteignaient. Elle s'imaginait faisant des confidences de femme à femme : « Oh, habituellement, nous faisons l'amour sept fois par jour. Cet homme est un satyre. *Insatiable.* Deux fois le matin, un petit coup rapide l'après-midi dans un motel, sur le sofa entre les cocktails et le dîner. Mon Dieu, la bête me poursuit à travers la maison toute la nuit. » Et il y avait des moments où elle avait envie de cracher la vérité : « Un baiser le mercredi, et il me serre dans ses bras le samedi. »

Deux fois, peut-être trois, Mack avait fait ce qui pourrait à la rigueur s'appeler des avances. Revenant à la maison après une réunion avec Bear et les gars, bien imprégné de bourbon, trébuchant, stupide, il était tombé dans ses bras, avait murmuré des mots d'amour, éteint la lumière (l'obscurité était obligatoire), et ils s'étaient agités comme deux cageots à poulets dans une camionnette sur une route de campagne. Quelques accessoires vestimentaires tombaient... oreilles mordillées... lèvres effleurées... mais les fermetures Éclair restaient fermées. Et si jamais Susan prenait l'initiative d'ouvrir la boucle de la ceinture de son mari, l'ours rieur se mettait à ronfler de toutes ses forces.

Et quelle était la cause du problème? Susan l'ignorait. La jalousie était venue et s'en était allée. Elle ne croyait pas que d'autres femmes fussent ce qui les séparait. Elle ne doutait pas non plus de sa sincérité quand il disait, souvent, son besoin d'elle. Elle avait même abandonné l'idée qu'elle fut coupable d'un manque de séduction. D'autres hommes – médecins, patients, livreurs, Bear lui-même – transmettaient des messages tout ce qu'il y avait de plus clair. Enfin, elle s'était demandé si Mack n'était pas homo, mais *ça,* étant donné sa taille, sa force, l'attirance des autres femmes, était visiblement absurde.

Elle acheta un guide du mariage et le plaça de manière voyante sur la table de chevet, où il resta fermé. Avec des allusions plutôt lourdes, elle aborda la question un soir tout en buvant du vin et en écoutant de la musique, suggérant que des conseils spécialisés pourraient peut-être leur venir en aide. Mack continua de lui faire des serments d'amour éternel, promit de penser au « problème », trouva des prétextes, fuya. S'il voyait les larmes de Susan, il ne faisait aucun effort pour les sécher.

Quand sa valise fut prête, Mack commença sa gymnastique de chaque soir, des exercices éreintants qui rougissaient sa peau, la couvraient de sueur et rendaient Susan jalouse de cette énergie gaspillée. D'habitude elle y participait, voulant garder la forme en approchant de la trentaine. Mais ce soir-là, elle se contenta de le regarder faire tout en se brossant les cheveux, et en mettant au point une manœuvre exigeant les ruses de Lorelei et le courage d'un Christophe Colomb. Quand Mack fut sous la douche, Susan attendit que la vapeur commençât à s'infiltrer sous la porte fermée, hésita encore un instant, ôta sa chemise de nylon blanc, s'aspergea généreusement de « Gardenia de la Jungle », et entra dans les vapeurs de la douche.

– Eh! cria Mack comme Susan l'avait prévu. Qu'est-ce que tu fais, chérie?

Il se tourna en hâte vers le mur.

– Tu te souviens comme je te frottais le dos? dit-elle en tâtonnant dans la vapeur chaude et en se sentant merveilleusement espiègle.

– J'ai déjà fini, répliqua Mack.

Ce qui n'était pas vrai. Son corps était encore couvert de mousse, mais l'intruse nue l'empêchait de se rincer.

– Chérie, *non!* supplia Mack pendant que la langue de Susan courait le long de sa colonne vertébrale.

Les nuages de vapeur facilitèrent-ils les choses? Ou bien la culpabilité de ces vacances sans elle à Acapulco? Ou encore la bonne humeur enjouée de Susan? Toujours est-il que Mack se laissa détourner lentement du mur, et que Susan dut reculer pendant une seconde. Quelque chose de merveilleux se trouvait entre eux.

Excitée par ce qu'elle voyait, Susan ne savait pas exactement que faire ensuite. Mais l'instinct suggéra qu'elle agisse vite. Dans un vertige, elle se serra contre son mari, et bien qu'elle ne fût pas « prête » (pour employer un euphémisme du guide du mariage), elle guida Mack vers le meilleur but qu'il eût jamais marqué. Hélas, comme ça arrive souvent, les coureurs trébuchent. Le téléphone sonna et brisa la concentration de Mack, faisant revivre dans son esprit toutes les tantes défuntes, mères et filles en robe rose du monde. Mack prit peur, glissa sur la savonnette et tomba, Susan encore attachée à son corps. Au moment où les amants s'écroulaient dans l'eau, Mack éjacula, et Susan le rejoignit dans la jouissance avec un grand cri de passion. Le moins qu'elle pût lui donner était la fierté de l'exploit accompli. Précipitamment, Mack tituba hors de la baignoire et, saisissant une serviette au passage, courut tout mouillé vers le téléphone. La sonnerie s'arrêta alors qu'il levait le récepteur.

Susan sortit de la douche et vint s'asseoir sur le lit de son mari.

– Eh bien, c'est pas vrai, ce qu'on dit. L'imaginer n'a rien à voir avec le faire!

Mack sourit fièrement, mais la pudeur lui revenant, il voulut éteindre la lampe. Susan couvrit son bras et son front de baisers, la récompense du vainqueur.

– C'était... bien? demanda-t-il.

Susan répondit avec enthousiasme.

– *Olympien!* dit-elle.

Le téléphone sonna de nouveau.

– J'y vais, dit Susan; tu as mérité un peu de repos.

Elle parla plusieurs minutes, puis revint en souriant.

– Qui était-ce?

– Bear. Il dit que tu dois être prêt à 7 h 15. La voiture viendra te chercher.

Mack mit le réveil à l'heure.

– Il n'a rien dit d'autre?

Susan fit non de la tête. C'était un mensonge, mais seulement un mensonge par omission. Elle se glissa dans le lit de son mari. Non seulement il permit cette intrusion, mais il s'endormit blotti dans ses bras comme un enfant. Ils s'embrassèrent souvent durant cette heureuse nuit.

Mack arriva au bungalow, comme on le lui avait demandé, à 19 heures exactement. Catalina le reçut avec un double margarita, contrepoint glacé à la musique que jouait l'électrophone et au soleil tropical qui s'enfonçait lentement dans la mer. Elle lui dit que leur « répétition » serait retardée d'une heure, parce que le hall du Mirador Hotel, dont dépendait le bungalow, était encore occupé par une cocktail-party. Ils s'assirent sur la terrasse, le visage baigné par le flatteur couchant. Peu adroit à faire la conversation, Mack regardait son verre. Quand il fut vide, Cat le remplit et se tint devant lui, à portée de la main.

– Bear et moi sommes si contents de votre travail!

– Merci, madame. Je suis vraiment reconnaissant d'avoir eu cette possibilité.

Le temps passa. La nuit vint. Sur les rochers en contrebas, des torches s'allumèrent. Et dans le contre-jour ainsi établi, la transparence de la robe de Catalina Bowman s'imposa. En outre, elle ne portait rien sous le tissu diaphane.

Mack, qui entamait son troisième margarita, se mit à examiner un lézard qui courait sur le mur.

– Du train dont les choses vont, continua Cat, nous pourrions bien ouvrir une nouvelle succursale dans l'ouest de la ville. Naturellement, nous aurions besoin d'un directeur capable...

– Oui, madame, bégaya Mack. Ce serait très bien. Beaucoup de gens déménagent vers ces quartiers-là.

– Quel âge avez-vous, Mack?

– Vingt-cinq ans, madame, répondit-il en ricanant.

La tequila faisait son effet.

– Bon, vous avez encore le temps. Mais après trente ans, attention! Dieu ne vous donne droit qu'à trois érections par an. Employez-les sagement.

– Comment?

Mack supposa qu'il fallait rire. Il fit un faible effort, mais il était très mal à l'aise.

– Vous êtes quelqu'un de célèbre, Mack. Notre petite célébrité locale...

Mack se tut.

– Qu'est-ce que ça vous fait, d'être célèbre?

– Ça va. Je ne suis qu'un poisson rouge dans une petite mare.

– Mais le monde vous connaît, Mack! Vous avez beaucoup de succès auprès des femmes.

Mack n'aimait pas la tournure de la conversation. Il regarda sa montre. 7 h 45.

– Est-ce qu'on ne devrait pas aller à la répétition? demanda-t-il.

Catalina approuva d'un signe de tête. Maintenant venait le seul moment difficile, mais elle connaissait son rôle et avait ses accessoires.

– Oui, dit-elle. Encore une chose. Excusez-moi une seconde.

Elle alla dans la salle de bains et en rapporta un sac à provisions en toile.

– Très cher Mack, avant de travailler à votre discours, j'ai besoin de vous parler d'une nouvelle idée de promotion.

Vacillant mais obéissant, Mack se leva.

– Oui, madame, répondit-il d'une voix pâteuse.

Sa vision était si troublée qu'il voyait environ trois exemplaires de tout ce qui l'entourait.

– Mack, cessez de m'appeler madame. Vous pouvez m'appeler Catalina, ou Cat, ou même « trésor ». Je n'ai que quelques années de plus que vous. D'accord?

– Oui, ma... euh, Catalina.

– Nous avons donc un nouveau modèle... Demain après-midi, après votre discours, nous emprunterons la voiture et nous prendrons quelques photos publicitaires. Nous commencerons par vous, la conduisant le long de la plage, pour dire de bien la montrer... Qu'est-ce que vous en pensez?

– Ça a l'air bien. Tout ce que désire Bear...

– C'est une idée à moi, Mack. Rendez à César... C'est *moi* qui vous ai fait employer. Saviez-vous cela?

Mack secoua la tête. Le bungalow était tout à fait dans l'obscurité. Vaguement, il vit Cat allumer des bougies qui dégageaient une odeur de bonbon au citron. Elle lui passa le sac de toile.

– Essayez ça, ordonna-t-elle. *Pièce par pièce...* Le film commencera avec vous tout habillé dans la voiture, puis vous vous déshabillerez pour ne garder qu'un maillot de bain et courir vous jeter dans les vagues.

– Ça me va pas très bien, se plaignit Mack, quelques instants plus tard.

C'était peut dire. Le pantalon que Cat avait acheté exprès trop étroit menaçait de se déchirer de la taille aux cuisses. La chemise était aussi serrée, une copie améliorée des jerseys de la marine française, décolletée très bas pour laisser voir un fouillis de poils. Les rayures bleues et blanches collaient aux muscles et ne parvenaient pas à couvrir un large morceau du ventre plat et bronzé.

– Hum! fit Cat. Venez ici dans la lumière.

Avec précaution, il s'avança vers la cheminée et accepta un quatrième margarita, enrichi, pendant qu'il avait le dos tourné, de dix milligrammes de Miltown.

– Peut-être que la femme de chambre pourrait relâcher un peu ce pantalon, dit-elle en coinçant deux doigts dans les reins de Mack et en se glissant autour de lui comme une danseuse de corde. Un bouton sauta. A part ça, vous êtes magnifique. Maintenant... voyons le reste.

Du fond de son puits de honte, Mack bredouilla :

– Le reste? Quel reste?

– Vous avez trouvé le maillot de bain, n'est-ce pas?

– Je crois... je crois que vous l'avez oublié.

– Je n'oublie jamais rien, répliqua Cat. Maintenant, pressez-vous. Nous avons à faire.

Et pendant que Mack se débattait pour sortir de sa chemise, Cat s'agenouilla pour l'aider à enlever son pantalon. Pendant cette opération, elle ferma les yeux, voulant ne rien voir jusqu'à l'ultime révélation. Puis Mack trébucha sur le pantalon, tituba en avant: son corps toucha Cat; le moment pour lequel elle avait supporté trois mois de ruses et de dangers était arrivé.

– Mon dieu! s'exclama-t-elle reconnaissante, en regardant fixement le sexe suspendu à une taille fine comme une grappe sur sa vrille.

Sans hésiter, Cat ouvrit une agrafe à l'encolure de sa robe, qui tomba comme un nuage sur le carrelage ciré. Ils étaient nus tous les deux.

– Oh, madame, dit Mack, effrayé. Attendez. Il voulait reculer, mais il était dos au mur. Il ne faut pas... J'ai trop de respect pour Bear...

– Respect, tu parles! dit Cat en collant son corps au sien. J'ai vu ton cul se balancer dans tous les sens depuis que je t'ai rencontré. Je l'ai acheté, je l'ai payé; maintenant, voyons si j'en ai pour mon argent.

Elle poussa Mack qui s'écroula sur le lit et se glissa contre lui. Elle attira son cadeau sur sa poitrine, et le prince des Charmes se trouva installé là comme un jockey trop lourd et inexpérimenté, à califourchon sur une pouliche sur le retour dont il aurait préféré être désarçonné.

A ce moment précis, une série d'événements imprévus vint gâcher le final de Catalina Bowman. En même temps que retentissait *Guadalajara,* la porte du bungalow s'ouvrit brutalement. Debout à l'entrée, sourire figé, entourés d'un orchestre de mariachi dont les musiciens se mirent à siffler et à rire, se tenaient Bear Bowman et Susan French Crawford. En secret, la femme de Mack avait été amenée à Acapulco par l'avion privé de Bear, comme surprise et récompense.

Comme on pouvait l'attendre d'une grande actrice, Catalina improvisa brillamment. Avec des cris affreux, elle frappa de ses poings la poitrine de Mack, et faillit convaincre tout le monde que, grâce à la providence, elle venait d'être sauvée d'un viol. Le seul ennui est que Mack, grimaçant un sourire d'idiot de village, ferma les yeux et s'évanouit.

A midi le lendemain, Mack se réveilla sur le sol, abandonné et seul, comme un enfant qui se serait endormi dans le fauteuil d'un théâtre. Son mariage et sa carrière en ruine, il prit l'avion pour Forth Worth, sans assister à la révélation de la nouvelle Ford tant attendue. Le modèle de 250 millions de dollars, compagnon métaphorique du représentant tombé en disgrâce, était orné d'un arrière en queue de mouette, de plusieurs centaines de kilos de chrome inutile, et d'un capot rappelant à la fois un siège de w.-c. et le rire d'un cheval. La voiture s'appelait l'Edsel et Mack ne la conduisit jamais le long de la plage d'Acapulco.

Bear et Cat Bowman envisagèrent le divorce, mais après avoir consulté les avocats, décidèrent que la division de leur empire serait aussi difficile que de vouloir couper le bout des fameuses bottes texanes. Pendant les vingt-sept ans qui suivirent, ils vécurent dans l'entente financière, mais ne s'approchèrent plus jamais l'un de l'autre à moins d'un mètre, mètre qui sépara aussi leurs deux tombes.

Susan refusa à Mack l'entrée de sa propre maison.

Elle ne chercha pas, cependant, à obtenir un divorce immédiat. Ses règles n'ayant pas apparu le mois suivant, elle mit au monde huit mois et vingt-trois jours après Acapulco un fils fort, beau et parfait : Jeffrey McKenzie Crawford.

Mack ne put assister à la naissance, car il résidait maintenant à New York. Le destin avait envoyé un bon samaritain pour ramasser dans le caniveau de la vie le séducteur faussement accusé. Car la publicité BEAR LOVE YOU avait continué sur les chaînes de Fort Worth-Dallas bien après le désagréable incident du Mexique. Durant cette période incertaine, un prétendu producteur de théâtre nommé Arnie Beckman rata un jour un changement d'avion à Dallas et fut forcé de passer une nuit arrosée de bière dans un motel près de l'aéroport. Il était terriblement déprimé, ayant perdu plusieurs jours à fouiller en vain le centre de l'Amérique pour trouver des mécènes prêts à investir dans un théâtre de Broadway.

La première fois qu'Arnie aperçut Mack Crawford installé dans une Ford rouge décapotable, et entouré d'étudiantes, son regard s'attarda sur les jupes des demoiselles. Mais quand la publicité passa pour la troisième fois sur son écran, Arnie murmura :

– Seigneur! *Oy gevalt.*

Cent ans plus tôt, enfoncé jusqu'aux genoux dans le lit d'une rivière, triant les petits cailloux au tamis de la vallée de Sacramento, Arnie Beckman se serait écrié : « *Eureka!* »

LIVRE III

Le Prince du Pouvoir

« Tu auras le bonheur
Ou tu auras le pouvoir, a dit Dieu.
Tu n'auras point les deux. »

RALPH WALDO EMERSON.

CHAPITRE 9

Calvin Sledge sortit discrètement de son bureau et descendit par l'escalier de service du tribunal du comté de Tarrant, fuyant l'envahissement des reporters et des photographes qui le suivaient à la trace comme des fourmis sur du jus de pastèque. Dans la rue, au parking, la camionnette était toujours là, à la grande colère du juge d'instruction : elle était devenue le symbole de ce carnaval de fous. Il regarda sa montre. 4 h 50.

A 5 heures précises, la croix de presque quatre mètres de haut, plantée sur un tapis rouge sang et recouverte de lis blancs, allait allumer ses six cent quarante ampoules électriques; l'orgue allait exploser de chants religieux syncopés; les tambourins allaient se déchaîner comme un nid de serpents; et les ouailles de l'Élu, estimées la veille par la police à un millier au moins, allaient se mettre à chanter, s'agiter, hurler Alléluia, pour enfin s'écrouler sur le trottoir dans les spasmes et le charabia.

Une seule petite satisfaction : il n'y avait pas d'équipe de télévision pour couvrir le spectacle. Sledge espérait que les médias s'étaient lassés des cérémonies nocturnes, mini-victoire de l'Église sur l'État. Le lendemain de l'arrestation, la camionnette était arrivée en plein midi, et avait été garée juste devant la porte du tribunal, créant aussitôt un embouteillage monumental. Des milliers d'ouvriers faisant la pose du déjeuner s'étaient rassemblés, ébahis, devant le spectacle de soixante-six jeunes femmes, une pour chaque livre de la Bible, vêtues de blanc virginal, des couronnes d'épines en plastique sur la tête, brandissant des placards où étaient inscrites des allusions bibliques à la vengeance, la justice et la persécution.

Une délégation des représentants de l'Élu s'était présentée au bureau de Sledge qui, furieux, avait fait savoir qu'il ne recevrait même pas le Christ sans rendez-vous. Immédiatement, Sledge appela le chef de la police et exigea que l'on envoie les flics pour évacuer la camionnette de la rue. Mais au moment même où il parlait, un bataillon d'avocats de la Cité des Miracles envoyait des pétitions à la Cour fédérale, accusant le juge d'atteinte à la liberté religieuse et au droit de réunion. Sledge contre-attaqua avec une déclaration plate mais inattaquable selon laquelle la Constitution ne prévoyait pas des déchaînements de foule devant le palais de justice. On parvint enfin à un accord : la camionnette devrait quitter la rue et serait placée sur un parking privé. Les services religieux seraient autorisés seulement après 5 heures du soir, à la fermeture du tribunal, et les prières devraient être terminées avant 22 heures, pour permettre aux prisonniers des étages supérieurs de dormir.

Quant à la délégation des représentants, Sledge leur fit parvenir un message écrit : « Je respecte l'intérêt que vous portez à ce cas, mais une enquête est en cours et, dans un désir d'équité pour toutes les parties concernées, il convient que le juge ne rencontre pas de groupe d'intérêt particulier. » S'il n'avait pas eu de visée politique, Sledge eût ajouté : « Surtout s'il s'agit de fanatiques. »

Au Harris Hospital, le Dr Witt était à cran. Il présenta à Sledge une facture détaillée de 3 295,14 dollars couvrant les frais de la police privée qui était venue renforcer les flics de service. Car maintenant, chaque entrée, chaque sortie, chaque ascenseur était gardé, et de deux policiers en civil devant la suite du patient, on était passé à six.

– Que voulez-vous que j'en fasse? demanda Sledge, qui ne disposait pas de fonds pour la police privée.

– Ce cirque est le vôtre, Calvin, lança le docteur. A vous de payer les clowns.

Et il refusa à Sledge ne serait-ce qu'un coup d'œil dans la chambre du malade, ajoutant : « Situation stable. »

– Ce qui veut dire?

– Il est conscient; il a les yeux ouverts; il ne va pas mourir. Et si son état se maintient pendant encore soixante-douze heures, je demanderai qu'il soit transféré dans un sanatorium. Il n'est pas question, Calvin, que cette institution soit en état de siège.

– Est-ce qu'il peut parler?

– Il ne l'a pas fait.

– Je voudrais vous demander une chose... Supposons que je vous fasse venir devant les jurés la semaine prochaine et que je vous demande si votre malade est capable de parler – à condition qu'il le veuille –, ou s'il joue la comédie : quelle serait votre réponse?

Le Dr Witt jeta un regard furieux au juge puis, se radoucissant, appuya sur son interphone :

— Demandez à Sam Reiker si elle peut venir.

Presque aussitôt, une très belle femme arriva. Elle avait la quarantaine, le visage rayonnant de tendresse. Tout homme las aurait souhaité pouvoir poser la tête sur son épaule.

— Je vous présente Samantha Reiker, fit le Dr Witt. Le meilleur oto-rhino du Texas.

Le Dr Reiker sourit gracieusement, gênée. Derrière elle se tenait un interne nommé Clyde Watkins, pris lui aussi dans ce drame qui faisait la une des journaux, et portant une enveloppe épaisse contenant des radios et des dossiers médicaux.

— Eh bien, commença le Dr Reiker, que savez-vous sur les cordes vocales?

— Macache, répondit Sledge.

— Très bien. Dites quelque chose.

— Quoi?

— N'importe quoi.

Sledge lança : « Crime ». Puis il ajouta « Madame », et « Docteur ».

La spécialiste se dirigea alors vers le tableau et dessina la tête d'un homme vu de profil, sa gorge et, en dessous, sa poitrine.

— Vous avez donc prononcé le mot « crime »... Je vais essayer de simplifier et de ne pas employer un vocabulaire trop technique. Ce signal a été donné dans cette région de votre cerveau. (Avec un morceau de craie, elle désigna le cortex, deux centimètres environ au-dessus de la tempe.) Une impulsion dont nous ne connaissons pas tout à fait les données a été transmise par les nerfs crâniens et la moelle épinière jusqu'aux poumons. Involontairement, vous avez inspiré de l'air puis l'avez rejeté afin de prononcer ce mot. Si vous aviez seulement voulu le murmurer, votre cerveau aurait ordonné de ne lâcher qu'une très petite quantité d'air. Si vous aviez voulu le crier ou le chanter sur huit mesures, la commande d'air aurait été beaucoup plus grande. Vous me suivez?

Sledge acquiesça. Samantha Reiker savait enseigner. Elle fit un autre dessin, représentant le larynx et les cordes vocales.

— Le larynx est une simple valve dont la fonction essentielle est d'éviter l'ingestion de fluides ou de solides dans les poumons. La plupart des animaux (chiens, singes, etc.) en ont une. Et la plupart des animaux ont aussi ces petites muqueuses que nous appelons cordes vocales. Il y en a deux – vous voyez? – qui ressemblent aux deux côtés d'un triangle...

— Dans ce cas, pourquoi les animaux ne parlent-ils pas? interrompit Sledge.

– Excellente question. L'homme, ou la femme, ne parlait pas, au début. (Précision féministe. Sledge se renfrogna.) Nos premiers ancêtres se servaient de la bouche, des dents et de la cavité orale comme outil et comme arme : pour se battre, pour se nourrir. Puis la Nature (ou Dieu, ou l'évolution, selon vos convictions) lui a appris à se servir d'un bâton pour tuer l'ennemi ou son gibier. C'est alors que la bouche, les dents et la cavité orale se débloquèrent et purent servir à d'autres fonctions. Par exemple, articuler les sons et les organiser d'une façon telle qu'ils aient une signification. C'était il y a un million d'années environ, ou à peu près. Il a fallu encore attendre un moment pour arriver jusqu'à Démosthène...

– Je vous ai fait digresser, fit Sledge. Retournons à nos cordes vocales.

– Oui. D'accord. L'air que vous avez émis a fait vibrer ces deux membranes, des milliers de vibrations en une fraction de seconde. Quand vous étiez gosse, vous avez sûrement placé deux petits brins d'herbe entre vos doigts, et en soufflant, vous les avez fait siffler...?

Sledge acquiesça.

– C'est la même chose. Vous avez formé un son, mais il n'a pas encore de caractère. Ce son remonte vers un résonnateur, dans le pharynx. Là, différents facteurs interviennent et le façonnent en ce qui est votre voix particulière : ténor, soprano, nasillarde, etc. C'est aussi unique que vos empreintes digitales. Il n'y a pas deux personnes au monde qui aient exactement le même son. Puis le cerveau intervient à nouveau, en envoyant d'autres impulsions pour que le mot soit articulé dans votre bouche. Et voilà : le mot « crime » sort.

Sledge était fasciné par le cours et par le professeur. La question était de savoir si Samantha Reiker serait un bon témoin. Certes, elle était directe et compréhensible, mais son personnage était un peu trop raffiné, un peu trop sophistiqué, un peu trop libéré, presque condescendant pour les jurés du coin. A supposer que le box soit rempli d'ouvriers, ils pourraient très bien se braquer contre un médecin femme, et nordiste qui plus est.

– Revenons à ma question première, ordonna brusquement Sledge.

Le ton du juge sembla agacer le Dr Reiker.

– A savoir si le malade peut parler...?

Elle haussa les épaules. Une chance sur deux, semblait-elle dire.

– Mais vous n'allez pas me dire que vous n'êtes pas capable de déceler si quelqu'un simule ou pas! fit Sledge avec défi.

Le docteur se tourna vers son assistant.

– Clyde, puis-je emprunter votre gorge pendant une minute?

Le jeune interne obéit et rejeta la tête en arrière, la bouche grande ouverte. Des replis de sa blouse amidonnée, Samantha Reiker sortit un miroir à angles muni d'une lampe. Elle fit signe à Sledge de jeter un coup d'œil au fond du tube rouge et luisant de Watkins...

– Supposons que je vous emmène dans la chambre du malade et que je vous fasse voir sa gorge (ce qui n'est pas dans mes intentions, d'ailleurs). Elle serait tout à fait semblable à celle de Clyde. Pour autant que je peux en juger, et d'après les radios et quelques examens un peu plus précis, il y a un *petit* problème sur le cartilage cricoïde à la base du larynx. Je dis bien petit. Pas grand-chose. La balle l'a éraflé, apparemment. Il y a aussi un peu de calcification, ce qui est assez répandu chez un homme de cet âge. Vous avez déjà rencontré des gens qui, passé la quarantaine, ont une voix plus profonde et plus rauque? Voilà la raison. C'est la calcification.

Sledge avait de plus en plus de mal à se maîtriser. La doctoresse esquivait volontairement la question qui les avait réunis dans cette pièce.

– Mais, bon dieu, je peux avoir votre opinion? Malgré tout mon respect, madame, je voudrais vous rappeler que vous pouvez être très bientôt appelée à la barre des témoins...

Le Dr Witt intervint calmement, pour pacifier.

– Sam, vous devriez peut-être donner quelques explications sur l'aphonie hystérique.

Le Dr Reiker respira longuement, puis acquiesça.

– L'aphonie, c'est l'incapacité à parler. Cela peut être aussi banal qu'un chanteur ou une chanteuse qui perd soudain l'usage de sa voix, ou aussi complexe que quelqu'un qui fait ou qui voit quelque chose de si traumatisant psychologiquement qu'il reste dans l'incapacité de parler. Là, je ne sais pas grand-chose : c'est du domaine des psychiatres.

– Dans l'incapacité? Pour toujours? insista Sledge.

Le médecin observa calmement le juge d'instruction.

– Je n'ai pas dit ça. Il se peut que, d'ici une heure, votre type s'asseye et se mette à déclamer l'oraison funèbre de Marc Antoine pour César. Mais il peut aussi, et jusqu'au jour de sa mort, ne pas laisser échapper un seul son. Tout ce que l'on peut faire, c'est attendre. Je crois que c'est tout ce que je peux vous dire, monsieur Sledge. Au revoir.

Si, au lieu de regarder le poing qui frappait sa propre paume, le juge avait regardé le visage de la doctoresse, il aurait remarqué qu'elle était loin d'avoir été sensible à ses charmes.

Sur Cloverdale Avenue, la maison des Cantrell trônait comme une douairière, une vieille femme sans lifting. Elle seyait fort bien à son increvable occupante. VeeJee Cantrell avait de solides raisons pour résister à cette mode d'enjolivement architectural. Dans son testament, qui n'allait pas être lu de sitôt car, à soixante-douze ans, elle était encore une femme débordant de force et d'énergie, elle avait stipulé que la maison irait en donation à la bibliothèque publique de Fort Worth, pour que « les générations futures puissent visiter la maison où Kleber Cantrell a été élevé et où ses premiers articles sont conservés ». Elle savait qu'il s'agissait là d'un acte d'une haute vanité, mais elle adorait son fils et était fière de lui. Ce faisant, elle saurait préserver l'immortalité de Kleber et donc la sienne.

VeeJee avait déjà reçu Calvin Sledge plusieurs fois depuis le début de l'enquête, car c'était une femme qui respectait la loi à un poil près. En cette agréable soirée de juin, elle l'accueillit poliment. Ils s'installèrent un moment sur le porche devant la maison, et les gardénias de VeeJee en pleine floraison firent oublier à Sledge les odeurs du tribunal et de l'hôpital. Ils burent de la limonade au citron, échangèrent quelques propos en regardant les lucioles danser comme des idées qui se forment et meurent, et en entendant les gamins dans la rue réclamer encore un délai avant de rentrer. Sledge appréciait la paix de cet interlude, enviant la sécurité et la sérénité de l'univers de VeeJee : quarante années au même endroit, dans le même fauteuil.

— Quand a-t-on arrêté de construire ces porches ? demanda le procureur, se rendant compte pour la première fois que dans les maisons modernes le patio se trouvait derrière, entouré de barrières, plaçant les familles à l'abri aussi bien des regards que des contacts. C'était un reflet curieux de l'égoïsme américain.

— A peu près à la même époque où on a cessé de mettre des marchepieds aux automobiles, répliqua VeeJee. A un moment donné, quelqu'un a dû déclarer : Tout ce qui est à la fois sensé, pratique et utile, il faut s'en débarrasser.

— C'est agréable, ici, fit Sledge. Cela me rappelle l'époque où les gens n'étaient pas obligés de fermer leur porte à clé.

VeeJee acquiesça.

— Je me souviens du temps où dans le quartier, après dîner, tous les gens s'asseyaient à l'extérieur, les soirs d'été. On parlait, on se rendait visite, on se promenait. On se connaissait tous. Maintenant, personne ne se connaît. Finalement, c'est presque comme la vie en immeuble à New York. Kleber m'a raconté qu'il avait vécu dans un de ces appartements pendant dix ans sans jamais serrer la main à ses voisins. de palier. Voulez-vous qu'on s'installe à l'intérieur? Peut-être voulez-vous prendre quelques notes?

– Je me plais bien ici, madame. C'est la première fois que j'ai l'impression de respirer depuis le début de la journée.

– Kleber aimait s'asseoir ici. C'est mon port d'attache, disait-il. Quand mon mari est mort, en 1968, avec Kleber, nous sommes restés assis ici toute la nuit après les obsèques. Il avait pris le premier avion de Londres. Il travaillait à l'un de ses livres. Il était installé là où vous êtes et il m'a dit : « Maman, quoi qu'il arrive, ne vends jamais cette maison. Si elle te pose des problèmes financiers, moi je te l'achèterai, et tu pourras l'occuper gratuitement toute ta vie. » Je lui ai répondu : « Plutôt vendre mes jambes et mes bras d'abord. » Aujourd'hui, les gens n'ont plus de racines. Voilà ce qui ne va pas, dans ce pays. Nous sommes une nation de gens errants.

Avec précaution, Sledge intervint. La vieille femme était bavarde, et si elle partait sur le terrain politique, la nuit y passerait.

– Madame Cantrell, je voudrais vraiment avoir votre avis...

– Alors, entrons. Ces trois gamins, Kleber, Mack, T.J... (elle prononçait leur nom sans rancœur)... c'étaient de vraies sauterelles. Mon porche leur servait de « tour de contrôle », pendant la guerre! Impossible de vous dire combien de cadavres japonais et allemands ont jonché ce jardin... Le plus étrange, c'est qu'ils étaient toujours ensemble. Jamais deux contre un. Tout le quartier savait qu'ils étaient différents des autres... Une femme qui vit en haut de la rue, Mme Foster (elle est morte maintenant, d'une crise cardiaque; c'était la secrétaire paroissiale), m'a dit un jour : « Le Seigneur lui-même a souri à ces garçons... »

Il faisait sombre dans le salon des Cantrell, et quand VeeJee s'arrêta de parler pour allumer la lumière, elle avait les yeux rouges et humides. Sledge ne trouva pas les mots pour la consoler. Il se rabattit sur quelques platitudes bien tournées.

– Madame Cantrell, je me trouve comme on dit dans une ornière... J'ai passé presque un mois à essayer d'éclaircir l'affaire. Et à vrai dire, je n'en sais pas plus que ce qu'on peut lire dans les journaux.

– Je vous ai indiqué des points de repère...

– Oui, madame, et je vous en remercie. J'ai confiance en vous et en votre sagesse. Et je sais que vous êtes honnête. Mais beaucoup de gens me conseillent de laisser tomber. Les pressions sont nombreuses. On dit que ce procès sera néfaste pour la réputation de la ville.

– Qui ça, *on*?

– Le vieux juge Carmichael, en premier. Il a quatre-vingt-cinq ans et il est à la retraite. Il m'a appelé pour me dire : « Calvin, moi, je garderais mes distances. » Mais je n'aime pas me défiler, madame Cantrell. Ce que j'aimerais vous demander, c'est : savez-vous quelque chose que j'ignore?

– Vous laisseriez tomber?

– Vous connaissez la position de la défense. Selon eux, c'est un accident... Et je ne sais plus. C'est peut-être vrai.

– Rien n'est un accident, monsieur le procureur. Il n'est pas d'acte humain qui ne poursuive une intention. Notre devoir est de la découvrir. De trouver la vérité.

Sledge fonça. Il l'avait touchée.

– Alors, je dois encore vous demander quelque chose. Laissez-moi voir les papiers personnels de Kleber. Je vous promets d'en prendre soin.

La vieille femme se renfrogna.

– Je vous l'ai déjà dit plusieurs fois : il n'y a rien d'intéressant. Il n'y a rien qui concerne ce sujet. Je n'ai rien que Kleber ait écrit depuis moins d'un an.

– Supposons qu'il y ait quelque chose dans ces papiers. Vous ne me pardonneriez jamais d'avoir perdu ce procès, n'est-ce pas?

Après avoir rechigné et versé quelques larmes, elle lui donna deux grandes boîtes, une partie seulement de tout ce qu'elle possédait, mais assez pour occuper Sledge. Il dut signer un reçu comme s'il sortait un livre de la bibliothèque, sur un papier officiel.

A son bureau, presque à minuit, il se rappela qu'il devait appeler sa femme. Marge était en colère mais pas trop. Il savait évaluer les degrés de son agacement à la façon dont un parent juge la gravité des larmes d'un enfant.

– Te fais pas de bile, dit-elle. J'ai déjà fini la bouteille de gin et j'ai brûlé les draps de satin. Les gosses vont bien aussi, si ça t'intéresse; ils regardent un film porno et fument de la marijuana.

– Un jour, je te parlerai de la femme de César, fit Sledge d'un ton ironique mais forcé.

Les plaisanteries inconsidérées de sa femme l'irritaient.

– Ça serait vraiment intéressant, fit Marge, et peut-être nous pourrions parler aussi de l'ambition de César. Écris-nous quand tu auras envoyé quelqu'un à la potence.

Clic.

1 h 30 du matin. Par les fenêtres sales du tribunal. Sledge jeta

un coup d'œil à la camionnette. La croix, dans l'obscurité, était menaçante. Les adeptes de l'Élu étaient endormis, étalés par terre comme des fêtards fatigués. Deux nouvelles banderoles encadraient la croix comme des voleurs crucifiés : JE SERAI TON VENGEUR, A DIT LE SEIGNEUR. Et : DIEU EST TON SEUL JUGE. Sledge tenait à la main une note que Darlene avait collée à la porte du bureau : « Billy Graham a appelé de l'aéroport. Il prie pour vous et pour tout le monde. J'ai déjà donné à manger aux poissons. Bises, Darlene. » Il regarda l'aquarium : deux des précieuses bestioles étaient ventre en l'air. Plus personne n'était de son côté, décidément.

Dans un coin du bureau, les deux cartons que VeeJee lui avait prêtés. Ils allèrent rejoindre les autres documents qu'il avait ramassés sur Kleber Cantrell, un amoncellement de mots écrits et prononcés, des livres de lui, des articles de magazines, des dossiers bourrés d'articles de journaux, des cassettes et des bandes vidéo. Sledge envia la masse de travail abattue par cet homme. Il caressa la tranche d'un livre, toucha les lettres en relief du nom de l'auteur, le retourna pour regarder la photo sur la quatrième de couverture, jalouser cette célébrité venue pour avoir écrit ce que les gens veulent acheter, lire et garder.

Les livres n'avaient jamais été les amis intimes de Calvin Sledge. Ils avaient été ses travaux d'Hercule, maux nécessaires pour se frayer un chemin jusqu'au barreau. Il n'était pas très doué non plus pour les assembler; ses rapports officiels témoignaient de son sérieux et de sa compétence, mais le style était sec. Ces défauts ne le tracassaient pas outre mesure. Les électeurs ne choisissaient pas son nom sur une liste pour des raisons intellectuelles; il était incapable de servir à brûle-pourpoint des citations de Santayana ou d'Aristote comme des meringues bien montées. Son menu à lui, c'était plutôt le poulet-frites. Il était, selon sa propre estimation, un chien déterminé, capable de découvrir et de rapporter le bâton, où qu'il se soit fourré.

Mais, malgré son honnêteté, sa moralité et sa valeur profession-nelle, si le plafond lui tombait demain sur la tête, les quarante et un ans qu'il avait passés sur cette Terre ne laisseraient aucune trace. Sa femme se remarierait, ses filles changeraient de nom en se mariant; un autre homme de loi occuperait son fauteuil. Cruelle vérité; il serait oublié, comme la plupart des hommes.

Mais pas Kleber Cantrell. Il survivrait parce qu'il savait la manière de plaquer des adjectifs sur des noms, de faire miroiter et danser les verbes à volonté. Il en allait de même pour les deux autres hommes dont le dossier était devant lui, eux dont la notoriété avait relégué Sledge dans les recoins de l'introspection et de la solitude. « Ils n'ont rien de plus que moi, dit-il pour se rassurer. Comme moi, ils enfilent une jambe de pantalon après l'autre. » Mais ces raisonnements étaient inutiles. Lui jouait les règles du jeu; les autres débordaient. Et puis alors? C'était pour eux que les cloches sonnaient, que les flashes crépitaient

Ce lundi 8 décembre 1941, dans le froid vif de l'aurore, Kleber, huit ans, attendait immobile sous le porche. Épuisé, et pourtant au comble de l'excitation, il avait passé la nuit entière à l'écoute de son poste de radio, tournant inlassablement le bouton en quête de communiqués – encore des communiqués, toujours de nouveaux communiqués – concernant l'attaque japonaise sur Pearl Harbor. Pelotonné entre deux couvertures, l'enfant parcourait Cloverdale Avenue du regard, guettant le vacillement incertain des premières lumières, déçu : personne, semblait-il, ne se passionnait pour le début de la guerre. Quand le scooter Cushman de Chuck, l'étudiant chargé de distribuer le journal du matin, approcha à grand bruit, Kleber se précipita sur le trottoir.

– Tu es en retard, s'écria-t-il en saisissant le journal.

Chuck lui fit un geste grossier. Lui, de toute évidence, se souciait fort peu que les Japonais eussent franchi l'océan Pacifique avec leurs navires de guerre et envoyé trois cent soixante avions couler le vaisseau américain *Arizona* et fait chavirer l'*Oklahoma*. Durant la nuit, c'étaient les seules informations que la radio avait diffusées.

Kleber rentra prestement, lut avidement les épais caractères noirs des gros titres : LE JAPON BOMBARDE PEARL HARBOR – ROOSEVELT PRÊT À DÉCLARER LA GUERRE. Mais le journal était d'une minceur désolante; il n'y avait jamais beaucoup de publicité le lundi. Ni de photos d'ailleurs. Son besoin de certitude visuelle ne trouverait son assouvissement qu'à la parution du *Life* du 29 décembre 1941 titrant en couverture : PREMIÈRES IMAGES DE L'ATTA-QUE JAPONAISE : MORT ET DESTRUCTION SUR LA BASE AMÉRICAINE.

L'ouverture des hostilités n'avait pas non plus altéré la rigueur immuable qui régissait une journée de VeeJee. Déjà, elle s'affairait dans la cuisine : bacon et porridge du petit déjeuner étaient sur le feu. Elle malaxait de la margarine blanche et un colorant orange pour donner l'illusion du beurre (Kleber n'était pas dupe). A 6 h 15 exactement, elle était prête : les cheveux solidement maintenus en un épais chignon, le visage luisant de propreté, les lèvres fardées de rose pâle. Sur le comptoir, son bloc-notes ouvert sur une liste excluant l'oisiveté, la somnolence ou la rêverie. Toute maladie personnelle était absolument inadmissible. L'enfant ne se rappelait pas une seule heure où elle eût été malade. Dotée d'une force étonnante, elle méprisait le sommeil. « Si seulement on pouvait se passer de dormir! Imaginez un peu ce qu'il serait possible de faire si on ne perdait pas le tiers de sa vie au lit! » s'exclamait-elle souvent. VeeJee ne s'attendrissait pas facilement; du moins n'en laissait-elle rien paraître. Kleber ne la vit jamais verser une larme avant un certain après-midi d'avril 1945 quand, rentrant de l'école, il trouva sa mère secouée de sanglots : « Le Président Roosevelt vient de mourir », hoqueta-t-elle comme si elle annonçait l'apocalypse.

Le matin suivant Pearl Harbor, lorsque Kleber entra dans la cuisine, le journal à la main et mourant d'envie de s'entretenir de la guerre, VeeJee lui ordonna sèchement :

– Ne lambine pas.

– Maman, s'il te plaît, Maman, est-ce que je peux manquer l'école aujourd'hui? Le Président va parler de la guerre à la radio.

L'enfant savait ses chances minimes, mais il s'était lancé fougueusement.

– Pas question, répondit la mère. L'éducation, c'est plus important que la guerre. De plus, tout ce que dira M. Roosevelt paraîtra dans le journal de ce soir.

Elle versa du porridge plein de grumeaux dans un bol et le plaça devant son fils. Celui-ci contempla d'un œil morne la mixture peu appétissante où la margarine orange s'étalait comme une coulée de lave en fusion...

– Quand j'avais ton âge, on a été informé de la Première Guerre mondiale deux mois après son début. Les nouvelles se transmettaient plus lentement. A y bien réfléchir, c'était peut-être mieux ainsi. De nos jours, on apprend les choses trop rapidement.

L'enfant s'absorba dans son porridge et son journal. Pourvu qu'elle n'aille pas puiser encore une fois à la source presque tarie de ses souvenirs, se dit-il. Kleber connaissait ses histoires par cœur : à seize ans, son départ d'une ferme aride de l'Arkansas, son arrivée à Fort Worth, ses débuts de vendeuse dans un grand magasin, comment elle avait abandonné son projet de terminer ses études secondaires (il lui manquait deux ans) pour accepter la demande en mariage pressante et romanesque de son premier soupirant : Kleber Cantrell junior, impétueux et joyeux négociant en bétail. Jamais elle ne l'avoua, mais elle croyait alors faire un beau mariage. Le nom de Cantrell brillait d'un vif et durable éclat à Fort Worth. L'arbre généalogique comportait plusieurs branches rendues prospères par la terre et les bovins. Malheureusement, elle avait choisi la seule qui ne fructifiât pas. Son mari, quelques mois seulement après leur mariage en 1926, fit faillite. Ensuite, il végéta quelques années, se lançant dans des combines vouées à l'échec, puis ses frères et sœurs lui coupèrent les vivres. Le désastre financier précéda la tragédie personnelle. Le premier enfant du couple, une fillette, mourut de la tuberculose à trois ans. Cantrell ne ressortit plus d'un bar clandestin, le Sudie's, situé dans le quartier le plus mal famé de la ville, jadis surnommé « Le petit arpent de l'enfer ». Pendant une année entière il ne cessa de s'enivrer malgré des promesses larmoyantes à sa femme, qui mit entre-temps au monde un second enfant, Kleber III.

Salut et sobriété survinrent en la personne de J. Frank Norris, un pasteur baptiste qui s'estimait chargé de la mission de débarrasser Fort Worth de l'emprise du démon. En une carrière retentissante, Norris avait 1) introduit des singes dans son temple en les présentant comme les cousins de Charles Darwin, 2) tué d'un coup de revolver un adversaire politique dans son bureau pastoral, puis obtenu l'acquittement sans difficulté et 3) s'était considéré l'égal du pape comme envoyé de Dieu le plus important, non seulement sur Terre mais dans tout l'univers. Le Révérend Norris fit irruption dans le Sudie's un jour à midi et découvrit Cantrell agrippé au bar. Il attrapa une bouteille d'eau-de-vie, la fracassa, saisit l'ivrogne dont il colla le visage pathétique contre la flaque et les tessons, l'exhorta au repentir et au retour au bercail devant l'objectif de plusieurs photographes.

Le traitement réussit. Cantrell dénicha un emploi ennuyeux dans une affaire d'épicerie en gros et fut, par la suite, promu à un poste de direction. Il devint un presbytérien convaincu et se reposa entièrement sur VeeJee pour tenir sa maison et élever son héritier. A vrai dire, le père communiquait peu avec son fils. En revanche, il avait des rapports étroits avec la Bible, qu'il lisait une heure le matin dans la solitude et une heure avant d'aller se coucher. C'était là à peu près toute sa vie. Il sortait rarement de ce pieux isolement, mais son fils attachait une grande valeur à ces moments-là. Quand Cantrell père y consentait, il égalait Will Rogers pour narrer une histoire car, en bon Texan, il éprouvait un amour émerveillé pour le pays et ses légendes. Mais l'engagement religieux avait éteint en lui le goût du passé et du présent. Il misait sur l'au-delà.

Quand Kleber devint un homme et analysa ces années de formation, il reconnut à son père une médaille bien méritée : la pratique de sa religion en solitaire. Il n'imposait ni à sa femme ni à son fils une obéissance contraignante à la parole de Dieu. Bien sûr, la famille assistait au service dominical et aux dîners paroissiaux du vendredi (un changement agréable à la viande dure comme de la semelle et aux purées de légumes insipides de VeeJee). Mais si, les autres jours, son épouse jurait ou son fils préférait William Faulkner au repas en famille, Cantrell ne les menaçait pas des foudres de l'enfer.

Au fil des ans, un autre élément familial joua une influence déterminante, mais Kleber n'en eut peut-être jamais pleinement conscience. Pris entre une mère qui dissimulait ses émotions et un père qui s'adressait surtout à Dieu, l'enfant se découvrit une vocation : s'immiscer, ne fût-ce qu'un instant, dans d'autres vies plus accessibles.

En s'installant à la table du petit déjeuner le matin de la nouvelle guerre, Cantrell jeta un regard distrait sur les gros titres. Puis il entama une longue prière pour Roosevelt, les États-Unis et les soldats de Dieu.

— Papa, puis-je rester à la maison pour écouter le Président à la radio au lieu d'aller à l'école? Maman a dit non, mais, s'il te plaît, Papa... C'est un jour historique.

Le père, mince et pâle, mangeait toujours méthodiquement et proprement afin de ne pas tacher sa chemise blanche qu'il devait porter trois jours de suite avant de la donner à laver et repasser à sa femme. Il cessa de manger, regarda son fils patiemment et nota son ardeur.

— Je suppose que l'école a plus d'importance que la guerre, à longue échéance. Et je ne vois pas en quoi la guerre peut intéresser les enfants.

— Oh! je ne partage pas cet avis, répliqua l'enfant avec un rien d'impertinence. Moi, en ce moment même, j'aimerais être à Pearl Harbor et tout observer.

— Et pourquoi donc?

— Eh bien, je ne sais pas si tu peux comprendre, mais toutes les fois où je lis quelque chose d'intéressant dans le journal, je voudrais aller le voir moi-même.

— Quand tu auras mon âge, mon petit, tu auras vu des choses que tu souhaiteras n'avoir jamais vues. Dans la vie, il y a des souvenirs à oublier.

— Mangez! ordonna VeeJee. Vous parlez pour ne rien dire, tous les deux. Le temps est précieux.

Homme et enfant obéirent.

Le matin de Noël, deux semaines après le début de la Seconde Guerre mondiale, Kleber reçut un cadeau de ses parents. Il défit le paquet et découvrit un jouet qui allait changer sa vie. C'était une machine à imprimer miniature, avec des caractères pour chaque lettre de l'alphabet, majuscules et minuscules, des virgules, des points et, erreur d'emballage, douze points d'exclamation! Aussitôt, il pressa les caractères contre le tampon encreur et inscrivit sur le papier d'emballage : « MerSI!! Ce CaDEaux!!! eSt EKS-TRA! » Un peu plus tard dans la matinée, le meilleur ami de Kleber, T. J. Luther, arriva en paradant sur sa nouvelle bicyclette et les deux garçons disparurent dans la chambre. Enthousiasmé par la machine, T. J. imprima « CON » sur son bras gauche et « Je Bèze les FILLLES » sur une feuille de cahier.

– C'est chouette! s'exclama-t-il. Nous allons pouvoir écrire des histoires cochonnes et les vendre. Moi, je ferai les dessins.

Immédiatement, le gamin se mit à dicter une saga prometteuse sur Macushla, une fille du voisinage renommée pour ses « nichons » de première grandeur; mais, doté de peu de patience et d'encore moins d'adresse. T. J. abandonna l'épopée entreprise. Kleber n'en fut pas mécontent, car il se sentait fort mal à l'aise en matière sexuelle. Il hésitait même à croire ce que lui avait raconté T.J. trois mois auparavant, à savoir que les hommes mettaient leur zizi dans le ventre des femmes et faisaient des bébés. La cigogne semblait plus logique. Il ne pouvait imaginer ses parents se livrant à de telles cochonneries. Il ne les avait même jamais vus nus. Ils ne s'embrassaient pas, du moins pas devant leur fils.

– Eh bien, ils l'ont au moins fait *une fois,* lui assura T.J. Autrement, tu serais pas ici à te conduire en pauvre con!

– Tu mens! cria Kleber.

– J' te parie un dollar, répliqua l'informateur. T'as qu'à leur demander. J' suis sûr que tu vas te dégonfler.

– Si, j'oserai! affirma Kleber.

Évidemment, il s'en garda bien. Et jamais ses parents n'abordèrent la question de la sexualité, travers puritain assez fréquent à cette époque-là.

Repu et rassasié de nourriture et de jouets, Kleber s'étendit sur le sol à côté de l'arbre de Noël étincelant, et étudia de nouveau le *Life* du 22 décembre 1941 qui arborait, sur sa sombre couverture noire et blanche, le drapeau américain tout plissé, mais ondulant fièrement au vent.

Kleber lisait *Life,* son père les préceptes de Moïse, et sa mère le *Reader's Digest.* Soudain, des communiqués d'information interrompirent le programme musical de Noël à la radio (un poste si encombrant qu'il fallait les trois membres de la famille pour le déplacer lors de la grande valse des meubles orchestrée par VeeJee deux fois l'an). Le général Douglas MacArthur avait « repoussé » deux tentatives de débarquement japonais dans les Philippines, mais il avait besoin d'hommes et de matériel. Un régiment de vaillants marines refoulait des attaques à Wake Island (Kleber se précipita sur l'atlas pour découvrir cet endroit lointain); quand on leur avait demandé par radio s'il leur fallait des renforts, ils rétorquèrent : « Non, seulement davantage de Japonais. » Kleber buvait tout ce qu'il entendait avec un patriotisme mystique. Il frémissait devant les dessins représentant le Japon en serpent perfide sur le point d'être décapité par les efforts conjugués des soldats américains et des forces de l'intérieur. Il tournait en dérision l'Allemagne dont les troupes, selon *Life*, étaient infestées de punaises, sous les ordres du général Poux et du maréchal Typhus. Japon et Allemagne pourraient être exterminés seulement si « chaque homme, chaque femme et chaque enfant d'Amérique se donnait la main pour combattre ». L'enfant s'endormit par terre à côté de l'arbre, l'esprit hanté par les nouvelles de la guerre. On le porta dans son lit. Il se réveilla le 26 décembre, bien décidé à jouer son rôle.

Entre Noël et le nouvel an, Kleber, plein d'énergie, arpenta le voisinage, arrêtant des femmes dans les boutiques, des hommes à la station-service, des enfants dans la cour de l'école. Il alla frapper à toutes les portes, même à celle de Mable Hofmeyer. Cette dernière ne le fit pas entrer, mais affirma à travers la porte que, si on le lui demandait, elle jouerait *God Bless America* aux fêtes du Comité de soutien en faveur de la guerre. Pour la Saint-Sylvestre, VeeJee l'autorisa à veiller dans sa chambre jusqu'à minuit pour écouter à la radio le programme retransmis depuis Times Square. Le lendemain matin, l'enfant ne parut pas au petit déjeuner; sa mère le découvrit endormi par terre, les mains, le visage et les vêtements abondamment tachés d'encre. Près de lui, soigneusement empilées et agrafées, se trouvaient six feuilles de papier à dessin constituant la première édition de

L'ÉCHO DE CLOVERDALE!!
LA GUERRE : SPESIALE DERNIÈRE

Sa première impulsion fut de réveiller le gamin et de le tancer vertement, mais elle commença à lire : à mi-page, elle était entièrement absorbée par sa lecture. Bientôt, elle releva la tête, les yeux embués de larmes et de fierté, émue par la teneur du texte et la remarquable habileté de cet enfant de huit ans. Pardonnant les fautes d'orthographe et incorrections grammaticales, elle apprit de nombreuses nouvelles. Leur proche voisin, George Sorrel, s'engageait dans la marine le 1er janvier et confiait à sa femme Evelyn le soin de gérer la station-service d'à côté. Un pâté de maisons plus loin, un couple rejoignait la défense passive. Winnona Celler se séparait de ses trois fils qui rejoignaient les marines (deux d'entre eux ne devaient, hélas, pas en revenir, comme l'annonça, bien plus tard, Kleber dans une autre édition). T.J. dressait son gros klebs, Rufus, à « dépister les espions ». Quelqu'un creusait un abri antibombes; un autre emmagasinait du sucre et du café, « juste au cas où ». Quant à la toute dernière information, dont Cantrell père confirma la véracité, elle suscita en elle une vive inquiétude : VeeJee n'en savait absolument rien.

« Mon papa dit qu'Il AiMe son paYs et CoNbaTRa pour LUI. Il est peut être trot VIEUX, mais il s'engagera qu'en même. S'IL te plaît, REvient vite!!! »

Parmi les travers qu'elle abhorrait personnellement, VeeJee plaçait en premier la vantardise, à égalité avec la perte de temps et un esprit inculte. Elle avait harcelé son fils afin de lui inculquer les principes suivants : les histoires de famille restent dans la famille (de toute façon, il n'y avait guère à dire); on ne parle pas d'argent avec des étrangers (pas de problème là non plus); on ne claironne pas ses exploits. Si des actions sont dignes d'éloges, les trompettes de la renommée sonneront d'elles-mêmes. Mais elle était si fière du journal de son fils qu'elle en fit des duplicata et les distribua aux voisins. Bientôt, les gens vinrent chercher un exemplaire et apportèrent des nouvelles pour contribuer au prochain numéro. (Celui-ci, en raison des devoirs d'école, parut seulement en février 1942 et contenait ce scoop en gros titre : MON PÈRE EST REFUSÉ À L'EXAMEN POUR L'ARMÉE!! Suivait un commentaire révélant que, néanmoins, M. Cantrell travaillerait à la « fabrique » de B-24 de Fort Worth.) Un exemplaire parvint au *Star Telegram* et la photo de Kleber illustra un article de fond donnant des passages de son reportage non élaboré mais passionnant. On entendit le rédacteur en chef déclarer : « C'est du sacré bon journalisme! Un gamin de huit ans parvient à commenter le plus grand événement du siècle sous un angle local. »

L'Écho de Cloverdale cessa toute publication trois bonnes années plus tard, en septembre 1945, disparition due à la désintégration des tampons et à un important changement de situation du rédacteur. La première page de ce dernier numéro arborait deux gros titres : FIN DES JAPS – NOUS LÂCHONS LA BOMBE A, et : KLEBER CANTRELL ENTRE AU LYCÉE!!!! Les trois bons copains de Cloverdale y entrèrent ensemble, chacun cherchant bientôt sa voie. T.J. prêta immédiatement attention aux filles, et remarqua que les seins en boutons de rose des filles de troisième s'étaient épanouis pendant l'été. Mack découvrit les terrains de sports où il allait bientôt se distinguer. Et Kleber observa, avec inquiétude, le pouvoir se profiler à l'horizon. Il ne tarda pas à découvrir que le pouvoir, c'était l'argent. Les dollars étaient le couperet social. Camp Bowie Boulevard, l'avenue aux immeubles de briques rouges qui, dans son esprit d'enfant, conduisait à Oz, traversait l'ouest de la ville comme une aorte. De son côté, le côté sud, se trouvaient ceux qui pointaient; en face, vivaient ceux qui possédaient les machines à pointer. Maintenant, les enfants des uns et des autres servaient soudain d'ingrédients dans une même salade, mélangés avec de jeunes Mexicains, de jeunes paysans, et même des orphelins au sang mêlé qui, s'il fallait en croire les histoires, étaient bizarres, voire dangereux. La progéniture des classes moyennes et pauvres allait à l'école à pied ou en bicyclette. Ceux de « l'autre côté du boulevard » arrivaient en limousine avec chauffeur ou en Cadillac conduite par des mères parfumées et pomponnées s'en allant faire les magasins de Dallas. Certains avaient même leur propre voiture, Papa ayant tiré les sonnettes des juges afin d'obtenir un permis pour mineur de moins de quatorze ans. L'argent rendait populaire, Kleber en fit très vite l'apprentissage. Cela signifiait en particulier déjeuner à la cafétéria au lieu de manger des sandwiches maison. Il se mit à détester les œufs durs devenus chauds et écœurants à midi; il avait honte de la mortadelle dont les relents d'ail empestaient son casier. L'argent conférait le droit de passer au beau milieu des couloirs de l'école... Les sans-le-sou (Kleber touchait une allocation de 25 *cents* par semaine) étaient condamnés en la circonstance à se faufiler furtivement le long des murs.

Le premier à se distinguer fut Mack, qui passa brillamment de l'anonymat des jeux dans la cour de récréation au rang de troisième meilleur joueur de l'équipe de football. Tandis que Kleber brûlait de jalousie, le monstre grandit de quinze centimètres, prit dix-huit kilos dans sa treizième année, et devint dès le deuxième semestre la coqueluche des entraîneurs aussi bien que des jeunes filles fortunées qui faisaient la queue pour le reconduire chez lui en voiture. Son corps et son visage avaient une valeur marchande, et ce marché-là avait toujours preneurs.

T.J. acquit une place de réputation douteuse dans la société quand, à moins de treize ans et à peine un mètre cinquante de haut, il escalada les flancs gigantesques d'une élève de troisième vivant à l'orphelinat et dont les seins étaient si volumineux que les effleurer seulement en passant dans la file d'attente du déjeuner valait une médaille. S'il fallait en croire T.J. (et on le pouvait, car il gagna peu après la réputation d'informateur le plus sûr pour

savoir quelles filles voulaient bien et lesquelles refusaient), il attira
l'orpheline, une dénommée Ruby, dans un maigre bosquet de
cèdres par un après-midi d'hiver où le soleil était déjà couché
à 4 h 30, et introduisit son riquiqui sans poils au pays des merveilles...

Kleber, hélas, dépourvu d'un élan romantique et de possibilités
athlétiques, piétina beaucoup plus longtemps. Dans une rédaction
de trois paragraphes pour le passage en cinquième, il s'était
dépeint ainsi :

> Je suis un enfant comme les autres aux cheveux châtain clair, avec
> taches de rousseur. J'aime jouer au football mais je ne joue pas trop bien.
> J'aime raconter des histoires drôles mais je les oublie. Ce que que j'aime
> par-dessus tout, c'est lire. Mes auteurs préférés sont Albert Payson
> Terhune et Richard Halliburton.
>
> Mes meilleurs amis sont deux garçons de ma rue, Mack Crawford qui,
> lui, est doué pour le sport, et T.J. Luther, dont la vie entière est une
> fête.
>
> Mon ambition est de devenir reporter dans un journal et de participer
> à la prochaine guerre. Je veux devenir célèbre; je le serai sans doute.

Ce portrait lui valut les compliments du professeur, mais ne
servit pas de catalyseur pour récolter les courants de popularité.
Avançant lentement et laborieusement toute cette année-là, Kleber se sentait aussi malheureux qu'un fermier dont les graines
refusent de germer. Il se désespérait, menacé de perdre ses amis.
Habituellement, il rentrait chez lui seul, Mack étant retenu sur les
terrains de sports et T.J. officiant derrière le labo de chimie, où
l'on fumait des cigarettes en cachette et où l'on humait certaine
saveur forte...

Pourtant, en quatrième, Kleber dénicha un passeport pour se
faire une place et un nom dans ce nouveau monde étranger. Une
fois encore, ce fut la force de séduction de l'encre et du papier. Le
journal de l'école, un mince numéro mensuel de quatre pages,
contenait de tristes appels à un meilleur esprit dans le lycée et une
minable récapitulation des événements sportifs. Peu d'élèves le
lisaient : ils lui avaient trouvé un meilleur usage en le transformant en boulettes pour sarbacanes, avions de papier et cales pour
cages de petits mammifères en cours de biologie. Un samedi
après-midi d'automne, Kleber flânait dans la bibliothèque de Fort
Worth, fidèle à son habitude d'emprunter le maximum autorisé,
six livres par visite. Il entra par hasard dans une salle où des
journaux nationaux étaient accrochés comme des chemises étendues sur un fil. Quand la sonnerie de la fermeture retentit à
18 heures, l'adolescent était complètement absorbé par sa lecture :
il voyageait dans un pays enchanteur où il découvrait des noms et
des endroits fascinants. Les potins de la commère dus à Walter

Winchell et à Leonard Lyons lui apprirent pourquoi Frank Sinatra était malheureux avec Ava Gardner, comment Ethel Merman, vedette de *Annie Get Your Gun,* faisait un malheur à Broadway, et que le bikini choquait le monde de la mode à Paris, non seulement à cause de son audace, mais aussi parce qu'il avait été baptisé ainsi et présenté cinq jours après le début des essais nucléaires américains sur une île du Pacifique sud portant le même nom.

En quittant la bibliothèque, Kleber dit à l'employée austère chargée d'apposer la date de rentrée des ouvrages empruntés :

– Saviez-vous que Bernard Baruch a déjeuné au restaurant « 21 » à New York la semaine dernière et qu'il a inventé l'expression : « Nous sommes en pleine guerre froide »?

– Non, répondit la bibliothécaire, mais c'est très intéressant.

Elle parut contente du renseignement, sourit et regarda Kleber différemment.

Pendant plusieurs semaines, Kleber ouvrit les oreilles... On pouvait le voir rôder autour des groupes en conversation animée dans le réfectoire, épiant les danses langoureuses des membres les plus adulés de son petit monde. Il cuisina Mack pour des « tuyaux » sur les meilleurs sportifs du lycée. T.J. lui révéla, sans se faire prier, des échos grivois, y compris les bruits qui couraient sur les liaisons de certains professeurs. Alors, ayant obtenu du professeur de dactylographie la permission de rester une heure de plus après l'école, il se mit à l'œuvre et produisit deux pages bien fournies de cancans. Il les intitula « Le Tigre vous dit tout » et les déposa nonchalamment sur le bureau de Hazel Busher, le professeur de journalisme. En haut, il écrivit d'une écriture hardie : « Je veux devenir journaliste et tenir une rubrique dans chaque numéro. Voici un échantillon de ce que je peux faire. »

Hazel Busher, exubérante vieille fille qui avait seulement tâté du reportage une fois trente ans auparavant, convoqua l'adolescent. Elle avait la réputation d'une excentrique qui se désaltérait à longueur de journée à une bouteille thermos contenant prétendument du jus de fruit, mais ses yeux brillant et son entrain augmentant au fur et à mesure de ses libations, on en avait conclu qu'elle faisait honneur au gin. En trente ans d'enseignement, Hazel Busher n'avait jamais rencontré un élève animé d'une étincelle de talent journalistique. Or elle avait devant elle un enfant visiblement plein d'enthousiasme et dont le travail était captivant. Elle avait même trouvé, dans son article, la confirmation d'une rumeur selon laquelle le célibataire le plus séduisant du lycée, un entraîneur auxiliaire, sortait avec la

secrétaire du proviseur... information qui suscita à la fois déception et jalousie.

– Pourquoi as-tu écrit ceci? interrogea-t-elle.

– Mais c'est bon, non?

– La question n'est pas là. Bien sûr que c'est bon. Je t'ai
demandé *pourquoi?*

– La principale raison, c'est que j'en avais envie, et que cela
satisfaisait un certain goût de savoir – un terme plus élégant
serait : curiosité.

– Mais sais-tu pourquoi ça marche? Parce qu'il y a des *noms.*
Des quantités de noms. Les gens aiment voir leur nom imprimé.

– Je sais. C'est pourquoi j'en ai tant mis. Je pense que nous
devrions écrire les noms en caractères gras... Ainsi, ils seraient en
évidence.

L'emploi du jargon de métier fit sourire le professeur.

– Certains passages sont un peu... connais-tu le mot français
« risqué »?

– Ça veut dire « osé »?

Hazel sourit encore. Le gamin était bien sûr de lui.

– Oui et non. Écoute : peux-tu écrire de tels articles une fois par
mois?

– Pas de problème.

– N'entreprends pas quelque chose si tu ne peux le terminer...

– Ça ne se terminera pas tant que les gens aimeront parler
d'eux-mêmes et que moi, je les écouterai.

Trente ans après ses débuts d'échotier, Kleber se trouvait dans
le centre de la France, volontairement en exil près de Tours, caché
dans un pavillon de garde-chasse d'un château du XIVe siècle. Cette
vie en solitaire visait à terminer un livre – titre provisoire : *La
Colique* – un compendium de colères rentrées commençant avec
l'assassinat de John F. Kennedy et se terminant sur la démission
de Richard Nixon. Il avait d'ailleurs traduit péniblement (mais
avec grande joie) un article du *Monde* à ce sujet la semaine
précédente. En cet après-midi de la mi-août 1974, Ceil Shannon,
arrivant dans une Citroën de location, trouva son amant d'une
humeur massacrante. A dessein, Kleber était sans téléphone, il
avait loué le pavillon sous un pseudonyme et recherché la solitude.
Mais il s'était aperçu qu'il était incapable de la supporter.
Complètement coupé des événements mondiaux qu'il avait présen-
tés toute sa vie, il se sentait comme un drogué en manque. Le
Herald Tribune arrivait de Paris avec deux jours de retard, et

Kleber perdait des heures chaque jour à se rendre en voiture au village le plus proche pour téléphoner à un pote à Paris d'Associated Press afin qu'il lui lise le téléscripteur.

Il était renfrogné, pas rasé et, à en juger par la collection de bouteilles de vin vides entassées dans un coin comme des cierges autour du tombeau d'un martyr, il paraissait sur le point de finir la récolte de beaujolais de l'an passé avant que le raisin nouveau ne fût vendangé.

– On croirait, dit Ceil en guise de salutation, que tu es en train de récrire *La Vache enragée* de George Orwell...

– Comparée à mon humeur actuelle, répondit Kleber, Agrippine était une chochote!

Il embrassa Ceil avec force et gratitude, balayant une pile de pages inachevées d'un tabouret à traire pour qu'elle puisse s'asseoir.

– Je vois ça. Est-ce ton humeur ronchonne habituelle ou est-ce qu'un nouveau malheur mondial a redonné un but à ta vie?

– Y a pas grand-chose de neuf, non. Uniquement le banal fil du temps. L'Inde, incapable de se nourrir, de s'habiller ou de loger sa population, vient de lancer sa première bombe atomique, une dépense considérable. Soljenitsyne, exilé de sa mère patrie, s'est pointé en Amérique pour devenir la coqueluche de la droite à la place de J. Edgar Hoover. Patty Hearst a été enlevée. Allende est mort, probablement tué par nos propres hommes de main. Et Nixon, qui devrait croupir en prison, fait retraite en Californie. Tu vois, rien qui mérite réflexion.

– Je croyais que tu avais juré de renoncer à la première page, dit Ceil en examinant la pièce et en frissonnant. Je ne pourrais même pas écrire une lettre de condoléances dans un tel foutoir. Je m'imaginais davantage un cadre comme l'appartement de Jimmy Jones, quai d'Orléans... Allez, viens, je t'offre à dîner. Il y a un restaurant deux étoiles tout près, et tu n'y as pas mis les pieds, j'en suis sûre.

Ils firent un repas raffiné : deux douzaines de belons, ces huîtres dont le goût serait dénaturé par un assaisonnement, un grand plat d'asperges blanches de la Forêt-Noire, fumantes, du loup de mer grillé accommodé au beurre et au fenouil, des fraises sauvages copieusement arrosées de crème fraîche.

– Comment peux-tu retourner écrire sur la fin du monde après un pareil gueuleton? lui demanda Ceil.

– Quand tu sauras faire cuire une escalope de poulet, non seulement je te demanderai en mariage, mais encore je te sacrerai mon égale en gastronomie.

– Je t'ai apporté une coupure de presse, se souvint Ceil. Gene

McCarthy a déjà écrit ton livre à ta place, et en un seul paragraphe.

Elle lut à haute voix les commentaires caustiques de l'intelligent sénateur qui, à la manière de Don Quichotte, avait tenté sa chance pour la présidence en 1968 : Depuis la création de notre gouvernement en 1789 jusqu'en 1972 approximativement, nous sommes passés de George Washington à Richard Nixon, de John Adams à Spiro Agnew, d'Alexander Hamilton à John Connally, et de John Jay à John Mitchell... Il faut se demander combien de progrès de ce genre une nation peut vraiment supporter!

Kleber éclata de rire et applaudit.

— Je vais lui piquer ça! Un petit emprunt, c'est de la recherche; un vol, c'est du plagiat.

A cet instant, un correspondant de *Newsweek* en vacances aperçut le couple dans sa niche discrète et fit envoyer une bouteille de vin. Se servant de sa qualité de confrère, il obtint, en le flattant, un entretien de Kleber, qui faisait des déclarations écrites ou orales généralement dignes d'être citées.

— Ceci peut paraître une question naïve... commença le correspondant, un jeune homme de moins de trente ans, ambitieux et quelque peu effrayé par la présence d'un écrivain dont tout le monde connaissait le nom, accompagné d'une dramaturge dont les œuvres avaient été représentées en une dizaine de langues.

— Rappelez-vous Edmund Wilson, interrompit Kleber. Il n'y a pas de questions naïves, simplement des réponses naïves.

L'autre se détendit.

— D'accord. Alors : pourquoi? Pourquoi écrivez-vous? Qu'est-ce qui vous a poussé à écrire si jeune?

— Aucune idée. Je ne suis certainement pas presbytérien et résolument pas bouddhiste, ce qui exclut donc toute prédestination. Je ne pense pas que l'hérédité ait beaucoup joué; pour mes parents, la littérature commençait avec *La Genèse* et se terminait avec Norman Vincent Peale. De cette période obscure, ne me reste que le souvenir d'une insatiable curiosité vis-à-vis des autres. Et la carotte pour me faire avancer, c'était d'obtenir des égards, une sorte de pouvoir inexplicable. M'imposer à des gens dont j'imprimais le nom. Tout le monde a besoin de voir ses mérites reconnus.

— Donc, vous dites...

— Je dis, reprit Kleber (Ceil lui griffait la paume sous la table comme une bohémienne enragée), que très tôt, j'ai découvert que des types comme vous et moi avions accès à des chambres secrètes, au domaine privé.

— A l'entendre, le journalisme a l'air d'être une effraction, dit Ceil.

— Je n'aurais pu trouver meilleure définition, approuva Kleber. Tiens, je vais te piquer ça aussi. Écrivez que c'est moi qui l'ai dit. Elle ne vous attaquera pas en justice, je vous le promets. Elle me doit trop de notes impayées.

CHAPITRE 10

La culpabilité revêtue d'une cape de bourreau et d'un masque de squelette dansait au-dessus de sa tête. Son corps était en proie aux frissons et à la fièvre. Le lendemain de la remise de son diplôme, un dimanche à l'aube, alors que sa photographie rayonnante apparaissait en première page, annonciatrice d'un avenir heureux et de perspectives prometteuses, Kleber, à la limite de la nausée, méditait sur la conjonction la plus courte et la plus exaspérante : *si*.

S'il n'avait pas plu sans arrêt pendant deux semaines. *Si* les filles, Lisa en particulier, ne s'étaient pas égoïstement réunies pour faire la fête entre elles, laissant les Trois Princes se débrouiller tout seuls. *Si* T.J. n'avait pas eu cette idée soudaine. *Si* seulement il avait tenu compte de son propre jugement. *Si* cette idiote de petite campagnarde en robe rose ne s'était pas laissée surprendre par la tempête. Si. Si. *Si!* Il y a dans la vie de tout homme une heure qu'il aimerait revivre autrement, mais aucun marchandage avec Dieu n'a jamais fait tourner les aiguilles à l'envers. Maintenant, chaque fois que le téléphone sonnait – et il n'arrêtait pas –, Kleber se préparait à affronter sa dernière heure. Chaque fois que la porte de sa chambre s'ouvrait, il s'attendait à voir le visage blême de sa mère ou les lèvres tremblantes de son père anéanti de douleur. Leur corps s'affaisserait sous l'humiliation, la trahison. Habille-toi, lui diraient-ils. La police vient t'arrêter pour viol collectif et meurtre.

Il imaginait le procès...

Vêtu du même costume qu'il portait pour son discours d'adieu au lycée, il viendrait jurer, main sur la sainte Bible, que son membre vierge n'avait même pas pénétré le sexe de Laurie, totalement consentante (et de toute évidence, expérimentée). Il rejetterait la faute sur la séductrice. Elle l'avait bien cherché. Mais, se demandait-il anxieusement, *si* on avait trouvé son sperme séché dans les poils du pubis féminin? Cela seul suffirait à l'envoyer à la chaise électrique. Mais non, voyons! Les rapides crues de la rivière auraient certainement fait disparaître toute trace de sa semence... Et si la fille n'était pas morte noyée? Si, comme le supposait T.J., elle s'était seulement évanouie, défaillant sous le paroxysme de sa jouissance? Le bref réconfort apporté par ce scénario fit long feu : selon toute logique, si elle était en vie, elle se trouvait sûrement en ce moment même au commissariat de Weatherford, contusionnée, en sang, aidant la justice à tresser une corde assez solide pour briser net la nuque des Trois Princes.

Cette nuit-là, après son discours, après le dernier frémissement du gland de sa toque de lauréat sous le crépitement des flashes, après les étreintes émues des parents et des professeurs, après la fête et une prise de bec avec Lisa qui s'offusquait de son incompréhensible humeur maussade, après avoir évité Mack et T.J. (pas difficile, car chacun des trois désirait danser loin des deux autres), Kleber rentra chez lui sur la pointe des pieds.

Il était 4 h 15 du matin. VeeJee lui avait laissé un mot sur la table de la cuisine : « Mon cher fils, nulle part au monde il n'existe ce soir de mère plus fière dans son cœur. Ton discours a été merveilleux. J'ai failli pleurer. Ton père te présente aussi toutes ses félicitations. Ne te lève pas trop tôt. Je te ferai du pain perdu. Maman. »

Le jeune homme lut ces éloges et en eut la nausée. Il n'était pas digne de vivre. Le suicide semblait la seule issue pour effacer ce gâchis. L'armoire à pharmacie de VeeJee ne contenait aucun produit dont l'absorption eut été mortelle, à moins de pouvoir mettre fin à ses jours avec un mélange de crème de beauté, d'eau dentifrice, de désinfectant pour dentier et d'une vieille bouteille d'Hadacol. Il n'y avait même pas d'aspirine : sa mère ne voulait pas entendre parler de migraine. En fouinant dans la cuisine, Kleber dénicha de l'insecticide, de l'eau de Javel et de la poudre à déboucher l'évier. Il versa un peu des trois dans une tasse à café et, tel un savant fou fasciné par les vapeurs émanant de ses fioles, il rassembla son courage pour goûter cette mixture. Mais en approchant de sa bouche la potion fatale, il toussa et eut la sensation d'une sorte de brûlure sur la manchette en dentelle de la chemise de soirée qu'il avait louée. Merde! Une goutte de cette ciguë fabrication maison avait éclaboussé le tissu, le rongeant jusqu'à la peau. Se suicider, d'accord; souffrir, non! Il s'empressa de jeter ce mélange diabolique dans l'évier, fit abondamment couler l'eau et se rua dans la salle de bains, en quête de lotion après rasage pour chasser l'odeur. Le lendemain, dans la cuisine de VeeJee, on se serait cru dans une usine d'astringent Mennen.

Il passa la nuit et la matinée tant bien que mal. En fin

d'après-midi, sa réputation était toujours intacte. Il commença à se sentir mieux. Lisa téléphona, lui témoignant son regret pour sa « grippe » soudaine. Elle s'excusa pour leur dispute au bal des lauréats, se déclara la seule fautive. Les feux de l'enfer lui léchèrent les pieds une semaine encore mais, au début de juin, ils n'étaient plus que des cendres chaudes.

Chaque jour, Kleber continua à disséquer tous les journaux, guettant le moindre indice sur la fille ou sur la tempête. Il restait perplexe. Puis, comme rien ne se produisait, il lui vint à l'esprit que les nouvelles rurales paraissaient dans une édition matinale qui ne parvenait pas jusqu'à la porte de chez lui. Il alla consulter les archives du *Star Telegram* et tomba sur la toute première épreuve du journal du dimanche. En dernière page, un entrefilet fit battre son cœur à toute allure : UNE JEUNE FILLE DE LA RÉGION PORTÉE DISPARUE.

Il devait en savoir davantage. Lui qui possédait l'art de poser des questions, c'était le moment d'utiliser ce talent. Il se rendit en voiture à l'extrême nord de Fort Worth et trouva une cabine téléphonique fort fréquentée dans l'enceinte du marché aux bestiaux. Appel impossible à localiser. Il composa le numéro du shérif de Weatherford. Une voix maussade répondit : « Sergent Maynard ». Ce n'était pas le nom cité dans le canard, mais il ne pouvait se permettre d'attendre en ligne.

— Ah! sergent, ici William R. Pattinaux du *Dallas News*.

Il avait pris un ton plus grave et placé un mouchoir sur le récepteur pour camoufler sa voix.

L'agent se fit soudain plus attentif.

— Oui, monsieur. Que puis-je pour vous?

— Eh bien, le rédacteur de la rubrique locale m'a chargé d'enquêter sur un petit fait divers paru dans le journal de Fort Worth. Il s'agit d'une fille du coin qui aurait disparu. Laurel quelque chose. Le jour de la tempête. Il pense que ça pourrait fournir un article d'intérêt humain. Vous avez du nouveau? Elle est rentrée?

— Non; elle s'est simplement volatilisée.

Craignant que le beuglement des veaux entassés dans les enclos ne révèle l'endroit où il se trouvait, Kleber tira la porte de la cabine et la maintint hermétiquement fermée. Sa main tremblait.

— On a vaguement parlé de noyade. Qu'en pensez-vous?

— Ben, c'est *possible*. C'était une belle tempête. Mais je pencherais plutôt pour une fugue, sa mère est un peu du genre volage, peu fiable. La petite (enfin, pas si petite que ça) connaissait bien la région. Moi, je ne crois pas qu'elle se soit perdue. Elle en a eu simplement marre.

Kleber commençait à se sentir soulagé.

– Alors, aucune raison de soupçonner... du louche là-dessous?

– Non. Y a rien à raconter. Rien d'extraordinaire : une p'tite gamine en a ras le bol de sa mère et s'tire. Elle va pas tarder à revenir.

– Merci, sergent.

Kleber reposa le récepteur d'un geste brusque, puis effaça ses empreintes. Encouragé par sa hardiesse, il fit un pas de plus. Il alla jusqu'à Dallas, entra dans une autre cabine téléphonique et de là, appela l'hôpital Parkland, dénicha un interne en gynécologie et se présenta comme étudiant en dramaturgie à l'université, en train d'écrire une pièce. Il posa sa question à brûle-pourpoint :

– Est-il médicalement possible qu'une femme meure... euh... à la suite de rapports sexuels?

– Vous vous payez ma tête? demanda le jeune docteur en riant.

– Non, *sérieusement.* J'ai une scène à écrire. Un type... prend violemment une jeune femme...

– Qu'entendez-vous par « jeune »?

– A peu près seize ans. Mais bien formée pour son âge. C'est la première fois pour elle. Dites-moi, pourrait-elle mourir pendant... l'acte?

Le toubib devint sérieux.

– C'est peu vraisemblable. A moins que son partenaire n'ait un engin de trente centimètres ou n'utilise une bouteille de Coca-Cola. Dans ce cas, il pourrait déchirer la paroi utérine et provoquer une hémorragie.

– Je vois. Si la fille est... prise de force...

– Violée, vous voulez dire?

– Oui. Pourrait-elle mourir de peur? D'une crise cardiaque, par exemple?

– Jamais rencontré de cas semblable. Mais je suis médecin, je m'occupe de faits réels; votre boulot, à vous, c'est le théâtre... Si vous rendez bien la scène, elle n'a pas besoin d'être si conforme à la réalité.

Kleber murmura précipitamment des remerciements et raccrocha. Il revint à Fort Worth, les yeux fixés sur la route, mais sa pensée ne pouvant se détacher de l'horrible nuit dans la cabane de l'oncle Bun. Il s'en rappelait toute la trame : le fracas de la tempête, la sensation de la peau, les lueurs du feu, l'odeur des planches pourries, les masques en sueur des hommes en rut et de la femme terrorisée. *Mais Kleber ne participait pas au drame.* Il avait, en quelque sorte, quitté la scène et rejoint le public observant, se souvenant, relatant les faits comme s'il avait été simple témoin.

Un écran protecteur l'isolait de toute réalité personnelle. Il serait
long à disparaître.

C'est indéniable : personne n'a jamais choisi le journalisme pour
l'argent. La tête farcie de dix-sept ans d'études, son diplôme de
l'université de Columbia encadré et fourré dans un carton avec
d'autres icônes (Steinbeck, Faulkner Hemingway), Kleber Cantrell débuta au *Call Bulletin* de Houston. Il allait gagner 58,50 dollars par semaine; impôts déduits, cela faisait à peine 40 dollars –
un dollar l'heure. On n'avait pas encore inventé la formule « seuil
de pauvreté », mais il ne l'eût même pas atteint s'il y en avait eu
un.
Sa carrière commença sous d'excellents auspices, comme si les
croupiers de la chance attendaient son arrivée à la table de jeu.
Une lettre l'avait informé de se présenter à son travail à 6 heures
du matin précises, un certain lundi de septembre. En digne fils de
VeeJee Cantrell, la reine de l'Organisation, Kleber répéta soigneusement le sacro-saint trajet. Il était arrivé à Houston la veille, un
dimanche atrocement humide où les chemises collaient aux dos et
où les gens se débattaient comme des moustiques incapables de se
dépêtrer d'un pot de miel. Il loua une chambre meublée. Elle était
propre et désuète, à l'image de la propriétaire qui louait des petites
parcelles de sa maison en briques rouges, dans un quartier
vieillissant à la périphérie de cette ville en pleine expansion. Pour
10 dollars par semaine, il avait droit à une ancienne véranda de
10 m² avec des feuilles de plastique opaque clouées sur les stores
pour empêcher le vent de s'engouffrer. Il dormirait sur un lit à une
place, imitation érable, se laverait dans un bac à douche qui
sentait le désinfectant, se sécherait avec des serviettes grisâtres,
assez minces pour voir le jour à travers, et se coifferait devant un
miroir fendu dans lequel son visage ressemblait à un tableau
surréaliste. Le tout sous le regard de Jésus, car il avait beau
décrocher l'image polychrome de l'Ascension du Christ et la
ranger dans son minuscule placard, le Fils de Dieu réapparaissait
miraculeusement au-dessus de sa tête.
La propriétaire, Mme Edith Saller, veuve de soixante-quatorze
ans sans enfant, maternait ses pensionnaires, au nombre de sept,
Kleber compris. Les six autres étaient des vieux garçons au regard
éteint, joueurs de boules et buveurs de bière. Kleber était le seul
pensionnaire dans toute l'histoire de la maison Saller nanti d'un
travail plus intéressant que le graissage des automobiles. Aussi, la
brave dame présenta-t-elle fièrement sa nouvelle recrue aux
autres, en hôtesse dont le salon venait d'être honoré par une

célébrité. Bien qu'il affectât une indifférence pleine de modestie, le jeune homme appréciait néanmoins d'être salué avec jalousie et respect par des hommes sans avenir.

Kleber fit deux fois le trajet de la pension au journal ce dimanche après-midi : dix-huit minutes, de porte à porte. Mais le lundi matin, bien que levé à 4 heures et parti peu après dans la moiteur chaude et opaque de la nuit, il se perdit, égaré dans un labyrinthe de sens uniques nouvellement changés, aussi désorienté qu'un enfant incapable d'assembler les pièces de son jeu de construction. Il s'arrêta sous un réverbère pour étudier le plan de la ville. Soudain, le bruit proche d'une vitrine volant en éclats détourna son attention. Aussitôt, pareille à celle d'un animal pris dans un piège, s'éleva la plainte stridente d'un signal d'alarme. Deux silhouettes sombres apparurent. Elles traversèrent le carrefour juste devant lui entraînant un sac en grosse toile. Son premier mouvement (jamais il ne l'avoua) fut de passer la tête par la vitre de sa portière et de demander son chemin aux deux fuyards. Mais il abandonna cette velléité quand, toutes sirènes hurlantes, son phare giratoire sur le toit crachant des éclairs rouges et blancs, une voiture de police blanche et noire jaillit telle une fusée propulsée dans l'avenue qu'avaient empruntée les deux hommes. Un crissement de pneus dans un virage, fracas de tôle contre le verre, coups de feu, cris, explosion... Puis les premières lueurs d'un incendie. Lorsque Kleber reprit enfin suffisamment ses esprits pour réagir en journaliste, il découvrit un cambrioleur mort, un policier agonisant et la voiture de police retournée, en feu...

En retard de vingt minutes à son travail, mais jubilant d'avoir en poche des notes pour un reportage complet griffonnées au dos de son plan de la ville, Kleber grimpa d'un pas leste les marches affaissées du *Call Bulletin* de Houston. Il trouva la salle de rédaction au premier et arrêta la première personne en vue, une dame à cheveux blancs qui ressemblait au modèle préféré de Norman Rockwell. Où pourrait-il trouver un certain M. Clifford Casey, le rédacteur en chef?

— C'est cet enculé, là-bas, fit la charmante vieille dame. Et si j'étais vous, petit, je m'assiérais et j'attendrais un peu. Il joue à mettre son bordel, ce matin.

Pour la première fois de sa vie, Kleber douta de la sagesse de sa vocation. La presse à imprimer miniature du Noël de Pearl Harbor l'avait donc amené à *ça*? Il contempla la salle de rédaction. Elle avait l'aspect d'une usine désaffectée, d'un bateau échoué,

d'un taudis jugé irrécupérable par le nouveau plan d'assainisse-
ment urbain. Des fenêtres à l'espagnole, hautes de presque quatre
mètres, étaient aussi jaunies que les journaux entassés sur leur
rebord. Le sol, jonché de papier carbone, ressemblait à un tapis
gondolé. Si une femme de ménage s'était présentée dernièrement,
elle gisait certainement morte et enterrée dans une des poubelles
métalliques d'un mètre de haut qui dégorgeaient tel l'Etna. L'air
était si épais et vicié qu'en tendant la main et en contemplant ses
ongles, on les aurait vus noircir comme un négatif photo. Au cœur
de cette pénombre, se trouvait un assemblage de bureaux dépa-
reillés, au milieu desquels trônait l'homme qui vivait et imposait
là sa loi. Pour un débutant, à 6 h 30, le premier matin de sa vie de
jeune reporter, le spectacle Clifford Casey était terrifiant; aucun
autre mot pour le dépeindre. Quatre ans plus tard, la dévotion et
l'amour avaient tempéré l'opinion de Kleber, mais sa première
impression était restée, Clifford Casey était un train emballé, la
terreur de toute cour de récréation, la grenade dégoupillée. Il était
à la fois gladiateur et empereur, un de ces hommes capables de
faire mentir la toise mesurant sa taille. Sa bedaine avait l'air de
contenir en permanence trente litres de bière. Kleber n'éprouvait
pas plus le désir de l'approcher que de se coucher au beau milieu
de l'autoroute.

Les téléphones poussaient sur Casey comme des sangsues : un
coincé sous le menton, un autre collé à l'oreille, un troisième en
attente dans la main. Il parvenait en même temps à aboyer sa rage
dans un interphone placé sur son bureau et qui le reliait à un
atelier photographique situé quelque part dans l'immeuble. Dans
un tourbillon cacophonique, montaient le crépitement de cinquante machines à écrire, les sonneries d'autres téléphones, les
hurlements de triomphe des reporters en verve, les imprécations
de ceux empêtrés dans leurs blocs-notes, et par-dessus tout,
dominant tout, la passion de Casey, Othello couvrant de sa voix
tonitruante le chœur entier et la symphonie. De temps à autre, il
s'interrompait brusquement, quelle que soit son activité et se
serrait la taille de ses bras puissants, momentanément vaincu par
la torture d'un ulcère. Puis, en expiation, peut-être en guise
d'encouragement, il maudissait en bloc son personnel, son travail,
sa journée, sa vie et lui-même.

Kleber, piétinant comme un idiot, trouva enfin le courage de se
présenter.

— Je suis Kleber Cantrell, dit-il, la gorge serrée. Je dois prendre
mon travail ce matin.

Il tendit sa lettre d'engagement.

Casey lui lança un regard sans aménité.

– Très heureux pour toi, petit. Assieds-toi là.

Il lui désigna un banc à côté de son bureau, pareil à ceux où s'installent les prisonniers avant de subir un interrogatoire.

– Bien, m'sieur. Mais je viens de voir...

– Du calme, fiston. Nous devons sortir une édition.

Casey se mit à hurler dans l'interphone : « Quand, bon Dieu? *Quand?* » Des sons assourdis lui répondirent, comme s'ils émanaient d'un mineur perdu au fond d'un puits. Les sourcils de Casey se rejoignirent en un seul trait épais; il s'écria :

– Alors, amène-moi cette épreuve de merde, même mouillée. Si je n'ai pas de photo dans trente secondes...

Il laissa son ultimatum en suspens, se tourna un instant et marmonna :

– Ils auront ma peau, petit.

Éclatant en imprécations contre ces fainéants de photographes, le patron se leva et commença à surveiller son troupeau, s'affairant autour des bureaux vétustes, menaçant un journaliste de représailles, flattant le suivant, gardant en tête la mémoire exacte d'une cinquantaine de faits divers... On avait retrouvé un enfant perdu, un pétrolier s'était échoué dans le canal maritime de Houston, un leader du mouvement pour les droits civiques agonisait, des triplés venaient de naître, un groupe d'émigrés hongrois organisait à midi dans un parc de la ville une manifestation susceptible de tourner à la violence afin de protester contre la mainmise des Russes sur leur pays natal (événement plus intéressant pour le journal que les émeutes et la lutte courageuse à Budapest même). Tout cela fascinait Kleber, mais ne pouvait se comparer, dans son esprit équilibré de natif de la Balance, à l'histoire qu'il avait en poche. Il bouillait d'impatience. Il connaissait la réponse, mais le prof ne voulait pas l'interroger.

– Monsieur... commença-t-il, osant s'imposer à l'attention de Casey.

– Quoi?

– Monsieur, en venant ici ce matin, j'ai...

– Fiston, je sais que tu en veux, que tu as un fichu diplôme de journalisme de cette foutue université de Columbia, ce qui te mettra sur les rails si t'as quelque chose dans le ventre. Mais si j' sors pas cette édition à 8 heures ce sera la fin de ce canard et tu pourras pas y étaler tes foutus talents. O.K.? Alors, reste tranquille dans ton coin.

Casey brailla dans l'interphone :

– Louis, espèce de nouille, tu vas manier ton cul et t'amener ici avec le cliché, oui?

Un photographe au visage brun et tanné de Sicilien arriva tout essoufflé, un négatif Graflex encore dégoulinant à la main. Casey bondit, s'en saisit et l'examina.

– Bon dieu! Qu'est-ce que c'est que cette merde? Minuit à Nairobi ou quoi?

Kleber jeta un regard discret sur la photo obscure d'une voiture de police retournée.

– Bon sang, dit Louie, pas le moins du monde effondré, quand je suis arrivé sur place, y avait plus personne, sauf le ferrailleur. Pete est à l'hôpital; il essaie de coincer le flic blessé avant son entrée en chirurgie.

Le photographe haussa les épaules. Il travaillait pour ce journal depuis trente ans. On n'allait pas lui arracher son viseur parce qu'il avait sorti une photo terne et sombre d'un événement qui faisait la une le lundi et serait complètement tombée dans les oubliettes le mercredi. En outre, son programme de la journée comportait encore un mariage à 9 heures, un orateur au Rotary Club à 11 h 15, des noces d'or à 14 heures et une nichée de huit épagneuls à 14 h 45. Le journal adorait les chiots et les mariages solides...

Casey prit plusieurs comprimés blancs d'un seul coup, les croqua d'un air furibond, la main crispée sur l'estomac.

– Va faire sécher cette merde, dit-il au photographe.

Puis, se couchant presque sur son bureau, il exhorta Art à se dépêcher. Celui-ci était un journaliste plus très jeune, au crâne chauve et luisant. Des écouteurs sur la tête, Art notait les renseignements fournis par un journaliste informateur quelque part sur les lieux de l'enquête, essayant de faire une synthèse cohérente à partir de bribes d'information reçues. Casey arracha le papier de la machine à écrire d'Art, tandis qu'un grouillot prompt à agir comme un aide-chirurgien y glissait une nouvelle feuille et lut à haute voix :

« Un policier et un malfaiteur s'entretuent un peu avant 6 heures ce matin dans le centre de Houston. Un second policier a été sérieusement blessé lors du violent échange de coups de feu au croisement de Chenevert... »

Mains jointes, Casey implora le ciel.

– Par pitié, Artie, nous allons *imprimer* cette connerie. On dirait un sermon à l'eau bénite. Secoue tes méninges et cesse de te racler la gorge.

Art haussa les épaules et enleva ses écouteurs.

– J' suis pas en communication avec E.B. White ici, Casey. Scotty a la gueule de bois, et il essaie de tirer au clair le rapport de police.

– *Pourquoi* est-ce à moi que ça arrive? Va falloir que j'aille moi-même voir ce qui s'est passé si j' veux donner des détails sur cette histoire à la mords-moi le nœud...!

Kleber saisit l'occasion. Sa carrière risquait de se terminer avant même d'avoir commencé, mais le jeu en valait la chandelle.

— Monsieur, monsieur Casey, monsieur! Je sais que vous m'avez dit d'attendre, que vous êtes très occupé et que vous allez sans doute m'envoyer promener, mais j'ai *tout vu*.

— Vu *quoi*?

— J'ai vu la poursuite. J'étais arrêté dans la rue, j'essayais de lire un plan, j'étais perdu. J'ai entendu des bris de glace, puis j'ai vu deux types traverser le carrefour et puis cette voiture de police foncer derrière eux, et...

— Fichtre! Viens ici que je t'embrasse! Pourquoi ne m'as-tu rien dit, fiston?

— J'ai essayé, monsieur...

— C'est pas un salon mondain ici, petit. Fallait insister. (Et, portant presque le débutant dans la salle de rédaction, il donna un foyer à l'orphelin.) Écris-moi ça, fiston, dit-il gentiment, tendrement. Respire à fond et vas-y. Tu as sept minutes.

Des mots, par milliers, étaient passés de son cerveau à ses doigts puis au papier depuis la première édition du *CLOVERDALE EKSTRA!!!* Normalement, ils avaient jailli comme l'eau du robinet. Maintenant, les mains posées sur le clavier d'une Underwood tout usée et tachée de café, de brûlures, de sang et de sueur : la paralysie. Il regarda l'aiguille des minutes de la pendule faire deux tours complets. Plus que cinq minutes. Sa page était blanche. A ses côtés, la dame au visage doux et aux cheveux blancs, dont le nom était Millie et qui couvrait la rubrique judiciaire comme un juge implacable, grinçait littéralement des dents pendant qu'elle tordait des mèches de ses cheveux : la touche « e » de sa machine s'était bloquée. Millie hurlait des blasphèmes, réclamant à cor et à cri un dépanneur, sans que nul ne prêtât attention à sa colère. Kleber essaya de se concentrer. Il finit par écrire : « J'ai vu la mort ce matin... » Il s'arrêta et ajouta facétieusement : « la mienne ». Il roula la feuille en boule et recommença. En face de lui, était assis Horace, un reporter au visage cireux spécialisé dans les affaires municipales qui avait trois cigarettes allumées : une à la bouche, l'autre entre les doigts et la troisième sur le bord du bureau. Un mégot tomba, mit le feu à une corbeille à papiers; Horace jeta du café sur les flammes... Personne ne leva les yeux; l'incident semblait aussi routinier que le gigantesque rot dont le journaliste ponctuait la fin de chaque phrase.

Pendant ce temps-là, Millie, folle de rage parce que personne n'était venu huiler son « e », se leva, souleva sa machine à bout de bras, la jeta à terre et contempla les débris avec un ricanement démoniaque. Cette fois on regarda, mais personne ne fit de commentaire. Le grouillot apporta une autre machine et Millie commença à pondre le compte rendu de la mise en liberté d'un type accusé de double meurtre et relâché par un juge à cause d'un vice de procédure. Kleber envia la rapidité et l'efficacité de cette femme. « J'ai vu la mort ce matin. Un homme était hors la loi, l'autre la représentait... » Il aimait assez le début et essayait de continuer dans cette veine quand Louie, le photographe, intervint, son Graflex à la main.

— Casey veut une photo de ta tronche pour l'édition locale.

Kleber s'adossa au mur, cligna des paupières, perdit encore une minute. La faim, la soif, l'envie d'uriner, le regret de ne pas avoir pris un autre itinéraire ce matin, le distrayaient de son travail. Il détestait ce boulot; il était entouré d'une majorité de déments; il avait peur; il allait se planter...

— Comment ça marche, petit? s'inquiéta Casey.

Kleber mit ses coudes sur la machine pour cacher son humiliation.

— Euh... ça va.

Casey vit le maigre résultat. Il entoura les épaules du jeune homme d'un bras compatissant. Jamais mère n'enveloppa son enfant dans une aussi douce couverture.

— Imagine, si tu veux, que Kleber se rend à une soirée. En chemin, il assiste à une terrible tragédie en pleine rue. Il va à la soirée et, bien sûr, il veut raconter le drame. D'accord? Alors, *raconte*-le-moi, petit... Avec tes mots à toi. Raconte-moi, tout simplement. Dis-moi ce que tu as vu ce matin.

— Vous voulez dire... ici? Tout haut?

— C'est ça. Personne n'écoute. Il n'y a que toi et moi.

Sans qu'il sût comment, Casey effaça le tohu-bohu autour d'eux.

— Eh bien... C'était mon premier jour, et je voulais arriver à l'heure. Je ne suis jamais en retard; c'est plus fort que moi. Mais c'est difficile de ne pas se perdre dans le centre de Houston. Les rues sont plates, pas de collines, pas de points de repère. En plus, il faisait sombre, il y avait du brouillard et tout semblait étrange. Je me suis perdu. Je m'arrête sous un réverbère pour consulter une carte, quand j'entends un grand bruit de verre qui se casse. Une pluie de tessons. Puis, à travers mon pare-brise, à environ cent cinquante mètres devant moi, je vois deux hommes traverser la rue en courant. On aurait dit des ombres dans un cimetière. Ils tiraient quelque chose, un gros sac, je crois... Ils devaient porter des tennis, car il n'y avait aucun bruit. Mais tout à coup, un signal d'alarme s'est fait entendre. D'abord doucement, comme une chanteuse qui contrôle sa respiration, puis de plus en plus fort...

Casey leva les mains.

– Arrête, petit. Rédige-moi ça comme tu l'as raconté...

Kleber protesta :

– Ce n'est pas du langage écrit, c'est du langage parlé!

– Écoute-moi, fiston. Oublie ton école de journalisme. Oublie la biographie d'Horace Greeley et de cet enfoiré de Joseph Pulitzer. Oublie tes cours d'éthique, comment fabriquer un gros titre, et la technique de l'interview. Il y a une seule chose à savoir. Ton boulot, c'est de communiquer de l'information. Tu viens de me *raconter* une histoire, avec tes propres mots, et ça a captivé mon attention. Tu peux tout aussi facilement *écrire* cette histoire sur du papier et cela me tiendra encore en haleine. Entendu?

– Je tiens à ce que ce soit bien!

– Descends du piédestal artistique! Ce ne sera pas le meilleur article de ta vie, ni le pire. Seulement le premier. Il y en aura trois autres aujourd'hui avant que je te laisse rentrer chez toi, et six demain. Si vendredi tu n'as pas les doigts en sang, ce ne sera pas parce que je t'aurai épargné. Maintenant, laisse-toi aller, petit!

Il s'éloigna vivement, mais se retournant, il lui cria encore :

– N'écris pas bien. Écris vite. Avec des raccourcis!

Exactement trente-deux minutes plus tard, après que Clifford Casey eut arraché de la machine la feuille où Kleber mettait le point final pour la porter à l'atelier de composition, le grouillot déposait une épreuve de la première page sur le bureau. « Approche, petit », gronda Casey, détachant une feuille à l'encre humide pour son scribe épuisé.

EXCLUSIF!
UN REPORTER DU CALL BULLETIN TÉMOIN
D'UN DUEL À MORT À L'AUBE

L'agent Rookie et un malfaiteur tués dans une rue du centre de Houston
par Kleber Cantrell

Ils tombèrent tous les deux, les bras tendus pour une ultime lutte, se vidant de leur sang qui se mêlait. Lorsque le feu se déclara, leurs habits brûlèrent complètement, et nul n'aurait pu dire qui était le policier et qui était le voleur. Simplement, deux jeunes hommes venaient de mourir brutalement...

Kleber éprouva à la fois de la joie et de la peur. La première page devait séduire comme une sirène et Casey était maître dans l'art des couleurs et des parfums. Il avait extrait un passage situé vers la fin de l'article pour le mettre au début et en caractères gras, bousculé l'ordre des paragraphes, intercalé des déclarations de la police, donnant un relief saisissant au récit.

— Ton portrait va paraître dans l'édition locale, dit Casey. Si tu es fier de toi, tu n'as pas tort. Maintenant, ponds-moi une colonne sur la naissance du bébé hippopotame au zoo.

Il lança un cliché à Kleber, accompagné d'un clin d'œil signifiant « bravo! ».

Ça, c'était plus facile. Kleber appela le zoo, produisit un petit poème idiot où rimaient hippo, dodo et coco. Le rédacteur apposa ses initiales pour accord, puis envoya Kleber à l'hôpital Jefferson Davis, où la femme du second policier blessé le matin était au chevet de son mari moribond. Mission : larmes et sensations fortes.

Il la trouva dans la salle d'attente, entourée de flics et de membres de sa belle-famille. C'était une jeune femme de dix-neuf ans, à la grossesse avancée, des bigoudis roses sur la tête, et tenant une photo de son époux dans un cadre ancien. Ne pas respecter sa douleur et s'immiscer dans sa vie privée semblaient le comble de la cruauté, mais Kleber n'hésita même pas. Il avait le pouvoir. Se composant un visage attristé, il se présenta comme un témoin du drame et murmura :

— Je compatis très sincèrement, madame. J'ai tout vu. Votre mari était un homme courageux.

La jeune épouse, qui allait être veuve avant l'heure du déjeuner, serra convulsivement la main du journaliste et sanglota, mais son déluge de larmes ne l'empêcha pas d'en raconter une vraie tartine. Tout y passa : la biographie de Mel, la discothèque qu'il fabriquait, l'équipe de deuxième division qu'il entraînait, sa vocation de policier, le pressentiment d'un danger imminent qu'elle avait eu la veille. Bien après que Kleber eut noirci son bloc-notes, elle continuait à parler, flattée de l'attention du reporter, lui dévoilant, à lui, un parfait inconnu, les moindres secrets de son âme. Tout cela constitua la dernière édition de la journée et, huit mois après, valut au journaliste le prix local, puis national, du meilleur reportage tragique. Les larmes et le sang de ce premier jour n'étaient plus alors pour Kleber qu'un vague souvenir.

Le journalisme, il ne tarda pas à le découvrir, ne permet pas de longues méditations. Chaque jour est différent. Chaque matin apporte de nouvelles vies à examiner, à sonder brièvement et à dépeindre en quelques lignes. Ensuite, il faut passer très vite au lendemain. Kleber adorait son métier. Le véritable pouvoir, il le comprit peu à peu, était la faculté de ne pas prendre le temps de s'occuper de soi-même. Cela vous protège de vos spectres et de leurs secrets.

Les 10 dollars versés chaque semaine à Edith Saller lui donnaient accès à son salon. Les autres « messieurs » s'y réunissaient tous les soirs, jouant une symphonie de borborygmes dus aux hot dogs, au chili et à la bière Grand Prize. Ils fumaient des Lucky et des Chesterfield, attendaient les matchs de catch à la télé, promettaient de lire les brochures des témoins de Jéhovah que leur hôtesse distribuait comme une fermière donne le grain à sa volaille. De temps en temps, Kleber passait un quart d'heure dans la salle commune, mais très vite, il sut que ces mondanités ne l'intéressaient pas. L'un des autres pensionnaires, Howard le Fanfaron, clamait haut et fort qu'il avait en partie gagné à lui seul la Seconde Guerre mondiale, qu'il avait couché avec Rita Hayworth, possédé trois Packard et une Cadillac Fleetwood. A présent, Howard travaillait dans une quincaillerie et gagnait 50 dollars par semaine; aussi ses anecdotes manquaient-elles singulièrement de crédibilité. Un autre, Clarence le Pomponné (surnoms attribués secrètement par Kleber) avait pris sa retraite de « spécialiste en gardiennage ». Cela signifiait simplement concierge, mais Kleber le laissait dire. Démasquer les homosexuels semblait son unique but dans la vie. Selon son dire, ils se précipitaient sur lui comme des chauves-souris dans la nuit. Hélas, Clarence, qui pesait cent vingt-sept kilos et qui n'avait pas vu ses parties depuis que le dernier bourrelet de son triple ventre les avait recouvertes, se trahit en demandant à Kleber des billets gratuits pour un match de catch. Il appuya sa demande d'une prise taquine qui serra le cou du reporter une seconde de trop pour être innocente... Il y avait aussi Augie le Pruneau, dont les intestins récalcitrants défiaient tout laxatif. Léo le Débauché se négligeait depuis sa retraite et oubliait souvent de mettre sa perruque avant d'aller chaque soir essayer de séduire les jeunes vierges dans une taverne voisine.

Kleber séjournait là depuis plus d'un mois quand il remarqua pour la première fois le seul vieil hibou dans ce poulailler. Ce curieux personnage, appelé Daniel Titus, s'asseyait toujours dans le même coin et parlait rarement. Il faisait quatre-vingts ans, en avouait soixante-cinq et devait avoir entre les deux. Ses pantoufles d'intérieur étaient sans plis car il traînait les pieds, incapable de lever des jambes qui avaient fait leurs premiers pas à l'époque où les Texans combattaient encore les Indiens. Les autres pensionnaires l'ignoraient totalement, convaincus que ce vieillard asthmatique n'entendait ni ne voyait plus guère, et qu'il était trop sénile pour suivre une conversation.

Cependant, un soir, à la fin du journal télévisé, Kleber s'apprêtait à se retirer quand le vieillard leva une main frêle et fit signe à Kleber de l'écouter :

– J'ai lu vos articles, monsieur Cantrell. (La voix était ferme; l'homme poli et courtois.) Ils sont vraiment excellents. Je puis même deviner quand vous écrivez sans posséder un seul tuyau.

Kleber le remercia et remarqua, sur les genoux vêtus de serge noire du vieil homme, la prose élégante de Walter Prescott Webb. Tous deux exprimèrent leur admiration commune pour le grand historien du Texas, puis Daniel fut pris d'une effroyable quinte de toux. Par la suite, Kleber bavarda de temps en temps avec le vieillard. Il appréciait sa sagesse et son érudition, mais n'alla pas plus loin, répugnant à adopter un vieux chien, même affectueux, qui venait quémander à sa porte.

Un certain soir, les hôtes se querellaient à propos de politique. Clarence le Pomponné demanda à Kleber pour qui il avait voté à l'élection présidentielle de 1956.

– Adlai Stevenson, bien sûr, répondit-il.

– Adlai est spécial, insinua Clarence.

– Comment peut-on être contre Ike? s'indigna Howard le Fanfaron. Je connais Ike Eisenhower personnellement; il n'y a pas plus honnête, je peux vous le certifier!

Kleber haussa un sourcil interrogateur :

– Vous connaissez le Président?

– Ma foi, oui! J' lui ai serré deux fois la main. C'est un gars de la campagne, un père de famille. La prochaine fois que vous le verrez, gros bonnet, demandez-lui. Il se rappellera d'Howard.

Clarence intervint de nouveau.

– Adlai est pour les nègres. S'il avait été élu, ce serait devenu la Maison-Noire!

Il trouva sa boutade des plus spirituelles.

Poussant un soupir, Kleber se tut. Alors, contrairement à ses habitudes, Daniel Titus intervint de son coin.

– Je comprends parfaitement qu'un jeune homme de qualité comme M. Cantrell apprécie M. Stevenson. M. Cantrell se spécialise dans le langage. Il se doit d'employer les mots à bon escient. Et M. Stevenson s'exprime avec beaucoup d'éloquence. Il reste très peu de défenseurs de l'anglais de Sa Majesté.

Le lendemain matin, en se levant, Kleber trouva un manuscrit et une lettre glissés sous sa porte. Daniel Titus en était l'auteur.

Cher monsieur Cantrell, excusez les ploucs qui se trouvent parmi nous. Que leur ignorance ne vous afflige pas. Ils poussent les tristes cris de tous les hommes : « Regardez-moi. Ne soyez pas indifférents! » Vous enrichissez cette maison. Respectueusement. P.-S. Ci-joint un petit quelque chose que j'ai écrit. J'apprécierais vivement vos commentaires.

Quand Kleber eut le temps de jeter un œil sur le travail du vieil homme, il fut séduit par son élégance et son style. Daniel y parlait de la tribu des Coushatta, une pauvre relique de l'histoire du Texas, survivant péniblement dans la grande forêt qui recouvre une bonne partie de l'est de l'État. Cette immensité sauvage étant menacée par la cupidité des marchands de bois, Titus prévenait qu'elle pourrait devenir aussi dévastée et lamentable que la vie de ses Indiens. Il se trouvait que cette forêt était la bien-aimée du journal, lequel soutenait sa préservation au même titre que celle des grues. Avec l'intention de faire une gentille surprise au vieil homme, Kleber montra son ouvrage à Casey, qui dit qu'il pourrait bien, avec quelques coupures judicieuses, le publier un jour à la page d'exclusivités du samedi.

Soudain, le rédacteur en chef se mit à couper la ficelle du cerf-volant en plein essor et à ramener Kleber sur terre, en général pour lui donner une leçon profitable. En ce troisième mois de travail, Kleber s'installa dans la salle de rédaction, prêt à tous les incendies, inondations, scandales, ou même à tous les appels anonymes de dingues dont les plombages dentaires étaient des récepteurs captant des messages de la CIA. Au lieu de cela, Casey l'envoya en exil.

– Écris-moi quatre notices nécrologiques.
– Comment dois-je faire? demanda Kleber, ayant besoin de conseils.
– Écris-les, c'est tout. Tu peux pas faire la une tous les jours.
Kleber demanda conseil à Millie. Grinçant des dents et le maudissant de l'interrompre, elle lui répondit :
– Téléphone aux pompes funèbres et demande qui vient de crever. Ils te diront ceux qui valent la peine d'être mis dans le journal.
Malheureux de sentir sur sa tête le bonnet d'âne qu'on y avait posé, Kleber trouva cinq macchabées dont la notoriété méritait un article. Il jeta son devoir sur le bureau de Casey vingt minutes avant le délai de midi, puis passa le reste de la journée à prendre en dictée les messages des reporters qui étaient sur le terrain, là où il aurait voulu être. Vers 15 heures, il s'apprêtait à rentrer chez lui quand Casey lui demanda de rester encore. La salle de rédaction se

vida rapidement : seulement Casey et le garçon de bureau s'y attardèrent, le rédacteur triant des photos et raccourcissant des articles du lendemain. Il semblait ne pas remarquer Kleber qui, mal à l'aise, se tortillait sur son siège. Juste après 5 heures, il leva les yeux.

— Ces notices sont de la merde, mon garçon. Tu me déçois.

— Pardon, monsieur?

Kleber n'était pas habitué aux critiques.

— Oh, je les ai laissées passer; pas le temps de les corriger! Mais si jamais tu me donnes encore une fois un papier pareil, je te conseillerai honnêtement d'aller chercher du travail comme vendeur de chaussures.

— Pardon, monsieur?

— Tu vas m'emmerder longtemps, avec tes « Pardon, monsieur »? Je m'appelle Case.

— J'ai fait de mon mieux, Case. J'ai téléphoné aux pompes funèbres; on m'a donné des noms, et j'ai parlé aux familles. Est-ce qu'il y a des erreurs? Est-ce que j'ai mal épelé un nom?

— Bon dieu, je voudrais bien qu'il y en ait, des erreurs! Tiens, dis-moi cette saloperie à voix haute.

Il passa à Kleber un double de son travail, comme si c'était de la bouse de vache grattée de la semelle d'une botte. Kleber lut :

Robert P. Maltz, soixante-douze ans, pédiatre et résident de Houston toute sa vie, est mort hier soir d'un cancer à l'hôpital Saint-Joseph.
Il était membre de la Société médicale du comté de Harris, faisait partie du personnel permanent de plusieurs hôpitaux du comté, et s'occupait activement d'œuvres de charité juives. Il laisse une femme, Marian, trois enfants et six petits-enfants.
Le service funéraire aura lieu jeudi à 14 heures, dans la chapelle Settegast-Kopf. La famille demande de ne pas envoyer de fleurs. Des contributions commémoratives peuvent être adressées à la Société contre le cancer du comté de Harris.

Casey fit la grimace.

— Tu remarqueras que je suis encore éveillé, malgré mon envie irrésistible de m'endormir. D'abord, quelques règles de la maison. Nous ne disons pas « cancer ». Nous disons « mort après une longue maladie ». La rédaction n'aime pas plus le cancer que les photos de serpents, parce qu'on pense que ça fait peur aux femmes enceintes. Et nous ne disons pas juif. L'éditeur croit que les juifs n'aiment pas être appelés juifs. Nous disons : un tel était « un membre de la communauté juive ». Et nous ne disons pas : « n'envoyez pas de fleurs ». Les fleuristes nous achètent de la pub. T'as pigé tout ça?

Kleber avait pigé mais aurait préféré ne pas comprendre.

— Mais rien de tout ça n'est la raison pour laquelle ton travail est inacceptable, mon garçon. Ne penses-tu pas que ce que tu viens de lire est *ennuyeux*?

Kleber pensa qu'il ferait mieux d'approuver.

– Alors, si ça t'ennuie, Dieu sait si ça va ennuyer le lecteur! Et tu sais *pourquoi* c'est ennuyeux? Parce qu'il n'y a personne de vivant dans cette page.

– Ce type est mort, Case, dit Kleber, osant un mot d'esprit.

– Et comment! Mais ce vieux con de Maltz, peut-être qu'il a donné naissance à cinq mille bébés pendant sa vie. T'as demandé à sa veuve?

Kleber secoua la tête.

– T'aurais dû! Peut-être que l'un d'eux est devenu quelqu'un de célèbre. Peut-être que Maltz a fait pousser la plus belle des roses Scarlett O'Hara. Peut-être qu'il a gravé la Torah sur des têtes d'épingle. Peut-être qu'il a tué quatre-vingt-cinq Allemands pendant la Première Guerre mondiale. Peut-être qu'il faisait des parcours de golf avec deux handicaps. Peut-être qu'une fois, il a attrapé une perche de huit kilos. Ce que je veux dire, mon garçon, et je ne le dirai qu'une fois, c'est que chaque individu qui a jamais mis les pieds sur cette misérable planète a fait *quelque chose* d'intéressant. *Une chose!* Je ne suis pas sûr d'être d'accord avec Balzac, ou je ne sais quel autre connard, qui a prétendu que, de chaque vie, on pouvait faire un roman. Mais je suis certain qu'on peut en faire au moins un paragraphe. Et si tu ne peux pas le trouver, il ne te reste qu'à faire de la publicité pour la compagnie de téléphone. Tu gagneras davantage.

Accablé d'un nouveau malaise, la fièvre de la honte, Kleber regardait le plancher.

Casey n'avait pas fini.

– Je serais pas en train de t'engueuler si je pensais que t'es un bon à rien. J'ai une seule question à te poser. Qu'est-ce que tu veux être? Un type de talent ou un type célèbre?

– Les deux, dit Kleber sans hésiter.

Le rédacteur en chef sourit.

– Ça, c'est illégal. C'est de la bigamie! Et c'est presque impossible. Viens maintenant, espèce de cloche, je vais t' payer une bière.

Les deux hommes traversèrent la rue pour entrer dans un restaurant chinois. Plusieurs verres plus tard, Casey mentionna rapidement une femme, Judy, et deux filles qui étaient planquées dans une banlieue. Le mariage, le troisième de Casey, était en péril.

– Je suis désolé, dit Kleber, surpris que son mentor ait une quelconque vie privée en dehors de la salle de rédaction.

Casey était toujours présent, le premier arrivé, le dernier parti. Souvent, il dormait sur un sofa de cuir avachi, dans la salle des nouvelles sportives. L'homme ne semblait exister qu'au centre de l'information.

— C'est pas nécessaire, dit Casey. J'ai tendu le piège moi-même, j'y ai mis l'appât et je m'y suis laissé prendre tout seul. Sache à quoi t'attendre; c'est mon conseil. Je ne connais aucun pauvre tordu dans ce boulot qui ait une relation privée durable avec qui que ce soit. Pas le temps. (Il but encore deux bières.) J'ai rêvé dans le temps d'une grande histoire d'amour. Épique! Le grand bouleversement. Ça se passe pas comme ça, mon garçon. Le mieux que des corniauds comme nous puissions espérer, c'est des miettes de tendresse çà et là.

Kleber fit irruption dans la chambre de Daniel Titus et lança le mince exemplaire de l'édition du samedi après-midi sur les genoux du vieil homme. Il somnolait en écoutant la *Tosca,* retransmise en direct depuis le Metropolitan Opera. Ses paupières larmoyantes battirent rapidement, et il eut un air agacé, comme si des gamins lançaient du gravier contre ses fenêtres.

— Regardez à la page 11, ordonna Kleber en posant les lunettes de Daniel sur ses oreilles pâles et fragiles.

Le vieil homme regarda fixement le titre des huit colonnes qui consacraient son travail sur les Indiens Coushatta.

— Oh, mon Dieu, dit-il finalement.

— N'est-ce pas fantastique? s'exclama Kleber. Vous devriez les entendre, au journal. Tout le monde dit que c'est très bien écrit.

— Vraiment! dit le vieil homme, consterné. Je n'avais pas l'intention de vous faire publier mes gribouillages. Je voulais seulement que vous les lisiez.

Kleber crut à tort que l'inquiétude qui se lisait sur la face parcheminée était due à la modestie. Deux autres récompenses accompagnaient la publication : un chèque de 25 dollars et une invitation à dîner le lendemain soir avec quelques représentants de la presse. Daniel fut reconnaissant pour l'argent mais prétendit qu'il ne pourrait pas se rendre au dîner. Kleber insista et eut gain de cause.

Millie aux dents grinçantes et aux boucles serpentines savait nourrir vingt personnes avec une casserole de spaghetti dont les ingrédients coûtaient dans les 4 dollars. Ainsi faisait-elle tous les dimanches soir, attirant les orphelins et les paumés du journalisme de Houston dans sa petite maison de briques près du Shamrock Hotel. Kleber y venait toujours, et pas seulement pour le repas gratuit. Il en était arrivé à aimer cette vieille chouette. Derrière ses excentricités, Millie était une merveilleuse journaliste. Son défunt mari avait été un rédacteur en chef légendaire, écrasé sous les roues d'un camionneur ivre qui avait continué son chemin après l'accident. Grâce à des relations politiques au tribunal, le tueur échappa au châtiment. Millie, jeune reporter à la rubrique mondaine qui gagnait à ce moment-là 12 dollars par semaine, fut tellement outrée par cet égarement de la justice qu'elle demanda son transfert à la rubrique criminelle. Elle y était encore quarante ans plus tard, et jetait l'anathème à tout juge qui libérait un meurtrier. Elle avait depuis longtemps passé l'âge de la retraite, mais personne ne songeait à la renvoyer dans ses foyers. « Millie pense qu'elle est le dernier rempart contre les cinglés, les menteurs et les bandits qui tiennent le dessus du pavé à Houston, dit un jour Casey, et bon dieu, il se pourrait bien qu'elle ait raison! »

Endimanché dans une chemise empruntée à Howard le Fanfaron, avec une cravate fantaisie prêtée par Clarence le Pomponné, Daniel Titus fut chaleureusement accueilli dans le salon de Millie. Casey lui serra vigoureusement la main et dit :

– Sacrée prose, monsieur Titus. Il faudra recommencer!

Le vieil homme était installé dans la chaise la plus en vue, et les gens étaient réunis autour de lui, avec du gros rouge et des compliments. Son teint et ses yeux bientôt rayonnèrent d'une vie nouvelle. Un petit rayon de célébrité le réchauffait. On remarquait enfin quelqu'un qui avait été laissé dans l'ombre. Millie lui servit personnellement une montagne de ses spaghetti. Mais Kleber la vit regarder attentivement le vieillard, avec le genre d'expression qui dit : *Où ai-je déjà vu ce type?* Cela ne dura que le temps de deux battements de paupières.

Kleber oublia vite ce détail, car il se trouva engagé dans une joute verbale avec Horace, le spécialiste des affaires municipales et l'incendiaire des corbeilles à papier.

– Je suis effrayé, dit Kleber. Nous avons un joueur de golf à la Maison-Blanche. Et pendant que Ike s'entraîne à taper la balle dans le bureau ovale, le monde est au bord de l'explosion.

– S'il explose, dit Millie, ce n'est pas dans notre canard que vous l'apprendrez. Casey ne s'intéresse qu'aux petits assassinats quotidiens.

Horace, qui devait mourir six mois plus tard d'une hémorragie cérébrale et être enterré grâce à une collecte faite parmi le personnel du journal, rétorqua brusquement :

– Si vous voulez vous en faire pour quelque chose, les enfants, pensez aux négros. (Le *Call Bulletin* de Houston imprimait « nègre » sans majuscule. Et les « nègres » n'avaient pas droit au titre de « monsieur » ou « madame ». C'était comme ça.) Toutes les décisions de la Cour fédérale, depuis l'affaire qui a opposé Brown à l'Éducation nationale en 1954, ont été favorables aux Noirs. Le jour où une fille de fermier rentrera à la maison et dira à son père qu'à l'école, elle est assise à côté d'un garçon *très* bronzé, nous, les Blancs, on sera tous dans de beaux draps.

Casey grogna et s'agita.

– Sauf votre respect, Horace et toi, Kleber, vous êtes plus sinistres et plus effrayants que ce putain de H. V. Kaltenborn. Je préférerais entendre Millie nous décrire les Dix Plus Merveilleuses Autopsies auxquelles elle a assisté. (Il tapota le sofa près de lui.) Viens ici, vieille friponne.

Millie secoua la tête et versa du vin à la cantonade.

– Je ne m'assiérais pas à côté de toi, même au paradis.

– Heureusement, on nous demandera pas notre avis là-dessus.

Kleber rit. Il aimait leur façon de parler. Durs et drôles, les gens du journalisme se servaient de la critique comme d'un camouflage pour protéger leur cœur tendre et meurtri.

– Case, raconte à Kleber le meurtre de tes rêves, ordonna Millie.

– Bien sûr! Ce serait de te trouver morte et enterrée sous toutes les machines à écrire que tu as démolies.

– Non, vas-y; raconte.

– Eh bien, j'ai imaginé ça... Un matin, j'arriverai au travail et un de nos gars me téléphonera de la police. Urgence... (Il eut un coup d'œil à Kleber, comme pour lui dire : Sois prêt.) Il me parlera à voix basse. Il me dira qu'il faut envoyer Louie au Shamrock Hotel. Les flics viennent de trouver un cadavre. Ça m'intriguera tellement que j'irai moi-même. Ce sera juste avant le lever du soleil, quand c'est comme du velours violet. Elle sera là, flottant dans la piscine...

– Qui? La victime? interrompit Kleber.

Casey acquiesça d'un signe de tête, fronçant le sourcil pour avoir été dérangé dans sa rêverie.

– Elle sera sur le dos, avec les mains à la dérive, comme des nénuphars.

Kleber interrompit de nouveau :

– Est-ce qu'elle ne serait pas au fond de la piscine, si elle était morte?

– Un bon récit ne doit pas être interrompu, fit Daniel.

– Merci, monsieur, dit Casey. (Et, s'adressant à Kleber): Tu vas pas t'arrêter d'emmerder le monde et écouter? Tu sais pas ce que c'est, la poésie?

Kleber la ferma.

– Elle aura une longue chevelure épaisse, noire comme la nuit, qui flottera derrière elle comme la cape de Dracula. Et elle est nue – un corps à vous couper le souffle. Autour de son cou exquis, un fin collier de diamants parfaits. Elle a un air plutôt étranger; une Sud-Américaine peut-être, avec une peau douce comme du miel. Ses yeux sont grands ouverts. Même dans la mort, elle regarde fixement le salopard qui l'a balancée – et elle sourit. Encore mieux que Mona Lisa... Il n'y a pas eu de cadavre aussi beau dans un étang depuis Ophélie... Et, juste à côté du sein gauche, si petit et si propre qu'on dirait un grain de beauté, le trou d'une balle de 22.

– Rédige-moi ça comme tu l'as raconté, souffle Kleber, admiratif.

– Et bien sûr, pas de papiers d'identité. A l'hôtel, on ne sait pas qui elle est. Elle ne s'y est pas inscrite. Ses empreintes digitales ne sont enregistrées nulle part... Ah, nom de dieu, les enfants, on pourrait jouer avec ce putain de filon pendant deux mois! Les ventes du journal monteraient de soixante-cinq pour cent dès le deuxième jour.

– Et qui aurait fait le coup? demanda Kleber.

Daniel Titus sourit et mit un doigt ridé sur ses lèvres.

– Donner la solution tuerait l'histoire. Le mystère ne fait que commencer.

– *Mes compliments, monsieur Poirot,* dit Casey en français, avec un accent abominable.

Il fit une révérence au vieillard et haussa théâtralement les épaules à l'adresse de Kleber.

– Nous ne savons pas qui a fait le coup. Tel que je vois les choses, il y a une réunion de députés ou d'ex-agents du FBI à l'hôtel, et chacun de ces enculés est suspect. Nous fouillerons dans toutes ces vies. Ça prendra un an; peut-être deux! Et puis un matin, juste avant de mettre sous presse, un pauvre type entrera dans les bureaux, demandera à me parler, s'éclaircira la voix et passera aux aveux. Sa conscience ne l'avait pas laissé tranquille, voyez-vous? Louie le prendra en photo, puis le meurtrier, son âme nettoyée, sortira le pistolet du crime et se tirera une balle dans l'oreille. Il tombera raide sur mon bureau. Pourtant, il ne mourra pas avant deux semaines! Les lecteurs aimeront bien le regarder agoniser pendant quelque temps. Et naturellement, nous paierons ses notes d'hôpital, et nous chierons sur le *Post* et sur le *Chronicle*!

– Et ça, dit Horace, c'est tout ce que vous autres avez à savoir du journalisme. Une petite dame dans les feuilles de nénuphar, c'est plus croustillant que vingt millions de Chinetoques hachés menu.

Tout journaliste est une armoire pleine d'anecdotes, et bientôt la pièce bourdonna d'autres histoires sorties des tiroirs de la mémoire. Mais il était tard et les paupières de Daniel Titus se faisaient lourdes; Kleber quant à lui devait être au commissariat vers 5 heures du matin, prêt à fouiller parmi les horreurs de la nuit. En sortant, il complimenta Casey pour son histoire.

– J'espère que ça arrivera, et que je t'écrirai ces articles.

Casey hocha tristement la tête.

– Ça ne peut pas arriver, fiston. Sans quoi, j'aurais plus de rêve. Nous gagnons notre croûte avec des faits, mais nous vivons de rêves.

Au moment du départ, pendant les « Bonne nuit » et les « Merci », Millie invita Daniel à revenir, mais Kleber se rendit compte qu'en fait, elle photographiait mentalement le vieil homme. Sur le chemin du retour, Daniel s'endormit. Et Kleber oublia comment Millie avait observé son vieil ami. De plus, il découvrit un passager clandestin dans la voiture : le fantôme d'une autre fille assassinée. Laurie était installée sur le tableau de bord, jolie et arrogante, les jambes pendantes, l'empêchant de voir la route. J'ai une meilleure histoire que la tienne, Casey, pensa Kleber. Malheureusement, je ne peux pas la raconter.

Edith Saller se fit opérer de la vésicule, et quand elle rentra, tout alla de travers. Elle augmenta le loyer de tout le monde. Elle interdit la télévision dans la salle de séjour sous prétexte que le bruit l'empêchait de se reposer. Les locataires ne savaient plus que faire, sinon boire plus de bière, fumer plus de Lucky Strike, et se disputer encore plus. Le cœur de Léo le Débauché cessa de battre pendant un concours de bras de fer avec Clarence le Pomponné, et le pauvre homme tomba raide mort, le toupet de travers. Il expira à moitié scalpé. Après avoir fouillé sa chambre et ses papiers, on trouva 17 dollars. Comme on ne lui connaissait aucun parent, Léo fut enterré dans la fosse commune. Kleber dut conduire tout le monde au cimetière, puis il paya des huîtres et de la bière, sachant que chacun d'eux risquait de connaître la même sortie. Daniel Titus ne put assister à l'enterrement de Léo; il partait lui aussi, expulsé pour non-paiement de six mois de loyer. Kleber supplia Edith d'attendre un chèque qui ne devait pas tarder; le reporter proposa même de payer la moitié des arriérés.

— Je dois 813,72 dollars à l'hôpital méthodiste, déclara la propriétaire. Si je paie pas mes factures, on m'enverra le shérif.

Tout ce que Daniel possédait tenait dans un sac à linge : quelques livres, deux caleçons de rechange, une cravate, un réveille-matin, une bouillotte, un paquet d'articles de Kleber, et cinq exemplaires du numéro contenant l'histoire des Indiens Coushatta. Épuisé d'avoir emballé, il s'assit sur le matelas dégarni. Kleber remarqua que le vieil homme portait une chaussure noire et l'autre brune.

— Alors, ça veut dire qu'il y a la même paire dans mon sac, dit Daniel, trop fatigué pour se changer.

La prochaine étape de son voyage, probablement la dernière, devait être un asile municipal où l'on mettait en dépôt les vieux et les indésirables.

— Oh, c'est pas si mal! dit Daniel. M. Gorki a dit : « Pour un vieillard, n'importe quel endroit bien chauffé est comme la terre natale. »

Kleber était ému, mais pas Daniel. Des tréfonds de son vieux veston moisi, il tira une belle montre en or qu'il donna à Kleber.

— Elle a bien cent ans, dit Daniel. On m'a dit que le chef d'état-major de Robert E. Lee l'a portée à Appomattox.

— Je ne peux pas accepter ça, dit Kleber.

C'était comme chiper les sous du chapeau d'un mendiant aveugle.

— Mais si, mais si! Notre ami commun, M. Adlai Stevenson, a dit que le pire voleur est celui qui vole à son prochain son bien le plus précieux : son temps. Vous avez rempli mes heures. Je veux donc que vous ayez ce petit souvenir du temps que nous avons passé ensemble.

A la fin de la semaine, Kleber annonça son départ à Edith et déménagea dans un deux-pièces proche de là. Cela voulait dire beaucoup de nettoyage et des meubles fabriqués avec des caisses à oranges. Son salaire était maintenant de 75 dollars par semaine. Mais ça valait le sacrifice. Il allait trop vite pour se laisser accrocher à de vieux clous.

Les journalistes vivent un paradoxe. Ils sont à la fois des prisonniers et des gaspilleurs du temps. Pour Kleber, chaque heure était un délai limite; pourtant, les jours et les semaines passaient comme les pages d'un livre dans le vent. Il se promettait le lundi d'aller rendre visite à Daniel Titus, et le vendredi arrivait sans qu'il s'en aperçoive; novembre avait déjà succédé à septembre.

Casey le poussait; la production du jeune reporter était remarquable. Pendant une semaine mémorable, il écrivit cinquante-huit papiers, dont :

• Un entretien avec Eleanor Roosevelt qui, voyant que sa majestueuse présence terrifiait le jeune homme dont le stylo tremblait sur le calepin, lui versa une tasse de thé et dit : « Houston est une ville *tellement* belle. Hier soir, pendant que l'avion tournait au-dessus, en attendant l'atterrissage, les lumières de votre ville scintillaient comme des joyaux. » Kleber nota cette charmante citation sur son papier et dit : « C'est une si jolie phrase. » Eleanor Roosevelt rit en lui tapotant le bras, puis murmura confidentiellement : « Je sais. Je l'emploie dans toutes les villes que je visite. »

• Un compte rendu sur l'ouverture d'une banque en banlieue.

• L'histoire tragique d'une femme qui, après avoir travaillé tout le jour dans la blanchisserie d'un hôtel, trouva son mari au lit avec une copine en rentrant chez elle. Elle décapita la maîtresse avec une hachette, planta la lame sanglante dans le cœur de son mari, et se tua d'un coup de fusil dans la bouche. Kleber écrivit là-dessus quatre pages violentes, mais Casey les réduisit à sept lignes. Les victimes étaient pauvres, noires, et moururent en page 27.

• La dénonciation d'un charlatan qui avait planté une tente de cirque juste en dehors des limites sud de la ville, à l'abri de la surveillance de la police de Houston. Kleber assista à une séance, regarda le « Révérend Jerry Job » déverser ses boniments sur deux mille adorateurs, dont la plupart étaient des boiteux, des aveugles ou des gens atteints de hideuses maladies. Ils faisaient des « offrandes d'amour » alors qu'ils ne pouvaient même pas payer leur loyer. Après le sermon, Kleber se faufila dans une petite tente privée derrière le grand dôme et vit Jerry Job extorquer 1 200 dollars à une Noire illettrée en lui disant que son cancer de l'estomac allait guérir sur-le-champ. On emmena la femme sur un brancard; elle souriait aux anges et mourut dans les quarante-huit heures. L'article de Kleber qui s'ensuivit révéla que le prédicateur avait été arrêté une fois pour conduite en état d'ébriété, avait été condamné au divorce pour cause d'adultère et vivait maintenant avec une assistante de dix-sept ans, enfin qu'il était le sujet d'une enquête du fisc. L'article occupait toute une moitié de la première page du *Call Bulletin*. Il gagna plusieurs prix et fut reproduit dans des manuels de journalisme comme exemple classique de description de caractère. Mais le soir de sa parution, alors que Kleber s'attendait à ce que Jerry Job plie sa tente et disparaisse discrètement, l'audience du prédicateur doubla, et le soir suivant, elle était de six mille spectateurs. Jerry Job prolongea son contrat de sept semaines, et tous les soirs il lisait, du haut de sa tribune, l'article de Kleber, l'agitant avec délice au-dessus de la foule comme « un témoignage du diable et un défi de l'Enfer ». Kleber apprit que la médaille du pouvoir avait un revers.

Puis ce fut le comble. Casey avait envoyé Kleber à Austin pour remplacer un reporter tombé malade. Kleber devait y rester une semaine. Le troisième jour, il fut demandé d'urgence au téléphone. C'était Casey :

— Où est ce vieux con que tu avais amené chez Millie? Daniel quelque chose.

— Daniel Titus. Pourquoi?

— Millie veut lui parler.

— Pourquoi? De quoi?

— Mon garçon, je ne demande pas plus à Millie ce qu'elle a dans la tête que je ne demande à un ouragan de tourner à droite pour éviter le Texas et ravager la Louisiane. Dis-moi seulement où se trouve ce vieux chnoque.

Kleber sentit un danger menaçant. Il feignit de ne pas savoir. Casey raccrocha, apparemment sans accorder beaucoup d'importance à cette conversation.

A la fin d'une semaine qui sembla s'éterniser, Kleber revint en vitesse à Houston. Il se précipita dans la salle de rédaction où il trouva Millie qui travaillait malgré l'heure tardive. Tout en s'acharnant sur sa machine à écrire, elle avait l'air d'un chat dévorant un canari, les dents pointues encombrées de plumes. Elle leva les yeux et s'écria, triomphante :

— Daniel Titus! *Daniel* et *Titus!* Deux chapitres de la Bible. Je n'oublie jamais un nom.

Kleber lui demanda ce qu'elle écrivait, mais Millie l'envoya paître. Quand elle eut fini la douzième et dernière page, elle lui passa orgueilleusement le paquet de feuilles. Kleber les lut, y trouva plusieurs raisons de s'y intéresser, notamment la force dévastatrice de son récit, et l'application qu'elle avait apportée à sa documentation. (Elle avait interrogé Edith Saller, Clarence le Pomponné, Howard le Fanfaron et, quelle pitié, le vieux Daniel lui-même, sur son lit de malade.) Mais Kleber sentit surtout le chagrin poignant d'une grande perte, tout en entendant confusément le bavardage de Millie.

— Inconsciemment, son nom m'a frappée quand j'ai lu son article sur les Indiens Coushatta. Et quand tu l'as amené à ma spaghetti-party, je me suis creusé la tête pour essayer de me souvenir. T'aimes bien cette histoire?

Kleber murmura quelque chose d'inintelligible.

– Case l'adore, dit Millie. Il la fait paraître en première page lundi...

Quarante et un ans auparavant, Daniel Titus avait dévalisé trois banques des environs de Houston. Butin : 94 dollars. Il avait tiré sur un shérif adjoint et l'avait légèrement blessé, puis avait été jugé et condamné à la prison à vie. Sur le chemin vers la prison de Huntsville, il s'était échappé d'une carriole tirée par des chevaux et avait disparu dans une forêt de pins. C'était en 1915. Le *Lusitania* avait sombré la même semaine, noyant mille cent quatre-vingt-quinze personnes. Le Ku Klux Klan revivait après avoir dormi depuis la fin de la guerre de Sécession. Woodrow Wilson était Président. Rogers Hornsby, un garçon du Texas, venait de balancer sa batte pour son premier grand coup. Millie était une jeune reporter, la seule des environs. Dans un corsage à froufrous et une jupe gonflée de quatre jupons, elle avait suivi le procès de Daniel, puis une chasse à l'homme qui n'avait eu aucun succès. Au dire du vieillard lui-même, Millie avait appris, pendant que Kleber était à Austin, que les quarante dernières années de sa vie avaient été bien remplies. Il avait trouvé de l'or en Alaska, enseigné l'histoire américaine dans l'Oregon, aimé quatre femmes, épousé deux d'entre elles, déposé 50 000 dollars dans une banque de Georgie qui s'effondra au moment de la Grande Crise. Il était revenu à Houston, croyant que l'empreinte de ses pas s'était perdue dans les sables du temps.

Kleber essaya de le défendre. Il supplia Millie, puis Casey, de détruire cette histoire et de sauver de la honte les dernières heures du vieillard.

– J' peux pas faire ça, dit Casey.

– Alors, je devrais peut-être donner ma démission.

– Ça serait bien vaniteux de ta part, mon garçon. Parce que ça ne m'empêcherait pas de faire sortir ce papier.

Il se tourna vers Millie.

– Pourquoi fouiller dans une vieille tombe? Tout le monde s'en fiche.

– Tu as tort, mon garçon, répondit Casey. Moi, je ne m'en fiche pas. Millie non plus. Et je crois que toi non plus. Si c'était toi qui avais écrit ce papier, est-ce que tu aurais aimé qu'on jette ton histoire à la poubelle?

Kleber protesta que la comparaison n'était pas juste. Mais elle l'était. Ils l'avaient coincé.

– Écris ton histoire au passé, au moins, demanda-t-il à Millie. La chronique mortuaire du vieux, voilà ce que tu vas mettre dans le journal.

– Ce n'est pas moi qui ai écrit cette histoire, répondit-elle. Il l'a écrite lui-même. Il a vécu sa vie. Tout ce que j'ai fait, c'est passer par là et la ramasser.

– Il en mourra! prophétisa Kleber. Vous allez exécuter un gentil vieillard. J'espère que ça ne vous empêchera pas de dormir!

Et il sortit brusquement, mais en revenant chez lui, il comprit que la principale cause de ses émotions était le fait que Millie, et non lui, avait déniché une histoire sensationnelle, et qu'il en était jaloux.

L'histoire fut publiée. Daniel Titus fut arrêté. Louie prit une photo qui parut dans tous les journaux d'Amérique. Elle représentait une créature squelettique enlevée de l'asile et portée à la prison par deux flics plus énormes que Goliath et le Colosse de Rhodes. Le public fut très ému. Houston, ses journaux, ses autorités locales, sa conscience, furent noyés sous le courrier. Daniel Titus fut jugé à la hâte et condamné avec sursis. Puis il reçut quelque 8 500 dollars d'une collecte faite parmi les lecteurs et vendit sa biographie à la 20th Century-Fox pour 50 000 dollars. La dernière chose que Kleber entendit dire, c'est que le vieillard vivait confortablement à Santa Monica, sur une falaise dominant le Pacifique.

– Il y eut un merveilleux épilogue, raconta Kleber à Ceil Shannon bien des années plus tard. Je lisais un livre publié par l'université du Texas, une anthologie de poésie folklorique plus ou moins oubliée, et d'essais sur les cow-boys et les Indiens. Devine ce que j'y trouve? L'article que le vieux Daniel avait « écrit » sur les Indiens Coushatta et que j'avais réussi à faire paraître dans le journal. Il l'avait volé, à la virgule près, à l'auteur véritable, un chef indien du nom de Nuage Jaune.

Ceil demanda si Kleber avait toujours la montre de poche.

Il s'anima et dit :

– Ah oui, la montre! La merveille en or que le chef d'état-major de Robert E. Lee portait à Appomattox? J'y tenais tellement que je l'avais fait estimer, en vue d'une assurance. On m'a répondu qu'elle avait été fabriquée en 1951, qu'elle n'était pas une très bonne copie et valait 6 dollars.

CHAPITRE 11

Calvin Sledge se plongea dans les cartons qu'il avait empruntés à VeeJee pendant presque deux jours et deux nuits. Il essayait de trouver des noms, des gens à interroger qui pourraient lui dire quelque chose d'intéressant sur la personnalité de Kleber Cantrell. Il parcourut des centaines d'articles de journaux, de magazines, de fragments de livres et de lettres personnelles adressées aux noms les plus illustres du monde occidental. Il en vint à cette conclusion inattendue : il n'y avait pas grand-chose à découvrir sur Kleber Cantrell à partir de ses propres écrits.

Cet homme avait passé un quart de siècle à disserter sur la vie privée des autres, mais sur la sienne : rien. Kleber ne se servait même pas du pronom de la première personne. Jamais il n'écrivait sur ce que *lui* pensait ou ressentait, seulement les autres. Sledge convoqua deux adjoints et leur donna une liste de noms ridiculement courte : une ou deux filles que Cantrell avait fréquentées, une ex-femme, quelques vieux potes de la presse. Sledge sentait que c'était fureter pour rien.

— C'est comme enquêter sur un fantôme, s'écria-t-il. Tout le monde connaît son nom, tout le monde connaît son œuvre, lui, personne ne le connaît!

Les deux hommes localisèrent d'abord Lisa Ann Candleman : elle refusa de répondre à la porte ou au téléphone. Furieux, Sledge sortit un mandat d'assignation, puis se calma et le mit de côté : sans doute tout cela était-il trop vieux pour que son témoignage fût utile. Ce en quoi il avait plus ou moins raison.

Kleber avait toujours eu l'intention d'épouser son amour d'enfance, Lisa au visage angélique. En 1949, à la grande foire de Dallas, une prétendue tzigane diseuse de bonne aventure avait scruté sa boule de cristal et prédit : « Vous aurez six enfants, dont cinq garçons, et tous vous feront honneur. » Kleber était moins intéressé par la prophétie que par l'identité de la tzigane. Elle affirmait être une authentique émigrée roumaine, mais lorsque Kleber la questionna sur son accent si typique du Texas de l'Est, elle devint moins catégorique.

Quoi qu'il en fût, après avoir quitté la tente, sur le chemin qui les menait au musée des Horreurs, Lisa se jeta dans les bras de Kleber, l'embrassa à pleine bouche avec autant d'ardeur que s'ils étaient en avril sur les Champs-Élysées, et déclara : « J' m'en fous, si elle est pas roumaine! J'espère que Mme Fortuna a raison parce que, moi, je t'aime! » Pour Lisa la timide, Lisa la jolie, Lisa la fille du pasteur, s'étreindre dans une foule de près de cinquante mille personnes, c'était comme offrir le spectacle d'une copulation dans la vitrine d'un grand magasin. Kleber se souviendrait toujours comme il avait été gêné. Sa seule réaction avait été de presser le pas pour aller voir le spectacle des monstres. Il n'avait pas cru à l'authenticité d'un hermaphrodite et avait essayé, sans succès, d'obtenir une interview de la pauvre créature.

Six années passèrent. Alors que Kleber s'en était allé étudier le journalisme, Lisa était restée à Fort Worth et avait passé son diplôme d'institutrice. Elle habitait toujours chez ses parents, attendant le courrier, les rares coups de téléphone, Noël, Kleber. Elle fut demoiselle d'honneur pour deux de ses sœurs et sept de ses amies, confectionna et porta neuf robes de taffetas avec les chaussures assorties, successivement bleu pervenche, vieux rose, vert pomme. Sa beauté s'épanouit, plusieurs hommes l'apprécièrent, mais aucun d'entre eux ne put obtenir plus qu'un refus gracieux et l'assurance qu'elle était « préfiancée ».

A vingt-trois ans, elle était une institutrice capable, chantait dans le chœur de l'église, jouait fort bien au golf et se promenait régulièrement dans les grands magasins, où elle choisissait inlassablement des objets de porcelaine, de cristal et d'argent en attendant le jour où elle les commanderait à *leur* nom.

En route pour Houston et son premier travail, Kleber s'arrêta en ville, ce qui amena Lisa à prendre une attitude qui, pour l'époque, était osée. Les femmes bien élevées du Texas n'étaient jamais agressives. Un soir où ses parents faisaient une retraite à l'église, Lisa invita à dîner son insaisissable prétendant. Elle organisa sa soirée soigneusement. Elle décora tout le salon de fleurs, les dernières roses de l'été, jaunes et superbes. Sur le phonographe, le dernier album de Mantovani, *Music for Lovers.* Sa robe, qu'elle avait passé six semaines à confectionner d'après un patron, était en dentelle ivoire; le fourreau qui lui collait au corps, avec un décolleté osé sur sa peau dorée. Contrairement à la mode du jour, l'ourlet lui arrivait juste au-dessus des genoux. Elle s'admira dans le miroir en jugeant sa beauté aussi saine que celle de Doris Day. A la lumière des chandelles, elle servit un cocktail de crevettes, du filet mignon, et du cidre sans alcool dans des flûtes de cristal qu'elle venait d'acheter, mentionnant en passant son intention de compléter le service grâce aux cadeaux de mariage.

Et la soirée fut une catastrophe. La conversation porta sur lui, pas sur eux. Kleber était un écrivain, pas un séducteur. Il parla de journalisme, d'Adlai Stevenson, de libéralisme, d'un film appelé *La Strada* et de metteurs en scène nommés Fellini, Renoir, des Rosenberg, des philosophes Camus et Sartre, de son adhésion à l'« existentialisme », qu'il définit pour elle comme vivre *pour* le moment et le *saisir* (mais pas *ce* moment!). Lisa, se retrouvant sur un terrain totalement inconnu, s'efforça de paraître intéressée et fut seulement capable d'offrir en retour les petites nouvelles locales : Carralou s'était mariée, Wendy avait divorcé, Roger et Maggie Mae avait eu des jumeaux, Mlle Bellson était morte pendant un cours d'algèbre...

A un moment, pourtant, la conversation prit une tournure qui lui sembla pouvoir l'amener à la destination qu'elle désirait atteindre cette nuit-là. Tout à coup, Kleber parla d'argent :

— A Houston, je ne gagnerai que 58,50 dollars par semaine, dit-il alors qu'il venait de la complimenter sur ce repas succulent. Alors, ça va être l'époque des vaches maigres.

— Mais tu seras augmenté, fit-elle, encourageante. (Puis, choisissant soigneusement ses mots :) Et j'ai entendu dire qu'à Houston, les écoles payent mieux qu'à Fort Worth. Moi, je pourrais me faire 350, peut-être 400 dollars par mois. Ensemble, nous...

Doucement, il prit ses distances.

— C'est formidable, dit-il. Donne-moi juste le temps de m'installer.

Puis il lui demanda, si elle avait lu *L'Étranger* de Camus. Non, et c'était inutile. Elle n'avait pas besoin d'un Français pour savoir ce qu'étaient la solitude et la douleur.

Ils mangèrent de la glace à la pêche qu'elle avait faite et s'installèrent pour un court instant, mal à l'aise, sur le canapé. Lisa mit le disque de Mantovani, mais l'aiguille accrocha et la *Music for Lovers* grésilla. A 10 heures moins le quart, il lui passa le bras autour de ses épaules déjà effondrées, et le baiser fut mélancolique. Il était à la porte et presque parti quand Lisa lâcha enfin la question qu'elle avait voulu poser pendant toute la soirée :

— Qu'est-ce qui ne va pas?

— Comment ça?

— Oui. Entre nous.

Elle s'efforçait de ne pas pleurer.

— Nous allons très bien! Nous sommes exactement comme nous avons toujours été.

Cela ne la calma pas.

— Il y a peut-être quelqu'un d'autre, non?

Lisa savait que c'était la question désespérée d'une perdante, mais elle ne put la retenir.

— Bien sûr que non! Je suis trop pauvre. De plus, tu m'as mis des œillères il y au moins dix ans.

Puis il partit, laissant Lisa laver les flûtes de champagne, les replacer soigneusement dans la boîte doublée de velours rouge, porter un vase de roses jaunes fatiguées sur sa table de chevet, pleurer doucement, désespérée, puis s'endormir.

La douleur d'avoir été rejetée – et il n'est point de blessure plus insupportable – eût peut-être été moins forte si Lisa avait su que les intentions de Kleber étaient honorables. Il n'y avait pas d'autre femme dans sa vie; aucune qui comptât. Il en avait sauté quelques-unes mais les avait toutes oubliées. Il avait réellement l'intention d'épouser la fille qui lui vouait son amour depuis qu'ils avaient entre seize et dix-sept ans. Mais certains hommes, en particulier ceux qui trouvent l'amour dans les mots, sont incapables d'exprimer les sentiments de leur propre cœur. Ce que Kleber voulait, c'était garder Lisa en réserve. Il reviendrait vers elle. Elle était, sans hésiter, sur la liste des choses à faire, consignées soigneusement dans l'agenda personnel que VeeJee avait écrit pour son fils : université, travail, mariage, succès, enfants, engagements civiques, église. Le chemin était étroit, mais c'était un fils obéissant, et il saurait rester dans les rangs.

A certaines exceptions près, Kleber remplit son programme. Il manqua un peu d'engagements civiques, surtout parce qu'il ne restait jamais assez longtemps dans un endroit pour se sentir solidaire de qui que ce soit, et aussi parce qu'il pensait que les reporters ne doivent pas participer aux manifestations mais seulement les « couvrir ». Cependant, sans bruit ni tapage, il apporta sa collaboration à plusieurs universités dans le secteur journalisme. Plus jamais il ne mit le pied dans une église après avoir quitté la maison de ses parents, sauf une fois en France, à l'occasion d'un pèlerinage esthétique à la cathédrale de Chartres, où il se délecta de la beauté glaciale des vitraux du Moyen Age.

Il se maria aussi, mais pas avec Lisa Ann Candleman. Il fut le père d'un fils et d'une fille, avec qui il entretint des relations distantes, presque anonymes. Mais sa région natale fut si fière de lui qu'à Fort Worth, une école primaire porte son nom.

Pourtant, le jour de ses quarante ans (un jour dévastateur pour tout homme sincère), Kleber était seul à San Francisco, dans une suite à l'hôtel Stanford Court. Des fleurs, des fruits, du vin, des télégrammes, et une liste de trente-quatre messages téléphoniques d'origines aussi diverses que Lillian Hellman et Nancy Reagan, certifiaient que l'on pensait à lui. Une heure plus tôt, dans un auditorium de Berkeley plein d'étudiants, de libraires et d'admiratrices en chaleur, on l'avait écouté, questionné, applaudi; on lui avait demandé son autographe et on l'avait fait poser pour des photos, le bras autour d'épaules inconnues comme s'il s'agissait d'amis de longue date. Mais maintenant, il était transi par les années et par la peur de la nuit. Personne n'était là pour l'écouter se confesser. Ceil Shannon était au Canada, débordée de travail, supervisant un film dont elle avait écrit le script : la tragédie romantique d'un proche de Trudeau, un homme marié tombant amoureux d'une Française, et confronté aux problèmes de moralité et du séparatisme. Elle avait envoyé un télégramme qui, malgré sa finesse, ne remplaçait pas l'absence en cette terrible nuit : « Je t'adore. Pourquoi? Je ne sais pas. Mais tu es magnifique et formidable. Félicitations. Tu commences encore. Attends-moi. Ceil *. » Kleber essaya de l'appeler, mais il échoua devant l'inexpérience d'une opératrice francophone du Nord du pays.

Il prit un cachet de Seconal et dix milligrammes de Valium, puis se coucha et cessa bientôt de se sentir triste. Pour des raisons qu'il n'essaya pas de comprendre, il appela Fort Worth. Quand une voix de femme, cassante et pleine de sommeil, répondit, il demanda en hésitant :

– Lisa?

– Qui est à l'appareil?

Le ton n'était guère accueillant.

– C'est Kleber, Lisa. C'est mon anniversaire...

– Oh! attendez un instant...

Sons étouffés...

– Kleber? C'est vraiment toi?

– Lisa? Qui a répondu, en premier?

Kleber posait souvent des questions dont il ne voulait pas vraiment savoir les réponses.

– Sandra... Elle habite ici. Où es-tu, Kleber? A Fort Worth?

– Non. Je ne sais pas. Ce n'est pas important. Je voulais juste entendre ta voix. Je n'aurais pas dû appeler si tard.

– Mais non, c'est une bonne surprise. Nous sommes si fiers de

---

* En français dans le texte. (*N.d.T.*)

toi. Je lis ton nom dans la presse tout le temps. Tu avais l'air en forme, dans l'émission de Johnny Carson la semaine dernière. Quand viens-tu nous voir?

— Vous voir? Oh, bientôt. Un jour. Bientôt...

Il était minuit passé à San Francisco. 2 heures du matin au Texas. Kleber n'avait plus rien à dire. C'était un caprice amer. Il eut envie de raccrocher tout simplement, comme si c'était la faute du téléphone, sans fournir d'excuse. Mais s'excuser de quoi?

— J'aimerais que tu viennes rendre visite à ma classe, un jour. J'ai tellement parlé de toi à mes élèves que, quand je cite ton nom, ils se mettent à grogner.

— Tu enseignes toujours, hein?

Pourquoi, se demanda Kleber, pourquoi continuait-il cette conversation?

— Ça fera vingt ans en septembre prochain.

Elle avait l'air fière.

— Les années passent, n'est-ce pas?

— Oui.

Silence. Distance. Le poids des ans. Deux étrangers au bord de larmes oubliées.

— Lisa...?

— Oui...

— Lisa... je... Parfois, je voudrais tout recommencer... J'ai peut-être fait le mauvais choix quelque part...

— Mais non, Kleber. Nous faisons tous exactement ce que nous devons faire.

Sa voix à elle était forte, claire, et sans regret.

— Tu as raison, Lisa. Désolé de t'avoir réveillée...

— Tu as vu Mack dernièrement?

— Qui? Oh, Mack? Oui. Je l'ai vu il n'y a pas longtemps... (Il commençait à avoir la bouche pâteuse. Sédatifs et vin faisaient leur effet.) A New York, je crois... Ou à Palm Springs... Il va bien. Très bien.

— Incroyable, ce qui est arrivé à T.J., non? Jamais je n'aurais imaginé...

— Peut-être que si, Lisa... Tout ça n'est qu'un rêve. Rendors-toi.

Il raccrocha et ouvrit une bouteille de Laurent-Perrier avec de ravissantes fleurs blanches peintes sur la bouteille. Le bouchon s'effrita, le vin était plat, son estomac était brouillé, les larmes se mirent à couler malgré ses efforts pour les contrôler : c'était l'addition à payer.

Calvin Sledge n'eut aucun mal à retrouver la première épouse de Kleber. En fait, l'épouse numéro un l'appela elle-même au premier jour de l'enquête. Elle lui dit sa douleur face à la tragédie, lui posa quelques questions, et offrit de l'aider dans la mesure de ses possibilités. Le juge envoya à Houston un de ses assistants qui interrogea la brave dame pendant trois heures, puis s'en revint à Fort Worth avec rien à se mettre sous la dent.

– Ils ne se sont même pas parlé depuis cinq ans, rapporta l'assistant. Chaque 1er janvier, elle reçoit pour la pension un chèque de 10 000 dollars envoyé par un avocat de New York. Elle dit que Cantrell est un homme sur qui on peut toujours compter et qu'il est bon. Depuis, elle a été mariée trois fois, mais elle a gardé le nom de Cantrell. Je crois que c'est grâce à cela qu'elle se fait inviter à dîner en ville.

Le fait était que l'épouse numéro un dura à peu près dix minutes, dans le souvenir de Kleber autant qu'il avait fallu, un jour de 1958, pour lire une lettre de VeeJee de dix-huit pages dans laquelle il trouva inclus des rapports médicaux concernant différentes tumeurs, anévrismes ou calculs biliaires dont étaient atteints des parents éloignés, quelques allusions au ragoût économique et comment joindre les deux bouts pendant la récession du gouvernement Eisenhower, la triste nouvelle que Mack Crawford était séparé de sa « douce et ravissante » épouse et était allé s'installer à New York où il jouait dans une pièce à Broadway, et, agrafé avec une série d'articles découpés dans le *Reader's Digest* contre l'abus du tabac et la pensée de gauche, ce paragraphe de dernière minute :

Kleber, j'aimerais que tu ailles rendre visite à la fille d'une vieille amie, Sarah Maynard, que j'ai connue il y a longtemps à Fort Worth. Pendant la guerre elle s'est installée à Houston, et a épousé un avocat très en vue. Ils ont une charmante fille prénommée Adelle. Elle a à peu près ton âge et je crois savoir qu'elle chante, collectionne les antiquités et a beaucoup voyagé. Je t'en prie, fais ça pour ta mère. Je t'embrasse. P.-S. N'oublie pas. Je t'embrasse encore.

Volontairement ou pas, Maman Cantrell avait joué les marieuses. Des lettres furent échangées; bientôt, Kleber reçut une chaleureuse invitation pour dîner à River Oaks chez Randolph et Sarah Maynard, dont le niveau dans l'échelle sociale était quelques échelons au-dessus de la véranda d'Edith Saller. Nichée derrière un bois de pins comme une douairière derrière son éventail, c'était une maison d'avant-guerre, toute blanche, ornée d'azalées aux couleurs flamboyantes. Tout ici brillait comme du nickel et fleurait bon l'essence de citron, même le serviteur noir qui prit la Chevrolet 1949 de Kleber et alla la cacher derrière les eucalyptus comme s'il s'agissait de la mule d'un parent pauvre. L'avocat comme sa femme étaient roux, bien plantés, le rire franc, et convaincus que le Parti démocrate était aussi indésirable que la lèpre.

Kleber fut présenté et installé près de leur fille, Adelle, la main à prendre. Elle était avenante et agréable. VeeJee n'avait pas menti. Au contraire Adelle avait vingt-trois ans; elle était bien pourvue dans la vie, calme et attentionnée. Elle avait même quelque chose d'exotique, mince et brune, telle une comtesse vénitienne. Kleber aurait voulu en savoir plus, mais la conversation était toujours ramenée aux deux sujets favoris de Randy Maynard : l'équipe de foot de l'université du Texas et la nécessité d'élire Richard Nixon à la présidence en 1960. On posa à l'invité des questions précises sur quelques affaires à scandale, et il révéla quelques détails amusants.

Il fut de nouveau invité, cette fois pour un barbecue. Pendant que Randy faisait griller la viande et enfumait ses invités, Kleber put parler à Adelle en privé. Elle portait une culotte de cheval et un polo de tennis. Il apprit qu'elle habitait chez ses parents, chantait avec le chœur d'un petit théâtre, n'avait aucune opinion politique, et se rendait en Europe une fois par an, d'où elle rapportait des bibelots et des babioles qu'elle souhaitait vendre un jour dans sa propre boutique. Randy surprit ses propos et éclata de rire, comme si sa petite fille proclamait son intention de réaliser une opération à cœur ouvert avec des ciseaux à broder. Lorsque Adelle le raccompagna jusqu'à sa voiture, Kleber eut l'impression qu'elle posait sur lui un regard suppliant et apeuré qui lui disait : « Sortez-moi d'ici. »

Ils se revirent régulièrement pendant quelques semaines, des sorties bon marché étant donné le pauvre salaire de Kleber. Lorsqu'il emmena Adelle manger des spaghetti chez Millie, Casey ne cacha pas son approbation. De fait, il observa la jeune fille pendant toute la soirée, donnant à Kleber l'impression d'avoir bien agi.

– Si tu as besoin de la bénédiction d'un ancien, dit Casey, alors c'est acquis, mon vieux.

Ce soir-là, garé devant la propriété de Randy Maynard, Kleber était en train de raconter une anecdote sur Jerry Job, le prédicateur, quand tout à coup il s'arrêta. Adelle avait l'air ailleurs. Elle le regardait, mais ne l'écoutait pas. Lui, l'homme qui gagnait sa vie à assembler les mots entre eux, prononça alors l'une des phrases les plus importantes de la vie avec une absence totale de grâce :

– Penses-tu que nous devrions nous marier?

– Ce serait formidable!

– Vraiment? C'est vrai?

– Sûrement.

– Est-ce que tu m'aimes?

– Si, toi, tu m'aimes.

Sans de plus amples déclarations, ils se marièrent, faisant une escapade à Nuevo Laredo et s'attirant les foudres des parents des deux côtés. Neuf mois et vingt minutes plus tard, ils devinrent eux-mêmes les parents d'un gros poupon nommé Randall Houston Cantrell, pour le plus grand bonheur des grands-parents. Quatre-vingt-six jours plus tard, ils divorcèrent à Ciudad Juárez, créant dans les deux familles des douleurs catastrophiques et inattendues. Sarah Maynard fut hospitalisée pour des douleurs de poitrine et VeeJee Cantrell souffrit de maux de tête si violents qu'aucun effort de volonté ne put en venir à bout. La dissolution du mariage fut obtenue sur la demande de Kleber qui, avec soixante-dix-sept autres victimes, s'entassait dans une pièce de stuc ocre où un juge mexicain appelait chaque nom, avec quelque difficulté linguistique, en suivant sur une liste. Ceux qui voulaient le divorce levaient la main et signaient des documents en espagnol, avec pour témoins les caméléons qui se faufilaient sur les murs ruisselants. Juste après la cérémonie, on conseilla aux nouveaux divorcés d'acheter quelques souvenirs dans la boutique voisine du tribunal, propriété du beau-frère du magistrat. Kleber, sentant qu'il fallait un bibelot pour mettre un point final à cette histoire, acheta un taureau empaillé pour son gamin, signa à son avocat un chèque de 1 100 dollars (empruntés à la caisse de solidarité de son journal, à 6,5 % d'intérêts), et s'en remit pour tout à Adelle, qui lui serra la main, lui dit combien elle était désolée, et l'assura qu'il pouvait voir le bébé autant qu'il le voudrait. En fait, elle n'avait qu'une chose en tête : la boutique qu'elle ouvrait pour vendre ses bibelots. Elle s'appellerait : « Quelle Surprise * ».

Toute l'affaire – rencontre, mariage, naissance, divorce – n'avait pas duré dix-huit mois. Pendant quelque temps, il eut de la peine, mais pas de celle qui vous brise l'âme. Kleber ressentait surtout de la gêne devant cet échec. Il s'inquiétait de ce que ses collègues de la presse allaient penser à lui. Ce qui le tracassa surtout, pendant quelques jours en tout cas, c'était l'incapacité totale qu'il ressentait à écrire cette histoire. Tout ce qu'il écrivait alors était bien construit. Mais cette triste tranche de vie était du mauvais journalisme. L'introduction était douceâtre, le milieu confus, la fin inexistante. Casey eût balancé cette histoire au panier. Si le

* En français dans le texte.

mariage avait été un cadavre, et c'en était un, le médecin légiste eût découvert quelques lacérations, mais pas d'impact de balles dans un organe vital. Le jour du divorce, tout en attendant dans le petit tribunal moite de Juárez, observant autour de lui et se livrant à des spéculations de reporter quant aux paroles et aux actes terribles qui avaient dû amener les soixante-dix-sept autres hommes et femmes dans cette humiliante *cantina*, Kleber regretta que ce fût du divorce à la chaîne et en langue étrangère. Mentalement, il se livra à la mise en scène d'un jugement privé. Cela l'aida à passer un très long après-midi et à le convaincre de la valeur de ce qu'il allait faire :

EL JUEZ DEL JUZGADO : Señor, pourquoi avez-vous épousé cette femme? Y avait-il de l'amour?

KLEBER : Parce qu'elle était jolie, intéressante, qu'elle venait d'une bonne famille, que ma mère me l'a recommandée et que Casey l'aimait. Et elle avait besoin de moi. Et il était temps de se marier.

EL JUEZ : De l'amour, señor?

KLEBER : Je crois. Je croyais. Nous en avons parlé. Je ne sais pas définir ce mot.

EL JUEZ : Quels étaient vos problèmes? L'argent?

KLEBER : Non. J'ai été augmenté deux fois. Je gagne 92,50 dollars par semaine. On dit que j'ai un grand avenir dans le journalisme. Je réussis vraiment bien. Et Adelle travaillait quelques heures chez un antiquaire. Nous vivions gratuitement dans une des résidences de son père. C'était pas mal du tout, du genre petite plantation coloniale avec des piliers, un patio, de nombreuses pièces, l'air conditionné, et tout le confort ménager.

EL JUEZ : Le sexe, alors?

KLEBER : Devons-nous vraiment parler de cela?

EL JUEZ : Ça fait partie de l'enquête.

KLEBER : Entre bien et moyen. O.K. au début. Nous n'avions ni l'un ni l'autre beaucoup d'expérience. La nuit de noces, elle a, comment dirais-je, saigné.

EL JUEZ : Ah, *una virgen!*

KLEBER : Je suppose.

EL JUEZ : Vous semblez gêné. C'est l'acte ou le sang qui vous a gêné?

KLEBER : Je ne sais pas. C'est important?

EL JUEZ : Cela dépend de vous et de votre señora.

KLEBER : Le sexe, excusez l'expression, ça a... tourné court quand elle a été enceinte. Vous comprenez, on ne savait pas très bien ce que l'on faisait, et elle a été prise au premier coup.

EL JUEZ : Les femmes sont belles, quand elles sont enceintes.

KLEBER : Je n'ai jamais trouvé les gros ventres très beaux. Et j'avais peur de lui faire mal, à elle ou à l'enfant. Nous n'avons plus fait l'amour.

EL JUEZ : Y a-t-il de la jalousie? D'autres femmes?

KLEBER : Absolument pas. J'étais fidèle. Oh si, j'ai effectivement rencontré cette Ceil Shannon au cours d'un déplacement pour le journal. Mais, Dieu m'est témoin...

EL JUEZ : Pas de serment inutile à la Cour, señor. Est-ce que, avec votre femme, vous communiquiez? Vous partagiez certaines expériences? Vous vous écoutiez?

KLEBER : J'ai vraiment essayé. Je voudrais vous dire combien de fois je suis rentré le soir du travail prêt, impatient même, de raconter à ma femme tous les gens extraordinaires que j'avais interviewés : Jack Benny, Margaret Chase Smith. Une fois même, je me suis promené avec Harry Truman dans Houston, à 6 h 30 du matin. Juste nous deux, l'ancien Président et moi. En rentrant, j'avais envie de raconter à Adelle tous les détails. Elle m'a accueilli avec : « Le plombier n'est pas vu et le bébé a le croup. »

EL JUEZ : Est-ce que vous vous battiez?

KLEBER : Pas ce que j'entends par se battre. Une fois seulement, ça a chauffé. Elle était en train de remettre en état une vieille commode et je savais que ça lui plaisait. Alors, je lui ai posé des tas de questions. Comme par exemple, quel âge avait cette antiquité, de quel pays elle venait, si ça ne coûterait pas moins cher d'en acheter une neuve, et pourquoi le dîner n'était pas prêt... Alors elle s'est fâchée et m'a dit méchamment : « Pourquoi est-ce que j'ai toujours l'impression que tu es en train de m'interviewer? » Je lui ai répondu qu'elle se comportait comme une gamine. Alors elle a répliqué, et je cite exactement : « Merci, j'ai *déjà* un père. »

EL JUEZ : La demande de divorce vous accuse, Kleber Cantrell, de « cruauté mentale » et d' « incompatibilité ». Qu'avez-vous à répondre?

KLEBER : Non coupable. Mais je veux toujours divorcer. Je ne peux pas supporter d'être attaché à une seule personne.

EL JUEZ : Alors, votre désir sera réalisé. Ça se passera peut-être mieux la prochaine fois.

KLEBER : Il n'y aura pas de prochaine fois.

— Tu te souviens du jour où on s'est rencontrés...?

Ceil Shannon, enduite d'huile solaire, se faisait cuire sous le soleil de juin à Palm Springs. Elle était couchée sur le ventre, flottant sur un matelas pneumatique orange dans la piscine de l'acteur Robert Wagner. Kleber avait emprunté la maison, une vieille hacienda aux murs épais, pour quelques semaines, pendant que son ami tournait en Europe un feuilleton de guerre pour la BBC.

— Oui, c'était pendant la guerre des Boers, non?

Kleber était installé sous un parasol, tapant à la machine un script tiré de sa pièce sur Daniel Titus. La version théâtrale avait pour tout décor le salon de la pension d'Edith Saller; la version cinématographique devait être plus « ouverte ».

— Je me souviens exactement du moment, dit Ceil.

— Bien sûr! Tu as brisé mon mariage.

— J'espère! Lequel?

— Les deux! Tu laisseras ton nom dans l'Histoire sur la liste des briseuses de ménage, avec Circé et Dalila... Chérie, laisse-moi travailler. Si tu ne peux pas te livrer à l'hédonisme intégral, va écrire une lettre à Bella Abzug...

Kleber avait deux semaines de retard dans la livraison de son travail, et le lendemain, il devait affronter une armée de directeurs de studios qui souhaitaient avoir sous les yeux la matérialisation de leurs 500 000 dollars. Il détestait écrire pour l'écran, ce qu'il tenait pour humiliant, et c'était la première fois qu'il adaptait une de ses œuvres. Mais le gouvernement américain lui réclamait 178 000 dollars d'arriérés d'impôts et les intérêts ne cessaient de grimper.

Sortant de la piscine, Ceil s'ébroua comme un chien mouillé et des gouttes d'eau atterrirent sur les pages de Kleber. Elle s'excusa et proposa de courir mettre le manuscrit dans le four à micro-ondes.

– C'est rien, chérie, dit-il. On croira que ce sont des larmes.

Pendant quelques instants, ils restèrent assis sur la balançoire. Il avait quarante-deux ans, elle, un peu plus. Ensemble, ils totalisaient presque un siècle mais ils se blottissaient l'un contre l'autre comme des gosses, pour voir le soleil se coucher derrière les montagnes de San Jacinto. A Palm Springs, le jour tombe rapidement, comme un décor de théâtre qui disparaît. De l'autre côté de la chaîne désertique, vers l'ouest, le soleil illumine la Californie pendant encore deux heures. Mais ici, la nature pénalise cette ville recherchée, ce qui, selon Ceil, était justifié. Elle n'aimait pas l'indolence arrogante de cet endroit qui accueillait chaleureusement Spiro Agnew que l'on venait d'attraper la main dans le sac, tout en donnant à ses boulevards le nom de Bob Hope ou de Frank Sinatra. Pour Kleber, la seule vertu de Palm Springs, c'était de lui offrir un lieu de refuge. Il avait besoin d'un endroit pour se protéger du téléphone, et sa vie était devenue une suite de cachettes. Le jour où il avait appelé Ceil à New York pour lui demander de l'accompagner, elle était arrivée en courant. Elle avait promis de ne pas empêcher Kleber de se concentrer avec des remarques grossières ou des prophéties sur la prostitution intellectuelle. Mais quand les chauves-souris firent leur apparition, Ceil s'enfuit dans la maison.

– Elles sont totalement inoffensives, s'écria-t-il, elles cherchent seulement des dattes!

Il aimait observer leur petit corps argenté arrivant des montagnes, au crépuscule, s'élançant puis s'abattant avec une grâce presque invisible autour des palmiers centenaires. Mais Ceil était persuadée que ces escadrons hideux venaient s'en prendre aux libéraux venus d'ailleurs, à ceux qui cherchent des noises aux Xanadus républicains.

Au moment où Kleber allait crier qu'il préparait l'apéritif, il trouva dans un placard une cape de Natalie Wood Wagner. Il l'enroula autour de ses épaules, se barbouilla la bouche avec du rouge à lèvres pour ressembler à Dracula après un petit en-cas, et se mit à poursuivre Ceil avec lubricité dans la chambre. Ils s'écroulèrent sur le lit en hurlant. Ils firent l'amour, avec lenteur et décontraction, la meilleure façon, s'arrêtant seulement lorsque le genou de Kleber craqua, comme il arrivait souvent. Sans atteindre l'orgasme, ils se blottirent dans cette étreinte de velours que seuls le temps et la confiance peuvent assurer.

— Est-ce que ça te déplairait si je te disais : « Je t'aime » dix fois? murmura Kleber. J'aimerais assurer mes arrières pour quand les temps seront plus durs.

— Non, j'adorerais.

Après huit fois il s'assoupit et elle dut finir à sa place. Une heure plus tard, quand il se réveilla, il faisait nuit. Ceil avait allumé des bougies et elle était assise au bout du lit, le menton entre les genoux, le regardant intensément. Il se sentit gêné et tendit la main vers elle. Mais elle le repoussa.

— Tu sais comment je te décrirais? Je dirais : « Mon amant est long, mince et doux. »

— J'espère que tu ne décris pas mon équipement!

— Mon amant est beau surtout quand il dort, quand personne ne le regarde sauf moi. Quand il ne pose pas. Quand ses cheveux ne sont pas soigneusement peignés et que l'on peut voir les endroits où il est chauve. Quand sa moustache est en broussaille. Quand les poils de sa poitrine ressemblent à des herbes folles d'or et d'argent.

— Et qui est cette personne décrépite dont tu parles? plaisanta Kleber. Viens ici!

Ceil obéit, se glissant dans ses bras.

— Tu sais à quoi tu ressemblais quand nous nous sommes vus pour la première fois? demanda-t-elle.

— Je n'ose pas demander.

— A Lil Abner!

Ceil s'esclaffa, évita la claque que Kleber feignit de lui donner, et bondit hors du lit, nue. Elle prit le téléphone. Kleber l'observait tout en pensant qu'il ne pourrait se lever sans mettre une serviette autour de ses reins. Mais Ceil ne traînait pas la croix de la pudibonderie du protestantisme à la texane. De plus, son corps à elle était mieux conservé que le sien. Elle ne portait pas une seule ride au visage et ses pommettes étaient lisses comme du verre. Elle avait toujours la charpente d'une coureuse de fond et était sans doute capable de le battre à n'importe quel sport. En fait, il était

difficile de lui faire garder des vêtements. Les deux premiers jours
à Palm Springs, Ceil était restée nue, ne s'habillant (et s'en
plaignant) que pour aller dîner au restaurant mexicain d'à côté, où
Truman Capote s'était installé à leur table sans y avoir été invité,
et leur avait fait perdre l'appétit avec une description détaillée et
ininterrompue de la peine capitale.

Ceil composa un numéro et attendit.

– Qui appelles-tu? demanda Kleber.

– Mon mari. Je ne lui ai pas donné de nouvelles ces jours-ci. Je
sais qu'il s'inquiète de moi.

Quatorze ans plus tôt, ils n'étaient ni l'un ni l'autre prêts à une
rencontre importante. En réalité, tous les deux étaient d'humeur
maussade et revêche. Kleber était furieux d'avoir été déplacé
d'une enquête à sensation, la recherche d'une enfant kidnappée,
six jours intenses de mélodrame journalistique. Le septième jour,
comme il ne se passait toujours rien de nouveau et que la police
semblait au point mort, Casey ordonna à Kleber de remplacer au
pied levé le critique théâtral qui était malade. C'est-à-dire soûl. Il
s'agissait de faire un papier important, l'interview d'une jeune
dramaturge new-yorkaise venue à Houston mettre en scène la
première mondiale de sa nouvelle pièce. Pendant les deux heures
sinistres que Kleber passa à arpenter le foyer de l'Alley Theater,
attendant la fin d'une réunion des acteurs et de l'auteur qui n'en
finissait pas, la fillette kidnappée fut retrouvée. Kleber avait raté
le dénouement. On découvrit qu'elle avait été enfermée dans un
placard chez elle pendant sept jours. Et c'est sa mère qui l'avait
emprisonnée. L'histoire grotesque d'une femme désespérée cherchant par tous les moyens à faire revenir son mari...

Il ne se sentait pas qualifié pour interroger une dramaturge. Son
expérience théâtrale s'était limitée à voir une compagnie en
tournée jouer une fois, à Fort Worth, *Un tramway nommé Désir,*
avec Judith Evelyn dans le rôle de Blanche Dubois, tellement
garce et tellement aguichante qu'il avait été impatient de voir
Stanley Kowalski lui faire sa tête. A New York, il avait assisté à
quelques comédies musicales et, plus récemment à Houston, avait
subi *La Dernière Bande,* se disant qu'il y avait en effet de quoi ne
plus jamais bander. Il avait juré de ne plus jamais s'aventurer à
moins de cinq cents mètres d'un théâtre où l'on jouerait du Samuel
Beckett. La vie est absurde, c'est sûr, mais Kleber n'avait pas
besoin de voir un vieil homme éplucher sa banane et devenir fou
devant son magnétophone pour que la théorie soit démontrée.

Ceil Shannon avait fait sa maîtrise sur Samuel Beckett. A la

Sorbonne. En français. A dix-neuf ans. Un dossier de presse de l'Alley Theater informait qu'elle était la fille de Sean Michael Shannon, un banquier de Manhattan qui subventionnait largement les productions du Metropolitan Opera, et de Rachel Kraus, poétesse et professeur à l'université de Vassar. « Mlle Shannon, vingt-huit ans, a vu six de ses pièces montées dans des théâtres expérimentaux de Broadway, au nombre desquelles son grand succès *Femme perdue, femme retrouvée,* une étude sur George Sand et Frédéric Chopin qui a reçu le prix Obie et a été représentée dans onze langues. L'Alley Theater est fier de présenter la première mondiale de *Une nouvelle vie,* l'histoire de trois pionnières du Texas. L'action se déroule en 1845. Trois femmes ont perdu leur mari lors d'une attaque indienne. L'une d'elles donne le jour à un enfant au cours de la pièce. » Kleber s'attendait au pire et avait l'intention d'applaudir les Peaux-Rouges.

Le théâtre était carré (une ancienne usine de ventilateurs désaffectée); la scène était entourée par quatre séries de gradins. Quand Kleber put enfin entrer, l'équipe technique était en train de fixer les gels et d'ajuster les cycloramas. Dans l'obscurité, une silhouette volontaire se détacha pour se diriger à grands pas vers Kleber, certains angles du visage et du corps barbouillés d'étranges éclairs jaunes et roses. Ceil Shannon mesurait 1,80 m et avait l'allure d'un colonel passant ses troupes en revue. Elle avait fourré ses cheveux sous une casquette de base-ball de l'équipe de New York. Elle était en sueur et furieuse après une bataille dans les coulisses contre une actrice capricieuse, bataille qui s'était achevée sur un match nul. Parmi les mille choses qu'elle avait en tête, neuf cent quatre-vingt-dix-neuf étaient plus urgentes que de rencontrer un reporter local. Son agent de presse la conduisit à Kleber et elle déclara d'une voix agressive :

– Vous avez dix minutes. Allez-y.

Ne sachant pas qu'il allait interviewer le pape, Kleber répliqua :

– Je vous attends depuis deux heures et maintenant vous m'accordez dix minutes?

– Neuf. J'attends vos questions.

– Je n'ai pas l'habitude de travailler comme ça. Je préfère me balader et observer, puis bavarder.

– Formidable. Regardez tout ce que vous voulez. Mais rien ne doit filtrer, d'accord?

Kleber acquiesça et s'installa dans un des gradins. Presque aussitôt, il y eut une répétition technique, et il se mit à griffonner furieusement. Sur son bloc, les premiers mots furent « grossière » et « conne ». Il allait pondre trois lignes que Casey pourrait coller sous la colonne nécrologique. Il s'apprêta à partir, puis décida d'attendre pour voir cinq minutes de la pièce, sachant que ce serait épouvantable. S'il citait trois lignes de dialogues pourris, cela ferait l'affaire.

Quatre heures plus tard, Kleber était toujours au théâtre, il avait complètement oublié sa femme enceinte et ses responsabilités de journaliste. Il était fasciné par une pièce dont l'érudition en culture indienne était remarquable et par une femme qui fit basculer toutes ses théories sur le sexe opposé. Kleber définissait toutes les femmes selon certaines catégories; Mères (VeeJee), Épouses (Adelle), Institutrices (Hazel Busher), Putains (Laurie et consœurs), Bosseuses (Millie) et diverses (Edith Saller). Chacune avait sa valeur propre et chacune occupait un certain compartiment. En aucun cas, elles ne pouvaient en changer.

C'est alors que Ceil Shannon arriva et fit basculer la cage à poules de Kleber et ses stéréotypes. C'était une femme authentique qui le fascinait et lui faisait peur. Mécontente de l'éclairage, elle grimpa jusqu'au plafond comme une acrobate et rebrancha deux circuits complets. Elle maternait ses acteurs, les psychanalysait, leur donnait des explications, citant Shakespeare, Lynn Fontanne et W. H. Auden. Elle empoigna un marteau et une scie pour modifier le décor. Elle raccourcit des costumes. Elle arrangea des maquillages. Et quel que fût son rôle du moment, elle contrôlait la situation et elle était désirable. Kleber quitta discrètement le théâtre sans dire au revoir car il ne voulait pas rompre le charme.

Le lendemain, son reportage n'avait ni queue ni tête. Rien de ce qu'il écrivait ne rendait compte du caractère exceptionnel de cette femme. Puis le téléphone sonna. C'était Ceil qui appelait pour s'excuser de son attitude bourrue de la veille. Elle reconnaissait clairement et franchement qu'elle s'était mal comportée. Elle lui demanda s'il avait des questions à poser et, parmi toutes celles qu'il avait en tête, il en posa une seule :

– Votre dossier de presse ne dit pas si vous êtes mariée. L'êtes-vous?

– Oui, en effet. Et vous?

– En quelque sorte.

– Je vous remercie pour ce que vous ferez pour la pièce. On se reverra peut-être un de ces jours.

– Ce serait bien, dit Kleber, comme un adolescent.

– Si vous passez par New York, appelez-moi.

– Je n'y manquerai pas.

Plus tard ce jour-là, Casey lut son papier et dit :

– Est-ce que tu as sauté cette dame?

Kleber fut choqué et demanda comment le rédacteur en chef pouvait avoir de telles idées.

– C'est la première fois que je vois un tel étalage de brosses à reluire, mon vieux.

Kleber ne revit pas Ceil Shannon durant son séjour à Houston; pas vraiment. En revanche, trois soirs de suite, il attendit la sortie de l'Alley Theater, juste pour la voir partir.

Calvin Sledge avait un mince dossier concernant Ceil Shannon. Il avait essayé de la contacter au téléphone à New York et à Londres, mais elle ne le rappela pas. Il possédait un article du carnet mondain du *Time,* datant de 1972 :

DIVORCE : Kleber Cantrell, trente-neuf ans, célèbre journaliste, dramaturge et présentateur de télévision, et l'actrice Noëlle North, trente-deux ans, sa seconde épouse, après quatorze mois de mariage. En République dominicaine. Malgré le secret du dossier, on sait que Cantrell entretient depuis longtemps une relation avec la dramaturge féministe Ceil Shannon, quarante ans, épouse du producteur Saul Greene.

La veille du jour où Sledge devait faire sa plaidoirie devant le tribunal, il fut réveillé à 4 h 15 du matin par un coup de téléphone. Une voix, qui pouvait être celle d'un jeune essayant de se livrer à une mauvaise imitation de fausset, dit : « La Shannon se trouve à Fort Worth. La poule à Cantrell est arrivée en ville hier. »

Il se réveilla aussitôt et lui flanqua trois enquêteurs aux trousses.

LIVRE IV

Le Prince des Tentations

« Il y a dans l'interdit un charme qui le rend extraordinairement désirable... »

MARK TWAIN.

CHAPITRE 12

Thomas Jeremiah Luther fut arrêté avant même d'être venu au monde. Par un après-midi calme et fétide du printemps 1933, sa mère, enceinte de lui, sentit monter en elle une colère homicide et décida qu'elle avait le droit de tuer son coureur de mari. Magdalena Gomez Luther portait en son ventre la quatrième production de Victor (Peavine) Luther, l'homme qu'elle avait épousé à l'âge de dix-sept ans. En ce jour lointain, elle avait la jambe aussi fine que celle d'une pouliche et la taille si mince que Peavine pouvait, comme il le faisait souvent, en faire le tour de ses mains.

Pendant l'heure où elle nourrit ces fantasmes meurtriers et avant de les réaliser, Magda en vint à penser que sa cause était juste. Dans le miroir de sa chambre à coucher, un joyau de famille lourdement sculpté que sa grand-mère avait rapporté de Mexico en 1884 et dont on racontait que l'impératrice Charlotte prenait plaisir à s'y mirer, Magda apercevait une femme corpulente. C'était elle. De face, de côté ou de dos, Magda était une énorme truie. Elle avait des seins lourds comme des potirons en novembre et un cul impossible à caser dans un fauteuil de cinéma, ce qui était d'autant plus impossible qu'il n'y avait pas un sou vaillant dans la maison de Cloverdale. Elle avait mal à la tête. Ses trois garçons vivants, deux ans, quatre ans et sept ans, réclamaient à dîner à grands cris après avoir dévoré un kilo de cacahuètes généreusement laissé par le père, en refusant d'en donner une seule miette à leur mère. Le dernier rejeton non désiré qui attendait de sortir de son ventre enflé quant à lui se livrait à une danse de Saint-Guy ininterrompue.

Tout cela, selon Magda, était la faute de Victor (Peavine) Luther. Même si elle était texane à quatre-vingt-dix pour cent, la fraction restante était du noble sang espagnol, bouillant de passion et de vengeance. Depuis trois jours et trois nuits, son mari n'avait pas réapparu. Chaque fois que Magda avait téléphoné à la Luther

Land et Minerals Co., la nouvelle secrétaire lui avait répondu en chantonnant :

– Il n'est toujours pas là, madame Luther! Comme j'vous l'ai dit, M. Luther est parti à Longview voir ce nouveau puits de pétrole! J'lui dirai que vous avez appelé! J'espère que cette chaleur ne vous indispose pas trop! Bye-bye...

Magda décida d'aller voir de ses propres yeux.

Elle se dirigea vers son armoire et, parmi toutes les robes, ne trouva rien qui pût couvrir son corps qui ne cessait de grossir. Tout en sanglotant, elle saisit l'une des chemises de Peavine et un pantalon de marin bleu foncé. Et c'est dans la poche qu'elle trouva la goutte qui devait faire déborder le vase, le clou qui devait sceller le cercueil de son mari, la raison sinon la sanctification de son acte! Elle trouva un billet au parfum lilas (les hommes ont tendance à garder leur condamnation à mort) qui roucoulait comme une colombe dans une cage : « Peevie, mon chéri, merci pour le ravissant mouchoir en soie de Paris. Tu es le plus chou de tous les patrons. Tu ne devrais pas dépenser tant à me gâter, mais j'adore ça. Je t'aime. Bijou. »

Fagotée dans les vêtements de l'infidèle, Magda rassembla ses trois gamins, les embrassa avec une émotion hésitant entre la dévotion et le soulagement, les confia à la garde d'un voisin, et prit un taxi pour se rendre au bureau de Peavine. Là, elle réussit à extirper au garçon d'ascenseur, un Noir, l'information selon laquelle M. Luther et sa secrétaire étaient partis pour une « réunion » au champ de courses d'Arlington, entre Fort Worth et Dallas. Persuadant l'employé de l'y conduire séance tenante, demande qu'elle appuya en se nettoyant les ongles avec un couteau de boucher, Magda fut conduite jusqu'au champ de courses. Arlington était ouvert depuis 1929. C'était la création d'un magnat du pétrole de Fort Worth, immensément riche, du nom de W. T. Waggoner. Selon lui, le but de ce champ de courses était d'encourager l'élevage des chevaux pur-sang, puisque jouer de l'argent sur des chevaux était totalement interdit dans l'État du Texas. Waggoner alla même jusqu'à engager une petite armée de surveillants en civil dont le rôle était de vider tous les parieurs. Toutefois, en cette année 1933, et contre toute attente, une nouvelle loi fut votée au Texas qui permit le pari mutuel (une liberté qui ne dura que quatre ans, les baptistes faisant bientôt fermer les guichets)... Magda aperçut aussitôt Victor (Peavine) Luther aux premiers rangs d'une foule de parieurs, fringant comme Valentino, frais comme un esquimau Gervais dans son costume de lin et son chapeau assorti, soigneusement campé sur le coin de l'œil. D'un bras, il enlaçait une adorable minette, jeune et mince, portant une robe en crêpe de Chine, et dont le nom ne pouvait être que Bijou. Un orchestre en costume bleu-blanc-rouge jouait *Vive la vie, vive l'amour,* mais pour Magda, c'était *Valse triste.*

Tout en murmurant des malédictions en espagnol et en se demandant si elle allait poignarder son époux en premier ou sa poupée, Magda traversa lourdement la foule en liesse, son couteau de boucher scintillant au soleil. Elle déclencha des regards étonnés et des ricanements. Bijou la vit, se mit à pousser les cris d'un chat qu'on va jeter à l'eau et s'évanouit. Quant à Peavine, abandonnant toute idée de pari, il prit ses jambes à son cou sans se préoccuper de sa maîtresse, bondit dans sa Ford 1931, et démarra sur les chapeaux de roues. Incapable de retrouver la voiture qui l'avait conduite, Magda décida de voler une Packard vert bouteille dont les clefs avaient été laissées au contact. Hélas, Magda n'avait rien d'une conductrice expérimentée. Au premier virage à droite, elle se trouva dans l'incapacité de tourner le volant, coincée par l'ampleur du ventre portant fœtus. La Packard quitta la route, défonça une barrière en fil de fer barbelé, arracha un panneau publicitaire, affolant plusieurs vaches qui paissaient, et vint terminer sa course, l'avant en forme d'accordéon et le radiateur projetant un geyser de vapeur, contre un chêne séculaire qui avait réussi à pousser jusque-là en toute tranquillité. La police arriva aussitôt sur les lieux et, pour cause de vol de voiture et conduite dangereuse sans permis, s'apprêta à arrêter ce qu'ils croyaient être un gros bonhomme hébété. Mais la chose se mit à gémir, à pousser des cris aigus, et à glisser entre les mains de la Loi pour s'étaler par terre, perdant les eaux et donnant naissance à un fils de quatre kilos à l'ombre du chêne agressé fournissant aux deux policiers une histoire à raconter jusqu'à la fin de leurs jours.

Jamais à court d'idées, en particulier quand il s'agissait de sauver sa peau et son nom, Peavine fit intervenir ses relations familiales pour qu'il n'y ait pas de suite à l'affaire. Un journaliste et ami du journal local se laissa persuader de ne pas publier cette aventure burlesque, feignant de croire les propos de Peavine selon lesquels Magda « ne se sentait pas bien » et était « sous pression ». De plus, Peavine fit des déclarations de repentir si enflammées que Magda accepta qu'il revienne, mais non sans qu'il eût signé une promesse notariée selon laquelle il s'engageait à lui payer 200 dollars par mois jusqu'à la fin de sa vie, plus 160 dollars par mois pour l'entretien des trois garçons. Si l'imbécile avait, ne serait-ce qu'une heure de retard dans le paiement (cela était stipulé clairement dans le document), Madga devenait alors la seule héritière de 50 000 dollars que Peavine devait recevoir le jour de ses quarante ans et qui étaient bloqués depuis la mort de son père.

Ils vécurent ensemble encore pendant trente ans et Peavine continua de papillonner. Mais comme un chat échaudé, il s'arrangea toujours pour faire ses virées hors de la ville, et jamais deux fois avec la même fille. Certes, Magda savait qu'il y avait d'autres femmes, mais elle n'avait pas envie de changer de monture et ce, pour deux bonnes raisons : premièrement, Peavine s'arrangeait toujours, d'une façon ou d'une autre, pour lui payer l'argent qu'il lui devait et à temps; deuxièmement, elle se rendit compte, le cœur meurtri, que tant d'années et tant de grossesses avaient déformé son pauvre corps jusqu'à la faire ressembler à Marie Dressler plutôt qu'à Claudette Colbert. Elle était grosse, et avec quatre gosses sur les bras à l'époque de la Grande Crise, ses chances de trouver un autre mari étaient aussi minces que celles de découvrir une perle dans une boîte de sardines. De plus, le jour de la fête des mères, à Noël et quelquefois entre-temps, son salaud de mari lui disait qu'il l'aimait et lui entourait la taille de ses deux bras sans parvenir à en faire le tour.

Magda comprit très vite que rien n'explique vraiment, ni gènes ni environnement, l'orientation que prennent les enfants. Ses trois premiers garçons, des gamins exécrables, devinrent des hommes des plus banals : des contribuables, des maris fidèles, des pères, faisant la quête à l'église et ne se plaignant jamais de leur travail de mule n'enrichissant ni leur âme ni leur porte-monnaie. Son quatrième, Thomas Jeremiah (nommé dès son berceau et à tout jamais T.J.), ne savait pas que les circonstances de sa naissance étaient le sujet d'un des documents les plus hilarants rangés dans les dossiers de la police de Fort Worth.

Mais le jour de son vingt-cinquième anniversaire, quand la police appela Magda pour l'informer que son plus jeune fils était une fois de plus flanqué au trou pour ivresse sur la voie publique et qu'il fallait payer une caution de 140 dollars, la vie de T.J. semblait aller irrévocablement vers le genre de collision qui avait précipité sa naissance. Au guichet du commissariat, Magda apparut, le regard enflammé et les narines fumantes. Elle étala sept billets de 20 dollars sur le comptoir, prête à empoigner son fils par l'oreille gauche, la tourner dans le sens inverse des aiguilles d'une montre et le traîner jusqu'au premier prêtre, car elle avait recouvré la ferveur catholique de son héritage espagnol. Mais dès qu'elle retrouva son enquiquineur de gamin (à vingt-cinq ans et avec une guerre derrière lui, T.J. avait toujours un air d'enfant de chœur), Magda capitula de nouveau, comme d'habitude, devant son charme, son air rusé, devant sa propre culpabilité.

Elle savait ce qu'il allait dire; elle aurait même pu réciter son acte de contrition avec lui : « Oh, Maman, c'est une erreur. Je n'ai rien fait. Ce n'est pas moi. Je te le jure, Maman. » Les deux autres types du café, sur l'autoroute de Mansfield, avaient commencé à se battre pour avoir la serveuse. Quelqu'un d'autre avait bousculé le patron; il était tombé sur son flipper, la vitre s'était brisée, déclenchant quatre cent douze parties gratuites et un court-circuit bloquant l'air conditionné et les néons. Et, une fois de plus, Magda le crut... Avant même d'être arrivée à Cloverdale Avenue, elle était prête à attaquer la police en justice pour arrestation injustifiée. Elle nourrit son gamin, le borda au lit, et lui donna les derniers 25 dollars qui lui restaient pour s'acheter un nouveau costume afin qu'il puisse se présenter à un boulot « fantastique ».

Tout comme Kleber et Mack, T.J. avait connu des heures tourmentées et des jours difficiles après la soirée où Laurie avait été séduite puis abandonnée près de la rivière en crue. Mais pour lui, c'était différent. Étant le seul guerrier confirmé parmi les Trois Princes, T.J. n'était guère tourmenté par la culpabilité qui paralysait ses deux meilleurs amis. Des nombreuses luronnes qui s'étaient, bon gré mal gré, pressées contre lui, jamais une seule n'avait « rapporté ». Il se persuada immédiatement que Laurie n'avait eu que ce qu'elle méritait, qu'elle avait sans doute bu un peu trop d'alcool, et qu'elle était retournée cultiver ses haricots en rêvant à retâter de ce que T.J. lui avait fait goûter.

Non, la lance qui transperçait le prince des Tentations était de celles contre quoi il n'avait ni défense ni explication : il s'agissait de passer un cap difficile. Le jour où le lycée fut terminé, la base sur laquelle T.J. avait fondé son pouvoir s'écroula. Ses piliers avaient été l'alliance avec Kleber et Mack. Maintenant, le royaume des Trois Princes n'existait plus. Lui qui avait été le garçon le plus populaire se trouvait tout à coup à l'extérieur du champ de foire, sans tampon sur la main pour y entrer de nouveau. De plus, il n'avait aucune qualification lui permettant d'aborder l'avenir. Presque toutes ses notes étaient en dessous de la moyenne. Jamais il n'avait ressenti le besoin de lire un livre, puisque les filles à côté de qui il s'asseyait lui permettaient de copier sur elles. Il n'avait ni prédisposition ni ambition particulière, ce qui ne l'avait jamais inquiété. Pourquoi un jeune homme devrait-il s'inquiéter de ce qu'il « allait faire » quand il « serait grand », puisque la vie n'était qu'une rigolade et son seul intérêt être *aimé*?

Le lendemain de la distribution des prix. T.J. possédait en tout et pour tout 11 dollars et 15 *cents*. Mais il passa tout le jour à caresser le livre de l'année, dont deux pages pleines lui étaient consacrées. Cela valait bien plus que des dollars. Grâce à l'intervention de Magda, une des filles qui avaient réalisé le livre avait composé une biographie en images du héros. Pas une seule des photographies ne laissait penser que T.J. avait en tête une pensée plus sérieuse que : « Où est donc l'ouvre-bouteilles? » Assis dans sa chaise de bébé, il souriait comme un clown de cirque, le visage barbouillé de céréales et de confiture. Au zoo, à six ans, il se confiait à un chimpanzé en faisant des grimaces. Quand les filles apparurent à ses côtés, gloussantes et pubères, elles partageaient ses frasques comme les serveuses de Bacchus. L'année où T.J. dirigea l'équipe des supporters, selon la légende, « Jamais l'école ne fut plus enthousiaste ». En dernière année, la photo représentait le prince des Tentations en habit de cérémonie, mais louchant ostensiblement comme s'il avait une coccinelle sur le bout du nez. En dessous, griffonné de sa propre main, on pouvait lire : « La fête commence quand T.J. arrive; elle finit quand T.J. n'en peut plus. »

Ses deux meilleurs amis le mirent sur la touche. Ni Kleber ni Mack n'acceptèrent de répondre à la porte ou de le rappeler au téléphone, sous prétexte qu'ils étaient « malades » ou qu'ils « se reposaient ». Une fois, il aperçut Kleber à la station-service du coin, regonflant ses pneus. T.J. s'approcha comme si de rien n'était, parlant de fêtes et de plaisirs. Kleber hocha la tête et dit froidement :

– Je crois qu'on ne devrait pas se montrer ensemble. Pas pour l'instant.

– Mais bordel, pourquoi pas?

– Si t'as déjà oublié, c'est que t'es plus malade que je ne le croyais.

Et Kleber démarra à toute vitesse, comme si on lui avait commandé de s'éloigner d'une région contaminée. Quelques semaines plus tard, de retour d'un voyage forcé à San Antonio pour une réunion annuelle du clan de Magda, T.J. se rendit enfin compte qu'il était seul contre le monde entier. Mack était précipitamment parti pour la Louisiane afin de travailler dans les champs de pétrole, Kleber était parti pour l'université plus tôt que prévu; tous deux, sans un adieu à l'ami avec qui, pendant dix-huit ans, ils avaient passé plus de temps qu'avec leur propre famille. L'espace d'un instant, T.J. eut l'idée perverse d'appeler la police de Weatherford d'une voix anonyme et de dénoncer ces salopards. Mais le bon sens lui dicta que les filets de la vindicte pouvaient aussi le prendre dans ses mailles. Il finit par se convaincre que deux défections n'étaient rien face à son énorme popularité. Qu'ils aillent se faire foutre! Il essaya de rassembler des troupes fraîches. Mais les nouveaux bacheliers étaient trop occupés à s'acheter des pantalons de flanelle, chaussures de peau et chemises à boutons pour la rentrée universitaire. Ils se débarrassèrent de T.J. avec des « Bonjour-bonsoir », plus vite que Magda lui disait « Débrouille-toi » quand il lui demandait un billet de 10 dollars. La terre ferme sur laquelle il avait toujours posé ses deux pieds commençait à se fissurer.

Alors, il se mit à faire la grasse matinée. Il se levait à midi et passait ses après-midi au lac Burger, où il se faisait bronzer et nageait avec furie dans l'eau glacée jusqu'à être assez fatigué pour s'endormir sur sa serviette et attendre que le soir tombe. Le soir, il restait assis tout seul dans sa jeep au fast-food du coin, déprimé parce qu'il n'y avait là que des voyous n'ayant aucun vernis social.

Pendant plusieurs semaines, Magda observa son fils qui sombrait. Bien qu'elle n'aimât pas cuisiner (mais seulement manger), elle lui mitonna des petits repas qui commençaient avec des tacos faits à la maison, puis des pâtés de chili et enfin des tartes au pecan. Elle prit deux kilos, mais T.J. goûta du bout des dents.

— T'es malade, chéri? demanda-t-elle en lui posant les mains sur le front.

— J' crois pas...

— Mais tu t' sens pas bien, hein?

— J' sais pas comment j' me sens, M'man.

Magda choisit ses mots pour lui insuffler le feu sacré du travail.

— Est-ce qu'une fois dans ta vie, tu veux bien écouter ta maman?

T.J. haussa les épaules.

— Je crois qu'il est temps de savoir ce que tu veux faire de ta vie. Qu'est-ce que tu veux être?

— Riche.

— Réponds sérieusement!

— Mais je suis sérieux, Maman! J' veux être riche. Et célèbre. J' veux rentrer dans un restaurant et qu'on me donne la meilleure table, automatiquement. J' veux que les gens remarquent ma voiture quand je passe sur le boulevard. J' veux vivre à Westover Hills. J' veux qu'on connaisse mon nom en Chine. J' veux t'acheter un manteau de vison chaque Noël. J' veux recevoir tous les jours tellement de courrier qu'ils seront forcés d'envoyer un camion. Et j' veux que Kleber Cantrell et Mack Crawford me lèchent le cul.

– Thomas Jeremiah!

– Tu m'as demandé ce que j' voulais, Maman...

– Tout le monde veut être riche et célèbre, fit Magda tristement. Mais tu te souviens de la fable d'Esope : si les écureuils mangent bien pendant l'hiver, c'est parce qu'ils ont bien travaillé, tandis que les sauterelles paresseuses crèvent de faim.

Elle alla chercher le journal et lui fourra sous le nez la rubrique des petites annonces. Plusieurs offres d'emploi étaient entourées. T.J. lança un regard et ricana.

– 60 *cents* de l'heure, ça fait... (il hésita, les multiplications n'ayant jamais été son fort)... ça fait 24 dollars par semaine. Moins les impôts. Comme ça, j' pourrai vivre comme le plus pauvre des nègres.

T.J. quitta la table. Il s'enferma dans sa chambre et passa la nuit à boire du whisky et à regarder ses photos dans son album. Sa mère mangea toute la tarte au pecan, décidant de ne pas garder une seule bouchée pour un fils aussi ingrat.

Le lendemain matin, 25 juin 1950, les troupes communistes de la Corée du Nord traversaient le trente-huitième parallèle d'un pays asiatique que pas un Texan sur dix mille n'était capable de situer sur une carte. L'armée envahit Séoul, capitale du Sud. Dans les heures qui suivirent, Harry Truman qui, seulement cinq ans auparavant, avait lancé deux bombes atomiques sur le Japon prétendument pour décourager toute visée d'extension territoriale, ordonna aux forces aériennes et navales de « fournir au gouvernement sud-coréen tout le soutien et l'appui dont il aurait besoin ».

Avec moins d'enthousiasme, car les cicatrices de la guerre mondiale étaient à peine refermées, l'Amérique hissa à nouveau ses drapeaux.

Quand la nouvelle éclata, T.J. se trouvait en ville, avec l'intention de faire ses offres de service à une agence de placement qui recherchait des « jeunes cadres ». A un feu rouge, il entendit des hommes d'affaires en complet maudire ces Asiates. Au croisement suivant, dans la vitrine d'un bureau de recrutement de l'armée américaine, une publicité le figea. C'était une affiche qui demandait : ÊTES-VOUS LE MEILLEUR? Sous le défi, un portrait montrant un héros parfait, avec un salut aussi raide que son uniforme, menton tendu, regard vif, des médailles multicolores ornant sa chemise comme une salade de fruits. On aurait dit Audie Murphy, héros le plus décoré de l'histoire des États-Unis. La rançon de la victoire avait été des contrats à Hollywood et sa propre biographie. T.J. Luther entra.

Le 4 juillet 1950, T.J. se trouvait à Fort Hood, Texas, les cheveux coupés en brosse, dormant sur une paillasse dont même l'auberge de jeunesse n'eût pas voulu, mais convaincu, aussi sûr qu'on pète après avoir mangé des haricots rouges, qu'avant Noël, il aurait remplacé le personnage de l'affiche. De plus, dans l'infime possibilité où quelqu'un pourrait l'accuser à tort d'avoir trempé dans la disparition inexpliquée de cette petite salope de Weatherford, les médailles qui ne manqueraient pas de recouvrir très vite sa poitrine dissuaderaient le monde de tout soupçon de culpabilité. Après tout, les héros servaient leur pays, tandis que Mack, ce connard, jouait au football, et que Kleber, cette merde, écrivait des contes de fées.

Peut-être le général Sherman pensait-il à Fort Hood quand il prononça sa fameuse malédiction : « Si je possédais le Texas et l'Enfer, je mettrais le Texas en location et j'irais habiter en Enfer. » La ville la plus proche, Killeen, jolie comme un fourgon à bestiaux en plein désert, est l'endroit où l'on entraîne les bleus à ramper, avec les serpents et les lézards, dans une végétation que Dieu a généreusement pourvue d'épines et d'échardes. En été, le soleil ferait s'évanouir un chameau; en hiver, les vents vous arrachent le manteau du dos et le font tourbillonner jusqu'au golfe du Mexique. Le stage normal de préparation pour un conscrit est de huit semaines, à la fin desquelles la plupart des hommes considèrent le transfert en zone de combat comme une bénédiction. T.J. Luther résida à Fort Hood pendant deux ans, y compris quatre-vingt-six jours au trou, une prison guère plus difficile à supporter que les conditions extérieures. Il ne fit jamais rien d'assez grave pour mériter la disgrâce ou le renvoi, mais ses infractions étaient toujours assez sérieuses pour le retarder dans sa poursuite de l'héroïsme. Quand il n'était pas en train de jouer, de vendre de l'alcool en fraude ou de brailler, T.J. était un soldat compétent. Il avait suivi une formation d'assistant médical, avait appris à donner les premiers soins, à faire des massages cardiaques et à faire semblant d'avoir la crève. Et il faisait toujours bien ce qu'il faisait, s'il n'oubliait pas de se réveiller ou s'il n'avait pas trop bu. Toute la journée, les sergents l'engueulaient et le menaçaient de lui broyer les fesses et d'en faire du steak tartare, mais le soir, dans les bars de Killeen, ces mêmes tyrans lui demandaient des conseils stratégiques sur la façon de séduire les filles des fermiers qui ne s'intéressaient qu'aux sous-lieutenants.

T.J. réussit à passer caporal pendant deux semaines, avant qu'on ne lui arrache ses galons pour avoir manqué à l'appel. Il faillit presque se retrouver sur le champ de bataille, ayant été envoyé au Japon, mais après plusieurs semaines d'« orientation », les Jaunes se rendirent. Un armistice fut signé à Panmunjom et les troupes n'eurent plus qu'à rentrer. Ce que fit T.J., se présentant à Cloverdale en uniforme un soir d'août 1953. Il n'y avait pas de fanfare. Ni de banderoles sur la porte d'entrée. Il dut attendre cinq minutes avant que Peavine finisse par venir ouvrir. Magda s'excusa. Ils étaient en train de jouer à la canasta tout en regardant un chanteur de charme à la télévision. Ils lui dirent qu'ils étaient contents de le revoir, mais sans trop d'enthousiasme.

Il existe, en gros, deux catégories de travail. Des hommes doués de talent, d'intelligence et d'allant peuvent diriger un gouvernement, créer des œuvres d'art, réparer des corps, enseigner et même atteindre la sagesse. D'autres hommes, dont les mains sont plus fortes que l'imagination, doivent manier le marteau et souffrir de callosités. D'autre part, entre les aspirations et leur application, il y a quelquefois une grande distance à parcourir. C'est le cas des hommes pleins de rêves mais sans talent, dont la tête est emplie de projets mais dont la poche est vide, ceux dont les jours sont plus difficiles à vivre que les nuits. C'est dans ce lamentable club que le prince des Tentations était inscrit. Petit à petit, les choses trouveraient leur place, mais pas comme le croyait T.J., et seulement après avoir subi plus d'une épreuve et plus d'une dérive.

– J'ai bien peur, monsieur Luther, dit l'employée de l'agence pour l'emploi, que votre expérience professionnelle ne soit pas suffisante pour un poste de « cadre ». Votre curriculum vitae n'est pas très impressionnant. Vous avez juste fait des études secondaires.

Cette bonne femme était idiote. T.J. décida d'attaquer.

– On m'a élu le garçon le plus populaire dans une division de trois cent cinquante étudiants. Ce genre de chose devrait impressionner n'importe quel employeur.

– Oui. C'est bien d'être aimé. Mais un directeur du personnel sera plus intéressé par un diplôme universitaire. Pourquoi ne vous inscrivez-vous pas à l'université?

– C'est dans mon intention. Cours du soir. Et le week-end. J' serai content quand je serai licencié ou même agrégé. Mais en attendant, soyons sérieux, j'ai besoin de bosser. Dans un bureau, par exemple. Je suis très beau en complet cravate.

L'employée de l'agence jeta un regard derrière lui et fit la grimace. Une foule d'hommes impatients piétinaient, comme un troupeau, en attendant l'arrivée jusqu'à son bureau. Des visages noirs ou bruns, des visages de pauvres Blancs, des ouvriers, les épaves désespérées de la guerre de Corée, de la récession Eisenhower, des paysans venus à la ville, tous unis par le dénominateur commun de n'avoir pas de travail. T.J. se serait senti insulté d'être inclus dans ce nombre, mais l'employée sentait la même sueur sur sa chemise et voyait la même panique dans son regard.

Elle ferma son dossier.

– Je suis vraiment désolée, monsieur Luther, mais sans diplôme...

T.J. s'accrocha.

– Écoutez, madame, j' vais vous dire : j'aurais pu aller à la fac comme mes copains. J'aurais pu décrocher un diplôme bidon, draguer les minettes, puis rentrer chez Papa et travailler dans ses puits de pétrole. Mais moi, j' voyais pas les choses comme ça. J'ai choisi de servir mon pays. Fallait qu'y en ait. J' suis allé me battre contre les communistes. C'est pas les médailles ou la gloire que j' voulais. Mais maintenant, on dirait que j'ai pas fait le bon choix. Tout le monde s'en fout de ce que j'ai fait. C'est pas ça, l'Amérique qu'on m'a appris à aimer.

Il se leva et, superbe obligé, T.J. ressemblait enfin à l'affiche de recrutement. Le regard de la femme se voila. Elle entendit la voix de Douglas MacArthur s'éloigner. Son propre fils, tombé en combattant, Rommel, lui déchirait le cœur.

– L'administration hospitalière, fit-elle en feuilletant ses dossiers à toute vitesse. Voyons si nous pouvons utiliser votre formation médicale.

– Madame, vous ne le regretterez jamais, dit-il en se penchant par-dessus le bureau et en tapotant la main tachetée de la dame, dont le visage s'illumina. Et une promesse de T.J. Luther, c'est comme de l'argent à la banque!

T.J. fut engagé comme garçon de salle, à l'essai, à 1,15 dollar l'heure. Il raconta à ses parents qu'il était « agent technique » et gonfla son futur salaire jusqu'à 150 dollars par semaine. Si Magda avait besoin de quelque intervention chirurgicale, une vésicule biliaire par exemple, il lui promit une réduction, et le meilleur scalpel de la maison. Il enfilait sa blouse blanche pour conduire sa jeep, dans l'espoir de se faire arrêter pour excès de vitesse et de pouvoir rétorquer au flic qu'il s'agissait vraiment d'une question de vie ou de mort. Quand des patients ignorants l'appelaient à tort « Docteur », il ne les corrigeait pas et souvent, il s'affairait à étudier leur dossier avec le masque d'un grand patron. Si la propreté des carrelages qu'il épongeait laissait à désirer, il eut en revanche quelques relations sexuelles intéressantes avec trois infirmières et une pédiatre dans l'un des vestiaires. Pourtant, sa carrière prit fin au bout de trois semaines, à cause d'un déjeuner prolongé et arrosé par trop de bière, avant la préparation maladroite d'un pasteur de soixante-treize ans à une opération de la hernie. Alors que, d'une main tremblante, il rasait l'aine de son patient, T.J. lui raconta des histoires totalement inventées, mais fascinantes, de chirurgie sur le champ de bataille près du trente-huitième parallèle. C'est alors qu'il entailla la peau du vieil homme, mince comme un parchemin, et que le sang gicla, non seulement sur le prêtre, mais sur sa Bible et son lit.

Ensuite vint le bref épisode à la Compagnie hollandaise des glaces et desserts glacés où, chaque matin à 7 heures, T.J. s'équipait comme l'amiral Byrd. Il enfilait trois pull-overs, un épais anorak, deux paires de gants et une casquette d'aviateur doublée de fourrure avant d'entrer dans l'entrepôt où la température était de 23 degrés en dessous de zéro. Pour 1,20 dollar de l'heure, T.J. exécutait des corvées qui auraient pu être accomplies par un orang-outan si on lui avait appris à faire la différence entre le chocolat, le caramel et la praline. Des litres et des litres de glace encore molle s'engouffraient dans la chambre froide par un tapis roulant. Tout ce que T.J. et son coéquipier, un vieux Noir à moitié sourd du nom de Abner, devaient faire, c'était d'enlever les pots du tapis et de les placer, selon leur parfum, dans des paniers en acier à roulettes. Au début, le boulot apporta un changement étrange et délicieux, même s'il faisait grossir. Mais bientôt, vingt minutes au grand froid, suivies des dix minutes permises à l'extérieur pour se réchauffer, lui sembla être un équilibre extrêmement défavorable. Il alla se plaindre au contremaître, un Allemand du Sud du Texas nommé Schmitt, et lui suggéra que quinze minutes dedans et quinze minutes dehors serait plus charitable et plus productif.

– On cherche à faire de l'agitation, mon garçon? demanda Schmitt, dont le surnom était Choucroute.

– Non, m'sieur. C'est seulement j' me les gèle!

– C'est pour ça que t'es bien payé. Dégage!

Plus tard, plein de rancœur, T.J. engagea la conversation avec son collègue Abner, ce qui était rare. Il fallait hurler pour que le bonhomme entendît, et il répondait en gueulant encore plus fort. Leurs paroles étaient enveloppées par des nuages de buée, et ils ressemblaient à des ours polaires se battant pour leurs droits de pêche.

— Ça fait combien de temps que tu travailles ici, Abner?

— Pwésentement, ça fait quato'ze ans, mon ami.

— Et ça te plaît?

— Non, mon ami; j' déteste vouaiment.

— J' me disais, Abner, que si toi et moi, on s' mettait ensemble et on *exigeait* deux fois quinze minutes, alors on s'rait les plus forts.

Abner serra ses lèvres, troublé.

— J' veux pas pe'd'e ma retouaite, mon ami. J'aurouai soixante-cinq ans en octobe.

T.J. hocha la tête avec compréhension.

— Moi, j' crois que tes vieilles artères vont bientôt geler. T'es même pas sûr d'arriver à soixante-cinq. Quand j'étais étudiant en médecine, j'ai vu plein de vieux Noirs les artères gelées, et eux ne travaillaient pas au pôle Nord!

— Pou'quoi que t'es pas docteu' si t'étais étudiant en médecine?

— Parce que j'ai arrêté! Parce que j'aime les gens, moi! Parce que j'ai vu trop de gens se faire charcuter pour des expériences chirurgicales! Tu sais, ils aimeraient bien t'avoir, à l'hosto, Abner. Tu s'rais dans une éprouvette en quelques jours!

— C'est vouai, ce touavail me fatigue. Dieu m'est témoin!

— Alors, tu s'rais d'accord pour qu'on ralentisse d'un cran, non, Abner?

T.J. lui fit un clin d'œil, et Abner sourit.

Le lendemain, dans l'atelier d'à côté, où des Mexicaines avec un filet sur les cheveux posaient méthodiquement des couvercles sur les containers de glace avant de les placer sur le tapis roulant, un embouteillage se produisit à l'entrée de la chambre froide. Les pots se bloquèrent, se renversèrent les uns sur les autres. Choucroute, furieux, se précipita à l'intérieur et trouva T.J. et Abner travaillant comme des automates devenus fous.

— Le tapis s'arrête et repart sans arrêt, m'sieur Schmitt, haleta T.J. d'un air soumis. C'est fou. Rien ne rentre pendant cinq minutes, et puis v'lan! trois cents d'un coup! On fait c'qu'on peut, m'sieur.

Ensuite, arrivèrent des plaintes de distributeurs : des clients renvoyaient des pots de glace dont le couvercle annonçait un parfum et qui en contenaient un autre. Quelqu'un inversait les couvercles. Le contremaître interrogea T.J. et Abner, mais il dut croire à leur innocence. Comme le lui fit remarquer T.J., ce pouvait être n'importe qui, depuis une grincheuse du tapis roulant jusqu'à un livreur mécontent. En tout cas, Schmitt était à cran. C'était le moment de lui offrir le bouquet final.

T.J. donna à Abner des indications sur son texte et son jeu de scène. Même s'il avait le rôle principal, le vieux n'aimait pas le scénario. Abner refusait d'enlever sa combinaison protectrice, de se soumettre au choc du froid pendant plusieurs minutes pour provoquer de vrais frissons, puis de bourrer sa casquette de glaçons pour ressembler à une victime des grands froids.

— C'est toi qui dois fai'e le bonhomme de neige, mon ami.

— Impossible! J' suis jeune et fort; Schmitt y mordra pas. Y peut pas m'encaisser. Écoute, Abner, j' te fiche mon billet que ça va marcher. C'est un coup sûr. Et je s'rais pas étonné du tout qu'ils te filent 100 dollars de plus pour pas que t' déclares en incapacité.

— 100? Tu crois?

— Au moins! Allez, Abner. Bats-toi pour ce à quoi tu as droit. Tu crois que Martin Luther King s' laisserait g'ler les artères?

Une fois de plus, les pots se bousculèrent à l'entrée du tapis et Schmitt, furieux, se précipita dans la chambre froide. Abner était étendu de tout son long, T.J. penché sur lui. Les pots se déversaient par terre, éclatant, formant une énorme flaque collante et glissante qui n'allait pas tarder à puer.

— Abner se sent mal, m'sieur, Très mal! J'étais infirmier en Corée; j' sais qu'il est gelé.

Inquiet, le contremaître se précipita vers l'ouvrier à terre, mais il glissa dans une mare de chocolat et s'étala les quatre fers en l'air dans la framboise. T.J. se mordit la lèvre pour ne pas éclater de rire, mais Abner se redressa, revenu miraculeusement à la vie.

— J' vais mieux, pwésentement. J' c'ois que j'ai eu un p'tit malaise.

— Et ça, c'est quoi? demanda Schmitt en arrachant un glaçon qui sortait de la casquette d'Abner comme une boucle d'oreille de cristal. En tout cas, tant mieux si tu vas mieux, Abner, car t'es viré!

Abner trembla pour de bon.

— Oh, m'sieur, j' vous en pouie! C'est *lui* qu'a eu c'tte idée!

T.J. ne sourcilla pas.

– Il ment. C'est moi qui fais quatre-vingt-quinze pour cent du boulot ici, m'sieur Schmitt!

– Oh, Jésus, c'est pas vouai! C'est *lui* qu'a foutu le baza'. Moi, j'touvaille ici depuis quato'ze ans, patouon. J'ai jamais embêté pe'sonne.

Schmitt était de marbre.

– J'ai pas le temps de jouer les Salomons. Vous êtes virés tous les deux!

Abner posa son regard sur T.J. dans l'espoir qu'il le sauve, mais en vain.

– Tu es le mal! Tu es habité par le démon.

– Et toi, sale nègre, t'es un menteur! Schmitt, c'est à choisir : la parole d'un nègre contre celle d'un ancien de la Corée. J'crois que les journaux aimeraient bien cette histoire.

Schmitt faillit éclater de rire.

– Eh bien, mon vieux, entre un Noir menteur et un salopard de Blanc, j'aime mieux pas savoir! Maintenant, foutez-le-camp de chez moi!

Soudain, T.J. balança un demi-litre de crème de pecan qui atterrit en plein dans le mille, c'est-à-dire sur l'oreille gauche du contremaître. Puis il envoya valser un casier de sorbets multicolores sur Choucroute, qui s'écroula, hoquetant, dans un bain au parfum orange et citron. La lettre recommandée que T.J. reçut quelques jours plus tard l'informait qu'il devait 674,50 dollars pour dégâts matériels. T.J. répliqua en envoyant à Schmitt un paquet contenant une merde de chien enrobée dans assez de glace pour arriver à destination. Puis il déposa une plainte auprès du bureau du travail, selon laquelle les conditions de travail dangereuses et insupportables l'avaient atteint, au physique comme au moral. T.J. reçut 1 670 dollars de dédommagement. Une aubaine. Il s'acheta un splendide coupé, une Mercury 1955 toute blanche, au moteur puissant et possédant une radio assez puissante pour attraper Chicago.

Pendant trois jours d'affilée, il se pavana dans le quartier. Il s'offrait son propre défilé. Il avait l'air tellement fantastique dans cette voiture qu'il avait envie de descendre à chaque croisement et de s'applaudir lui-même. Le quatrième jour, il s'apprêta à aller prendre une assurance pour sa voiture. Mais dès qu'il sortit de chez lui, il comprit que ce ne serait pas nécessaire. La voiture avait disparu, volée pendant la nuit, en plein cœur de cette forteresse de moralité et de sécurité qu'était Cloverdale. La police retrouva la voiture quelques jours plus tard, dans le quartier noir. Une épave, sans roues, sans radio, sans moteur, sans pare-brise et sans sièges. T.J. reçut une facture de 52,13 dollars pour remorquage et taxes diverses. Il ne paya rien.

Brigham (Bun) Luther, le plus jeune frère de Peavine et l'oncle du prince des Tentations se présenta, contre toute attente, un jour à Cloverdale avec sa nouvelle épouse, la sixième ou la septième selon que l'on comptait ou pas une barmaid de Oakland qui n'avait duré que le temps d'un week-end lors de la Seconde Guerre mondiale.

– J'vous présente Spike, fit l'oncle Bun en montrant sa dernière, une grande femme maigre et exubérante. Ça, c'est une vraie de vrai. Elle est trop grande pour s'en débarrasser!

Spike éclata d'un gros rire et serra la main de chacun avec énergie. Elle avait une chevelure orange et portait à l'annulaire un diamant qui lui couvrait toute une phalange. Garée devant la porte, il y avait une Cadillac grise de caïd, traînant une remorque à chevaux. A l'intérieur, une ravissante jument palomino, dont les hennissements attirèrent les gosses du quartier, munis de carottes et de morceaux de sucre. Dans la famille Luther, Bun était celui qui avait toujours décroché le gros lot.

Magda était gênée. Elle n'avait rien à offrir, mis à part des lentilles réchauffées et des pieds panés qu'elle avait mis à mijoter. Mais l'oncle Bun avait tout prévu. Il déchargea cinq kilos de côtelettes et un plein sac de produits achetés sur la route : des tomates de quinze centimètres de large, deux douzaines d'épis de maïs, une pastèque bien charnue et une boîte de poivrons jalapeños qu'il avalait comme du pop corn. En un rien de temps, c'était la fiesta.

– Magda, j' te jure que t'es plus belle tous les jours, dit Bun. Y m'suffirait d'un p'tit sourire d'encouragement pour que j' t'enlève à mon frère. Moi, j'ai toujours aimé les femmes bien rondes.

Magda gloussa, flattée. Elle pesait cent vingt-deux kilos et sa seule gymnastique consistait à demander à Peavine de l'extirper de fauteuils bien rembourrés... En revanche, Peavine semblait rétrécir chaque jour un peu plus, comme s'il avait une fuite d'air cachée. Il avait à peine plus de cinquante ans mais vieillissait mal. Il était maigre, bossu, et ne cessait de tousser à cause de cet éternel mégot au bout de son fume-cigarette de turquoise. Il se teignait les cheveux noir comme du cirage et gominait sa moustache religieusement. Cela lui donnait un air de vieux beau attendant un rôle qui ne viendrait jamais. Peavine continuait de déclarer qu'il « travaillait à son compte dans le pétrole », mais son travail s'était réduit à occuper un tabouret à la cafétéria de l'Hôtel Texas et une cabine téléphonique au dépôt des bus Greyhound.

On parla des habituels sujets des réunions de famille : le temps, la récolte du pecan, des tantes qui étaient mortes et des oncles qu'on avait relégués à l'hospice depuis le jour où Peavine et Bun s'étaient vus pour la dernière fois. C'étaient les deux derniers survivants d'une couvée de neuf. La guerre, les accidents de circulation et les hémorragies cérébrales avaient décimé la lignée des Luther. T.J. réussit à placer quelques histoires héroïques sur la guerre de Corée qui réduisaient Audie Murphy à la corvée de patates. Peavine se plaignit des cours bon marché du pétrole étranger (3 dollars le baril) qui envahissait l'Amérique à tel point qu'au Texas, la production était limitée à huit jours par mois par une commission d'État. Tout ça, c'est la faute de Ike, dit Peavine en laissant entendre une conspiration entre lui et les Arabes. Mais il se mit à tousser et à devenir bleu comme la fumée des Camel. De toute évidence, Peavine n'allait pas tarder à quitter ce bas monde.

L'oncle Bun, au contraire, faisait riche et soigné comme une selle neuve. Il portait une étroite culotte de cheval en gabardine avec un ceinturon en acier, avec « BUN » inscrit sur la boucle d'une façon aussi voyante qu'une croix au néon sur une église. Les traits de son visage étaient épais mais son regard étincelait comme le tesson d'une bouteille de Jack Daniel. Il était mince et pingre. Il possédait une femme riche et une Cadillac. Il était tout ce que T.J. voulait être.

Pendant que Magda et Spike, qui ressemblaient à des Laurel et Hardy féminins, débarrassaient la table et faisaient la vaisselle, les hommes s'installèrent sur la véranda pour fumer les cigares cubains de Bun et boire le cognac français de Bun, qu'il transportait dans une fiasque d'argent.

– Spike a l'air pas mal, déclara Peavine.

– Ç'a été clair comme de l'eau de roche le jour où j' l'ai vue pour la première fois. On ne peut pas savoir d'avance le jour où l'on va tirer le bon numéro. J'étais à Bakersfield, en Californie, rond comme une barrique et fauché comme les blés. Si Betty Grable m'avait proposé un coup pour 10 dollars, j'aurais pas pu me le payer. Puis un type me dit : « Y a une bonne femme qui cherche un type sérieux pour amener son cheval au Texas. » J' m'attendais à une vieille rombière, et qu'est-ce que je vois? Spike! Tu sais, moi j'ai toujours aimé les rousses, et Spike, c'est une *vraie* rousse! J'ai voulu en être sûr tout de suite... L'histoire, c'était que son type s'était tout juste tiré avec une masseuse de Palm Springs, laissant à Spike une maison et un cheval. Elle me dit : « Doobie Dale de Dallas, Texas veut m'acheter ce cheval pour 25 000 dollars, mais faut l' livrer et moi, j' crains de faire le chemin toute seule. Pour ça, j' vous donne 250. » Alors, j' lui dis : « Rouquine, si tu viens avec moi, j' ferai ça pour six coups et deux bières. »

Dans la rue, la jument se mit à hennir et à donner des coups de sabots dans la voiture. Agile comme un adolescent, Bun bondit de son siège, s'en alla murmurer des douceurs dans l'oreille de la bête et revint finir son histoire.

– Alors, Spike et moi, on s'est arrêtés à Las Vegas pour qu'elle divorce de son salaud de mari. Puis on est allés un peu plus loin sur le boulevard et là, on s'est mariés. Juste à côté, y avait un casino, et comme on était le huitième jour du huitième mois, le 8 août, on a balancé un billet de 100 dollars à la roulette. 8 et 8, ça fait 16, et c'est ça qu'on a joué, et c'est ça qu' est sorti! Trente-six biftons de 100 dollars.

T.J. siffla; il se sentait pâlir.

– Attends. Comme c'était le troisième mariage de Spike et mon... euh... septième, on a décidé de remettre ça. Trente-six biftons de 100 dollars sur le numéro 10.

– Bon Dieu! hurla T.J. Ça fait...

– De la merde, finit Bun. Cette salope de boule est venue faire la lèche au numéro 10 comme une suceuse, et finalement elle s'est arrêtée sur le double zéro. Bah, ça va, ça vient, comme dit Spike! En sortant, qu'est-ce qu'elle voit par terre? Une pièce de 10 dollars. Elle la fout dans la machine à sous; bing, bang, par ici la monnaie : 8 500 dollars! On a mis les bouts. Et on aurait pu être ici la semaine dernière, si on n'avait pas trouvé ce motel avec un lit incroyable à Albuquerque. Tu mets un dollar et il vibre. Spike dit qu'on a dû dépenser 110 dollars à se faire faire des frissons...

– Et à part ça, Brigham? demanda Peavine qui s'ennuyait à écouter ces histoires de sexe et de chance.

– Demain, on va vendre ce cheval et après, on s'installe ici, au pays.

– Faire du commerce de chevaux? demanda T.J.

– Tu rigoles? On va ouvrir un ranch et un élevage de chinchillas. Spike dit qu'elle peut faire des crèmes de beauté avec de l'huile de chinchilla et aussi vendre les peaux. Mon boulot, ce sera de forcer ces bestioles à faire des gosses, et on passera tous ces chinchillas à la moulinette. Supposons que ça marche pas : on aura toujours le ranch. Spike dit qu'y a des bonnes femmes pleines d'oseille qui payent 300 dollars par semaine pour bouffer des haricots et se faire toucher le cul par des cow-boys. Eh ben, si on m'avait donné 1 dollar chaque fois que j'avais touché un cul, j' pourrais m' payer le Guatemala!

Le cheval fut vendu, l'argent empoché, et Spike alla faire une virée jusqu'à Dallas pour rendre visite à un parent et faire les grands magasins. Bun proposa à T.J. de venir avec lui se balader à la recherche d'un ranch valable.

– Et qu'est-ce que t' as fait de cette vieille ferme que t' avais près de Weatherford? demanda tout à coup T.J. en se rappelant pour la première fois depuis des années, cette nuit d'orage et la fille qui, à son insu, continuait de hanter ses deux amis, ces deux salauds dont il ne voulait plus jamais parler.

– J'en sais rien, mon vieux, répondit Bun. De la terre abandonnée. Ça valait pas un sou, ça. En vrai, j'ai complètement oublié. J' l'ai p' têt vendue pour régler des impôts. On va y j' ter un coup d'œil?

T.J. refusa. Bun s'enfourna du tabac à chiquer et cracha par la porte de la Cadillac en fonçant vers la campagne à l'est de la ville. Quand son neveu avait fait cette allusion inattendue, il n'avait même pas sourcillé – de quoi rassurer T.J. à tout jamais. Si jamais quelqu'un avait tanné Bun au sujet d'une fille qui s'était fait sauter chez lui, il lui en aurait sûrement parlé.

Il faisait chaud, cet après-midi là. Bun conduisait sa Cadillac à près de 130 km/h et se fit arrêter trois fois entre midi et 4 heures pour excès de vitesse. Mais chaque fois, grâce à son baratin, il évitait la contravention. T.J. enviait son oncle pour sa façon de faire danser les hommes sans même tirer de la chevrotine dans leurs pieds. Ils visitèrent plusieurs propriétés, mais une seule était intéressante, trente hectares entre Fort Worth et Dallas, un joli bout de terrain bordé par une petite rivière avec des perches et des poissons-chats, parsemé de chênes et de cèdres. Le bâtiment principal était en briques jaunes avec des petites décorations fantaisistes, tandis que l'étable et les bâtiments annexes avaient l'air vraiment authentiques, comme si Wyatt Earp et Belle Starr avaient dormi là, peut-être même ensemble. Elle coûtait 37 500 dollars et Bun déclara au propriétaire que c'était du « vol manifeste ». Mais plus tard, il avoua à T.J. que c'était « dans les prix ».

Ils s'arrêtèrent boire une bière chez un routier près de Grand Prairie, et là, Bun gagna 4 dollars à la tombola et 8 dollars au bras de fer avec un joueur de football. Quelques ouvriers de l'usine d'hélicoptères Bell se mêlèrent à la conversation pour suggérer que Bun était un cow-boy d'opérette. Voyant que cela pouvait tourner à la bagarre sanglante, le patron persuada Bun et T.J. de s'en aller, leur offrant douze canettes de bière en lot de consolation. L'oncle et le neveu, bourrés et heureux, découvrirent un petit coin de verdure près de la rivière Trinity pour se raconter des histoires de femmes.

– J' peux te demander un truc? fit T.J., changeant de sujet. Bun hocha la tête.

– C'est-à-dire que... c'est pas très facile...

– Écoute, si tu baragouines pas en grec ancien, j' pourrais comprendre, fiston!

– Eh bien, j'arrive pas à démarrer! J'ai bientôt vingt-six balais et j' croyais que j' serais au moins à moitié millionnaire à c' t âge-là. En vrai, j'ai même pas 40 dollars. Et pas de boulot. J' crèche toujours chez mes vieux. Ma jeep démarre pas. Et j' tiens pas en place...

– Ben, fit Bun, tu pourrais p' têt être la reine d'un jour! (Il regarda son neveu avec sérieux.) Nous deux, fiston, on n'est pas très différents. C' qu' y a, c'est qu'on a du mal à démarrer. C'est le sang des Luther, ça. Moi, j'ai jamais cru que quelque chose valait le coup s'il fallait pour cela se lever avant midi. J'ai cru ça pendant quarante-neuf ans et demi, jusqu'à ce que j' rencontre Spike. Maintenant, quand j'y repense, j' me rends compte que des mecs se levaient avant le soleil. Eux, ils sont passés à la caisse avant moi. Mais finalement, j'ai réussi. Il a fallu un moment; c'est tout.

T.J. écouta le conseil et hocha la tête.

– Mais j' peux pas attendre jusqu'à cinquante berges, oncle Bun! (Il était près des larmes. Une journée à s'imbiber de bière, et il était prêt à craquer.) Sais-tu que j'étais le Garçon le plus Populaire de mon lycée? C'est quelque chose, ça, non? J' veux dire, c'est comme un billet de train illimité. On n'arrête pas d'être populaire du jour au lendemain, si?

Bun s'imprégna du paradoxe et de deux autres bières.

– Tu peux t' dégotter 10 000 dollars? demanda-t-il.

– Si tu connais une banque que Clyde Barrow n'a pas braquée...

– Plus maintenant, fit Bun en souriant. Essaie de te procurer dix mille petits biftons avec le portrait de George Washington dessus, et je t'engage comme directeur adjoint du ranch Spike, Bun & Chinchillas Associés. On fera ça dans les règles. En enrichissant ces salauds d'avocats. Si t'es pas millionnaire avant d'avoir trente ans, alors j' veux bien qu'on me les coupe!

Sur le chemin du retour, tandis que T.J. se demandait comment mettre la main sur ce butin, Bun se perdit sur les petites routes, tournant comme un fermier beurré sur un tracteur.

– Putain, mais j' connais ce coin comme le trou de mon cul! Là-bas, y avait jadis le champ de courses d'Arlington, avant que les baptistes décrètent que les courses de chevaux, c'était pire que de baiser pour le pied.

Il trouva un chemin vicinal et s'engouffra dedans, faisant crisser les pneus et sauter les gravillons.

– Ton vieux et moi, on avait l'habitude de passer une heure ou deux sur ces pistes. Ton vieux, c'était un sacré type. Avec des costards blancs super et une canne à pommeau d'argent. Y ressemblait à un rital. Les poules, elles voyaient Peevie, et elles mouillaient leur culotte. Mais tout ça, c'était avant qu'il rencontre ta mère.

Bun tourna à droite puis à gauche, lança une bordée de jurons, puis s'arrêta pour regarder par la portière. Il vit quelque chose et déclara :

– Ça alors! C'est pas croyable!

T.J. essaya d'apercevoir ce qui soulevait un tel enthousiasme chez Bun, mais il ne vit rien. Rien qu'un gros chêne au tronc épais et tordu, auquel manquait un gros morceau sur le côté, comme s'il avait été transpercé par un boulet de canon. Bun sortit de la Cadillac et s'approcha de l'arbre. Il devait y avoir quelque chose d'extrêmement drôle car il s'étala sur l'herbe grasse et rit à s'en décrocher la mâchoire.

– C' que c'est que le destin, tout de même! Tu vois cet arbre, là-bas? Eh bien, c'est exactement le même arbre où t' es...

D'un coup, Bun s'arrêta de parler, retourna dans la voiture et déclara que maintenant, il connaissait le chemin pour rentrer. Ils feraient mieux de se presser...

– Eh, attends une minute, protesta T.J., curieux. Qu'est-ce qu' y avait de si drôle? Ça veut dire quoi; « C'est exactement le même arbre où t' es... »? Où j' suis *quoi*?

– Rien...

– Rien, mon cul! T'allais dire quelque chose. C'était quoi?

– Rien. C'était rien. J' me suis juste rappelé un pique-nique qu'on avait fait ici, un jour. Ta mère, ton vieux et moi.

– Ouais, mon œil. J' suis pas si beurré que ça tu sais? Bun Luther, tu as dit, et j'ai très bien entendu, tu as dit : « *Ça, c'est exactement l'arbre où t' es...* » Est-ce que *j'étais* à ce pique-nique?

Bun haussa les épaules et alluma la radio.

– P' têt bien, dit-il à mi-voix, à peine audible à cause de la chanteuse. Et p' têt que non.

CHAPITRE 13

Sur un formulaire officiel de la société de fournitures municipales Panther, T.J. rédigea un contrat avec lui-même :

Moi, Thomas Jeremiah Luther, âgé de presque vingt-six ans, m'engage solennellement par la présente à trouver la somme de 10 000 dollars avant le 1er janvier de l'an de grâce 1959, afin de devenir le directeur adjoint de Brigham (Bun) Luther et de son épouse Spike pour leur Ranch des Cosmétiques Chinchilla. C'est la plus belle occasion de ma vie; je l'entends frapper à ma porte et je vais y répondre. Alors, Jésus, aide-moi. P.-S. Rien ne pourra m'arrêter.

Il se coupa le doigt avec le bord du papier, car il lui semblait bien d'écrire son nom en lettres de sang. Mais, n'y arrivant pas, il se contenta d'apposer une empreinte de pouce barbouillé.

Il se doucha jusqu'à épuiser l'eau chaude et que sa peau brille, se rasa soigneusement, prenant soin de ne pas se couper et de ne pas avoir à se servir de papier toilette, coiffa ses épais cheveux noirs avec de la brillantine pour discipliner ses mèches rebelles de derrière et faire tenir sa mèche de devant, lisse et ordonnée comme celle d'un gentil garçon. T.J. se dit alors : « Tu es un bel étalon. J'achèterais n'importe quoi à un salopard qui aurait l'air aussi beau que toi. » Il enfila son pantalon de l'armée, une chemise blanche et une cravate bleu marine inspirant la confiance. Il trouva son père installé sur la véranda, parcourant la page financière du *Star Telegram*.

– Salut, Papa! Ça va, le marché?

Peavine leva les yeux.

– Tu t' maries ou tu t' fais enterrer?

– C'est pour du boulot, Papa. A quoi est-ce que je ressemble?

– On dirait que t'as un as caché dans ta manche.

De son mégot encore allumé, Peavine alluma une nouvelle Camel, provoquant une nouvelle quinte de toux. Il cracha dans un pot de géranium.

– Tu devrais te reposer un peu, Papa, suggéra T.J.

Peavine dévisagea son fils, sceptique. Son dernier s'intéressait rarement à sa santé.

– C' que j'ai, fiston, c'est quelque chose qu'on guérit pas.

L'espace d'un instant, T.J. se sentit inquiet pour son père. Mais Peavine écarta toute inquiétude.

– Bah, les docteurs pourront toujours se faire du fric là-dessus. C' que j'ai, c'est que maintenant, je suis sûr que ma vie ne se passera pas parmi les réservistes de Robert E. Lee.

– T'inquiète, Papa! T'es pas prêt pour les pissenlits. J' crois que t' as encore bien vingt-cinq ans devant toi.

– Ça serait bien... Mais qu'est-ce qui se passe, fiston? T'as encore fait tourner la tête à une minette?

– Non, non. J' suis trop occupé.

– Méfie-toi des femmes, fiston! Ce sont les nids-de-poule sur l'autoroute de la vie.

Peavine cracha encore et reprit son journal. C'était presque la conversation la plus longue qu'il y ait jamais eue entre le père et le fils. T.J. s'éclaircit la voix, écartant l'idée que ce n'était peut-être pas le meilleur moment pour demander quelque chose à son père. Il se lança.

– Papa, j'étais en train de me dire que j'aimerais bien commencer à payer un p'tit loyer à toi et à Maman, pour vous aider un peu.

Peavine sembla étonné.

– Ben, puisque t' en parles, fiston, la plupart des jeunots ont quitté la maison avant vingt-six ans.

– Je sais. Mais il y a toujours un moment, dans une vie, où la chance se présente. Le gros lot. Moi, je viens d'avoir cette chance. On m'a proposé de devenir directeur adjoint dans une toute nouvelle affaire.

– Eh bien, bravo, et alléluia!

– Seulement... voilà, Papa; j' vais t'expliquer. J' me suis toujours dit que, le jour venu, après une longue, longue vie, tu nous laisseras, à mes frères et à moi, un petit quelque chose... Alors, j' me disais, tu vois, que peut-être j' pourrais t'emprunter cet héritage tout de suite. J' suis sûr que j' pourrai te rembourser au moins le double dans moins de dix-huit mois.

T.J. se tut pour voir comment cela marchait. Selon lui, ses paroles semblaient humbles et sérieuses, choisies pour toucher un homme qui avait mangé de la vache enragée.

– De combien d'argent tu parles, fiston?

– 10 000 dollars.

Peavine jeta son journal en l'air comme un volcan en éruption.

Il riait aux éclats. Visiblement, c'était le moment le plus drôle de sa semaine.

– Mon garçon, si j'avais 10 000 dollars, j' serais pas assis sur cette véranda! J' serais à Paris, avec une belle rouquine portant des chaussures rouges, un chapeau rouge, et rien d'autre!

T.J. marmonna vaguement qu'il ratait une occasion en or, et Peavine, ravigoté par un sang qui ne l'avait pas parcouru depuis au moins cinq ans, déclara, toujours en riant :

– Mais je t'accorde une chose, mon gars : t' es *bien* mon fils. T' as plus de culot que toutes les pipes au monde!

Sur sa commode, Magda trouva un billet griffonné d'une écriture malhabile : « Vous êtes cordialement invitée à dîner avec votre fils chez Joe T. Garcia, sans autre raison qu'il aime sa Maman. T.J. Luther, votre fils. » Soupçonneuse (car ce n'était pas jour de fête), Magda accepta néanmoins l'étrange invitation. Elle adorait la nourriture mexicaine, et Joe T. Garcia était au *chili con queso* ce que Bologne est aux spaghetti. Enfilant laborieusement une robe rouge écarlate et enroulant un châle autour de ses épaules massives pour cacher dans le dos le coin où la fermeture Éclair ne fermait pas, Magda fit la révérence quand son fils lui dit qu'elle était superbe. Mais elle tomba à genoux et T.J. dut l'aider à se relever. Ils filèrent à toute vitesse vers le nord de la ville, un coin aussi odoriférant que l'Inde où s'entassaient des Mexicains dont un seul était mondialement célèbre. Car des gens de New York et de Paris, rêvant d'un repas chez Joe T. Garcia, prenaient le premier avion pour Fort Worth afin de se payer un de ses repas d'enchiladas.

Comme d'habitude, la mère et le fils entrèrent par la cuisine où la température était équatoriale et où de vieilles bonnes femmes en noir tournaient des sauces dans des marmites de fonte. Il y régnait des odeurs chatouillantes de sauce chili à vous déboucher les sinus et à vous faire pleurer. Sur de longues tables familiales, on apportait des plateaux de *nachos* et des bols de *guacamole*. Magda sombra dans l'extase de son huitième de sang mexicain... Elle avala deux kilos environ de nourriture, but quatre *Carta Blancas*, flirta, en un espagnol hésitant mais flamboyant, avec un garçon plus toréador que serveur (T.J. se rendit compte, à son grand étonnement, que Magda pouvait sembler « sexy » à quelqu'un); enfin, baissa rêveusement ses lourdes paupières de truie au moment où un guitariste, à qui T.J. avait glissé la pièce, lui fit la sérénade avec *Cielito lindo*. T.J. savait qu'il devait rapidement passer à l'attaque, avant que sa mère recommence à raconter, pour la dix millième fois, comment son arrière-grand-mère avait dansé la valse au Chapultepec Palace et comment, si la destinée n'avait pas été aussi cynique pour lui envoyer un chercheur d'or texan beau comme un Dieu mais totalement bon à rien qui l'emmena à San Antonio où, quelques générations plus tard, Magda devait voir le jour, ladite arrière-grand-mère eût pu devenir une princesse mexicaine, la nièce de Pancho Villa, ou quelque chose comme cela.

– Maman, attaqua donc T.J., tu t' souviens, quand j'étais tout petit, que tu m'as dit que si j'étais gentil, je pourrais un jour hériter d'un peu d'argent?

Magda fronça le sourcil.

– J' me souviens pas de ça, non.

T.J. hésita et tendit à sa mère une assiette de pralines, une tentation de sucre brun, de beurre et de pecan. Magda en avala six. De nouveau, elle était heureuse.

– Eh bien, je sais que j'ai pas toujours été très gentil, Maman. En fait, j' suis sûr que des fois, j' t'ai mis hors de toi. Mais je veux te dire merci pour tout ce que t' as fait pour moi. Et je veux tourner une nouvelle page. T' as remarqué, j'ai même pas bu une goutte de bière?

Magda hocha la tête, se doutant que maintenant, d'une façon ou d'une autre, elle allait payer l'addition.

– Je crois qu'on devrait rentrer, dit-elle. Peavine est déjà jaloux.

– Mais moi, j'avais envie d'être avec *toi*, Maman... Bon, j' vais pas y aller par quatre chemins. J'ai l'occasion de devenir riche, Maman. J'ai besoin de 10 000 dollars. Tu peux me les avancer?

Magda ne rit pas, elle. Elle se contenta d'agiter la tête, étonnée, et de répondre : « Bien sûr que non! », tout en se disant que toutes les femmes, dans sa famille, avaient épousé des maquereaux ou bien les avaient mis au monde. Elle seule avait fait les deux...! Ils prirent le chemin du retour dans un silence méfiant. Tout à coup, T.J. demanda :

– Toi, Bun et Papa, vous êtes allés faire un pique-nique un jour près de l'ancien champ de courses d'Arlington?

Magda rota, et elle en fut reconnaissante à son ventre. Cela lui donna le temps de réfléchir.

– Si tu crois que je m'en souviens! dit-elle. Il est fermé depuis vingt-cinq ans.

Elle savait que sa voix avait tremblé, mais que T.J. ne l'avait pas remarqué.

Oncle Bun avait de bonnes nouvelles. Spike avait aimé la propriété de trente hectares avec la maison jaune et achetait le tout pour 32 000 dollars. On attendait l'arrivée de vingt et un chinchillas (trois familles de six femelles et d'un mâle). Une douzaine de gros bourrins aux jambes arquées qui avaient échappé à l'abattoir de nourriture pour chiens servirait de montures aux futures riches clientes. Restait à trouver un cuisinier capable de faire des beignets et des *huevos rancheros*. Des affiches avaient été commandées; on y lirait : SIKE ET BUN VOUS ONT À LA BONNE, avec un fusil planté dans le cœur du Texas, c'est-à-dire Fort Worth. Cette affiche devait couvrir l'Amérique.

— Dis-moi la vérité, oncle Bun, lui demanda T.J. T'étais sérieux quand tu m'as proposé d'être le directeur adjoint si j' trouvais dix briques?

— J' raconte jamais de conneries quand j' parle d'argent ou de famille.

— Et quelle est la date limite?

— Hier!

— Sois sérieux, Bun. Pour moi, c'est une chance unique.

— Aboule le pèze; la suite viendra à l'aise.

Plus avidement que Kleber dévorant le *Star Telegram*, T.J. éplucha les petites annonces à la recherche du trésor. Un jour, il vit ceci :

1 000 DOLLARS PAR SEMAINE!

Société nationale cherche hommes dynamiques pour relations publiques. Réf. exig. Contacter M. Kelly, chambre 633, hôtel Westbrook.

Vingt minutes plus tard, T.J. frappait à la porte 633 et, l'après-midi même, il était vendeur d'encyclopédies pour la Collection Universelle du Savoir Total. Le directeur du secteur, Jocko Kelly, avait plus d'énergie que Monsieur Propre. Il engagea T.J. sur-le-champ, sans même lui demander de montrer ses références que le demandeur d'emploi avait à sa grand-peine falsifiées.

— Je vois l'intégrité éclater sur votre visage! s'exclama Jocko.

Chaque phrase qui sortait de la bouche de cet homme était une déclaration. Il conduisit T.J. en voiture dans un quartier près de la base militaire aérienne de Carswell, et l'abandonna dans une rue bordée d'un lotissement de maisons.

— Voici un territoire juteux, mon vieux! fit Kelly d'une voix enthousiaste. Pour vous, c'est une chance inespérée! Personne n'a jamais exploré ce quartier!

Promettant à son nouveau représentant de venir le chercher à 18 heures précises, Kelly démarra en trombe, abandonnant un T.J. nerveux et prêt à se dégonfler. Il se trouvait au coin de l'allée du Paradis et de la rue du Clair-de-Lune. Si c'est ça le ciel, se dit T.J., alors tous les anges doivent porter des culottes de toréador et tous les chérubins aller sur des tricycles cassés... Les maisons étaient bâties en rangs tellement serrés qu'un homme corpulent de la compagnie du gaz aurait eu du mal à se glisser pour relever les compteurs. Les jardins étaient à l'abandon, grillés comme une savane africaine. Quelques magnolias maigrichons se desséchaient, comme des vaccins qui n'auraient pas pris. Pour retrouver du courage, T.J. repensa aux derniers mots de Jocko : « Et n'oublie pas, mon vieux, ces gens-là *meurent* d'envie de s'améliorer. Ils sont assis chez eux et ils attendent, toi, l'homme qui va changer leur vie – et se faire 50 dollars de commission à chaque vente... »

C'est une femme qui répondit à la première porte. Elle était jeune, à peine vingt ans, avec un gamin hurlant accroché à ses jambes. Il portait une couche sale et son visage était rouge de colère. La maman était en train de se faire une permanente. Ses cheveux étaient raides et jaune pisseux.

– Bonjour, madame. Je m'appelle Tom Luther et je dirige une campagne de relations publiques pour la Collection Universelle du Savoir Total.

Aussitôt, le visage de la jeune mère vira au jaune citron. Mais T.J. prit sa voix suave.

– Attendez, ma petite dame; je ne vends rien! Tranquillisez-vous. Vous avez été choisie par ma société, parmi toutes les maisons du quartier, pour vous offrir une occasion exceptionnelle. Donnez-moi deux minutes, et, ha! ha! ha!, je ne vais pas vous couper les cheveux en quatre...

La jeune mère dit non à peu près vingt fois, mais T.J. répondit si à chaque fois, et bientôt il se trouva à l'intérieur, où régnaient des odeurs de ragoût brûlé et de merde de gosse. Il but un verre d'eau glacée, fit sauter un gamin morveux sur un genou et joua à cache-cache avec un autre. Il parvint même à persuader la jeune femme d'éteindre la télévision et de s'asseoir près de lui sur le canapé en simili-cuir.

– Madame, nous allons vous *donner* les vingt-quatre volumes de la Collection Universelle du Savoir Total. *Gratuitement.* Comme à la Noël! Tout ce qu'on vous demande en échange, c'est de nous indiquer le nom de deux ou trois voisines qui aimeraient *acheter* ces encyclopédies... (Clin d'œil de T.J.) Elles n'ont pas besoin de savoir que vous avez pour rien ce qui va leur coûter 655 dollars...

La jeune maman commença à se radoucir, comme l'avait prévu Jocko. Et T.J. d'étaler « la pleine peau authentique au fil d'or » du volume numéro un, « bourré de planches couleur » avec « tout le savoir conçu par le génie humain depuis le début des temps ». Il y en avait assez pour « faire entrer vos deux petiots à Harvard ».

– Ça a l'air vraiment bien, dit-elle en jetant un regard différent à ses deux petits sauvages.

Dix minutes plus tôt, elle s'en serait bien débarrassée; maintenant, ils étaient susceptibles de décrocher le prix Nobel. Mais ses paupières se rétrécirent :

– Et à quel moment j' me fais avoir au tournant?

– Personne ne se fait avoir au tournant, madame. Si c'est gratuit, c'est gratuit.

T.J. se tut. Il avait envie d'en finir le plus vite possible. Le poisson avait mordu à l'hameçon; maintenant, il fallait rembobiner sans accrocher la ligne.

– Bien sûr, reprit-il, il faudra garder tout ça à jour. Nous vivons à une époque moderne... Tous les jours, la science découvre tant de choses nouvelles que même Einstein ne pourrait pas suivre... (A propos, il fait partie de notre comité.) Donc, la Collection Universelle du Savoir Total, qui est une association à but non lucratif qui veut seulement faire de vos enfants les premiers de leur classe, sort un volume supplémentaire chaque année. Ça s'appelle la Mise à Jour Universelle. Et ça ne coûte que 24,95 dollars, port compris. Ça ne fait pas grand-chose par semaine. Quelques paquets de chewing-gum. Un petit sacrifice pour les futurs premiers de leur classe...

La femme dit qu'elle préférait attendre le retour de son mari, mais T.J. répondit qu'il n'avait pas le temps. C'était maintenant ou jamais. Les maris sont aussi dangereux pour les vendeurs d'encyclopédies que les bergers allemands pour les cambrioleurs. Elle dit qu'elle n'avait pas de bibliothèque; T.J. répondit que pour 20 dollars de plus, il lui ferait livrer des étagères « façon noyer » qui iraient dans « n'importe quel décor ». Elle se rongea les ongles et tira sur ses cheveux filasse, mais T.J. continuait son baratin, lui fourrant le contrat sous le nez et le stylo dans la main, attendant qu'elle plonge. Elle signa, s'engageant à acheter dix Mises à Jour Universelles, la bibliothèque, taxes comprises, le tout pour 405,15 dollars – sans remarquer que le total devrait être payé dans les quarante-cinq jours. De plus, elle donna à T.J. le nom de ses trois meilleures amies, et il fut forcé de sauter l'une d'entre elles, mais avec son chèque de 655 dollars dans la poche. Lorsque Jocko Kelly vint le chercher à 18 heures, avant le retour des maris, le patron donna un grand coup dans le dos de T.J. et dit :

– Y a pas un gars qui ait vendu deux collections le premier jour! Tu es un vendeur-né, mon garçon!

T.J. travailla dans le quartier pendant quinze jours, réalisant onze autres ventes, et même une espèce de triple saut périlleux : il fit signer un charbonnier au chômage dont l'épouse venait de se tirer, laissant derrière elle des jumeaux de trois ans et un nouveau-né avec un palais fendu. Après avoir déduit 25 dollars pour son « exemplaire de démonstration » et 10 dollars pour le « transport », Kelly informa T.J. que son premier chèque s'élèverait à 650 dollars.

– Tu peux venir chercher ton argent demain après-midi à 4 heures, lui dit Jocko. Ne viens pas plus tôt, car on fait venir les fonds de Kansas City. Dans pas longtemps, on va penser à te faire passer attaché au directeur régional!

Quand T.J. frappa à la chambre 633 à 3 h 50, personne ne répondit. Trois autres vendeurs arrivèrent, et ils attendirent tout en suant et en jurant jusqu'à 4 h 15. T.J. descendit demander à l'accueil où se trouvait M. Kelly.

– Il a payé sa note ce matin, fit l'employé en reculant immédiatement avec prudence.

Sur le visage de T.J., on pouvait lire l'angoisse et la colère. C'est alors que deux hommes en complet gabardine et lunettes de soleil apparurent de derrière un palmier en pot.

– C'est lui, madame? demanda le premier complet.

Une femme acquiesça avec fermeté. C'était sa première cliente, la maman aux cheveux filasse. Le deuxième complet brandit un badge et tordit le bras de T.J. pour lui passer les menottes. Il était en état d'arrestation pour escroquerie.

– J'espère que vous êtes bon pour la chaise électrique, fit la maman dont les enfants ne liraient jamais la Collection Universelle du Savoir Total qui, à part les six pages de l'exemplaire de démonstration, n'existait pas.

– Et Einstein est mort en 1955. Ha, ha, ha! ajouta-t-elle.

Magda laissa T.J. pourrir en prison pendant trois jours entiers avant d'allonger ses 1 500 dollars de caution. Elle lui hurla qu'il était pour elle un poignard dans le cœur. Elle lui demanda d'aller vivre ailleurs. Tout en traversant le viaduc qui séparait le centre ville de l'ouest, elle lui montra un vieux Mexicain qui vendait des *tamales* enveloppés dans du papier de journal. Il était là depuis mille ans.

– Ce type est meilleur que toi, dit Magda. Ce vieux vendeur de *tamales* dégueulasse et puant est meilleur que mon propre fils.

Ayant lui-même vu le monde à travers les barreaux d'une ou deux prisons, oncle Bun se laissa toucher par la situation de son neveu. « On vend tous un jour de fausses encyclopédies! » Bun donna à T.J. une chambre dans son ranch, 40 dollars par semaine comme homme de main, et dénicha un avocat pour obtenir un non-lieu. Par bonheur, Jocko Kelly fut lui-même alpagué quelques jours plus tard à Tulsa pour avoir vendu à une femme pour 800 dollars d'asphalte qui n'était que de la peinture noire. L'enquête révéla que ce Jocko était en réalité un dénommé Ramon Corello, gitan à son compte, vendeur de faux livres, de polices d'assurances inexistantes et de linge de table irlandais « made in Taiwan ». Tout cela arriva sur le bureau d'un juge local de Fort Worth qui, heureusement, avait autrefois couru le jupon avec Bun. Le juge sermonna T.J. sur la nécessité de savoir où l'on met les pieds, transforma l'accusation en désordre sur la voie publique, et le condamna à payer une amende de 500 dollars, laquelle serait suspendue si preuve était faite que les victimes de la fraude encyclopédique recevaient le remboursement de leur premier acompte. Pour T.J., la facture, avocat et tribunal compris, s'éleva à 640 dollars.

– J' serai jamais foutu de m' sortir de ma merde, déclara-t-il sur un ton plaintif à Bun en rentrant.

– T'y arriveras si ça s' met à puer vraiment, fit remarquer Bun.

Comme un chien battu, T.J lécha ses blessures pendant quelques jours. Bun le laissa vaquer à ses occupations, même si la barrière était mal peinte et s'il restait quelques pissenlits. A quatre-vingt-dix pour cent, ce gamin-là était nul, selon Bun, mais pour le reste, il était futé et roublard, qualités que le vieux cow-boy respectait. En T.J., il voyait beaucoup de lui-même : la ruse, des capacités et le désir de prendre des raccourcis. Par ailleurs, Bun avait commencé à se demander si l'arrivée excentrique de T.J. en ce monde n'avait pas court-circuité son système nerveux. Il faillit même dire à son neveu la vérité sur l'histoire du chêne. Finalement, il décida qu'il ne valait mieux ne pas ouvrir une querelle de famille.

Par un vif matin d'octobre, Bun alla secouer un T.J. qui avait bu la veille, de son tas de couvertures sales, pour lui confier une course de routine, sans savoir que le dieu malin de la coïncidence avait projeté une collision plus exceptionnelle. Il donna l'ordre à T.J. d'aller chercher des seaux, des bidons de lait et deux balles de foin dans un entrepôt au nord de la ville. Au moment où le jeune homme démarrait dans la camionnette du ranch, Bun sortit en courant de la maison jaune, essoufflé, une enveloppe à la main, une somme qui devait être déposée à la banque avant midi. Bun était cramoisi, les veines de ses tempes battaient.

– Spike est en larmes ce matin, dit-il.

T.J. prit l'enveloppe et partit en se disant que ces derniers jours, son oncle et sa tante n'arrêtaient pas de s'engueuler. Tout le monde était sous pression; il fallait que le ranch fût fini à temps pour l'ouverture officielle.

A la National Bank de Fort Worth, la queue était interminable. T.J. commençait à s'imaginer qu'il était condamné à toujours occuper la dernière place au bout des files d'attente. Quelqu'un s'était débarrassé du journal du matin sur une table et T.J. le prit pour y jeter un coup d'œil. Juste là, en première page, la grande nouvelle de la journée : Un garçon de Fort Worth reçoit le grand prix du journalisme. Sous ce gros titre, la tronche béate de Kleber Cantrell, le prince du Pouvoir. Ses favoris étaient gominés; il portait une veste de tweed, une chemise à col boutonné et une cravate tricotée; ses cheveux coupés bien court.

Kleber Cantrell, vingt-six ans, de Fort Worth, a reçu hier le grand prix des journalistes pour l'ensemble de ses reportages. Dans une série d'articles du *Call Bulletin* de Houston, il a dénoncé les scandales du monde de l'immobilier.

Diplômé de l'université de Columbia, M. Cantrell s'est souvent fait remarquer pour ses articles dans différentes villes et États. Récemment, il a épousé Mlle Adelle Maynard, d'une famille fort connue de Houston, et ils attendent leur premier enfant.

Il est le second ancien élève du lycée de Fort Worth à être reconnu à l'échelle nationale. Son ami et camarade de la classe 1950, Mack Crawford, tient actuellement la vedette dans une pièce de Broadway.

T.J. fit une boulette compacte du journal, la balança en plein dans le mille dans un crachoir et marmonna : « Je te chie dessus! » Ensuite, il essaya d'être bon joueur vis-à-vis du succès de Kleber, mais il dut se rendre à l'évidence : il détestait ce connard. Au fil des ans à différents endroits et en proie à différentes humeurs, T.J. avait tenté de joindre Kleber par téléphone. Une fois seulement, pendant un moment bref et sombre, ils s'étaient parlé. La voix de T.J. était brouillée de whisky et de cigarettes, se confondant en excuses pour l'intrusion de cet appel. Kleber était irrité; il avait sommeil. Ils avaient « échangé » quelques propos, et raccroché sur la promesse de « rester en contact ». Mais leurs chemins ne s'étaient plus jamais croisés, et Kleber ne l'avait jamais rappelé. Il avait sans doute oublié sa promesse dès le lendemain matin, dans une vie couronnée de succès et de prix. Quant à la seule fois où il avait aperçu Mack, c'était sur Camp Bowie Boulevard, au volant d'une des Ford rouges de Bear. T.J. l'avait rattrapé dans sa jeep et avait klaxonné, mais Mack lui avait juste lancé un regard, adressé un petit salut de la tête, puis filé aussi sec...

Tout en avançant lentement vers le guichet, T.J. commença à

s'énerver, regardant tous ces costumes rayés qui l'entouraient. Il les détestait et se sentait comme une merde sur un collier de perles. Dans cette file, chaque vie avait une forme et un but. La sienne était déterminée par ses vêtements : jean éclaboussé de boue, tee-shirt à l'envers pour cacher les taches de sueur. Il portait une barbe de deux jours et ne s'était ni lavé ni coiffé depuis son passage au tribunal une semaine plus tôt.

Tout à coup, T.J. se dit qu'au fond, il pourrait cambrioler cette banque. Il ne voyait qu'un garde de service, une espèce de vieux gaga à moitié endormi, avec à la ceinture un Colt Detective Special 38 avec lequel il se ferait probablement sauter les couilles en essayant d'ouvrir son étui. Mais avec la chance qu'il avait en ce moment, se dit T.J., il risquait de se faire descendre par ricochet! En revanche, ce qu'il pouvait faire, continua-t-il de gamberger, c'était de repérer un type qui encaissait un chèque important, le suivre dehors, et le braquer en exigeant une donation substantielle à la Fondation pour le succès Bien Mérité de T.J. Luther...

C'est alors qu'une voix vint interrompre sa concentration.

– Je vous les sers comment? fit l'employé à une femme juste devant T.J.

– Oh, en coupures de 20 et de 50; ça ira, répondit la femme.

En faisant pratiquement des courbettes, l'employé compta 500 dollars en billets flambant neufs, de ceux qu'on garde en paquets pour les clients de qualité. Puis, sans même vérifier son compte, la femme fourra sa liasse dans un portefeuille en vrai cuir, dit qu'il ferait bien de pleuvoir et fit volte-face, se cognant presque dans le prince des Tentations.

– Oh, désolée, s'excusa-t-elle.

Elle regarda T.J. et son visage s'éclaira.

– Ça alors! T.J. Luther! Comment ça va?

La femme aux 500 dollars connaissait son nom! Le seul ennui, c'est qu'il ne connaissait pas le sien... Il sourit et bredouilla quelques mots, espérant qu'il allait prendre le train en marche et faire arrêt dans un endroit connu.

– Tu ne te souviens pas de moi, pas vrai? continuait la femme. Je suis Missy. Missy Craymore.

– Missy! Bien sûr que j' me souviens! mentit T.J. J'en revenais pas de t' voir tellement en forme. T'as pas changé, tu sais?

Melissa Craymore était une fille du lycée à qui personne n'avait jamais fait attention. En tout cas, pas T.J. Elle n'était ni jolie, ni riche, ni intelligente, ni facile, T.J. se souvenait vaguement d'une photo avec Missy au premier rang dans l'équipe féminine de volley-ball. Elle avait des jambes comme des baguettes de tambour et portait des lunettes en écaille. C'était le genre à dessiner des affiches pour la prochaine soirée dansante. Il n'arrivait même pas à se souvenir si elle avait signé son livre d'école. Tous ceux qui *comptaient* l'avaient fait, en tout cas...

Ils quittèrent la banque ensemble. Missy divaguait sur les coïncidences de la vie car, le matin même, elle avait lu dans le journal cet article sur Kleber et son prix de journaliste.

— Et ça m'a fait penser à vous. Je me souviens encore des *Trois Princes,* cette pièce qu'on avait montée ensemble. C'était tellement romantique...!

— Romantique? Tu veux dire sexy?

— Mais non! fit Missy en riant; c'est pas la même chose... Tu es resté en contact avec les autres?

— Oh, bien sûr. Kleber m'a réveillé au milieu de la nuit, la semaine dernière. Il m'a cassé les oreilles. On est encore copains comme cochons.

Missy semblait impressionnée. La célébrité, même au second degré, ça peut servir.

— Tu as vu la pièce de Mack?

T.J. hocha la tête. Il ne savait même pas que Mack faisait du théâtre jusqu'à ce qu'il ait lu le journal du matin. Au moment où il allait raconter à Missy la séparation de l'éclopé et de Suzanne (ça, au moins, il le savait), elle le doubla.

— Eh bien mon cher, j'étais à New York le mois dernier, et je dois te dire que M. Crawford est la coqueluche de la ville. J'ai dû acheter un billet 15 dollars au marché noir. Il n'a pas un très grand rôle et ne dit pas grand-chose, mais c'est lui qui fait la pièce. La première fois qu'il apparaît, il porte un jean et pas de chemise. La deuxième fois, il est en slip...

Missy s'arrêta, elle se sentait rougir.

T.J. dit qu'il avait à la maison deux ou trois lettres de Mack mais qu'il n'avait pas eu le temps de les lire.

— Eh bien, si tu lui réponds, dis-lui que j'ai essayé d'aller le voir en coulisse, mais qu'il y avait une meute de jeunes filles hurlantes et que je n'ai pas pu arriver jusqu'à lui.

Au moment où ils atteignirent la voiture de Missy, une Oldsmobile 98 que T.J. évalua rapidement à 6 000 dollars minimum, son intérêt s'était réveillé. Ils résumèrent tout ce qui s'était passé depuis le lycée. Missy était allée dans une école dans le nord, Radcliffe, dont T.J. n'avait jamais entendu parler. Elle y avait étudié l'histoire de l'art, avait tenté de trouver du travail dans un musée de New York, puis était revenue à Fort Worth où sa mère venait d'être frappée de paralysie. Elle était restée après l'enterrement et maintenant, vivait toute seule dans une maison près du « club ». Ce qui signifiait le Rivercrest Country Club. Vraiment

près? se demanda T.J. Voilà qui n'était pas très difficile à savoir...
A son tour, T.J. raconta, avec la modestie qui sied au grand héros,
sa carrière dans l'armée, sa période de réadaptation. Surtout, il
resta dans les généralités et s'excusa de sa tenue.

– J'ai honte de rencontrer une vieille amie dans une tenue aussi
merdique.

– Je n'avais même pas remarqué. Tu aurais dû me voir hier!
J'étais en train de nettoyer ce que j'appelle, avec humour, mon
jardin. On pourrait y tourner des films de Tarzan!

– La prochaine fois que t'as des grands projets, appelle-moi, fit
T.J. Je sais manier la faucille.

Il ouvrit la porte de l'Oldsmobile, où régnait le doux parfum des
sièges de cuir, et offrit son bras à Missy. Elle n'avait vraiment rien
de joli, le visage trop long, les mâchoires trop carrées. Mais elle
avait l'air sain, et avec 500 dollars en poche et une maison près du
« club », T.J. se dit qu'elle avait l'envergure d'une Rockefeller.

– Comment est-ce qu'on peut te joindre? demanda Missy.

– Oh, fit T.J. en improvisant rapidement, j'ai une affaire avec
mon oncle. Nous exploitons un ranch près d'Arlington.

Missy hocha la tête, admirative, et démarra.

T.J. s'aperçut qu'elle le regardait dans le rétroviseur. Plus tard,
ce même après-midi, il demanda à Bun ce qu'il savait sur la
famille Craymore. Bun donna quelques coups de téléphone, puis
dit à son neveu :

– Y a du pognon.

Il suffit à T.J. de passer une seule fois en voiture devant la
maison de Melissa Craymore pour avoir une nouvelle encyclopé-
die à vendre : lui-même. Elle vivait dans une immense maison
inspirée des plantations du Sud, dans un environnement de
qualité, près du terrain de golf de Rivercrest. Les volets vert
sombre n'étaient pas seulement fermés mais semblaient cloués,
comme si les propriétaires étaient à l'étranger, et la peinture de la
rangée de piliers était grise et écaillée. La pelouse de devant était à
peine entretenue, et sur les côtés, c'était la jungle. Ce dont Missy
avait besoin, c'était d'un homme dans la maison.

Avec zèle, mais sans trop en faire, il se mit à la courtiser. Son
intuition lui disait de jouer les cow-boys, puisque c'était ce qui
l'avait attirée la première fois. Pour leur premier rendez-vous, il
choisit un rodéo du samedi soir à Hurst, où Missy accepta l'idée
que c'était « bien plus drôle » de se faufiler sous la barrière que de
payer les 2 dollars. La fois suivante, ils dînèrent « en souvenir du
bon vieux temps » chez James' Coney Island, s'empiffrant de hot

dogs au chili à 35 *cents* les deux, tout en débitant des nouvelles sur les mariages, les divorces, les naissances et les morts. Ils allèrent faire un pique-nique à Lake Worth et entrèrent au cinéma en plein air voir *La Chatte sur un toit brûlant.* De voir Elizabeth Taylor en combinaison fit bander T.J., et il s'arrangea pour s'asseoir sur une fesse dans la camionnette de Bun pour que Missy croie que c'était son « sex appeal » à elle. Mais elle ne remarqua même pas la montée de sève de T.J., tant elle était troublée d'avoir vu Big Daddy persécuter Paul Newman... Il avait déjà noté que Missy avait de ces sautes d'humeur, inexplicables, comme un petit nuage noir qui vient gâcher un grand ciel tout bleu.

Une autre chose tracassait T.J. : Missy ne lui avait jamais demandé d'entrer dans la maison. Lors de leur premier rendez-vous, elle l'attendait sur le perron, de même que les autres fois. Et elle s'arrangeait toujours pour attendre qu'il ait démarré avant de rentrer. Il ne comprenait pas pourquoi. Au téléphone, elle avait l'air contente de l'entendre. Pendant leurs sorties, elle aimait faire des blagues et écouter ses histoires. Bien sûr, il n'avait pas encore osé faire de gestes précis, se rendant bien compte que Missy n'était pas précisément une serveuse de relais routier. Mais ce n'était pas à lui à qui on allait apprendre quand et pourquoi une main de femme devient moite, et jamais elle n'avait fait un geste pour empêcher les doigts de T.J. de frôler ses seins.

Environ après trois semaines de campagne, T.J. passa à l'attaque.

– J' me suis demandé si tu me laisserais pas entrer te dire bonne nuit, demanda-t-il.

Melissa hésita, se sentant comme le jardinier qui demande un verre d'eau, puis acquiesça.

– Pourquoi pas? dit-elle en poussant la porte massive du sanctuaire sur ses gonds qui geignirent.

C'était peut-être un avertissement, mais T.J. n'entendit rien. Dans l'obscurité, le salon sentait comme une vieille malle au grenier, un mélange de naphtaline, de sapin en décomposition et de souris mortes. Melissa alluma une lampe dont le pied était une tête de tigre empaillée, et une faible lumière jaune éclaira le décor.

– Bordel! fit T.J.

C'était un endroit immense, une pièce de presque vingt mètres de long, tellement encombrée de meubles du genre hall d'hôtel, avec des pieds en forme de griffes et le tout enseveli sous des housses, que même un gosse n'aurait pas pu trouver assez de place pour faire une galipette. Sur les poutres du plafond, des dragons orientaux étaient peints, avec des langues géantes en laque rouge se déroulant interminablement; des toiles d'araignées y pendaient comme de la dentelle en lambeaux. Quand il posa son pied sur le tapis persan, T.J. souleva un petit nuage de poussière. Mais tout cela, c'était « Maisons et Jardins » comparé au bazar entassé par les Craymore. Clouées au mur comme des portraits d'ancêtres, il y avait au moins deux cents têtes et carcasses d'animaux empaillés : un sinistre bison, des daims apeurés, un lynx rageur, des lions et des panthères aux dents étincelantes, un éléphant, deux girafes, des perroquets, une bonne douzaine de serpents à sonnettes, et même un incroyable rhinocéros qui semblait avoir traversé le terrain de golf au pas de course pour se planter dans le mur de Missy et rester là à jamais.

Il était difficile de respirer, comme si les animaux avaient avalé tout l'air et toute la vie du salon. T.J. se sentit mal à l'aise, étourdi. Il pensa à tous les secrets qui devaient être sous clef dans ces pièces.

— Papa était chasseur, fit Missy d'une voix étrange tout en faisant signe à T.J. de la suivre. Si Papa était ici, il te dirait exactement dans quel organe vital la balle a frappé.

Elle passa devant un énorme ours brun d'Alaska, entier, les bras grands ouverts comme s'il cherchait quelque chose à étreindre. T.J. serra la patte de l'animal et dit :

— Salut, mon pote.

L'empaillage se déversa de la bouche menaçante telle la bave d'un vieux cinglé.

Dans l'entrée, se trouvait une vitrine aussi longue que l'Oldsmobile de Missy. Elle contenait assez de fusils et de pistolets pour envahir l'Arkansas. Et sur une sellette, en place d'honneur, tout seul, se trouvait un chat empaillé, installé sur un coussin de harem en lamé or. Noir comme du charbon, avec une petite touche de blanc en plein museau, le minet avait des yeux vert émeraude qui semblaient suivre T.J. quand il passait.

— Voici Delano, dit Missy, du nom de Franklin Delano tusais-qui. Papa détestait Delano et Delano détestait Papa. Un jour, Delano s'est trouvé sur le chemin au moment où Papa chargeait son fusil. Maman m'a raconté que j'ai fait une telle crise que Papa fit empailler Delano. Puis il me l'a offert comme cadeau de Noël. Je crois que c'était pour embêter les taxidermistes.

A ce moment-là ils arrivèrent dans une serre, aussi inattendue qu'un jardin dans un caveau.

— Ici, c'est chez moi, dit Melissa.

La longue pièce étroite venait d'être repeinte en blanc. Elle était garnie de pots d'arbres nains, d'orchidées soignées avec dévotion, de quelques meubles en osier blanc, et en plein centre, un lit avec de vieux montants de bronze jonché d'un arc-en-ciel de coussins.

T.J. contempla l'endroit avec approbation.

– Ouais, fit-il. J'aurais reconnu ton bon goût entre mille.

– Désolée d'avoir dû te faire passer par le Congo! Une des choses les plus stupides dans ce mausolée, c'est qu'il n'y a pas d'entrée par l'arrière. Il faut que je trouve un charpentier.

– T'en as un devant toi! dit T.J. J' te ferais ça en moins d'un jour.

Cependant, il se sentait mal à l'aise, se balançant d'un pied à l'autre, attendant qu'elle l'invite à s'asseoir. Mais Missy le regardait de façon étrange, les yeux vides, comme si elle se demandait si elle allait partager un secret. C'était gênant. T.J. rompit le charme en se promenant dans la pièce, sentant les fleurs, puis découvrant une pile de dessins entassés près du lit. Le premier semblait représenter un vase, mais à la place des fleurs, il y avait une tête de femme, les cheveux emmêlés comme de la vigne vierge et, à la place des yeux, des coquelicots. Melissa se précipita et dit :

– Ne regarde pas ça. C'est idiot.

Mais déjà T.J. dévorait des yeux le second de la pile. Il représentait un homme fort et musclé, dessiné à grands coups de fusain noir; il portait un jean mais était torse nu, debout, les jambes écartées, les deux pouces glissés à la ceinture. Cela aurait pu être T.J., sauf qu'il n'avait pas de visage.

– C'est pas mal, dit T.J.

– Non, c'est juste des gribouillages, dit Missy, aussi gênée qu'une vieille femme s'étant égarée dans les toilettes des hommes.

T.J. comprit qu'elle n'avait pas envie de poursuivre cette conversation sur l'art. Il suggéra la possibilité d'aller faire un pique-nique pendant le week-end; d'un mouvement de la tête, Missy accepta et le raccompagna jusqu'à la porte en retraversant le sanctuaire des animaux. Dehors, dans la nuit claire et fraîche, elle dit :

– Je sais que ce n'était pas très poli de ne pas t'avoir invité à entrer, mais maintenant, tu sais pourquoi.

– Non, dit T.J., je ne sais pas.

– Parce que je ne voulais pas que tu voies cette monstrueuse maison. J'avais peur que tu penses du mal de moi.

– Peu m'importe où tu vis, ma douce. Pour moi, tu pourrais même vivre sous les ponts de la Trinity River.

Ignorant le mensonge, Missy en eut les larmes aux yeux.

– Voilà ce que je voulais entendre, dit-elle. Je ne peux pas m'empêcher d'imaginer ce que pensent les gens. Je vois un homme dans la rue : je fais mentalement un dessin de lui.

– Et le mien, c'est quoi?

– Je t'imagine vivant dans un ranch, avec tout autour des choses claires et vivantes qui renaissent chaque matin. Moi au contraire, je suis gardienne de la morgue d'un zoo...

Devant l'ironie des images, T.J. rit en secret. Le spectacle dépend du fauteuil que l'on occupe... Il posa ses mains rugueuses sur les joues de Missy et les caressa tendrement, comme un trésor. Pour la première fois, il l'embrassa sur les lèvres, très doucement, très rapidement, mais en sentant aux tremblements de Missy qu'il contrôlait totalement la situation.

Pendant que Melissa lavait les vitres de la serre, T.J. s'attaquait aux vignes vierges et aux liserons. Il éclaircit les bosquets de cèdres. C'était un samedi à midi, la première semaine de novembre, quoiqu'il fît aussi chaud qu'au mois d'août. T.J. se débarrassa de son maillot de corps et en essora un demi-litre de sueur. Il pensa que Melissa ferait aussi bien d'engager quelque nègre pour nettoyer cette jungle, mais il n'en dit rien. De toute évidence, elle appréciait sa présence autant que ses muscles, et n'allait pas tarder à payer pour les deux. De temps à autre, T.J. risquait une question discrète, juste assez pour savoir combien valait ce coup de poker. Mais Missy gardait ses cartes serrées contre sa poitrine.

– Elle vaut combien, cette vieille ruine? lui demanda-t-il.

Missy haussa les épaules.

– Je n'en ai pas la moindre idée. Je la céderais volontiers pour une mule et 40 dollars.

Elle apporta de la limonade dans des timbales d'argent gravées d'un C et ordonna à T.J. de se reposer avant d'attraper un coup de soleil.

– Je vais aller te laver cette chemise, dit-elle.

T.J. répondit que c'était inutile; elle pouvait sécher au soleil. Ils entrèrent dans la maison par la nouvelle porte qu'il avait ouverte, et se détendirent dans des chaises basculantes en osier blanc. La sueur coulait le long du cou de T.J., descendait dans les poils bruns de sa poitrine, emplissant son nombril. Fatigué et brisé, il rejeta la tête en arrière et ferma les yeux pour somnoler une minute. Mais il dormit plus longtemps. Quand il se réveilla, Missy était assise sur un tabouret et dessinait sur un bloc. T.J. bondit sur ses pieds pour voir, et c'était lui, la tête renversée en arrière, tellement vrai qu'il s'entendait presque ronfler.

– Tu me le donnes? demanda-t-il.

– Si tu veux, dit Missy; mais je peux faire mieux.

– Alors, vas-y! Je vais poser pour toi. Un jour, je suis resté assis sans bouger pendant cinq minutes pour gagner 25 *cents*. Mon père avait parié que j'en étais incapable. A moins de dix secondes de la fin, il m'a dit : « Regarde le lapin, là-bas! » Mais moi, j'ai dit : « Où ça? » Ce salaud était en train d'essayer de me faire perdre!

– Reste debout comme ça. Non, attends; j'ai une meilleure idée. Appuie-toi à ce tabouret.

– J' vais m' coiffer et remettre ma chemise.

– Non; je travaille d'après nature. Reste tranquille; il n'y a pas de lapin ici.

T.J. obéit et s'immobilisa pendant quelques instants. Mais très vite, il commença à s'ennuyer et eut envie de voir. Une mauvaise pensée lui vint à l'esprit : il la jugea intéressante.

– Je peux me dégourdir les muscles une minute? demanda-t-il, les dents serrées.

Missy acquiesça. T.J. bâilla, étira ses bras de chaque côté, fit tourner ses poings pour tendre et gonfler ses muscles. Puis il glissa la main dans la taille de son pantalon, déplaça sa queue de droite à gauche et, lentement, défit les deux premiers boutons de sa braguette. Ses poils pubiens apparurent, humides de transpiration, et la longue bosse qu'il y avait en dessous n'aurait pu être prise pour un couteau de fabrication suisse. T.J. savait la faire se dresser devant un rond de serviette.

Pendant ce temps, Melissa farfouillait dans sa boîte à crayons. Mais T.J. savait qu'il suffisait d'attendre; elle allait regarder. Elle regarda. Ses mains se mirent à trembler; elle se passa la langue sur ses lèvres très desséchées. T.J. quitta le tabouret, débarrassa l'artiste frustrée de son bloc à dessin et, tout en remarquant qu'elle était attirante par son regard et par son odeur, il se pencha sur elle, les lèvres entrouvertes, pour l'embrasser. Missy le prit de vitesse. Elle plaqua son corps contre le sien, jeta un bras autour de son cou, l'autre autour de ses fesses, et lui roula un baiser d'une telle violence que s'il avait été en train de se noyer, elle l'aurait ramené à la vie.

D'un geste tout aussi brusque, elle se dégagea, le repoussa et remit ses cheveux en place. N'ayant jamais rencontré une femme comme ça, T.J. bredouilla ne mentant qu'à moitié :

– Tu comptes beaucoup pour moi, Melissa.

Elle répondit :

– Dieu m'est témoin que moi aussi, j'ai besoin de quelqu'un!

Un instant elle resta songeuse, puis, avec une certaine sauvagerie, déchira son dessin en deux.

CHAPITRE 14

Calvin Sledge étudiait le rapport balistique quand l'interphone sonna. Il répondit d'une voix désagréable :

— Mais nom de dieu! j'ai dit que je ne voulais pas être dérangé!

— Oui, monsieur, dit Darlene; je sais. Je m'en souviens. Mais il y a ici quatre anges qui veulent vous voir.

— Quatre *quoi*?

— Quatre anges.

— Jésus-Christ!

— Non, il n'est pas avec eux, plaisanta Darlene. Par contre, il y a un avocat du nom de Leo. Otto Leo. De Dallas.

— O.K. Dites-leur que je leur donne deux minutes.

Rapidement, Sledge cacha ses papiers, ferma ses dossiers et les enfouit dans les tiroirs. Otto Leo savait lire à l'envers...

— Cet emmerdeur d'Otto Leo, marmonna-t-il. Finalement...

Cet avocat de Dallas était peu honnête, sans morale mais, disait-on, le tacticien de droit le plus retors d'Amérique. Sledge détestait Leo; trois fois, il avait perdu des procès contre lui. Il sentit sa tension monter à l'idée de voir sa bête noire se pavaner dans l'arène.

Tête baissée, les quatre anges firent leur apparition. Leurs lèvres entonnèrent un chant inintelligible, sans doute une partie du répertoire pour l'entrée en terre païenne. Elles portaient une robe blanche en coton brut descendant jusqu'à terre, une couronne d'épines en plastique sur des cheveux en désordre et aucun maquillage. Sledge, qui les soupçonnait de dormir sur des fils barbelés, était incapable de leur donner un âge. Peut-être trente ans, peut-être soixante; elles avaient perdu les signes du passage des ans. Il envia leur sérénité.

La plus grande des quatre anges, une femme aux cheveux noir corbeau qui lui descendaient bien en dessous de la taille, semblait jouer le rôle de la mère supérieure. Elle portait sur la poitrine un cœur en feutrine rouge, d'où tombaient des gouttes de sang cousues jusqu'au niveau de son pubis. Son regard était gênant. Des yeux bleu nuit, mais vides, comme ceux d'un mendiant aveugle; des miroirs sans reflet. Elle s'approcha de Sledge et avança sa main en un geste de bénédiction. Avec ses sœurs, elle entonna un chant de contralto. Le procureur accepta quelques mesures de *Souffre avec moi,* puis les interrompit.

– Ça ira, mesdames. Je vous l'ai déjà dit plusieurs fois; c'est un bureau, ici, pas un...

– Calvin, mon cher! Mais comment allez-vous?

Derrière la muraille des anges, apparut un polichinelle tendant une main moite. A son petit doigt, une bague sertie de diamants. L'homme devait mesurer moins d'1,68 m, même si l'on comptait les talonnettes évidentes qui le projetaient légèrement en avant.

– Salut, Leo, fit Sledge avec réserve et en refusant ostensiblement la main tendue. Vous trempez là-dedans, maintenant?

– Je donne juste un coup de main, répondit Leo.

Sa perruque avait du mal à résister à l'humidité de ce matin d'été, et le bord du toupet était marqué par un cercle de sueur. Il portait un costume de soie de qualité, couleur bronze, sans doute acheté à Rome. Sur sa cravate, il avait placé une épingle de rubis et de diamants représentant la Justice. Elle avait les yeux bandés – sans doute pour ne pas voir ce que Otto faisait...

– L'Élu m'a fait l'honneur de me charger de discuter avec vous d'un... arrangement possible.

– Quelle chance vous avez, Leo! Parce que moi, il me fait toujours la gueule...

Une des sœurs ouvrit tout grand la bouche, portant une main à sa poitrine. Otto fronça le sourcil.

– Calvin, mon cher, nous comptons sur vos bonnes manières chrétiennes pour restreindre ce genre de blasphème en présence de ces pieuses femmes.

Sledge se mordit la langue pour ne pas parler d'hypocrisie. De notoriété publique, Otto Leo était un adepte des déviations sexuelles, y compris sans doute les bergers allemands et les pythons. Pourtant, il était toujours marié à une des quatre femmes les plus riches du Texas, une dévote de l'Église baptiste. Il avait également publié un livre très connu sur l'éthique de l'homme de loi, ainsi qu'un best-seller local appelé *Défense.* Mais il n'y était pas question de football...

– Il vous reste une minute, Leo. La prochaine fois, ayez l'amabilité de prendre rendez-vous.

Sledge tapota sa Timex et posa ses fesses sur son bureau comme pour étouffer l'affaire.

– J'ai l'impression que vous êtes dans de beaux draps, Calvin. Bien sûr, je n'ai pas étudié ce dossier dans ses détails, mais je vous comprends. Comme il doit être difficile de fabriquer de toutes pièces un meurtre à partir d'une mort accidentelle...!

– A peu près aussi accidentelle que le massacre de la Saint-Valentin...

– Aucun rapport! Un homme a été tué; c'est une agression. Peut-être de la légitime défense.

– C'est un *meurtre*, Leo, je n'ai rien à ajouter. Emmenez vos majorettes!

– Alors, il est de mon devoir de vous prévenir : je m'en vais de ce pas déposer une demande de mise en liberté, fit Leo d'une voix qui avait perdu tout désir de conciliation.

– Aucune chance, rétorqua le procureur. Pas de caution!

Cœur Sanguinolent s'approcha tout près de Sledge et lui souffla :

– La volonté de Dieu ne peut être mise en question par un mortel.

Elle avait le visage dans un rayon de soleil, et Sledge remarqua une longue et ancienne cicatrice commençant au bord de l'œil droit et descendant jusqu'au cou. Cela ressemblait au genre de brutalité qu'un maquereau inflige à une prostituée.

– Allons, mes sœurs, fit Otto. La mort d'un homme est une chose épouvantable. Mais le plus tragique, c'est que d'autres vies seront irrémédiablement souillées, le jour où la vérité éclatera enfin.

La délégation s'apprêta à partir, mais Cœur Sanguinolent se retourna et, dans son regard mort, il y avait des flammes.

– Dans la guerre contre Satan, dit-elle, notre Seigneur est le commandant en chef. Pas le juge, à moins qu'il soit lui-même jugé.

Cela suggéra à Otto Leo de farfouiller dans son réservoir de citations adaptées à toutes les situations humaines. (Ses réquisitoires étaient toujours assaisonnés de références à des érudits si méconnus qu'on le soupçonnait de les inventer...)

– N'oubliez pas la phrase de Shakespeare : « Assurez-vous du fait, pour que votre justice ne soit pas violence!... » Gardez cela en tête, mon cher Calvin, et pas trop loin du cœur.

Sledge ne pouvait pas laisser ces cinglés sortir en vainqueurs.

– John Ruskin s'est mieux exprimé : « Il faut montrer son cœur dans *l'application* de la loi, non dans son laxisme. »

Feignant d'apprécier, Leo courba la tête. Mais il tira la dernière salve :

– Un type bien, John Ruskin. Mais il a défié l'ordre moral. Il a été incapable de garder une seule femme auprès de lui et il est mort dépressif. On dit même fou. Bien le bonjour.

Des quatre grandes villes du Texas, seule Fort Worth, comme son fils instable T.J. Luther, souffrait d'un manque d'identité. A sa naissance, Fort Worth était orpheline, l'avatar d'une ambition inassouvie. En 1849, un colonel de l'armée américaine du nom flamboyant de Ripley Arnold choisit un site agréable sur les berges de la Trinity River pour y construire un fort branlant avec des troncs de cèdres. Son intention était d'offrir aux colons blancs un lieu où s'abriter des « bouchers sanguinaires », les Indiens Comanches, qui avaient habité cette terre avant que le Texas n'existe, avant que l'Amérique n'existe. Par un détour amusant de l'histoire, quand le fort ouvrit ses portes, les premiers à y chercher refuge furent des Indiens, une tribu de Tonkawas fuyant les Kiowas, tous terrorisés par les Comanches. Ils furent évincés, mais campèrent à côté. Comme il fallait s'y attendre, aucun émigrant ne fit appel à l'hospitalité du fort et, quatre ans plus tard, le gouvernement américain mit fin au désir de gloire de Ripley Arnold. Il avait espéré qu'une ville naîtrait, portant son nom.

C'est alors que quelques pionniers arrivèrent et, découvrant ces cabanes vides, s'installèrent et ouvrirent un bazar. Sans raison, ils nommèrent ce lieu Fort Worth. Ce magasin n'était pas vraiment nécessaire, Dallas se trouvant à cinquante kilomètres à peine. Mais Fort Worth s'accrocha obstinément à la carte, même si personne n'y faisait attention. Hollywood a immortalisé des villes comme Tombstone, dans l'Arizona, ou Abilene, dans le Kansas, ainsi qu'une douzaine de villages du Texas moins intéressants du point de vue historique. Pourtant, Fort Worth vit passer Butch Cassidy et le Sundance Kid, Sam Bass, Luke Short et Doc Holliday, qui tous y eurent recours à l'armurier, aux tables de poker et aux colombes souillées (les putains de Fort Worth étant fort célèbres). Les fondateurs de la ville essayèrent de lui donner toutes sortes de noms; « la Porte de l'Ouest », « la Reine des Plaines », « la Ville Panthère », cette dernière à cause d'une plaisanterie d'un imbécile de Dallas qui avait dit que Fort Worth était si ennuyeuse et morne qu'une panthère dormait dans la grand-rue. Mais un seul nom resta : « Cowtown », Vache-Ville, et bientôt les gens l'adoptèrent.

Si l'on personnifiait les quatre principales villes du Texas, Houston serait Paul Bunyan conduisant un bulldozer en or massif, Dallas un directeur de banque avec un P. 38 sous son oreiller, San Antonio un amant ayant perdu sa montre; quant à Fort Worth, ce serait T.J. Luther se rendant au grand bal annuel... En plein automne, quand le cycle cosmique soulage le Texas de l'accablante chaleur de l'été, juste avant que les vents d'hiver descendent en hurlant du Canada le long de la colonne vertébrale de l'Oncle Sam, a lieu à Fort Worth un rite d'une beauté anachronique : la présentation à la « bonne société » de douze jeunes débutantes. Le grand bal n'est pas seulement l'événement le plus important de l'année à « Cowtown »; c'est la façon de Fort Worth de se faire plaisir, une soirée d'opulence pour rivaliser avec Manhattan et Paris, un ballet de Cadillac dans le monde de l'arrogance. Cette ville qui fit ses débuts en tas de rondins abandonnés devient, pour un soir de fin novembre, un royaume privé.

Le soir où le prince des Tentations dans son habit de soirée loué, portant des bottes à bout doré empruntées à l'oncle Bun, escorta Melissa Craymore au grand bal, il ne lui vint pas un seul instant à l'esprit qu'il pût passer pour un poseur. Il considérait sa présence non seulement comme un droit, mais comme un dû. Il était prêt pour ses propres débuts. Que deux mois plus tôt, il fût en larmes et en prison, attendant que Maman vînt payer la caution, n'avait pas d'importance. Sa grandeur était prouvée par les appareils de photos, objectif pointé vers lui au moment où il ouvrait la voiture (la Cadillac de Bun) et vers sa princesse. Missy était aussi charmante que possible pour une jeune fille quelconque. Elle avait les cheveux relevés par une broche de diamants. Elle portait une robe longue et élégante, vert sombre, avec des pans drapés, bordés de fils d'or, qui la faisaient ressembler à un bon du trésor. Le lendemain matin, se disait T.J., en ouvrant son journal, Magda tomberait en pâmoison en voyant le fils qu'elle avait rejeté danser dans les pages mondaines. Par bonheur, T.J. était tellement à son fantasme qu'il ne remarqua pas que les photographes baissaient leur appareil sans prendre de cliché, ni n'entendit la voix d'une journaliste déclarer *sotto voce* : « C'est personne. »

T.J. perdit bientôt son air bravache. A peine passé le seuil du Ridglea Country Club, il sentit son col blanc se raidir et son estomac se retourner. D'un coup d'œil, il se rendit compte qu'il était le seul plouc sur un échiquier de rois et de reines. Missy ne l'aida pas. Elle aperçut un groupe de jeunes femmes allant se poudrer et se joignit à elles, abandonnant son chevalier servant. Le temps passant, T.J. se lança seul. « Des relations? se dit-il. Facile : ils sont tous là. »

Pour se donner du courage, il engloutit deux doubles bourbons. Il essaya de donner 5 dollars de pourboire au garçon, qui lui répondit :

— Non, monsieur, merci. C'est une soirée privée.

— Je sais que c'est privé! fit T.J. furieux.

Il alluma son briquet et fit brûler le bifton. Dorénavant, ce nègre saurait pour qui il versait du whisky.

T.J. fit le tour des salles de bal, transformées par les décorateurs en une imitation des jardins de Versailles. A une extrémité, une fontaine d'or lançait inlassablement un jet d'eau de trois mètres. A côté, il y avait des statues de femmes allongées, des copies du style Louis XIV, rêvassant dans la lumière argentée tombant de trois énormes lustres de cristal taillé façon Marie-Thérèse. Les quatre murs de la pièce étaient entièrement tapissés de feuilles d'argent et décorés de trente arches de verdure, chacune couronnée d'un lustre. Des urnes dorées contenaient des pyramides de roses blanches et d'orchidées, hautes comme une maison de deux étages.

Au centre de la salle s'étirait un tapis rouge de vingt-cinq mètres de long, un chemin royal qui menait à la scène où les débutantes n'allaient pas tarder à mettre en valeur la fortune de leur papa. Missy avait dit à T.J. qu'il en coûtait à peu près 50 000 dollars pour « paraître », tout compris : une robe longue d'un couturier français, les bijoux, la soirée privée précédant l'événement, et les leçons d'un professeur de maintien pour apprendre à se déplacer gracieusement sur la scène, les bras chargés de fleurs, et à faire la révérence avec moult grâce, le front penché vers le sol. T.J. empoigna un autre bourbon sur un plateau, plus deux verres de champagne. Puis il emprunta le tapis royal, car c'était la seule voie ouverte au milieu de la foule compacte. Aussitôt, un garçon en livrée et perruque poudrée posa la main sur l'épaule de l'intrus pour l'écarter. T.J. s'excusa platement.

Sous un arbre argenté avec des fleurs rouges collées sur ses branches, il aperçut une femme à l'air gentil et aux cheveux blancs comme neige, en conversation avec trois espèces de pingouins. Elle regarda T.J. du coin de l'œil et lui sourit. Encouragé, il se glissa dans le cercle de la conversation.

— Je m'appelle Tom Luther, annonça-t-il en serrant les mains molles à la ronde.

— Luther? fit la dame, intriguée.

Au cou, T.J. compta qu'elle portait six rubis parfaits.

— Vous devez être le fils de Claude Luther. Une famille merveilleuse! Et de présenter T.J. aux pingouins, qui posèrent sur lui un regard sans intérêt. Le père de ce jeune homme nous a donné 25 000 dollars, l'an dernier, pour le Metropolitain Opera.

— Euh, madame, je ne suis pas ce Luther-là. On doit être de vagues cousins. Je suis le Luther des chinchillas.

— Des *quoi*?

– Les chinchillas. Vous savez, ces jolies petites bestioles avec de la fourrure douce et épaisse. Digne d'une reine.

– Je suis allergique à la fourrure, dit la femme.

– Mais vous auriez l'air super, en chinchilla. Si vous me donniez votre numéro de téléphone, je pourrais vous faire préparer un manteau pour le printemps. Ils baisent comme des fous et les femelles mettent bas tous les quatre-vingt-dix jours.

La femme resta bouche bée, puis éclata d'un rire nerveux. « Oui, c'est ça; très amusant... » Puis elle s'éloigna suivie de ses courtisans.

Une heure passa encore... T.J. chercha en vain Melissa, avala de nombreux cocktails et serra la main de nombreuses personnes qui ne semblaient pas ravies de le rencontrer. Il alla vomir dans les toilettes et s'ébahit devant un plateau d'argent plein de pièces et de billets sur le bureau de l'employée, se demandant s'il pouvait en emporter quelques-uns comme souvenir. Il sortit dans le jardin pour essayer de faire taire le manège qui tournait dans ses entrailles. Il s'accroupit dans l'herbe épaisse et pensa à appeler Kleber à Houston pour que ce lauréat prétentieux sût enfin qui était dans le beau monde. Il s'allongea sur une chaise longue près de la piscine et observa les lumières d'argent flotter. Il s'était assoupi quand une voix et une main lourde le réveillèrent.

– Luther? demanda un homme égrillard aux joues grêlées.

C'était un ancien de l'école, un dénommé Joel que personne n'aimait et qui demanda à T.J. comme pour une vérification d'identité :

– Avec qui as-tu bien pu venir?

En apprenant que T.J. était venu ici grâce à Missy Craymore, Joel siffla et dit :

– Sans déconner?

T.J. décida de jouer les blasés.

– Je déteste ces putains de soirées. Missy m'a bassiné pour que je l'amène ici.

– T'as connu son père?

– Il est mort.

– Ça, je sais. Mais demande à Missy si c'est vrai qu'il gardait tout son fric dans une boîte à chapeaux Stetson.

– D'accord, Joel. Je n'y manquerai pas.

Plus tard, quand il retrouva enfin Missy, T.J. lui passa le bras autour des épaules comme si elle avait disparu depuis six semaines dans le Grand Canyon.

– Où étais-tu? lui demanda-t-elle.

T.J. essaya désespérément de se rappeler la question mentionnée par Joel.

– Est-ce que... est-ce que...? Et puis merde, chérie; j'en ai rien à foutre. Allons danser.

Il essaya de guider Missy vers la piste où des couples tournaient au rythme d'un orchestre de tout repos, mais elle lui dit sèchement :

– Écoute, tu as assez bu comme ça. Il paraît que tu as essayé de vendre à Sara Leonore un de tes chinchillas!

T.J. trouva cela extraordinairement drôle.

– C'est pas vrai, dit-il. J'en ai même pas apporté un!

Un homme à la chevelure argentée qui ressemblait à l'avocat de Dieu s'approcha et murmura quelques mots à l'oreille de Missy. Elle hocha la tête, saisit T.J. au coude, et l'entraîna.

– Chéri, viens; on rentre. Cette soirée est ennuyeuse. J'ai trop chaud.

– Qu'est-ce qu'il t'a dit, ce salopard?

Missy feignit de ne pas comprendre.

– Comment?

– Cette tante qui est venue baver dans ton oreille. Il a dit quelque chose sur moi, hein?

En louchant, T.J. désigna le vieux con, lequel lui envoya en retour un regard furieux.

– Va te faire foutre! hurla T.J., en levant son bras et en faisant un geste bien connu.

– Mon amour, soupira Melissa, tu viens de faire un bras d'honneur au gouverneur du Texas.

Missy et T.J. étaient en train de se diriger vers la sortie, quand T.J. aperçut quelqu'un qu'il prit pour le gouverneur insulté.

– Une seconde, dit T.J., voulant faire amende honorable et s'excuser.

Se frayant un chemin dans la foule des sommités, écrasant des pantoufles de vair et renversant du champagne dans les plis des corsages, il s'avança en titubant vers le lieu où l'homme de haute stature signait des autographes. Il lui prit le bras et le secoua violemment au moment précis où retentissait une musique de fanfare. La lumière aveuglante des spot-lights tomba sur eux et, dans les haut-parleurs, une voix mielleuse confirma l'extraordinaire apparition dont T.J. prenait lentement conscience :

– Mesdames et messieurs, son avion a été légèrement retardé, mais il vient de nous arriver; bienvenue au grand athlète, au meilleur vendeur de voitures de Fort Worth et à la dernière star de Broadway : Mack Crawford!

Des trente personnes environ agglutinées autour de Mack,

vingt-neuf firent un pas en arrière, par déférence et en hommage à
la célébrité. Seul T.J. Luther resta vissé au centre de la scène,
agrippé à la manche de Mack, souriant de toutes ses dents aux
applaudissements et au ravissement des dames, comme s'il subis-
sait une transfusion pour son orgueil blessé. L'émoi se calma
lentement; les femmes cherchèrent leur poudrier dans la poche de
leur mari pour rajuster leur maquillage en cas de confrontation
avec la splendeur masculine. Alors, Mack posa son regard sur le
trouble-fête.

— Excusez-moi, dit-il gentiment, vous permettez?

T.J. leva vers lui un regard vitreux : la star ne l'avait pas
reconnu.

— Ben quoi, mon vieux, tu ne me remets pas? bafouilla T.J.
Crénom, c'est bon de revoir un pote!

Il l'entoura violemment de ses deux bras.

— Je vous présente mon meilleur copain dans ce putain de
monde! annonça-t-il à la ronde.

— T.J...

Mack avait l'air aussi heureux qu'un homme devant l'apparition d'un fantôme que, depuis dix ans, il tente de chasser de ses
souvenirs. Il essaya de l'écarter mais, stimulé par l'événement,
T.J. ne craignait plus rien. Il insista pour présenter Mack à
Melissa.

— Plus tard, d'accord? dit Mack tout en faisant un signe discret
à un jeune homme musclé qui se trouvait à ses côtés.

— Excusez-nous, maintenant, fit l'ami au teint basané.

D'une main efficace, il repoussa le soûlard. Mais T.J. refusait de
comprendre.

— J'ai essayé au moins cent fois de te téléphoner, Mack...

Renonçant alors à toute politesse, le garde saisit T.J. au bras
droit, le lui tordit impitoyablement et envoya dinguer l'importun
vers des zones moins éclairées. L'idée était bonne, mais elle ne
réussit pas. T.J. revint de plus belle.

— Dis à ce connard de me foutre la paix, hurla-t-il en se
suspendant à la ceinture de Mack comme une pieuvre, sans voir le
dégoût dans le regard de Mack.

Les vingt secondes cruciales qui suivirent furent comme un feu
de paille : inattendu, effrayant et maîtrisé rapidement. Mack
Crawford saisit violemment la chemise empesée de T.J. et la
transforma en un bouquet de magnolias flétris. Puis le prince des
Charmes se défoula à grandes claques sur le prince des Tentations,
l'envoyant valser comme une balle crevée au pied d'un serveur. La
police de service saisit le galant humilié de Missy et l'escorta
jusqu'à la Cadillac de Bun. En chemin, T.J. lança : « J' vais m' le

faire, ce salaud! J'aurai la peau de ce connard!» Plusieurs
personnes entendirent la menace, la mirent sur le compte du
whisky et racontèrent l'histoire en attendant plus grand scandale.

Missy ramena sa disgrâce jusqu'à la propriété de Rivercrest et
traîna T.J. à l'intérieur. Elle lui lava le sang à la commissure des
lèvres et alla faire du café. Quand elle revint, T.J. était étalé en
sous-vêtements sur le lit aux montants de cuivre. Il sanglotait. Par
terre, son smoking sale. Il était blessé au genou et à la joue. De sa
lèvre fendue, coula un flot de lamentations et de confessions. Il
n'était qu'un menteur... Un tricheur, aussi. Depuis le jour où il
avait rencontré Missy à la banque, il s'était servi d'elle pour entrer
dans un monde auquel ni sa famille ni sa fortune ne lui donnaient
droit.

– J' suis désolé, chérie. J'ai mal agi.

– Ça ne fait rien...

– J' comprends pas pourquoi les gens ne m'aiment plus. Tout ce
que j' touche devient de la merde...

– Arrête de te plaindre. Prends ça; ça te soulagera.

T.J. avala sagement les deux cachets blancs (de l'aspirine,
pensa-t-il) et les fit descendre avec un nouveau whisky. Aussitôt, il
lâcha le gobelet et la nuit vola en morceaux comme un miroir
brisé. Au loin, il entendit Missy chantonner gaiement deux mots
ravissants, « bella donna ». Mais il se sentait partir dans une espèce
de cauchemar. Ou de folie. Des images apparaissaient ou disparaissaient, comme un film dont le projecteur serait cassé. Il
parvint à se traîner jusqu'au salon; des bougies avaient été
allumées, les meubles avaient perdu leur linceul. Il s'étala à plat
ventre sur un canapé de cuir, des coussins collants recouverts
d'ambre solaire. Melissa lui donnait de grandes claques sur les
fesses douloureuses. Il se remit à pleurer. Puis, il recommença à
planer dans l'espace sidéral. La pièce tournoyait; les animaux le
lorgnaient du haut de leur perchoir. Leurs yeux ressemblaient à
des cibles de champ de tir. Le grand ours brun d'Alaska avançait
d'un air menaçant, s'arrêtant au moment même où il allait
l'empoigner. C'est alors que Missy jaillit d'entre les pattes de la
bête. Elle était nue comme un ver. T.J. n'arrivait pas à se rappeler
si elle avait volontairement quitté sa longue robe verte ou s'il la lui
avait arrachée à sa demande. En tout cas, elle était en lambeaux,
par terre, près d'une rangée bien nette de dessins. Six dessins.
Racontant une sorte d'histoire. Dans le premier, un homme était
complètement habillé, un jean, une chemise de bûcheron, un
chapeau et des bottes. Dans le second, plus de chemise, poitrine
nue, portant comme des impacts de balles. Progressivement,
l'homme se dénudait; dans le dernier dessin, le sixième, T.J. se vit

lui-même, les jambes écartées, mains posées sur un énorme pénis. Sa queue était un fusil pointé sur une fille qui ressemblait à Melissa, les yeux bandés. Il laissa échapper les cris muets d'un rêve. Alors Melissa grimpa sur ses cuisses, tenant dans la main un pistolet. Elle le plaça contre le sexe de T.J., massant les deux armes avec de l'huile solaire en marmonnant des paroles incompréhensibles; puis, lentement, elle fit descendre son bassin et accueillit le métal et la chair. L'épaisse obscurité déchira la nuit.

Quand T.J. se réveilla, il se trouvait dans le lit à montants de cuivre de Melissa. Ses habits, propres, lavés et repassés, étaient posés sur une chaise. Aussitôt Missy apparut, apportant le petit déjeuner : jus d'orange frais, jambon et, protégée par du papier argent, une montagne d'œufs et de champignons.

Douce infirmière, elle lui demanda gentiment comment allait son mal de tête. T.J. fit l'effort de s'asseoir et fut immédiatement frappé par une douleur à la tête et au derrière.

– C'est comme si j'avais été bourré de coups de pied par une mule, dit-il.

– C'est ce qu'on appelle payer les pots cassés, répondit-elle.

– Chérie, j' suis désolé, dit T.J. alors que lui revenait en mémoire la bagarre avec Mack. J'ai tout fichu en l'air.

Melissa fit non de la tête et posa sur le visage de T.J. un baiser.

– On n'aurait jamais dû y aller, fit-elle. Ces gens sont tous des fumistes, de toute façon. Nous n'avons pas besoin d'eux.

L'après-midi, après s'en être retourné chez Bun et s'être promis plusieurs fois que plus jamais il n'avalerait une seule goutte d'alcool, T.J. se souvint du reste de la nuit. Tout semblait réel. Mais il n'arrivait pas à comprendre pourquoi une fille comme Melissa Craymore était allée se fourrer un P. 38 dans la chatte.

Quelques jours plus tard, dans la camionnette de Bun garée près de la mare aux canards dans Trinity Park, T.J. fit sa demande en mariage.

– Je crois que je t'aime, Missy, et que je voudrais t'épouser.

Elle répondit sans hésiter :

– Je crois que c'est une bonne idée.

Mais avant de s'embrasser pour sceller leur pacte, Missy posa une condition. Son fiancé devrait lui offrir un nouveau lieu d'habitation. Il était impératif que personne n'eût jamais habité la maison où M. et Mme Thomas Jeremiah Luther commenceraient leur vie conjugale.

– Mais tu as déjà une maison! dit T.J.

– Je déteste ma maison. Elle est trop grande. On ne trouve plus de personnel. Et la lumière n'est pas bonne pour mon travail.

Eh bien, se dit T.J., après tout, ce n'était pas grand-chose. Il pouvait trouver une petite maison à louer quelque part, y installer son épouse, vendre le musée des horreurs du papa pour 150 000 dollars, puis se coucher dans l'herbe et regarder briller les étoiles. Mais Missy devait lire dans ses pensées, car elle dit :

– Et je ne veux pas qu'on loue. Louer signifie que quelqu'un d'autre nous possède. Je ne veux pas qu'il y ait de nuages dans notre amour. Mais je n'exige pas quelque chose de fabuleux. Juste une petite maison pour toi et moi, pour se cacher du reste du monde.

Et pour donner un exemple, Missy sortit une aquarelle qu'elle avait faite de la maison de ses rêves, avec des roses grimpant le long des fenêtres, un toit de chaume, un puits d'amour dans le jardin et – T.J. écarquilla les yeux – deux fusils appuyés à côté de la porte d'entrée.

Il alla parler de son problème à Bun, mais celui-ci avait les siens. Les chinchillas cassaient leur pipe. Deux femelles étaient mortes pendant la nuit et maintenant, le dernier mâle était étendu sur le flanc, parcouru de frissons.

– J' comprends pas, disait Bun d'une voix lugubre. J'ai tout fait comme il fallait. J' leur ai payé le meilleur système d'air conditionné. J'ai fait venir exactement les mêmes graines qu'ils mangent dans les Andes. J' leur ai chanté des ballades, j' les ai aimés, j' les ai chatouillés, j' leur ai dit qu'ils allaient être heureux, blottis près des nichons de Jane Russell. Mais y m' laissent tous tomber!

Bun avait non seulement l'air triste, mais vieux. Les petits plis près de ses yeux s'étaient transformés soudain en profonds sillons. Son cou rétrécissait, se ratatinant comme un vieux potiron. T.J. hocha la tête en signe de compréhension. Mais il s'inquiétait surtout de la rapide ascension de Bun vers ce point de la vie où la fin est plus proche que le commencement. On voit toujours les marques du temps sur les visages des autres avant de les déceler sur le sien.

– Je peux te demander quelque chose? demanda poliment T.J.

Bun acquiesça.

– Sûr. J' peux encore écouter!

– Eh bien, tu vois, si tu pouvais m'avancer juste assez d'argent pour construire à Melissa une petite maison, là-bas, près de la rivière (j' pourrais la bâtir moi-même; j' suis sûr de pouvoir), on pourrait s' marier; on vendrait la maison de son papa, et j' te rembourserais – avec des intérêts. Et tu garderais le ranch, bien sûr...

– Mon p'tit, me demander conseil sur les femmes, c'est comme demander à un prédicateur baptiste la meilleure façon de se branler. Avant de parler business, y a une chose que j' voudrais savoir. Tu l'aimes, cette p'tite poule?

– Si j' l'aime? Oui, j' crois que j' l'aime! Bien sûr...

– T'as pas l'air trop sûr... Elle est riche?

– Oui, j' crois bien.

– Dis-moi, tu l'aimerais quand même si elle habitait dans une caravane sur un parking d'autoroute?

– Mais c'est pas le cas.

– Ça peut être sacrément chiant de baiser un carnet de chèques, tu sais?

Lentement, le vieux cow-boy se leva, redressant son dos comme si c'était un clou tordu. Tandis que son neveu attendait impatiemment sa réponse, Bun arpenta lourdement sa terre. Mélancolique décembre, pelouse galeuse comme une couverture grise, arbres dépouillés, tristesse.

– Ben ma réponse, c'est oui. Oui, pardieu, tu peux avoir un p'tit bout de terrain. J' serai fier de t'avoir, toi et ta petite femme, à vivre ici. Mais...

T.J. attendit. Le « mais » restait en suspens comme une prière inachevée.

– Mais *quoi?*

– Spike a foutu le camp, dit Bun, tête baissée et à mi-voix : elle reviendra pas. Ne m' demande pas pourquoi, parce que j' sais pas. Elle aimait p'têt pas la musique; alors elle a quitté la piste.

– Elle reviendra! Vous vous aimez. Vous vous disputez comme des gosses.

Bun haussa les épaules et dit qu'il avait froid. Il se dirigea vers la maison jaune. Ses yeux étaient humides; c'est le vent, se dit T.J. A l'intérieur, Bun ouvrit un secrétaire et trouva le grand livre de comptes.

– J' t'ai dit une fois que j' racontais pas de conneries à ma propre famille. J' veux être réglo avec toi, p'tit. Y a plus rien dans la tirelire. J'ai pas d' quoi t' prêter un centime.

T.J. regarda les comptes. La liste des factures impayées était criante, comme des oisillons la gueule ouverte. De nette et soignée, l'écriture de Spike s'était fait désespérée.

– Tu t' fiches de moi, Bun! protesta T.J.

En une heure, Bun avait vieilli de dix ans. Il posa sur son neveu le regard d'un juge prononçant la sentence finale et dit, calmement :

– Non.

T.J. explosa. Il abattit son poing sur le livre de comptes et frappa le bureau.

– Et merde! Si t'as une bonne corde pour deux, y a plus qu'à aller nous pendre!

Bun prit une carafe de cristal et versa du whisky. Deux pleines rasades. T.J. apprécia la seule source de réconfort sur laquelle il pouvait compter.

– J' suis foutu, dit-il. Ça sert à rien de continuer d' se battre. J'ai tout gâché avec toi et Spike. J'ai tout gâché avec Maman et Papa. J'ai tout gâché dans ma putain d' vie.

Longtemps, Bun regarda d'un air lugubre par la fenêtre. Il fallait dire quelque chose. Quand le whisky fut épuisé, il s'éclaircit la gorge, puis il parla. Il ouvrit tout grand le placard où les familles enfouissent leurs secrets.

Le dimanche suivant, à midi, en rentrant de la messe, Magda et Peavine découvrirent leur plus jeune fils confortablement installé sur le canapé du salon. De ses doigts, il jouait du tambour sur un petit coffre-fort serré entre les genoux.

– Salut! dit-il, gai comme un pinson. Ça va?

Magda, le regard vissé sur la boîte, lança :

– Peevie, on a élevé un gangster. Rends-nous ça tout de suite!

T.J. sourit.

– Assieds-toi, Maman! Assieds-toi, Papa! Ça prendra pas plus d'une minute. J'apporte des nouvelles fraîches. Nouvelle numéro un : je me marie. Elle s'appelle Melissa Craymore.

Madga haussa les sourcils.

– Une Craymore? J'aimerais bien voir ça! Y s' pourrait qu'elle change d'avis, quand elle saura que t'es un menteur et un escroc...

– Maman, chut! Nouvelle numéro deux : j'ai fini enfin par comprendre exactement ce qui s'est passé un certain après-midi de 1933. Très intéressant. C'est ce jour, je crois, que toi, Maman, un couteau de boucher à la main, t'es partie au champ de courses d'Arlington pour trucider Papa. J'ai cru aussi comprendre que t'avais piqué une bagnole, défoncé un arbre, que tu t'étais fait arrêter et que t'avais pondu un joli bébé – votre serviteur – dans un champ de maïs. Après, et j' déteste me servir de ce mot pour ma propre famille, t'as fait du *chantage* à Papa ici présent pour qu'y foute le camp et qu' ferme sa gueule.

Peavine porta sa main au cœur et s'écroula dans un fauteuil fleuri, s'éventant le visage avec le *Reader's Digest.* Magda essaya de sourire et de roucouler.

– T.J., mon p'tit, on a un bon p'tit rosbif. J' vais te préparer à déjeuner. Pendant c' temps, tu devrais aller t' reposer un peu dans ton ancienne chambre.

– Nouvelle numéro trois, reprit T.J. en ouvrant le coffre-fort avec un tournevis. J'ai ici une lettre signée devant notaire par un certain Victor (Peavine) Luther, du 27 août 1933, qui se repent de ses péchés et s'engage à payer à son épouse légitime, Magdalena Carmella Alicia Gomez Luther, tous les mois la somme de 200 dollars jusqu'à son dernier jour pour « séquelles psychologiques » dont elle et son nouveau-né sont victimes. Nouvelle numéro quatre : voici un livret de la caisse d'épargne de la National Bank, au nom de Magdalena Luther, sur lequel, en vingt-six ans environ, elle a accumulé la somme de 54 617 dollars 42 *cents.*

En entendant le montant, Peavine en eut le souffle coupé. Magda laissa échapper un cri et se précipita vers son mari pour lui éponger le front.

– Ton père va avoir une attaque! C'est ça qu' tu veux? Tu viens à la maison le jour du Seigneur pour tuer ton père?

T.J., d'un regard, diagnostiqua choc et culpabilité, mais aucun malaise cardiaque.

– Enfin, nouvelle numéro cinq, et écoutez-moi bien. J' suis p'têt à moitié cinglé; en fait, j'me suis toujours demandé pourquoi y m'arrivait toujours les plus grosses merdes dans cette connerie de vie. Mais j' crois que j'ai trouvé la réponse. Et pour me dédommager, j' crois aussi que le moment est venu que la gentille maman donne à son petit garçon le médicament qu'elle lui doit depuis si longtemps pour soigner sa... euh... ses... (T.J. jeta un coup d'œil sur la lettre.) ... *séquelles psychologiques.*

Le lundi matin, à 9 heures précises, à l'ouverture des portes de la banque, T.J. se précipita à l'intérieur et déposa un chèque de 25 000 dollars, attendant qu'il soit encaissé.

– J'ai pas les dents longues, Maman, avait-il dit à Magda pendant qu'elle signait d'une main tremblante.

Elle avait seulement posé comme clause restrictive que T.J. signe une lettre s'engageant à ne jamais parler, écrire à ses parents, ni à leur montrer sa gueule de criminel. Pour T.J., ce fut le repas le plus délicieux que Magda Luther lui eût jamais préparé.

Sur un bout de terrain d'une beauté exceptionnelle, en pente douce, caché par des bosquets de chênes et de saules, près d'une rivière fraîche et calme, assez éloigné de la maison de Bun pour être totalement indépendants, T.J. commença à construire la chaumière où il allait provisoirement installer sa nouvelle épouse. Pendant deux mois, T.J. scia, cloua, ajusta, apprenant au fur et à mesure, aidé par une équipe d'émigrés mexicains payés 75 *cents* l'heure. Missy venait presque tous les jours, pour dessiner, heureuse comme un enfant dans un bac à sable. Mais petit à petit, il y eut davantage de caprices soudains, de sautes d'humeur aussi inattendues que des grossièretés dans un sermon. En général, cela entraînait toujours T.J. à des dépenses supplémentaires. Une seconde salle de bains était, selon Missy, *vitale*. La façade nord de la maison, là où se trouverait son atelier, *devait* être déplacée d'un mètre car la lumière n'était pas tout à fait parfaite. Elle l'obligea à abattre une jolie rangée de cèdres. La cuisine doubla en surface. Des 8 000 dollars qui étaient prévus, il en était à 14 500. Il appréciait les rares jours où Missy ne venait pas au chantier pour aller acheter des tissus ou se rendre chez l'avocat de la famille régler la succession des Craymore. Depuis bientôt deux ans, c'était un vrai sac de nœuds. Melissa n'était pas très bavarde sur ce sujet, disant simplement qu'il fallait « du temps » pour extirper les épines de la loi qui poussent sur une tombe.

Fin janvier 1960, ce fut le début d'une nouvelle décennie, et la maison était presque terminée. T.J. organisa une petite fête, Noël avec quelques jours de retard. D'un coin de son terrain, il coupa un petit sapin grêle et difforme, décora ses pauvres branches de guirlandes à 2 dollars achetées au supermarché, alluma un feu dans la nouvelle cheminée et posa une couverture sur le parquet à peine raboté. Bun fut invité, mais il avait quitté le ranch une semaine plus tôt, marmonnant une explication sur un petit voyage à Houston pour « trouver des fonds ». Il leur laissa une bouteille de Chivas Regal pour la grande soirée.

T.J. était ému et plein du sentiment du devoir accompli. Il se sentait aussi satisfait que possible. Du whisky velouté dans les veines, un joli feu dans un âtre construit de ses propres mains, une fille riche et noble qui l'aimait. T.J. regarda Melissa, puis leva son verre :

– Je t'aime vraiment, dit-il, pensant en lui-même : je crois que c'est vrai.

Ils n'étaient pas d'accord sur la façon dont le mariage, prévu pour avril, devait se dérouler. T.J. souhaitait une célébration de haute volée, digne du rang social de sa fiancée : tenues d'apparat, des centaines d'invités, faire-part d'une demi-page dans les journaux, une montagne de cadeaux d'or et d'argent. Missy, au contraire, voulait une escapade discrète au Mexique, un mariage en secret, révélé plus tard.

A minuit, T.J. cueillit timidement aux branches de l'arbre une boîte de velours noir.

— Ce serait plus gros si tu n'avais pas exigé une seconde salle de bains.

Missy poussa des cris aigus en voyant sa bague de fiançailles et l'enfila à son doigt. Elle la brandit à la lumière du feu; il y avait peu de pierre pour la faire briller.

— C'est un quart de carat, dit T.J. Mais à partir d'aujourd'hui, ça doublera tous les ans.

Missy sortit en courant pour aller lui chercher un cadeau dans le coffre de son Oldsmobile. C'était un grand et gros paquet enveloppé dans des dessins de la chaumière en construction.

— Ouvre vite! cria Missy, les yeux écarquillés de plaisir anticipé.

Quand T.J. déchira l'emballage, il vit une boîte à chapeau Stetson. Aussitôt, il repensa à la question oubliée depuis la soirée du grand bal.

— Dis donc, c'est vrai qu' ton père gardait son fric dans une boîte comme ça?

Melissa sembla choquée.

— Pourquoi t'essaies toujours d'avilir mon père?

Avant même que T.J. pût se défendre – il ne s'était jamais appesanti sur le sujet de Wyman Craymore –, elle s'emporta.

— Mon père était un type très bien! Tu veux des preuves? Je vais t'en donner! Tu as vu tous ces animaux empaillés dans notre salon? Eh bien, il ne les a *pas* tués! Il est allé en Afrique et il les a achetés déjà morts. Il respectait la vie. Il fallait bien que quelqu'un s'occupe de ces pauvres bêtes!

T.J. hocha la tête, mal à l'aise.

— C'est vraiment généreux de la part de ton vieux, dit-il, se demandant comment ce fantôme indésirable venait gâcher la soirée. Je peux ouvrir mon cadeau maintenant?

— Attends, ordonna Missy d'une voix glaciale. Mon père a dépensé tout son argent à des bonnes œuvres. Il m'a même achetée moi. Tu savais ça?

— Ça veut dire quoi, chérie?

— Eh bien, c'est dans les papiers de la famille, monsieur. Alors, tu n'as qu'à faire ton travail.

— Voilà qui est intéressant, dit T.J.

— Pourquoi tu n'as pas encore ouvert ton cadeau? C'est la bénédiction de Papa pour notre mariage.

T.J. souleva le couvercle et fit un bond en arrière. Melissa éclata de rire et il crut qu'il y avait quelque part une plaisanterie qu'il n'avait pas comprise. Il laissa échapper un ou deux « ha! ha! » mais, en fait, il ne voyait pas le moindre trait d'humour dans son cadeau. C'était le chat empaillé, Delano. Elle l'avait enjolivé avec un ruban de velours rouge autour du cou et des grosses billes couleur de sang plantées dans les pupilles.

CHAPITRE 15

— C'est une telle tragédie, dit VeeJee Cantrell quinze ans plus tard en conduisant une fois de plus Calvin Sledge vers la pièce où elle gardait les papiers de son fils. Quand je repense à tout ça, il me semble que la famille Luther a été maudite.

Elle s'agenouilla et commença à ouvrir des cartons, à les renifler comme s'il s'agissait de boîtes en plastique contenant de la nourriture au fond de son réfrigérateur.

— Je ne crois pas que vous trouverez encore quelque chose de très intéressant. Tout le reste, ce sont des duplicatas.

— Je vous en prie, madame Cantrell; j'ai besoin de tout voir.

VeeJee acquiesça. Elle s'adossa au mur. Dans sa robe de chambre en nylon rose, elle ressemblait à une réchappée d'un incendie nocturne.

— *Tout* ce que vous pourrez trouver au sujet de T.J. Luther, reprit Sledge. Curieusement, c'est celui dont je sais le moins.

— Ah! satané T.J.! dit VeeJee en se remettant à fouiller. Vous ai-je déjà raconté la fois où il est arrivé ici en courant au milieu de la nuit?

Sledge fit non de la tête.

— Mon dieu, je ne me souviens plus exactement quand. Ne me le demandez pas. C'était il y a des années. Je me rappelle qu'il voulait le numéro de téléphone de Kleber à Houston. Je ne le lui aurais donné à aucun prix, bien entendu. Il était ivre et s'agitant en tous sens comme un fou. C'était juste après son mariage avec cette fille Craymore.

— Ça doit être pendant le printemps 1960, alors.

— Si vous le dites... Son oncle, celui qu'on appelait Bun, s'était suicidé à Houston. Cancer du foie. Il est sorti de l'hôpital, s'est assis sur les marches devant et s'est fourré une balle dans la bouche... Puis la banque a fait poser les scellés sur ce ranch où T.J. était en train de construire une maison. Je crois que ça a brûlé. Oui, je me souviens maintenant. On a même dit que c'était T.J. qui avait mis le feu à sa propre maison...

Sledge connaissait déjà cette information. Un des documents du dossier de T.J. était un interrogatoire au sujet d'un incendie volontaire. La preuve n'avait pas été faite. Sledge savait égalemnt que, juste après, Peavine Luther avait été victime d'une hémorragie cérébrale, et avait traîné pendant près d'un an encore sans pouvoir parler ni bouger. Magda s'était occupée de lui jusqu'à l'épuisement et le désespoir. Puis un jour, elle avait habillé son mari dans son plus beau costume, avait pris son maigre corps dans ses bras, l'avait porté jusqu'à la voiture et avait branché un tuyau d'arrosage sur le tuyau d'échappement, introduisant l'autre extrémité par une vitre à peine ouverte. Elle avait pressé son mari contre ses gros seins jusqu'à ce que mort s'ensuive pour tous les deux. Leur testament excluait T.J. en termes explicites : « Notre quatrième fils, Thomas Jeremiah Luther, est déshérité. »

– Tout se mélange dans ma tête, dit VeeJee. Je regarderai ces papiers demain matin, à la première heure.

– Je vous en prie, supplia Sledge. Il n'y a plus de temps. Est-ce que je peux regarder, moi?

La vieille femme consentit et alla se coucher. Sledge lut avec attention et se tortura les yeux jusqu'à ce que, à l'aube, il découvrit une lettre. Griffonnée à la hâte d'une écriture enragée sur du papier à lettres rayé, elle venait de T.J. Il semblait au bord du gouffre...

1er avril 1960

Cher K,

Tu te souviens de moi? C'est T.J., ton meilleur ami. J'ai besoin d'aide, vieux. Je suis tellement dans la MERDE que je ne sais pas par où commencer, et on lit sans doute mon courrier. Toi, tu pourrais écrire une histoire *formidable* là-dessus. Une conspiration. K, crois-moi, je n'ai *rien* fait. Que dalle et on raconte que j'ai brûlé ma maison. Ma femme, Melissa Craymore, tu as peut-être entendu parler d'elle, elle est vraiment pas bien, et elle a dû retourner au sanatorium. Ce n'est pas moi qui l'ai rendue malade. Les avocats disent que c'est moi et ils exigent que je paie son docteur. S'il te plaît, K, S'IL TE PLAÎT. Tout le monde est en train d'y passer, et après, ce sera mon tour. Envoie-moi ton numéro de téléphone et je te raconterai quelque chose qui te fera gagner un ou deux autres prix. Ton meilleur ami. T.J.

P.S. Ne donne mon adresse à personne. *Promets-moi*. J'habite dans l'ancienne maison de Bun près de Weatherford. Je suis sûr que tu te souviens. Ha, ha! Je l'arrange drôlement bien et on pourra se payer encore une fête! Viens me voir. Mais on n'invitera pas ce con de Mack.

Sledge était déçu. Il n'y avait rien dans ces propos de cinglé pour relier deux vies disparates, aucun pont entre l'innocence de la jeunesse et l'horreur vingt-cinq ans plus tard. Il n'aurait même pas pris la lettre pour l'étudier de plus près si, en dessous, il n'avait vu une coupure de journal épinglée. C'était un article jauni, soigneusement collé sur une feuille de papier machine. De toute évidence, Kleber avait voulu le garder. Intrigué, Sledge le lut deux fois :

San Antonio, 4 décembre 1960 (AP). La police de Bexar a arrêté hier soir un mécanicien de quarante-huit ans qui a avoué une série de vols. Puis, de façon inattendue, ils ont obtenu en prime la confession d'un meurtre sexuel commis, semble-t-il, il y a plus de dix ans. Le suspect, Raleigh (Butch) Sawyer, a dit qu'il avait des remords sur la conscience. D'après ses déclarations, Sawyer avait pris en stop une jeune fille sur une route de campagne près de Weatherford, Texas, en mai 1950, par une nuit de violent orage. « J'ai forcé la fille à faire l'amour avec moi, puis je l'ai jetée de mon camion. Je l'ai tuée. J'étais soûl, mais je n'avais pas l'intention de la tuer. » Les autorités de Weatherford ont confirmé qu'une jeune fille du nom de Laurel Killman a disparu en mai 1950 et s'est probablement noyée. Son corps n'a jamais été retrouvé. Sawyer est détenu contre une caution de 25 000 dollars.

Qu'est-ce que ça veut dire? se demanda Sledge. Est-ce un article écrit par Kleber? Probablement pas; il était daté de San Antonio. De plus, il n'était pas signé. Alors, pourquoi l'a-t-il gardé? Et pourquoi l'avoir mis en évidence en le collant sur une feuille de papier? Il n'avait jamais fait cela avec ses autres articles. Et pourquoi l'attacher à l'étrange lettre de T.J.? Peut-être qu'il avait glissé par hasard sous le trombone. Puis quelque chose dans la marge attira le regard de l'enquêteur. Il leva le papier vers la lumière, il lui sembla que quelque chose avait été écrit là, à côté de l'article. Mais c'était effacé. Impulsivement, Sledge fourra la lettre de T.J. et l'article dans sa serviette. Au laboratoire, avec de la poudre magique, on pourrait peut-être retrouver ce qui avait été gommé. Il essaya de filer en douce par la porte, mais la vieille femme l'arrêta.

— Vous avez trouvé quelque chose?
— Non.
— Vous n'avez rien pris, n'est-ce pas?
— Non, madame.

Sledge se sentit coupable, mais il ne pouvait pas prendre les risques d'une scène.

— Chaque mot écrit par mon fils m'est précieux.
— Je sais, madame.

Rose Webb, technicienne du laboratoire criminel de la police de Fort Worth, prit l'article et l'apporta, mains gantées, sur sa table de travail. Il lui faudrait plusieurs heures pour déterminer la nature du papier et, par conséquent, le genre de produit chimique à utiliser pour tenter de reconstituer ce qui avait été effacé.

– Je n'ai pas plusieurs heures devant moi, lui dit Sledge. J'ai cinq minutes.

– Mais il se peut que je l'abîme, avertit Rose.

– Écoutez, ma petite, faites ce que vous avez à faire.

Rose aspergea une solution d'acide tannique sur la marge et leva le papier devant un détecteur lumineux, l'observant de côté, à angle aigu.

– Tout ce que je peux voir, c'est quelque chose comme : « *Informer Mack? Oui* ». Et juste en dessous, je vois : « *Informer T.J.* » Point d'interrogation.

– C'est tout? demanda Sledge.

Rose acquiesça.

– Mais bordel, qu'est-ce que ça veut dire?

– Ça veut dire que celui qui a écrit cela se demandait s'il fallait informer un dénommé Mack du contenu de cet article. Apparemment, la décision a été positive. Quant à savoir si T.J. a reçu le message, c'est lui qui le sait, et c'est à vous de le découvrir.

LIVRE V

Quand les princes règnent

« Ceux qui semblent si glorieux ne sont que parade;
Dessous, ils ressemblent à tout le monde. »

EURIPIDE, 426 av. J.-C.

CHAPITRE 16

Les deux voyous giflèrent la dame riche jusqu'à ce qu'elle tombe à genoux en pleurnichant. L'un d'eux brandissait un couteau dont la lame brillait dans les derniers rayons du soleil d'hiver se glissant derrière les maisons de Central Park West. Pépé coupa la lanière du sac à main et s'en empara. Son complice, Spider, arracha un collier d'or du cou de sa victime et lui lança un mauvais coup de pied dans les reins. Comme une vieille bûche, elle roula en bas du remblai jonché de feuilles aux couleurs vives de l'automne. Son chien, un caniche couleur abricot, accourut vers le corps meurtri, alertant par ses aboiements héroïques un vieux couple qui entrait dans le parc par la 81e Rue.

Pépé et Spider changèrent de direction et s'enfoncèrent sous les arbres, vers la Ramble où ils avaient l'intention de se débarrasser du sac et d'attendre une autre victime. Mais ils choisirent le mauvais chemin. Juste au moment où les deux agresseurs surgissaient des fourrés pour traverser une allée, Mack Crawford passait à bicyclette. Il freina sec, mais vint heurter Spider. L'énorme athlète s'envola par-dessus son volant et s'écrasa sur le voyou. Tous deux s'étalèrent sur le trottoir.

Furieux, jurant, Spider tenta de se relever, le couteau à la main. Mais il frappa dans le vide car Mack saisit son poignet et le serra jusqu'à faire tomber la lame. Pépé se précipita pour aider son ami, mais voyant Mack Crawford, son 1,93 m et ses 100 kilos, s'enfuit prudemment vers un petit lac près de là. Assommant d'abord Spider d'un droite sauvage, Mack l'attacha à sa bicyclette avec la chaîne antivol et partit à la poursuite du complice. Dans son survêtement gris, Mack ressemblait à un fanatique du jogging se prenant pour un héros de Shakespeare. Mack bondit, prit le voleur à bras-le-corps, le plaqua à terre et manqua de lui casser un tibia. Mais, dans sa chute, Pépé saisit un pistolet 22 dans une poche de son veston. Les deux hommes roulèrent ensemble et s'écrasèrent sur un saule de bronze surréaliste, un

accessoire du décor du *Songe d'une nuit d'été.* L'arbre tomba et
permit à Pépé de pointer son arme sur le visage de Mack. Au
moment même où il allait appuyer sur la détente, la détonation
d'un autre pistolet retentit. Au milieu du front de Pépé apparut
un petit trou. Ce troisième œil se mit saigner et le garçon de
dix-sept ans mourut dans un frisson...

De la fosse d'orchestre, un homme en complet se hissa gauchement sur la scène. C'était un policier en civil d'une quarantaine
d'années, avec un gentil visage bouleversé par la tragédie que son
arme venait de provoquer.

– Ça va? dit l'homme en accourant vers Mack.

– Ouais, je crois, répondit Mack.

Il se défit de l'étreinte du garçon mort et essaya de se souvenir
des paroles de circonstances qu'il devait prononcer. Rien ne vint.
Il fronça les sourcils, se concentra, mordit sa lèvre inférieure, se
mit à ricaner, puis éclata de rire en s'asseyant sur le plancher de la
scène. Le détective le rejoignit dans un même fou rire. Le
Portoricain mort se leva et, riant lui aussi, essuya le sang de son
front.

– Assez, bande de clowns; coupez! cria Paul Caper, le metteur
en scène des *Chevaliers de New York,* feuilleton télévisé à succès.

Disciple du cinéma vérité, Caper avait filmé la séquence de
quatre minutes – le vol, la rencontre, la poursuite, la capture et
l'exécution – en une seule prise de vue, caméra au poing. A la fin,
Mack devait regarder le cadavre, la scène, puis la salle vide,
murmurant en hommage au grand Will : « Tout est bien qui finit
bien. »

– Je regrette, Cap, s'excusa Mack. J'ai eu un trou de mémoire.
La seule phrase qui m'est venue, c'est : « Bonne nuit, mon doux
Portoricain. »

Le metteur en scène répondit que ça suffisait pour aujourd'hui.
On tournerait la réplique finale demain. Ce n'était pas pour
l'éloquence de Mack Crawford que 22 400 000 téléspectateurs
allumaient leur télévision tous les mercredis à 21 heures. Depuis
deux ans, le succès du feuilleton était fondé sur la plus simple des
recettes dramatiques, le bien contre le mal, un triomphe hebdomadaire de l'héroïsme filmé en noir et blanc granuleux, farci
d'action et jonché de cadavres. Le duo de Mack et de son acolyte,
Clifford Briton, était très populaire. Ils jouaient le rôle de
détectives chargés de la surveillance de Central Park. Leurs
rapports étaient ceux, bien connus, de maître à disciple. Briton, le
plus âgé, le plus sage et le plus raisonnable, s'employait patiemment chaque semaine à freiner l'exubérance impulsive et inexpé-
rimentée de Mack. A l'action principale, étaient adroitement

ajoutées des intrigues amoureuses dans lesquelles Mack, chaque mercredi, était la victime d'une mauvaise femme.

Parfois, c'était une danseuse de New York City Ballet qui pirouettait hors de la portée de Mack pour tomber dans les griffes de l'art et de l'ambition. Parfois, c'était une dame divorcée qui enflammait le flic mais s'en débarrassait pour épouser un courtier de Scarsdale, ou encore une agrégée de poésie de l'université de New York qui déclarait au détective qu'il avait les facultés mentales d'une patate. Les spectateurs (les statistiques révélaient une majorité masculine) prenaient plaisir au sort d'un héros aux formes superbes, qui débarrassait infailliblement le pays de tous les voyous mais qui était incapable de demander l'heure correctement. On disait que les admiratrices se régalaient particulièrement de la séquence qui préludait chaque film et qui montrait Mack, courant torse nu et en short de gym, autour du réservoir du parc, bondissant par-dessus un alignement de barques tirées au rivage, et très occupé à ses exercices quotidiens. Un sondage Gallup sur les dix visages des hommes les plus connus d'Amérique pour l'année 1963 plaçait Mack au septième rang. En même temps que sa popularité augmentait, celle de Cliff Briton diminuait. D'après les rumeurs, celui-ci s'était plaint aux producteurs de l'importance de plus en plus réduite de son rôle.

A la fin de la prise de vue, Cliff entra dans la roulotte de Mack, où régnaient luxe et confort mais dont les cloisons étaient minces. On entendit des éclats de voix. La maquilleuse de Mack s'enfuit en se bouchant les oreilles. Puis Cliff Briton quitta les lieux, apparemment furieux. Les « Chevaliers de New York » venaient de se livrer à une joute verbale dont le sujet n'avait pas été la distribution des reparties et des gros plans.

Mack habitait un duplex de onze pièces, à quelques pâtés de maisons du lieu du tournage, mais il lui était impossible de parcourir cette distance à pied. Une voiture avec chauffeur l'attendait vingt-quatre heures sur vingt-quatre. C'était pour Mack la seule façon de se déplacer. Sa célébrité était devenue telle que ses admirateurs mettaient sa vie en danger. Cette année-là, au cours de la soirée d'anniversaire du président John F. Kennedy au Madison Square Garden, à laquelle assistaient des vedettes de l'importance de Marilyn Monroe et de Frank Sinatra, on avait aperçu Mack essayant de se glisser discrètement par une entrée latérale de la 50ᵉ Rue. Une foule de jeunes femmes hurlantes lui avait barré le passage, avait arraché la veste de son smoking et déchiré sa chemise en essayant de lui voler ses boutons de manchettes. La seule issue était la fuite. Mack détala vers la 8ᵉ Avenue et n'échappa à ses poursuivantes qu'en se précipitant dans un car de police, un vrai, qui passait par là. Mack ne partagea pas la joie des deux policiers, qui allaient avoir quelque chose à raconter à leur femme en rentrant. Ils le conduisirent chez lui et l'escortèrent à travers les admiratrices qui se serraient toujours à la porte, comme des buissons tenaces résistant à tous les herbicides. Les policiers déposèrent Mack dans l'ascenseur et attendirent que les portes fussent bien fermées, renvoyant dans ses appartements cette menace à l'ordre public. Dix-huit étages plus haut, Mack se débarrassa des lambeaux de son smoking et essuya les traces de rouge à lèvres sur ses joues. Il mangea un dîner froid et but un grand verre de scotch. Le fait d'avoir manqué encore une fois Kleber le dérangeait davantage que l'attaque des fans. S'il avait accepté l'invitation à la soirée d'anniversaire de Kennedy, c'était surtout pour retrouver son vieil ami. Kleber écrivait un « profil » du Président pour le *New York Times Magazine.*

Le prince du Pouvoir était venu de Houston à New York il y avait juste un an, mais il était déjà en passe de devenir, à l'échelle nationale, un journaliste reconnu et admiré. Il était rarement en ville. Depuis plusieurs mois, Mack et Kleber avaient prévu des dîners improvisés qui n'avaient jamais pu se réaliser. C'était l'emploi du temps du journaliste, non celui de l'acteur, qui était le plus chargé. Et Mack était irrité que Kleber lui fît faux bond pour rencontrer un aspirant à la gloire comme Clark Clifford, dont le taux de popularité était si inférieur au sien. Mack Crawford était un des hommes les plus célèbres des États-Unis, mais il passait la plupart de ses nuits seul, contemplant, du haut de sa terrasse, la splendeur scintillante de Manhattan, une fête à laquelle il ne pouvait assister.

Arnie Beckman attendait dans la voiture, près de la roulotte de Mack, dans Central Park. Quand l'acteur, encore en survêtement, entra dans la Cadillac, Arnie se mit au travail immédiatement. Une pile de scénarios, de notes et de papiers officiels encombrait ses genoux. En ce soir d'octobre, Arnie travailla vite : il sentait que son client était épuisé par un tournage fatigant et par une nouvelle querelle avec Cliff Briton. Il tendit à Mack une liasse de documents financiers.

— Qu'est-ce que c'est? demanda Mack.

— Ce truc dont je t'ai parlé pour réduire tes impôts. Tu achètes une maison de rapport à Baltimore. Tu n'as qu'à signer.

Obéissant, Mack griffonna son nom.

— Demain, pendant la pause du déjeuner, tu vas à l'hôtel de ville. Le maire te décorera d'une médaille pour ta contribution au prestige de New York. Samedi, tu poses pour *Vogue*. Et dimanche, c'est au tour de *Look*. Voici le programme.

Il tendit à Mack un emploi du temps, soigneusement dactylographié, pour chaque heure des jours à venir.

– Et puis NBC est monté jusqu'à 3 000 dollars. Ils disent que c'est leur dernier mot.

Mack l'interrompit :

– Arnie, est-ce que ça ne peut pas attendre? Je n'ai pas décidé...

– Ils nous offrent trente-trois semaines garanties et vingt-cinq pour cent pour la distribution internationale, ce qui n'est peut-être pas le Pérou pour l'instant, mais ça pourrait le devenir. Plus, la propriété des négatifs à cinquante pour cent dans cinq ans. Je crois qu'ils iront jusqu'à 5 000.

Jusqu'à présent, Mack avait refusé de signer pour une troisième saison des *Chevaliers de New York* et les négociations faisaient les gros titres des journaux. Le *Wall Street Journal* avait même demandé un article là-dessus à Kleber, qui avait refusé. Personnellement, il trouvait obscène que le salaire d'un acteur fût supérieur à celui du Président des États-Unis. Mais bien sûr, il ne pouvait pas le dire à Mack. Dans le *New York Post* de cet après-midi, Earl Wilson avançait que la NBC, afin de satisfaire les exigences sans précédent de Mack, pourrait congédier Clifford Briton et se contenter d'un seul chevalier.

Ce que la presse ne savait pas, c'est que Mack était profondément fatigué de son feuilleton et de sa renommée. Il avait envie de prendre six mois de vacances, retourner à Fort Worth et revoir son fils Jeffie qui avait près de trois ans. Ensuite, si jamais il revenait au spectacle, il avait l'intention d'accepter un rôle dans un film à petit budget, un rôle où l'on ne lui demanderait pas d'enlever sa chemise ni d'apparaître en slip. Il dirait un texte intelligent, jouerait le maître d'école conseillant un élève inculpé d'homicide et gagnerait 150 dollars par semaine. Tout était arrivé trop vite. Mack était devenu une vedette avant d'avoir été un acteur. Maintenant, il était profondément persuadé d'être un raté. Il en avait parlé à Arnie; celui-ci était aussi peu disposé à laisser son client prendre du recul que le propriétaire d'un grand favori à faire courir son cheval dans une foire de campagne.

La voiture s'arrêta devant la maison. Plusieurs douzaines de jeunes, des adolescentes pour la plupart, crièrent en brandissant leur appareil photo. Deux policiers à cheval frayèrent le chemin de Mack jusqu'à la porte.

– J'attendrai ici, dit Arnie. Ton smoking est sur le lit.

Mack grogna. Il avait oublié cette première d'une pièce à Broadway. Ses jambes étaient endolories et il aurait voulu se coucher tôt. Il demanda à Arnie la permission de la nuit.

– Pas possible, dit Arnie. Tu es attendu. Nous devons passer prendre Allison à 6 h 15.

Allison Visioni était une autre cliente d'Arnie. Mannequin italien qui avait fait son chemin de la Via Veneto à Madison Avenue, elle essayait à présent de se lancer dans le cinéma, à condition d'apprendre l'anglais et d'arrondir une poitrine plutôt plate.

– Tu peux l'accompagner, toi, suggéra Mack.

– Non, moi je n'en ai pas besoin. Je n'ai pas à me faire voir avec la femme la plus belle et la plus désirable du monde.

– J' vais avaler un somnifère, Arnie. J' vais débrancher le téléphone. Et j' vais prendre des très longues vacances, peut-être pour toujours.

Mack sortit de la voiture et fendit la foule des adorateurs. Arnie Beckman était en colère, mais il savait quand il valait mieux ne pas insister. Il n'osait pas trop contrecarrer Mack durant cette période critique de négociations pour le renouvellement du contrat. Il congédia le chauffeur et s'éloigna à pied. A l'arrière du bâtiment, à l'entrée de service où s'accumulent les poubelles, Arnie s'arrêta un moment, le temps d'échanger un regard avec un jeune Sud-Américain en livrée. Arnie lui fit un imperceptible signe de tête. Le garçon s'attarda quelque peu, s'excusa auprès de son supérieur et suivit Arnie jusqu'à Riverside Park. Là, les deux hommes échangèrent quelques rapides propos et de l'argent passa d'une main à l'autre.

Depuis le soir où Arnie Beckman avait remarqué la publicité télévisée « Bear Loves You » sur la chaîne de Dallas-Fort Worth, il savait qu'il avait enfin une carte gagnante. Il était temps. Jusqu'à ce coup de chance, il lui avait semblé que tout était contre lui, même s'il savait tirer les ficelles. Né à Liberty, un village des Catskill et fils d'un serveur d'hôtel, il avait quitté l'école à l'âge de treize ans et s'était mis à vivre d'expédients. Pendant la journée, il portait les bagages des clients du Brown's, dans une station de montagne au-dessus de New York dont les habitués étaient en majorité juifs et dont la raison d'être était d'offrir un lieu de rencontre aux jeunes gens. Le soir, Arnie faisait la tournée des hôtels, s'introduisant dans les salles de spectacle, suivant les numéros de tous les comiques et prenant note, sur un calepin, des meilleures plaisanteries. En les reservant aux visiteurs de son hôtel, il obtenait des pourboires substantiels... A dix-huit ans, il améliora ses revenus en fournissant, aux heures illicites, des alcools volés dans les provisions de l'hôtel, de la marijuana aux rares clients qui demandaient cette drogue encore peu connue, ainsi que des godemichets, des vibromasseurs et, une seule fois, un flacon de lubrifiant. Quand la saison était bonne, il se faisait dans les 200 dollars par semaine, dont il perdait la plus grande partie sur le champ de courses de Monticello. Puis il essaya de faire son propre numéro, mais il n'eut guère de succès dans les quelques auberges sans renom de la montagne ou dans quelques maisons malfamées de Brooklyn. Oh, le matériau était bon, chipé qu'il était aux maîtres du genre, mais Arnie, qui s'était baptisé Eddie Best, était incapable de camper un personnage original.

Puisque c'est comme ça, raisonna Arnie, s'il ne pouvait être acteur, il serait producteur, décidant d'apprendre ce métier par les chemins inhabituels. Pendant deux ans, il travailla comme homme de main pour une espèce d'agent de presse, Hilly Trip, personnage typique de Broadway ramassant en coulisse les cancans. Ainsi, les gens qui souhaitaient être mentionnés dans l'éditorial de Dorothy Kilgallen, par exemple, payaient Hilly Trip qui avait établi, au cours des années, un contact si étroit avec tous les pourvoyeurs de rumeurs à scandale qu'il offrait de rembourser ceux dont il ne réussissait pas à faire parler. Car Hilly avait un secret : il fournissait deux ou trois nouvelles fondées, dans lesquelles il s'arrangeait pour glisser le nom de son client. Arnie était l'un des jeunes gens ambitieux à qui Hilly payait 5 dollars chaque ragot utilisable. Vers 1955, on pouvait voir Arnie parmi les foules des levers de rideau et des entractes, se faufilant, écoutant et griffonnant dans sa poche avec un bout de crayon d'un centimètre de long ce qu'Arlene Francis disait à Josh Logan à propos d'Elia Kazan... Non seulement Arnie connaissait toutes les bouches qu'il fallait écouter, mais il réussissait habituellement à voir le deuxième acte de tous les spectacles de Broadway, se glissant dans la salle après l'entracte. Bien que personne ne connût son nom, Arnie était une anthologie de renseignements privés. Il était à la fois vendeur et gardien des secrets.

Un soir, à la première de *Damn Yankees*, alors qu'Arnie se collait au producteur David Merrick essayant d'entrer pour le deuxième acte, un jeune homme en imperméable le pressa de prendre une épaisse enveloppe en papier kraft, implorant : « Je vous en prie, donnez ceci à M. Merrick. » L'inconnu, qui s'appelait Chauncey Hourman, le type même de l'auteur malchanceux, avait pris Arnie Beckman pour un assistant du célèbre producteur. Mais Arnie ne donna jamais le manuscrit à David Merrick parce qu'il ne connaissait pas David Merrick. Ce soir-là, toutefois, dans le métro, Arnie feuilleta l'œuvre de Chauncey Hourman. Cela s'intitulait *Mirror Man* et, instinctivement, Arnie décela le meil-

leur drame américain depuis *Un tramway nommé Désir*. Il retrouva
Chauncey Hourman dans un appartement minable d'un quartier
misérable, lui raconta que David Merrick n'aimait pas du tout sa
pièce, et ajouta :

– Merrick a tort. Si vous me donnez le droit d'en disposer
pendant six mois, je crois pouvoir en tirer quelque chose.

Chauncey Hourman accepta avec empressement. Il aida encore
davantage à la carrière d'Arnie Beckman en ayant la malencon-
treuse idée de se promener un après-midi dans Manhattan au
moment où un bloc de ciment tombait du quarante-deuxième
étage d'un gratte-ciel en construction. Non seulement Chauncey
Hourman mourut, mais il mourut sans laisser de testament. Plus
besoin pour Arnie d'acquérir les droits de *Mirror Man*; le destin lui
en donnait l'entière disponibilité.

Durant trois années, Arnie tenta en vain de trouver les 50 000
dollars nécessaires pour monter la pièce. Il dut continuer de
gratter pour Hilly Trip. Un soir, à l'entrée du Winter Garden
Theater, il entendit David Rockefeller parler de « l'audace étonnante » des investisseurs texans. Avec ses derniers 300 dollars,
Arnie prit l'avion pour Houston, où il dénicha 2 500 dollars. Il
essaya Dallas sans succès. Mais, dans un motel, il regarda la
télévision...

Quand Mack Crawford arriva à New York en autocar, Arnie
l'attendait au terminus. Les deux hommes remontèrent la 42ᵉ Rue,
tournèrent à gauche vers Broadway, et arrivèrent dans le quartier
des théâtres. Mack lisait les affiches : *Sweet Bird of Youth*, *The
Miracle Worker*, *A Taste of Honey*. Lui qui n'était jamais allé au
théâtre, il allait devenir une vedette, et tout ça, grâce à Arnie.
Cependant, les passants se retournaient sur lui. Très bronzé, en
jean et chemise de cow-boy, portant un sac de toile marqué « Club
Athlétique de l'Université du Texas », il irradiait force et virilité.
Sa tête dépassait celle d'Arnie Beckman d'au moins trente
centimètres. Quand Mack sortit du restaurant Sardi's, après avoir
signé avec enthousiasme un contrat de trois ans, une foule de
chasseurs d'autographes lui demanda sa signature, croyant bien
qu'il était une star de Hollywood.

– Quand est-ce qu'on commence les répétitions? demanda Mack
pendant qu'ils se dirigeaient vers l'auberge de jeunesse où Arnie
avait réservé une chambre.

– Dans deux jours environ, fit Arnie. Repose-toi et fais-moi
confiance.

Il donna à son client un billet de 20 dollars, pour ses « menus
frais ».

Durant les semaines qui suivirent (les répétitions de *Mirror Man* ne devaient pas commencer avant quelques mois), Mack découvrit quelques aspects de sa personnalité dont il n'avait jusqu'à présent pas saisi toute la valeur, suivant avec succès un cours d' « économie sexuelle »... D'abord, il ne fut qu'un numéro anonyme dans cette prison de l'auberge de jeunesse, dans cette chambre de deux mètres sur trois, où il passait des nuits sans sommeil sur une couchette de fer trop courte pour sa taille. Il se sentait bien misérable, pauvre exilé, loin de la ville natale où chacun le connaissait, et loin des attentions réconfortantes d'une épouse.

Le soir de son arrivée à New York, il téléphona à Susan et fut déçu d'entendre une voix heureuse et bien assurée. Il s'était attendu à la trouver dans les larmes et la solitude. Il avait espéré qu'elle regretterait leur mariage en ruine. Encore une fois, il s'excusa pour « cette comédie ridicule » d'Acapulco et rejeta la faute sur Catalina Bowman. Susan devait comprendre qu'il n'y était pour rien.

— Il n'est pas question d'elle, dit Susan à deux mille cinq cents kilomètres de là, dans la maison où Mack avait vécu pendant près de vingt-six ans. Quand tu sauras qui tu es, mon chéri, peut-être nous pourrons en reparler.

Clic!

Mack lut le texte de *Mirror Man*. C'était l'histoire tragique de la dernière nuit d'une vieille fille de cinquante-huit ans. Elle se préparait à se suicider et se souvenait de ses amours passées. Il y avait des hommes ennuyeux, des hommes vides, des hommes menteurs, qu'elle avait tous aimés un moment puis rejetés. A chaque évocation, la femme regardait dans son miroir et y voyait l'homme de ses rêves. Cet homme ne disait rien et lorsqu'elle essayait désespérément de l'atteindre, il disparaissait. Quand, abrutie par quelques douzaines de somnifères, elle lançait un pot de démaquillant dans le miroir, celui-ci se fêlait, mais l'homme dans le miroir n'était pas atteint; il restait parfait, souriant, inaccessible.

— Crois-moi, avait dit Arnie Beckman; tu es né pour jouer ce rôle.

Où qu'il allât dans New York, les gens le regardaient. Ce n'était pas nouveau pour lui, car Mack savait depuis son adolescence que sa silhouette et son allure attiraient l'attention. En général, un homme se rend compte assez tôt de ce qu'il possède et de ce qu'il peut en obtenir. Mais Mack n'avait jamais pensé que sa beauté pouvait servir de monnaie d'échange. Seule Cat Bowman avait laissé entendre, de façon choquante, qu'il était à vendre. A l'auberge de jeunesse, il lui était difficile de trouver un miroir où il pût se regarder seul. Il y avait toujours quelqu'un, en arrière-plan, qui semblait guetter le moment où il se peignait, ou levait des haltères, ou séchait son corps après la gymnastique. Le soir, impossible de laisser sa porte ouverte pour établir un courant d'air dans la chaleur oppressante de l'été. S'il ne s'enfermait pas, une procession d'importuns s'arrêtait sur le pas de la porte et attendait sans gêne, jusqu'à ce que Mack, dégoûté, la claquât d'un coup de pied. Quand il téléphona une deuxième fois à Susan, suant dans une cabine du vestibule sans obtenir de réponse à ses appels répétés, un jeune garçon s'attarda derrière la porte vitrée, se caressant le sexe de façon provocante. Mack leva la main pour garder la cabine bien fermée, et l'alliance d'or à son annulaire brilla comme un feu rouge à un carrefour. Le garçon haussa les épaules et s'éloigna.

Un après-midi, après avoir couru cent mètres sur la piste couverte, manipulé quatre-vingt-dix kilos d'haltères jusqu'à ce que ses muscles lui fissent mal et nagé neuf cents mètres en fendant l'eau comme un moteur de hors-bord, il se débarrassa de son short, s'enveloppa précipitamment d'une serviette et entra dans le bain de vapeur. Il n'y avait personne. Mack s'assit dans un coin reculé, prenant plaisir à être caché dans ce brouillard dense et blanc et au soulagement qu'il en ressentait. Puis un vieil homme entra. Il était chauve et lourd, pâle comme un ventre de poisson, respirant laborieusement. Il se dirigea tout droit vers Mack et s'installa juste à côté de lui.

– S'il vous plaît, dit-il aussitôt, laissez-moi vous toucher.

Mack s'écarta.

– Je vous donnerai 20 dollars, dit l'homme.

Mack secoua la tête et se demanda si 20 dollars, c'était son prix sur le marché. La porte s'ouvrit de nouveau; entra le jeune athlète qui avait dérangé Mack pendant qu'il essayait de téléphoner à Susan. Nu, c'était un poids moyen en bonne forme et qui ressemblait de façon troublante à T.J. Luther. Il se dirigea vers Mack et, se tenant devant lui, commença une danse langoureuse d'auto-adoration, un semblant d'exercice musculaire. Ses fortes mains caressaient son corps, ramassant la sueur sur ses bras et ses cuisses, et en aspergeant les dalles. Mack faisait mine de ne pas regarder, le visage entre les genoux. Tout ce qu'il souhaitait, c'est de pouvoir s'enfuir de ces lieux pervers. Mais il craignait que son excitation maintenant évidente fût mal interprétée...

– Tu en veux? murmura le garçon en brandissant son pénis comme une dague.

Mack dit rageusement :

– Je ne suis pas... ce que tu es.

Le garçon répondit sur un air moqueur :

– Bien sûr que non...!

Mack resserra sa serviette et se leva pour sortir, quand un autre homme fit son apparition dans la vapeur silencieuse. Le nouveau venu aperçut le jeune homme ondulant, tomba à genoux devant lui et prit son sexe dans sa bouche. A travers le brouillard, Mack regarda la rencontre avide, écœuré par le péché, mais envieux de ces amours cachées, de ces amours sans identité ni compromis.

Plus tard, alors qu'il était en train de s'habiller, l'homme du placard à côté lui demanda :

– Vous jouez au handball, par hasard?

L'homme était occupé à suspendre avec soin sa veste sport bien coupée et son pantalon de flanelle. Ses chaussures en cuir de Cordoue brillaient. Il avait une apparence cossue. Mack secoua la tête, s'étant juré de taper sur la gueule de la prochaine pédale qui agiterait le petit doigt. Ce type avait l'air d'appartenir au meilleur monde, mais Mack se méfiait.

– C'est dommage, dit l'homme; mon partenaire n'est pas venu. Vous devriez apprendre le handball.

– Ça pourrait être intéressant, répondit Mack.

– Qu'est-ce que c'est que cet accent? demanda l'homme. De Georgie?

– Non, du Texas.

– Du Texas!

L'homme sourit et se livra à une imitation du parler texan.

– Mon pote, j'aurais dû le savoir. T'as bien la dégaine des arrières de Darrell Royal.

– Eh bien, j'ai effectivement joué pour M. Royal, dit Mack, heureux qu'on lui parle de la fameuse équipe de l'université du Texas, et retrouvant confiance en sa virilité menacée.

– Alors, puisque moi, je suis d'Oklahoma, dit l'homme en lui offrant une vigoureuse poignée de main, non seulement ça me ferait un grand plaisir de vous apprendre le jeu, mais aussi de vous foutre une bonne raclée. Je m'appelle Paul Caper.

Ils jouèrent pendant deux heures. Mack apprit les règles immédiatement, manifestant moins d'élégance que de force retenue, une force terrifiante qui renvoyait la balle contre le mur et la claquait avec une telle énergie qu'elle se fendit en deux.

Ce soir-là, Paul Caper essaya, mais en vain, de ramasser deux filles. Finalement, ils dînèrent en garçons dans le restaurant de Toots Shor. Le patron, qui ressemblait plutôt à un sac de pommes de terre, avec des joues craquelées par le whisky, souhaita la bienvenue à Mack, l'examina d'un air interrogateur, puis le reconnut enfin se souvenant d'une vieille couverture de *Life*. Il lui tapa vigoureusement sur l'épaule et, s'adressant à ses clients, gueula :

– Si l'un de vous, bande de toquards, ne se conduit pas bien ce soir, voici mon nouveau videur!

C'était la meilleure soirée que Mack eût passée depuis de longues semaines. Plusieurs passionnés de sport lui demandèrent un autographe; Frank Sinatra lui signa sa serviette; Toots offrit le repas. Et Mack avait un nouvel ami qui semblait l'aimer sans condition. Il apprit que Paul Caper avait trente-huit ans, avait divorcé deux fois, était le père d'une petite fille qui vivait à Los Angeles, et était un fanatique des « New York Rangers », des « Knicks » et des « Giants ». Il gagnait sa vie comme metteur en scène de théâtre, ce qu'il avoua presque honteusement. Il n'avait jamais entendu parler de Arnie Beckman, mais il souhaitait à Mack un grand succès pour ses débuts à Broadway.

Peu après, Mack déménagea de l'auberge de jeunesse pour s'installer dans une chambre vacante de l'appartement de Paul, cinq pièces sobrement meublées d'une vieille maison dominant Washington Square. Il y avait des divans de cuir et des commodes de bateau hérités d'un « divorce hâtif », comme disait Caper. L'endroit était jonché de manuscrits et de linge sale, avec une atmosphère masculine et désordonnée. Paul trouva un boulot pour Mack comme serveur dans un cours d'art dramatique dirigé par une très vieille actrice grecque du nom de Maya Pandokis. Cette vieille peau demanda un soir à Mack de rester après le cours. Elle lui fit lire un passage de *Désir sous les ormes,* écoutant calmement Eugene O'Neill et les passions de la Nouvelle-Angleterre assaisonnées à l'accent texan. Quand il eut terminé, elle lui demanda de la soulever dans ses bras, elle voulait lui parler de plus près.

– Je t'en prie, mon enfant, dit-elle, écoute. Je ne veux t'apprendre que ce dont tu as besoin pour le théâtre.

Mack se sentait très ridicule, avec cette vieille poupée de chiffon dans les bras. Il sourit nerveusement.

– Arrête d'être heureux, commanda-t-elle. Je n'ai pas entendu ce que tu as lu. Je t'ai seulement regardé. Tu es le plus bel homme que j'aie jamais vu.

Mack se mit à rire. Maya le gifla durement; ses doigts osseux le cinglèrent comme des fouets.

– Tu es un fumiste, s'écria la vieille femme. Tu sais pourquoi je t'ai giflé? Parce que je ne crois pas en ta modestie. Tu ne feras jamais rien, à moins de croire sincèrement que tu es laid. La beauté est un danger. Je te rendrais service en griffant ton visage. Il faut que tu joues contre ta destinée.

– Je ne comprends pas, fit Mack.

– Bien sûr que non, dit Maya en hochant la tête tristement. Narcisse non plus ne comprenait pas.

– Vous dites?

– Un garçon grec que tu devrais connaître. Il s'aimait tellement qu'il ne pouvait se donner à quiconque. Il essaya d'embrasser son reflet dans l'eau d'un étang, mais il se noya. Comme les dieux l'avaient voulu.

Arnie Beckman fut obligé de prendre un gros risque. Non seulement il n'avait pas réussi à réunir les fonds nécessaires à la production de *Mirror Man,* mais sa trouvaille lui échappait. Mack se faisait plus distant quand ils se parlaient au téléphone; il participait maintenant aux répétitions d'une connerie d'avant-garde, dans un garage près de Broadway. Arnie hurla que son contrat interdisait à Mack de s'exposer de façon aussi compromettante; l'acteur, sûr de lui, répliqua que Paul Caper lui avait confirmé le contraire.

– Paul Caper est un merdeux et un ignorant, lança Arnie.

Ce à quoi Mack répondit :

– Il m'a sorti de l'auberge de jeunesse...

Un soir, comme il traînait sous l'affiche du théâtre Morosco, Arnie recueillit un renseignement utile. Le jour suivant, il se rendit au restaurant où Mack travaillait, et lui dit, comme s'il lui apportait un cadeau :

– T'es déjà allé à Fire Island, mon garçon?

– Non.

– Eh bien, il serait temps que tu y ailles. Il y a une soirée là-bas samedi soir. Avec des gens très importants. Producteurs, metteurs en scène, critiques; le dessus du panier. Tu dois être vu dans ces endroits-là.

Il ne vint pas à l'idée de Mack de vérifier le genre de la soirée à laquelle il se rendit. Il y avait en tout et pour tout quatre femmes visibles parmi quatre-vingts hommes qui remplissaient la maison isolée dans les pins de Fire Island. Les murs étaient laqués rouge et brillaient de l'humidité dégagée par tous ces corps serrés les uns contre les autres. Les meubles avaient été enlevés et quelques invités rampaient dans cette forêt de jambes. Quelqu'un saisit celle de Mack et il donna un coup de pied au maraudeur invisible, comme à un roquet. Les hommes portaient n'importe quoi, du maillot de bain au blazer de chez Brooks Brothers, avec des chemises de soie blanche et des écharpes adroitement nouées. Elvis Presley gueulait dans un phonographe. Pour la première fois de sa vie, Mack renifla la marijuana. Il demanda à Arnie si quelqu'un faisait brûler des herbes dehors.

Arnie prit Mack par la main et le conduisit à travers la foule. Ils ouvrirent un sillage sous des sifflements et des murmures d'admiration. Arnie repéra leur hôte, un homme de petite taille mais en bonne forme, ayant à peine quarante ans, qui portait chemise et cravate sur un bikini. Il s'appelait Arthur Cossett et possédait, disait-on, 75 millions de dollars. Arnie présenta Mack, échangea quelques propos anodins sur la fête, puis disparut. Il prit un taxi pour aller à la plage de Fair Harbor où il avait rendez-vous avec une secrétaire du Shubert Theater, la baisa sur le sable toute la nuit, s'arrêtant parfois pour prier... Pendant ce temps, Mack était incroyablement embarrassé. Il essaya de prendre congé; il voulait retrouver Arnie et l'étrangler. Mais Arthur Cossett le prit par le bras.

– Je pense que vous êtes choqué par l'attitude de certaines personnes ici, ce soir, dit-il calmement. Mais il paraît que vous êtes acteur. Je serais très heureux que vous restiez jusqu'à la fin de cette soirée, pour vous donner en représentation. Vous n'avez rien à *faire*. Je vous promets que personne ne vous importunera. Mais je vous assure que vous ne regretterez pas d'être resté à côté de moi et d'avoir donné aux gens de quoi penser... ce qu'ils veulent.

Mack resta pendant le week-end. La réputation d'Arthur Cossett dans son monde en fut rehaussée; le lundi matin, il paya l'addition en investissant les fonds nécessaires au lancement de *Mirror Man*.

Six mois exactement après son arrivée en autocar à New York, McKenzie Crawford fit un début historique dans *Mirror Man*. Peu après, chez Sardi's, il reçut non seulement les ovations de rigueur, mais aussi celles, sincères, d'une foule d'enthousiastes. Quelques minutes plus tard, horrifié, il ne put croire ses oreilles quand il entendit Arnie Beckman déclamer :

– Quand M. Crawford fit son apparition, en jean et rien d'autre, avec ses larges épaules et une mèche de cheveux blonds qui semblait briller d'une lumière intérieure, les yeux aussi grands et bleus que le ciel du Texas, une vague d'électricité parcourut le Shubert Theater.

Un autre critique commenta :

– M. Crawford est un mélange de la sensualité de Marlon Brando et de l'intrépidité et de la virilité typiquement américaines d'un jeune Gary Cooper.

L'autre « première » de cette soirée ne fut cependant pas commentée par la presse... Mack Crawford revint chez lui ivre mort, transportant sous son bras une douzaine d'exemplaires du *New York Times*. Il s'écroula sur son lit, mais ne put s'endormir. Il revivait la représentation, se souvenant de l'étrange isolement dont la scène gratifie un acteur. Sur le stade, il était toujours conscient des spectateurs; ils étaient l'adversaire le plus important à vaincre. Mais au théâtre, il était séparé du public, la rampe se transformant en une barrière tangible. Il savait qu'il était là pour être regardé, et cela lui plaisait. Il se sentait cajolé par les chaudes lumières, protégé, abrité du vide de l'au-delà.

Un peu plus tard, il entendit la porte de sa chambre s'ouvrir et Paul Caper entrer sur la pointe des pieds. Il sentit son ami debout près du lit. Mack était nu, étendu à plat ventre.

– Ça va? chuchota Caper.

Mack fit semblant de ne pas l'entendre. Il n'avait pas envie de compagnie.

– Tu as besoin de quelque chose? demanda Caper.

– Au moins huit heures de sommeil, murmura Mack, mais j'y aurai pas droit. Arnie veut que je sois au théâtre à 8 heures demain matin, pour des photos publicitaires.

– Tu veux boire quelque chose?

– J'ai déjà trop bu.

– Tu veux des félicitations?

– Tu me les as déjà faites.

– Tu as été très bien, Mack. Tu étais naturel et vrai, et tu as vraiment occupé toute cette putain de scène.

– Tu diras ça à toutes les filles...

– Tu veux un somnifère?

– Non.

– Alors, à demain matin.

– O.K. Salut.

Mack grogna pour empêcher Caper de partir.

– T'es pas bien, mon vieux?

– Si. Est-ce qu'il y a encore de cette pommade avec laquelle tu m'as massé quand je me suis fait une entorse au handball?

– Je vais voir.

Mack s'assoupit, ou crut qu'il s'assoupissait. Puis il se rendit compte que Caper était agenouillé sur lui, appliquant de la crème sur ses muscles endoloris. C'était frais et ça piquait. Des images de l'auberge de jeunesse lui revinrent en mémoire. Les mains de Caper étaient efficaces. Elles pétrissaient les épaules tendues et nouées de Mack.

– Essaie de te détendre, dit Caper. Relaxe-toi; tu vas voir

comme c'est bon, si bon. La respiration des deux hommes s'alourdit. Mack enfouit sa tête dans l'oreiller, pour se cacher. Quand la chose arriva, il ne protesta pas parce qu'il savait que, d'une façon ou d'une autre, cela allait arriver. Il se demanda seulement s'il l'avait provoqué.

Cela lui fit mal, très mal quand Paul Caper glissa sa queue dans le cul de la nouvelle star de Broadway. Tellement mal que Mack se mordit les lèvres pour ne pas crier. Mais bien vite, cela tourna au plaisir. Une des raisons de ce plaisir, c'était que Mack ne donnait rien. Il recevait seulement. Il n'était qu'un réceptacle pour les autres.

Quelques jours plus tard, Mack déménagea, ce qu'il avait de toute façon l'intention de faire, le succès de *Mirror Man* lui garantissant un grand nombre de représentations et lui permettant d'améliorer ses conditions de vie. Rien ne fut jamais dit à propos de ce qui s'était passé entre 3 heures du matin et l'aube, la nuit où Mack Crawford avait retrouvé la célébrité. Cela ne se reproduisit d'ailleurs pas.

Quand Paul Caper téléphona, plusieurs mois plus tard, pour offrir à Mack un rôle dans son nouveau feuilleton télévisé, *Les Chevaliers de New York,* ils parlèrent affaires en toute amitié. Après avoir accepté le rôle, Mack fit parvenir à Caper des invitations pour les prochains matchs des « Giants ».

En 1962, Raoul Martinez avait la bonne vie à New York. L'émigrant de Porto Rico gagnait 74 dollars par semaine comme garçon d'ascenseur dans l'immeuble Saint-Cloud donnant sur Central Park West. Avec cette somme modeste pourtant, il s'offrait un appartement de trois pièces à Morningside Heights, de nombreuses petites amies et une garde-robe garnie de chemises de soie et de pantalons de lin aussi variés en couleur que le plumage d'un perroquet. Chaque semaine, il envoyait 30 dollars à San Juan, pour permettre à sa mère d'acheter du rhum pour son estomac, de la digitale pour son cœur, des prières pour son âme et des fleurs pour la tombe de son pauvre mari.

Il faut dire que Raoul Martinez avait quand même d'autres sources de revenus. Les habitants de l'immeuble qui utilisaient son ascenseur se montraient généreux quand ils envoyaient Raoul chez les commerçants, ou lui demandaient de promener leur chien, ou encore d'aller en vitesse jusqu'à Columbus Avenue chercher des cigarettes ou du whisky après minuit. D'autres locataires dépendaient de lui pour obtenir des services plus spéciaux, de la marijuana, par exemple; à une chanteuse de renommée mondiale vivant au septième étage, il apportait de l'héroïne qu'il savait se procurer dans Spanish Harlem.

Quand Raoul Martinez téléphona à Arnie Beckman pour lui faire part de l'incident le plus récent et le plus scandaleux qu'il avait surpris en écoutant attentivement à l'entrée de service du duplex de Mack, il avait l'intention de demander plus gros que ses 100 dollars hebdomadaires. D'après ses calculs, Arnie devrait allonger cette fois un minimum de 1 000 dollars...

CHAPITRE 17

Un après-midi de 1960, Kleber contemplait les cinq boutons clignotant sur son téléphone en se demandant sur lequel appuyer, rêvant qu'il allait entendre la voix de John F. Kennedy qui cherchait quelqu'un pour lui écrire ses discours. Depuis que le sénateur du Massachusetts avait acquis une envergure nationale, Kleber était fasciné par son élégance et ses potentialités. Il était prêt à abandonner la neutralité qui sied à sa profession. Il avait déjà fait une contribution peu importante mais assez immorale à la cause. Casey avait envoyé son reporter vedette faire une enquête dans un quartier représentatif de Houston, mi-ouvrier, mi-bourgeois. C'était très peu scientifique... Il s'agissait de demander à qui répondait s'ils allaient voter Kennedy ou Richard Nixon. En faisant les additions, Kleber accorda à JFK un pourcentage supplémentaire de trois points. Il savait qu'il trichait, mais de toute façon, cela rééquilibrerait les choses, puisque la direction du journal entendait soutenir « Tricky Dick ».

Il pressa un bouton : un accent traînant qui n'était pas de Boston se fit entendre, celui d'une femme de couleur au ton cassant : Je m'appelle Regina Brown. Je cherche un reporter avec des tripes et les yeux grands ouverts pour voir quelque chose qui ne va pas. Êtes-vous celui-là? En temps normal, Kleber aurait répondu : « C'est très intéressant, on rappellera. » Mais il y avait, dans le ton de cette femme, quelque chose de cassant comme une hache de guerre, un défi provocant. Kleber accepta de la rencontrer autour d'une tasse de café.

Regina Brown était la sixième des neuf enfants d'une blanchisseuse analphabète de Houston. Elle avait vingt-quatre ans et, même après un examen très serré, semblait en tout point aussi belle que Ceil Shannon. Mis à part Lena Horne, c'était la première femme de couleur que Kleber regardait réellement. Elle avait la peau d'un brun doré, de cette teinte convoitée par les femmes blanches qui se font rôtir au soleil. Elle avait les cheveux d'un brun acajou, ni crépus, ni aplatis par la brillantine. Ils prirent rendez-vous au bar du Rice Hotel, au centre de Houston. Regina vit le visage du journaliste se crisper au moment où la serveuse, voyant ensemble un homme blanc et une femme basanée, déclara qu'il n'y avait pas de table libre. En fait, il y avait devant eux cent mètres carrés de tables vides : il était 4 heures de l'après-midi. Néanmoins, elles étaient toutes « réservées ». Kleber commença à discuter, mais Regina chuchota que cela ne servait à rien. Ils se rendirent ensuite chez Foley's le grand magasin, où il y avait une cafétéria. Cette fois-ci la serveuse hocha simplement la tête en signe de refus, sans même chercher à fournir une excuse. Puis elle se retira vers les cuisines.

Kleber s'emporta :

– Dites donc, je suis journaliste! Comment vous appelez-vous? J'aimerais citer votre nom dans un article...

Regina hocha la tête et entraîna le scribe nerveux.

Ils trouvèrent à se faire servir dans un stand à barbecue situé littéralement à deux pas du centre ville, dans un ghetto coincé entre la limite des gratte-ciel de la première ville en expansion des États-Unis et River Oaks, l'enclave des riches marchands et de leurs somptueuses demeures. Kleber n'avait jamais vu Fourth Ward, bien qu'ayant l'habitude d'y déposer tout près la femme de ménage de son ancienne épouse. La plupart des rues n'étaient même pas pavées; les voitures soulevaient des nuages de poussière envahissant des maisons délabrées. Des enfants jouaient dans les rues, nus; des chiens erraient, misérables et affamés; rien ne semblait pousser. Dans une ville harcelée par la pluie et l'humidité, sur un territoire où les émigrants avaient dû se frayer un chemin à travers la végétation tropicale, une tumeur grise et sinistre s'étalait encore là.

Quand le couple entra au Rocky's Bar-B-Q, une assez petite salle où voisinaient sur les murs Jésus-Christ et Joe Louis, il flottait une musique de negro spirituals chauds et doux. Le propriétaire, un énorme noir d'au moins cent trente kilos, fit à Kleber un accueil encore plus réticent que celui de Regina au Rice Hotel. Il posa sur la table deux grandes tasses de café à la chicorée et retourna sans un mot à son comptoir, hachant des morceaux de lard et les parsemant de sauce piquante avec efficacité. Chaque fois que la lame s'abattait, Rocky jetait un regard malveillant aux clients étrangers.

– Je crois, murmura Kleber, que le patron boucher aimerait bien servir mes côtes en menu spécial.

– Vous avez sans doute raison, dit Regina. Je sais qu'il a tué deux hommes. Mais c'était justifié, et maintenant il est en liberté surveillée. Il sait aussi faire le meilleur barbecue de tout le Sud.

Elle se leva et alla chercher deux sandwichs bourrés de porc fumé, enveloppés dans des pages du *Call Bulletin* de Houston. Kleber mordit prudemment puis soupira d'extase et leva le pouce en signe de félicitations pour le chef. Rocky, furieux, continua de hacher.

– Je devrais lui dire que vous travaillez pour ce journal. Il le lit tous les soirs et, le lendemain, y enveloppe ses sandwichs. Le *Call Bulletin* est le journal le plus lu par les Noirs. Vous le saviez?

– Nous acceptons tous les lecteurs, répondit machinalement Kleber...

La vie est quand même drôle, se disait-il. Qui aurait pu imaginer que, en choisissant un appel téléphonique entre cinq, il se retrouverait, quelques heures plus tard, dans un bouge noir, fasciné, peut-être même menacé par la beauté noire? Jusque-là, Regina n'avait pas encore révélé le but de leur rencontre, et Kleber n'avait pas posé de questions. Pour l'instant, il se laissait aller à son imagination, jouant le rôle du fils de la plantation visitant les cases des esclaves, son éventuel droit de cuissage seulement mis en question par les avertissements souvent répétés de VeeJee Cantrell selon laquelle les femmes noires étaient les dépositaires des maladies vénériennes. Néanmoins, il songeait à un petit coup vite fait au Memorial Park juste à côté, quand Regina le ramena à la réalité.

– Pourquoi votre journal n'accorde jamais aux gens de couleur la simple dignité de les appeler M., Mme ou Mlle? demanda-t-elle brusquement.

– Je ne sais pas, répondit Kleber honnêtement. Une question de style, je suppose.

Elle se mit à lire à haute voix le journal qui avait entouré son sandwich :

– « Lee William Crown, un Noir de vingt-cinq ans, a été emprisonné hier soir pour avoir poignardé sa compagne, Ruby Mayberry. Selon Crown, la Mayberry refusait de repasser ses bleus de travail. »

Kleber sourit.

– C'est drôle que vous lisiez justement cela; c'est moi qui l'ai écrit.

– Drôle? Permettez-moi une petite analyse. Pourquoi est-il nécessaire de mentionner que Lee William Crown est un noir? Si Crown était blanc ou mexicain, on ne mentionnerait pas sa race, n'est-ce pas? Si le mot noir doit apparaître, alors il doit porter une majuscule. Comme Blanc. Vous écrivez que Ruby Mayberry était sa compagne. Vous l'avez interrogée? (Kleber hocha la tête. C'était le terme qui figurait sur le rapport de police.) Les compagnes sont reconnues légalement dans l'État du Texas. Elles jouissent des mêmes avantages moraux et fiscaux que les femmes mariées à l'église. Votre journal – et les autres aussi, je ne dis pas – donnent au mot « compagne » une notation péjorative. On dirait qu'on parle de ce que les Noirs font dans les champs de coton.

– Holà, une seconde! C'est pour ça que vous vouliez me voir? Pour vous plaindre du style de mon journal, sur lequel je n'ai aucune influence?

– En partie. Mais encore une chose. Pourquoi appelez-vous Mme Crown la Mayberry, comme si c'était une putain?

– Ou une héroïne victorienne... Eh bien, je n'en sais rien, *mademoiselle* Brown. On fait toujours comme ça. D'ailleurs, le journal ne met jamais M. ou Mlle devant le nom des criminels.

Kleber eut envie de retirer cette remarque, mais il était trop tard.

– Si j'obtenais le prix Nobel, reprit Regina, et excusez-moi de ma prétention, on dirait donc dans les journaux de Houston que « la Brown » est allée à Stockholm...! En admettant qu'ils en parlent : Quinze pour cent de la population de Houston sont des gens de couleur, mais dans vos journaux, jamais nous ne mourons de mort naturelle, jamais nous ne nous marions, jamais nous n'obtenons des bourses universitaires. Nous sommes juste capables de poignarder, de baragouiner, de forniquer sans certificat de mariage et de compter pour des prunes. Voilà l'image avec laquelle nous grandissons et, nom de dieu, je veux que ça change!

Kleber encaissa le coup. C'était mérité.

– Nous avons tort, en effet. J'en parlerai à mon rédacteur en chef.

– Attendez, j'ai pas fini. Donnez-moi encore une heure. Je ne gêne pas votre vie familiale au moins?

Kleber hocha la tête.

– Plus maintenant.

– Désolée. Je sais ce que vous pensez. Vous vous dites : « Je me suis fait piéger. Pas vrai? »

Kleber hocha la tête. Non seulement piégé, mais menacé. Rocky's Bar-B-Q se remplissait de visages couleur d'ébène et de rires francs qui s'éteignaient en le voyant. Il voulait partir. Il demanda l'addition. Regina dit que c'était offert par la maison. Il comprit pourquoi au moment où Regina s'arrêta près du comptoir et embrassa l'énorme propriétaire.

– Merci, Papa, dit-elle. Je rentre directement. Ne t'inquiète pas pour moi.

En quelques semaines, sous la tutelle de Regina Brown, Kleber devint incollable sur un sujet dont il sentait qu'il était de première importance. Il y travailla sans même demander le feu vert de Casey, écoutant et apprenant le soir et le week-end. D'avoir lu les journaux et les magazines new-yorkais, il était informé de façon superficielle du mouvement des droits civiques. Il savait qu'une femme de couleur, du nom de Rosa Parks, avait refusé de céder sa place dans un bus de Montgomery, Alabama, en 1955, entraînant un boycott et marquant le début de l'ascension d'un pasteur du nom de Martin Luther King. Mais il ne savait pas, jusqu'à ce que Regina le lui dît, qu'en 1959, un Noir du nom de Roman Duckworth, caporal dans la police militaire, avait refusé de s'asseoir à l'arrière d'un trolleybus et qu'il avait été tué d'une balle par un gardien de la paix, dans le Mississippi. Duckworth était en permission exceptionnelle : il se rendait au chevet de son épouse, malade. Le drame n'avait même pas été mentionné par les journaux de Houston. Kleber ne savait pas non plus que, un mois avant qu'il ne partage un barbecue avec Regina Brown, un groupe de Noirs de Greensboro, Caroline du Nord, avait commencé à faire des sit-in dans les restaurants de la ville pratiquant la ségrégation. Ils refusaient de quitter les lieux avant d'avoir été servis comme les clients blancs.

– Ça va marcher, prédit Regina. C'est fantastique. Ça va s'étendre dans le Sud comme un feu de forêt. Ça peut intéresser votre journal de savoir que l'orage ne va pas tarder à éclater vers chez nous.

Regina, en femme habile, savait que les petits aiguillons agacent plus un homme que le son des canons. Elle l'emmena dans une classe du cours moyen où cinquante-six enfants étaient entassés dans un brouhaha insupportable.

– Quand j'ai fini de faire l'appel, dit-elle, la moitié de l'heure est passée...

Les livres de classe étaient vieux de dix ans; pis encore, c'était des rebuts des écoles blanches. Elle demanda à Kleber de désigner un enfant, n'importe lequel. Il indiqua du doigt une jolie fillette en tablier rose, au visage radieux et apparemment plein d'espoir, à qui Regina posa plusieurs questions. L'enfant ne connaissait pas le nom du Président des États-Unis, ni qui avait gagné la Seconde Guerre mondiale, ni le résultat de 7 plus 4. Après la classe, ils se rendirent chez la fillette, où Kleber interrogea sa mère. Elle préparait à dîner pour huit. Au menu, macaroni et pain de maïs. La veille, c'était spaghetti et purée de pommes de terre. Des haricots, du pain trempé dans la sauce, exceptionnellement des côtelettes ou un ragoût, formaient leur nourriture de base.

– Le cerveau humain doit être nourri, dit Regina pendant que Kleber prenait des notes. (Il devait remplir douze blocs sténo en trois semaines.) Si l'on nourrit un enfant de féculents et de glucides, parce que c'est bon marché, les cellules du cerveau de cet enfant ne sont pas nourries correctement. Cet enfant ne peut pas fonctionner de la même manière qu'un jeune Blanc qui mange chaque jour de la viande rouge, des légumes verts et des fruits frais. Vous pigez?

– Oui, je pige, fit Kleber avec une certaine insolence. Pouvez-vous apporter des preuves?

Il savait qu'elle ne s'avançait pas à la légère. Elle lui tendit un document publié par le NAACT concernant la nutrition et les capacités intellectuelles.

– Nous, les nègres, on est limités, stupides et paresseux. Mais lisez cela et vous saurez pourquoi.

Kleber écrivit une série de dix articles sous le titre de « Le feu en marche » et, sans rien dire, déposa son travail sur le bureau de Casey.

– Qu'est-ce que c'est que ça? grogna le rédacteur en chef. Les pages jaunes de l'annuaire?

– Juste un petit bonus de la part d'un débutant, répondit Kleber, excessivement fier de lui.

Il invita Regina à fêter l'événement dans son appartement, et même si elle dut entrer par la porte de service, prête à dire, à quiconque lui poserait des questions, qu'elle était la femme de ménage, ils burent deux bouteilles de vin rouge et résistèrent de toutes leurs forces pour ne pas s'enlacer tendrement. Un de ces moments délicats où deux personnes se sentent irrésistiblement attirées l'une vers l'autre vint à passer. Regina brisa le silence insupportable en roulant des yeux et en imitant le parler nègre.

– Ti sé, missié, faut pas laisser libwe cou' à ses instincts animaux. Le métissage est un crime dans ce pays.

Puis elle éclata de rire et demanda à lire le papier de Kleber. Elle fut très vite absorbée, amusée par le parler local du Rocky's Bar-B-Q, profondément touchée (elle lui emprunta un Kleenex) par la description des enfants noirs et de leur vie dénuée d'espoir. Avec finesse, il avait su diviser sa série d'articles en chapitres sur le logement, l'école, la violence, la vie au ghetto, une histoire récente des tragédies et des triomphes de la déségrégation, enfin un reportage oculaire sur une organisation formée à Houston et dont l'intention était d'organiser des sit-in dans les restaurants, utilisant la violence si nécessaire.

En conclusion il y avait, pour une fois écrite à la première personne, la confession douloureuse qu'il lui avait fallu vingt-huit ans pour découvrir que la ligne de partage entre les Blancs et les Noirs était immorale. « Dans la vie de chacun d'entre nous, il y a des coins sombres et fermés, et que ce soit par tradition ou par peur, nous ne nous y aventurons pas. Mais j'ai compris que si nous refusons d'ouvrir ces portes toutes grandes et de regarder en face le Noir, sa femme, son enfant, sa mère, son père, si nous refusons de voir que leurs rêves et leurs ventres ne sont pas différents des nôtres, si nous refusons d'accepter que le Noir et le Blanc font partie l'un de l'autre comme le jour et la nuit, si nous refusons de comprendre que la couleur est ce qu'il y a de moins intéressant dans le visage d'un homme, alors les feux de l'ignorance nous dévoreront tous. »

Le lendemain matin, quand Kleber arriva au journal, il remarqua que son article fleuve ne se trouvait pas dans la corbeille des articles non publiés. Mais le rédacteur en chef était dans une de ses humeurs; ce n'était pas le moment de demander la note de sa dissertation. Pendant plusieurs jours, il n'en fut pas question. Un incendie éclata dans un puits de pétrole, près de Beaumont, et Kleber fut envoyé sur place. De là, il téléphona son article, avec de grandioses descriptions de flammes, dans l'espoir que Casey verrait le parallèle entre cette conflagration et celle qui était prédite dans sa série d'articles. Puis il fut envoyé en reportage en pleine cambrousse. En recevant cet ordre de mission absurde, Kleber bafouilla :

– Et mon article? Qu'est-ce que tu en penses?

Casey dit ne pas encore l'avoir lu. Il se passait trop de choses. John Kennedy allait venir à Houston dans le cadre de sa campagne électorale, en compagnie de Lyndon Johnson. Kleber plaida sa cause :

– Je donnerais la moitié de mon salaire annuel pour couvrir l'événement...

Casey resta vague. Il raccrocha en marmonnant quelque chose sur le fait que la page politique était le bastion du correspondant de Washington, un journaliste sec et incolore dénommé Abrams dont la prose était celle d'un fonctionnaire. Kleber téléphona à Regina pour lui dire que l'article était retardé. Mais Rocky répondit, glacial, cassant, que sa fille avait quitté Houston pour aller en Georgie rejoindre Martin Luther King.

De retour au journal, Kleber trouva son article dans son courrier, dans une enveloppe en papier kraft avec dessus cette note sèche : « Faudrait qu'on se voie. C. » Mais chaque fois que le reporter demandait un rendez-vous, Casey le rembarrait. Un soir, alors que tout le monde était parti, Kleber coinça son patron et dit :

— Je crois que j'ai droit à une réponse.

Casey hocha la tête, retira ses lunettes et se frotta les yeux jusqu'à les rendre rouges.

— Je sais qu'il est très long, ajouta rapidement Kleber. Mais on peut en couper... Je me suis peut-être laissé aller par endroits...

Il cherchait à gagner du temps, sachant après deux semaines d'attente que la sentence allait enfin tomber.

— C'est pas bon, n'est-ce pas?

— Non, dit Casey, ce n'est pas *bon*. C'est fantastique. C'est puissant. C'est important. Tu y as mis toutes tes tripes. Mais je ne vais pas le faire passer.

— J'ai le droit de savoir pourquoi?

— Par pitié, mon vieux, ne me fais pas ça. Je me sens déjà assez mal comme ça. Il n'y a pas de pourquoi. Sache qu'on commence lentement à accepter les Noirs dans les cafétérias des grands magasins. Demain, tous tes amis noirs pourront s'y asseoir et commander un sandwich au thon.

Le visage de Kleber s'éclaira.

— C'est fantastique! Ça justifie la publication de mon papier.

Casey hocha la tête.

— Pas question. Pour citer le grand patron : « On n'a pas besoin de voir Martin Luther King venir dans notre ville et organiser une de ses communions. » Ton feu est éteint, mon vieux.

— Sur la liste des revendications des Noirs, avaler un sandwich au thon chez Foley's vient à peu près en quatre-vingt-quinzième position.

— Mais c'est un début, rétorqua Casey. Et si les Noirs ont des ennuis dans cette ville, ça paraîtra dans le journal. Mais pas question d'en faire la prophétie. Je ne peux pas le justifier, sinon en disant que si pendant dix jours d'affilée, nous passions des nouvelles du ghetto, je pense que notre tirage tomberait de trente pour cent et que le peu de publicité que nous avons se réduirait aux boutiques pornographiques et à la pommade pour hémorroïdes.

Kleber tenta un dernier argument. L'année précédente, au calme plat de l'été, alors qu'il traînait à la police un après-midi, il avait découvert un rapport du FBI selon lequel Houston était en passe de devenir, proportionnellement, la ville d'Amérique dont le taux de criminalité était le plus élevé. Plus par défi que par conviction, Kleber assembla à la hâte un dossier d'articles sur la violence à Houston, s'attachant surtout à une douzaine de meurtres commis en fin de semaine, disserta sur ce sujet bien connu des journalistes : la facilité à se procurer une arme de poing, et balança le tout sous un titre inspiré : « Crimeville, USA ». Pour le plus grand étonnement de Kleber, ses articles furent appréciés et même admirés. L'orgueil de cette ville était tel que les gens étaient ravis de se voir mis à l'index. Être le premier en criminalité était aussi remarquable qu'une innovation en chirurgie cardiaque ou de détenir le record de dépôts bancaires. Non seulement l'étiquette subsista pendant des années, mais elle fut exploitée avec perversité. On fit même une chanson qui s'appropria le titre de Kleber.

Comment, demanda donc Kleber, comment son journal pouvait-il exploiter avec autant de complaisance des meurtres sanguinaires sur ses premières pages, et refuser une étude importante et sérieuse sur une question qui ne manquerait pas de changer l'histoire des États-Unis?... Casey n'était pas un homme insensible. L'ours qu'il était ressentait aussi les choses épouvantables que les hommes se font les uns aux autres. Son désir était que tous puissent manger à leur faim, que tous les enfants pussent aller à l'école, que toutes les blessures fussent pansées. Mais c'était aussi un Texan et il donna une réponse honnête :

– Parce que quand un tas de nègres tuera un autre tas de nègres et que J. Edgar Hoover y prêtera attention, ça sera un événement.

Kleber, furieux, bougonna :

– Je devrais vraiment foutre le camp de ce canard dégueulasse!

– Fais comme tu veux, mon vieux, répondit Casey; mais sache que ça me fendrait le cœur de te perdre.

Et déjà, il pensait à la prochaine édition du matin. Kleber resta planté là, sentant la colère monter en lui comme la ligne rouge d'un thermomètre. Il chercha une remarque cinglante en guise de conclusion, mais c'est Casey qui frappa le dernier coup :

– Qu'est-ce qui t'emmerde le plus? La cause des Noirs ou le fait que je ne publie pas ton chef-d'œuvre?

Kleber encaissa la sentence. Casey avait raison : sa colère était bien due au refus de son travail, non de ses convictions. Pendant plusieurs jours, il se mit dans la peau d'un martyr : il était Robespierre publiant en secret des tracts pour renverser le trône de France, ou un dissident russe envoyé en exil en Sibérie pour bravade intellectuelle. Mais sa seule réaction concrète fut de montrer ses articles à Millie, qui affirma que « Le feu en marche » se situait quelque part dans la haute polémique entre *J'accuse* et *La Case de l'oncle Tom*. Elle ajouta aussi : « Aucun journal au sud de Chicago ne le publierait. »

Quand Regina l'appela des environs de Birmingham, murmurant d'une voix étouffée que le téléphone était sur écoute, Kleber mentit. Il lui dit que Casey avait aimé son papier mais qu'il fallait le réduire d'un tiers de sa longueur. Il passerait sans doute avant les élections présidentielles. Regina répondit qu'elle espérait bien, que ça pourrait aider la cause de John Kennedy.

– Et toi, tu vas bien ? demanda Kleber.

– Je crois. C'est dur, mon vieux, mais on avance à petits pas. Un de ces jours, les trompettes de Jéricho vont résonner.

Kleber lui annonça que les cafétérias des grands magasins de Houston commençaient à pratiquer l'intégration.

– Réserve-moi une place ! s'exclama Regina. Non, deux places. Tu pourras me payer à déjeuner avec Rocky.

Puis elle raccrocha très vite, sans même dire au revoir.

Le 12 septembre 1960, dans une salle de conférences du Rice Hotel qui avait abrité la veille une réunion de quincailliers, John Fitzgerald Kennedy se retrouva dans la fosse aux lions. Sa course à la présidence était mise en danger par des mauvaises langues, ceux qui prétendaient que par procuration, c'était le pape de Rome qui allait s'installer à la Maison-Blanche, se servant de l'appartenance catholique de John Kennedy. La raison essentielle de la visite de Kennedy à Houston était un discours qualifié d'important au Sam Houston Coliseum ce soir-là. Mais quand on annonça une conférence de presse surprise face aux pasteurs protestants, Kleber menaça pratiquement Casey de s'ouvrir les veines.

– Bon dieu, tu es aussi cinglé que Kennedy, dit Casey. Je préférerais encore faire une fugue avec Millie que d'aller voir ces baptistes du Sud. Comparé à eux, Ponce Pilate c'était de la gnognotte.

Des années durant, Kleber devait garder en mémoire deux images saisissantes de ces moments exceptionnels au Rice Hotel. La première, c'était un réajustement troublant de son image personnelle. A Houston, le jeune reporter local était considéré comme un requin respecté, mais Kleber se sentit tout au plus un écrivaillon au plan national. Le service de presse entourant John Kennedy pénétra dans le salon en velours bleu comme des bulldozers de droit divin. M. New York Times, M. Washington Post, M. Newsweek, M. Teddy White, tous portaient ce halo de puissance se dégageant de leurs pas et de leurs blocs-notes comme des ondes électriques. Ils passèrent devant Kleber tels des émirs ignorant un misérable mendiant, s'octroyant les meilleures places, scrutant cette assemblée de prédicateurs aux visages ronds comme des boules de billard, manifestant leur joie d'appartenir à la même élite. On étouffait dans cette salle à cause de la chaleur des projecteurs de télévision, cette nouvelle intruse au festin de l'information. Récemment, la télévision avait appris à se déplacer hors studio, et déjà la technologie transformait les points chauds de l'actualité en d'étranges forêts métalliques, avec d'énormes fils électriques se déroulant sur le sol. Les types avec un crayon et du papier maudissaient l'invasion électronique et, de temps en temps, aussi discrets que la main baladeuse d'un Italien, faisaient valser un trépied. Quand il se passait un événement important à Houston, Kleber avait l'habitude de se trouver au premier rang. Aujourd'hui, il était relégué dans un coin, se sentant comme un bouseux indésirable.

Quand John Kennedy apparut, fendant la foule hostile un sourire apparemment assuré aux lèvres, Kleber se sentit profondément touché. Le candidat parlait déjà depuis quelques minutes quand le journaliste put enfin se remettre de son émotion et prendre des notes. C'était un sentiment nouveau. Kleber n'avait jamais été particulièrement ébloui par la célébrité. Mais ce jour-là, il trouva son héros. Il enviait son costume cousu main que Brooks Brothers semblait avoir taillé sur son dos; il enviait cette chevelure châtain qui, une fois brossée le matin, n'avait plus besoin de peigne et dont même les désordres semblaient impeccables; il enviait la finesse de ses mains balayant l'air tel la baguette d'un chef d'orchestre; il enviait l'audace qui amenait cet Irlandais de Boston à se présenter devant ces durs à cuire qui auraient jeté des pierrres à Marie-Madeleine. Mais surtout, il enviait la jeunesse de Jack Kennedy. Soudain, avec effarement, Kleber se dit que sa propre vie était foutue. L'homme qui allait être le Président des États-Unis n'avait que quarante-trois ans. Quoique de quinze ans son cadet, Kleber fut saisi par l'angoisse. John Kennedy était presque couronné; l'œuvre de Kleber servait à emballer des sandwichs au Rocky's Bar-B-Q.

Kleber nota le discours du candidat : il était aussi valable que l'homme lui-même. « Je crois en une Amérique où la séparation de l'Église et de l'État est totale, où aucun prélat catholique ne pourra dicter au Président, fût-il catholique, comment agir, et où aucun pasteur protestant ne pourra dicter à ses paroissiens un choix de vote... Je vous rappelle que c'est à cause de la façon dont les baptistes furent harcelés en Virginie que Jefferson fut amené à statuer sur la liberté religieuse. Il se peut qu'aujourd'hui je sois la victime; mais demain, ce peut être vous. » Si les gens votaient contre cet homme parce qu'il était catholique, alors quarante millions d'Américains rataient leur chance de devenir Président le jour de leur baptême.

Ces paroles, comme devaient le déclarer mille jours plus tard Sorensen et Schlesinger, furent essentielles dans la victoire du héros de Kleber. Il avait su dompter les lions dans leur propre tanière. Plus tard, Kleber devait se rappeler qu'il avait été témoin de ce moment historique. Mais ce qui l'impressionna alors, ce fut plus le spectacle que le discours, le dosage harmonieux et nuancé de style, de beauté et de pouvoir.

La journée eut un prolongement burlesque. Casey, qui connaissait personnellement Lyndon Johnson, emmena son reporter vers une autre suite du Rice Hotel où, dans le salon, lady Bird était – incroyable mais vrai – en train de repasser la chemise de parade de son époux. Dans la chambre d'à côté, se trouvaient LBJ et ses faiseurs de discours. Kleber entendit l'homme qui devait devenir le vice-président engueuler ses gratte-papier. Puis Lyndon apparut, traînant des pieds, occupant tout l'espace de la pièce. Le pantalon ramassé sous son ventre, le tricot de peau attendant d'être recouvert par les bons soins de lady Bird, il tenait entre les mains un verre de whisky. Tandis qu'il serrait les mains, il dut penser à quelque chose car Lyndon hurla à l'un de ses scribouillards : « Et ajoutez quelque chose à la fin sur Dieu. Ils aimeront ça. » Ce qui frappa Kleber au moment où il serrait la main de Lyndon Baines Johnson, son compatriote texan, fut qu'il ne ressentit ni envie ni respect : il se sentait son égal.

Martin Luther King fut arrêté en Georgie peu avant l'élection présidentielle. Regina écrivit à Kleber une lettre où se mêlaient la fureur et la peur.

Il y a deux jours, je suis allée écouter Martin parler de Gandhi. Il nous a dit que si un petit homme pouvait s'asseoir les jambes croisées et prêcher l'amour et la non-violence, que si ce petit homme tout seul était capable de faire reculer l'Empire britannique et de changer la face de l'Asie, alors nous aussi nous pouvions, par nos chants et par nos prières, effacer deux siècles de haine. Hier soir, je me suis fait arrêter par un petit flic pour excès de vitesse (je roulais à 30 km/h). Il m'a dit que j'étais une salope de communiste. Il voulait savoir si je préférais me faire baiser par des gorilles ou par Khrouchtchev... Aujourd'hui, Martin a été jeté en prison. Il nous a fait savoir qu'il allait entamer une grève de la faim. C'est peut-être inutile. Ils vont le tuer. Kleber, ça va mal aller. Je commence à me dire que l'appel à la raison et au sentiment chrétien sera aussi peu efficace que des juifs implorant Hitler de faire son examen de conscience. J'aimerais te parler mais les téléphones sont sur écoute. J'envoie cette lettre par le courrier de Memphis. Quand ton papier paraîtra, faites-moi parvenir un exemplaire à la poste restante d'Atlanta. Ça pourrait nous mettre un peu de baume au cœur. Courage. Tendresse. R. »

Tout en poursuivant sa campagne électorale, John Kennedy passa un coup de fil à l'épouse de Martin Luther King et lui fit part de son inquiétude à la nouvelle de l'emprisonnement du chef du mouvement des droits civiques. Pour beaucoup, ce geste simple et humain fut considéré comme périlleux sinon suicidaire, politiquement parlant. Kleber était hésitant; il admirait son héros d'avoir pris ce risque, tout en craignant que sa juste attitude n'entraîne sa défaite. En ce soir de bonheur où Kennedy l'emporta sur Richard Nixon et devint le trente-cinquième Président des États-Unis, Kleber emprunta 10 dollars à Casey, se soûla glorieusement la gueule, et pour des raisons insondables, malgré les innombrables martinis-vodkas, prit sa voiture et se rendit au Rocky's Bar-B-Q. Il était sûr que la fête battait son plein. Au contraire, il se heurta à l'obscurité, trouva porte close et une petite note gribouillée indiquant aux amis l'adresse d'une maison toute proche. Sans peine, il trouva la petite bicoque où des gens de couleur s'étaient entassés dans la triste cour comme des linges tombés du fil. Ils n'étaient pas venus fêter l'événement. Tous se retournèrent vers le visage blanc de Kleber et il sut qu'il n'était pas le bienvenu. En se frayant poliment un chemin parmi ces gens dans leurs plus beaux habits il découvrit Rocky assis seul sur une chaise pliante qui gémissait sous sa masse, entouré de vieilles femmes marmonnant des prières. Kleber comprit que Regina Brown était morte. Elle avait trouvé la mort dans un accident de voiture; elle conduisait à près de 140 km/heure, disait-on, et une voiture de police l'avait « prise en chasse ». Regina avait perdu le contrôle, percuté la rampe d'un pont et brûlé complètement dans l'incendie de sa voiture.

Quand Rocky aperçut Kleber, il fit l'effort de se lever, engoncé qu'il était dans un costume de deuil qui avait du mal à le contenir. Il avait la gorge congestionnée par une cravate noire. L'homme massif s'avança vers Kleber en chancelant, mais les vieilles femmes l'arrêtèrent. Il avait le regard d'un fou.

— Honte! Honte à toi, mon garçon! Honte!

Kleber trouva les mots qu'il fallait.

— Oui, monsieur; honte à moi. Mais j'aimais Regina de la meilleure façon possible. J'aimais ce qu'elle faisait et ce en quoi elle croyait. J'aimais son intelligence, son engagement, sa force. Et je suis plus peiné que vous ne pouvez l'imaginer.

Et de sortir aussitôt, en larmes, déposant 5 dollars dans un seau pour payer le cercueil de Regina.

L'éloge funèbre qu'écrivit Kleber ne parut pas avant plusieurs jours. C'était un article de deux mille mots, et le journal manquait d'espace en cette période de profusion d'information qui suivit l'élection de John Kennedy. Kleber refusa qu'un seul mot fût coupé. Il avait préparé un petit discours pour faire pression sur Casey, où il citait une ancienne déclaration du rédacteur lui-même sur la nécessité de trouver au moins un sujet d'intérêt dans la mort de tout être humain. Mais quand Casey lut l'éloge, il tendit tout simplement la main à son reporter. Avant d'envoyer le papier à la publication, il l'accrocha au tableau des bulletins avec ces mots : « C'est très certainement le meilleur écrit journalistique que j'ai eu le plaisir de lire de toute ma vie. » Non seulement la photo de Regina fut publiée dans le *Call Bulletin*, cela étant en soi une première historique, mais la mort l'éleva au rang de la dignité. Elle fut appelée « Mlle Brown », fille de « M. Rockford Sampson Brown »; elle avait travaillé aux côtés du « Révérend Martin Luther King ». Le journal reçut plus de trois cents lettres de protestation, dont beaucoup pleines d'obscénités et de citations bibliques.

A la fin de 1960, Kleber reçut un cadeau de Noël inattendu. Dans sa boîte, il trouva une lettre de *Harper's Magazine*. Le rédacteur en chef lui annonçait qu'il était ravi d'accepter sa série d'articles, « Le feu en marche ». Elle allait entièrement être publiée et un chèque de 2 000 dollars était joint. Ils espéraient obtenir une préface du président John F. Kennedy... Kleber n'y comprenait rien, puisque ses articles étaient enfouis au fin fond de son tiroir. Il vérifia pour s'en assurer : ils étaient bien là, sous un exemplaire du livre de Colin Wilson sur l'aliénation de l'homme moderne, *The Outsider*, et l'Almanach du Texas. Il s'apprêtait à écrire à *Harper's* une lettre exprimant son étonnement, quand Millie lâcha le morceau : en secret, elle avait envoyé un double de la série de Kleber à un vieil ami travaillant pour la revue.

– J'ai pensé qu'ils méritaient un deuxième examen, dit-elle. Et toi, quel empoté tu fais!

La chance sait parfois se multiplier. Kleber finit par donner sa démission au *Call Bulletin* de Houston juste après le premier de l'an 1961. Non pas après une crise de conscience, mais pour des raisons pécuniaires. Une maison d'édition de New York, ayant eu vent de la découverte du *Harper's Magazine*, signa à Kleber un contrat pour un livre qui regrouperait sa série d'articles sur la ségrégation, l'éloge funèbre de Regina Brown et un choix de ses premiers articles, depuis son exposé sur le prédicateur charlatan jusqu'à une histoire inédite sur Daniel Titus et le petit groupe de la pension de famille. Ils proposaient de l'appeler *Regards sur le Texas* et lui offraient une avance de 10 000 dollars. Kleber dut s'absenter cinq jours de suite pour que Casey y crût enfin.

— Je devrais faire quelque chose de grandiose, comme exposer ta machine à écrire, dit le rédacteur en chef. Mais Millie finirait sans doute par la balancer par la fenêtre un de ces jours! Allez, fous-moi le camp d'ici!

Kleber gagnait sa vie en alignant des mots, mais il ne sut pas quoi dire à Casey, sinon au revoir et merci. Il avait les larmes aux yeux. Mais son premier livre, il le dédia au meilleur et au seul professeur qu'il ait jamais eu. Et quand Kleber reçut le prix Pulitzer, Casey annonça la nouvelle en première page.

Oh, il convient de dire que Kleber ne bondit pas aussitôt de joie à l'idée de quitter Houston. En fait, il passa plusieurs semaines difficiles à s'interroger, à peser le pour et le contre. L'avenir de son ex-femme et de son enfant était à considérer, mais n'était pas d'importance capitale. Adelle venait d'ouvrir sa seconde boutique au sud-ouest de Houston; « Quelle Surprise » n° 1 et n° 2 étaient prospères. Dix ans plus tard, il devait y avoir huit succursales. Il alla lui rendre visite et trouva Adelle en train de déballer une caisse d'objets italiens.

Il expliqua l'offre qui lui était faite et lui demanda son avis.

— Vas-y, bien sûr! dit-elle.

— Tu crois que... ça ira?

— Tu me prends pour qui, pour ta mère? Je suis ton ex-épouse, Kleber, et cette relation est aussi tenace que de l'encre invisible. Trouve-toi seulement un appartement assez grand pour recevoir un visiteur de temps en temps.

Elle promit que quand leur garçon serait plus grand, il pourrait venir passer l'été avec son père, où qu'il soit. Adelle semblait beaucoup moins s'inquiéter du fait que le père de son enfant quittait la ville, que de découvrir l'un de ses verres vénitiens fêlé. Après leur baiser d'adieu, il prit sa voiture et essaya de se souvenir comment c'était de faire l'amour avec elle. Quelques années plus tard, il eut même du mal à se rappeler du nom de sa femme. Il avait honte, mais pas vraiment.

Enfoui au plus profond de son cœur, il y avait le secret gravé à tout jamais d'une fille, d'un orage et d'une rivière. Certes, tout cela s'était passé dix ans auparavant et l'on n'en avait jamais entendu reparler depuis, mais il y avait des moments où il ressentait des crampes au ventre, quand, par exemple, il voyait Casey murmurer confidentiellement au téléphone, s'arrêter soudain, lui jeter un regard comme s'il *savait,* puis Casey raccrochait et hurlait quelque malédiction épouvantable si son reporter n'écrivait pas plus vite et plus clairement. Néanmoins, Laurie était toujours présente, parfois retirée dans l'ombre pendant des mois, mais réapparaissant de façon chronique pour le harceler.

Il en arriva à croire qu'il devait s'accommoder de l'inéluctable, que, selon le schéma de comportement karmique (il avait appris cela au cours d'un stage sur Jung, un week-end ambitieux mais ennuyeux), il avait à son actif assez de « bonnes causes » pour contrebalancer une révélation honteuse. Mais s'il poussait un peu sa chance, s'il changeait d'objectif, le couteau vengeur de Laurie viendrait se planter entre ses deux yeux. Il avait presque décidé de ne pas quitter la ville.

Il se demanda où se trouvait Mack en ce moment. Il fut tenté d'appeler New York pour lui demander conseil. Il fit même une visite par la pensée à T.J. Il ne se sentait pas gêné d'avoir éliminé définitivement de sa vie le prince des Tentations. La dernière fois qu'il en avait entendu parler, T.J. sortait de prison ou s'apprêtait à y retourner.

La nuit allait lui porter conseil. Quittant la salle de rédaction, il s'arrêta machinalement près du téléscripteur : UPI envoyait un « article de fond » qui n'avait aucune chance d'être imprimé dans son journal. Il s'agissait de la prise du pouvoir au Sud-Vietnam par le président Ngô Dinh Diem et de sa détermination de briser une coalition de communistes qui venait de se former sous le nom de Vietcong. L'article rappelait l'agonie de la France quand cette terre assiégée s'appelait Indochine française, et laissait entendre que le Vietnam était un appendice enflammé sur le corps de l'Asie...

Sur le téléscripteur local, rien d'intéressant. Il regarda d'un air absent les rouleaux de papier s'étirant comme une langue infinie : il aimait plus que tout ce claquement rythmé et régulier. C'est alors qu'il *le* vit... Depuis des semaines, il n'avait pas lu les nouvelles locales. Il y avait toutes les chances pour que l'éditorialiste ne trouve aucun intérêt à cette information mineure en provenance de San Antonio. Par hasard ou par prédestination, ce que Kleber apprit ce soir-là lui permit de prendre une décision.

Un routier de San Antonio venait d'avouer le viol et le meurtre commis en 1950 sur la personne de Laurel Killman, près de Weatherford, Texas. Kleber ne comprit pas. Il essaya de rassembler les souvenirs imprécis de cette nuit-là; il finit par conclure que cette fille sortie de l'orage n'était pas morte de l'agression des Trois Princes. Elle n'avait pas non plus été emportée par le Brazos. Elle s'était relevée; quelqu'un d'autre l'avait trouvée, désirée, détruite. Debout devant la machine, il lisait et relisait la nouvelle, hypnotisé, attendant que la Laurie du ruban de papier tombe à terre et se replie dans un soubresaut. Quand elle ne fut plus qu'un tout petit segment parmi des milliers d'autres vies et d'autres morts, un personnage infime dans le flot de l'information, engloutie dans la banalité du torrent de l'histoire au quotidien, Kleber se laissa tomber sur la machine, pris d'un rire incontrôlable.

CHAPITRE 18

Il y avait et il y a toujours, près de Dallas, un ravissant petit ensemble de bâtiments harmonieux, niché en un coin de terre vert et boisé. De l'extérieur, il est difficile d'en deviner l'usage. A l'entrée du chemin pavé, le panneau qui en indique le nom, « Prairie d'argent », pourrait désigner un grand ranch ou une communauté d'artistes. Et certes, on y fait pousser des légumes et on y peint des tableaux, mais ce sont les travaux d'aliénés qui, pour acquérir le droit de résider à la Prairie d'argent, doivent par ailleurs être riches.

Voilà ce que T.J. découvrit par un matin printanier de 1960 en allant rendre visite à sa jeune épouse. Un psychiatre du nom de Golden l'informa que Melissa nécessiterait une « période de traitement relativement longue » et que le montant de la pension s'élevait à un minimum de 1 000 dollars par mois. T.J. protesta en déclarant qu'un tel prix était au-delà de ses moyens et qu'il devait être acquitté sur les fonds de la famille Craymore. Là-dessus, le Dr Golden se tapota les dents avec un stylo d'argent et produisit une longue lettre du cabinet Ward, Mégal et Schumac, notaires : il n'y avait pas de fortune Craymore. Le manoir de Rivercrest était hypothéqué par une valeur excédant les arriérés d'impôts impayés, qui se montaient à 12 400 dollars. Tout le mobilier, y compris les animaux empaillés, avait été légué par testament à la Société zoologique de Fort Worth, qui n'avait pas l'intention de les réclamer. L'Oldsmobile 98 conduite par Melissa lui appartenait à peine, seulement six des trente-six traites ayant été honorées; ses bijoux étaient en toc. Le jour où T.J. l'avait rencontrée à la banque pour la première fois, elle venait de retirer la presque totalité de son compte, il restait 230 dollars. Dans la mesure où il était son seul parent vivant, l'époux de Mme Melissa Craymore Luther était légalement responsable de l'acquittement de tous les frais de l'hôpital psychiatrique.

T.J. demanda pourquoi Melissa était venue à la Prairie d'argent, étant donné la façon dont elle avait disparu la nuit où leur chaumière de lune de miel avait brûlé.

— Votre femme avait déjà séjourné chez nous auparavant, lui répondit le Dr Golden. Oh oui... plusieurs fois.

Depuis l'âge de douze ans, où elle était venue passer ses deux mois de vacances ici pour se remettre de ce que les psychiatres appelaient par euphémisme « un abus paternel ». Puis de nouveau à quatorze ans, quand le père Craymore l'avait menacée de lui tirer en pleine poitrine et d'accrocher sa tête au mur du salon, entre la lionne et la girafe qu'il avait achetées au Kenya. Enfin, encore une fois, l'année où elle avait passé son bac et où son père s'était suicidé, laissant un testament où il révélait que Missy était l'enfant illégitime d'une prostituée de La Nouvelle-Orléans nommée Clothilde. Cette fois, il lui fallut dix-huit mois à la Prairie d'argent pour « assimiler » ce cruel héritage, à la suite de quoi elle fut relâchée et passa deux années cloîtrée à soigner une mère mourante. Missy n'était jamais allée à Radcliffe, n'avait jamais fait les Beaux-Arts, n'avait jamais fait grand-chose, sinon entrer et sortir de la folie et prendre le prince des Tentations au piège du mariage.

— Aimeriez-vous la voir? demanda le Dr Golden.

— Je ne voudrais pas la déranger.

— Je pense que cela lui ferait grand plaisir, fit le psychiatre.

Il escorta le jeune marié tout à fait troublé jusqu'à une petite chaumière en briques rouges (très semblable à celle que Missy avait ordonné à T.J. de lui construire) et qui abritait quatre patientes, dont Missy arborant une blouse grise avec de grandes taches de peinture orange. Elle était, par ce beau matin, en train de mettre la dernière touche à son quatrième tableau d'un chat se léchant le pénis, et elle ne reconnut pas T.J.

— Missy, c'est votre gentil mari qui vient vous rendre visite.

Missy saisit son pinceau et se barbouilla la joue gauche de peinture orange.

— Vous vous souvenez de votre mari, mon petit...? L'homme que vous avez épousé il y a deux mois à... où ça, mon ami?

T.J. s'éclaircit la voix :

— Euh... à Matamoros, au Mexique.

Missy hochait la tête de haut en bas, comme un de ces oiseaux mécaniques qui font semblant de prendre la becquée dans un bol d'eau. Puis elle lui lança son pot de peinture à la tête et hurla :

— Sales menteurs!

Sur le chemin du retour, le Dr Golden expliqua que la « pauvre petite » souffrait probablement du syndrome de Capgras, une affection mentale assez rare dans laquelle le patient prétend que son père, sa mère, son amant, tous ceux qui la touchent de près, sont des imposteurs.

Le soir même, T.J. se précipita au manoir des Craymore et mit la maison hantée sens dessus dessous, dans l'espoir de trouver quelque chose qui vaille la peine d'être volé avant l'arrivée des nouveaux propriétaires. Il s'appliqua à démolir l'armoire à fusils et à faire main basse sur une jolie collection de carabines et de pistolets. Tout à sa furie, il découvrit une boîte de balles, chargea un P. 38 et réduisit l'ours d'Alaska en confettis. Malheureusement, il n'eut pas l'idée de diriger ses projectiles sur Delano, le chat empaillé aux yeux de verre écarlate, le cadeau de Noël qui lui avait fait si peu plaisir. Si le minou avait été dégommé de ses entrailles se seraient déversés cinq mille billets de 100 dollars. Delano garda en lui sa merveilleuse surprise pendant de longues années, passant d'une boutique de brocanteur à un grenier puis dans une vente de charité, pour atterrir finalement chez une Noire au chômage vivant à Tulsa grâce à une pension d'invalidité de 85 dollars par mois. Son chien eut l'idée de mâchonner le ventre du vieux chat moisi, le jour où Richard Nixon abandonna la présidence, et c'est ainsi qu'une nouvelle du plus grand intérêt fut reléguée à la dernière page des journaux américains.

Par une nuit âpre de 1961, T.J. consommait légalement de la bière et illégalement du bourbon Four Roses dans un bar dénommé le « White Elephant », juste à la sortie du parc à bétail de Fort Worth, là où l'on raconte que Butch Cassidy et le Sundance Kid s'arrêtèrent pour boire un coup sur le chemin qui devait les amener à leur dernière destination, en Amérique du Sud. T.J. avait traîné là depuis le milieu de l'après-midi, et il ne s'était arrêté de parler que le temps de regarder un épisode des *Chevaliers de New York*. A plusieurs reprises, il avait informé le barman qu'il connaissait intimement Mack Crawford, dans l'espoir que la grande nouvelle lui vaudrait un verre offert par la maison. Au lieu de cela, le barman, tenant compte des remarques désobligeantes des autres clients à propos de ce « baratineur », lui suggéra qu'il était temps de payer les 14 dollars 15 *cents* de consommations.

— Je vais te dire, mon vieux, j'ai pas la queue d'un radis! fit T.J. qui, devant la menace de faire appel à la police, se mit à rire comme un fou.

Il se jucha en haut d'un tabouret de bar, agita les bras dans tous les sens pour attirer l'attention de la foule et déclara :

— Mon oncle vient de se faire sauter la cervelle; ma maison vient de crouler sous les flammes; mon papa et ma maman ont fini par se suicider; ma femme est devenue cinglée, et moi je vous demande : qui veut payer ce que j'ai bu?

Là-dessus, il s'affaissa et sombra dans un profond sommeil à l'endroit même où de vrais hors-la-loi étaient passés autrefois, pour se réveiller en plein midi le lendemain dans la geôle municipale réservée aux ivrognes. Mais Magda disparue, il n'y avait plus personne pour payer la caution et il fut forcé pendant trente jours de couper les mauvaises herbes le long des routes du comté de Tarrant.

Pensant alors qu'il était temps de se faire oublier, T.J. passa plusieurs mois dans la baraque en ruine près de Weatherford où, une dizaine d'années plus tôt, une jeune fille s'était égarée pendant un orage. Son fantôme ne vint pas le déranger : Laurie ne valait même pas un battement de cœur pour un paumé de vingt-huit ans qui eût été trop heureux d'aller rejoindre Missy à la Prairie d'argent s'il avait pu disposer de 1 000 dollars.

T.J. passa son temps à boucher les trous des murs avec des bouts de carton, à dormir sur un lit de camp de l'armée et à ouvrir des centaines de boîtes de chili, de raviolis et de bière. Il ne s'aventurait à l'extérieur que pour monnayer une arme des Craymore, n'ayant aucun mal pour trouver des acheteurs dans les rades qui bordaient Fort Worth comme des parents indésirables. Ce fut pendant l'une de ces transactions clandestines que T.J. fit la rencontre d'un gentleman aux yeux protubérants nommé Ralph Emerson Machado, plus connu sous le nom de Mash.

Mash était une espèce de masse dont la sinistre réputation dépassait son propre poids, à savoir plus de cent trente kilos. Non seulement il achetait de la marchandise volée, mais il avait un de ses gros doigts, ou peut-être deux, fourré dans le placement et la collecte des juke-boxes et des machines à sous. Par ailleurs, il lui arrivait de s'occuper de prostituées et de jouer au golf avec un certain talent, bien qu'une fois, au Colonial Country Club, il ait envoyé valser un caddie dans une mare parce que le jeune garçon l'avait mal conseillé quant au choix de sa crosse. Mash était un gangster du Texas bien assis, appartenant à cette catégorie de bandits, dont les origines remontent à l'époque où le crime était un acte individuel de passion et de devoir, loin des ramifications siciliennes. Le crime organisé n'avait jamais été prospère au Texas, la Mafia ayant abandonné après quelques tentatives timides dans les machines à sous de Galveston et les champs de courses de Dallas. Les mafiosi furent réexpédiés de l'autre côté de la frontière, en Louisiane. Un à zéro pour Jésus-Christ en personne... Peu d'États américains étaient aussi étouffés par la théologie. Le Texas était la propriété de l'Église baptiste. Les ritals, avec leurs dés dans le revers de la manche et du baratin plein la bouche, sentirent la colère du Seigneur et fuyèrent, morts de peur. Tel était le plus grand des États américains (sans compter l'Alaska) qui restât ente les mains des enfants du pays, et quiconque prétendait faire de l'oseille facile était forcé de négocier avec Mash natif de Waco, et non Carlo natif de Palerme. Ses bénéfices, comparés à ceux de la « famille » de Philadelphie, par exemple, étaient minuscules. Sa meilleure année, Mash ramassa 83 000 dollars, mais c'était assez pour acquérir tous les ans au mois d'octobre un coupé de ville spécial avec siège renforcé, des vestes de sport dans les tons rouille à coutures doubles pour ne pas éclater comme des mouchoirs de papier enveloppant une pastèque, et un diamant rose que Mash s'appliquait à faire passer devant son regard morne, à la fois pour impressionner et mettre en garde. Il dévorait au moins un énorme steak à chaque repas, descendait une douzaine de bières par soirée, et distribuait des dons généreux aux boy-scouts, aux Fermiers de l'Avenir et aux Big Brothers de tout poil. Mme Mash était une femme mince (certains disaient aplatie) nommée DeeDee, dame patronnesse d'un groupe de louveteaux et collaboratrice du journal paroissial. Le jour de 1970 où Mash fut abattu par Texas Rangers dans une embuscade près d'Austin – un des moments chauds de la lutte contre l'importation de la marijuana –, elle tenta de persuader les journalistes qu'il s'agissait d'une erreur, que son mari était un homme doux et aimant qui vendait des polices d'assurances aux motels.

La nuit de 1961 où Mash acheta à T.J. Luther, dans le parking de l'auberge « Horse Feathers », un Luger Colt Commander de 9 mm et un P. 38 Chiefs Special S & W, il perçut aussitôt, derrière ce visage hagard et mal rasé, une lueur de réelle perversité. Une semaine plus tard, le prince des Tentations était engagé comme apprenti canaille, car Mash avait réussi à savoir, grâce à un indicateur de police, que le casier judiciaire de T.J. était presque vierge, mis à part quelques petits tapages nocturnes assez folkloriques.

Les 4 200 dollars en liquide que Mash lui donna en échange de ce qui restait du stock d'armes récupéré chez les Craymore (T.J. en garda une ou deux, dont un superbe Magnum, pour son usage personnel) firent de lui un nouvel homme. T.J. devint le propriétaire d'une magnifique Chrysler volée mais maquillée, d'une collection de vestes de sport voyantes dans les vert émeraude et les bleu marine, et des ceintures et souliers vernis blanc pour aller avec. Ainsi peaufiné, le faucon s'installa dans un deux-pièces du quartier chic de Fort Worth, à environ un kilomètre de Cloverdale, et choisit des meubles à l'image du locataire : des coussins de harem pour dormir et baiser, un « water bed », des peintures représentant de jeunes Polynésiennes avec des seins magnifiques sur fond de velours noir, une lampe en coulée de lave qui, une fois allumée, faisait gargouiller dans ses globes en forme d'amibes des arcs-en-ciel polychromes, et un bar avec des services de bouteilles et de verres assortis qui, remplis de whisky, offraient en spectacle la nudité la plus intime d'une douzaine de vierges.

Au début, le travail était d'une simplicité enfantine. Le rôle de T.J. était de visiter, chaque samedi soir à la tombée de la nuit, une dizaine de bouges où, selon l'expression consacrée, il venait « dévaliser les juke-boxes », ce qui signifiait : ouvrir les machines avec cérémonie, compter les pièces, et partager fifty-fifty avec le propriétaire. Mash ne s'inquiétait pas de savoir si son nouvel assistant allait essayer de le truander, car il connaissait précisément le rapport de chaque machine. Néanmoins, T.J. exerça ses talents à exploiter l'autre partie, empilant les pièces en faisant un tel cinéma, avec mouvements de bras, plaisanteries d'un goût douteux et diversions telles qu'il se débrouillait pour empocher au moins 50 dollars supplémentaires à chaque virée. Très vite, il suggéra à Mash que soixante pour eux, quarante pour les autres serait plus correct, compte tenu de « l'inflation, du prix de la main-d'œuvre et de l'entretien » en augmentation constante. Les propriétaires discutèrent et refusèrent d'abord, mais ils finirent tous par accepter pour des raisons diverses, que ce fût le pistolet qui brillait quand T.J. déboutonnait sa veste, ou les pneus de voitures trouvés creuvés après son passage, ou encore les enseignes lumineuses au néon qui se mettaient à voler en éclats le dimanche, au moment précis où les cloches des églises carillonnaient. Six mois plus tard, il décida de partager à quatre-vingts pour vingt, et personne n'osa se plaindre.

T.J. avait des idées merveilleuses. Ayant remarqué que les bons vivants se voyaient forcés par la loi baptiste de quitter les lieux de plaisir à minuit tous les soirs sauf le samedi, il lui sembla valable d'ouvrir un endroit où l'on pourrait se divertir et se dépenser après les heures officielles. C'est ainsi que, pendant plusieurs mois prospères de 1962, un certain ranch tout confort, niché au creux d'un vallon boisé tout près de Lake Worth, vibra d'activités multiples entre minuit et l'aube. Le whisky coulait à flots; les femmes dansaient nues ou accroupies, des demi-dollars coincés dans leur intimité. On battait les cartes, on jetait les dés. T.J. était invisible mais omniprésent, supervisant la table de jeux depuis une chambre à plafond bas qui surplombait la salle. Parce qu'à ces heures avancées les joueurs sont traditionnellement soûls et négligents, personne ne sut jamais que, trônant au-dessus de leur

tête, l'œil collé à un trou de souris et manipulant un énorme
aimant capable de faire basculer les dés sur commande pour le
petit tour supplémentaire qui les ferait perdre, régnait le prince
des Tentations. Et comme il s'amusait! Son pouvoir était énorme,
surtout lorsqu'il s'exerçait contre l'un de ces salopards de la classe
de 1950, l'un de ces nantis, contre quelque imbécile qui avait hérité
des affaires de son papa et d'un huitième d'actions dans quarante
puits de pétrole, un de ces minables à la calvitie naissante et que
T.J. pouvait faire transpirer. Bon Dieu, que c'était bon de leur
arracher leurs dollars! Après la fermeture des bars et jusqu'au
lever du soleil, T.J. était Dieu, dispensateur de bonne et de
mauvaise chance, décidant de qui gagnerait ou perdrait. Toi,
là-bas, Eddie Ray Pearson, tu ne m'as jamais rappelé, cet été-là,
après le bac : il t'en coûtera 300 dollars, et je t'emmerde. Tiens,
voilà Lester Wagenvoord, qui était *presque* aussi populaire que
moi. Mais il n'a pas gagné, à l'époque, et il ne gagnera pas ce soir
non plus...! Sur terre, on est un chien ou un arbre. T.J. ne voulait
pas qu'on lui levât la patte dessus.

Le seul côté négatif, c'était l'angoisse d'être anonyme. Si
seulement il pouvait apparaître des cieux, atterrir sur le feutre
vert du tapis avec des éclats de plâtre volant dans tous les sens,
révélant à chacun sa présence et son pouvoir... Mais bien sûr, il
n'en était pas question; il ne pouvait pas détruire une telle planche
à billets. La plus grande manne de tous les temps. Même si
l'aimant détrousseur était aussi frustrant que de dépenser 2 000
dollars pour des couronnes dentaires cachées au fond de la bouche,
T.J. devait rester en l'air. Sa célébrité resterait cachée. Sauf si un
soir, il regardait en bas et découvrait Kleber ou Mack, ou mieux
encore, les deux à la fois. Auquel cas, il ne serait plus possible de
dissimuler ni la colère ni le jugement du nouveau dieu.

Mash convoqua son jeune associé pour une conférence, un matin
à 10 heures. Comme il avait à peine dormi quatre-vingt-dix
minutes, T.J. se sentait complètement harassé. Selon les bonnes
habitudes de l'oncle Bun, il ne se levait jamais avant midi. Le
monstre avait loué de nouveaux bureaux, joliment nichés dans un
centre commercial, entre une boutique de tennis et la galerie de la
Bougie, tenue par une bande de hippies. Sur la porte, la plaque
annonçait : « Entreprises illimitées – Président Ralph E. Machado. » Et DeeDee avait joyeusement décoré l'atelier de son mari
dans le genre western chic : fauteuils ressemblant à des selles, un
crâne de bison sur le bureau de Mash, lequel était le dessus d'une
vieille table de barbecue, des reproductions de poneys sauvages

venant boire à la mare au coucher du soleil, et des cactus en pot. Mash trônait dans un fauteuil tournant de shérif qui grinçait sous son poids. T.J. entra et attendit que Mash ait fini d'avaler ses douze petits pains au chocolat. Le regard du patron était un peu plus menaçant que d'habitude et T.J. s'interrogeait sur la possible découverte de quelque détournement de dollars. Le dialogue qui suivit fut des plus ramassés.

– Les putes, lâcha Mash.

– Les putes?

– Oui, les putes. Tu connais?

– J'ai déjà vu l'intérieur d'un ou deux minous de professionnelles, en effet.

– Elles ne m'ont jamais rapporté beaucoup.

– C'est pas du gâteau.

– Ça devrait l'être. Y a du fric à faire.

– C'est sûr.

– Alors, tu vas t'occuper de ça pour moi, fiston. On va se faire de l'argent tout chaud.

La police de Fort Worth ne tolérait pas les péripatéticiennes, mais cela n'avait pas grande importance, car il y avait si peu de monde le soir dans le centre ville qu'on aurait pu y faire la guerre sans blesser personne. Bien sûr, on pouvait se payer une passe dans des motels de deuxième catégorie appelés « points chauds » par les membres de la profession. Dans toutes les grandes villes du Texas, il y avait ce genre d'auberges où les portiers de nuit fournissaient les chambres et les filles et ramassaient quarante pour cent des bénéfices. Mais ces revenus demeuraient modestes et peu assurés. Sachant tout cela, T.J. alla chercher quelques conseils originaux chez la grosse Marge, la patronne du Pink Lady Club, dans Highway Jackboros. Comme Mash, c'était une femme dont les proportions faisaient penser à un char nautique. Avant que l'abus de bière et de hot dogs ne déforme sa silhouette, Marge avait fait plusieurs métiers, dont chauffeuse de camions et catcheuse sous le nom de princesse Amazonia. Elle avait également gagné plusieurs décorations dans l'armée, et elle était maintenant l'épouse d'un clown de cirque nommé Bamboozle, hélas invalide depuis sa nuit de noces.

Lorsque Marge sortit de la salle de bains du motel Jack Tar de Galveston où leur lune de miel commença en 1956, Bamboozle était étendu nu sur le lit, son feutre sur la tête et ses chaussures flasques aux pieds. Sur son ventre, il avait tracé un cercle de grains de sel dans lequel il trempait des branches de céleri. Marge lui fonça dessus et Bamboozle l'accueillit à bras ouverts, trop heureux de se voir enfin comblé, c'est-à-dire d'avoir son torse salé pris dans l'étau puissant des bras de sa femme. Une demi-heure plus tard, Bamboozle se retrouvait aux urgences de l'hôpital John Sealy, les os du bassin écrasés par la passion, et une branche de céleri plantée dans le cul.

Mais si T.J. alla voir la grosse Marge, c'est surtout parce qu'on racontait qu'elle avait été une sacrée pute qui avait parcouru tout le Sud-Ouest en camion, avec à l'arrière un lit dans lequel elle avait accueilli les plus grandes gueules du Texas.

— Si tu devais te lancer aujourd'hui dans le commerce des putes, avança T.J., par où est-ce que tu commencerais?

Marge laissa échapper un grognement et se passa la main dans les cheveux, une boule rose et tellement laquée qu'on aurait pu y planter des fléchettes.

— Eh bien, mon chéri, il faudrait commencer par le commencement : une queue, une dame et une subvention à John Law.

— Allons, sois sérieuse, implora T.J., et pense un peu.

Il posa sur la table un billet de 20 dollars, qui fit frémir la toison de Marge.

— Ce qui est drôle, chéri, c'est que j'y pensais justement l'autre jour. J'ai dû foutre à la porte une petite môme. Elle était en train de faire la retape ici, et Dieu sait que ce n'est pas quelque chose qui me dérange. Sinon qu'elle avait à peine dix-sept ans, qu'elle portait un appareil pour ses dents, qu'elle était enceinte de six mois, et qu'elle n'était même pas capable de lire son nom. J'ai dit à Boozle : « Cette nouvelle génération de minettes, elles n'ont pas une goutte de raffinement. »

T.J. hochait la tête, vaguement intéressé par les propos de Marge.

— La seule réponse à ta question, mon chéri, continua Marge en se fourrant les 20 dollars entre les seins, c'est : la *classe*. Vends-leur du cul qui a de la classe, et tu pourras t'acheter une banque.

— De la classe...?

— Oui, je parle du genre Jackie Kennedy. Laisse-moi le temps d'y penser et rappelle-moi dimanche après la messe...

Quand T.J. rappela le grosse Marge, elle avait eu une idée tellement géniale qu'il l'engagea comme associée au noir. A eux deux, ils ouvrirent la maison Dalila & Co, dont l'essentiel était une ligne téléphonique tenue par Bamboozle, ravi de faire enfin autre chose que des tours dans une chaise à roulettes dans le bistrot de sa femme. La maison Dalila offrait un produit de choix : une écurie de pouliches montée par Marge, pas une seule profession-nelle, et toutes entre dix-huit et vingt-quatre ans. On y comptait quelques balieusardes mariées, des secrétaires d'avocats, deux étudiantes et une monitrice de danse et de claquettes. Toutes étaient personnellement coiffées par Marge (qui se targuait aussi d'avoir été esthéticienne) en un modèle imitant Jacqueline Kennedy de façon éhontée.

Le prix imposé était de 75 dollars l'heure, plus le prix du taxi jusqu'à l'hôtel ou le domicile en ville de chaque client soigneusement sélectionné. Ceux qui faisaient appel aux services de la maison Dalila appelaient un numéro (qui changeait souvent), soufflaient dans l'oreille de Bamboozle des phrases codées du genre « avenir agricole » ou « panse de porc » et, dans l'heure qui suivait, ils étaient sûrs d'avoir leur passeport pour le paradis. Les demandes vicieuses n'étaient guère encouragées, mais satisfaites. Et à l'occasion, c'était la grosse Marge elle-même qui répondait à quelque besoin exotique...

En moins de trois mois, Dalila & Co avait enregistré un bénéfice net de 16 545 dollars, Mash était ravi, d'autant que sa maison du lac ouverte après minuit avait mystérieusement été réduite en cendres. Il dit à T.J. que le suspect numéro un était un rival de Dallas, un dénommé Chick Sader; rien qu'à entendre son nom, Mash se sentait pris d'un irrésistible besoin de balancer le crâne de bison sur une reproduction des poneys indiens. Bien que membres de la même confrérie, Mash et Chick appartenaient à des castes différentes. Comparé à son collègue de Dallas, Mash se mettait carrément dans la classe au-dessus. Après tout, il pourvoyait à des besoins bien compréhensibles : s'envoyer en l'air, jouer aux cartes, fumer des cigarettes interdites ou revendre une stéréo volée. Les revenus de Chick, quant à lui, n'étaient pas aussi avouables : drogues dures, extorsions et meurtres. Un jour, il s'était même vanté à Mash, dans un moment de détente entre eux, que trente-deux cadavres reposant dans la forêt de Graves, un cimetière anonyme mais fréquemment alimenté près du lac de Eagle Mountain, avaient dans le cœur les balles de Sader.

La femme qui, une fois de plus, allait mettre du désordre dans la vie de T.J., arriva à Dallas en 1963, le jour de la Saint-Valentin. Priscilla Gallant, mannequin new-yorkais d'une telle beauté qu'on la prenait souvent pour Grace Kelly, et dont les mains étaient si élégantes et si effilées qu'on pouvait les voir dans tous les magazines faisant de la publicité pour des gants, des crèmes ou des bijoux, avait été engagée pour un défilé de mode française dans un gala au bénéfice des enfants autistes. Quand Priscilla arriva à l'hôtel Adolphus, il n'y avait pas de réservation

à son nom. Elle téléphona à l'organisateur et eut droit à quelques
excuses gênées : le défilé avait été annulé en raison du nombre
limité des places vendues. Un message avait été télégraphié à
Priscilla à New York, mais elle ne l'avait jamais reçu... Furieuse
et à bout de forces, elle décida de passer la nuit à Dallas avant de
rentrer à New York.

Trois mois plus tard, Priscilla était toujours à Dallas, attirée de
façon irrésistible par un homme efflanqué et dangereux, du genre
pour lequel elle avait toujours nourri des fantasmes inavoués. Il
s'appelait Charles (« Chick ») Sader, et quels que fussent ses
désirs, Priscilla y obéissait : se faire fouetter, attachée aux montants du lit, ou lécher son sperme au bout de ses bottes de cuir.
Quand Sader lui offrit de renifler de la poudre blanche posée sur
son pénis, Priscilla s'empressa de lui plaire, pensant que c'était de
la cocaïne dont elle avait fait grand usage à Rome. Elle y prit
plaisir, mais le brouillard cotonneux qui envahit ses sens n'avait
rien à voir avec ce qu'elle avait connu. Ensuite, Priscilla apprit
peu à peu à s'injecter l'héroïne dans ses vaisseaux sanguins. Le
2 juin, jour de son vingt-troisième anniversaire, les célèbres poignets de Priscilla portaient les stigmates écarlates de la dépen-
dance la plus exigeante. Par une soirée d'été, comme Sader
emmenait sa petite amie à une partie de poker à Fort Worth et
que, malgré ses avertissements, elle continuait de hurler qu'elle
était en manque, Chick ouvrit la porte de sa Lincoln gris métallisé
et jeta Priscilla Gallant sur les pavés rouges de Camp Bowie
Boulevard.

Par chance, un taxi passait par là et, le chauffeur comprenant
aussitôt la valeur de la jeune femme abandonnée, la livra d'urgence chez Dalila & Co.

Les narcotiques avaient ravagé sa beauté patricienne, mais tout
n'était pas perdu. Dès l'instant où T.J. posa les yeux sur la
splendeur de Priscilla, il eut une érection tellement monumentale
que la fermeture Éclair de sa braguette faillit en craquer. Il se
procura à la hâte de la morphine et emporta son trésor inespéré
vers les coussins de harem et les reproductions polynésiennes,
l'allongea près de la lampe de lave et put admirer à loisir les jeux
de lumière sur son corps superbe et sa chevelure dorée. Ils firent
l'amour pendant trois jours et trois nuits, et si elle fut assez
passive au début, il comprit très vite qu'elle avait besoin d'action
forte. Dès qu'il revêtit un vieux jean délavé avec des pièces à
l'entrejambe, une chemise écossaise et un chapeau de cow-boy
marqué de sueur, elle fut prête à partir à califourchon. Le tempo
sexuel augmenta quand il trouva un lasso dans le coffre de sa
Chrysler. Pensant que l'amour, l'amour toujours, l'amour attendu

venait enfin le combler, T.J. crut sage de faire désintoxiquer Priscilla avant de s'engager à long terme.

Il demanda à la grosse Marge de jouer le rôle de la vieille tante inquiète. Pas très convaincue, mais loyale envers son partenaire, Marge plaça Priscilla à la Prairie d'argent. T.J. était prêt à payer les 1 500 dollars mensuels pour une cure qui pût réduire, sinon éliminer, les désirs qu'elle avait pour le nectar de coquelicot. Le fait que son épouse, Melissa Craymore, dont il n'était toujours pas divorcé, eût été mise à la porte de la Prairie d'argent pour défaut de paiement et placée à l'asile de Rusk, Texas, ne le frappa nullement par ce que cela avait d'ironique...

La grosse Marge voulait mettre T.J. en garde contre les risques d'aimer une camée même si elle a de la classe et de l'avenir. Mais elle vit dans ses yeux la lueur de la passion et ne fit aucun commentaire. Elle connaissait trop bien la vie pour discuter avec un homme de sa conception de l'amour.

Ayant fait cracher assez de gens pour être sûr que Chick Sader était en train de s'assurer une source importante de revenus, Mash voulut prendre sa revanche. Il convoqua T.J. et proposa différents moyens de se débarrasser de Chick, mais aucun ne semblait satisfaire son assistant. La bonne vieille bombe sous le capot de la voiture ne marcherait pas parce que Sader ne s'installait jamais dans son automobile avant que l'un de ses acolytes n'eût mis le moteur en marche et ne l'eût laissé tourner pendant cinq minutes. La maison de Sader, une magnifique forteresse au nord de Dallas, était cernée par des barrières électriques et gardée par une demi-douzaine de dobermans – donc, impénétrable. Sader ne se déplaçait jamais à moins d'être protégé par des gardes du corps, comme un dictateur sud-américain, et entouré de Ford remplies de lieutenants fidèles.

– T' es malin, fit Mash. Trouve quelque chose.

A contrecœur, T.J. accepta de traîner dans Dallas, en quête d'un moyen de tuer un tueur. Mais il n'était pas très chaud, pensant que son amour pour Priscilla était si précieux que le moment était venu de quitter le monde de l'illégalité et de commencer à prendre des responsabilités. Cela supposait de pouvoir prendre ses distances progressivement, mais de toute évidence, Mash ne l'entendait pas de cette oreille. T.J. passa plusieurs jours à se balancer nerveusement dans Dallas et revint voir Mash avec un petit espoir. Tous les matins, Chick Sader sortait en pyjama et descendait le petit chemin de briques bordé de pétunias pour aller chercher le *Morning News* dans sa boîte aux lettres. De nombreux pins et chênes rendaient la visibilité incertaine, même à un tireur d'élite; en revanche, on pourrait s'arranger pour que la victime découvre dans sa boîte aux lettres quelque chose d'autre que les nouvelles... Mais T.J. déclara qu'il ne voulait pas s'en charger; il avait besoin de repos.

La Prairie d'argent relâcha Priscilla; elle en ressortit le regard clair et les formes légèrement arrondies. Elle était ravie de revoir T.J. et ils se rendirent immédiatement sur les coussins de harem. Pendant la nuit, T.J. lui montra une caméra 35 mm qui valait fort cher et qu'un petit voleur minable avait refilé à Mash, en lui demandant de prendre des photos d'elle. Priscilla refusa, révélant pour la première fois que c'est ce qu'elle faisait pour gagner sa vie. C'était la beauté de Priscilla Gallant qui avait d'abord fait mouche sur T.J. Luther, mais quand il apprit qu'en plus, elle était célèbre, sa passion s'enflamma. Le lendemain ils se rendirent à la bibliothèque publique, où Priscilla trouva des vieux magazines où elle apparaissait dans différentes publicités. Arrachant chaque feuillet avec autant de soin qu'un voleur dérobant la Joconde au musée du Louvre, T.J. fit encadrer sa bien-aimée dans des dorures de style rococo. Il accrocha une dizaine de photos représentant l'anatomie de Priscilla sur les murs de son appartement. Chaque midi, en se réveillant, il embrassait l'original dans son lit et murmurait : « Je t'aime; c'est la première fois que je sais ce que cela veut dire. » Puis il faisait le tour de la maison et embrassait toutes les images. Même s'ils ne se connaissaient que depuis trois mois à peine, T.J. se creusait la cervelle pour trouver un moyen de demander Priscilla en mariage. Il avait terriblement besoin de conseils, mais la triste réalité était que T.J. n'avait aucun ami à qui il pouvait faire confiance en la matière, aucun si ce n'était Mash, Marge, Bamboozle, une poignée de putes et quelques rigolos. Terrifié à l'idée que si la question du mariage n'était pas posée comme il fallait, Priscilla pouvait refuser, T.J. décida de s'assurer de cette union par un étrange procédé d'abondance sexuelle et d'isolement.

Il débrancha le téléphone, ferma la porte, tira les rideaux et tourna à fond l'air conditionné. Il bourra tous les placards avec du bourbon, des cigarettes et ces nouveaux repas bien pratiques et congelés appelés : « dîners-télévision ». Dans les armoires, il empila de nouveaux articles du genre que Priscilla aimait : lanières de cuir, cordes, gants et quelques fouets de fantaisie. Il allait s'appliquer à adorer et à faire jouir la dame de ses rêves dans un château d'amour. Et même s'il fallait attendre jusqu'à Noël pour que sa princesse se rendît compte de la perfection de son royaume, le prince des Tentations était prêt à attendre!

T.J. avait prévu toutes les éventualités, à l'exception d'une seule : le silence. Ils n'avaient rien à se dire. Il sentait que Priscilla n'était pas du genre à se laisser fasciner par des histoires inventées de faits de guerre héroïques en Corée, ni par des anecdotes sur Magda ou la folie de Melissa, sur ses exploits dans l'emballage des ice-creams ou dans la vente d'encyclopédies imaginaires. Mais il informa sa belle qu'autrefois, la couronne du garçon le plus populaire de sa classe avait été posée sur sa jolie tête. A vrai dire, il le lui raconta à peu près quarante fois.

Même s'il mourait d'envie de tout savoir sur la vie de Priscilla (les hommes qui avaient compté avant lui, les appartements qu'elle avait occupés, ses rêves, ses voitures), il n'osait pas l'interroger sur son passé de peur qu'à ses questions maladroites, elle ne devinât qu'il n'était qu'un paysan ou, pis encore, que cela ne lui rappelât un autre monde, à l'extérieur du château. De nature timide, Priscilla fit peu de révélations. Elle laissa échapper quelques mots, que T.J. saisit comme des perles tombées d'une robe impériale. Elle venait de Rhode Island (dont T.J. ne se rappelait pas le nom de la capitale); elle avait été élevée au couvent, fille d'un colonel de l'armée et, à l'âge de dix-sept ans, dans les rues de New York, elle avait été remarquée par un photographe, se retrouvant deux mois plus tard sur la couverture de *Vogue*.

Jamais elle ne prononça les mots « je t'aime », mais T.J. en était sûr. Sinon, comment expliquer que cette femme puisse crier, hurler, lui griffer le dos, puis s'endormir dix minutes pour se réveiller et en réclamer encore? Néanmoins, pour s'assurer de sa dévotion, T.J. profitait tous les après-midi du moment où Priscilla faisait la sieste pour sortir et acquérir quelque offrande. Il prenait les robes les plus belles sans même en demander le prix, des sacs ornés de perles, des flacons de parfum aussi grands que des bouteilles de gin. Elle était ravie, c'est ce qu'elle disait, mais n'essayait jamais rien. Elle empilait chaque cadeau soigneusement dans un coin de la chambre et, lorsque les silences s'appesantissaient, elle les regardait au lieu de le regarder lui. Il remarqua qu'elle devenait de plus en plus agitée et s'écorchait les bras à force de se gratter.

Le dixième jour, T.J. décida de se lancer :

– Si on devait vivre ailleurs, ce serait où?

– Paris! fit aussitôt Priscilla. A part ses bottes, elle était nue, allongée par terre, et mangeait des chips tout en regardant des dessins animés à la télévision.

– Et ça coûterait combien? demanda T.J.

– Pour bien faire, à Paris... oh, environ 25 000 dollars par an.

– J'en ai déjà 9 500, fit T.J. avec une certaine fierté.

– Alors, Paris devra t'attendre!...

Le Président des États-Unis apparut sur l'écran pendant leurs premiers ébats du soir. En entendant sa voix, Priscilla se dégagea rapidement de l'étreinte humide de T.J. et se précipita vers la télévision. Elle regarda avec délice John Kennedy régner sur le quatrième pouvoir.

— Comme il est beau, dit-elle, le regard brillant. Je l'ai rencontré une fois à Newport.

— Tu t'es envoyée en l'air avec lui? demanda grossièrement T.J.

D'habitude, elle aimait les propos grossiers.

— Il ne me l'a pas demandé, fit Priscilla.

T.J. sentit que, de toute évidence, elle aurait accepté. Il ne s'intéressait pas beaucoup à la politique et ne savait pas grand-chose de John Kennedy, mais en cet instant, il détesta le salaud. Priscilla se mit à lui raconter des ragots croustillants sur une de ses amies actrices, qui s'introduisait régulièrement dans la Maison-Blanche pour des séances privées avec JFK, dissimulée sous un tapis dans une voiture des services secrets. Soudain, elle se tut. Parmi la foule des journalistes, il y avait un reporter à l'air assuré, posant une question complexe sur le traité de limitation des essais nucléaires, cherchant à savoir comment les États-Unis pouvaient empêcher la Russie de tricher. Priscilla écouta attentivement, puis dit :

— Voilà un type intelligent!

T.J., s'intéressant alors à l'objet de cette attention, faillit donner un coup de pied dans le petit écran. C'était Kleber Cantrell qui interviewait le putain de Président de ces putains d'États-Unis.

— Moi je le connais, ce connard! annonça T.J.

— Le Président?

— Non, ce type-là, devant.

— C'est vrai? fit Priscilla, impressionnée.

— Absolument, fit T.J. en changeant de ton. Lui et moi, on est allé au lycée ensemble. C'est mon meilleur ami. Je ne t'ai jamais raconté ça?

Priscilla se détourna de la télé et scruta le regard de T.J. pour savoir s'il mentait.

— Comment s'appelle-t-il, alors?

— Kleber Cantrell. Pose-moi toutes les questions que tu veux sur lui; je peux te répondre. Jusqu'à la taille de sa petite queue — qu'il n'utilise pas très souvent.

Priscilla s'intéressa de nouveau au reporter, qui notait la réponse de Kennedy. Kleber semblait impatient de poser mille autres questions.

— Il est mignon, fit-elle. Je crois que je l'ai peut-être rencontré à

Paris. Est-ce qu'il a accompagné Jack et Jackie la fois où ils ont rencontré le général de Gaulle?

T.J. coupa la télévision : il sentait la colère monter par tous ses pores.

– Tu t'es envoyée en l'air avec lui *aussi*?

– Non, mais j'aimerais bien me faire ses méninges, dit-elle. Puis, elle courut dans la salle de bains et s'enferma à clé, refusant de répondre aux cris et aux coups de T.J. Priscilla, en vérité, ne s'intéressait ni au Président ni à la presse. Ce qu'elle voulait, bien plus que la bite de n'importe quel homme, c'était une ligne, une miette, un grain de l'héroïne de Chick Sader! Le manque était revenu en force. Le traitement à la Prairie d'argent avait raté.

Le lendemain matin Mash fit irruption à la porte du château, ordonna à T.J. de fermer sa braguette et de se magner à retourner au boulot. Pour éviter de se quereller avec le monstre en présence d'une Priscilla qui n'arrêtait pas de se plaindre, il obtempéra. Les deux hommes s'installèrent dans l'obscurité réfrigérée de la Cadillac de Mash, arrêtée près de l'église méthodiste la plus proche. Mash en vint directement au but. Il n'arrivait pas à trouver un assassin. Tous les tueurs disponibles du nord du Texas avaient refusé.

– J'offre une prime de 25 000 dollars, annonça Mash. Ça t'intéresse?

Il fallut une minute à l'esprit de T.J. pour que l'image de la tour Eiffel s'y forme et qu'il réponde :

– Je vais y penser...

Longtemps après minuit, à l'aube d'un matin de la fin septembre, T.J. s'écroula de fatigue sur les coussins de harem et s'enfonça rapidement dans un profond sommeil. Quelques instants plus tard, Priscilla se défit doucement de son étreinte, s'habilla rapidement, prit les clés de la voiture de T.J., ainsi que 500 dollars dans la poche de son pantalon, et se glissa dans la nuit humide...

Les journaux ne comprirent jamais le fin mot de l'affaire, mais celle-là, ils l'exploitèrent à fond comme l'on presse un citron jusqu'à sa dernière goutte. A Houston, Clifford Casey jura des semaines durant, s'en prenant au destin, à son inconstance géographique, furieux de voir que c'était à Dallas qu'avait eu lieu le meurtre de ses rêves. Quand le *Call Bulletin* sombra pour dettes et dut fermer ses portes l'année suivante, Casey proclama que la dame de Dallas aurait pu sauver son canard.

Mais pour T.J., les faits furent plus faciles à comprendre. Il découvrit que, pendant plus d'une semaine, alors que lui-même sortait pour acheter des fils de laiton, des mécanismes d'horlogerie et de la nitroglycérine tout en fredonnant *Avril à Paris,* Priscilla téléphonait à Dallas dans l'espoir de contacter Chick Sader. Elle était prête à se traîner à genoux sur cinquante kilomètres s'il le lui avait demandé. Comme il refusait de prendre ses appels, Priscilla s'enfuit en voiture jusqu'à Dallas, retrouva le manoir Tudor où habitait l'homme qui pouvait lui fournir de la drogue, tira sur la sonnette, ne reçut aucune réponse, tira encore, mais dut s'éloigner à cause des aboiements des chiens de garde aux mâchoires menaçantes.

Elle écrivit alors un mot gentil mais désespéré : « Je t'en prie, reprends-moi, Chick. Dis-moi ce que tu veux et je serai à ton service. Je veux être ton esclave. Par Dieu, je t'en prie! Je t'en prie! »

Cette note ne fut jamais retrouvée. Elle vola en morceaux, tout comme le visage qui avait fait la couverture des magazines, lorsque Priscilla ouvrit la petite porte de la boîte aux lettres de Chick Sader. La bombe de T.J. avait bien marché. Mais elle n'avait pas atteint son vrai destinataire, Sader ayant soudain décidé de se rendre à Las Vegas la veille à minuit. En revanche, elle massacra la femme que vénérait le prince des Tentations, le fœtus mâle de six semaines qui poussait dans ses entrailles, et trois des six dobermans.

CHAPITRE 19

Calvin Sledge essayait de découvrir un schéma directeur cohérent. Il relut le casier judiciaire de T.J. Luther et trouva très peu de renseignements dignes d'intérêt. Aucune mention de Priscilla. Aucune allusion à Mash. Rien que quelques infractions mineures à la loi, une ou deux arrestations pour ivresse, une autre pour poker dans une boîte de jeu clandestine, une vague histoire de puits de pétrole pas très nette et des chèques douteux en pagaille. Tous les signes extérieurs du petit voyou. Au cours des années soixante, pourtant mouvementées une seule note attira quelque peu l'attention de Sledge. Tout en doutant de pouvoir s'en servir, il la dicta dans son micro afin de l'enregistrer dans son dossier :

« Thomas Jeremiah Luther, biographie, suite. Le 26 novembre 1963, le sujet a été arrêté par un contrôle de police sur l'autoroute entre Dallas et Fort Worth pour excès de vitesse pointée à 119 km/h. Le sujet a été coffré pour port d'arme non déclarée, à savoir un P. 44 Magnum trouvé dans la boîte à gants. Le sujet a déclaré aux agents qui l'ont arrêté qu'il apportait son pistolet à un armurier de Dallas pour le faire réparer et qu'il ne l'utilisait que dans un club de tir. »

Sledge étudia l'information. Sans savoir pourquoi, elle lui disait quelque chose. Il reprit : « Relâché le 3 octobre 1964, le sujet a payé 25 dollars pour l'excès de vitesse. L'arme? On ne dit pas ce qui est arrivé au P. 44... Darlene, demandez à Sandy d'appeler le bureau de Wade à Dallas, pour voir s'ils ont quelque chose là-dessus... »

Comme aucun éclaircissement supplémentaire ne revenait de Dallas, Sledge oublia cet épisode. Dommage. Car s'il avait eu le fin mot de cette affaire, en cette nuit froide de novembre douze ans plus tôt, il eût trouvé le schéma directeur cohérent qu'il cherchait. Ce soir-là, T.J. Luther était en train de foncer comme une brute pour arriver à l'aéroport de Dallas. Il avait appris que quelqu'un qu'il méprisait s'apprêtait à embarquer pour New York. Le pistolet dans sa boîte à gants était en parfait état. L'après-midi même, il avait transpercé d'un coup six barils de pétrole. Et sans ce pied trop lourd sur l'accélérateur, il eût balancé une charge de plomb dans la cervelle de... Mais cela ne se produisit pas, et T.J. dut attendre...

Les deux hommes se jetèrent dans les bras l'un de l'autre avec tant de plaisir et d'empressement que les autres clients en train de se relaxer tranquillement entre le petit déjeuner et le déjeuner dans le salon du Beverly Hills Hotel par ce matin de novembre 1963 ne purent faire autrement que de les regarder. Le maître d'hôtel, qui avait tout pouvoir de décider de ceux qui auraient l'honneur de pénétrer dans la pénombre de son bar et de son gril un peu poussiéreux, ne reconnut pas l'autre homme plus petit et moins imposant. Son front ne portait aucune marque de célébrité. De toute évidence, l'inconnu venait de la côte Est, vu la pâleur de son teint, son épaisse veste de laine et son allure de touriste en visite. Si le grand blond, reconnaissable à distance, ne l'avait pris dans ses bras, l'intrus eût été jeté dehors.

Mais une fois que Mack Crawford eût bel et bien accueilli Kleber Cantrell, le maître d'hôtel se confondit en courbettes et les conduisit à sa meilleure table, feignant d'ignorer la tenue excentrique de la vedette. Mack portait un short de tennis, une chemise polo orange et une casquette de golf. Les deux amis ne s'étaient pas revus depuis presque deux ans et ils avaient beaucoup à se raconter. Ils tombèrent d'accord qu'ils étaient tous deux en pleine forme, Kleber feignant d'ignorer sa calvitie naissante, Mack bénissant l'obscurité de la salle qui estompait ses rides au coin des yeux. Ils rendirent mutuellement hommage à leur succès; Kleber fit l'éloge du nouveau film dans lequel le nom de Mack apparaissait en lettres plus grandes que le titre, *Falling Sands*; Mack dit sa fierté du livre de Kleber, *Regards sur le Texas,* et du succès de sa nouvelle pièce à Broadway. En fait, Kleber n'avait pas vu le film de Mack et Mack n'avait pas lu le livre de Kleber. Il y a des moments il faut savoir taire la vérité.

Tout en parlant, Kleber observait discrètement la salle, enregistrant par habitude le tableau. Il perçut plusieurs regards scrutateurs. Ce bar le faisait penser à une boîte de magicien à l'intérieur de laquelle une femme splendide est emprisonnée, visée par douze poignards qui ne touchent jamais son corps.

– Tout le monde nous regarde, dit Kleber. Pardon : *te* regarde!

– Mais on ne nous embêtera pas ici, répondit Mack. Ils ont des gorilles cachés dans les palmiers en pot, prêts à sauter sur la première personne qui sort un album d'autographes.

– Comment y fais-tu face?

– A quoi?

– A la célébrité! C'est comment? Est-ce que tu peux aller dans un grand magasin et t'acheter une paire de chaussettes?

Mack réfléchit à l'étrange question.

– Sans doute pas... L'ennui, c'est ma taille. Et ces sacrés cheveux blonds! Si j'étais brun et que je mesurais 1,70 m, peut-être. Steve Mc-Queen dit que c'est uniquement une question d'attitude. S'il veut être reconnu, il règle le bouton sur « Je suis célèbre ». S'il veut avoir la paix, il se tasse et avance comme un pneu crevé.

– Je ne t'envie pas, fit Kleber. Je suis vachement fier de toi, mais l'idée de n'avoir plus de vie privée me fait peur comme la peste.

– Qu'est-ce que tu me racontes? Ton nom est dans la presse aussi souvent que le mien, et je paie un agent pour ma publicité!

– Eh bien moi, je pense à en engager un pour qu'on ne m'en fasse pas...

– Qu'est-ce qui t'amène en Californie?

– Nixon, encore une fois.

– Nixon? Je suis allé à une soirée chez lui, à Trousdale. Tu sais ce que j'ai vu sur le mur, dans ses toilettes? Une de ces caricatures de Herblock où on le voit en train de sortir d'une bouche d'égout. Rien d'étonnant si Tricky Dick s'est acheté une maison en marbre dans le quartier de la ville qui est le plus « outré ».

– *Outré*! Mack, c'est incroyable! Tu as bien dit outré? Mais ma parole, tu vas pouvoir sortir du Texas!

– Mon fils apprend le français. Je vais peut-être tourner un film de guerre en Normandie, au printemps. J'ai emmené Jeffie à Paris, l'été dernier.

– Quel âge a-t-il, maintenant?

– Presque cinq ans. A la rentrée, il ira au jardin d'enfants. Mack n'en dit pas davantage. De toute évidence, le sujet était délicat.

– Tu es divorcé? Je n'ai pas très bien suivi les nouvelles.

Mack hocha la tête.

– Non, pas encore. Susan serait d'accord mais moi, je fais traîner les choses. C'est la femme la plus formidable que j'aie jamais rencontrée... Mais dis-moi, Kleber, cela reste entre nous, n'est-ce pas?

Kleber fut interloqué.

– Qu'est-ce que tu veux dire?

– Je ne parle pas de ma vie personnelle. Pas pour la presse.

– Mais bon Dieu, Mack, ce n'est pas une interview! Laisse tomber.

– Je veux que les choses soient claires.

– Même avec un ami?

Kleber se sentit blessé, comme s'il avait été rejeté.

Mack fit un petit sourire et changea de sujet.

– Et si je donnais une soirée pour toi, samedi soir? Qui voudrais-tu rencontrer? Mae West? Natalie Wood?

– Belle paire! J'ai toujours eu quelque fantasme du côté de Mlle Wood, mais hélas, ce ne sera pas possible cette fois-ci. Je pars ce soir. Je dois remettre au *New York Times Magazine* un papier de quatre mille cinq cents mots sur la question de savoir si Nixon a été réellement éclipsé par Pat Brown ou si, comme je le crois, il sera capable de rispoter. Je ne serais pas surpris si, l'an prochain, il se présentait contre Jack Kennedy...

Ils continuèrent de parler pendant quelques minutes encore, mais leur conversation était comme les ricochets de pierres plates qui ne font qu'effleurer la surface de l'eau. La salle commençait à se remplir de ses clients habituels, un mélange d'agents de publicité, de directeurs de studios, d'acteurs, de financiers, et beaucoup d'épouses. Les représentants des différentes catégories s'arrêtaient à la table de Mack pour lui serrer la main. Pendant quelques instants, l'acteur accepta d'être dérangé, puis il proposa de changer de décor.

– Foutons le camp d'ici! J'habite juste en haut de la colline. Mais je dois t'avertir, c'est un vrai bordel. Je suis en train de faire mettre des nouvelles chiottes, et il y a des plombiers et des tuyaux dans toute la baraque. Mais si tu veux savoir la différence entre Cloverdale et Summit Drive, c'est le moment.

Kleber accepta et suivit Mack par la porte arrière du bar.

– De nouvelles chiottes? Je ne savais pas que les stars chiaient!

– Ah, mais oui! fit Mack. Mais avec des paillettes bleues!

Ils traversèrent les jardins luxuriants de l'hôtel, un foisonnement tropical de bananiers, de bougainvillées, de chèvrefeuille et de nénuphars exotiques. Tout à coup, Mack s'arrêta.

– Tu as des nouvelles de T.J.? demanda-t-il à brûle-pourpoint.

Kleber hocha la tête.

– Rien de neuf. Toujours le même fatras d'horreurs.

– Qu'a-t-il pensé de... ce type à San Antonio? Tu sais bien, cet article que tu m'as envoyé.

– Je crains que la confession de Butch ne soit pas parvenue jusqu'aux oreilles de M. Luther. J'ai décidé de ne pas l'informer.

– Tu ne lui as rien dit?

— Non. Si T.J. a un soupçon de conscience, j'aimerais croire que, de temps en temps, elle est dérangée par le souvenir de cette pauvre Laurie.

— Qu'est-il arrivé à ce Butch? Il a été inculpé?

— Le destin a bouclé la boucle. Butch s'est pendu dans la prison de San Antonio. Nous ne saurons jamais la fin de l'histoire.

— C'était il y a bien longtemps! fit Mack.

— Et je crois me rappeler que nous avions fait le pacte de ne jamais en reparler.

Mack sourit et, pour changer de sujet, se mit à jouer le guide. Il montra l'un des bungalows de Beverly Hills.

— Cent billets pour dormir là-dedans.

— Je sais, répliqua Kleber qui n'avait pas l'intention de s'en laisser conter. L'année dernière, j'ai campé juste derrière ce bananier en attendant Howard Hughes. On dit qu'il loue au moins trois bungalows en permanence, au cas où il aurait besoin d'un endroit où coucher.

— Et tu l'as vu?

— Non. Personnellement, je crois qu'il est momifié depuis des années.

Pour les services de *Life,* qui lui commandait plusieurs articles par an, Kleber était parti à la chasse de Howard Hughes, Texan comme lui, durant deux semaines amusantes, fasciné par le stade ultime de la panaroïa de la célébrité. Pour Mack, il se mit à raconter en détail le déroulement de l'enquête. Un donneur de tuyaux avait soufflé que l'actrice Jean Peters, épouse secrète, dit-on du reclus, devait se rendre à un concert au Hollywood Bowl pour entendre Joan Sutherland. Comme Mlle Peters n'avait pas été vue en public depuis près de dix ans, la prendre en photos et recueillir ses commentaires pouvait faire un assez bon scoop.

— Le seul problème, c'est que je n'avais pas réussi à savoir précisément quel fauteuil elle allait occuper. Aussi, avec le photographe, nous avons acheté chacun pour 40 dollars de billets à revendre et nous avons passé deux heures à arpenter lentement les allées. Je ne savais pas que le Hollywood Bowl était aussi raide que le Fujiyama ni qu'il contenait vingt mille personnes... J'ai scruté environ 19 995 de ces visages, et dix mesures à peu près avant la fin de la performance de Mlle Sutherland, je l'ai enfin trouvée. Dans une loge, cachée par un bosquet. Le photographe prit quelques clichés au téléobjectif et, dès qu'elle fut sortie, je la suivis. Elle était entourée de gardes du corps. J'aurais bien aimé que tu sois là pour faire diversion! Elle s'est avancée vers une limousine longue comme la moitié d'un immeuble; je l'ai saisie par le bras. Je lui ai dit (j'espère que tu me suis bien; j'avais

Mme Howard Hughes sous la main), et la seule question qui m'est venue à l'esprit, c'est : « Comment allez-vous, madame? » Elle a répondu : « Très bien! » et elle est montée dans la voiture. J'ai ajouté : « Où est votre mari, ce soir? » Elle a souri et a hoché la tête. Alors moi, à ce moment-là, j'ai posé la question *vraiment* intelligente, la question que l'Amérique tout entière brûlait de poser, je lui ai demandé : « Est-ce que vous rejouerez jamais? » Elle a avancé son petit visage doux et triste entre deux de ses armoires à glace et m'a répondu : « Non, à moins qu'on ne me demande de jouer Eliza Doolittle dans *My Fair Lady*. »

Mack déclara que c'était une histoire absolument fantastique et, avec tact, évita de rappeler à Kleber qu'il l'avait déjà lue dans *Life*. Il lui montra sa nouvelle Jaguar d'un noir de jais, une torpille scintillant au soleil, mais Kleber n'avait pas fini son histoire et prêta peu d'attention à la superbe bagnole de son ami. Il grimpa dedans avec nonchalance, comme s'il s'agissait d'un taxi. La nuit suivante, après sa mission de recherche au Hollywood Bowl, Kleber avait encore perdu six heures dans une roseraie, sur la colline la plus élevée de Bel Air. Selon la rumeur, Hughes était le locataire d'une maison Renaissance grecque dans le quartier le plus prisé de Los Angeles et, de temps en temps, prenait l'air la nuit, entre minuit et l'aube.

— Nous avons passé toute la nuit à la belle étoile, raconta Kleber. Allongés dans les buissons d'un voisin, persuadés que Howard allait faire son apparition à 3 heures du matin, et sourire comme un gamin en se voyant pris au piège par un autre gamin plein d'initiatives de Fort Worth, après quoi il allait me nommer son biographe à vie.

— Et c'est ce qu'il a fait?

— Tu parles! On a pris la maison en photo, avec une ombre à la fenêtre. C'aurait pu être Howard ou un baobab!

L'arrivée de la Jaguar déclencha l'ouverture d'un double portail en fer forgé; apparut une maison aussi grande qu'un lycée. C'était un palais fait de verre et de séquoia, s'étalant en gradins sur les flancs d'une colline. Ils passèrent sur un pont, au-dessus d'un petit torrent bruyant qui menait à une piscine ayant la forme d'une paire de seins de femme.

— Dis donc, je suis impressionné, fit Kleber. C'est la capitale du plaisir, ici! Où sont les robinets par lesquels les starlettes coulent à flot?

— Elles sortent après le coucher du soleil, répondit Mack en se garant entre une Lincoln et une jeep.

Aussitôt, plusieurs personnes vinrent accueillir le maître des lieux : une secrétaire avec un bloc jaune pour les appels téléphoniques, deux jardiniers japonais, une armée de plombiers réclamant de l'argent et des photos dédicacées; enfin, un jeune homme avec un corps de statue et des cheveux bruns, aux larges épaules, très élancé, et des cuisses comme des troncs de palmiers. Mack renvoya tout le monde sauf le jeune homme, qu'il prit à part pour lui parler. Le jeune homme s'assombrit.

– Qui est-ce? demanda Kleber quand le jeune homme fut parti au volant de la jeep.

– Un type avec qui je travaille sur un script, répondit Mack, la voix un peu crispée.

Kleber faillit commenter qu'il avait l'air d'un gosse à peine sorti du collège, mais il pensa à autre chose. Ils allèrent s'installer dans des chaises longues près de la piscine, s'enfonçant confortablement dans des matelas moussus en attendant leur gin and tonic.

– J'étais en train de te parler de Howard Hughes et du buisson de roses, reprit Kleber.

Mack opina sans enthousiasme.

– Donc, je suis rentré à l'hôtel et je me suis écroulé sur le lit. A 6 heures du matin, le téléphone sonne! C'était New York, un rédacteur de *Life* qui me dit : « Marilyn Monroe vient de se suicider. Grouille-toi jusque chez elle. » Je dois te préciser que ce rédacteur est un farceur. Alors, je lui réponds : « Très drôle. Va te faire voir. Ça te fera du bien! », et je raccroche. Ça resonne aussitôt. « Bon Dieu, Cantrell, Marilyn Monroe s'est trucidée! Va voir Klein au Bel Air Sands Hotel, à l'angle de Sunset et de Sepulveda. Il a son adresse. »

Kleber était arrivé à la maison de la femme la plus désirée du monde une heure après qu'elle eut été découverte, nue, pitoyable, le corps enroulé dans des draps sales, ces mêmes draps qui la couvraient au moment de son transfert à l'hôpital. L'attachée de presse de l'actrice, une jeune femme avenante mais ravagée par l'hystérie, s'était mise à hurler devant les appareils-photo et les blocs-notes : « Bande de vautours! » Mais Kleber ne se sentait pas coupable. Il n'avait même jamais rencontré Marilyn Monroe. Une fois seulement, il l'avait vu onduler sur la scène du Madison Square Garden, chantant avec enthousiasme mais le souffle court, légèrement à contretemps, pour l'anniversaire de John Kennedy.

Plus tard, ce matin morbide d'août 1962, Kleber et son photographe s'étaient rendus à la morgue municipale de Los Angeles. En bluffant, ils parvinrent à se frayer un passage dans des dédales de couloirs « Interdit au public », faisant céder les portes gardées à coups de billets de 20 dollars, pour atteindre finalement une pièce réfrigérée et glaciale, éclairée par la lumière crue des néons, avec des comptoirs en acier, des tables de travail et des odeurs de sang et de formol si fortes que les larmes en venaient aux yeux. Sur le mur, il y avait d'innombrables petites portes qui s'ouvraient sur des tiroirs à glissière portant chacun un cadavre.

— Je ne suis pas très fier de ce qu'on a fait, expliqua Kleber à Mack. On s'est servi de moyens plus ou moins avouables pour obtenir une photo du corps de Marilyn. Ils ont ouvert le tiroir et le photographe a pris un cliché de son gros orteil. Il dépassait au bout du drap. Elle avait les ongles sales. Je crois qu'elle ne s'était pas lavé les pieds depuis longtemps. D'une certaine façon, elle avait démissionné. Elle n'en pouvait plus. Il y avait une grosse étiquette attachée à son orteil, avec son nom et son numéro de morgue. C'est tout ce qu'il restait.

— Je n'aime pas ton histoire, dit Mack.

— Je t'ai dit que je n'en étais pas très fier.

— Je comprends pourquoi cette fille criait : « Vautours! »

— Mais c'est mon boulot.

— Tu trouves que c'est moral d'aller fourrer son nez dans le cadavre des autres?

— Non, c'est vrai. Dans le journalisme, la vie privée n'a aucune valeur. N'empêche que *Life* m'a accordé un bonus.

Mack se leva. Il proposa à Kleber de lui faire visiter sa maison. Il ressentait le vif désir de dire à Kleber que tout ce qu'il racontait, c'étaient les souvenirs des autres. Il avait envie de lui dire : « Arrête de me raconter ce que tu as écrit, K. Dis-moi qui tu es, toi. » C'était comme si Kleber, en tant que personne, n'existait plus. Comme le dit le proverbe chinois : « Il y a du bruit dans l'escalier, mais personne n'est entré dans la pièce. » Mais Mack n'eut pas la possibilité d'en parler à son ami. Pas cette fois-là. Ils étaient à peine arrivés à la porte qu'une secrétaire accourut vers eux, le visage convulsé. Elle portait à la main un transistor où des tas de gens parlaient à la fois et elle criait :

— On vient de tirer sur Kennedy! Écoutez!

La secrétaire fondait en larmes, mais Kleber garda son sang-froid.

— Où? demanda-t-il en secouant la fille.

— Ils disent que c'est à Dallas.

— Évidemment! fit Kleber.

Il se précipita vers la Jaguar sans même prendre le temps de demander à Mack de le conduire à l'aéroport. A cet instant, c'était sa célébrité à lui qui prenait le dessus et il avait droit à tous les égards. Sur l'autoroute de San Diego, juste avant l'embranchement vers la LAX, la radio annonça que Kennedy était mort. Nouvelle confirmée. Alors Kleber éclata en sanglots, expression unique et épouvantable de son désarroi. Mack se sentit soulagé :

c'était la seule réaction personnelle après cette matinée ennuyeuse.
Ils ne devaient pas se revoir pendant cinq ans.

Le 22 novembre 1963 au soir, Dallas était une ville froide et
désertée. Un vent du nord soufflait comme une malédiction, et il
n'y avait personne dans les rues. Kleber devait écrire que la ville
ressemblait à un chien hargneux qui, après avoir mordu un enfant
et s'être fait enfermer à la niche, refusait de se repentir et ne
demandait qu'à récidiver. Il n'aimait pas Dallas. Pour lui, c'était
une ville de gens hâbleurs qui roulaient des mécaniques. Quand,
dix jours plus tôt, il avait appris que Kennedy avait l'intention de
s'arrêter à Dallas lors de sa tournée au Texas, il s'était inquiété.
Lors d'un cocktail à Georgetown, il avait réussi à s'entretenir en
privé avec Ted Sorensen et, d'une façon présomptueuse, avait
suggéré que le Président évite Dallas. Après tout, c'était la ville où
Adlai Stevenson s'était fait agresser par des extrémistes de droite,
qui lui avaient craché au visage, l'avaient insulté et l'avaient
bousculé avec des pancartes exigeant que les États-Unis quittent
les Nations unies. Dans la presse, on avait pu voir des photos
épouvantables, des portraits de gens mécontents, de gens frustrés
par tout, depuis la proposition de John Kennedy, qualifiée
d'intolérable, de faire payer des impôts équitables aux propriétaires de puits de pétrole, jusqu'au refus récent de la Cour suprême
d'imposer aux enfants des écoles de réciter la prière matinale. Pour
la majorité, ils craignaient de voir l'Amérique changer, de voir que
la galette nationale fût partagée entre d'autres que les conservateurs protestants. Dans leur furie, ils avaient agressé Adlai, et
maintenant, selon Kleber, ils avaient tué John Kennedy.
   Kleber s'était précipité à Dallas sans réfléchir. Maintenant qu'il
se trouvait dans la ville, il ne semblait plus y avoir grand-chose à
couvrir. Le lieu de l'action s'était déplacé vers Washington. Le
corps du Président était en route vers la capitale, de même que le
nouveau dirigeant du pays, Lyndon Johnson. Le seul sujet
d'intérêt qui restait à Dallas, c'était l'homme détenu par la police
comme assassin présumé. Kleber pénétra dans le commissariat de
police et, au troisième étage, baissa les bras. Il y avait des
centaines de journalistes qui faisaient le pied de grue, bien plus
qu'à l'enterrement de Marilyn Monroe. Ce monde de reporters
fourmillait et la compétition était intense. Dans le couloir, chaque
reporter, chaque photographe, était aux aguets pour essayer
d'obtenir les propos exclusifs de l'homme dénommé Lee Harvey
Oswald. Les chances de contact étaient minimes. Il n'était pas
question d'avoir une exclusivité. On ne savait rien de l'assassin,

rien si ce n'est son triple nom à la texane, qu'il était jeune, inflexible dans ses démentis et qu'il était là, quelque part à ce troisième étage, en train d'être interrogé par la police. Si Kleber découvrait quelque chose qui valût la peine, il l'offrirait à *Life*. Certes, s'il avait encore écrit pour un quotidien, n'importe quelle information aurait pu être utilisable. Mais *Life* exigeait un morceau de choix, quelque chose de consistant qui pouvait être consommé une semaine plus tard et rassasier l'appétit de vingt-huit millions de lecteurs.

– Va-t-il y avoir une conférence de presse? demanda Kleber à un policier qui essayait de se faufiler dans la foule bruyante.

– Il paraît qu'il veut faire une déclaration, lui répondit le flic nullement paniqué par la foule des correspondants.

Puis il se dirigea vers la machine à boissons. Kleber le suivit, essayant de retrouver dans sa voix le ton et le rythme de sa région natale. (Pendant ses années passées à l'est, il s'était appliqué à masquer tout signe d'identification.) Il paya au policier une bière sans alcool, puis lui demanda :

– A propos, il habite où, cet Oswald?

– Une pension de famille vers Oak Cliff...

– Vous avez le numéro?

Le policier le dévisagea avec la même chaleur que les shérifs sudistes considèrent les agitateurs extérieurs.

– Je suis de Fô't Weuth, vous savez! ajouta Kleber avec son plus bel accent du pays...

Dès que Kleber se gara en face de la pension de famille du 1026 North Beckley, il se sentit sûr de lui. Chez lui. Il sut que la femme qui allait ouvrir la porte de la maison en briques rouges mates ne serait pas sans ressembler à l'Edith Saller de Houston. En fait, elle aurait pu être sa sœur. Dans la salle de séjour, les hommes portaient les mêmes tricots de peau, affalés sur les mêmes divans de skaï, buvaient la même bière Pearl et regardaient la même télévision noir et blanc à l'image brouillée, celle qui avait occupé les heures solitaires de Howard le Vantard, de Leo le Pomponné, et de ce petit malin de Daniel Titus. La carrée où avait dormi le mystérieux pensionnaire qui se faisait appeler « O.H. Lee » était exactement comme Kleber l'avait imaginée. La piaule d'Oswald n'était pas assez grande pour qu'un chat pût s'étirer. Pour 8 dollars la semaine, Oswald disposait d'un lit en fer avec des ressorts à vous briser la colonne vertébrale, entre quatre murs sales et délavés, une prison pour jeunes gens pleins de rêves, ou pour vieux messieurs qui n'en ont plus.

– M. Lee était du genre solitaire, dit la patronne. Très poli. Payant son loyer. Il est resté ici seulement six semaines, vous savez. Il n'a jamais bavardé avec personne, n'a jamais regardé la télévision avec les autres locataires.

– Est-ce qu'il avait quoi que ce soit de... particulier?

Le visage de la patronne s'éclaira. Elle savait quelque chose!

– Oh, oui! Il se levait toujours de bonne heure, prenait un bain et nettoyait la crasse dans la baignoire. De tous les pensionnaires que j'ai eus, c'est le seul qui ait jamais fait ça. Aussi, il se faisait beaucoup de sandwichs à la viande froide; il en mangeait au petit déjeuner et au dîner.

Certes, un homme qui nettoyait la baignoire et ne mangeait que des sandwichs était sûrement intéressant, reconnut Kleber. Mais y avait-il autre chose?

– Non, rien. Il n'a jamais essayé d'arranger sa chambre. Il m'a raconté qu'il avait deux petites filles, mais il n'avait pas de photos. Je sais qu'il adorait ses petites filles.

– Où était sa femme?

– Je ne sais pas. Il n'en a jamais parlé.

– Est-ce qu'il recevait des visites?

Elle hocha la tête. Elle essayait de l'aider, au cœur d'un drame dont elle n'avait pas encore saisi toute l'importance historique.

– Il y a encore une chose. Il se servait du téléphone payant qui est dans l'entrée. Il parlait dans une langue étrangère. En allemand, je crois.

Puisque personne, à ce moment-là, ne savait rien de Lee Harvey Oswald, cette information sur une langue étrangère était intéressante.

– A qui parlait-il? demanda doucement Kleber.

– Je ne sais pas. Peut-être quelqu'un à Irving.

– Irving?

– C'est une petite ville entre ici et Fort Worth. Une fois, la semaine dernière, il a parlé plus longtemps que prévu, et l'opératrice a rappelé pour réclamer 35 *cents*. M. Lee était déjà parti. Mais je me souviens que l'opératrice m'a dit qu'il manquait 35 *cents* pour sa communication avec Irving. J'aurai peut-être à payer, s'il oublie. Si vous le voyez, pouvez-vous lui en parler?

Avec pour toute information le nom d'une ville, Irving, Kleber prit le volant pour s'y rendre aussitôt. Pourtant, il se demandait avec appréhension si l'arbre n'était pas en train de lui cacher la forêt. La plupart des braves gens étaient déjà couchés (il était près de 10 heures) et presque toutes les maisons étaient plongées dans l'obscurité. Quelques fenêtres étaient faiblement éclairées par les reflets de la télévision. Son bon sens lui dictait que s'il y avait des nouvelles fraîches, c'était à Dallas, au poste de police. Mais son instinct lui disait aussi que des secrets se cachaient dans ces rues tranquilles. Quelque part. Si seulement il pouvait les trouver... Il décida de spéculer, de fouiller, d'obéir à une logique intérieure qu'il refusait d'analyser. En tout cas, il était en train de vivre une aventure incroyable. Il se sentait complètement vivant. Rien d'autre n'avait d'importance.

Le bureau du shérif était ouvert pour la routine. Il se composait d'une seule pièce, avec un guichet et une cloison de verre derrière laquelle un planton poireautait. Ici, le monde semblait réduit à un accident de voiture et à quelques rôdeurs. Kleber aurait voulu posséder le flambeau qui eût fait la lumière sur un crime incompréhensible. La situation était la suivante : un reporter à chaud, paumé dans la cambrousse, venait demander à un petit gratte-papier si par hasard il savait à qui Lee Harvey Oswald téléphonait à Irving, et en allemand... Le reporter lança une question générale :

– Je me demandais s'il s'était passé quelque chose ici aujourd'hui au sujet du meurtre du Président...

– De fait, reconnut l'agent, les fédéraux ont essayé de localiser une femme, quelque part au sud de la ville, juste avant la fin de cette bien triste journée.

Kleber sentit son cœur battre de joie.

– Qui? Où? Pourquoi?

Mais il ne put en savoir plus. Le flic avait fini de parler.

Il sillonna toutes les rues, réconforté par la familiarité des lieux. C'était comme Cloverdale. Peut-être pas aussi âgé et respectable, mais aussi bourgeois. C'est alors qu'il aperçut la maison... Plus tard, quand il raconta cette histoire dans des dîners, la question revenait sans cesse : « Mais pourquoi? Pourquoi avoir frappé à cette porte en particulier? » Et Kleber n'avait aucune réponse à apporter, sinon l'incroyable vérité : « Je ne sais pas. J'ai frappé. Je devais le faire. »

La femme qui lui répondit était grande, imposante, brune; la quarantaine. Il émanait d'elle un sentiment de force et de dignité. Elle ne portait aucun maquillage; son regard était clair. Du genre à lire Thoreau et à faire son propre pain. Kleber situa aussitôt le personnage. Il lui arrivait rarement de se tromper. Pour un journaliste, la première impression est essentielle. Elle l'était d'autant plus pour un homme comme Kleber, à qui Ceil Shannon avait un jour lancé : « Certains vivent dans le passé. D'autres vivent l'instant présent. Toi, tu es la première personne que je vois vivre pour l'instant d'après. »

La femme serra la main de Kleber avec fermeté et se présenta :
Ruth Paine.

– Entrez, dit-elle gracieusement. J'attendais bien la presse; vous
êtes le premier.

Son salon était rempli de gens regardant les dernières informations à la télévision. L'avion présidentiel venait d'atterrir à
Washington avec pour passagers un Président mort, la première
dame des États-Unis en sang, et un nouveau Président. Dans la
pièce, tous les regards se tournèrent vers Kleber, puis de nouveau
vers l'écran. Ruth Paine ne fit pas les présentations. Kleber ne
leur demanda pas leur nom. Aucun d'entre eux n'avait l'air d'avoir
été l'acteur d'un grand drame. Il n'y avait là que les voisins, les
cousins, un ou deux gosses, un mécanicien en bleu de travail, une
vieille femme aux yeux rougis, portant un uniforme d'infirmière en
nylon blanc.

Ruth Paine et le reporter s'installèrent par terre, l'un en face de
l'autre, comme des joueurs d'échecs. Kleber avait envie de dire :
« Je n'ai pas la moindre idée pourquoi je suis là ni pourquoi vous
m'avez ouvert la porte, et encore moins pourquoi vous attendez la
presse. » Au lieu de tout cela, il hasarda :

– Connaissez-vous Lee Harvey Oswald?

– Bien sûr, répondit-elle; Lee est mon ami. Nous apprenions le
russe ensemble.

– *Le russe?* Pourquoi?

– Parce que Lee a vécu en Russie. Il a épousé une Russe.

Et avec autant d'application que si elle expliquait à des écoliers
pourquoi la Terre est ronde, Ruth Paine parla pendant une
demi-heure sans avoir besoin d'être relancée, s'exprimant avec
clarté et précision, tissant une étrange tapisserie. Kleber prenait
des notes comme un fou. Il essayait de se concentrer sur son
incroyable découverte, tout en restant conscient de son aspect
incongru. Il avait peur que quelqu'un d'autre ne vienne frapper à
cette porte. Puisqu'il avait découvert si facilement ce trésor, il
allait sûrement y avoir bientôt une grosse compétition à Irving. Il
fallait faire vite.

– Donc, d'après tout ce que vous savez sur Lee, pensez-vous
qu'il ait tué le Président des États-Unis?

La femme en uniforme d'infirmière se leva en criant :

– Vous ne croyez pas que c'est *moi* qui devrais répondre à cette
question? Je suis la mère de Lee!

Kleber en était bouche bée, et il s'avança pour serrer la main de
Mme Marguerite Oswald. Comme il s'apprêtait à répéter sa
question, la porte de la chambre d'à côté s'entrouvrit, et une jeune
femme pâle, troublée, apparut. Dans les bras, elle portait un

enfant agité. Elle ne jeta même pas un regard vers la télévision. Elle se dirigea droit vers la cuisine pour y chercher un biberon. Mais, en repassant, elle s'arrêta et s'adressa à Ruth Paine dans une langue gutturale qui ressemblait à de l'allemand.

— Qui était-ce? demanda Kleber une fois que la jeune femme eut quitté la pièce.

Ruth Paine sourit.

— C'est Marina Oswald. La jeune femme de Lee. Et son enfant. L'autre petite fille dort.

— Quelle langue avez-vous parlé?

— Le russe. Marina sait à peine vingt mots d'anglais.

Ainsi donc, le prince du Pouvoir avait sous la main la mère, l'épouse et les filles de l'assassin présumé. Aussitôt, il fut du côté de Marina. La situation de la jeune femme était terrible. Elle avait exactement 1,65 dollar en poche et deux enfants qui pleuraient. De plus, à la télévision, dans un langage qu'elle ne comprenait pas, on accusait son mari d'avoir commis le meurtre le plus épouvantable du siècle. Elle avait l'air d'avoir dix-huit ans à peine, un peu rondelette à cause de sa récente grossesse, les cheveux tirés en arrière en un chignon aussi austère que celui des babouchkas, le visage livide. Lee, selon Ruth Paine, avait toujours interdit à sa femme le moindre maquillage.

Mais la mère Oswald vint semer le désordre. En contrepoint au commentaire télévisé, elle se mit à hurler :

— Mon fil n'a tué personne! Je suis sa mère, et une mère sait ces choses-là!

D'abord, elle fit de la peine à Kleber. Puis elle commença à parler boutique. Elle voulait de l'argent. Elle avait des renseignements : donnant donnant... Elle proposa à Kleber de lui vendre comptant une interview sur son garçon, et jeta en prime une boîte de photos de Lee, depuis l'âge du berceau jusqu'à son passage dans les marines, et des lettres qu'il avait écrites de Russie.

— A quelle somme pensez-vous? lui demanda Kleber.

— Beaucoup. J'ai besoin d'argent pour défendre mon fils. Je n'ai même pas de quoi prendre un taxi jusqu'à la prison.

— Combien?

— 2 500 dollars.

Rétrospectivement, Kleber se disait qu'il aurait dû sortir sur-le-champ son carnet de chèque et acquérir des droits dont la valeur devint incalculable avant la fin du mois. Mais il se sentait gêné à l'idée de traiter avec la mère et l'épouse d'un assassin, deux femmes qui avaient peut-être quelque chose à voir avec la mort de son Président. A quoi cela l'avancerait-il de faire un pari sur l'avenir d'éventuels complices? Cédant au bon sens, Kleber leur proposa de les conduire immédiatement à Dallas et de les installer dans une belle suite de l'hôtel Adolphus, où elles pourraient profiter du confort sans compter, les mettant ainsi à l'abri (mais bien sûr, il n'en parla pas) de toute compétition. La mère Oswald était prête à partir, mais pas Marina. Elle avait fini par réussir à endormir ses enfants en leur chantant des berceuses russes; à l'offre traduite par Ruth Paine, Marina répondit :

– *Niet.* Revenez demain matin.

Kleber passa la nuit dans la voiture louée, garée, au coin de la rue, et son regard ne quitta pas la maison où se trouvait le scoop de sa carrière. Si c'était nécessaire, il était prêt à immobiliser, bâillonner et même ligoter quiconque approcherait avec un bloc-notes ou un appareil photo. Il passa la nuit dans le froid, à manger une vieille tablette de chocolat aux noisettes et à boire de l'eau au robinet d'un voisin, tout en appréciant l'absurdité de sa vie. Douze heures plus tôt, il était en train de se prélasser dans le patio d'une des hauteurs de Beverly Hills, en la charmante compagnie du prince des Charmes. A présent, il était aux aguets devant une maison d'où Lee Harvey Oswald était sorti de bon matin avec, enveloppé dans une couverture, un fusil qui allait changer le cours de l'histoire. Kleber avait perdu son héros; Kennedy était mort. Mais cette nuit-là, il ne pleura pas. Il n'était pas triste. Où était son émotion? Vaguement, il essaya de trouver une réponse. Après tout, je n'en ai peut-être pas, pensa-t-il en sombrant, à contrecœur, dans un sommeil agité.

Jack Kennedy était mort depuis une douzaine d'heures avant que la nouvelle n'arrive jusqu'à l'esprit embué de T.J. Luther, tapi par cette nuit de novembre dans un hôtel pour touristes à la sortie de Shreveport en Louisiane. C'est là qu'il avait trouvé refuge, se mettant à l'abri du feu croisé entre les partisans de Mash et ceux de Chick Sader. Après le massacre de la bombe que T.J. avait déposée dans la boîte aux lettres, la merde avait éclaté partout : en signe de représailles, la pègre de Dallas fit mettre le feu au bureau de Mash. Dans le tas de cendres, ils découvrirent, furieux, que le crâne blanchi d'un bison. Leur cible s'était prudemment envolée vers le Mexique. Mais juste avant de passer la frontière, Mash s'était arrêté assez longtemps pour glisser aux agents du Bureau des narcotiques que Chick Sader trafiquait dans l'héroïne. Conséquence : l'arrestation de deux importants acolytes de Sader. La nuit suivante, à Fort Worth, le Pink Lady Club explosa comme les feux d'artifices du 14 juillet, envoyant la grosse Marge à l'hôpital, brûlée au troisième degré. Elle devait y passer une année entière, souffrant de douleurs atroces, se raccrochant à la main de Bamboozle qui dormait près d'elle toutes les nuits et passait ses journées dans sa chaise roulante, à lui faire ses grimaces de clown.

T.J. qui, depuis le premier jour de son association avec Mash, avait utilisé le surnom de Tojo Rutledge, ne croyait pas que son nom était sur la liste noire. Il se demandait même si Chick Sader connaissait sa vraie identité. Mais malgré son immense douleur après le démembrement de Priscilla et le supplice de la grosse Marge, il eut assez de bon sens pour se faire oublier. Pendant un ou deux mois, le prince des Tentations sans identité, passant rarement plus d'une nuit dans des endroits comme Tyler, Longview ou Texarkana, dormant toujours assis sur son lit, un P. 44 chargé à la main, la commode bloquant la porte du motel. Quand il avait besoin d'argent, il braquait une station d'essence ou cambriolait une ferme. Il n'avait pas besoin de beaucoup; en général, 20 dollars par jour lui suffisaient pour un lit, un quart de whisky, des œufs au plat. Il renonça à se raser, à se regarder dans un miroir, parce qu'il était effrayé des traînées blanches de sa barbe et des taches jaunes qu'il avait dans les yeux. Dans un parking pour camions près d'Amarillo, une putain lui dit qu'il puait le bouc et qu'il devrait prendre un bain. Il lui flanqua des gifles et elle arrêta de se plaindre pour la nuit.

Le 22 novembre, juste avant minuit, il se réveilla en sursaut, hurlant et transpirant, à cause d'un rêve qu'il avait déjà fait : Priscilla se trouvait sur une espèce de podium, entre Kleber Cantrell et John F. Kennedy. En bas, perdu dans la foule, T.J. tentait d'attirer leur attention, sans succès. C'est alors qu'il entendit à la télévision que le Président s'était fait trouer la cervelle.

Plus tard, cette même nuit, à l'aube du 23 novembre, tandis que le prince du Pouvoir passait la nuit dans une rue endormie de Irving, guettant la maison où se trouvait la famille d'un assassin, le prince des Tentations prenait un bain, se coiffait, coupait avec un canif de poche les poils blancs de sa barbe, entrait par effraction dans un magasin de vêtements masculins, choisissait un veston de sport écossais dans les tons fauves, un pantalon vert bouteille et un chapeau en peau de porc assez vulgaire, empruntait 165 dollars dans la caisse, et enfin cédait à l'impulsion subite de se rendre à Dallas.

L'aube venait de poindre sous la grisaille : on pouvait apercevoir quelques timides lueurs roses dans le ciel. Kleber se décida à aller frapper de nouveau à la porte de Ruth Paine. Sur la pelouse, on voyait les premières gelées d'automne. Incroyable mais vrai : aucun autre journaliste n'avait découvert la maison contenant le gros lot. Au contraire, les chasseurs de nouvelles avaient passé une nuit pleine de frustrations au poste de police de Dallas, se nourrissant de rumeurs et d'espoirs. Comme convenu, Kleber prit possession de la mère, de la femme et des filles de l'assassin, les fourra dans sa voiture et poussa enfin un soupir de soulagement. Mais trop tôt. Marina insista pour aller chercher les langes propres qui séchaient sur le fil, dans le jardin des Paine. Kleber la suivit, arrachant précipitamment le linge et se sentant ridicule. Puis, tel un père de famille de banlieue partant enfin en vacances, il prit la route pour Dallas.

Ils ne parlèrent pas beaucoup, sauf la mère Oswald qui confia :

– Le père de Lee est mort, vous savez. Il est mort à La Nouvelle-Orléans alors que j'étais encore enceinte de Lee. Il y a un proverbe créole qui dit : Quand un père meurt avant la naissance de son fils, alors l'enfant sera béni. Dieu se penche sur le berceau de l'enfant sans père.

Si le reste de la matinée n'avait pas continué dans le même registre à la fois étrange et amer, Kleber se serait écroulé de rire. Il réussit à faire entrer sa compagnie de dames par une entrée de service de l'Adolphus, portant une fille d'Oswald dans les bras, tenant l'autre à la main, comme un père qui ne veut pas que sa petite famille traîne. La mère Oswald commença à chialer avec des sanglots de basson, ignorant délibérément Kleber qui lui demandait de la fermer. Le reporter eut l'impression que Mme Oswald faisait tout ce qu'il fallait pour se faire remarquer. Installant sa couvée dans une suite retenue à son nom, Kleber commanda un petit déjeuner pour tout le monde, puis accueillit une pédiatre russe qui avait été trouvée dans la nuit par *Life* pour servir de traductrice. Mais ce qu'il avait craint toute la nuit ne tarda pas à se produire : on avait découvert le pot aux roses. Des yeux malins avaient remarqué la troupe arrivant à l'hôtel, et la presse était en alerte. L'Adolphus grouillait de chasseurs de nouvelles affamés, prêts à se tailler un morceau dans le Veau d'or de Kleber. Trois fois dans la matinée, il dut changer de suite et de nom à chaque fois, s'installant finalement sous le pseudonyme de « Sam Schwartz; profession : représentant en bonneterie; adresse : Chicago ». Les garçons d'étages suivaient à chaque changement de quartier, redoutant de servir des œufs refroidis et des toasts mous qui avaient été cuits deux heures plus tôt. Enfin, il y eut un moment de paix fragile. Kleber commença ses interrogatoires, essayant d'obtenir des réponses de la part de l'épouse pâle et troublée. La jeune Russe, selon lui, allait être la pierre de Rosette de l'assassinat. Il s'affubla du masque de l'ami compatissant, parlant d'une voix feutrée, faisant des gestes doux et s'efforçant de paraître agréable. Mais il avait compté sans la force de cet ouragan qu'était la mère Oswald.

Chaque fois qu'il posait une question à Marina, une question aussi anodine que : quand et comment avez-vous rencontré Lee, la mère Oswald se précipitait vers la chaise où sa belle-fille était en train de boire du thé tiède et, menaçante, lui hurlait : « Salope! Espèce de sale Russe! C'est toi qui as fourré mon petit et moi dans tout ça! » Puis elle se rasseyait. A la question suivante de Kleber, la vieille femme, portant toujours sa blouse d'infirmière en nylon, se transformait en la plus tendre des femmes. Elle jetait ses gros bras autour des épaules de la petite Russe et se mettait à roucouler : « Je t'aime, ma fille. Je resterai près de toi jusqu'à ce que tout le monde sache que nous sommes innocents. »

Entre ces démonstrations de mégère et de mama, susciter la confidence n'était pas facile. Kleber n'arrêtait pas de remplir la tasse de café de la vieille, espérant qu'elle ressentirait des besoins pressants et qu'elle le laisserait un peu tranquille. De plus, il était gêné dans sa tâche par de fréquents appels téléphoniques du rédacteur en chef de *Life,* qui tenait à rappeler à Kleber qu'à New York le magazine attendait son papier. C'était comme si l'empire de Henry Luce allait faire faillite s'il ne faisait pas vinaigre.

Tout à coup, à midi, on frappa violemment à la porte. Kleber ordonna à ses hôtes de faire silence, mais le bébé avait décidé de brailler. Dehors, dans le couloir, quelqu'un ordonna d'un ton bourru :

– Cantrell, c'est le FBI. Ouvrez!

– Vous vous trompez de porte, grommela Kleber, mécontent. Je m'appelle Schwartz. Je suis représentant en bonneterie et je viens de Chicago...

– Cantrell, ouvrez! Nous savons que vous êtes là avec les femmes.

Pour ponctuer la demande, une carte d'identification d'un agent du FBI fut glissée sous la porte, comme une langue de serpent. C'était une vraie.

Un escadron de policiers envahit la pièce et embarqua la femme et les enfants de Lee Harvey Oswald. Un des agents vit la douleur qui s'inscrivait sur le visage de Kleber.

– Désolé, mon vieux. Je sais que vous avez une histoire en or, là.

Mais le gouvernement américain a besoin de parler à ces gens plus que vous.

L'agent promit que, dès que l'interrogatoire officiel serait terminé, il rendrait ses sujets au reporter. Si, bien sûr, les femmes le souhaitaient... Kleber protesta. Il cita le premier amendement à la Constitution, fit tout ce qu'il pouvait excepté se traîner à genoux et baiser les pieds du représentant de la Loi. En vain. Il se retrouva seul, avec son petit bloc sténo presque vierge, et à peine assez de mots pour élaborer une histoire cohérente. Pourtant, *Life* l'accepta avec enthousiasme et la publia dans son remarquable reportage sur l'assassinat.

Bien entendu, le FBI ne lui rendit pas les femmes. Vers la fin de la journée, ce samedi-là, il alla faire un tour, à bout de patience. Il voulait voir l'endroit où Kennedy avait été abattu. Il parvint à s'introduire jusqu'au sixième étage du dépôt de livres où un photographe de *Paris-Match* prenait des clichés de la place, en bas. Le Français s'émerveillait de la maîtrise du tir d'Oswald. Kleber regarda par le téléobjectif.

– Ouais. Ce salopard a eu un tir incroyable! dit-il en calculant la distance, l'angle, la trajectoire de la balle...

Du haut de ce sixième étage, Kleber vit aussi, mais sans y prêter réellement attention, une foule de gens qui tournaient là où la limousine de Kennedy avait été touchée par les balles. Certains pleuraient, d'autres déposaient des fleurs; la plupart jouaient au détective. L'un d'entre eux était un homme mince, barbu, aux traits durs. Il portait une veste à carreaux et un feutre sur la tête. T.J. Luther leva les yeux vers le sixième étage du dépôt de livres et, remarquant le téléobjectif à la fenêtre devenue célèbre, changea rapidement de place. Il ne voulait pas qu'on le prît en photo. Il s'était rendu sur les lieux du crime seulement par curiosité. Il voulait voir comment un petit merdeux comme Lee Harvey Oswald avait pu descendre un Président. Il enviait l'enfoiré qui s'était fait coffrer. La veille, personne ne connaissait son nom. Cet après-midi, il faisait la une des journaux du monde entier.

Le dimanche matin, Jack Ruby, marchand de boissons insipides et tenancier de boîtes de strip-tease, devint la célébrité du jour en s'arrangeant pour forcer un cordon de police de Dallas et tirer une balle en plein dans Lee Harvey Oswald. Cela, T.J. le vit à la télévision. C'était le premier meurtre historique en direct. Il n'en revenait pas. Pourtant, un visage dans la foule l'intéressa encore plus. Il regarda les rediffusions sans se lasser, jusqu'à se convaincre que Kleber Cantrell se trouvait à trois mètres du tueur tué.

Le reste de l'après-midi, T.J. fut très agité. Il était soûl, mais pas assez. C'était dimanche; impossible d'acheter de l'alcool, à moins de graisser la patte à un nègre pour dénicher une bouteille de bourbon. Il caressa la bouteille, se promettant d'y trouver un réconfort jusqu'au lendemain, mais au soir, il ne restait déjà plus rien. Il essaya de s'imaginer à la place de Lee Oswald, ou de Jack Ruby, ou de Kleber Cantrell. Il se mettait sans peine dans la peau de ces personnages. Il se dit que son problème, c'était d'être toujours sur la touche ou du mauvais côté de la barrière. « Ce n'est pas juste, marmonna-t-il. J' suis plus beau que Mack, plus intelligent que Kleber, plus vicieux que Lee Oswald. Jack Ruby n'est même pas digne de m' torcher le cul. » Voilà ce qu'il racontait à son miroir brouillé, à l'image titubante d'un paumé aux yeux injectés de sang.

Glissant son P. 44 dans la poche de son manteau volé, le prince des Tentations sortit, titubant, prêt à tout pour que le monde le reconnaisse enfin à sa juste valeur.

Pendant plusieurs heures assez gênantes, il fut difficile de trouver un cimetière qui acceptât la dépouille mortelle de Oswald, sous prétexte qu'une telle infamie allait jeter de l'ombre sur les autres tombes et rendre problématique la vente des concessions avoisinantes. Après tout, qui voudrait reposer à jamais aux côtés d'un tel misérable?

A Dallas, où certains citoyens applaudirent à la nouvelle de l'exécution de Jack Kennedy, dans cette ville où le désordre de la police avait permis l'assassinat de l'assassin, tous souhaitaient à présent prendre leurs distances par rapport à ces événements diaboliques. Et on se débarrassa des ordures à Fort Worth. Le petit cimetière de Rose Hill accepta d'enterrer Oswald (les 500 dollars de son cercueil et de son embaumement étant garantis par le gouvernement américain), mais on ne trouva pas de prêtre pour dire la prière. Alors le chef de la police de Fort Worth, un balaise avec un nom de centurion, Cato Hightower, prit l'affaire sous son bonnet. Il appela le révérend Louis Saunders, secrétaire général de l'Union des Églises de la ville. Il n'avait pas célébré de cérémonie funèbre depuis des années, mais il accepta. « Il n'est pas question qu'un homme soit enterré à Fort Worth sans prière », déclara-t-il.

L'information fut tenue secrète, mais Kleber la découvrit grâce à un homme du FBI. Il fonça à 140 à l'heure jusqu'au cimetière, dans l'espoir de remettre la main sur les femmes. Il arriva en même temps que le corbillard. Il fallut attendre trois heures, le temps que les croque-morts, convoqués en hâte, fassent le trou. Pendant ce temps, le cercueil, une boîte en bois bon marché doublée en grenat, fut fourgué dans une chapelle en pierres apparentes, gardée par la police de Fort Worth. « Oswald mort a été mieux protégé que vivant », devait écrire Kleber. Quand les femmes arrivèrent, il essaya de croiser leur regard, mais elles se cachaient derrière leur voile. A l'intérieur de la chapelle, le service fut bref et anonyme.

Au moment où, à plus de mille kilomètres de là, un étalon sans cavalier menait le cortège funèbre du Président au son des tambours voilés, et que coulaient les larmes sur les joues de Charles de Gaulle et de Hailé Sélassié, Kleber contemplait un tableau aussi moche que gênant. Les portes de la chapelle de Rose Hill s'ouvrirent et le cercueil de Lee Harvey Oswald sortit de l'obscurité. Mais soudain, il s'arrêta. On avait oublié les porteurs et à présent il n'y avait personne pour soulever la bière de l'assassin et la porter le long des marches jusqu'à la tombe, cent mètres plus loin. Un instant, Kleber se demanda s'ils allaient se risquer à la faire glisser comme une caisse, au risque de la voir basculer de façon grotesque, s'ouvrir et rejeter l'assassin parmi les vivants. Mains contractées. Angoisse... De par sa bonne éducation ou par désir de se faire bien voir, Kleber se porta volontaire. Cinq hommes, journalistes et flics, l'imitèrent. La Presse et la Loi s'unirent pour porter l'assassin jusqu'à sa tombe.

A l'entrée du cimetière de Rose Hill, un homme au visage hagard raconta à la police qu'il était venu se recueillir sur la tombe de sa mère. Dans la confusion de la journée, ils le crurent, pensant que ses yeux injectés de sang étaient ceux de la douleur. D'un pas mal assuré, T.J. avança entre les tombes, se dirigeant vers le coin de verdure pelée où les femmes Oswald étaient assises sur des chaises pliantes bancales. Il s'arrêta pour écouter. La vieille femme criait :

– Du respect, s'il vous plaît! Respectez cette tombe! Nous avons droit au respect!

Il vit, comme il s'y attendait, Kleber Cantrell de l'autre côté du cercueil, debout, et impatient comme un vendeur d'encyclopédies. Il vit aussi l'employé des pompes funèbres ouvrir le cercueil et, en se dressant sur la pointe des pieds, put jeter un rapide coup d'œil sur le cadavre. Oswald T.J. portait un complet marron et une cravate. T.J. vit une jeune femme, la femme d'Oswald, ôter son alliance et la passer au doigt du cadavre. Il la vit se pencher pour poser un baiser sur ces lèvres de cire. C'était dégoûtant. Il essaya de se rapprocher, mais la police l'en empêcha. Il avait besoin de boire un coup.

On ferma le couvercle; on descendit la caisse. Les femmes furent emmenées rapidement. Kleber courut après les voitures officielles, essayant de se faire payer son dû. Mais elles filèrent à toute vitesse et il s'arrêta, battu, exaspéré, à bout de souffle, sans se douter du numéro sordide qui allait suivre.

D'un pas découragé, il se dirigeait vers sa voiture quand, tout à coup, il fut attaqué par-derrière. Sous le poids de l'attaquant, il s'écroula sur l'herbe pelée. Il sentit des émanations de whisky et cria :

— Qu'est-ce que c'est que cette connerie?

Il essaya de se débattre, de dégager ses poignets de l'emprise d'une force puissante. Était-ce là l'acte final, la dernière boucle du cercle meurtrier? C'est moi qu'ils tuent, à présent! pensa-t-il. C'est alors que le singe qu'il avait sur le dos éclata de rire : c'était le braiement d'un âne.

— Bienvenue au pays, fils de pute! lança T.J. d'une voix joviale.

Le sang de Kleber se glaça. Lentement il se releva et se nettoya, s'apprêtant à appeler à l'aide la police, qui était tout près. C'est alors qu'il reconnut l'imbécile ravagé et indésirable qui était devant lui.

— Bon dieu, T.J., t'es cinglé!

— Ça, c'est vrai! Mais c'est pas nouveau! Et j' suis pas le seul, pas vrai? Si c'est pas malheureux de devoir venir à un putain d'enterrement pour serrer la pince à un pote...!

— T.J., écoute-moi, fit Kleber en essayant de rester calme. Je suis *très* content de te voir. Mais je suis en train de bosser. J'ai des délais. Je dois écrire un article sur cet enterrement. Je t'appelle bientôt. D'accord?

— Pas question! Maintenant que je t' tiens, j' vais pas t' laisser filer. Nous sommes des frères, non? On va s'installer quelque part tranquillement et tailler une bavette. T'as à boire dans ta bagnole?

A quelques mètres de là, des bulldozers s'empressaient de repousser la terre sur la tombe de l'assassin, d'aplanir l'argile rouge, s'affairant avec diligence comme pour que tout fût recouvert et oublié. Sur la tombe d'Oswald, les croque-morts balancèrent deux couronnes de fleurs fanées, œillets et roses. Le ciel se couvrit de nuages ressemblant à des poings de colère, assombrissant l'atmosphère. Lors de la cérémonie pathétique, Kleber avait conçu mentalement son article et maintenant, cet imbécile lui volait ses sensations. Le regard absent, il hocha la tête et se dirigea vers sa voiture.

Lâchant un mugissement, T.J. se jeta sur lui une nouvelle fois,

mais le rata et s'écroula aux pieds du reporter. La veste de sport
volée se déboutonna et Kleber aperçut l'éclat du revolver. Il se mit
à courir. Ce crétin avait un pétard. T.J. cria :

— Pourquoi tu m' regardes pas, hein? Tout ton temps est pour
ce chien d'Oswald. Mais on l'a buté, Kleber. Pour lui, c'est râpé.
Nous, on est encore là. Parle-moi!

— Plus tard! cria Kleber par-dessus son épaule. Demain. Une
autre fois...

Il était presque arrivé à sa voiture. Il essayait de se battre
contre l'idée insensée que T.J. allait lui tirer dans le dos. Cette
journée tournait au grotesque. Comme si Oswald avait fait
irruption de sa tombe pour se métamorphoser en prince des
Tentations. Enfin, il parvint à ouvrir la voiture, à se jeter à
l'intérieur et à claquer la portière, tremblant de la tête aux pieds.
A la vitre, il y avait le visage de T.J. Un masque mortuaire,
frappant et hurlant.

Au portail de Rose Hill, Kleber fut arrêté par un policier. Il le
connaissait; c'était un vieux pourvoyeur d'informations à Houston. Ils bavardèrent quelques instants. T.J. vit le flic, sentit son
regard sur lui et crut à tort que Kleber l'avait donné. Il s'enfuit à
toutes jambes et alla se cacher dans les buissons jusqu'à l'obscurité. Pensant que son meilleur ami l'avait trahi, T.J. le passa en
justice et le déclara coupable. Kleber Judas Cantrell fut condamné
à mort. Plus tard dans la soirée, son article terminé, et dicté par
téléphone à New York, Kleber quitta l'Adolphus et, à bout de
fatigue, roula jusqu'à l'aéroport de Love Field. Il ne savait pas
que, dans la voiture derrière lui, dans une main tremblante de la
colère la plus primaire, se trouvait un P. 44 braqué sur lui. Et si
T.J. Luther n'avait pas été arrêté par une patrouille d'autoroute
pour excès de vitesse, l'histoire aurait pu s'arrêter là.

Kleber embarqua sur un vol de la compagnie Braniff, espérant
qu'il y aurait peu de passagers, qu'il pourrait relever l'accoudoir et
s'étaler sur deux fauteuils de première classe. Il s'endormit pendant l'embarquement, sans voir la femme qui s'installait à ses côtés.
Quand il se réveilla, l'avion était dans les airs, et il était agacé
parce qu'on avait laissé la lumière du plafonnier allumée. Sa voisine compulsait une pile de journaux traitant tous de l'assassinat.

Il changea de position, essayant de trouver de la place pour ses
jambes. La femme se tourna vers lui.

— La lumière vous dérange? demanda-t-elle poliment.

Kleber vit son visage. C'était Ceil Shannon.

— Je vous connais, dit-il. Nous nous sommes rencontrés une fois
à Houston.

Elle fit semblant de se rappeler, mais Kleber dut lui fournir nombre de détails pour lui remémorer ce lointain après-midi à l'Alley Theater.

— Je suis désolée, fit-elle en s'excusant. Je n'ai pas les idées très claires.

— Vous n'êtes pas la seule.

Il s'excusa auprès d'elle de son apparence. Il sentait la sueur séchée sur sa propre chemise. Il n'était pas coiffé. Il avait besoin de se raser. Il avait une haleine de hussard. Ce n'était vraiment pas le moment de rencontrer la femme de ses rêves. Mais elle lui demanda la même indulgence. Ceil rentrait d'un voyage au Yucatan où elle avait rendu visite à une amie archéologue qui y effectuait des fouilles. Pendant une semaine, elle s'était baignée dans un ruisseau glacé. Elle avait un gros rhume. Elle avait fourré ses cheveux à la hâte dans un chapeau de gaucho et portait un poncho orange bon marché acheté dans un marché mexicain. Elle était aussi gênée que lui.

Brièvement, il lui raconta pourquoi il s'était rendu à Dallas. Elle demanda plus de détails. Au moment de l'assassinat du Président, elle était perdue dans la cambrousse. Le samedi après-midi, un jeune garçon était arrivé en courant dans le camp. « Kennedy, *adios!* » s'était-il écrié, un doigt pointé au cerveau, tirant avec un pistolet imaginaire. Tout en racontant l'histoire, ses yeux se remplirent de larmes.

D'une voix haletante, Kleber commença à raconter sa propre aventure. Ses mots crépitaient comme ceux d'un rédacteur dictant un article de dernière minute. Ceil n'arrêtait pas de l'interrompre et de demander :

— Mais qu'avez-vous *ressenti* quand vous avez vu Marina Oswald?...

— Qu'avez-vous *ressenti* quand vous avez porté Oswald jusqu'à sa tombe?...

Chaque fois, Kleber donnait une réponse évasive. Il ne ressentait rien; il essayait de dire les faits, mais elle voulait de l'émotion. Ce n'était pas le domaine de Kleber.

Quelque part au-dessus de la Virginie, environ une heure avant l'atterrissage, il n'eut plus rien à raconter. Alors, il se tut. Ceil éteignit sa lumière et, dans l'obscurité, lui prit la main. Ce contact était doux et réconfortant. Quelques instants plus tard, elle se mit à pleurer.

— Prenez-moi dans vos bras. Je crois que j'ai peur.

Lui aussi avait peur. Il la tint dans ses bras jusqu'à l'arrivée à Idlewild. Puis ils prirent un taxi, se rendirent à l'appartement de Ceil et se serrèrent l'un contre l'autre pendant le reste de la nuit. Le lendemain matin, ils étaient amants.

CHAPITRE 20

En 1968, l'année où Mack eut trente-cinq ans (bien que sa biographie officielle et divers *Who's Who* le rajeunissent de deux ans), il apparut sur la couverture de deux cent quatorze publications dans quarante-sept pays différents. En Italie comme en France, en Roumanie et en Tchécoslovaquie, en Thaïlande et à Singapour, en Argentine et au Chili, en Australie et en Nouvelle-Zélande, il était aimé et reconnu. Il représentait « l'Amérique » et le mythe universel de la virilité. Il était l'amant de toutes les femmes, le fils de toutes les mères, le meilleur ami de tous les hommes. Deux jeunes filles de Cape Town se suicidèrent parce que leurs parents leur refusèrent un voyage à Hollywood, où leur plus ardent désir était de se rendre pour voir Mack en chair et en os. Les quelques mots qu'elles laissèrent avaient été griffonnés sur un des formulaires envoyés chaque mois par milliers d'une poste à Los Angeles; on y lisait : « Chère (.......), Merci de votre amitié et de votre aide. Sans vous, je ne serais rien. Je suis heureux de vous envoyer ma photo, mon amour et un baiser. » Une machine imitait si bien la signature que si on la mouillait du doigt, elle se brouillait, laissant croire que Mack lui-même l'avait tracée...

Quatre femmes entre deux âges, qui n'avaient jamais rencontré Mack, s'occupaient des lettres de ses admirateurs, lui qui n'en lisait aucune. On lui en faisait un rapport mensuel; les semaines où il arrivait moins de trois mille lettres étaient rares. L'ordinaire consistait en une centaine de demandes en mariage, environ deux cents demandes d'argent ou d'objets personnels (comme une paire de chaussettes ou une brosse à cheveux – avec cheveux) destinés à des ventes de charité, une douzaine de lettres de menace (celles-ci étaient réexpédiées à la police de Los Angeles qui les attribuaient en général à des fous patentés); enfin, plusieurs dizaines de photos personnelles dans le genre obscène. Il y a toujours des individus qui veulent montrer leur sexe aux gens célèbres, généralement parce que personne d'autre n'a envie de le regarder.

Bien qu'Arnie Beckman devînt riche et respecté pour s'être occupé de la carrière de Mack, le succès de l'acteur était aussi dû à sa propre intuition. Parmi les centaines de scénarios envoyés chaque année aux bureaux Beckman (et auxquels sa participation ne coûtait pas moins d'un million de dollars, plus cinq pour cent sur toutes les recettes), Mack ne prenait au sérieux que ceux où il apparaissait sous les traits du héros sans peur et sans reproche. Il se voyait comme le descendant d'une lignée allant de Douglas Fairbanks senior à John Wayne, en passant par Clark Gable et Gary Cooper. Tout en respectant les risques pris par des collègues comme Warren Beatty, qui s'était tapé un bide dans les films comme *Mickey One*, Mack savait que personne n'avait envie de s'intéresser à l'histoire d'un amuseur de cabaret déchu, victime des forces du mal de Chicago.

Un magazine cinématographique français publia une savante exégèse de l'« œuvre » de Mack Crawford. Selon l'auteur, le succès de Mack était fondé sur le rôle, toujours repris, du héros mythique. « Que cet acteur, au physique splendide, incarne un courageux sergent de l'armée américaine combattant le nazisme, ou un jeune shérif défendant sa ville du Texas contre les attaques des Comanches et les violences du vice, ou encore un jeune paysan lourdaud, atteint de polio qui réussit à devenir champion du monde de base-ball, M. Crawford symbolise l'héroïsme tel qu'il était représenté dans les littératures anciennes. Ce héros est toujours un être supérieur, expert à la guerre comme aux grandes aventures; il démontre les vertus de la force et de la discipline personnelle, des nobles idéaux, du courage et de la loyauté. Les destins qu'il nous montre à l'écran sont de ceux auxquels l'homme ordinaire mesure la futilité de son existence. Crawford combat pour le dépassement de soi-même, transmettant ainsi ce message et ce défi : " Je l'ai fait; vous le pouvez aussi! " »

Cependant, cette année-là où un second Kennedy fut assassiné et où l'homme s'apprêtait à marcher sur la Lune, des raisons de s'inquiéter apparurent : la carrière de Mack déclinait. L'humeur de l'Amérique s'obscurcissait. La cote des héros baissait.

Un jeudi sur deux, excepté ceux où il tournait ou parvenait à trouver une excuse valable, Mack devait subir une conférence dans les bureaux de son avocat, Karl Zakariah. Chaque séance commençait à midi et demi précis par un déjeuner somptueux dont le menu était choisi par Arnie, devenu fin gourmet, et que payait son employeur. Ensuite, on parlait affaires jusqu'à 18 heures. Assistaient à ces réunions, un expert comptable, un conseiller financier, un agent de presse et, de temps en temps, des directeurs de studio ou d'importants producteurs indépendants qui avaient des visées sur les services onéreux de Mack Crawford, ou plutôt de la société qu'il était devenu, la Macra Inc., dont l'unique activité (à part déjouer le fisc) était de vendre le visage et le corps de McKenzie Crawford.

Même s'il reconnaissait l'importance de ces jeudis ennuyeux, Mack les détestait. Il n'était plus un humain mais une marchandise. Son nom était même à peine mentionné. Mᵉ Zakariah, son attaché de presse Beckman, l'expert comptable Nesmith, le conseiller financier Beggers, l'attaché de presse Tellens : tous avaient un nom et on s'en servait pour leur adresser la parole. Pas Mack. Il était « vous », « il », ou « la Macra ». Par exemple : « La Macra devrait étudier la possibilité d'investir 75 000 dollars en trois versements dans les vignes Tiburon pour détourner le fisc. » Ou bien : « Il va être contrôlé pour l'année fiscale 1967 et doit fournir un rapport détaillé sur ses charges sociales et la répartition des bénéfices. » Ou encore : « Universal vous a offert un contrat pour deux films. Le sujet de ces films, aussi bien que la mise en scène, la distribution et la publicité, sont laissés aux décisions de la Macra. »

Un jeudi matin de l'été 1968, Mack se leva à 11 heures, n'ayant pas réussi à fermer l'œil avant le lever du soleil, vers 5 heures du matin. Il se sentait incapable d'affronter cette journée, qui devait pourtant compter. A peine après s'être traîné hors du lit, assez grand pour accueillir une mêlée de rugby, il s'en alla vomir toutes les horreurs de la nuit : presque un litre de vodka polonaise, plusieurs plateaux de nourriture chinoise à emporter, un paquet entier de biscuits Oreo et un mélange de noix de cajou et de chocolats. Ne manquait à ce nettoyage que la fumée d'une pipe de népalais.

Mack trébucha dans sa douche aux parois de verre, d'où il pouvait apercevoir l'océan, à quelque vingt kilomètres de là, et en premier plan, la dense verdure d'un cañon sauvage, profond de près de trois cents mètres. Six jets d'eau glacée lui cinglèrent le corps, tels des fouets; il s'accroupit sur les dalles mexicaines peintes à la main, comme un pénitent. Son sexe lui faisait mal. Il regarda cette chose dont la protubérance, sous son jean, faisait vendre des millions de billets de cinéma. Il s'inquiéta de voir une inflammation rose et craignit d'abord quelque maladie vénérienne. Mais une inspection plus attentive révéla qu'il ne s'agissait que d'une morsure. Quelqu'un lui avait mordu la queue pendant la nuit. Le pire était qu'il ne pouvait se souvenir dans quelle bouche elle s'était fourrée. En face d'une telle énigme, la seule réaction possible, c'est le rire. Mack se roula dans l'eau mousseuse, tout en se rêvant loin dans l'espace, dans un hélicoptère, d'où il pourrait photographier, avec un téléobjectif, la folle image de la plus célèbre star masculine à la bite mordue par un inconnu... Amusé par ces fantaisies, il passa aux toilettes, à la fois refuge et chapelle dédiée à sa vie et à son art. Mack en avait lui-même tapissé les murs des couvertures de magazines de tous les continents portant sa photo. En déféquant, il se vit tel que les autres le voyaient, et une certaine lucidité ironique lui vint avec le soulagement de ses intestins. Sa vie était une énigme, devant et derrière les caméras. Ça, il le savait. Mais il était plutôt honnête envers lui-même, et s'il mentait au monde, à lui il disait la vérité – dans la mesure où il la comprenait.

Le mystère de la morsure sembla résolu quand Mack, appuyant sur un bouton qui faisait glisser les doubles rideaux aux éclaboussures noires et cramoisies évoquant la peinture de Jackson Pollock, la lumière du jour envahit la chambre et révéla le corps pâle et recroquevillé d'un célèbre acteur français, arrivé chez Crawford vers minuit en compagnie d'une chanteuse de folksong très connue pour son soprano cristallin, et qui portait entre ses seins jeunes mais abondants un morceau de haschisch gros comme le pouce. Ils avaient passé ensemble quelques heures dans le lit, puis la fille s'était soudain sentie déprimée et coupable. Elle avait maudit les deux hommes et avait quitté la maison à pied. Comment elle avait réussi à descendre des hauteurs de Beverly Hills, c'était le dernier souci de Mack. Tout ce qu'il voulait maintenant, c'était de se débarrasser du Français. Sans rien dire, il ramassa les vêtements de son invité, le tira hors du lit et le déposa dans la salle de bains. Il ferma la porte à clé, sachant que tôt ou tard, le type trouverait l'autre sortie et le couloir conduisant à un pavillon adjacent. Là, un chauffeur de toute confiance, discret et très généreusement payé, le ramènerait chez lui. Habituellement, Mack se débarrassait de sa compagnie avant le jour, prétextant ses obligations professionnelles très matinales. La vérité était qu'il voulait que ses invités eussent disparu avant l'arrivée des domestiques, à 8 heures. Car il croyait, à tort, que personne ne connaissait les secrets de sa chambre à coucher.

Il n'y en avait pourtant pas tellement. Mack n'était pas un esclave de la chair. Ses besoins sexuels étaient bien en dessous de la normale. Il passait souvent des semaines sans personne dans ses draps, si ce n'est l'image de lui-même renvoyée fidèlement par un miroir au plafond. Quand il se masturbait, c'était comme s'il se regardait sur un écran. D'ailleurs, c'est là l'étude la plus précise de son talent à laquelle il se fût jamais livré. Il n'assistait jamais aux rushes quotidiens. A ses premières, il se montrait à l'entrée pour être photographié, puis s'esquivait avant le commencement du

film. Un soir, il fit part de cette habitude aux hôtes d'un dîner à
Malibu; Richard Burton, qui se trouvait de l'autre côté de la table,
approuva :

– Je suis d'accord avec vous, de tout cœur, dit l'acteur anglais.
Moi aussi, je reste en dehors de tout ça.

– Pourquoi? demanda l'hôtesse.

– Je déteste me voir sur l'écran. Il est reconnu que ça peut me
rendre physiquement malade.

Selon la dame, une femme du monde d'un certain âge, nouvel-
lemment adepte de la méditation, du yoga et du LSD, une telle
réaction n'était peut-être pas étrangère à une vieille superstition
japonaise : « Photographié une fois, votre ombre disparaît. Photographié deux fois, votre vie sera plus courte. »

A côté d'elle, un psychiatre à la mode exprima son désaccord.

– Si un homme ne s'aime pas, il ne peut pas se regarder.

Mack allait répondre « Conneries », mais Burton lui prit le mot
de la bouche.

Aux environs de sa trente-cinquième année, Mack se considérait
comme un bissexuel au hasard des rencontres; un passant mal à
l'aise sur les deux côtés du boulevard. Il réussissait à copuler avec
des femmes dans certaines circonstances. Mais il fallait un dosage
précis d'alcool et de drogues. Pas des quantités à le faire tomber
comme un chêne abattu, mais suffisamment pour remuer ses sens
et lui donner le besoin d'un corps près du sien, n'importe quel
corps; deux bras pour l'enlacer – si à ce moment-là il voulait être
enlacé... Il savait que sa renommée était celle d'un grand séducteur; les photos sur les murs de ses toilettes en étaient la preuve.
Arnie Beckman disposait d'une inépuisable provision de femmes à
la beauté spectaculaire, des vrais bijoux, ravies de venir s'enrouler
sur le bras de Mack Crawford, sachant que leur photo serait ainsi
publiée dans tous les journaux d'Amérique excepté le *Wall Street
Journal*. Quelques-unes de ces dames voulaient davantage; mais
des années d'entraînement avaient rendu Mack très adroit pour
parer l'attaque des déchaînements de minuit. Il esquivait toujours
avec grâce, prétextait son travail, ou des invités dont il devait
s'occuper, un canari malade ou un mal d'estomac. Il décourageait
si galamment n'importe quelle avance que la dame dédaignée ne
ressentait pas, le lendemain matin, le besoin urgent de téléphoner
à son chirurgien esthétique. En outre, tout le monde savait qu'il
était encore marié. Bien que séparés depuis presque dix ans, Mack
et Susan n'avaient jamais divorcé. Lors de ses interviews, Mack
évitait toute allusion à ce sujet délicat. Quand il y était forcé, il
marmonnait quelque chose du genre :

– Oui, oui, nous sommes séparés, mais j'ai une grande affection pour ma femme, et nous sommes toujours les parents d'un petit garçon fantastique.

Mack appela Arnie Beckman et le supplia de l'excuser à la réunion de la Macra. Il ne se sentait pas bien; il n'avait lu aucun des manuscrits qui devaient être discutés; un bridge branlant exigeait une visite urgente chez le dentiste.

D'un ton sinistre qui rappela à Mack sa défunte tante, Arnie répondit :

— Je suis profondément désolé de toutes ces misères qui t'accablent. Mais il est absolument impossible que tu ne viennes pas aujourd'hui. Il y a plusieurs problèmes importants à régler... et d'ailleurs, je dois te parler en privé.

— En privé? Pourquoi?

— Je ne veux pas en parler au téléphone. Crois-moi et viens.

— Arnie, j'ai mal à la tête. Il y a un virus dans l'air...

Mack savait qu'il cherchait à attirer la compassion et se demandait pourquoi il avait peur ainsi de son agent.

— Bon, alors laisse tomber le déjeuner, et arrive à 1 h 30.

— Qu'est-ce que c'est que ce truc « privé »?

— Il se passe des choses...

— Des problèmes d'argent?

— Je ne crois pas. Une de ces emmerdes, dit Arnie, qui ajouta après un silence calculé... comme à New York.

Et ayant amorcé sa bombe, Arnie raccrocha. En hâte, il téléphona à la Paramount et demanda Arianna Corinth, la styliste. Elle était absente pour le moment; Arnie pria la secrétaire de la trouver. Et vite.

Mack se prépara un remontant de cheval et le but en pédalant dix kilomètres sur sa bicyclette d'appartement. Il était inquiet. La moindre allusion de la part d'Arnie à « une de ces emmerdes... comme à New York » suffisait à lui retourner l'estomac. Toute sa vie avait été une dissimulation, à commencer par Laurie. Elle le hantait depuis près de vingt ans. Quand Kleber avait téléphoné en 1960, puis envoyé la bizarre coupure de journal relatant les aveux de Butch à San Antonio, Mack avait été rassuré. Mais pas pour longtemps. Peu après, apparut une autre raison à la peur chronique, comme si les dieux avaient décidé qu'il porterait toute sa vie un secret en lui.

Cette histoire de New York ne pouvait êre effacée. Pendant des mois, il avait même gardé l'enregistrement de ces voix en colère, écoutant avec l'attention objective que l'on prête à une scène trop souvent jouée. Clifford Briton, son partenaire dans *Les Chevaliers de New York*, était venu chez Mack dans Central Park West, avec une bouteille de pouilly-fumé et des intentions de réconciliation après la dispute qui avait éclaté à la fin de la journée de tournage. En y repensant, Mack se rendait compte que cela avait dû être un geste impulsif, comme on en fait après absorption exagérée de gin. Non seulement Briton était beurré, mais il avait posé son toupet de travers, comme le couvercle d'un pot de mayonnaise mal revissé.

— Écoute, commença Cliff, je regrette les conneries de cet après-midi.

Mack était de bonne humeur.

— Ça va. Tu m'as assommé, répondit-il en se frottant la mâchoire.

— Je suppose que c'est pour ça que nous employons des doublures. J' peux pas taper pour du beurre.

— J' t'ai dit que c'était oublié, d'accord? J' suis vanné. J'ai quatre pages à m' taper pour le tournage de demain.

Cliff se versa un grand verre de vin et l'avala.

— Tu plaisantais, n'est-ce pas?

— A propos de quoi?

— A propos de laisser tomber...

— Non, c'est sérieux. J' vais me tirer. J' peux pas supporter l'idée de faire le con dans Central Park pendant encore trente-neuf semaines.

— Mack, réfléchis! Il nous reste encore deux saisons.

— Ils peuvent trouver quelqu'un pour me remplacer! J'en parle à Arnie demain. Je crois qu'il s'en doute.

— Il en pissera dans son pantalon!

— Rien à faire. J' le quitte, lui aussi.

— Mack, tu devrais écouter les conseils. Arnie a fait ta carrière. Je voudrais bien qu'il soit *mon* agent!

Mack bâilla. Il voulait que Cliff s'en aille.

— Mais je suis sûr qu'il aimerait bien t'avoir sous contrat. Quand vous vous serez mis d'accord, compte bien tes doigts après la poignée de main. Il pourrait bien ne pas te les rendre tous les cinq!

Cliff ne releva pas. Il resta silencieux et déambula dans cet appartement de riche, murs laqués noir, meubles de chrome, portes et placards chinois laqués rouge. Puis il se tourna si brusquement qu'il faillit tomber dans les bras de Mack étonné.

— Tu me tues! Je veux que tu le saches.

– Oh, Cliff, écoute. On en reparle demain. C'est pas la fin du monde!

– Tu me mets un couteau sous la gorge...

– Arrête! T'es plus demandé que Brando.

– J' suis prêt à signer pour 5000, et on me propose rien. J'aurai de la chance si je décroche même un truc alimentaire!

– Écoute, me fais pas chier ce soir, Cliff. J'ai assez d'emmerdes comme ça.

Et Mack repoussa Cliff, qui s'écroula sur un divan de cuir.

– Tu comprends pas ce que j' veux dire, n'est-ce pas? Tu sais pas ce que c'est! dit-il, ses paroles étouffées par un coussin.

– Ce que c'est *quoi?* demanda Mack impatiemment.

– Bon dieu, tu le sais bien. C'est *toi* que j' veux pas perdre!

Jusque-là, Mack n'avait pas su, ou voulu savoir, la cause du chagrin de Cliff Briton. Mais cette confession maladroite n'était que le prélude à une scène sentimentale et larmoyante. Et soudain, Mack comprit quelque chose. Au commencement de leur collaboration dans *Les Chevaliers*, les deux partenaires exténués par des journées de quatorze heures étaient partis ensemble pour un week-end dans les Catskills. La chasse au daim en était le prétexte, mais Mack n'y voyait qu'un intermède de calme et de repos. C'était un samedi après-midi de l'été indien, d'une beauté cristalline et originelle, une fête pour les cinq sens. Leurs yeux s'illuminèrent des feux orange et rouges de l'automne dans le feuillage des érables. L'air était chargé des senteurs des moulins à cidre et des lits de mousse moisissant sous les feuilles mortes. Ils parcoururent des kilomètres, sans se servir une seule fois de leur fusil, découvrant des endroits d'une beauté primitive, des murets de pierres construits autrefois, des fourrés de vigne sauvage chargée de raisins lourds et juteux, une caverne d'ours, des ruisseaux si bien cachés qu'on pouvait jouer aux explorateurs d'autrefois. Cliff Briton était le compagnon parfait. Il connaissait bien ce pays et il l'aimait. Il montra à son ami qui venait du plat pays texan les endroits où une tribu d'Indiens au nom enchanteur de Calicoons avait vécu; où des émigrants allemands, dont les arrière-grands-parents de Briton, étaient arrivés avant la guerre de Sécession, avec des contrats pour des terres inconnues achetées à des spéculateurs qu'ils n'avaient jamais vus. On avait promis aux pionniers le paradis terrestre, et ils découvrirent des étendues si abruptes et rocailleuses que des générations s'y cassèrent les reins à défricher un lopin de terre pour y faire pousser du maïs. Les ancêtres de Cliff avaient labouré la pierre et s'étaient battus contre les neiges hivernales qui s'amoncelaient jusqu'à trois ou quatre mètres de haut. Peu avant la Première Guerre mondiale, ils avaient fait de leur maison une auberge pour les touristes de l'été. Le rêve de Cliff était de reprendre la maison de sa famille pour le moment occupée par des juifs orthodoxes de Brooklyn qui venaient y passer leurs vacances et qui, même pendant les chaleurs torrides du mois d'août, portaient de longs manteaux de laine noire et faisaient de leurs fils des petits vieillards à chapeau noir et visage triste. Quand Cliff lui fit part de cette idée, Mack fut enthousiaste. L'homme avec qui il jouait chaque semaine devenait soudain une personne réelle, possédant des ancêtres et un caractère rassurant, quelqu'un avec qui on pouvait passer un après-midi tranquille et chaleureux. Inconsciemment, il fit de Cliff Briton son père adoptif. Il n'avait jamais connu son vrai père.

A la fin de ce beau jour, ils campèrent près d'un bras torrentueux de la Delaware, installant leur sac de couchage sur un rivage couvert de fougères. Ils allumèrent un grand feu pour cuire des steaks et des pommes de terre. Puis ils se déshabillèrent et plongèrent, tout nus, dans l'eau claire et glaciale d'une mare à castors. S'éclaboussant comme des enfants espiègles, ils s'amusèrent à essayer d'attraper les truites argentées qui filaient entre leurs jambes. C'était un moment comme il en existe peu, un intermède de silence et d'intimité, dans la lumière du jour tombant, éclairé des derniers rayons du soleil roux à travers les feuillages. Puis les choses se gâtèrent.

Mack perçut le regard de Cliff, un regard différent, qui s'appesantissait jusqu'à en devenir embarrassant. Cliff sourit étrangement et rejoignit le rivage. Il était nu, de dos, se séchant. Quand Mack sortit de l'eau à son tour, Cliff se retourna. Il laissa tomber la serviette qu'il tenait devant lui. Il bandait et, évidemment, il voulait que Mack le vît. Plus tard, quand Mack songea à cet épisode, il ne prêta aucune attention à cette démonstration. Un vrai homme ne remarque pas ce genre de choses. Mack sauta simplement dans son jean en maugréant contre le froid et enfila sa chemise de laine, puis s'apprêta à cuire les steaks. Ça, c'est ce qu'il aurait *dû* faire. Mais en réalité, il ne fit que rester là, planté à regarder, étonné d'avoir pu se tromper sur le sens de cette journée, se demandant si l'excitation de Cliff était accidentelle ou s'il s'agissait d'une disposition naturelle. Il voulait mais ne pouvait regarder ailleurs; il sentait son propre sexe se durcir. Sans lui laisser le temps de réagir, Cliff était devant lui et disait :

– On pourrait peut-être ne pas en rester là...

Cliff allait le toucher; Mack dit calmement mais fermement :

– Non.

Il rit, gêné, et se rhabilla. Ils ne parlèrent pas beaucoup ce soir-là et décidèrent d'un commun accord le lendemain matin d'abréger le week-end et de retourner à leur scénario. Sur le chemin du retour, Cliff tenta une petite allusion.

– Je fais pas ça, d'habitude...

Mack, haussant les épaules, répondit :

– C'est pas grave.

Mais ça l'était... Pendant plusieurs jours, Mack s'en souvint comme d'un moment sordide. Il se posa quelques questions trop connues : Qu'est-ce que j'ai fait pour provoquer une telle audace? Est-ce qu'on me considère comme un type facile? Est-ce que je pourrai un jour trouver un ami sans avoir à m'inquiéter d'histoires de cul...? Il n'y avait pas de réponses, et après quelque temps, il réussit à oublier. Ou du moins, il le crut.

Et maintenant, ça recommençait! Non qu'il fût meilleur dans le second acte... Le dialogue était enregistré, clair comme de l'eau de roche, sur une bande magnétique :

CLIFF : Accorde-moi une chose au moins. Laisse-moi passer la nuit ici. Seulement une nuit.

MACK *(avec un rire jaune :)* Mon vieux, t'es beurré. Il faut que je travaille mon rôle et que je me pieute.

CLIFF : Je t'en prie, ne m'fais pas la leçon. Ne m' fous pas à la porte...

MACK : Écoute, Cliff, si tu veux crécher ici, le divan est à toi.

CLIFF : T'es vraiment un fils de pute sans cœur, Texan. Je veux que tu le saches. C'est pour qui, ton cinéma? Retourne-toi une fois sur les machinistes en train de t'imiter! Ils font ça en tortillant des fesses.

MACK : J' peux leur foutre une raclée, tu sais!

CLIFF : Oui, mon mignon; surtout quand t'es à genoux, le cul en l'air...

Le petit magnétophone que Raoul Martinez avait en main n'avait que partiellement enregistré la bagarre qui s'ensuivit. Mais de sa cachette, à la porte de service qu'il avait ouverte avec un passe-partout, Raoul entendit le bruit d'un solide coup de poing, un droit de Mack dans les mâchoires de Cliff. Et il s'amusa encore de la voix de Mack braillant à s'en déchirer la gorge :

– Fous-moi le camp d'ici, Briton!

Cliff ne travailla pas pendant deux jours, prétendant qu'un mal de dent était la cause de sa joue enflée. Et ça tombait bien, puisque Mack avait une laryngite... La bagarre coûta 23 440 dollars de temps perdu.

Sur un banc dans Riverside Park, grelottant dans le vent qui balayait l'Hudson, Arnie Beckman écouta attentivement l'enregistrement. Il essaya de dissimuler son intérêt :

– C'est pas grand-chose, Chico. Deux types qui s'engueulent. Des acteurs. Ils répètent une scène.

– J' crois pas, dit Raoul. Et j' crois que ça t'intéresse, non?

Il avait grand besoin de vendre sa bande. Il avait déjà payé un acompte de 20 dollars sur un manteau doublé de fourrure, et avait écrit à un jeune frère à San Juan, lui promettant un billet d'avion dans la semaine.

– Bon, j'achète. Je la passerai au réveillon de Noël! Ça amusera la compagnie. Combien tu en veux?

– 2 000.

– Tu rigoles! 50 maximum.

Ils se mirent d'accord à 225 dollars, payable le lendemain après-midi à 5 h 45. Rendez-vous sur le quai du métro à Columbus Circle. Quand Arnie fut détenteur de la bobine, il sut bien quel usage en faire. Devant Mack il insista sur le danger de son contenu et persuada son client de payer 10 000 dollars comptant pour que la pièce à conviction fût détruite.

– Et comment savoir s'il n'en a pas fait cent copies? demanda Mack, prudent.

– Parce que Chico est un minable, et parce que j' te dis qu'il y a pas de copies, répondit Arnie. Fais-moi confiance.

Mack balbutia :

– Mais j'ai rien fait, Arnie, tu sais? J'suis pas du tout... comme ça.

– Bien sûr. Mais un conseil d'ami, ne te fais jamais voir en public sans une blonde à un bras et une rousse à l'autre, et arrange-toi pour qu'elles aient toutes les deux des seins assez voyants pour emplir quatre colonnes.

Arnie fit à Mack un petit discours sur la nécessité de préserver son image d'homme viril et lui demanda instamment de s'en remettre complètement à lui. Mack renouvela son contrat, cette fois pour sept ans, accepta de jouer encore une saison pour *Les Chevaliers,* puis alla s'installer à Los Angeles. Là, il passa facilement des limites noir et blanc de la télévision à la stéréophonie et à la couleur. Cliff Briton resta sans travail pendant deux ans, puis il obtint la vedette dans un truc à la guimauve. Il joua ce rôle pendant dix ans, arrondissant ses fins de mois en vantant les mérites de prothèses dentaires et de lanternes de camping.

Plusieurs fois, Mack avait voulu demander à Arnie si Raoul Martinez l'avait importuné de nouveau. Mais il s'abstint, et cela épargna à Arnie la nécessité d'inventer un autre mensonge. Il n'aimait pas se souvenir de ce qui s'était passé entre lui et le garçon d'ascenseur portoricain, sur le quai de Colombus Circle. Une de ces tragédies publiques, typiques de la vie new-yorkaise. Juste après avoir reçu sa rançon, Raoul se trouvait dans une foule serrée attendant un métro en retard. Quelqu'un – la police ne découvrit jamais qui – le poussa et le jeune homme tomba sur les rails au moment où l'express traversait la station. Le corps de Raoul fut déchiqueté sur tout le parcours de la 59ᵉ Rue à Times Square. La police trouva un lambeau de chemise en soie fuchsia, un ou deux fragments de bottes noires vernies et une main arrachée. Elle tenait encore bien serrés dix billets de 20 dollars et cinq de 5. Les empreintes digitales ne révélèrent rien, puisque Raoul Martinez n'avait jamais été arrêté. Ses restes non identifiés furent mis dans un sac de toile, puis dans une boîte de contre-plaqué, et enfin, dans la fosse commune. Personne n'eut l'idée de déclarer sa disparition. Surtout pas Arnie, que personne n'avait vu parmi la foule sur le quai.

« *Une de ces emmerdes... comme à New York.* »
Mack se demandait ce dont il s'agissait, cette fois. Il finit sa séance de pédalage, puis avala une poignée de vitamines. Il plongea dans la piscine, nagea une cinquantaine de brasses, courut quatre kilomètres autour de son domaine et entra dans la salle de culture physique qu'il avait fait construire au-dessus du garage. Là, il manipula des haltères jusqu'à en avoir mal aux muscles. Quand il devait réfléchir à quelque chose d'important, Mack trouvait son dérivatif dans la sueur et la douleur. Une fois prêt pour le rendez-vous avec la Macra, satisfait d'avoir pu encore enfiler un pantalon kaki taille 38 et un sweater bleu royal en velours éponge qui lui collait à la peau (mais un peu dérangé par les rides de son visage que de longs favoris et une moustache de bravache ne réussissaient pas à dissimuler), Mack prit une décision : il était fatigué de vivre dans le mensonge et ne pouvait plus supporter d'avoir peur. Il allait en informer la Macra d'ici une heure.
La secrétaire l'appela au moment où il montait dans sa nouvelle Mercedes 450 SLC.
– Voulez-vous parler avec Mme Crawford? C'est une communication à longue distance. Je lui ai dit que vous vous prépariez à sortir.
– Susan? Qu'est-ce qui se passe?
– Rien. Je t'envoie Jeffie demain...
– Demain? Je croyais qu'il venait vendredi.
– Mais c'est vendredi, demain. A moins que Hollywood n'ait pas le même calendrier que Fort Worth. En tout cas, Mack, si ça ne t'ennuie pas, j'avais pensé venir avec lui. Je paierai mon voyage, naturellement. Il y a une conférence médicale à Pasadena... Mack, je veux que nous ayons une conversation. En tête à tête.

– Bien sûr. Tu peux habiter chez moi. Je viendrai vous chercher à l'aéroport.

– C'est gentil. Mais je m'arrangerai autrement. Je te demande seulement une heure. Dimanche, peut-être?

Mack voyait son fils deux fois par an, la semaine après Noël, et deux semaines pendant le mois d'août. Il n'avait pas vu Susan depuis cinq ans. Mais ils se parlaient régulièrement, sinon chaleureusement, au téléphone. Il crut deviner, dans la voix de Susan, ce qu'elle voulait, et cela renforça la grande décision qu'il allait, sans attendre plus longtemps, signifier à Arnie et compagnie.

Ils se levèrent comme si le juge venait d'entrer à la cour, honorant ainsi l'homme qui payait pour le déjeuner splendide dont la table était maintenant débarrassée – table sur laquelle, selon un certificat de chez Sotheby, Disraeli avait signé des documents historiques. Arnie offrit des havanes à la ronde, avec des paroles aimables pour ceux qui les soignaient dans les caves. de chez Dunhill.

– Je suis content que tu aies pu venir, dit Arnie.

Il avait grossi d'une bonne dizaine de kilos depuis le jour où il était venu accueillir Mack Crawford à la gare routière de New York. Tout ce poids ramassé sous sa ceinture lui donnait l'air d'un serpent en train de digérer un lièvre. Il en vint immédiatement aux affaires, ouvrant la première de nombreuses chemises de cuir noir empilées devant lui.

– Avant de commencer, dit Mack timidement malgré ses résolutions, j'ai quelque chose à vous dire.

Arnie lui fit signe de s'asseoir.

– Attends un peu, tu veux? Nous avons beaucoup à faire aujourd'hui.

– C'est important, Arnie...

– Tout est important.

La séance s'embourba rapidement dans des histoires de litiges. Zakariah, l'avocat, annonça qu'un misérable écrivain intentait un procès à la Macra : selon sa plainte, l'intrigue du dernier film de Mack avait été volée à un manuscrit qu'il avait soumis à l'acteur, lequel ne l'avait d'ailleurs jamais lu. La défense de la Macra était solide, mais il lui en coûterait probablement 50 000 dollars en frais de justice pour moucher le morveux. Nesmith, le comptable, regretta l'insistance du fisc sur les 185 613,87 dollars que la Macra lui devait, les intérêts continuant de s'accumuler. Beggers, le conseiller financier, était optimiste quant aux investissements de la Macra dans les greniers à grains de l'Oklahoma et les vergers de l'Oregon, malgré la perte de quarante-deux pour cent due aux conditions atmosphériques et au coût de la main-d'œuvre. Tellens, l'agent de presse, mit en garde contre une étude en préparation à *Time Magazine* au sujet de la pauvreté du cinéma américain. L'hebdomadaire avait l'intention d'accuser principalement des acteurs trop payés et trop dépourvus de talent dont le pouvoir était devenu monstrueux. Tellens s'efforçait de faire baisser le ton de l'article concernant Mack plus particulièrement, mais il doutait d'y parvenir. Une pauvre consolation fut la caisse de couvertures de magazines récents que Tellens déversa devant Mack. Encore de la décoration pour les murs de ses w.-c... Arnie déclara que deux rôles convoités par Mack avaient été attribués à Steve McQueen et à Paul Newman.

— Est-ce que je bois ma ciguë maintenant? demanda Mack.

Tout le monde fit semblant de rire.

Pour Arnie, il n'y avait pas lieu de s'inquiéter. L'industrie du cinéma était, comme le reste dans ce bon dieu de pays, brisée et ébranlée. La guerre du Vietnam déchirait l'âme de l'Amérique.

— Au lieu d'être assis dans les salles de cinéma, les jeunes sont dans la rue et mettent le feu aux banques. Ils sont camés jusqu'au trognon. Ces putains de studios ne savent plus ce que les gens veulent voir.

— De bons spectacles pour les familles, suggéra Zakariah, qui était un habitué à la table de Walt Disney et de Jack Warner et dont l'acteur préféré, après Mack, était James Stewart.

— Ah vraiment? fit Arnie. Alors, comment se fait-il que *Doctor Doolittle* ait été un bide? Comment se fait-il qu'ils sont tous à faire la queue pour aller voir *Bonnie and Clyde,* un bon spectacle pour les familles avec deux gangsters dont un qui peut même pas bander? Comment se fait-il qu'on puisse même pas voir l'écran tellement y a de fumée de marijuana dans la salle où on joue *2001*?

Il dirigea un pouce accusateur vers son produit en pleine dévaluation : Mack.

— Son dernier film a péniblement couvert les frais, rappela Arnie. (Mack y jouait le rôle d'un shérif du Texas qui prenait son métier à cœur et refoulait des trafiquants de drogue de l'autre côté du Rio Grande.) Le soir où je suis allé le voir, il y avait peut-être une trentaine de spectateurs payants. Et ils applaudissaient les méchants. Les gens ne veulent plus de héros! C'est pas la mode. Dustin Hoffman a tué les héros une fois pour toute l'année dernière avec *Le Lauréat.* Je vous le dis : il faut changer son image.

Arnie sortit les copies d'un scénario.

– Que tout le monde lise ça. C'est de l'or en barre.

Mack reconnut le titre : *Hiding Out*. C'était l'histoire confuse et embrouillée de l'entraîneur de l'équipe de base-ball d'un collège qui ne se satisfait plus d'une vie trop organisée; il abandonne sa femme et son équipe, découvre « une vie pleine de signification » dans une communauté de l'autre côté de la frontière canadienne, abrite des déserteurs, fait pousser des légumes biologiques et médite... C'était écrit par un des clients d'Arnie et serait mis en scène et financé par les clients d'Arnie. Si Mack était d'accord pour jouer le rôle principal, Arnie prendrait dix pour cent sur toutes les recettes, excepté sur la vente des esquimaux glacés.

Durant cet après-midi interminable, Mack avait écouté de façon intermittente. Il ne s'était jamais particulièrement intéressé aux affaires. Il signait un document, un chèque, paraphait une clause, quand on les lui présentait. Dès le début, il avait dit à Arnie : « Tout ce que je veux faire, c'est jouer. Toi, tu t'occupes du reste. » Cela était possible en 1959, quand il gagnait 11 100 dollars, moins les dix pour cent d'Arnie. Maintenant, dix ans plus tard, il gagnait près de 2 millions par an, toujours moins les dix pour cent d'Arnie, et le salaire de trente-huit employés. Sa déclaration d'impôts avait atteint les quatre-vingt-sept pages, et pour la rédiger, il fallait un des nouveaux ordinateurs. Il semblait à Mack que tout le monde avait prise sur lui. Il ne pouvait même pas signer un chèque de plus de 50 tickets sans téléphoner d'abord pour prévenir Arnie ou le comptable. Cela lui rappela qu'il avait besoin de 500 dollars pour la visite de Jeffie. Peut-être emmènerait-il son fils et Susan au Bistro demain soir; au moins, là, il pouvait signer un chèque. Susan serait impressionnée. Le personnel du Bistro était prêt à marcher sur les mains si Mack le leur demandait. Et à la sortie, il y avait toujours une bande de chasseurs d'autographes.

Arnie le rappela aux réalités et aux affaires :

– Je dis que c'est un sacré scénario. Si la Macra s'engage, je peux le présenter à Columbia avant demain midi. Ils veulent des films pour les jeunes.

A travers l'épaisseur gris-bleu de la fumée des cigares, l'acteur vit chacun le regarder. Ils attendaient son accord, un mot ou un signe qui déclencherait l'investissement de 6 millions de dollars. Mais pas question de parler de *Hiding Out*. Il avait autre chose à dire. Il avait répété son discours en chemin depuis chez lui. Il s'éclaircit la voix, cherchant un courage défaillant.

– Cette discussion est de pure forme, les amis. Le fait est que je suis fatigué, réellement fatigué...

Arnie bondit de son siège et, comme une fusée, invita la Macra à évacuer la salle de conférences.

– Ouais, nous sommes tous fatigués. La nuit portera conseil.

Et en un rien de temps, la classe fut congédiée. Restaient le cancre et le professeur. D'un coup de pied, Arnie ferma la porte, puis posa cérémonieusement ses grosses fesses sur la table où Disraeli avait signé des documents historiques. Il regarda Mack de façon aussi écrasante que possible.

Mack dit :

– T'es vraiment un salaud... Tu savais bien que j'avais quelque chose d'important à dire!

– Dis-le-moi à *moi*. Je suis tout ouïe.

– Alors, écoute bien, Arnie. Tu devrais peut-être mettre en marche le magnétophone que tu dissimules dans ton attaché-case. Je ne veux pas que mes propos soient déformés.

– Il est toujours en marche! Vas-y.

– D'accord. Je laisse tomber.

– Tu laisses tomber quoi?

– Toi. La Macra. Le travail. Je ne veux plus tourner de films. Je l'ai fait, je suis assez fier de mon travail, et j'ai assez de fric pour le restant de mes jours. Alors, tu as ma bénédiction, Arnie. Prends ce scénario, roule-le bien serré et fourre-le-toi sans vaseline.

Arnie eut un sourire tolérant.

– Ah, les acteurs! Un jour, on découvrira que les acteurs sont la cause de plus de crises cardiaques que le cholestérol!... Je ne vais pas perdre mon temps à te rappeler qui a trouvé qui, dans cette ville de bouseux où tu faisais du porte-à-porte pour vendre des bagnoles. Et je ne veux pas t'ennuyer non plus en te demandant de te souvenir de la carrière étonnante que j'ai construite, des portes que j'ai enfoncées, le vernis que j'ai déposé sur une réputation de rien du tout. Alors si tu as décidé de laisser tomber, c'est ton droit. Tu es un grand garçon, maintenant! Tu veux peut-être foutre le camp au bon moment... Mais avant que tu t'enfonces lentement, dis-moi ce que je dois faire de *ça*.

L'imprésario ouvrit sa serviette comme un expert en démolition et en sortit soigneusement une enveloppe de papier ordinaire, sur laquelle était collée une photo du visage de Mack découpée dans un magazine. L'image était rageusement gribouillée en rouge.

– Tu reçois encore beaucoup de courrier. Une de nos filles a trouvé ça dans le courrier et me l'a donné. Elle a pensé à le remettre à la police; heureusement, elle ne l'a pas fait.

Mack voulut prendre la lettre, mais Arnie l'agita, hors d'atteinte.

– Attends, je vais te dire ce qu'il y a dedans.

– Donne-moi cette bon dieu de lettre! cria Mack en saisissant le bras de l'imprésario, prêt à le casser si besoin était.

Le 9 juillet 1968

Chère Étoile du Diable,
Tu ne réponds pas souvent à mes lettres. Celle-ci est la troisième et la dernière. Je sais tout sur toi, McKenzie. Je sais ce que tu as fait à Mable, à Susan et à Jeffie. Je connais toutes les saletés de ta vie.
Tu as intérêt à me contacter. Dieu veut la vérité. Dieu sait que tu as détruit des gens. Réponds à cette lettre en mettant cette phrase dans les petites annonces du *L.A. Times* : « La confession est bonne pour l'âme. Tex. » Ensuite, continue de lire les petites annonces.

Il n'y avait pas de signature. L'écriture, au crayon pâle, était claire mais hâtive.
– Alors? demanda Arnie, tu veux que je m'en occupe?
Mack hocha la tête.
– Non. A moins que tu l'aies écrite toi-même.
Il mit la lettre dans la poche de sa chemise et quitta la pièce sans ajouter un mot. Cette nuit-là, après avoir relu plusieurs fois les menaces, Mack se demanda pourquoi Arnie avait mis presque un mois à l'en informer. Troublé et désorienté, Mack ne se souvint pas avoir dit à son maquilleur, trois mois auparavant, qu'il pensait sérieusement à quitter le cinéma. Le lendemain matin, il téléphona au *L.A. Times,* demanda la publication de l'annonce, puis prit sa voiture et alla chercher sa femme et son fils.

Il est dans la nature de l'Homme de croire, au moins dans les douces et fraîches années de sa jeunesse, qu'il est seul maître à bord pour le voyage de la vie, que les itinéraires qu'il choisit, les vents qu'il suit, ce qu'il dit et ce qu'il fait le mèneront sur une mer clémente jusqu'au port, au crépuscule. Et puis, généralement vers le milieu du voyage, quand les voiles se déchirent ou ne captent plus la moindre brise, quand la mer se déchaîne et fait chavirer ce qu'on croyait être un navire à toute épreuve, il se réfugie dans les explications de l'inexplicable. Toutes les cultures ont mis au point un système de garde-fous, de cordes auxquelles s'agripper pour tenir quelques moments de plus. Ce ne sont qu'excuses et illusions. « La volonté divine » suffit à quelques-uns. « Prédestination » et « destin », à quelques autres. Les Français, ces fatalistes, sans toutefois proposer une solution aux secrets de la vie, acceptent les courants contraires en se souvenant des mots d'un compatriote peu connu, Alphonse Karr, qui écrivit en 1849 : « Plus ça change, plus c'est la même chose. »
Trois individus malheureux avaient décidé après mûre

réflexion, ce vendredi matin d'août 1968, de pratiquer une opération chirurgicale sur leur propre vie. Et un mois environ plus tard, ces trois vies avaient changé de façon considérable. Mais aucun des changements ne s'opéra comme ils l'avaient prévu lors de leurs longues nuits sans sommeil. Combien de fois les gens obtiennent-ils ce qu'ils veulent vraiment?

Ce que Mack Crawford voulait était facile, pensait-il, à obtenir : il voulait s'échapper. L'abdication semblait le seul remède au malaise qui tourmentait le prince des Charmes. Quelque temps auparavant, il avait essayé de s'expliquer à un psychiatre pendant trois heures désagréables. Le thérapeute, un freudien doctrinaire très recherché dans le monde du spectacle, était un homme peu attirant, au teint mat, du genre italien. Son complet était aussi chic que le décor en daim jaune pâle de son bureau de Beverly Hills. Quand Mack s'installa dans le fauteuil Eero Saarinen, le psychiatre lui posa une seule question :

– Qu'est-ce que je peux faire pour vous?

Mack répondit honnêtement :

– Je ne sais pas.

Il attendit un encouragement qui ne vint pas. Le médecin était derrière un bureau sur lequel il n'y avait rien, excepté un cendrier de verre Steuben, aussi propre qu'un scalpel. Mack s'embarqua gauchement dans un monologue au débit irrégulier. Il parla d'abord de sa situation financière, comme s'il demandait un emprunt dans une banque. Il déclina la liste de ses biens : ses automobiles, sa garde-robe, le prix de sa maison. Il raconta l'intrigue du film qu'il était en train de tourner. Il décrivit les réunions de la Macra. Enfin il dit :

– Je crois, du moins on me le dit, enfin je pense que les gens disent que je suis une des personnes les plus célèbres du monde... Trois femmes m'ont suivi jusqu'ici, quand je suis sorti de l'ascenseur. J'ai fait semblant d'aller chez le dentiste d'à côté, et... Enfin, je veux dire que si je vous emmenais faire une promenade en bas sur Wilshire Boulevard, on pourrait pas faire cent mètres sans avoir une foule de gens qui s'arrêtent et se retournent pour me regarder... Je dois faire peindre en noir les vitres de ma Mercedes pour qu'on ne me reconnaisse pas... C'est que... Savez-vous qu'il y a des jours où je reçois peut-être cent cinquante coups de téléphone? Tous ces gens veulent me parler à *moi*... J'ai une secrétaire qui me suit partout avec une liste longue comme le bras des gens que je suis censé rappeler... Le soir, en revanche, le téléphone ne sonne pas beaucoup... Je suppose que je suis surtout célèbre pendant les heures ouvrables... Qu'est-ce que vous en pensez?

Le psychiatre se contenta de hausser les épaules.

Pendant leur deuxième séance, Mack sortit une phrase qui lui était venue entre-temps, un aveu qui lui semblait à la fois osé et révélateur.

– Je crois que je suis un héros pour tout le monde, sauf pour moi.

Pas de réponse à ça non plus. Mack prit alors cette expression de force et de volonté, ce regard farouche particulièrement apprécié par ses admirateurs. Il ne dit rien pendant un quart d'heure, une bouderie qui coûtait cher. Vers la fin de la séance, Mack essaya d'expliquer comme tout lui avait été facile, comment il n'avait pas cherché le succès, qui s'était présenté à lui comme s'il le méritait.

– Je ne suis pas vraiment un bon acteur, confessa-t-il en hâte. Mais les gens y croient. C'est tout des petits morceaux par-ci, par-là, que le montage colle ensemble intelligemment, vous savez! je fais peut-être une bonne minute le matin, et deux l'après-midi. Mais le problème, c'est que je ne sais jamais quand je suis bon. C'est le metteur en scène qui doit me le dire. C'est vraiment une façon incroyable de gagner sa vie, vous trouvez pas?

Mack y retourna une dernière fois. Il parla sans arrêt pendant une heure, aussi sincèrement que possible. Il déversa tout le paquet. Il parla de peur et de culpabilité, de fantômes et de secrets, de rapports sexuels avec des hommes et des femmes, du besoin de se sauver de la chambre dès que c'était fini, sans tenir compte du qui, du quoi ou du comment.

– En conclusion, je ne suis pas heureux, dit-il presque en pleurs. Je sais, c'est un cliché, mais me voilà en haut de la montagne, et l'air me manque. Je n'aime pas ma vie. Et c'est pas mieux quand je suis soûl ou défoncé. Je vieillis. Mes cheveux se font rares et il faut les peigner avec soin avant les prises de vue. Souvent, je pense à me réfugier dans un endroit où personne ne me connaîtrait. Mais je ne crois pas qu'il y ait un seul endroit où je sois inconnu.

Mack se tut. Le psychiatre écrivit quelques mots. Mack crut avoir enfin dit quelque chose valant la peine d'être noté. Le thérapeute lui fit signe de continuer.

– Eh bien, voilà, c'est l'histoire de ma vie. Je crois pas être un mauvais type. J'ai jamais fait de mal à personne intentionnellement... J'ai jamais volé ou tué, et j'ai jamais demandé à naître avec cette tête et ce corps-là...

Le psychiatre, qui devait quelques années plus tard devenir un adepte du gestaltisme, publier un best-seller sur *Comment prendre en charge sa propre vie,* et qui aurait alors entamé un dialogue immédiat avec un client dans un état d'angoisse aussi évident que celui de Mack, se contenta ce jour-là d'indiquer la porte d'un signe de tête. Mack demanda au médecin ce qu'il avait écrit; rien qu'un nouveau rendez-vous. Et il tendit le papier à son client. Mais Mack voulait savoir ce qu'il pensait. Il s'écria :

– Nom de dieu! Je viens de déballer mon cœur devant vous. Vous pourriez dire quelque chose, non?

– Non, rien. Pas aujourd'hui. Revenez mardi prochain. Et la semaine prochaine. Et l'année prochaine.

Mack ne revint pas. Il ne lut pas non plus les extraits de sa confession qui devaient paraître – déguisés et paraphrasés, certes – dans le livre sur le narcissime que le médecin écrivit peu après. Il se contenta d'envoyer 180 dollars dans une enveloppe, sans mention d'expéditeur. C'était de l'argent jeté en l'air.

En attendant à l'aéroport, dans le salon réservé aux gens importants, assisté d'une hôtesse nerveuse et d'un photographe convoqué pour fixer sur la pellicule la rencontre de la vedette avec sa femme et son fils (et surtout, faire bien attention que le nom de la compagnie aérienne apparaisse sur le cliché), Mack répétait son rôle. Il était certain de faire son effet.

Susan French Crawford, trente-huit ans, avait elle aussi préparé son discours. Elle le possédait par cœur depuis des années et, bien souvent, elle avait eu l'intention de parler. Cent fois, dans le miroir de la salle de bains, elle s'était réprimandée pour son manque de courage. Mais s'il lui avait fallu quatorze ans pour cela maintenant elle était prête à dire à Mack que si « hypocrite » était peut-être un peu dur pour se qualifier elle-même « malhonnête » et « trompeur » étaient en tout cas justifiés. Pendant des années, elle avait pensé au divorce. Maintenant, elle allait l'exiger. Voilà ce qu'elle avait l'intention de dire :

– « Mon chéri – et tu es encore mon chéri très précieux – je ne sais pas pourquoi tu es resté marié avec moi si longtemps. Je pourrais faire quelques suppositions, mais il n'y a pas de mérite à trouver des devinettes faciles. Quant à moi, mes raisons sont enfin claires. Permets-moi de revenir au commencement. Dès les premiers temps, je t'ai piégé. Je te voulais parce que tu étais – tu es encore! – une grande et belle brute dont chaque femme qui pose les yeux sur toi a envie. Tu n'avais guère le choix. Tu avais les deux jambes brisées; moi, je suis passée par là et je t'ai aidé à les réparer. J'ai entendu l'autre jour une expression choquante : " Baiser par pitié. " Je crois que notre mariage a été un mariage de pitié. Tu t'es senti en dette; alors tu t'es marié. A propos de cette nuit stupide à Acapulco, mon chéri, je savais qui avait séduit l'autre, mais je savais aussi que notre mariage était une mystification. Je me suis servie de Cat Bowman comme prétexte à notre rupture. Puis Jeffie est arrivé, et je voulais qu'il ait un père, au moins pendant un certain temps. Et je mentirais si je disais que tu n'as pas été généreux. Une femme s'habitue à 2 500 dollars par mois, plus les petits profits. Les années passent vite. J'ai été très occupée. Je suis retournée à l'université. J'aurai bientôt ma licence de psychologie, bien que je ne sache pas ce que j'en ferai. Je n'aurais pas la prétention de diriger la vie d'autrui, étant donné ce que j'ai fait de la mienne. Mais voici maintenant le moment difficile. Écoute et ne m'interromps pas, parce que je veux tout dire très vite. Quelquefois, je sors de moi-même, je me regarde et je me dis : " Ma fille, tu es en bonne santé, normale, alors pourquoi restes-tu mariée à un homme qui ne t'a pas touchée depuis que Ike Eisenhower était président? " Je réponds pour ma défense : " Nous sommes très modernes, Mack et moi. Nous sommes libérés et d'avant-garde. Il va de son côté; moi du mien. " J'ai été avec des hommes, quelques-uns. Je peux encore attirer les regards, crois-le ou non. Mais quand les hommes deviennent un peu trop pressants, je ferme boutique. Peut-être ne suis-je pas très exigeante, sexuellement. Peut-être qu'aucun n'est à la mesure des rêves que j'avais faits. La vérité, c'est que j'ai vécu loin de moi-même. Je me suis attachée à une identité qui n'est pas la mienne. J'aime lire dans les journaux des articles sur " l'épouse isolée de Mack Crawford à Fort Worth ". J'aime quand les employés de banque et les vendeuses me demandent *mon* autographe. J'aime cueillir les fruits de la célébrité, sans avoir rien à faire qu'à rester ridiculement mariée à une star. J'aime que les gens pensent que tu désires mon corps. Mais j'ai décidé que tout cela était malsain, Mack. J'ai roulé dans tes roues. Mais je suis maintenant sur une voie de garage. Je me suis servie de toi pour masquer ma paresse et mes craintes. Ça ne nous sert ni l'un ni l'autre. Mon avocat a préparé tous les papiers nécessaires; tu n'as qu'à signer ici et en retournant au Texas, je m'arrêterai à El Paso, je traverserai le pont, et nous serons libres tous les deux. Mais je t'aimerai encore, Mack. Quand je mourrai, j'espère qu'il sera écrit dans les journaux que j'ai été ta première femme, et la meilleure. S'il te plaît, mon chéri. Je t'en prie. »

Une femme au joli nom de Arianna Corinth se leva ce matin même, après une nuit sans sommeil, dans le quartier de Brentwood, à Los Angeles. Elle croyait avoir trouvé la seule solution à un affreux problème. Elle prépara un petit déjeuner particulièrement soigné pour sa fillette âgée de six ans : des toasts à la cannelle et du sucre en poudre, du chocolat chaud et de la guimauve. Elle donna la permission à l'enfant, une belle petite un peu triste du nom de Molly, de choisir ce qu'elle voulait dans le coffret à bijoux. Molly choisit un lourd collier de perles d'ambre; sa mère accepta, bien que ce fût une relique qui venait de Saint-Pétersbourg, passée de mère en fille depuis plus d'un siècle. Arianna voulait que la journée de Molly fût parfaite; elle aimait tellement sa fille.

Dès que Molly fut partie pour les cours d'été réservés aux enfants surdoués, Arianna téléphona au studio et dit qu'elle serait très en retard, ne pourrait peut-être même pas venir. Elle devait, mentit-elle, faire les fripiers de Melrose Avenue à la recherche de costumes pour un nouveau « film pour la jeunesse » chez Paramount. La secrétaire informa Arianna qu'Arnie Beckman avait encore téléphoné. C'était la troisième fois. « Il a dit, je cite : Dites à cette morue qu'il s'agit de quelque chose entre urgent et question de vie ou de mort. Fin de citation. » Arianna promit de le rappeler. Dans son agenda de cuir rouge de chez Gucci, elle inscrivit le nom d'Arnie Beckman, d'une écriture aussi emphatique que tout ce qui la caractérisait. Elle en feuilleta les pages. Ses journées étaient remplies pour des semaines à venir; ses nuits, totalement vides.

On sonna à la porte d'entrée. Arianna regarda prudemment par la fenêtre de sa chambre : elle aperçut le facteur. Il portait une de ces enveloppes gonflées de documents que l'avocat d'Eric envoyait régulièrement par courrier recommandé. Jusque-là, elle n'avait jamais pensé que le facteur deviendrait un ennemi à éviter. Mais maintenant, elle ne pouvait quitter sa propre maison avant que le messager et ses mauvaises nouvelles fût reparti. Il sonna avec insistance, glissa une notice rose dans la boîte et s'éloigna enfin.

Elle s'habilla en hâte, s'attifant de choses hétéroclites dont peu de femmes auraient su faire un ensemble qui eût quelque allure. Les envieuses croyaient qu'Arianna dépensait des sommes énormes pour sa garde-robe (ou bien empruntait en cachette aux armoires du studio). C'était faux. Aujourd'hui, elle en avait pour moins de 30 dollars sur ce corps élancé et bronzé de trente-trois ans : pantalon à carreaux coupé dans une vieille couverture chipée dans un transatlantique et cousu de sa propre main, un jersey ocre du rayon pour enfants de chez Sears, des sandales de corde achetées à un marchand ambulant sur un quai du Pyrée, et assez de bimbeloterie autour de son long cou pour évoquer un groupe de percussion. Ne voulant pas se coiffer (à 4 heures de l'après-midi, elle se ferait une dernière toilette, ainsi qu'à Molly), Arianna fourra sa chevelure dans un béret acheté autrefois à un camelot à Montmartre. Quelques mèches couleur de maïs refusèrent d'entrer. Arianna s'en moquait. Elle savait de quoi elle avait l'air. Si un photographe avait pris une photo d'elle à ce moment précis et l'avait publiée dans un magazine de mode, une centaine de femmes de Beverly Hills eussent essayé de laisser négligemment quelques mèches s'échapper d'un béret bon marché. Telle était la réputation d'Arianna Corinth dans l' « avant-vogue ».

Elle s'appliqua à un dernier devoir. Chaque matin, Arianna écrivait quelques paragraphes dans son journal. Elle en avait pris l'habitude pendant ses études de costumière à New York. Ses premières pages avaient été réservées et discrètes, du genre dialogue entre inconnus au cours d'un cocktail. Elle relatait ce qu'elle faisait, non ce qu'elle ressentait. Elle écrivait comme si sa mère pouvait trouver son journal et le lire, même si la pauvre femme était morte une heure après la naissance d'Arianna. Mais les années passèrent, et ses émotions se firent plus complexes. Le journal devint un ami, une force exigeante qui demandait, sous peine de culpabilité insupportable, vérité, discipline et soin. Même après qu'Eric l'eut trouvé, brisé le fermoir et lu les pages accusatrices qui fournissaient à la fois matière à un divorce incontestable et à une amère dispute quant à la garde de Molly, Arianna continua de remplir ses pages.

Ce jour-là, elle écrivit : « Je dois me dépêcher. Tellement à faire. Si peu de temps. Peut-être, plus tard, je pourrai revenir à toi. Il n'y a pas grand-chose de nouveau à dire, de toute façon. Tu sais tout. Je me sens à la fois calme et juste. Que ce que j'ai décidé de faire ne soit pas mal interprété : je suis en pleine possession de mes facultés mentales. Le ruisseau a pu s'égarer de temps en temps, mais la rivière coule, forte et profonde. Ah j'oubliais : il reste une chose à décider. Dans une oreille, un petit oiseau murmure qu'il faut te brûler. Mais dans l'autre, j'entends : " Peut-être ces pages valent la peine d'être laissées en héritage. " Dois-je tuer mes secrets? Un vieux proverbe espagnol dit : " L'amour, la douleur et l'argent ne peuvent être longtemps gardés secrets. Bientôt ils se trahissent eux-mêmes. " »

A midi, Arianna secoua le heurtoir de cuivre en forme de fer à cheval à la porte d'un imposant manoir géorgien dans le quartier de Holmby Hills de Los Angeles. Elle savait très bien que la maîtresse de maison, une amie de celles qu'on dit intimes, était absente et assistait à un déjeuner de charité en ville. Une servante costaricaine la reçut cependant, et Arianna demanda à utiliser les toilettes. Dans le placard à pharmacie de son amie, elle trouva un flacon contenant plus de deux cents cachets de somnifère. Elle en cacha la moitié dans un Kleenex rose, remercia la servante de la petite visite, puis se rendit jusqu'à l'école de Molly. L'air était chaud, chargé d'un brouillard aussi épais que de la moutarde de Dijon. Si elle avait des larmes dans ses yeux clairs, Arianna décida que c'était à cause de la pollution, et non de ses sombres pensées.

Le faire-part de décès, se dit-elle, ne paraîtrait pas dans le *Times* avant dimanche. Dans son milieu, l'horrible nouvelle serait commentée lundi. Elle aurait droit à une chronique importante, mais rien de grandiose. Le suicide d'une costumière lauréate de l'Académie des arts et de sa fille âgée de six ans n'allait pas empêcher le monde de tourner, ni faire mettre les drapeaux en berne; d'ailleurs, il serait très vite oublié. Seulement quelques rares personnes pleureraient et liraient entre les lignes : une mère lesbienne, accablée de dettes envers ses avocats, sur le point d'être obligée de céder la garde de son enfant à un ex-mari qui la menaçait de dénonciation publique et de honte, aimant d'un amour impossible une dame bien mariée de la bonne société, chez qui elle avait trouvé une dose suffisante de barbituriques pour faire sa sortie avec élégance.

L'amour, la douleur et l'argent bientôt se trahissent eux-mêmes.

CHAPITRE 21

Six mois plus tard. A la Saint-Valentin 1969. Après le mariage surprise, Arnie Beckman loua un avion de Las Vegas à Los Angeles, apportant lui-même le film aux bureaux de *Life*, dans Wilshire Boulevard. Il insista pour se rendre au laboratoire où il attendit impatiemment dans la chambre noire près de l'opérateur, avalant des cafés et des pilules pour le foie, voulant voir les photos sortir du bain d'acide pour être certain que son coup était réussi.

Le chef du laboratoire, un Allemand coléreux qui avait déjà chassé de son cabinet des gens de renom tels que Alfred Eisenstadt et lord Snowdown, ne toléra Arnie Beckman que parce que le rédacteur des pages loisirs lui avait expliqué la nature de l'exclusivité. *Life* avait acheté les droits en Amérique du Nord pour le mariage secret et voulait garder l'exclusivité des photos dans le monde entier. Arnie devait empocher 100 000 dollars, un accord secret entre lui et le syndicat de distribution Time.

— Qui est cette vieille dame? grommela le chef du laboratoire en montrant les traits qui se précisaient, une face de lune aux cheveux entre le rose et le vert...

— Vous pouvez pas la supprimer? demanda Arnie.

— Elle est dans plus de clichés que la mariée elle-même!

— Est-ce que vous pourriez pas jeter un peu d'acide sur la gueule de la grand-mère?

Dès que Susan sortit de l'avion, ce vendredi matin du mois d'août, toutes ses résolutions commencèrent à fondre. Mack attendait, souriant comme un chien de chasse, agitant des roses jaunes splendides, et pour Jeffie, des paquets de chez F.A.O. Schwartz emballés dans des couleurs vives. Il semblait plus grand que nature, comme sur les couvertures de magazines qu'elle avait collées dans des dizaines d'albums, et toujours le même homme-enfant qui la faisait se cacher, tremblante d'espoir, derrière les statues du jardin du campus, il y avait quinze ans. Suivant les instructions de sa mère, Jeffie courut comme un vrai footballeur se jeter dans les grands bras de Mack. Dans la lumière des flashes, le père souleva son fils au-dessus de sa tête. Susan s'émerveilla des legs de l'hérédité. Le garçon, mince mais costaud, savait jouer la comédie comme son père : il avait boudé pendant des semaines à l'idée de revoir Papa. Il ne changea d'attitude qu'en apprenant que depuis sa dernière visite, il y avait à Disneyland de nouvelles attractions. Rejeton typique d'un mariage brisé, l'enfant n'aimait ni ne détestait son père. En fait, il ne le connaissait pas assez pour éprouver un quelconque sentiment. Susan avait essayé de garder son fils à l'abri de la célébrité de son père : écoles privées, anonymat autant que possible. Jusqu'à ses dix ans, elle ne lui avait pas permis de voir un seul des films de Mack, puis elle comprit que l'interdiction était inutile puisque les camarades de l'enfant les lui racontaient et que tous les marchands de journaux avaient la tête de Papa à l'étalage.

Mack ouvrit les bras vers elle aussi, mais Susan se contenta de lui serrer la main et de frôler ses lèvres de sa joue fraîchement parfumée. Volontairement, elle choisit l'angle sous lequel le photographe de la compagnie aérienne ne pouvait les prendre.

– Bienvenue, ma belle, tu es splendide! lui dit Mack.

Susan fit quelques remarques dépréciatives, mais elle savait que c'était vrai. Un mois de régime draconien (750 calories) lui permettait de porter une taille 38, une robe d'après-midi de chez Neiman en soie sauvage blanche et vaporeuse, avec semis de bleuets pâles. Elle avait eu mauvaise conscience de se teindre les cheveux, mais elle avait presque quarante ans et elle voulait que Mack remarque, et regrette, la femme qu'il avait délaissée.

Une voiture électrique déposa cette famille magnifique sur le trottoir où une limousine aux vitres fumées les attendait. Susan s'habituait aux clic-clac des appareils photographiques et aux petits cris des admiratrices : « C'est-lui-c'est-vraiment-lui. » Elle alla même jusqu'à distribuer des grands sourires de circonstance tandis que Mack lui murmurait :

– Ne t'arrête pas; ne regarde personne dans les yeux; ne signe pas d'autographe. On se retrouve comme un rien coincé.

Elle baissa la tête, prit son fils par la main et se fraya un chemin dans la foule. Et quand Mack insista pour qu'elle passe au moins une nuit dans la chambre d'amis avant d'assister à la conférence de Pasadena, Susan ne fit pas l'effort de fabriquer une excuse.

Saisie de panique, Arianna arriva à l'école de Molly avec une demi-heure de retard. Elle avait été bloquée sur l'autoroute de San Diego à cause d'un camion de butane renversé. A la radio, on avait annoncé que la Convention démocrate à Chicago se préparait à choisir Hubert Horatio Humphrey comme candidat à la présidence, pendant que sur Michigan Avenue, une foule de jeunes révolutionnaires affrontaient les matraques et les bombes lacrimogènes de la police du maire Daley, que trois mille cent vingt-deux Vietnamiens avaient été tués ou grièvement blessés au cours de la semaine, que deux nouvelles transplantations cardiaques avaient été réalisées à Houston, et que les usagers devraient éviter l'autoroute de San Diego et utiliser les itinéraires de délestage.

En rage contre la folie générale, contre un monde qui ne permettrait même pas à une femme de se tuer et tuer sa fille comme elle en avait si soigneusement fait le projet, Arianna se mit à frapper de ses poings le tableau de bord, la tête sur le volant, riant et pleurant à la fois.

En arrivant, elle apprit que Molly avait quitté l'école avec la mère d'une de ses camarades pour le zoo de Los Angeles, où deux lionceaux venaient de naître.

– J'espère que vous n'y voyez pas d'inconvénient, dit la sous-directrice. Molly vous a attendue longtemps, très longtemps.

Arianna fit un signe de tête.

– Mme Corder a promis de ramener Molly à la maison à 6 heures précises, à temps pour le dîner.

Peu après 7 heures, Molly franchissait la porte, le chandail taché de moutarde et de glace, les yeux fatigués mais pleins de visions de panthères et de manèges. Arianna l'embrassa sauvagement, mais l'enfant lui échappa.

– Je dois faire un dessin pour l'école, annonça-t-elle en se précipitant vers ses papiers et ses crayons.

Plus tard, après avoir préparé pour Molly son plat préféré (hamburgers cuits sur le grill), Arianna confectionna deux desserts au chocolat avec suffisamment de crème pour dissimuler le goût des cinquante barbituriques contenus dans chacun d'eux. Elle posa le plateau près de la cheminée. Sa fille s'était endormie, allongée près d'un assez bon dessin : une lionne rugissante et deux jeunes lionceaux à peine esquissés. Il faut que je réveille ma fille pour l'endormir, pensa Arianna, et elle ne put supporter l'horreur de l'acte qu'elle allait commettre.

Le téléphone sonna. Une douzaine de fois. Lasse, elle décrocha.

– C'est *moi*, dit une femme à voix basse. Je viens de rentrer.

Consuela m'a dit que tu étais passée vers midi. Mais je t'avais dit que je devais déjeuner en ville...

– Maggie, je suis en train de dîner avec Molly.

– Ça ne va pas? Tu as l'air épuisée.

– Seulement fatiguée. Un de ces mauvais jours.

– Je ne peux pas parler. Maintenant, nous allons dîner chez les Bloomingdale. Écoute, je crois qu'il va partir pour l'Afrique la semaine prochaine. Une affaire de mines à Salisbury. C'est merveilleux, non? Je peux ouvrir la maison de Arrowhead. Peux-tu t'échapper pour deux semaines?

– Je vais voir, Maggie. Excuse-moi, je suis vraiment vannée.

– Qui ne l'est pas? Je t'aime. C'est vrai. J'ai vraiment besoin de toi.

– Je sais.

Arianna raccrocha et éclata en sanglots. Elle resta assise près de sa fille, très longtemps, pleurant, essayant de retrouver sa détermination. Elle murmura une fois dans l'oreille de Molly que le dîner était prêt, et le dessert aussi. Mais elle le murmura à peine et une seule fois. Enfin, vers 9 h 30, elle porta son enfant au lit et s'endormit immédiatement à ses côtés.

A l'aube, quand la sonnette retentit, Arianna crut que l'obstiné facteur était revenu. Mais en glissant un regard à travers les rideaux, elle vit Arnie Beckman. Il avait l'air aussi heureux qu'un rouge-gorge avec un ver au bec et il la regardait. Après avoir jeté les deux desserts à la poubelle, Arianna le fit entrer.

Au *Los Angeles Times,* la femme qui prit le curieux message pour les petites annonces personnelles du lendemain dit à son correspondant :

– Je vous relis : « Tex, nous sommes heureux de purifier votre âme. Lettre pour votre salut suit. Soyez prêt à contribuer à bonnes actions! » Est-ce que c'est correct? demanda l'employée.

– Oui.

– Voulez-vous le tarif spécial pour trois jours à 14,90 dollars?

– Non. Une fois suffira.

Pendant sa première nuit à Los Angeles, Susan fut touchée des attentions de Mack. Plusieurs bouquets de fleurs fraîches dans sa chambre, les derniers numéros (achetés en hâte) de *La Psychologie aujourd'hui* à son chevet et dîner au bord de la piscine, les torches faisant luire l'eau sombre et calme. Des domestiques servirent une mousse de saumon, un canard à la sauce au poivre vert et un magnum de Dom Pérignon. Quand Jeffie annonça qu'il n'aimait pas ce qu'on lui servait, Mack envoya un des serviteurs français chercher dans Sunset Boulevard des côtelettes fumées. Comment demander le divorce au cours d'une soirée comme celle-ci?

Le deuxième soir – oui, elle resta une deuxième nuit –, Susan prit tant de plaisir à dîner au Bistrot, elle y rencontra tellement de gens célèbres (Gregory et Véronique Peck, Irving et Mary Lazar, Billy et Audrey Wilder, Betty Bacall, David Niven), qui tous signèrent gentiment l'album d'autographes de Jeffie en lui souhaitant un agréable séjour à Hollywood, qu'il eût été cruel et ingrat d'aborder ce qui lui tenait à cœur. En rentrant, Mack montra à son fils trois dessins animés de Bugs Bunny, puis son dernier film.

Mais le troisième soir, quand Jeffie fut endormi de bonne heure après une journée de dix heures à Disneyland où un guide les avait fait passer en tête de toutes les files d'attente, elle sentit ses forces lui revenir. Ils étaient assis dans le patio quand un brouillard épais et humide soudainement venu de la mer les obligea à se réfugier dans la maison. Mack lui apporta un verre de vin blanc, mais avant d'en boire une gorgée elle déclara :

– Il faut que nous parlions, Mack.

– Eh bien, parle, mon chou.

– Je veux divorcer. C'est sérieux.

Mack ne facilita pas les choses. Il prit la nouvelle comme un écureuil se loge une noisette derrière la joue, s'affaira à allumer un feu de bûches d'eucalyptus et d'avocatier, posa un disque de jazz au son parfait sur la platine et déplaça les baffes de façon à ce que la musique semblât venir du lointain. Puis il s'assit sur le tapis bleu marine, avec l'air d'un enfant perdu en mer, sur un bateau en flammes. La scène était aussi soignée que celle d'un film bien dirigé; Susan se sentit plus honteuse que coupable.

– Est-ce bien nécessaire? dit-il calmement.

Il était beau à vous briser le cœur, pensa-t-elle. D'abord, elle n'avait pas aimé sa nouvelle moustache et ses favoris de boucanier, étonnée qu'il suive, à trente-cinq ans, la mode hirsute des jeunes. Maintenant, elle sentait le besoin dévorant de l'embrasser, de s'abandonner entièrement, de sentir son visage velu contre le sien. La théâtralité du moment lui donna l'impression de jouer un rôle sur scène. Si Mack avait cessé de parler un instant, Susan aurait peut-être commis l'erreur fatale.

Mais Mack possédait son texte par cœur. Il lui dit qu'il ne pouvait rien lui reprocher. Il lui dit qu'ils auraient dû normalement se séparer depuis longtemps. Il lui dit qu'il avait remis toute décision parce que le mariage était la seule chose qu'il n'avait pas réussie, « la seule haie qu'il n'avait pu franchir », selon sa compa-raison un peu vague. Mais il dit aussi, la forçant à le regarder et à l'écouter, crispée par l'attention :

– Je veux seulement que tu saches que je t'aime encore. Je n'ai jamais su te le montrer comme il fallait. Mais je suis comme ça. Tu as enrichi ma vie. Et j'espère que je n'ai pas complètement ruiné la tienne.

Ses paroles semblaient si sincères, si convaincantes les larmes qui mouillaient ces yeux célèbres et coulaient sur ces joues rougies par les lueurs de la cheminée, que Susan entendit le reste du discours de façon confuse, comme des appels au secours emportés par le vent. Mack parlait de quitter le cinéma, disait que même s'ils divorçaient, elle aimerait peut-être venir vivre à Los Angeles, ou lui pourrait revenir à Fort Worth, suggérant que *peut-être, pourquoi pas,* ils *pourraient* tenter un nouvel essai.

– J'ai besoin de toi, chérie. Je ne peux pas te promettre des relations tout à fait conventionnelles. Mais je veux...

Il n'alla pas plus loin. Susan se leva comme un accusateur public. Elle secoua la tête, comme pour se débarrasser de la confusion qui l'avait envahie.

– Tu sais vraiment sur quels boutons il faut appuyer, dit-elle. Je suis assise ici, sur le point d'obtenir mon diplôme de psycho-logie, et toi tu prononces les mots magiques : « *vouloir* », « *besoin* ». Pour un peu, je redeviendrais une adolescente aux cuisses moites. Je sais que les femmes sont essentiellement masochistes et coupables, et ce depuis Ève, qu'elles se laissent berner par des rêves, et qu'elles passent leur vie à se faire des illusions. Je m'y connais, parce que depuis 1956, j'ai été une de ces femmes. L'autre jour, j'ai lu un article sur le thème « Il vaut mieux être mal mariée que pas mariée du tout ». Mais tout ça, c'est de la merde. J'ai foutu en l'air une bonne moitié de ma vie parce que j'ai un jour attrapé le type que toutes les filles veulent. Pour employer ta merveilleuse expression, j'ai franchi la haie. Incroya-ble, non?

– Susan, écoute-moi. J'essaie seulement de recommencer quel-que chose.

– Et moi, monsieur, j'essaie de finir quelque chose. J'essaie de sortir de l'ombre et de trouver un peu de lumière. Et je suis vachement fière de moi.

– J'ai besoin de toi, Susan.

– Ne t'excite pas sur ton *besoin,* mon vieux. J'ai plus de besoins que Carter n'a de pilules pour le foie. Je crois que tu as peur de quelque chose, peut-être de toi-même, et je crois que ce dont tu as besoin, c'est quelqu'un avec qui te mesurer. Tu te défendais bien

sur le terrain, dans le temps. Tu marqueras encore des buts, Mack.
Un jour. Quelqu'un. Quelque chose.

Ils se querellèrent sauvagement pendant la plus grande partie
de la nuit, mais au petit déjeuner, Mack signa les papiers du
divorce. Deux mois plus tard, pourvue d'une généreuse pension,
Susan vécut une des heures les plus satisfaisantes de sa vie, un
matin frais et ensoleillé d'automne, à Juárez.

Arnie Beckman avait l'intention de remplir, un jour, le vide que
ni les femmes, ni le pouvoir, ni l'argent n'avaient pu combler. Il
convoitait une notoriété au-delà de ses propres limites. Il voulait
que toute la nation, cette Amérique qu'il aimait à définir comme
« un énorme sandwich, deux tranches de pain, Los Angeles et New
York, avec au milieu trois mille kilomètres de stupidité », connaisse son nom. En admettant qu'il pût même accéder un jour à la
direction d'un grand studio de cinéma, ça ne serait jamais la
Metro-Goldwyn-*Beckman*. Mais ce qui pourrait faire de son nom
un emblème dans l'histoire contemporaine, ce serait un livre, une
autobiographie, une véritable prise de position intellectuelle. Les
générations présentes et à venir apprécieraient la sueur et le sang
qu'il avait versés, méconnu, à tirer les ficelles emmêlées de
marionnettes bariolées.

Ce qui dérangeait le rêve d'Arnie, c'était la menace des
poursuites en diffamation, une clause qu'il n'avait pas discutée
avec lui-même. Une solution possible était de publier des mémoires
posthumes, mais à quoi sert d'adorer un saint mort? Une autre
serait de changer les noms, mais un steak tartare n'est jamais que
de la viande hachée. La partie la plus inquiétante du livre,
légalement, serait bien sûr le sauvetage miraculeux de Mack
Crawford, comment il avait été tiré d'une situation au bord de la
ruine. Le soir du mariage surprise (une surprise pour tout le
monde sauf lui), Arnie s'amusa à dicter mentalement deux récits,
très différents, de sa plus grande réussite. Ils étaient un peu
comme la version locale et la version étrangère d'un mélodrame
américain de qualité :

POUR LA CONSOMMATION AMÉRICAINE

Vous souvenez-vous de l'été 1968? Mack Crawford était bien
affligé de la mort de Bob Kennedy et du meurtre de Martin
Luther King. En plus de tout cela, lui et sa délicieuse femme Susan
avaient décidé de divorcer à l'amiable. Ils avaient été mariés
pendant quatorze ans et étaient les parents d'un joli petit garçon.

La rupture jeta Mack au bord de l'abîme. Il faillit disparaître de la scène pendant un an ou deux. Je ne lui en aurais pas voulu. Et puis un soir, je donnai un petit dîner dans mon nouvel appartement de Beverly Hills. Je ne m'attendais pas à ce que Mack vînt, sachant l'état de dépression où il se trouvait. Nous en étions à la soupe à l'oseille, quand il arriva. Je serrai une chaise entre moi et l'une de mes invitées, une très belle fille nommée Arianna Corinth, notre costumière. Bien sûr, plus tard, on m'a accusé de faire l'entremetteur, étant donné qu'elle venait aussi de divorcer, et tout et tout... Mais je jure que je n'avais jamais eu de telles intentions. A table, on parlait de Nixon et d'Humphrey, de Gloria Steinem et d'Allen Ginsberg. Mais Mack et Arianna parlaient entre eux. Je ne crois pas trahir un secret en disant que ce fut le coup de foudre entre les deux tourtereaux. Ils quittèrent la soirée ensemble, et ensemble ils sont restés. Le moral de Mack se redressa comme si Noël et le 14 juillet étaient venus le même jour, et il accepta le rôle principal dans *Hiding Out*. Arianna accepta de faire les costumes, et le reste est une sérénade d'amour et de bonheur.

POUR LE PUBLIC EUROPÉEN

Mes amis, il n'y a pas de secrets, à Hollywood. Ils ne durent pas plus longtemps que l'écume sur la bière. Cet été de 1968, j'avais un gros problème à résoudre. La rumeur publique disait que le héros américain travaillait sur les deux côtés de la rue, *si* vous voyez ce que je veux dire. Vous me suivez? Dans le bon vieux temps, ça n'aurait pas eu d'importance. Les studios y veillaient. D'ailleurs, les journaux ne fouillaient pas dans les ordures comme ils le font maintenant. J'étais terrifié. Les deux derniers films de Mack n'avaient pas eu le succès escompté, et les types des studios sont toujours prêts à saisir un fétu de paille pour sauver leur peau. Il fallait que je fasse quelque chose, et vite, avant qu'un de ces morveux en blue-jean avec chaîne d'or au cou ait le temps de me dire que ma vedette devrait cesser de copier John Wayne pour faire des citations d'Oscar Wilde. Vous vous souvenez du slogan du moment : « Dites-le tel quel. » Vingt dieux, je commençais à craindre de devoir aller pointer au chômage et de voir la photo de Mack en couverture du *National Enquirer*, en robe de mariée.

Alors, quand sa pitoyable petite « épouse » le plaqua, finie l'apparence de respectabilité. Or le hasard faisait que je connaissais une fille merveilleuse, une de mes clientes, qui avait grand besoin d'un mari. C'était urgent. Oh, pas un mari au sens traditionnel du terme. Elle n'avait rien à foutre d'une bite, à moins qu'elle ne fût en caoutchouc et attachée à la taille d'une femme d'un certain âge. En un mot, c'était une gousse, mais il lui fallait un mari. Maintenant, suivez-moi attentivement. Cette jeune dame, Arianna Corinth, très belle qu'elle était, vous n'auriez jamais cru qu'elle était homo, qu'elle s'était mariée une fois avec un vrai homme et qu'elle avait eu une petite fille. Le type était un soûlard; il lui foutait des trempes et avait fini par la dégoûter des hommes. Mais elle aimait sa petite fille, et c'était sûrement la meilleure mère du monde. L'ex-mari ne voulait pas que sa fille fût élevée chez les gouines. Il entama un procès très embrouillé pour avoir la charge de l'enfant. Arianna était si désespérée qu'elle était prête à quitter la scène pour de bon.

Oh, bien sûr, ça m'a demandé du boulot. Je n'ai jamais négocié un contrat pareil. Je ne crois pas que David Selznick ait eu autant de maux de tête avec son *Autant en emporte le vent*. Enfin, j'ai fini par trouver un accord possible, et je leur ai fait signer un contrat prénuptial qui se trouve maintenant à l'abri dans les coffres de la Banque d'Amérique. Arianna a obtenu assez d'argent de Mack pour mettre la main sur quelques saloperies *très* intéressantes de la vie privée de son ex-mari, de quoi le décourager de tenter de reprendre sa fille. Je suis fier de dire que j'étais garçon d'honneur au charmant mariage de Mack et d'Arianna, à Las Vegas.

Comme pour couronner le mariage, j'ai, comment dire?... *persuadé* Mack de faire *Hiding Out* qui, comme tout le monde le sait, a tenu l'affiche pendant vingt-sept semaines dans notre bonne petite ville de New York. Les bénéfices sur les représentations mondiales pourraient atteindre les 26 millions de dollars, ce qui fait de Mack le chéri des boulevards de Beverly Hills et qu'il peut baiser des bergers allemands si ça lui chante; tout le monde s'en fout. C'est peut-être ce qu'il est en train de faire pendant que j'écris ces lignes.

P.S. Je jure devant Dieu que je ne sais rien de cette lettre de chantage qui a tellement bouleversé Mack. Il m'a d'abord accusé de l'avoir envoyée, mais je jure sur la tombe de ma mère, que son âme repose en paix, qu'Arnie Beckman ne s'abaisserait pas à de telles pratiques. Mais réflexion faite, je suis heureux d'admettre que cette lettre est venue au bon moment. Mack avait une raison de plus de dire « *Oui* » devant monsieur le maire.

En cette fin d'après-midi de septembre, il avait plu, ce qui n'était pas de saison. Mack se félicitait du mauvais temps qui salissait le pare-brise d'une voiture de location derrière lequel il attendait, les yeux fixés sur le petit salon de beauté à l'enseigne prétentieuse des « Belles Coiffures ». Il se trouvait quelque part au cœur de la vallée désolée et poussiéreuse de San Fernando, cette immense étendue d'horribles banlieues, ce désert artificiellement arrosé et transformé en une vaste agglomération de supermarchés et de fast-food fréquentés par des femmes en bigoudis et leur mari en bermuda. C'était comme l'envers d'un décor. Mack ne savait même pas très bien dans quelle ville il se trouvait; peut-être Van Nuys, ou North Hollywood, ou Reseda. Il n'y avait pas plus de différence entre ces localités qu'entre les cellules d'une même prison. Mais il savait qu'il était au bon endroit et que, dans moins d'une heure, quand la boutique « Belles Coiffures » aurait éteint ses lumières, quand il aurait mis ses lunettes noires et sa casquette de skieur et qu'il s'amènerait avec la dégaine de casseur qu'il avait mise au point depuis longtemps, la réalité ne serait pas loin de rejoindre la fiction. Il avait joué les flics assez souvent pour savoir comment faire chier de frousse de pauvres petits maîtres chanteurs. L'homme qu'il observait depuis 5 h 50, occupé à couper les cheveux d'une blonde ennuyée, ne courait pas le danger d'être étranglé. Mack n'avait pas d'intentions homicides. Mais la petite frappe ravalerait sa cupidité.

Mack était déjà de mauvaise humeur quand la lettre recommandée était arrivée, quelques jours après le retour de Susan au Texas. C'était la fin du séjour estival de Jeffie, et les rapports du père et du fils n'avaient pas été des plus satisfaisants. Mack était allé jusqu'à traiter Jeffie d'« ingrat petit merdeux » lorsque ce dernier s'était permis de discuter avec un professionnel talentueux de chez Warners venu l'aider à construire une volière. Avec soulagement, Mack avait fourré un billet de 100 dollars dans la poche du nouveau blazer de son fils et l'avait réexpédié au Texas.

La lettre était presque risible. Comme dans un film des années trente. Quelqu'un avait laborieusement découpé des mots dans des titres de magazines, et le mot « pédale » était si souvent employé que Mack se demanda combien d'exemplaires de journal sportif le maître chanteur avait dû découper... Collés ensemble, ces mots réclamaient 300 000 dollars en coupures de 1 dollar dont les numéros ne se suivaient pas, encore une indication de l'inexpérience du demandeur. Un tel paquet serait non seulement difficile à faire, mais aussi plutôt encombrant. Mack aurait déchiré la lettre si la dernière phrase ne l'en avait retenu : « Si Vous N'Obéissez Pas, Une Surprise Attend Le Petit Jeffie. Il Manquera Beaucoup A Cloverdale. » Le maître chanteur, quoique novice, avait des renseignements précis et inquiétants.

Par un ami reporter au *Times,* Mack apprit le numéro de téléphone d'où l'on avait envoyé la petite annonce, et grâce à un flic qui se faisait des extras en tant que gardien de nuit aux studios de cinéma, il se procura l'adresse correspondant au numéro de téléphone. Pendant une semaine, il était passé et repassé dans la triste rue commerçante où se trouvait « Belles Coiffures », constatant avec satisfaction qu'il n'y avait là que deux maîtres chanteurs possibles. La balayeuse mexicaine? Peu probable. Mais le propriétaire, un jeune homme fragile entre vingt et vingt-cinq ans du nom de Arthur Wiggins, semblait avoir teint ses cheveux de tant de couleurs différentes que ses boucles étaient maintenant d'un argent terni. Une simple déduction convainquit Mack que cette sale petite folle avait des ambitions exagérées.

Les deux soirs précédents, Mack avait traîné aux alentours du salon, incité par l'habitude qu'avait Arthur de partir immédiatement après avoir fermé la boutique, pour se rendre dans un sauna pour homosexuels de Lankershim Boulevard. Mack ne crut pas sage de s'attarder dans ces parages après minuit, mais il s'amusa à s'imaginer étranglant la petite pédale dans les brouillards du bain de vapeur, et les effets de sa présence à l'intérieur du « club ».

Comme c'était vendredi soir, Mack supposa que sa proie irait d'abord chez lui, si un tel endroit existait, afin de se faire beau pour la drague du week-end. Et en effet Arthur sortit, monta dans sa voiture, se dirigea vers Victory, tourna à droite le long d'un supermarché plus vaste qu'un hangar pour avions, et gara sa VW sous un bouquet de palmiers au feuillage étiolé. Apparemment, Arthur demeurait dans un des trois minuscules bungalows de stuc cachés par des arbustes, au bord d'une piscine vide dont les parois étaient craquelées depuis le dernier tremblement de terre. Satisfait de voir que les deux autres pavillons semblaient inoccupés pour le moment, Mack se faufila silencieusement derrière le garçon, attendit qu'il introduisît la clé dans la serrure et bondit, le saisissant à bras-le-corps. C'était le plus beau plaquage de sa vie. Les deux hommes furent précipités à l'intérieur, basculèrent par-dessus un sofa de plastique, écrasèrent une petite table de verre de laquelle furent projetées dans tous les sens les pièces d'un puzzle presque complètement assemblé et représentant King-Kong, roulèrent jusque dans un coin et s'arrêtèrent aux pieds d'un rocking-chair. Une vieille dame sereine y était assise, essayant de dîner devant la télé.

Se levant avec difficulté en s'aidant d'une canne, elle examina l'intrus. Les lunettes noires, envolées pendant l'assaut, ne cachaient plus ses yeux bleus; la casquette, de travers, découvrait des cheveux d'un blond presque doré. « Ça alors! Mack! » s'écria la vieille dame pendant qu'Arthur, braillant comme un chat écrasé, s'enfuyait par la porte d'entrée. Et, à en juger par le bruit qu'on entendit, tombait dans la piscine vide.

Mack regarda fixement la vieille dame, non sans raison. Son visage était celui d'une grand-mère de carte postale : doux et rose. Sa corpulence était cachée dans les plis d'un peignoir hawaiien couleur fruit de la passion. Sa chevelure était montée et poudrée comme la *belle coiffure* de Mme de Pompadour. Et partout dans la chambre, sur les étagères et sur les dessus-de-table, il y avait des photos de Mack Crawford. Il se trouvait au musée de sa propre image. Posé sur le poste de télévision, sa première photo sur la couverture de *Life,* au temps de sa gloire de footballeur à l'université du Texas. La vieille dame avait plus de couvertures de magazines que Mack dans ses toilettes.

Ce fut le moment où, trente-cinq ans et dix-huit jours après la naissance du moutard, le prince des Charmes vit pour la première fois sa mère véritable.

L'histoire est assez simple. Lureen Hofmeyer, ayant depuis longtemps abandonné son nom de cinéma, Cassandra Astor, avait travaillé en tant qu'esthéticienne dans de nombreux salons de beauté. Ayant enfin économisé assez d'argent pour ouvrir sa propre boutique en 1962, elle avait engagé un assistant homosexuel talentueux mais un peu désordonné. Arthur était le type même du coiffeur, recevant et revendant cancans et bavardages. Il se croyait le serviteur des dieux et des déesses. Quand Lureen tomba malade, souffrant de fréquentes attaques de sciatique, elle vendit à Arthur la moitié de l'affaire et continua de tenir le poste de mère d'adoption. Très négligent de ses finances personnelles, il avait été expulsé de plusieurs appartements, et depuis quelques mois demeurait dans le modeste bungalow de Lureen.

– Du chantage? Je ne peux vraiment pas croire qu'Arthur ferait ça, soupira-t-elle en remuant du Banania chaud aussi calmement que si elle faisait cela chaque soir pour son petit garçon. Mais il a été un peu bizarre, ces temps-ci. Il a un faible pour ce que ces chéris appellent « l'amour vache », si tu me passes l'expression. Peut-être il avait besoin d'argent. Je le réprimanderai.

– Ça fait combien de temps que vous me connaissez? Je veux dire, combien de temps que vous savez *qui* je suis?

Lureen s'installa dans son rocking-chair et répondit avec animation :

– Oh, depuis bien longtemps, mon fils. Ma sœur – ta tante Mable, Dieu ait son âme – ne s'en est jamais doutée, mais je ne t'ai jamais perdu de vue. Le sang texan ne peut oublier. J'ai eu tellement honte. J'ai fait la chose la plus terrible qu'une femme puisse faire : j'ai renié mon propre enfant. Mille fois j'ai failli téléphoner. Je ne peux te dire combien de fois j'ai réservé une place dans les autocars pour Fort Worth. Mais je n'ai jamais téléphoné et je n'ai jamais pris l'autocar. Je suis fière de toi. Tu peux en être certain.

– Susan? Jeffie? Vous êtes au courant?

– Mais naturellement! Je suis ta principale admiratrice. Dis-moi, mon fils, est-ce que tu vas faire *Hiding Out*? J'ai lu que tu l'envisageais. Il me semble que ça pourrait être un changement raisonnable.

Ils burent du Banania jusqu'à 3 heures du matin; Lureen s'assoupit dans son rocking-chair, et Mack s'endormit près d'elle sur des coussins, tout entouré de lui-même. Peu après, il invita Maman à emménager sur les hauteurs de Beverly Hills, où elle devint une excellente directrice du personnel, compagne, conseillère et à l'occasion secrétaire. Elle conspira avec enthousiasme au mariage secret de son fils avec Arianna Corinth, à Las Vegas.

– Une fille charmante, prononça Maman Lureen, et ses mots furent reproduits dans le numéro de *Life* qui publiait aussi une de ses photos. J'ai toujours voulu avoir une fille. Et aussi une petite-fille. Le Seigneur a de mystérieuses façons d'accomplir ses merveilles.

CHAPITRE 22

La profonde fatigue sur le visage et dans le regard de Kleber Cantrell n'échappa pas à Ceil Shannon, qui s'était glissée dans les coulisses du petit théâtre de la 44ᵉ Rue ouest de New York pour voir son amant en direct sur le plateau de David Frost... Kleber était malade. Il ne s'était jamais tout à fait remis de la balle de fusil Colt AR-15 qu'il avait reçue en pleine épaule seize mois plus tôt, près d'un misérable village vietnamien du nom de An Dien. Il ne souffrait plus de sa blessure, maintenant, et la cicatrice sinueuse qui parcourait son aisselle gauche était d'une blancheur rassurante pour les médecins. Mais il avait recommencé à travailler trop vite, refusant d'écouter les docteurs qui lui recommandaient une année de repos. Cette blessure servit d'inspiration au chapitre final de son dernier livre : *Les Paumés de la péninsule,* un pamphlet plein d'une colère et d'un humour aussi noirs l'une que l'autre, dirigé contre la façon catastrophique dont l'Amérique s'était enlisée dans le bourbier vietnamien.

Sa blessure (il avait presque saigné à mort, gisant dans un village entre une porcherie et des cabanes goudronnées dont le toit était recouvert de réclames pour Coca-Cola) : voilà ce dont Kleber voulait parler à David Frost à la télévision. Il avait préparé une petite déclaration pleine d'un humour acide mettant en évidence le fait qu'il n'avait jamais réussi à savoir qui avait tiré sur lui. Le projectile qui avait failli lui coûter le bras était d'origine américaine, mais dans l'affrontement imprévu qui détruisit An Dien, il y avait des Sud-Vietnamiens, des hommes du Vietcong et des « conseillers » américains qui tiraient les uns sur les autres avec les mêmes fusils Colt AR-15. On compta parmi les victimes de la journée : un journaliste (Kleber), un paysan de soixante-douze ans (mort) et deux sœurs, de quatre et sept ans (l'une morte, l'autre amputée des deux jambes). Plus des cochons et des buffles. Pas une seule goutte du sang des centurions ne fut versée. Que plusieurs centaines de soldats de convictions politiques diverses puissent gaspiller des quantités incalculables d'argent et d'énergie pour tuer et mutiler quelques paysans, un écrivain, des enfants et des animaux, c'est là que, pour Kleber, résidait l'absurdité de la situation.

Les Paumés de la péninsule était sorti en avril 1971, et les comptes rendus dans la presse reflétèrent les différentes opinions de l'Amérique. La gauche l'encensa; *Rolling Stone* prévut une couverture sur Kleber mais lui préféra à la dernière minute un profil de Yoko Ono. La droite cria à la trahison et suggéra à l'auteur de s'installer au Hilton de Hanoi pour y copuler avec Jane Fonda. Malgré les feux croisés de la critique, le livre ne se vendit pas. Ambitieux, l'éditeur avait fait imprimer cinquante mille exemplaires, qui s'entassaient sur les rayons des libraires comme des pyramides. Kleber accepta alors de partir en campagne publicitaire nationale, sans écouter les avertissements de Ceil Shannon qui lui dit qu'il risquait de s'écrouler définitivement entre maintenant et tout à l'heure...

Dans le taxi qui les amenait à l'émission de Frost, Ceil lui dit qu'il avait l'air pâle et défait. Là-dessus, Kleber donna l'ordre au chauffeur de faire un détour chez son docteur pour une rapide injection de « vitamines ». Chaque matin, Kleber se rendait au cabinet d'un médecin à la mode, un dénommé Kriekmann, chez qui se trouvaient une douzaine de cabines tapissées de velours rouge. Sa clientèle, un nombre remarquable de célébrités du monde de l'information, de la politique et du spectacle, attendait avidement que le bon docteur leur administrât dans les miches une potion de vitamines et de « reconstituants ». Ceil avait remarqué que chaque fois que Kleber sortait de la cabine de Kriekmann, il était remonté. Mais elle évitait de dire ce qu'elle pensait; Kleber n'acceptait la critique qu'à petites doses, et davantage le faisait fuir.

En arrivant au studio, Kleber avait été ravi d'apprendre que l'un des invités prévus, un musicien de rock, s'était décommandé. Le quart d'heure qui lui était imparti serait doublé; cela lui donnerait sans doute assez de temps pour vendre son livre et dénoncer la guerre. Il n'en fut rien.

Quoique partisan du livre de Kleber, Frost présenta son invité comme « l'un des écrivains les plus célébrés et les plus controversés de l'Amérique, le fils spirituel de H. L. Mencken, l'homme qui déjeune avec Golda Meir à Tel-Aviv et dîne avec Nasser au Caire, le chroniqueur des riches, des gens célèbres et des oubliés ». Kleber s'avança sous les applaudissements et quelques sifflets, encore pâle malgré la maquilleuse experte de Frost, et peu à son avantage dans la veste de sport taille 42 que Ceil lui avait achetée en vitesse l'après-midi chez Brooks. Elle lui avait dit que ses vêtements ne lui allaient plus, avec dix kilos de moins; il avait marmonné en retour qu'elle allât lui acheter quelque chose. Mais comme Kleber refusait d'accepter sa longue maladie, il s'était trompé et avait donné à Ceil son ancienne taille.

Frost ne s'attarda pas sur le sujet du Vietnam. Quand, demanda-t-il, quand tout cela allait-il se terminer?

– Ça, il faut le demander à M. Nixon, répliqua Kleber, ses deux mains tendues vers le grand vide. Il y a trois ans, il nous a dit qu'il avait, je cite, un plan secret pour mettre fin à cette guerre. Grâce à ce plan secret, il s'est fait élire; on peut donc penser que ce secret de haute importance sera gardé jusqu'en 1972, date du second couronnement.

– Votre livre, dit Frost sans en citer le titre et sans montrer l'exemplaire posé près de son invité, est extrêmement critique de la politique de Lyndon Johnson, pour qui vous écriviez des discours en 1964...

– Je plaide coupable pour avoir critiqué. Non coupable, et invoque une folie temporaire pour avoir soufflé ces discours à LBJ. J'ai essayé de le faire parler comme John Kennedy, mais c'était comme vouloir faire courir un taureau au derby du Kentucky.

Profitant de remous divers dans l'assistance, Kleber respira. Il s'apprêta à faire la différence entre la politique intérieure de LBJ et sa folie des grandeurs à l'extérieur. Mais Frost, qui entendait garder le contrôle de son émission et éviter de tomber dans le piège de la guerre et de la politique, changea habilement de sujet. Il savait que Kleber était un invité sur qui on pouvait compter, et qui avait plus d'une corde à son arc. Le verbe du prince du Pouvoir était aussi rapide que sa machine à écrire.

Des coulisses, Ceil vit comme il était pénible à Kleber d'abandonner le sujet de son livre, mais tel un acteur perdant son pantalon, il resta en scène. Pendant la coupure publicitaire qui suivit, Ceil eut envie de se précipiter sur le plateau et de murmurer à l'oreille de David Frost que son invité avait 39 de fièvre et qu'il risquait de se trouver mal sur le plateau si l'on continuait de lui poser des questions hors sujet. Mais elle savait que Kleber eût craché d'une langue venimeuse qu'il ne fallait pas faire attention à cette femme étrange qui venait de s'échapper d'un asile d'aliénés.

Frost revint à 1963, à la présence de Kleber à Dallas la nuit de l'assassinat de John Kennedy.

– Plus personne ne croit aujourd'hui que Lee Harvey Oswald a agi seul. Pourtant, je sais que vous rejetez toute idée de conspiration ou de complot. Pourquoi?

– J'ai toujours pensé que Oswald visait John Connally et qu'il l'a raté, fit Kleber, provoquant malgré lui un rire dans l'assistance. Je vous assure, ce type-là était incapable de tirer droit, il avait un fusil à trois sous, et il en voulait à Connally, qui avait été ministre de la Marine (c'est ce que sa mère m'a dit). Oswald le rendait responsable de ses malheurs. Oswald avait essayé en vain d'entrer en contact avec Connally.

– Mais selon certains experts, Oswald n'aurait pas pu agir seul. Il fallait qu'il y eût une conspiration quelque part.

Kleber soupira, exaspéré.

– L'association des mordus de l'assassinat est une industrie très prospère. Mais si l'on croit à la conspiration pour tuer **John** Kennedy, puis à une autre conspiration pour masquer l'affaire, alors il faut accepter l'incroyable, et j'utilise ce mot dans son plein sens : un nombre *incroyable* de conspirateurs. Au nombre desquels on trouverait Lyndon Johnson, J. Edgar Hoover, Earl Warren, Gerald Ford, et je pourrais continuer comme cela indéfiniment. Mais surtout Bobby Kennedy, à la fois procureur général des États-Unis à l'époque du crime et frère du Président assassiné. Bobby Kennedy adorait John. Il l'*adorait*. Bobby était le magistrat suprême de l'Amérique. Il avait accès à chaque dossier, à chaque tiroir secret. Selon moi, si Bobby Kennedy avait senti la moindre éventualité d'un camouflage, il aurait démonté Washington pierre à pierre de ses propres mains pour faire arrêter et juger les meurtriers de son frère. Non, désolé. Je ne peux pas souscrire à la conspiration, même si cela est extrêmement tentant. De plus, huit années ont passé. Huit années! *Quelqu'un* aurait fini par parler. Aurait signé un contrat avec Doubleday. *J'ai tué JFK* serait le livre le plus important après la Bible. Les secrets sont rares et valent leur pesant d'or. Mais ils ne durent que s'ils appartiennent à une seule personne...

Ceil se détendit. Kleber était parti. Il sortait le grand jeu; même si son cœur s'arrêtait maintenant, il finirait d'abord l'émission. C'était une des raisons pour lesquelles Ceil l'aimait. Il l'éblouissait avec son sens du théâtre. Derrière son aspect bourru, c'était un bon bougre. Il était dogmatique mais pas arrogant. Il parlait comme il écrivait : c'était bien informé, provocant, bien emballé et impersonnel. Le discours, sur papier ou sur scène, c'était sa façade. Kleber ne révélait rien de lui-même, tel un magicien faisant surgir des colombes de ses manches, le feu de ses doigts, des tigres de boîtes vides, sautant en mugissant dans des couronnes de roses en papier, le tout disparaissant ensuite, lui compris. Ne laissant derrière lui que le brio et l'éclat.

Un machiniste posa sa main sur l'épaule de Ceil, lui faisant signe de dégager. Elle ne pouvait pas rester dans les coulisses. Réglementation syndicale, ma petite dame. Elle eut envie de lui rétorquer qu'elle connaissait la réglementation mieux que personne, qu'elle avait même écrit une pièce pour ce théâtre. Mais ruer dans les brancards, c'était perdre de l'énergie pour rien. Ceil obéit et s'éloigna. Elle se retrouva dans la 44ᵉ Rue, dans l'air humide du soir. Dans sept minutes, Kleber aurait fini. Quand la promotion du livre serait terminée, elle avait l'intention de l'obliger à se reposer, même s'il fallait en venir à l'attacher au lit, débrancher le téléphone et intercepter toute source d'information pendant un mois au moins. Elle se mit à rire intérieurement en pensant à ce nouveau rôle : infirmière/mère, en voilà un qu'elle n'avait pas encore joué dans le mélodrame ininterrompu de Shannon-et-Cantrell. Mais dans tous les rôles, et dans tous les cas, leur histoire d'amour était une pièce de théâtre fantastique, même si les personnages principaux commençaient à vieillir et à tourner au stéréotype.

Dans Shubert Alley, Ceil s'appuya contre un mur tapissé d'affiches de théâtre et observa la rue qui s'animait. Quelques chasseurs d'autographes commençaient à se poster devant le restaurant Sardi's, occupant leur territoire comme des mendiants de Calcutta. Pour Ceil, ils étaient fascinants et repoussants à la fois, quoique maintenant on ne lui demandât plus aussi souvent sa signature et sa photo (depuis des années elle n'avait plus écrit de pièces à succès et ne continuait d'être encore connue que par quelques apparitions à des émissions de variétés et dans le carnet mondain, pour sa liaison avec Kleber). Celui-ci avait falli frapper l'un de ces quémandeurs la semaine précédente : parce qu'il refusait de signer, on l'avait traité de snob.

— Je ne signe que mes livres, avait lancé Kleber d'un ton léger, écartant un dossier en plastique que lui fourrait sous le nez un fan en manteau pisseux.

— Votre autographe ne vaut pas un clou, répliqua méchamment le chasseur d'autographes. J'ai eu deux Cary Grant et quatorze Ingrid Bergman les doigts dans le nez. Ils connaissent mon *nom*, en plus!

Il y avait eu de la bousculade, et Ceil dut pousser Kleber dans un taxi.

— Tu te rends compte? Passer sa vie à attendre des autographes! C'est une existence sangsue!

Ceil était d'accord, cette coutume était idiote, puis elle se dit qu'il valait peut-être la peine d'écrire une pièce intitulée *Le Roi de l'autographe.*

Une voix vint interrompre sa rêverie.

– Le show David Frost, c'est bien ici? demanda un homme bouffi et rouge planté devant elle.

C'était, se dit Ceil, un touriste cherchant à enrichir sa collection de clichés avec un instamatic. D'ailleurs, ses habits le trahissaient : un manteau de sport aux couleurs criardes et des chaussures de cuir blanc. Sous le bras, il portait un dossier à soufflets, du genre de ceux que l'on bourre de brochures et de prospectus.

Ceil lui indiqua la direction. L'homme la regarda curieusement, comme s'il mesurait son quotient de célébrité. Ceil en avait l'habitude. C'était le genre de regard que l'on pose sur toute femme d' 1,80 m, surtout si elle a les cheveux blond cendré et qu'elle est habillée de façon voyante, comme elle ce soir, avec un pantalon rouge, un corsage blanc et un foulard bleu enroulé à son cou à la manière d'Isadora Duncan. Selon le commentaire de Kleber, elle ressemblait à la femme de l'oncle Sam.

– Où est l'entrée des artistes? demanda le type.

Ceil la lui montra, trois mètres plus loin.

– Ils ont déjà commencé?

– Presque fini.

– Vous êtes Ceil Shannon, non? fit l'homme, heureux de sa découverte.

Elle hocha la tête et le vit disparaître rapidement vers le théâtre. Être reconnue lui faisait plaisir. Elle commença à le suivre, mais préféra le spectacle de la rue. Depuis 1938, où elle était venue là pour la première fois voir *Notre ville,* elle était fascinée par ce quartier des théâtres. En une trentaine d'années, Broadway avait radicalement changé. Fini les policiers trottant à cheval en pleine rue. A présent, ils ignoraient les prostituées s'installant pour leur représentation comme des danseuses lascives sur une passerelle. Les filles au turbin ne traînaient plus sous les dais, comme si elles attendaient un taxi : elles arpentaient courageusement le trottoir. Elles étaient affublées de minuscules minijupes et de bottes de cuir jusqu'aux genoux. Elles portaient des kilos de rouge à lèvres, d'interminables faux cils, des litres de parfum. Tout en observant, Ceil se mit à imaginer un drame comique, une *Lysistrata* moderne. Elle aurait voulu avoir le courage de se mêler à ses sœurs, de s'adresser à l'une d'entre elles pour lui poser des questions, pour savoir. Kleber, lui, oserait. S'il désirait savoir les tenants et les aboutissants de la prostitution, il se présenterait tout simplement avec son gentil sourire texan, et enlèverait Jézabel jusqu'au bar le plus proche, pour l'abreuver de bourbon et lui arracher toutes ses confidences. C'est ce qu'il faisait toujours.

Une nuit, dans un taxi qui les emmenait de chez Elaine, dans la

88ᵉ Rue, au loft d'un artiste à Soho, Kleber tua le temps en interrogeant le chauffeur, un dénommé Isidore Rabinski. Ses questions étaient tellement efficaces qu'en moins de vingt minutes, toute une vie fut déployée. Des personnages apparurent : les ancêtres d'Izzie en Pologne, Sonia, son épouse exécrable, dont le rêve était de déménager pour aller s'installer près de la seule chose qu'elle aimait au monde, les machines à sou du Nevada, Nadia, sa fille adorée, dont on avait réussi à enrayer la leucémie et qui se demandait avec angoisse si elle devait révéler sa maladie à un bel étudiant en droit de l'université de New York... Les passions s'enflammèrent. Izzie détestait le maire, les conducteurs de Long Island, les clientes sortant de chez Bloomingdale, les bras chargés de paquets mais chiches sur le pourboire, les gens de couleur, les Portoricains, les chômeurs abusifs et, par-dessus tout, son frère Lou qui lui devait 1 150 dollars.

— Tu es étonnant, lui dit plus tard Ceil; moi, je n'aurais même pas osé lui demander l'heure. Toi, tu en as fait un personnage de Tchekhov.

Kleber haussa les épaules.

— C'est une mauvaise habitude, dit-il. Je suis un fouille-merde.

Le lendemain, il avait tout oublié.

Entre eux, c'était à la fois le lien et l'obstacle. Ceil était un observateur. Elle savait voir à travers des fenêtres baignées de pluie sous un violent orage; elle n'avait pas besoin de vivre les événements pour fabriquer le drame. Elle regardait des êtres inconnus et elle déterminait leur caractère par la courbe de leurs épaules, les chaussures poussiéreuses, les cicatrices, la façon dont des amants se séparaient sur le quai d'une gare. Cela lui suffisait pour mesurer d'autres vies à la sienne. Elle *sentait;* Kleber agissait. Elle créait; Kleber rapportait. Chacun enviait l'autre; jamais ils n'empiétèrent sur le domaine l'un de l'autre. Une pancarte indiquait : « Défense d'entrer »; c'est en la respectant que Ceil et Kleber étaient restés des amants, ou leur fac-similé, pendant dix ans.

C'était peut-être là la raison, se dit Ceil tristement, en songeant qu'il était temps d'aller rechercher Kleber, pour laquelle lui, l'homme d'action, était sur le plateau, faisant son numéro pour six millions de téléspectateurs tandis qu'elle, l'observatrice, était dehors dans la rue, adossée à un mur de briques sales, bariolé d'obscénités et de graffiti. Des affiches avaient été collées les unes sur les autres : « L'AMÉRIQUE : TU L'AIMES OU TU FOUS LE CAMP » était recouvert par « LES ANCIENS COMBATTANTS DU VIET-NAM DÉNONCENT LA GUERRE », et par-dessus « LES MASSAGES DU

SULTAN : LES DÉLICES DE L'ORIENT 24 HEURES SUR 24 ». Des affiches bouchaient le caniveau : appels contre la bombe, réclamés de cliniques d'avortement et de strip-tease. Voilà pourquoi la saison était pauvre et le public rare. Des comédies musicales comme *Les Rothschild et Deux par deux* étaient de la bibine comparées au sang chaud déversé gratuitement aux informations chaque soir. *Hair* était honteusement récupéré, de la contre-culture officielle offrant, pour 15 dollars maximum, quelques coups d'œil filtrés au bleu sur des poils pubiens. Mais tous les dimanches après-midi, dans Central Park, il y avait un défilé de jeunes protestants contre la guerre et pour l'amour, certains déguisés en romanichels, d'autres dans leur nudité insolente se baignant dans les fontaines. Ils étaient accompagnés de ménestrels jouant de la flûte et de la mandoline : le vrai théâtre était là, un théâtre de rue passionné, sous des nuages de cannabis qui rendaient bien plus excitant de voir une pièce que du jus d'orange dilué dans des verres en carton.

Ceil Shannon, qui avait presque quarante ans, était perdue. Malgré son enthousiasme pour la stridence de l'Amérique de 1971, sa plume était à sec. Les trois dernières années, elle avait écrit, et brûlé, des fragments de cinq ou six pièces. Elle analysait toujours la vérité en se servant du miroir du passé. Mais celui-ci ne reflétait plus rien. Comment trouver, dans ces deux siècles d'adolescence de l'Amérique, une explication au malaise de l'âge mûr, à la détérioration de la famille, à la perte d'identité de l'homme et de la femme, aux prêtres se taillant les veines sur leur livret militaire puis épousant des bonnes sœurs avec les cheveux coupés à la diable et en mini-jupe, aux adolescents se trouant les veines à l'héroïne et assassinant de vieilles dames pour payer l'addition, au pouvoir noir, au pouvoir des femmes, au pouvoir homosexuel, au pouvoir brun, au pouvoir gris, à un gouvernement inspirant plus de dégoût et de méfiance que la cour de Versailles?

En d'autres termes, quelle était la valeur morale de cette relation entre Ceil Shannon et Kleber Cantrell? Ils s'aimaient et ils étaient mariés, mais chacun de leur côté. Même si elle n'avait pas pris son nom, Ceil était l'épouse légale de Saul Greene, producteur et professeur d'art dramatique de cinquante-huit ans qu'elle voyait peut-être une fois tous les trois mois. Et même si c'était un mariage blanc, elle l'aimait beaucoup. Quant à Kleber, il était maintenant marié pour la deuxième fois : en 1967, moins d'un mois après l'avoir rencontrée, il avait épousé une actrice de café-théâtre nommée Noëlle North, une blonde effervescente qui s'efforçait de ressembler à Judy Holliday. Dans les sept mois qui suivirent, la nouvelle Mme Cantrell avait donné le jour à une petite fille, et même si d'après ses calculs Kleber n'était pas absolument convaincu de sa paternité, il accepta et aima Anna North Cantrell. Chacune des femmes et chacun des enfants de Kleber avaient été comme un paquet ouvert, examiné, apprécié pendant quelque temps, puis relégué dans un coin. C'est ce qu'il raconta à Ceil, mais elle savait que c'était un sentimental. La seule raison pour laquelle il avait épousé Noëlle – d'après ce qu'il raconta une nuit où il était soûl et de mauvais poil – était que Ceil avait refusé de divorcer de Saul Greene pour l'épouser lui. Ceil avait commenté : « Pourquoi détruire une merveilleuse histoire d'amour ? » Le mari de Ceil connaissait l'existence de Kleber; l'épouse de Kleber connaissait l'existence de Ceil. Et personne ne semblait en souffrir. C'était un jeu en double mixte, et en 1970, il n'était plus nécessaire de tricher. Ceil s'empêtra dans l'écriture d'une pièce de théâtre ayant pour sujet, à peine déguisé, ce quatuor; elle visait à une comédie romantique, mais il en sortit quelque chose entre le burlesque et la comédie de boulevard. En fait, elle n'aimait pas tellement la façon dont leurs rôles avaient été distribués, mais il était trop tard pour en changer.

Le journalisme également s'était affranchi. C'était devenu à la fois le spectacle et le spectateur. Ceil s'en rendit compte un jour de 1968, quand Kleber rentra de Chicago où il avait couvert la convention démocrate. Il ressemblait à un boxeur ayant gagné le combat, mais il était complètement sonné. Il lui raconta que, lors de la soirée finale, il se trouvait au milieu de Michigan Avenue. Au lieu d'assister à la nomination de Hubert Humphrey, Kleber avait choisi d'assister à la confrontation entre Abby Hoffman and Co. et les brigades de choc du maire Richard Daley. Selon sa vision de l'information, c'est là que se trouvait la quintessence parfaite du grotesque américain : quelques milliers de gamins dépenaillés contre seize mille policiers de Chicago, quatre mille soldats et quatre mille gardes nationaux. Désordre nouveau... Kleber n'avait pas imaginé le déchaînement d'une telle violence. Des gaz lacrymogènes déferlaient sur la ville comme le brouillard des Grands Lacs. Des matraques écarbouillaient le crâne d'enfants qui, le matin même, s'en étaient allés méditer au bord du lac Michigan et psalmodier « Om » à la cadence des poètes. C'était la guerre et comme d'habitude, Kleber était en plein dedans. Il remplissait des pages de notes, les yeux larmoyants, la gorge desséchée par les fumées âcres. Près de lui se pavanait un manifestant noir, le front brillant barré du bandeau rouge de la rébellion. Il portait un jean sur lequel étaient collés les symboles de la paix; sa chemise était en lambeaux. Il s'amusait à provoquer un policier à trois mètres devant lui en criant avec insolence :

– Allez, mon vieux, gaze-moi la gueule!

Sa plaisanterie tourna à la mélopée, et tout à coup le flic en colère se retourna, une grenade de gaz offensif à la main. Il avait deux possibilités. Viser soit le « hippie noir », soit le reporter, Kleber, en pantalon de flanelle et veste de tweed, sa poitrine respectable décorée, comme celle d'un héros militaire, de badges et de laissez-passer de journaliste.

– Vas-y, mon vieux; bombe-moi un peu la gueule! hurlait le Noir.

Le policier visa soigneusement et balança son poison en plein dans les yeux du prince du Pouvoir. Kleber s'affaissa, aveuglé; il sentit qu'on le giflait, que l'on versait de l'eau sur ses yeux. Des toubibs du SDS l'arrosaient pour l'empêcher de perdre la vue, tandis qu'une caméra de la télévision ABC enregistrait ses souffrances. Une femme-reporter lui fourra un micro sous le nez.

– Quel effet cela fait-il d'être gazé?

Mais la réponse de Kleber fut censurée avant d'arriver dans les foyers américains.

Quand Kleber lui raconta son histoire, Ceil lui posa un doux baiser sur les yeux. Mais elle ressentit un soupçon d'envie. Jamais elle ne serait capable de créer une telle scène, malgré son talent de dramaturge. Le journalisme (Ceil n'utilisait jamais le mot à la mode « media » car Kleber lui avait expliqué une bonne fois pour toutes que « medium » est un terme de peinture) la menaçait de chômage. Elle n'était pas seule dans cette traversée du désert. Les romanciers publiaient maintenant des récits plats sur des querelles universitaires ou des conflits entre mère et fille. Des dix derniers livres qu'elle avait lus, tous semblaient traiter d'un seul sujet : le divorce. Et dans le cinéma, c'était la même anémie. La veille de l'émission de David Frost, Ceil avait proposé d'aller faire un tour au cinéma. Le grand succès était alors *Love Story*. Kleber avait fait mine d'en avoir un haut-le-cœur. Ils étaient restés à la maison à jouer au scrabble tout en écoutant Joan Sutherland chanter des arias françaises...

Elle se dépêcha de revenir au théâtre. Kleber devait certainement avoir fini, maintenant, et devait commencer à s'impatienter. Mais sur un écran de contrôle, Ceil s'aperçut que son chéri était toujours sur la sellette. Il jouait tellement bien le jeu que Frost avait annulé le reste du programme. Ceil était fâchée. Même s'il avait la parole facile, Kleber avait l'air à bout de forces. Frost s'amusait au jeu des questions-réponses, jetant le nom de gens célèbres que Kleber connaissait et qu'il devait résumer en quelques mots. De l'analyse de trou de serrure. Et Kleber avait fréquenté beaucoup d'hôtels...

– Elizabeth Taylor?

– Superbe. Réelle. Dure. Infantile. La première fois que je l'ai vue, c'était à Paris. Elle était assise devant sa coiffeuse, près d'une fenêtre éclairée par la lumière froide de l'hiver. Elle tenait devant ses yeux une énorme pierre qui jetait des étincelles comme une boule tournant au plafond d'une salle de bal.

– Vous parlez du diamant offert par Richard Burton?

– Oui; il venait de le lui donner. Je lui ai dit (c'était la première fois que je parlais à cette femme remarquable) : « Mon dieu, Elizabeth, il ne peut pas être vrai. » Elle a levé le regard vers moi et a répondu : « Et mon cul? C'est le diamant Krupp! » Mais pendant l'heure qui suivit, elle est allée aux toilettes onze fois pour brosser la petite merveille avec du shampooing et une brosse à dents!

– Warren Beatty?

Kleber laissa échapper un grognement.

– Unique parmi les hommes. Le seul satyre élégant que j'aie jamais rencontré. En fait, le seul satyre que j'aie jamais rencontré. Et on peut compter sur lui comme sur du vent.

– Mack Crawford?

– Était et est toujours mon meilleur ami. Je ne peux pas le descendre. Impossible d'oublier qu'il a vingt centimètres et vingt kilos de plus que moi.

– Vous venez de la même ville?

– Du même quartier.

– Comment expliquer que ce même quartier a produit deux hommes célèbres?

– Je ne sais pas. En fait, il y a eu erreur. Moi j'étais destiné à être le « sexe-symbole », et lui l'écrivain.

Frost fit remarquer que Kleber était plutôt critique à l'égard des célébrités dont il parlait.

– C'est faux. Je les plains. Pour moi, la célébrité est une effroyable réussite.

– Comment définiriez-vous la célébrité?

– C'est une aspiration typiquement américaine. Elle vient de notre insécurité et de l'écroulement de nos institutions. Autrefois, on s'inspirait des membres de sa famille. Puis on a décidé de la détruire et d'adorer les stars de cinéma et les joueurs de base-ball. Sans oublier les chirurgiens du cœur. Quelqu'un, Fred Allen je crois, a dit un jour qu'une célébrité est quelqu'un qui se défonce le cul pour être reconnu, puis qui est obligé de porter des lunettes noires pour qu'on ne le reconnaisse pas. Pour moi, c'est quand Frank Sinatra va aux toilettes.

– Pardon?

– Une fois, j'ai fait une interview de Frank à Miami. Nous étions dans une boîte de nuit. Il dit qu'il avait, euh, un besoin pressant, et comme j'avais le même besoin, je l'accompagnai. Deux gorilles apparurent, des gardes du corps, et pendant que Frank vaquait à ses occupations, ils restèrent debout derrière lui pour faire dégager les chasseurs d'autographes. La célébrité, c'est l'impossibilité d'aller pisser tout seul.

Frost laissa échapper un rire mécanique, puis il prit une pose confortable dans son fauteuil avec l'air du procureur qui va faire entrer le témoin surprise.

– Mais vous aussi, vous êtes une célébrité. Comment y faites-vous face?

– Moi, je peux encore pisser seul, David. Et vous? répondit Kleber du tac au tac. De plus, je ne me considère pas comme une célébrité. Je préférerais qu'on célèbre mes mots, pas moi. Toute vie qui n'est plus privée devient infernale.

– Mais vous êtes en plein paradoxe, insista Frost. Vous êtes devenu célèbre en allant fourrer votre nez dans la vie des autres. Voilà pourquoi vous occupez si bien ce fauteuil.

– Ce n'est pas tout à fait vrai, fit Kleber d'un air agacé qui se remarquait. Je suis venu ici parler du Vietnam, pas de moi.

Frost prit un article de journal et le lut à haute voix.

– Votre épouse, la ravissante actrice Noëlle North, a déclaré dernièrement : « Qui est Kleber Cantrell? Ne me le demandez pas. C'est un homme que j'ai épousé et qui de temps en temps appelle depuis un aéroport. » Dites-moi, cette déclaration vous a-t-elle fait plaisir?

Kleber n'eut pas le temps de répondre. Selon un scénario que ni Ceil Shannon ni aucun farceur n'aurait pu écrire, l'homme en veste de sport verte bondit sur le plateau pour venir déposer un énorme dossier dans les mains du journaliste en murmurant une phrase inaudible où l'on ne distingua que les mots « dûment notifié », puis s'enfuit.

David Frost fit signe qu'on envoie la publicité, puis annonça au public du studio :

– Une grande première à la télévision, mesdames et messieurs. Devant vos yeux, un homme vient d'être assigné en divorce...

Kleber, furieux, quitta son fauteuil en essayant de rattraper l'homme. Dans les coulisses, alors que la veste de sport verte atteignait la sortie, Kleber lui saisit les épaules, lui fit faire demi-tour et lui flanqua un coup de poing dans le baigneur. Ceil hurla, même si tout cela était risible, et parvint à entraîner Kleber jusqu'à un taxi à travers une foule de putes et de fans.

Sur le chemin qui les ramenait, Kleber, le front en sueur, se fit silencieux en plein milieu d'une longue tirade, avala sa salive avec difficulté et dit à Ceil :

– Chérie, je ne me sens pas bien.

Puis il s'évanouit dans ses bras. Son pouls était à peine perceptible.

Ce n'était pas un arrêt cardiaque, comme Ceil l'avait d'abord craint. A l'hôpital de New York, le docteur diagnostiqua : « une attaque vago quelque chose entraînant la perte des sens. Cela peut provenir d'une tension émotionnelle dans une pièce surchauffée ou de nouvelles alarmantes ». Là-dessus, un virus exceptionnellement fort, probablement idiopathique, terrassa Kleber pendant une autre semaine; il perdit encore cinq à six kilos et dut annuler sa campagne publicitaire pour *Les Paumés de la péninsule*. Il téléphona à Noëlle North pour lui dire que lui aussi désirait divorcer dans les plus brefs délais, et que si elle voulait en plus son pied gauche dans le partage des biens, qu'elle envoie la hache pour le lui couper en France, où il avait l'intention d'aller dormir jusqu'en automne.

Ceil avait soigneusement préparé leur automne en France. C'était une perfectionniste dans tout ce qu'elle faisait, et tout comme elle avait choisi précisément la teinte vert écume de mer pour les murs de sa cuisine à Manhattan, ou comme elle savait passer des semaines à ciseler une seule ligne de dialogue, elle avait minutieusement mis au point cette période sabbatique pour que Kleber reprenne ses forces physiques et mentales. D'abord, une semaine à Paris, avec une seule sortie. Un théâtre présentait la première production française de Ceil, une pièce de 1965, *Sans atout*, et elle avait promis d'assister à la première. Ensuite, ils prendraient la route sans se presser, sans rendez-vous, sans téléphone, en direction d'un château de la Loire du XIᵉ siècle, où la seule décision à prendre chaque jour serait de dîner au lit ou pas. En cas de mauvais temps, ils pouvaient disposer d'une villa près de Saint-Tropez, au soleil chaud de la Côte d'Azur. Ceil avait même retenu le repas de Noël dans un de ses restaurants favoris près de Cannes, et si Kleber avait recouvré ses forces, selon toutes prévisions, ils passeraient le nouvel an 1972 à Saint-Moritz. Et enfin, pour clore une année de frustrations sentimentales et professionnelles, pourquoi pas une nuit de vin et d'amour...?

Kleber n'aima pas le petit hôtel dans l'île de la Cité choisi par Ceil; il ne pouvait fermer l'œil de la nuit à cause du bruit et des lumières des bateaux-mouches glissant sur la Seine. Ceil eut du mal à accepter ses critiques car il n'y avait plus de bateaux touristiques après minuit; de plus, le son des accordéons jouant sur le pont était charmant et romantique.

– Il n'y a même pas de téléphone dans cette chambre, argumenta Kleber. Et si je me trouve mal au milieu de la nuit?

A regret, Ceil accepta de quitter cette chambre qu'elle trouvait ravissante et d'aller s'installer à l'hôtel George-V. Elle se retint pour faire remarquer qu'il y avait là plus d'Américains qu'à l'Hilton de Omaha, car très vite elle discerna les raisons du choix de Kleber : à peine avaient-ils inscrit leur nom sur le registre qu'il serrait la main d'un sénateur américain, de deux producteurs hollywoodiens, de Shirley MacLaine et, tout en feignant l'agacement, posait pour une photo qui devait paraître le lendemain dans *France-Soir*.

Dans les vingt-quatre heures qui suivirent, l'humeur maussade de Kleber ne fit que monter, comme la pile de messages et d'invitations près de leur lit : cocktails avec le rédacteur en chef de *Time-Life*, déjeuner avec l'ambassadeur américain en France, nombreux câbles « urgents » de l'éditeur new-yorkais de Kleber, de son avocat, de son conseiller fiscal et autres directeurs de magazines. Kleber déclarait des choses du genre : « Comment savent-ils que je suis ici? » ou : « Je n'arriverai jamais à me reposer si ce téléphone n'arrête pas de sonner. » Mais à chaque appel, à chaque enveloppe glissée sous la porte, le prince du Pouvoir se sentait grandi. Ce faisant, il avait la main plutôt lourde sur des petits cachets orange et triangulaires, si lourde que Ceil commença à s'inquiéter.

Le troisième jour, Kleber se mit à parcourir la ville dans tous les sens comme un projectile échappé d'un lance-pierres, entrant et sortant du Louvre, du Jeu de Paume, commandant un verre de vin à la terrasse d'un café de la rue de Rivoli, puis éprouvant le désir soudain de prendre une voiture de louage pour aller passer l'après-midi à Versailles, regrettant à mi-chemin, et proposant une balade le long du quai d'Orsay qui se changeait en marathon. Le soir, à bout de forces, Ceil l'implora de passer la soirée à l'hôtel, mais Kleber, remonté à bloc grâce à ses « vitamines » orange, traîna sa bien-aimée chez Maxim's où il commanda pour 800 francs de plats élégants auxquels il ne toucha pas, jouant avec sa fourchette tout en lui racontant dans le menu détail la « révolution » estudiantine de 1968, histoire qu'il lui avait déjà racontée plusieurs fois, ne serait-ce que l'après-midi même.

Six ans plus tôt, la pièce de Ceil avait fait un bide dans un café-théâtre de Broadway et n'était restée à l'affiche que deux semaines. Refusant de porter la seule responsabilité de l'échec, Ceil pensait que les acteurs avaient été mal choisis et mal dirigés. D'où sa surprise d'apprendre qu'on en avait tiré une traduction française. En route vers le théâtre Molitor pour la première, elle fit remarquer à Kleber :

– Je m'attends au pire. Si, pendant le premier acte, je te pince la jambe, il faudra foutre le camp à toute vitesse.

Kleber abonda dans ce sens. Pour lui, la pièce allait être épouvantable. D'ailleurs, il ne l'avait pas aimée en anglais non plus. De plus, selon lui, c'était un plagiat.

Au début de sa carrière de journaliste, Kleber avait fait un reportage sur l'histoire tragique d'un avocat de Houston et de son épouse. Tous les étés, ils allaient dans une maison au bord de la mer, à Galveston. Depuis leur lune de miel, ils y passaient tous les mois d'août. Cette coutume continua pendant des années, même après la mort de leur enfant, noyé dans les vagues à l'âge de quatre ans. Lors de leur dixième anniversaire de mariage, dans cette maison d'été, ils se disputèrent violemment. Les voisins entendirent des cris et des menaces. Le mari hurlait quelque chose à propos de leur enfant mort autrefois. La femme tua l'avocat, puis essaya en vain de se noyer dans les rouleaux du golfe du Mexique. Elle fut acquittée grâce aux témoignages sur la violence de son époux.

En écoutant cette histoire, Ceil était restée songeuse :

– Mais pourquoi sont-ils retournés tous les ans dans cette maison après la mort de l'enfant?

Kleber avait haussé les épaules; il ne savait pas; cela n'avait pas d'importance. Il ne remarqua même pas que Ceil avait pris des notes de leur conversation. A la fin de l'été 1965, de retour de son premier voyage à Saigon et avec en tête assez d'histoires pour dîner en ville pendant six mois (et remplir au moins deux longs articles dans le *New York Times Magazine*), Kleber découvrit avec agacement que Ceil était à San Francisco, occupée à écrire. Au téléphone elle fut vague, parlant d'une « pièce expérimentale ». Quelques mois plus tard, quand *No Trump* fut monté dans un théâtre de Greenwich Village, Kleber se demanda pendant la moitié du premier acte où Ceil avait trouvé son sujet.

No Trump s'ouvrait sur l'histoire d'un couple jouant au bridge dans une maison au bord de la mer. La scène avait été déplacée du Texas à Cape Cod. D'entrée, le mari apparaissait comme un tyran, accusant sa femme pour son manque d'attentions, ses silences, son incapacité à tenir une maison, à lui faire honneur devant ses invités. L'épouse acceptait ses insultes comme si elles étaient méritées. Plus tard dans la nuit, pendant un orage, la femme souffrait d'insomnie et racontait une tragédie épouvantable. Plusieurs années plus tôt, elle avait emmené ses deux enfants se baigner à la plage, où elle devait retrouver son amant en secret. Ils faisaient l'amour pendant que les enfants jouaient, inconscients, dans les vagues. Les enfants s'étaient noyés. Après avoir entendu sa confession, le mari, pour la punir, forçait sa femme à revenir chaque été dans cette maison, à vivre avec des fantômes. Un jour, l'épouse découvrait son mari caressant une petite fille de huit ans entrée dans la maison pour chercher un chat égaré. Le mari ne cherchait pas à cacher ses intentions, prêt à affronter le scandale. Mais à la dernière scène, l'épouse se contentait de hocher la tête de façon énigmatique, indiquant qu'elle renonçait à abattre l'atout qu'elle possédait dans le jeu de la culpabilité.

Kleber fouilla dans ses papiers pour retrouver le vieil article de Houston. Il en avait gardé le souvenir d'un papier formidable. Mais quand il le relut, il découvrit douze petits paragraphes de faits relatés de façon facile et mélodramatique.

De la merde.

– Mais comment as-tu pu voir matière à une pièce là-dedans? avait demandé Kleber.

– Je ne sais pas vraiment. Je n'ai pas *vu* quelque chose. J'ai *senti* quelque chose. C'est comme ça.

Quand *No Trump* fut publié dans une anthologie de ses pièces, Ceil ajouta cette dédicace : « A KC, catalyseur malgré lui, comme d'habitude. » Il fut ravi.

Le théâtre Molitor se situait dans une rue introuvable sinon par un vieux chauffeur de taxi, de ces Russes immigrés qui connaissent Paris comme leur poche. Au coin de la rue, il y avait un night-club avec une revue de travestis. Les gens faisaient la queue. En voyant la foule, Kleber crut que c'était pour la pièce de Ceil. Incroyable!

– C'est pas ici, grogna le chauffeur.

Il fit un virage à droite et les déposa devant un bâtiment sombre comme une sépulture, un ancien couvent où les Françaises appartenant à la noblesse se cachaient pour échapper à la Veuve.

– Et si on allait plutôt voir le spectacle à côté? plaisanta Kleber.

Ils traversèrent une ancienne cour et de longs couloirs humides bordés de murs suintants pour arriver enfin au théâtre au moment où le rideau se levait. Kleber compta cinquante-quatre spectateurs assis dans la salle, mal à l'aise sur des bancs. Derrière la scène, en toile de fond, la mer et quelques nuages angoissants. Quand quatre acteurs entrèrent, portant une table de bridge et des chaises, Kleber grogna. C'était le moment du sacrifice, et en français en plus! Il avala son dernier euphorisant, espérant que son ami photographe à *Paris-Match* pourrait s'en procurer de nouveaux le lendemain. En tout cas, il fallait les cacher à Ceil; il la soupçonnait d'avoir jeté la moitié de ses cachets, mais il n'avait rien dit.

Kleber parlait français correctement. Une fois, il avait enfreint le protocole, posant au général de Gaulle une question lors d'une conférence de presse. C'était une énorme faute du point de vue de l'étiquette journalistique, car le grand homme ne répondait qu'aux questions prévues au programme. Mais il n'était pas nécessaire de comprendre le français pour se rendre compte que la mise en scène du théâtre Molitor relevait d'une analyse et d'une finesse exceptionnelles. A New York, l'actrice qui avait joué Wilma, l'épouse torturée, occupait entièrement la scène à elle seule et n'attirait aucune sympathie. Ici, au contraire, c'était une femme fragile, une espèce de môme Piaf qui ressemblait à un mégot de Gauloise écrasée sous la semelle de son mari. Ses cheveux en désordre lui pendaient autour du visage comme du linge aux fenêtres et, quand elle écarta quelques mèches pour voir ses cartes de bridge, ses yeux étaient des saphirs sertis de glace. Les effets scéniques étaient étonnants. Une tempête faisait rage en même temps que la terreur envahissait le cœur de Wilma; dans une scène d'amour elle apparaissait nue et sensuelle dans les bras d'un jeune homme et, plus tard, serrait à la place un enfant mort, la peau bleue. Dans la scène finale, Wilma devenait une femme ayant échappé au poids immense de la culpabilité, une créature ayant recouvré sa force et son pouvoir, une lionne capable – si elle le désirait – de détruire son mari pitoyable. La pièce se terminait sans apporter de réponse définitive. L'obscurité envahissait progressivement la scène; la lumière se réduisait jusqu'à un cercle autour des lèvres de Wilma, une bouche prête à ricaner, à rire ou, dans la vision de Ceil, à accepter. L'interprétation française avait fait de Wilma non seulement l'héroïne classique d'une tragédie mais, de plus, une femme libérée. Le public, ému jusqu'aux larmes, se leva et ce fut une ovation.

Pour des raisons qu'il n'analysa pas aussitôt, Kleber fila en douce au moment où le rideau tombait. Il se dit qu'il ne voulait pas être un intrus quand l'attention se porterait sur Ceil. Il attendit dehors, sur le trottoir, fumant une cigarette, et là, il comprit la cause de sa fuite. Il était jaloux, et en plus, avec raison.

La femme qu'il aimait lui avait volé une histoire qu'il avait découverte, et c'est elle qui avait fait pleurer les gens.

Il écouta les bruits de la rue. Le réconfort de cette réalité repoussa la force dévastatrice de la pièce de Ceil. Des klaxons. Un sifflet de flic. Les cris des gens. Les flonflons de la musique dans le quartier. Puis, du coin de la rue, un homme se précipita en courant, suivi d'une femme, comme des voleurs en fuite. Dans leur dos, il y eut des flashs; immédiatement Kleber reconnut l'arsenal des paparazzi. Il y avait sans doute eu quelqu'un d'important dans le night-club d'à côté. Quand l'homme et la femme en fuite furent plus près, celle-ci trébucha et cassa le talon de sa chaussure. L'homme laissa échapper un juron, éclata de rire et la prit dans ses bras massifs. Elle rit aussi et dit :

– Mack, arrête! Pose-moi!

Kleber saisit l'homme et l'entraîna dans la cour sombre du théâtre Molitor.

– Eh, mon bon monsieur, vous voulez voir des cartes postales spéciales...?

Le prince des Charmes et le prince du Pouvoir, ravis, se tombèrent dans les bras l'un de l'autre. Comme ils ne s'étaient pas vus depuis des années, ils eurent beaucoup à se raconter. Fièrement, Mack lui présenta sa nouvelle épouse, Arianna, qui gagna aussitôt le cœur de Kleber en lui déclarant :

– Vous êtes la seule personne dont Mack parle plus que de lui-même. Et même si on vous l'a déjà beaucoup dit, j'ai adoré *Les Paumés de la péninsule*. C'est la seule chose intéressante que j'aie lue sur cette guerre stupide.

De plus, elle était splendide, ayant, l'après-midi même, enrichi l'économie de la France en faisant quelques achats chez Yves Saint Laurent, Hubert Givenchy, Pierre Cardin, et dans la boutique Cartier, juste en bas du Ritz où ils avaient leur suite.

Kleber se précipita dans les coulisses, extirpa Ceil d'une foule d'acteurs et de spectateurs et lui demanda de se décommander du dîner prévu depuis longtemps pour aller retrouver son meilleur ami.

– Mais ces gens nous attendent... dit Ceil.

– Tu peux les voir demain!

– Je ne peux pas partir comme ça. Ce serait grossier.

– Il est impossible d'être grossier à l'égard des Français. Ce mot n'existe pas dans leur vocabulaire.

Et il l'entraîna, sans remarquer son air égaré, ni la douleur sur son visage, aussi visible que celle de Wilma. Ceil se laissait traiter avec rudesse, tout comme son héroïne. Inconscient de son indélicatesse, Kleber avait restauré l'équilibre du pouvoir.

Mack connaissait un restaurant à Montparnasse qui restait ouvert jusqu'à 3 heures du matin. Le patron était un énorme Noir de Caroline du Sud. On leur y servit des plats immangeables, des côtelettes grillées et des épis de maïs, ce légume que les Français donnent à manger aux cochons. Ceil détesta le repas mais elle aurait pu avoir plaisir à bavarder avec Arianna. Elle voyait que la femme de Mack était intelligente, talentueuse et volontaire, même s'il y avait une certaine tension dans le regard de la styliste, une chaleur artificielle à l'égard de Mack. Certes, ils avaient l'air proches l'un de l'autre, mais ce n'était pas de l'amour. De même, Arianna aurait aimé connaître Ceil, cette femme dont elle respectait les capacités artistiques et dont émanait un tel charme. Mais les femmes furent juste autorisées à rester assises près de leur mari, comme des geishas, observant à distance et ne prenant aucun risque.

Mack passait par Paris, en route pour la Normandie, où il devait commencer le tournage d'un nouveau film historique sur la Seconde Guerre mondiale. Il devait jouer le rôle d'un ancien combattant de l'armée, un sergent d'Arkansas pris de panique le jour J, ne retrouvant son courage que pour l'attaque finale. En plein milieu de son histoire, Mack s'interrompit, regarda Kleber et fit claquer ses doigts.

— T'es prêt à te remettre au travail? Le scénario a sérieusement besoin d'être rafistolé, et j'ai tout pouvoir pour engager un dialoguiste expert. On a une intrigue qui est bonne, avec beaucoup de feu et de fumée, mais les personnages sont vides. Ils sont creux.

— Écrire des scénarios n'est pas ma spécialité, répliqua Kleber.

— Mais tu viens de rentrer de la guerre. Je suis sûr que tu as plein d'histoires à raconter. Penses-y.

Quelques heures plus tard, à l'aube, la nuit de velours fut déchirée par des cris endiablés sur la place Vendôme. Près de l'obélisque rapportée d'Égypte par Napoléon, un acteur très célèbre jouait au football avec un écrivain maladroit dans ses passes. Pendant que les hommes jouaient, les femmes bâillaient, se sentant comme des mères incapables de faire rentrer leurs enfants pour dîner. Ceil et Arianna étaient assises, patientes, sur les marches du Ritz.

Ceil rentra seule à New York, tuant le temps dans l'avion en avalant d'innombrables coupes de champagne et en rêvassant au sujet d'une pièce macabre : quatre femmes se réunissaient pour déterminer lequel de leur mari valait la peine d'être tué... Elle renonça à l'idée au moment où l'un des personnages dit spontanément : « Le problème, c'est que tous les hommes devraient être tués. Retrouvons-nous chaque semaine et continuons de faire leur procès. »

Kleber resta en Europe plusieurs mois. Au début, il récrivit le scénario de Mack. Il recevait 5 000 dollars par semaine en argent liquide et déposait presque tout chaque lundi sur un compte en Suisse (pour détourner la gourmandise de Noëlle North). Mais il en gardait juste assez pour assurer d'énormes quantités d'amphétamines et de cocaïne, drogues facilement disponibles dans l'équipe de tournage. Il avait pour la première fois utilisé ce genre de remontants au Vietnam; au début, c'était divertissant; maintenant, c'était essentiel.

Pendant l'été 1972, Kleber fut sollicité par un journal pour couvrir la convention républicaine de Miami. Il ne répondit pas aux nombreux appels téléphoniques enregistrés sur son répondeur, ni aux télégrammes parvenus à son appartement de New York et à celui de Californie. Ceil Shannon déclara qu'elle ne savait pas où il se trouvait. Pendant l'été 1972, Kleber était à la clinique de Merriac, tout près de Lucerne; des sangles de cuir le maintenaient à son lit, le seul meuble d'une pièce aux murs capitonnés. Il fallait à la fois empêcher qu'il se blesse, et que ses cris fussent entendus hors des chambres où de riches drogués se faisaient désintoxiquer.

Il passa huit mois à essayer d'oublier son manque, ce qui lui évita d'assister à la première de *Normandie,* un film avec un budget de 16 millions descendu en flammes par la critique et le public. Tout le monde fut d'accord pour dire que la faute venait du scénario. Les personnages étaient des machines sans aucun sentiment intéressant. Par bonheur, Kleber s'était servi d'un pseudonyme, et très peu de gens surent qui avait écrit ce ramassis de lieux communs. Mack, en revanche, fut encensé pour avoir tiré le meilleur parti possible d'un rôle bien pauvre.

CHAPITRE 23

Ce ne fut peut-être pas un miracle au strict sens du terme, c'est-à-dire la manifestation des pouvoirs surnaturels de Dieu. Les sceptiques ont également pu dire que ce « miracle » serait passé inaperçu si un jeune journaliste ambitieux n'avait été présent dans la prison du comté de Tarrant, en ce jour étouffant de 1966, à midi. Et si le monde de l'information n'avait pas été au calme plat, sans un seul scandale politique et sans aucun meurtre intéressant, cette histoire aurait pu être ignorée et sans doute oubliée à tout jamais.

En tout cas, le gros titre disait « miracle », et ceux qui y crurent ne purent jamais en être dissuadés. Si la valeur de l'art se trouve dans le regard du spectateur, alors la substance des miracles réside dans le désir de trouver Dieu.

Le prisonnier n° 214C53, selon son casier judiciaire à Fort Worth, Austin, et à Washington, était la somme des données suivantes. *Nom :* Thomas Jeremiah Luther; *Poids :* 71 kilos; *Taille :* 1,76 m; *Race :* blanche; *Teint :* mat; *Date de naissance :* 18 avril 1933; *Signes particuliers :* lobe de l'oreille gauche légèrement sectionné, tatouage d'un serpent lové sur le biceps droit; *Alias :* Billy Bun, Billy Mack, Mack Cantrell.

La dernière photo du prisonnier 214C53, prise lors de l'arrestation de T.J. en 1966 pour différents larcins, essentiellement des chèques sans provision se baladant dans tout le Texas comme des haricots sauteurs, montrait le prince des Tentations à son nadir. Il avait le regard mort, plus triste que vide. Les cheveux, les pattes et la moustache ressemblaient à ceux d'un desperado du XIXe siècle, grisonnant sous la teinture noir jais. Son tee-shirt portait le signe de la paix, comme tous les Américains dénonçant la guerre non officielle dans le Sud-Est asiatique. Pour lui, cet insigne n'avait aucune signification politique, car T.J. était incapable d'une opinion, de droite comme de gauche. S'il portait ce maillot et connaissait les paroles de « The Times They Are a-Changin' », c'était pour essayer, de façon plutôt pitoyable, de passer pour un hippie de trente-trois ans à seule fin de faire le trafic de marijuana mexicaine de deuxième qualité pour les vrais jeunes authentiquement paumés.

Son but était alors d'amasser les 12 000 dollars nécessaires pour acheter un tiers des parts d'un vieil avion qui devait importer de grandes quantités de cannabis. Mais un tourbillon de chèques sans provision le jeta dans la prison du comté de Tarrant. Aucun de ces chèques ne dépassait la somme de 50 dollars, limite au Texas entre le délit et le crime. Sachant cela, T.J. plaida coupable en se frappant la poitrine et prit ses dix-huit mois de prison en souhaitant que le procureur n'aille pas fourrer son nez dans les eaux troubles de sa vie. Bien lui en prit, car les deux hommes avec qui il avait l'intention de monter cette affaire de drogue par les airs se plantèrent dans un accident d'avion peu après. 60 000 dollars environ de marchandise s'envolèrent en fumée dans un champ de riz, et tous deux furent envoyés au pénitencier à vie.

En août 1966, T.J. calcula qu'il serait libéré début novembre. Pour une fois, son comportement avait été exemplaire. Sans protester, le prince des Tentations coupait les herbes folles le long des routes cantonales, répondait, obéissant, « Oui, monsieur » à tout individu en costume bleu ou en uniforme foncé, se plongeait dans sa cellule dans la lecture de Norman Vincent Peale et de Billy Graham (s'assurant que tout garde, en passant, vît la couverture du livre) et faisait de jolis dessins. Ce passe-temps datait du jour où T.J. avait demandé s'il pouvait avoir un bloc de dessin et des crayons de couleur. Bien que peu doué pour l'art (Missy lui avait donné, sans succès, quelques leçons), T.J. savait que la direction appréciait les détenus sachant s'occuper. Au fond du couloir, il y avait un Mexicain qui avait confectionné lui-même dans sa cellule des cartes de Noël. Cela lui avait attiré les faveurs et les attentions, et probablement une réduction de peine...

T.J. décida d'abord de peindre ce qu'il voyait toute la journée : les barreaux de sa cellule. Couchés sur le papier, ils semblaient nus et prosaïques, comme des dominos. Il ajouta une ombre en dessous et plus loin, la silhouette des prisonniers de l'autre côté du couloir. Peu satisfait mais intrigué, T.J. déchira son dessin et recommença. Il fit le même sujet plusieurs fois, jusqu'à obtenir une image suffisamment bonne pour attirer cette remarque d'un garde : « Pas mal! » Très vite, T.J. progressa. Il apprit à faire des esquisses du groupe assis au bord de la route en train de déjeuner. Il peut ainsi arrêter de manier sa machette pour faire le portrait d'un garde qui voulait un cadeau d'anniversaire de mariage original et gratuit pour sa petite femme.

Un dimanche matin, il se passa des choses étranges. T.J. entendit à la radio le présentateur Paul Harvey raconter l'histoire d'un prisonnier inconnu à Chicago qui, il y a bien longtemps, avait peint un tableau religieux sur le mur de la cellule des ivrognes. Le tableau était si beau que certains critiques convainquirent le shérif de le garder sur le mur et de le faire classer. T.J. pensa que c'était bien dommage pour ce pauvre type de ne pas avoir été reconnu.

Puis, à peine dix minutes plus tard, le pasteur baptiste arriva au onzième étage pour sa visite hebdomadaire. Il avait l'air abattu, étant donné la façon dont tout le monde l'accueillait en lui faisant des bras d'honneur quand il s'arrêtait devant la porte des cellules pour prier ou donner des conseils. En ce jour du Seigneur, T.J. écouta patiemment le baratin du vieil homme. Et non seulement il s'écria « Amen! » avec ferveur, mais il demanda au pasteur un de ses livres de prières. Le prêtre lui donna avec joie.

Sur la couverture, il y avait la même représentation de Jésus que sur les livres de catéchisme : ces yeux bleus limpides, ces cheveux de miel, cette moustache et cette barbe que chaque père au Texas essayait de faire raser à son fils hippie.

T.J. connaissait bien le règlement. Le shérif interdisait formellement tout graffiti sur les murs de sa triste prison. Mais voyant comment le plâtre près de sa couchette était déjà barbouillé de représentations maladroites des organes génitaux mâle et femelle, d'obscénités en espagnol et de marques de coups de poing désespérés, T.J. pensa pouvoir prendre le risque artistique de rendre hommage à Notre Seigneur Jésus-Christ.

Il traça les contours d'un visage géant à la mine de plomb, s'arrêta pour prendre son déjeuner (des sandwichs au foie et deux Pepsi-Cola), puis travailla jusqu'à l'obscurité, ajoutant des couches de charbon, de Crayola et d'huile lubrifiante. Enfin, à bout de forces, les mains nouées, il s'affala sur sa couchette, insatisfait, observant ce visage sinistre de 2,50 m de haut sur 1,20 m de large. Rien ne ressemblait à un doux sauveur avec halo et robe blanche. Le travail acharné de T.J. n'avait produit qu'un masque renfrogné, une figure inquiétante, autoritaire, sans aucune compassion. Ses yeux clos étaient plus sombres que la nuit, comme chargés par des siècles de douleur et de trahison. T.J. s'endormit avec l'intention d'effacer cette horreur. Il passa la nuit à se retourner d'un côté puis de l'autre.

A l'aube, T.J. obtint un seau d'eau savonneuse, un flacon d'ammoniaque et de la lessive de soude, qu'il demanda au gardien en prétextant le nettoyage de ses toilettes. Mais au moment où il vit Pedecker avec sa sale tronche derrière la grille, il sut qu'il se passait quelque chose. Depuis longtemps, T.J. avait réussi à apprivoiser ce péquenot de cent dix kilos bien tassés. Le premier jour de son incarcération, il avait appris que Pedecker se plaisait à écraser les têtes des récalcitrants avec autant de plaisir qu'à craquer des noisettes. Chaque fois que T.J. faisait un dessin de Pedecker, ce qui était arrivé à peu près sept fois, il faisait de l'homme le plus laid du Texas un sosie de Cary Grant...

Pour l'instant, Pedecker tenait un jeune Noir sous le bras gauche, un nouveau détenu réputé pour être aussi dangereux qu'un nœud de vipères. Le gamin, âgé d'environ dix-neuf ans, avait eu l'idée insensée de balancer un coup de genou dans les parties basses de Pedecker. A droite, le visage du gamin brillait comme un œuf de Pâques, preuve de la volée qu'il avait reçue en retour. Pedecker saisit T.J. avec son autre patte.

— J' veux que tu m' gardes ce zigoto. J' suis à court de main-d'œuvre c' matin, et j'ai pas besoin que ce nègre trop glissant me file entre les doigts. J' peux pas l' laisser seul dix secondes parce qu'y menace de s' suicider. Remarque, ça m' dérangerait pas. T.J., garde-moi ça un moment pendant que j' remplis ses papiers.

T.J. baissa la tête, obéissant. Il ne regarda pas le Noir, la tête toujours coincée sous le bras de Pedecker et marmonnant : « Enculé. » Avec sa coupe de cheveux afro, il ressemblait à un porc-épic électrocuté.

— Et en attendant, p'tit gars, enlève-moi c'tte merde sur le mur! ordonna Pedecker.

La porte claqua, le verrou tourna et vlan! T.J. se sentit propulsé à l'autre bout de sa cellule : Martin, le nouveau détenu, lui avait foncé dessus. Le seau d'eau savonneuse se renversa; T.J. se retrouva les quatre fers en l'air sur la patinoire. Martin, hargneux, lança :

— J'ai pas à nettoyer la merde des Blancs. Un point c'est tout!

T.J., fou de rage, s'agrippa aux genoux de Martin, qui perdit aussitôt l'équilibre. Mais à seize ans, Martin était allé en demi-finale des championnats de poids welter, et il avait à son palmarès d'innombrables combats de rues. Même s'il allait se faire assommer et défigurer pour ça, il n'avait aucune intention d'être réglo. Saisissant une bouteille près de la porte, Martin hurla et prit son élan. Son gauche envoya valser T.J. contre le mur et, de la main droite, il balança deux litres d'ammoniaque et de lessive dans les yeux du sale Blanc. Même si T.J. sentit ensuite des coups de poing dans les reins et dans l'estomac, cette douleur n'avait pas d'importance. Il s'affaissa sur le sol et dit, presque doucement, évitant de crier :

— Je suis aveugle. Oh mon Dieu, je suis vraiment aveugle!

Sur le mur, au-dessus de lui, Jésus se mit lui aussi à pleurer des larmes d'ammoniaque.

Ce matin-là, Kelly Coker, un jeune reporter en maraude, errait dans la prison à la recherche de Pedecker, sa meilleure source de ragots sur le monde de la justice et de la politique. Il vit l'homme massif debout devant la porte d'une cellule, ses grosses pattes posées sur les barreaux. Il avait l'air d'une sculpture de glace.

– Qu'est-ce qui se passe, Pedecker? lança Kelly.

Ce à quoi le gardien murmura, comme s'il était assis au premier rang à la messe :

– J' sais pas, mon p'tit.

Kelly jeta un coup d'œil à l'intérieur de la cellule, puis il écarquilla les yeux. C'était une scène incroyable. Dans un coin, un jeune Noir bien bâti était agenouillé en prières, se balançant d'avant en arrière en chantant un negro spiritual. Accroupi près de lui, se trouvait un jeune docteur de la prison qui examinait en secouant la tête, à la lueur d'une lampe de poche, les yeux rouges d'un prisonnier blanc. Et sur le mur, contre lequel Thomas Jeremiah Luther pressait son corps comme un enfant refusant de quitter son père ou sa mère, rayonnait le beau visage irréel et étonnant de Jésus-Christ. Les critiques d'art qui devaient plus tard venir étudier le portrait déclarèrent que l'œuvre ressemblait à celle d'un maître de la Renaissance, apparentée à celle qui avait été découverte dans une cathédrale de Florence, sous la patine du temps. Ils s'émerveillèrent devant les tons de la chair : des ocre pâles et jaunes donnaient aux joues du Sauveur la texture d'anciens parchemins. Mais surtout, ils devaient admirer les yeux du Christ. A moitié ouverts, remplis de larmes, c'était les miroirs de la souffrance et de l'espoir.

Dans un désir d'objectivité, Kelly Coker essaya de discréditer le « miracle ». Dans son article, il souligna que, peut-être, l'image de Jésus avait bénéficié d'une fuite d'eau ayant éclaté durant la nuit à l'étage au-dessus de la cellule de T.J. Peut-être que l'interaction inexplicable du charbon, de la mine de plomb, de l'huile lubrifiante, de la lessive, de l'ammoniaque et de l'humidité de cette nuit d'août avait enjolivé un dessin primitif et simplet.

Restait un fait irréfutable, devait écrire Kelly Coker dans un article acheté par l'agence AP et transmis dans le monde entier : « Le prisonnier blessé, Thomas Jeremiah Luther, trente-trois ans, a soudain recouvré la vue, contre toute tentative d'explication, après trois heures de cécité et de douleurs épouvantables. Le Dr Cran Wydman, ophtalmologue, a déclaré que Luther souffrait d'une sérieuse atteinte aux tissus de la cornée et de la rétine, brûlés par un jet d'ammoniaque et de lessive de soude que lui a lancé un autre prisonnier. " Tout permettait de penser que ce patient allait être victime de cécité à vie. " Luther a raconté que, pendant la période où il était aveugle, il a entendu une voix lui parler. Elle semblait lui dire : " *Je te guérirai car tu m'as honoré.* " Quand il a rouvert les yeux, il ne souffrait plus et revoyait normalement. La première chose qu'il a remarquée, c'est l'image du Christ, dont les yeux s'étaient également ouverts... »

– Je sais que c'est un miracle, a déclaré Luther, parce que je n'avais pas peint les yeux du Sauveur. La veille au soir, j'étais mécontent de ma peinture et j'avais laissé tomber. Maintenant, je sais que c'est Jésus lui-même qui a fini son propre portrait.

Huit ans plus tard, le 3 février 1975, Lisa Candleman, dont on avait cru à tort qu'elle allait devenir l'épouse de Kleber Cantrell, envoya deux cent vingt-sept enveloppes de la poste de Fort Worth. Chacune contenait une invitation jaune vif bordée de bleu (les couleurs de la classe!), ainsi rédigée : SOUPIRS – SANGLOTS – OUI C'EST VRAI – NON NOUS NE VIEILLISSONS PAS – NOUS PROGRESSONS – VINGT-CINQUIÈME ANNIVERSAIRE DE LA CLASSE 1950. Aidée par l'amie avec qui elle partageait une maison, Sandra, le professeur d'éducation physique, Lisa avait travaillé plusieurs mois pour retrouver l'adresse de toute la promotion, à l'exception de soixante-seize anciens élèves. C'était un travail monumental pour lequel elles avaient été largement secondées par Simon Judger, détective privé qui avait été, vingt-cinq ans plus tôt, le trombone soliste de l'orchestre de l'école.

Leur enquête fut parfois positive, parfois attristante : au moins trente membres de cette classe du demi-siècle étaient morts, la plupart dans des accidents de voiture, trois par décision personnelle, deux de cancer, cinq de crise cardiaque, et un officier de réserve abattu par sa femme, une beauté de la classe. Simon trouva parfois des pistes amusantes. Carralou King, la fille de l'officier de police, la vierge bien gardée, en était à son cinquième divorce et suivait à présent un cours de thérapie sexuelle pour adultes à l'université de Californie. Il y avait au moins vingt-quatre millionnaires officiels. Mais il manquait une cinquantaine de personnes à l'appel. Leur vie n'avait pas laissé de traces. Missy Craymore Luther, par exemple. Introuvable depuis quinze ans.

En moins d'un mois, il y eut assez de réponses pour assurer le succès de l'opération. Lisa loua une salle de banquets au Ridglea Country Club et informa la presse locale. Le *Star Telegram* rappela

pour demander si Kleber Cantrell et Mack Crawford viendraient.
Lisa répondit que tous les espoirs étaient permis.

Puis elle reçut une enveloppe grand format postée à Hollywood,
avec à l'intérieur une photo de Mack. En bas à droite, une
machine avait imprimé : « Tendrement, Mack. » Lisa trouva
l'acteur « absolument superbe ». Pas étonnant : c'était la nouvelle
photo de Mack, prise après six mois passés loin des studios.
Arnie Beckman avait informé la presse que Mack prenait des
vacances bien méritées pour « méditer » et « voyager avec son
épouse, Arianna, et leurs enfants, Jeff, dix-sept ans, et Molly,
quinze ans ». Ce qui n'était pas tout à fait vrai. Mack faisait en
réalité un séjour dans un appartement privé de Palm Springs, se
remettant d'une importante implantation capillaire sur son crâne,
ainsi que d'une chirurgie esthétique pour effacer les poches sous
ses yeux et les rides autour. Tout marcha bien; à quarante-
trois ans, Mack et sa fortune rajeunirent de dix ans.

Avec la photo, il y avait une lettre imprimée par un ordinateur
et paraphée par Mack. La signature semblait vraie, mais le
message était plutôt du genre passe-partout :

Bonjour! Merci de votre amitié et de votre aide. Sans vous, je ne serais
rien. Je suis heureux de vous envoyer ma photo, mon amour et un baiser.

C'est tout ce à quoi Lisa eut droit. « Espèce de mal élevé! »
fit-elle.

De la 57e Rue ouest, à New York, arriva une lettre à la
présentation étonnante. Elle ressemblait à un journal en miniature; le titre, en grosses lettres d'imprimerie noires, disait :
KLEBER CANTRELL. En bas de la page, en caractères plus
clairs et plus petits :

En direct	le rapport Cantrell
Télévision-distribution	Trois fois par semaine
42 marchés nationaux	Plus de 300 journaux.

Chère Mlle Candleman [C'était aussi une lettre par ordinateur, mais
un ordinateur assez intelligent pour inscrire le nom de la personne], merci
de votre lettre. Hélas, étant donné l'énorme quantité de courrier dû à
mon travail de journaliste, je ne puis y répondre personnellement. Mais je
tiendrai compte de vos commentaires. Le genre de remarques que vous
faites m'aide à me faire une opinion. Continuez d'écrire. Meilleurs
sentiments.

P.S. Si vous désirez recevoir une transcription de *EN DIRECT*,
envoyez-nous 2 dollars et une enveloppe timbrée à votre adresse, sans
oublier la date de l'émission désirée.

Ce à quoi Lisa fit : « Sale type! »

Le dernier arrivé fut un paquet enveloppé de papier argent, épais comme une bible de famille. Une fois ouvert, il en tomba des prospectus et des documents enrubannés. Cela avait coûté 7,15 dollars pour faire parvenir ce gros paquet de Granbury, Texas, tout à côté, et attestait du désir de quelqu'un... de dépenser sans compter. Lisa passa une heure captivante à étudier ces fascicules aux titres ronflants :

L'ÉLU : L'Homme du Miracle de Dieu.
LE DÉCLIN ET LA CHUTE DE L'AMÉRIQUE : L'Inévitable Tragédie de l'Humanité.
LE COLLÈGE MIRACLE : Le Campus de Dieu et de Ses Enfants.
LA PREUVE DES MIRACLES : La Science N'a Pas de Réponse.
LE CATALOGUE DU MIRACLE : Sermons, cassettes, vidéos et albums de photos de l'Élu et de ses Croisades Miraculeuses : à partir d'avril, à prix réduit.

Puis Lisa déplia une affiche grand format du *miracle qui créa l'homme miracle*. Abasourdie, elle découvrit Jésus-Christ peint sur le mur de la prison du comté de Tarrant. L'affiche était assez grande pour recouvrir une table de salle à manger. Enfin, il y avait une photo. Non pas comme celle de Mack Crawford, le gros plan sur le visage de la super-star, mais une silhouette en pied, flattée par la distance. Perché en haut d'une colline texane choisie sans doute pour sa ressemblance avec le Golgotha, drapé dans une cape noire, une Bible blanche d'autrefois serrée entre ses mains, se dressait Thomas Jeremiah Luther, alias le prince des Tentations, alias l'Élu. Il portait des lunettes noires qui renvoyaient l'éclat du soleil. Au dos était gribouillé : « Lisa, Dieu t'aime. Je serai ravi de venir. Nous serons heureux de communier dans la camaraderie et dans la joie. Je prie pour toi, comme toujours. L'Élu (T.J.). »

Lisa alla se plaindre à Simon, le détective privé, de la rebuffade de Kleber et de Mack.
— Eh bien! demanda Simon, que veux-tu faire?
— J'ai envie de dire : qu'ils aillent se faire voir. Mais avec leurs deux noms, notre affiche serait étincelante. Y a-t-il un moyen de trouver leur numéro, même s'il est sur la liste rouge?
— Je pense... Il n'y a pas de célébrité inaccessible.
Simon trouva les numéros peu après; Lisa appela Beverly Hills, échangea quelques mots, puis appela New York.

LIVRE VI

Quand les princes meurent

« Quand meurt un gueux, voit-on des
comètes?
C'est pour la mort des princes que les
cieux mêmes s'illuminent. »

WILLIAM SHAKESPEARE.

CHAPITRE 24

L'hôpital Harris était calme, ce matin de fin juillet, quelques minutes après 5 heures. Les deux policiers qui gardaient la porte de la chambre 610 se tenaient avachis contre le mur, implorant la pendule d'accélérer son mouvement pour leur dernière heure de surveillance. Ils avaient mal aux jambes d'être restés debout pendant huit heures. Leur gorge était desséchée par les cigarettes et les cafés du distributeur. Garder le célèbre malade était devenu, depuis longtemps, une pénible corvée. Et les flics assignés à ce sale boulot rechignaient ouvertement. Après les hystéries du premier mois, l'intérêt du public s'était épuisé. Mais Calvin Sledge continuait d'exiger une surveillance de vingt-quatre heures sur vingt-quatre pour l'homme dont le regard sans expression fixait le plafond, et dont la voix était muette.

Un Noir apparut avec un brancard à roulettes et une fiche selon laquelle le patient devait être transporté aux rayons X, à un autre étage. Aucun des deux policiers ne posa de question. C'était la routine.

— Combien de temps vous le gardez? demanda quand même l'un des deux hommes.

Le garçon de salle haussa les épaules.

— Chef, moi je viens le chercher. Si vous voulez m'accompagner en bas, vous êtes bienvenus.

Les policiers refusèrent d'un signe de tête. Leur nuit était presque terminée. Ils attendaient la relève de 6 heures.

Plusieurs minutes plus tard, trois étages plus bas, le garçon de salle arrêta son chariot dans un couloir désert, à la porte de la salle des rayons X. Aussitôt, une grande et belle femme en blouse et masque blancs ouvrit la porte du bureau.

— Leroy, on vous demande au 4 Sud. Un malade est tombé dans la douche.

Le garçon de salle fit la grimace, agacé par ce surcroît de travail au moment de rentrer chez lui.

– Je veille sur celui-ci en attendant, ajouta la doctoresse.

Dès que le garçon de salle eut disparu, la femme poussa le chariot jusque dans un ascenseur de service. Heureusement, personne d'autre ne s'y trouvait.

– C'est mon premier enlèvement, murmura-t-elle quand les portes se fermèrent. Alors je t'en prie, sois patient.

Répétition générale.

Calvin Sledge avait demandé à son assistant le plus capable et le plus malin d'écouter la plaidoirie qu'il devait présenter à l'instruction cet après-midi-là.

– Écoute attentivement. Et fais semblant d'être une vieille dame qui ne comprend rien à rien. Mais si tu as l'impression que je déraille complètement, alors ne me fais pas de cadeau.

Sanford Double était assistant du magistrat chargé de l'instruction. Il tenait un rôle de clown dans plusieurs rodéos chaque année, et il se comportait au tribunal comme il se comportait dans l'arène. Il était connu pour sa façon de rester assis tranquillement, comme s'il était caché dans un tonneau, puis de se dresser brusquement pour distraire ou ridiculiser l'avocat de la défense. Presque tout ce que Sandy disait n'était que plaisanteries un peu lourdes, mais sous la dérision et les farces, se trouvait l'esprit d'un homme de loi solide et érudit. Calvin Sledge savait que si Sandy achetait sa salade, n'importe quel jury l'achèterait aussi.

– Calvin, avant que tu commences ta chanson, et même si je dois gâcher cette belle matinée, faut que j' te dise : t' as l'air de t'être fait écraser sur l'autoroute. Si j'étais un membre du jury, je t'accuserais de tous les viols, cambriolages et molestations d'enfants restés impunis depuis 1965.

Sledge se frotta nerveusement une barbe de trois jours et ses yeux rougis par la fatigue brillèrent de colère.

– Sandy, ferme ta sale gueule et écoute-moi. Si j'ai l'air à moitié mort, c'est pour que les citoyens qui paient leurs impôts en aient pour leur bon dieu d'argent.

Sandy fit un signe de tête obéissant en se croisant les bras. Il préféra ne pas insister sur ce que tout le monde racontait : que Calvin était à bout et que ce procès achèverait un brave homme. A ce moment-là, l'interphone sonna. Sledge hurla dans l'appareil :

– Pas d'appels, Darlene, bordel de merde! Je veux dire : pas d'interruption. Est-ce clair?

Sledge avala deux Excedrine, puis salua poliment.

– Bonjour mesdames et messieurs. L'État du Texas, dans l'affaire Kleber Cantrell, McKenzie Crawford junior et Thomas

Jeremiah Luther, cherche à établir les accusations suivantes : premièrement, port d'arme illégal; deuxièmement, cambriolage et violation de domicile; troisièmement, voies de faits; et quatrièmement, meurtre. Pendant la nuit du...

Sandy l'interrompit.

— Un instant, Calvin. Tu dis bien *meurtre?*

— Ouais. Je crois que nous sommes en mesure de prouver qu'il y a eu homicide au cours de la violation de domicile et du cambriolage. Ce qui, d'après le Code criminel, veut dire meurtre, pour lequel j'ai l'intention de demander la peine de mort.

Comme il avait soixante-trois ans (quoique n'en paraissant guère plus de quarante), Sandy Double ne craignait pas de perdre son emploi pour impertinence. Depuis une dizaine d'années, il avait pensé quitter le service public et entrer dans le privé pour gagner quelque argent, mais un sens du devoir un tant soit peu démodé et l'excitation que lui procurait un bon procès l'avaient dissuadé de se retirer. Malheureusement, les bons procès se faisaient de plus en plus rares; cinq mille accusations annuelles dans le comté de Tarrant, seulement cent quarante environ fournissaient matière à procès. Le reste, au moins quatre-vingt-dix-huit pour cent, ne donnait lieu, comme dans la plupart des tribunaux américains, qu'à de la manipulation de paperasse facilement expédiée par n'importe quel clerc de tribunal. Rien n'aurait donc pu exciter davantage Sandy Double qu'un duel aux côtés de Calvin Sledge au cours d'un procès qui ferait date dans l'histoire. Mais il craignait que son patron n'eût l'intention de jouer gros sans avoir les atouts suffisants.

— Calvin, j'ai envoyé des hommes au pénitencier quand tu n'avais pas encore de poils aux couilles. Aucun d'entre eux ne m'a jamais empêché de dormir, même ceux contre qui j'avais peu de preuve, et qui avaient simplement la malchance d'avoir une tête qui ne me revenait pas. Mais je crois, mon vieux, que là, tu vas un peu loin.

— Je te demande pas de leçons, Sandy. Je te demande de rester assis comme un membre du jury.

— Écoute-moi d'abord, et ensuite je t'écouterai. Ce que je sais de ce type, je l'admets, c'est pas grand-chose, puisque tu as tout gardé aussi secret le jour J. Mais je peux quand même me rendre compte que tu auras de la chance si tu réussis à faire condamner ce mec pour violation de domicile.

— Meurtre, Sandy, que je te dis; *meurtre!*

Sledge résuma la biographie des Trois Princes, puis raconta comment les trois hommes avaient passé ensemble les premières heures de la matinée du 9 mai 1975. Il allait commencer d'expli-

quer la série de crimes, lorsque Darlene entra en s'excusant et en
se tordant nerveusement les mains.

– Je sais que vous ne voulez pas être dérangé, Calvin. Mais il
faut que vous sachiez ce qui vient d'arriver. Le Dr Witt vient
d'appeler de l'hôpital.

Sledge parut tout excité.

– Il a parlé!

Darlene secoua la tête.

– Non, monsieur. Il a quitté l'hôpital.

– *Qui* a quitté l'hôpital?

– Kleber Cantrell, monsieur. Il est parti. Le Dr Witt dit qu'il
est sorti tout seul, ou que quelqu'un l'a kidnappé.

C'est alors que, comme un splendide effet sonore, mélodramatique et soigneusement synchronisé, des chants religieux éclatèrent
sous la fenêtre. Défiant l'ordre de la Cour, vingt femmes en longue
robe blanche commencèrent à s'agiter et à psalmodier sur la
plate-forme du camion. Sœur Cœur sanguinolent trimbalait une
croix sur le dos.

Sandy Double s'écria joyeusement :

– Bonté divine! Calvin, tu t'es dégoté le plus beau meurtre
depuis que Caïn a estourbi Abel...!

La maison était une bonne cachette, à l'abri d'un portail en fer
forgé et d'un rideau de cèdres épais comme un éventail de duègne.
On ne pouvait la voir ni de la route ni des bateaux qui passaient
sur le lac d'Eagle Mountain. La femme s'apprêtait à transporter
l'homme fragile de la voiture à la maison, mais il marcha seul, en
se traînant un peu.

– C'est de la folie, dit Ceil Shannon. Si tu flanches, je te promets
que je te soignerai aux petits oignons.

Elle le coucha soigneusement, tira les rideaux pour obscurcir la
chambre et lui prit la main. Le cœur battait fort. L'effet de
l'adrénaline était passé. Ceil voyait maintenant l'énormité de son
acte. Kleber alluma la lampe de chevet et, péniblement, écrivit sur
un calepin : « Merci. Je te revaudrai ça. »

– Ne me remercie pas. Remercie seulement ta bonne étoile et le
fait que Samantha Reiker et moi, nous étions ensemble à l'université de Vassar. Je savais que c'était une bonne oto-rhino, mais
je ne me doutais pas qu'elle serait une aussi merveilleuse conspi-
ratrice.

Kleber écrivit rapidement : « Elle dit que je vais aller
mieux. »

– Pas seulement *mieux*. Samantha dit qu'il n'y a plus de raison de te garder enfermé à l'hôpital. Elle viendra demain pour t'examiner. Elle risque sa carrière, là.

« Je ne t'ai jamais autant aimée que maintenant. »

Ceil, émue, dit :

« Je t'aime, moi aussi, ajoutant d'un air faussement solennel pour cacher son émotion : Ses derniers mots, avant d'être pendue, furent : j'ai fait ça parce que je l'aimais...!

Kleber griffonna encore : « Passeport? »

Ceil fit un signe de tête.

– Je l'ai trouvé. Mais je ne crois pas qu'il y ait une seule frontière au monde que nous puissions franchir sans être reconnus. D'ailleurs, je t'ai enfin amené où je voulais : à ma merci et incapable de protester...

Il écrivit : « Mexique? »

– Peut-être. Repose-toi, pour l'instant. Si tu es sage, que tu manges ta soupe, que tu prends tes médicaments, nous parlerons du Mexique. Je suppose que si j'ai pu t'enlever d'une chambre d'hôpital bien gardée, je pourrai aussi te faire passer le Rio Grande. Comment te sens-tu? Moi, je tremble encore.

Il écrivit : « Envie de baiser. Et apporte-moi une machine à écrire. »

– Pas question. C'est non aux deux demandes. Plus tard.

« Apporte-moi un journal. »

– Après-demain. Si tu ne dors pas, j'appelle le juge d'instruction, avant de prendre toute seule l'avion pour Rio.

Elle lui tint la main jusqu'à ce qu'il s'assoupisse. Elle se sentait moitié Mata Hari, moitié Bonnie Parker. Et elle avait très, très peur...

La nouvelle de la disparition de Kleber provoqua un tel remous que lorsque Calvin Sledge présenta son dossier à la Cour, sa passion emporta tous les suffrages. Au cours d'une escarmouche délicieuse, Otto Leo, qui était au tribunal le même jour, dans une salle à côté, tonitruant devant le juge en demandant que son client, « un homme de Dieu, un citoyen aux solides principes moraux, fût libéré sur parole », se vit interrompu par Sledge qui se précipita dans la salle pour gueuler que la libération sur parole n'était pas admise en cas de meurtre. Otto faillit dégringoler de ses chaussures à hautes semelles; ses anges en robe blanche pleurèrent et s'arrachèrent les cheveux, se battirent la poitrine à la barre, et avec encore plus de ferveur devant les caméras de la télévision. Otto Leo fit une petite déclaration aux informations de 18 heures, demandant au barreau du Texas de décider d'une enquête sur

Sledge et ses « choquants abus de pouvoir ». Les journaux annon-
cèrent bruyamment les incroyables nouvelles :

L'ÉLU ACCUSÉ DE MEURTRE
L'INSTRUCTION DEMANDE LA PEINE CAPITALE
PAS DE NOUVEL INDICE DANS LA DISPARITION DE
　　KLEBER CANTRELL

Ceil Shannon, allongée sur un divan, s'éveilla. Quelque chose
l'avait frappée sur la joue. Elle se redressa rapidement, essayant
de reprendre ses esprits, et trouva un avion de papier sur ses
genoux. Plusieurs autres s'étaient écrasés autour d'elle sur le sol.
Kleber, à l'autre bout de la chambre, applaudit et signifia, par
gestes, qu'elle devait déplier l'avion. Ce qu'elle fit, pour lire un
griffonnage à peine lisible qui ressemblait à un dernier message
fourré dans une bouteille et jeté à la mer : « Au secours! Machine à
écrire, bon dieu! Je n'en peux plus. »
Ceil dit :
– Peut-être...
Toute la journée, elle fit l'infirmière, prenant la température de
Kleber, sa tension, l'aidant à se laver, à se raser, lui préparant des
repas riches en protéines sous forme de bouillons. Samantha
Reiker avait prévenu que la gorge de Kleber serait douloureuse
pendant encore un mois au moins. Ceil avait demandé à son amie :
« Est-ce qu'il pourra reparler jamais? » Samantha avait répondu
que le temps seulement pourrait répondre à cette question. Ce
dont le malade avait le plus grand besoin, avait-elle ajouté, c'était
une tranquillité absolue, à l'abri des tracasseries des infirmiers, des
reporters et autres importuns trop zélés. Il lui était absolument
interdit de regarder la télévision, d'écouter la radio ou de lire quoi
que ce fût en rapport avec son aventure.
Les jours passèrent. Lentement. La peur était encore là, mais
moins oppressante pour Ceil. Elle essayait de remplir les heures
avec d'absurdes petites « gâteries », donnant la permission à son
patient de marcher tout seul autour de la chambre (et applaudis-
sant comme s'il avait gagné une épreuve olympique), ou de
s'asseoir à une fenêtre et de mettre au soleil son visage fantoma-
tique. Ils jouaient au bridge. S'il gagnait, Ceil avait un gage,
c'est-à-dire qu'elle devait lui faire part d'un grand titre de journal,
par exemple Haldeman et Erlichman sont en prison, Saigon est
devenu Hô Chi Minh-Ville, quelque gouverneur inconnu de
Géorgie s'est porté candidat à la présidence. Mais elle refusait de
mentionner les titres qui le concernaient personnellement.
Un après-midi, Kleber écrivit longuement. Il donna les pages à

Ceil, avec une note pour elle : « S'il te plaît, envoie ça à ma mère. Lis-le si tu veux. » Ceil lut attentivement. Ça ne semblait être que des mots innocents et rassurants qui disaient à une vieille dame que son fils allait bien. Le dernier paragraphe était évidemment un piège, mais Ceil s'y laissa prendre : « Je sais que tu as mille questions à poser, Maman, et moi aussi. Je voudrais te dire toute l'histoire, mais je n'ai pas la force de l'écrire à la main. Les souvenirs s'effacent si vite. Le destin est vraiment surprenant : j'ai là ma plus belle histoire, et je ne vais probablement pas pouvoir m'en souvenir! Affectueusement, Kleber. »

Après avoir posté la lettre en ayant soigneusement effacé les empreintes digitales sur l'enveloppe, elle acheta pour 75 dollars une Underwood portable d'occasion dans un magasin de fournitures de bureau. Elle n'était pas certaine que ce fût une décision sage, mais elle se convainquit qu'elle était dictée par la recherche de la vérité et par l'amour. En réalité elle était aussi très curieuse de mieux connaître les ressorts de l'histoire.

Ceil imposa l'emploi du temps : un quart d'heure le matin, un quart d'heure le soir, après dîner. Et bien que le premier mot qu'il lui écrivit fût « Sadique! », Kleber découvrit bientôt que ces limitations de temps n'étaient pas son plus grand empêchement. Les frappes martelaient le papier et la créativité semblait en plein essor, mais les feuilles écrites que Kleber gardait derrière son oreiller étaient vides et ennuyeuses.

Il imagina Casey debout au-dessus de son lit : ça ne marcha pas. Rien ne marcha. Tous les trucs du métier – commencements anecdotiques, répétitions dramatiques, suspense, descriptions de la maison, de ce qui fut dit et de comment la folie s'alluma – tout échoua. Kleber écrivait le dos intentionnellement tourné à Ceil, et quand un matin elle vit ses épaules secouées comme par des sanglots, elle vola à son secours. « Ça va », écrivit rapidement Kleber, détournant la tête pour cacher sa souffrance. Mais Ceil ne fut pas dupe : il avait dû être bouleversé par quelque souvenir insupportable. Et en partie, c'était vrai. Le prince du Pouvoir pleurait parce qu'il ne pouvait plus supporter de revivre l'horreur, tout en la décrivant avec la distance de l'objectivité. Oh, pour se souvenir, il se souvenait bien! Qui, quoi, quand, où, et peut-être même pourquoi : tout était emmagasiné dans sa tête. Et l'histoire se répétait dans sa mémoire toutes les nuits, tandis qu'il faisait semblant de dormir. Mais c'était dans les obscurités du souvenir et dans l'enfer étrange du *sentiment* qu'elle vivait réellement.

Kleber avait appris la réincarnation bizarre de T.J. Luther par une coupure de journal envoyée par VeeJee Cantrell et qui relatait « le miracle » qui avait eu lieu dans la prison du comté de Tarrant. La dernière ficelle du prince des Tentations avait fait rire Kleber : il pensa à écrire à T.J. une lettre de félicitations. Le garçon le plus populaire était enfin revenu en première page.

Bientôt, VeeJee envoya plusieurs autres témoignages de l'ascension de T.J. Cela semblait être un cas typique de *dementia religiosa* sudiste, assaisonnée d'une goutte de Flannery O'Connor, d'un zeste de Tennessee Williams et d'une dose généreuse de poudre de perlimpinpin. Immédiatement après sa sortie de prison, T.J. apparut à une cérémonie religieuse, sous une tente aux limites de Dallas. Il y était l'invité d'honneur d'un certain prédicateur du nom de Jerry Job, et devait parler à l'assistance, perché sur une scène jonchée de lis et d'œillets blancs. Aussitôt, les antennes de Kleber se dressèrent. Il se souvint de ce Jerry Job qu'il avait essayé en vain de faire expulser de Houston, vingt ans auparavant. Il n'était pas du tout surprenant que T.J. fût de mèche avec ce genre de charlatan.

Ayant pressenti qu'il tenait là une attraction profitable, Jerry Job donna à « l'Homme du Miracle » un billet tout neuf de 100 dollars, pour stimuler son troupeau de fidèles et dénouer les cordons de leur bourse. Et la chose la plus incroyable survint. En plein milieu du numéro de T.J., juste au moment où il racontait comment, ayant été aveugle pendant trois heures, il avait recouvré la vue en même temps que Jésus ouvrait grand ses mirettes, une vieille femme se dressa soudain et s'écria :

– Je vois! Dieu soit loué, je peux voir!

Se frayant un chemin à travers une forêt de chaises roulantes, de béquilles et d'autres accessoires orthopédiques, elle se dirigea, les bras tendus et vibrants comme des diapasons, vers la scène où elle se hissa de ses propres forces, pour embrasser en sanglotant les pieds de T.J. Luther. Aveugle et souffrant d'atroces douleurs dues à une tumeur au cerveau depuis trois ans (c'est du moins ce qu'elle raconta), elle avait recouvré la vue au seul son de la voix de « l'Homme du Miracle ».

– Dieu vous bénisse! hurlait-elle. Dieu vous aime. Merci, mon Dieu!

T.J. recula.

– Je n'ai rien fait! dit-il honnêtement.

Jerry Job prit alors impulsivement une décision. A l'âge de

soixante-douze ans, il dirigeait un spectacle de seconde classe et plutôt sordide. Sa tente était ravaudée, la tuyauterie de son orgue était trouée, le fond de son pantalon bleu électrique brillait d'usure, ses lis et ses œillets étaient en plastique, « Made in Taiwan ». Mais quand il vit, sur sa plate-forme tremblante, cet homme de trente-cinq ans, doué d'un certain pouvoir charismatique et de magnétisme sexuel, il sut qu'il avait enfin trouvé une vedette. Il fit un signe à l'organiste qui, obéissant, joua une joyeuse fanfare. Alors Jerry Job saisit le micro et tonna :

– Ne niez pas la puissance de Dieu! Vous vivez maintenant un moment unique de la destinée!

Il leva le bras de T.J. Luther comme si le petit voyou venait de gagner le championnat du monde des poids moyens.

– Écoute mes paroles. Dieu t'a choisi pour distribuer parmi nous la bénédiction de ses guérisons. Personne ne peut nier les miracles de Dieu! Es-tu *sauvé*, mon fils?

– Euh oui, m'sieur, j' crois bien, répondit T.J. en se souvenant du jour où Magda le traîna à l'Église méthodiste pour le faire asperger d'eau bénite.

– Renouvelons l'engagement de l'Élu du Seigneur!

– Le *quoi*?

Mais la question de T.J. fut escamotée. Il sentit sur sa tête la main de Jerry Job, qui le poussa à s'agenouiller à ses pieds. Dans une tentative de recueillement il baissa les yeux vers le sol et vit, cachée derrière une plate-bande de fleurs en plastique, une grande boîte remplie de neige carbonique et de petites bouteilles. Jerry Job pérora pendant une demi-heure, lui posant des questions sur la foi et sur la renonciation au péché, auxquelles T.J. répondait : « Oui, m'sieur. » Il savait qu'il devait mériter ses 100 dollars. Puis le vieux prédicateur se baissa pour prendre un des flacons et versa quelque liquide sur la face en sueur du prince des Tentations. Ensuite il égoutta le fond de la bouteille sur la neige carbonique, et *voum*! une fumée écarlate jaillit. Cela n'eût peut-être pas marché à la télévision, mais sous une tente minable dans la banlieue pauvre de Dallas, Jery Job était un magicien convaincant. Il se coucha cette nuit-là à 2 h 15, après avoir signé un contrat avec T.J. Luther, l'engageant comme assistant-guérisseur à 200 dollars par semaine, plus dix pour cent sur les offrandes. Il se sentait comme P.T. Barnum le jour où il amena Tom Pouce au milieu de la piste.

La rumeur se répandit rapidement. Les journaux envoyèrent des reporters aux apparitions de l'Élu, qui avait mis au point des représentations spectaculaires. L'orgue (et un tambour récemment acquis) accompagné de la basse majestueuse de Jerry Job, annonçait son apparition. Les lumières s'éteignaient. Dans le fond de la scène, sur une plate-forme surélevée, l'Élu se matérialisait soudain, baigné de lumière rouge et de fumée. Immergé dans le sang, pour ainsi dire. Puis il racontait candidement sa vie errante, dénonçant (sans trop insister) les démons de la boisson, des femmes faciles, de la tricherie au jeu et des chèques sans provision. Au fur et à mesure qu'il avançait dans son sermon, la lumière rouge pâlissait et la fumée se faisait moins dense. Quand il en venait à l'épisode de sa cécité (qu'il racontait paupières fermées et s'ouvrant lentement, comme soulevées par Dieu), la lumière était d'un blanc étincelant. Son costume était blanc, les fleurs étaient blanches, blanc son rayonnement. Pendant la mise au point du scénario, Jerry Job s'était inquiété de la grosseur des ficelles. Mais T.J. donnait la chair de poule à la population de Austin à Amarillo, lui-même inclus.

En l'espace de six mois, les bannières sur la tente et la publicité dans les pages religieuses du samedi changèrent. A la place de : JERRY JOB APPARITION SPÉCIALE DE L'ÉLU, on put lire : LA COMPAGNIE JERRY JOB PRÉSENTE L'ÉLU, puis simplement : JERRY JOB ET L'ÉLU. Et c'est pas un soir mémorable de l'automne 1968, sur le terrain de foire de Shreveport, durant un violent orage qui fouettait la toile de la tente de façon effrayante, que l'accident se produisit. Un témoin raconta qu'on aurait dit la fresque de Michel-Ange, *La Création,* ou un Dieu noueux et barbu donne la vie à Adam par le contact de ses doigts. D'autres, dont un représentant du shérif qui était de service à cette réunion, dirent que la tragédie était la faute d'un vieux fou stupide qui aurait dû savoir le danger de faire un sermon en plein cyclone. En tout cas, Jerry Job se prit les pieds dans un enchevêtrement de fils électriques reliés au micro au moment même où la foudre tombait non loin de là. Il toucha les doigts tendus du prince des Tentations, poussa un hurlement et expira parmi les lis. T.J. Luther tomba, inconscient lui aussi, parmi les cris et le vacarme, mais l'Élu se releva très vite, intact. Le fait qu'il n'eût pas tenté de ressusciter un Jerry Job grillé ne fut jamais discuté. Mais qu'il prît la succession du prédicateur tombé – et possession de la tente, de l'orgue, au tambour et de la liste des fidèles – fut considéré comme la juste expression de la volonté de Dieu.

Cinq ans plus tard, peu avant Noël 1973, Kleber trouva dans son courrier une photographie qu'il n'avait pas demandée. C'était un portrait en couleurs de Thomas Jeremiah Luther. Cela ne ressemblait à rien de moins qu'à ces photos envahissantes d'un

Nasser ou d'un Franco que l'on voyait sur les murs des huttes de torchis égyptiennes ou des tavernes espagnoles. T.J. semblait avoir découvert à la fois la fontaine de Jouvence et les mines du roi Salomon. Il se tenait debout devant un bâtiment en construction, tout de verre et de métal cuivré. D'après une notice jointe, l'immeuble comporterait « douze étages, un par Apôtre, et abriterait les quartiers généraux de L'ÉLU, L'HOMME DES MIRACLES DE DIEU ». T.J. avait la peau lumineuse, lisse et dorée, comme celle d'un maître nageur. Sa chevelure était drue, brune et ondulée. Son complet de shantung était bien coupé, et la bague à son annulaire qui faisait danser des étincelles dans le soleil du Texas annonçait un minimum de cinq carats. En bas de la photo, écrit soigneusement à la main : « Pour le prince du Pouvoir, le prince du Salut. Avec l'Amour infini de Dieu. T.J. »

Un bataillon de souvenirs assaillit Kleber, dont le plus violent était celui du viol d'une enfant aux cheveux noir corbeau et d'une sépulture de feuilles mortes, au bord d'une rivière tumultueuse. Il déchira l'Homme aux Miracles en deux et le mit au panier. « Le Salut ? » murmura-t-il, stupéfié par les chemins que pouvait prendre la vie des hommes. Puis il revint au travail que nécessitait l'enregistrement de « En direct », sa nouvelle émission de télévision. Quarante-huit jeudis soir par an, il se livrait à une conversation brillante d'une demi-heure avec de *vrais* grands noms. Leurs photos à eux couvraient les murs de son bureau, et ces icônes dédicacées attestaient du rang de Kleber. Il n'y avait pas de place pour les simulateurs venus de son passé.

La conclusion de Calvin Sledge n'était pas tout à fait correcte. La réunion du vingt-cinquième anniversaire de la promotion 1950 ne fut pas exactement ce qui réunit les trois garçons de Cloverdale Avenue une dernière fois. Chacun d'entre eux avait un motif secondaire. Quand Lisa réussit enfin à joindre, vers minuit, Mack Crawford à Beverly Hills, il répondit en personne d'une voix pâteuse. Il avait l'air d'être enfoui sous une montagne d'oreillers et de couvertures. S'excusant du dérangement, Lisa répéta par trois fois la raison de son appel, et après un long silence embarrassant, Mack répondit : « Peut-être. » S'il pouvait arranger son emploi du temps, il prendrait un avion pour le Texas à la dernière minute.

— La seule chose, Lisa, c'est que je ne peux pas supporter le battage publicitaire. Si vous n'annoncez pas à l'avance que je viendrai peut-être, si vous gardez le secret, tu sais ce que je veux dire, alors peut-être...

— Naturellement, répondit Lisa. Je comprends. Ce serait une si

jolie surprise pour tout le monde. Nous sommes si fiers de toi!
– Est-ce que Kleber viendra?
– Oui, mentit Lisa. Il est impatient de te revoir.
– Et T.J.?
– Bien sûr! Il fera une invocation. Le gros lot est un billet pour le paradis...!

Mack marmotta quelques mots inintelligibles et la communication fut interrompue. Lisa n'osa pas rappeler.

Mack leva les yeux et se souvint qu'il y avait un jeune homme dressé au-dessus de lui comme la statue d'un colosse. La lumière des bougies s'éteignait et tout ce que Mack pouvait voir, c'était deux jambes musclées, attachées à un sexe en demi-érection dans une tache de poils dorés. Le reste était dans l'obscurité. Le garçon se mit à se masturber et son membre prit bientôt sa pleine mesure. Il se préparait à s'agenouiller sur la poitrine de Mack, mais l'acteur secoua la tête. Le jeune homme comprit et commença à se rhabiller.

Quelques minutes plus tard, après avoir pris une douche, il embrassa Mack légèrement en murmurant « bonne nuit ». Mack se dressa sur son coude.

– Qui es-tu?
– Qui je *suis*? Tu n'avais pas dû prendre ce quaalude de plus...
– Où est-ce que je t'ai rencontré?
– T'es sûr que tu veux que je m'en aille? T'es complètement raide.
– J'oublie où on s'est rencontrés.

Le garçon rigola.

– On s'est rencontrés l'année dernière à l'Académie Awards. J'ai parké ta 450. Tu te souviens?
– Ah, ouais... Quel âge as-tu, Jeff?
– *Jeff*? Je m'appelle Johnny! Et j'ai vingt ans. Et t'en as trente-huit. Mais tout ça, ce sont des nombres.
– J'ai quarante-trois ans. Tu devrais le savoir.
– Et alors? Ça aussi, c'est un nombre.
– Qu'est-ce que tu fais?
– Je vais à l'université de Los Angeles et je te fais l'amour une fois par semaine. Laisse tomber, Mack, et essaie de dormir.
– Ouais. Dormir. Tu veux un peu d'argent?

Le garçon fronça le sourcil.

– Je t'ai déjà dit que ça me gênait. C'est pour toi que je viens, Mack.
– Alors, prends 100 dollars dans mon portefeuille. Dans le pantalon, là-bas.

– *Ciao*, Mack. Dors bien.

Mack n'entendit pas Johnny sortir discrètement. Il s'était endormi d'un lourd sommeil, mais il se réveilla pendant la nuit et souffrit des heures chaotiques jusqu'au matin. Il se souvint de Lisa au téléphone. L'invitation le tentait, mais elle signifiait la rencontre d'anciens camarades qui avaient tous maintenant quarante-trois ans. Ces considérations arithmétiques pourraient être gênantes. Il aurait pris plaisir à présider cette réunion, mais il se demandait si sa part d'admiration ne serait pas amoindrie par la présence des deux princes rivaux. Kleber et T.J. ne verraient-ils pas clair à travers tout son vernis?

Il avait besoin de parler à quelqu'un. Il appela Arianna par l'interphone, mais elle ne répondit pas. Il crut se rappeler que c'était sa nuit de « sortie » avec Maggie.

Il regarda le téléphone. Il composa le numéro de Susan, à Fort Worth. Il était 6 heures du matin chez elle, mais elle était alerte et avait déjà lu le journal.

– Qu'est-ce qui te tracasse, Mack?

– Comment va Jeffie?

– Il va... il va bien, dit-elle, sa voix soudain plus froide.

– Où est-il?

– Je ne l'ai pas vu depuis quelque temps. Il passe. La semaine dernière, il était quelque part au Texas. Séances de méditation.

– Pourquoi il vient pas rendre visite à son père?

– Mack, je ne sais pas. Il a dix-sept ans et il est très indépendant. Il dit qu'il n'aime pas la Californie.

– Susan, est-ce qu'il est là? Je veux dire, là maintenant? A côté du téléphone, en train de te faire signe qu'il ne veut pas me parler?

– Mack, arrête ta paranoïa. Bien sûr que non.

– Est-ce que je pourrais venir le voir?

– Si je le vois, je lui dirai. Mack, j'ai du bacon sur le feu...

– Pour qui? Tu n'aimes pas le bacon!

– Maintenant, j'aime ça.

Et elle raccrocha.

Mack rumina ses pensées jusqu'au lever du jour, puis téléphona à Arnie pour lui demander de ne pas prendre de rendez-vous pendant la première semaine de mai. Il voulait faire un voyage au pays natal.

Lisa ne dissimula pas son sarcasme.

– C'est vraiment *toi*? Ce serait plus facile de joindre Brejnev!

– Excuse-moi, chérie. Tu sais bien que je t'aurais rappelée...

– Je n'ai pas envie de me répéter, vu que j'ai déjà fait mon discours à ton agent de presse, à ta secrétaire, à ton producteur, et je crois même, à ton garçon de bureau.

Mais elle répéta son invitation à la réunion de la promotion.

Kleber était déjà parti dans des excuses diplomatiques, quand Lisa l'interrompit :

– Mack viendra. Et T.J. aussi. La soirée ne serait pas au complet sans toi.

– Trois de la même espèce ne remplissent pas une assistance, Lisa. Mais peut-être que si... Je te rappellerai.

Kleber avait enregistré à l'avance deux « En direct », ce qui lui donnait deux semaines pour un voyage à Fort Worth. La raison de cet effort était que son spectacle n'avait plus grand succès; selon les sondages, il était même en danger d'annulation. Il connaissait un moyen de le sauver. L'idée lui était venue plusieurs semaines auparavant, mais il s'était heurté à des murs quand il avait essayé d'obtenir une interview de T.J. Luther. L'ironie des circonstances l'agaçait. S'il voulait T.J. dans son programme, ce petit merdeux devrait marcher sur les mains jusqu'au studio. Mais l'Élu, qui avait été descendu dans un certain nombre de reportages dans les magazines et de profils à la télévision, était maintenant entouré d'une garde de conseillers en relations publiques. Sa politique consistait désormais à refuser toutes les interviews, à moins que le questionnaire ne fût soumis d'avance et par écrit. L'Élu répondait par la même voie. Il exigeait aussi son consentement préalable pour la publication des textes, des photos et des légendes. Quant aux programmes de radio ou de télévision, il se réservait le droit de censure ou d'approbation après en avoir pris connaissance. De toute façon, l'Élu était maintenant deux fois par semaine sur les écrans de son propre réseau (quelque trois cent cinquante chaînes indépendantes aux États-Unis et au Canada, plus environ quatre-vingts en Europe, en Asie et en Amérique du Sud); il était donc entièrement satisfait de la propagation de son ministère et de son message. Il avait grand plaisir à laisser sans réponse les appels « urgents » de Kleber Cantrell. Celui-ci avait eu recours à l'aide du gouverneur du Texas, de plusieurs députés et sénateurs. Mais T.J. était resté muet parce que, après tout, son ami d'enfance n'avait pas remercié pour la photo de Noël qu'il lui avait envoyée en 1973. Et quand Kleber rappela Lisa pour lui dire que oui-il-assisterait-à-la-réunion, il avait non seulement l'intention de séduire l'Élu et de lui faire accepter une interview exclusive et non censurée, mais aussi de clouer ce marchand de soupe et ce fils de garce au mur de la vérité.

8 mai 1975.

Mack loua un jet Lear pour Fort Worth. Le voyage lui coûta 2 700 dollars – privilège oblige – mais déductibles des impôts... Une Ford blanc crème l'attendait sur l'aire d'atterrissage. Hanté par ses souvenirs du passé, il parcourut sa ville natale comme un roi couronné. Il passa devant un cinéma où se jouait son dernier film, *La Rébellion de Clancy*. Il fut vexé de remarquer que personne ne faisait la queue et que la caissière tuait le temps en lisant un roman-photos. Il décida de se rendre aussitôt chez Susan, mais il avait besoin d'un petit remontant. Dans un « mini-market », il acheta un quart de vodka et une casquette de base-ball qu'il posa bas sur son front afin de dissimuler son visage. La jolie petite Mexicaine qui encaissa son argent lui jeta un bref regard mais ne parut pas le reconnaître. Il s'amusa à imaginer les pouvoirs de la célébrité : il lui suffisait d'enlever ses lunettes noires et sa casquette pour donner à cette fille une histoire à raconter pour le restant de sa vie. Je peux faire d'elle quelqu'un d'important, pensa-t-il. Mais il partit comme il était venu, inconnu.

Après avoir bu la moitié de la vodka, Mack conduisit sa voiture vers Cloverdale Avenue, où Susan ne l'attendait pas avant le lendemain. Il croyait que la surprise la rendrait folle de joie. Il repassa deux fois devant la vieille maison avant de se sentir suffisamment agacé et d'engager la Ford dans l'allée en demi-lune, pavée de briques. Il avait l'impression d'une violation. Susan French Crawford avait, il est vrai, des droits légaux sur la seule ancre dans la vie de Mack, mais il ne lui reconnaissait pas l'autorité morale de transformer la maison respectable de Mable Hofmeyer en une vulgaire imitation de villa marocaine. Il but le reste de la vodka et zigzagua vers la porte d'entrée, où il frappa du poing.

Un type en complet synthétique bleu acier ouvrit la porte.

– C'est pour quoi? dit-il d'une voix dure qui n'allait pas avec son apparence.

Mack lui trouvait plutôt un air de fleuriste.

– Où est Susan?

– Qui êtes-vous?

Un tant soit peu cérémonieusement, Mack enleva sa casquette, remit d'un coup de tête ses cheveux en ordre, se débarrassa de ses lunettes noires et bomba un torse qui aurait pu contenir deux fois l'autre bonhomme.

– Oh mon dieu! dit l'homme, comme s'il venait de recevoir un coup à l'estomac.

Susan arriva en ondulant dans le living-room, portant deux verres de vin rouge. Elle paraissait charmante, mince et assurée, dans une robe d'hôtesse jaune citron. Elle regarda Mack et fut incapable de cacher sa contrariété en voyant son ex-mari chez elle.

– Salut, Mack, dit-elle fraîchement. Tu as encore des ennuis avec les horaires, je vois. Tu devais arriver demain...

– Je suis enchanté, monsieur, dit l'homme en ne se rendant pas compte de la tension. Je sais que vous êtes fatigué de l'entendre, monsieur Crawford, mais j'adore vos films...

Il tendit une main moite que Mack ignora.

– Voici mon ami, George Parson, dit Susan. George, Mack Crawford.

Elle faillit rire de l'absurdité des présentations. C'était comme mettre un nom sur un des quatre visages du mont Rushmore.

– Débarrasse-toi de lui, ordonna Mack.

– Oui, bien sûr, je m'en vais, dit George.

Il vida les lieux rapidement, sans même s'excuser auprès de Susan. La célébrité le mettait dans tous ses états.

– Est-ce que je peux entrer? demanda Mack.

– Tu es déjà entré, dit Susan en lui tendant le verre de vin abandonné.

– Qui était ce petit con? Ton décorateur?

– Tu es vraiment grossier. George est avocat, Mack. Un avocat très gentil, efficace et bien élevé. Il ne vit pas sur la même planète que toi.

La réprimande le blessa. Mack s'assit dans une chaise de cuir et but son vin à petites gorgées. Il pensa à embrasser Susan pour voir si elle allait le repousser. Il essaya de faire la conversation.

– Je suis arrivé plus tôt que prévu. Alors je me suis promené en bagnole et je me suis perdu. Par hasard, je me suis retrouvé dans le quartier. Je ne savais pas que tu avais de la compagnie...

– Tu as l'air fatigué, Mack.

– Je viens de finir un film.

Il posa son verre sur une petite table et remarqua une nouvelle photo de Jeffie. Le jeune garçon était encadré sous plexiglas; il avait une expression absente, comme s'il voulait éviter l'objectif. Il était maigre et portait les cheveux longs.

– Pourquoi as-tu laissé Jeffie quitter l'école en Suisse?

– Il ne m'a pas demandé mon avis. Il a simplement rappliqué, un soir...

– Comment a-t-il pu se payer un billet d'avion?

– C'est toi qui lui as donné une carte de l'American Express, Mack.

— Pourquoi il a laissé tomber?

— Il a dit — je cite : j'ai besoin de me remettre les idées en place. Je ne sais pas bien ce que ça veut dire.

— Je lui ai écrit. Il ne m'a jamais répondu.

— Il est... très occupé.

Mack se leva et prit Susan dans ses bras.

— J'ai besoin de voir mon fils. C'est mon droit.

— Je ne sais pas où il est.

— Susan, ne me mens pas.

— Je ne te mens pas, Mack. Jeffie... eh bien... a *changé*.

— Changé en quoi?

— C'est un garçon très controverti. Il se pose des questions sur lui-même. Je ne vois pas de mal à ça.

— J'ai fait tout ce voyage de Californie pour voir mon fils!

— Mack, je t'en prie, va-t'en. Nous sommes tous les deux fatigués.

Pour Mack, tout cela ne semblait pas très juste. Être foutu à la porte par la femme qui avait fait irruption dans sa vie, quelque vingt ans auparavant, sans y être invitée, qui l'avait piégé dans le mariage, qui avait rejeté une sérieuse tentative de réconciliation, qui avait obtenu un million de dollars qu'il avait péniblement gagnés dans le divorce d'un mariage presque inexistant, qui était maintenant propriétaire de la maison de son mari et en avait grossièrement endommagé la dignité, qui enfin lui refusait accès à la seule véritable réalisation de sa vie, son fils, sa plus belle création, c'en était trop. Cette femme allait avoir ce qu'elle méritait.

Mack lui saisit le bras et le tordit avec cruauté.

— Je veux Jeffie, dit-il.

— Mais lui ne veut pas de toi!

Elle lui échappa; Mack la frappa. Dans la voiture, en repartant, il se sentit bien.

De l'aube au crépuscule, chaque jour, des circuits touristiques étaient organisés sur les quarante hectares où l'Élu faisait construire la Cité des Miracles. Kleber choisit la visite de 16 heures. C'était la plus populaire et la plus fréquentée par les dévots qui, tous les jeudis, s'engouffraient dans le sanctuaire pour prier et attendre le miracle. Ainsi, il pourrait se fondre dans la foule. Son premier arrêt à Fort Worth avait été dans un magasin où il avait acheté un pantalon en dacron, une chemise infroissable et un chapeau de paille. Une fausse moustache, une barbe de quatre jours et des lunettes de soleil lui donnaient — du moins l'espérait-il

– l'apparence d'un vrai plouc. Dans le parking, il rencontra un groupe de garçons et de filles dirigé par leurs deux tantes. L'un des enfants chahutait déjà, et quand Kleber s'offrit à le prendre sur ses épaules, les sœurs furent charmées. Il pensa que son numéro de bon chrétien était réussi.

Il paya 5 dollars pour la visite (« dont 4,50 déductibles des impôts – conservez votre billet ») et franchit un passage de sécurité comme ceux des aéroports. Une variété d'hôtesses du Miracle, fraîches comme la rosée dans leur longue robe, accueillaient les visiteurs. Elles ne portaient aucune trace de maquillage, mais leur visage était charmant et serein.

– Je suis sœur Gentilla, annonça le guide.

Elle avait environ quarante ans, des cheveux noir corbeau, des yeux couleur de volubilis qui semblaient n'avoir jamais vu la laideur. Son visage était comme verni de sainteté.

– Bienvenue à la Cité des Miracles. Pendant deux heures, vous allez vivre dans la présence de Dieu. Nous ne cherchons pas à faire de prosélytisme. Nous ne voulons pas convertir. L'Élu ne veut pas savoir si vous êtes chrétien, juif, bouddhiste ou athée; si vous êtes des saints ou des pécheurs. La Cité des Miracles est l'émanation de la volonté de Dieu et de la puissance de Dieu. Notre Père qui est aux Cieux a commandé à l'Élu de construire cette cité. Les travaux viennent de commencer. Nous sommes à la fois les pionniers et les pèlerins. Dans cent ans, ces travaux ne seront pas achevés. Dans mille ans, la Cité des Miracles ne sera pas encore achevée. Tout ce que nous attendons de vous, c'est le respect du Lieu divin. Nous ne permettons ni les photographies ni les bandes magnétiques parce qu'elles pourraient déranger ceux qui cherchent à communier avec Notre Seigneur. Au cours de notre visite, il y aura deux pauses pendant lesquelles vous pourrez poser des questions. S'il vous plaît, ne parlez pas dans l'intervalle. Enfin, pour vous mettre à l'aise, aucune quête ne sera faite.

Chacun se débarrassa alors de son appareil photos pour le confier aux guichets d'entrée. Mais le Minox de Kleber, dans son étui à lunettes glissé dans la poche de sa chemise, y resta dissimulé. Un photographe de *Life* lui avait appris ce truc. Un fil descendait sur sa poitrine jusqu'à la poche du pantalon, où l'on pouvait appuyer sur un déclencheur discret et silencieux.

Ils montèrent dans des trams. Sœur Gentilla montra d'abord la tour des Miracles, douze étages de verre couleur bronze qui abritaient « l'administration, les archives, les services de recherche et la résidence de l'Élu ». Kleber tendit le cou vers le dernier étage et nota que T.J. était bien loti. Là-haut, expliqua sœur Gentilla, il y avait un appartement de deux cents mètres carrés, décoré de panneaux venus d'une cathédrale Renaissance du XIVᵉ siècle, et meublé entre autres d'un bureau « ayant sans doute été utilisé par un archevêque de Cantorbéry ».

Derrière ce bureau, était assis un homme en costume clair qui regardait béatement un écran de télévision de deux mètres de large. Par simple pression sur l'un des boutons de son tableau de bord, il pouvait observer le moindre recoin de la Cité des Miracles. Presque rien ne pouvait échapper aux quelque cent quatre-vingts caméras dissimulées aux endroits stratégiques. Depuis le moment où le prince du Pouvoir avait quitté sa camionnette de location, le prince des Tentations l'avait repéré. Et chaque fois que Kleber pressait sur le déclencheur du Minox caché dans sa poche, l'Élu serrait le poing, le même poing qui écrasait les entrailles des démons et qui se tendait pour illustrer la colère de Dieu.

Pendant une heure, sœur Gentilla promena agréablement son troupeau sur le périmètre de « La Vie du Christ », un projet couvrant sept hectares mais à peine commencé. Sur les douces collines situées à vingt-cinq kilomètres environ à l'ouest de Fort Worth, il serait un jour possible de contempler la natavité, la fuite en Égypte, le temple envahi par les marchands, le jardin des Oliviers, le tribunal de Ponce Pilate, le Golgotha et la résurrection.

— Ce projet coûtera 11 millions de dollars, et en ce moment même, dans la tour des Miracles, plus de trente théologiens, savants et spécialistes de renommée mondiale travaillent à recréer la Terre sainte. D'ailleurs, il se trouve que le sol du Texas, sur lequel nous nous trouvons, est de la même nature que celui de la Galilée.

Une femme près de Kleber murmura :

— La terre du Seigneur!

Sa remarque ne se voulait pas sarcastique; pourtant les rires fusèrent. Sœur Gentilla fronça des sourcils :

— Je vous rappelle qu'il est interdit de parler avant la pause.

Après un tour sur le campus du « collège des Miracles », qui ne consistait alors qu'en trois bâtiments de stuc resssemblant à des HLM israéliennes, le tram s'immobilisa. Ils se trouvaient à présent devant un dôme indéfini dont le sommet s'élevait à quelques mètres du sol à peine. Il aurait pu s'agir d'une tombe, d'un bunker ou d'une soucoupe volante. Mais sur le visage de sœur Gentilla, il y avait la promesse d'une surprise. Mimant la béatitude, elle demanda aux visiteurs de se mettre l'un derrière l'autre, en une seule file, tête penchée comme pour prier. Kleber se sentit soudain très stupide et faillit ricaner. Mais il reprit ses esprits quand quatre hommes passèrent, marchant à grands pas.

Toute la journée il avait aperçu ces vaillants gaillards, les prenant pour des gardiens, ou alors pour des étudiants en Connerie, degré supérieur. Dans des vestes à la Nehru, des bottes bien cirées, les cheveux coupés comme ceux des marines, ils n'avaient pas plus de vingt-cinq ans. Et c'étaient tous des beaux gars. Ils portaient tous ce qui, pour un profane, eût passé pour un appareil de surdité, mais en quoi Kleber reconnut de minuscules écouteurs de radio utilisés par les hommes des services secrets. Une légère paranoïa le saisit.

On commença à pénétrer dans le dôme. Les premiers de la file disparurent dans l'obscurité. Qu'est-ce qui pouvait bien se passer là-dedans? Kleber le sut bientôt. Il pénétra à son tour par l'entrée de marbre, où sœur Gentilla dirigeait les visiteurs vers la droite et vers la gauche. Deux anciennes lampes à huile l'éclairaient d'une lumière jaune et enfumée. Derrière elle, une cordelière de velours la protégeait d'une chute dans ce qui semblait être un puits profond.

Kleber tourna à droite et descendit trois marches. Il prit place sur un vaste échafaudage circulaire dont la circonférence occupait toute la salle. Il calcula que le puits avait au moins quinze mètres de large.

– Silence! s'écria sœur Gentilla. Et n'ayez pas peur. Nous sommes au cœur de la Cité des Miracles. Apprêtez-vous à sentir la puissance de Dieu! Apprêtez-vous à refaire le parcours de l'Élu.

On entendit d'abord un bourdonnement, des grincements de machinerie. L'échafaudage, à la surprise de tout le monde, se révéla être un ascenseur qui entreprit de descendre.

– Nous allons à une profondeur de quinze mètres, dit sœur Gentilla.

La descente n'était pas agréable, l'ascenseur procédant par saccades. Elle continua :

– Cet espace est à l'épreuve du feu, des tremblements de terre, des érosions, et peut supporter le choc de n'importe quelle arme nucléaire inventée par l'homme jusqu'à ce jour. Des murs de trois mètres d'épaisseur, faits d'acier et de béton, nous entourent. Ils dépassent les normes de sécurité exigées dans les réserves de missiles.

Un coup de tonnerre retentit. La foudre déchira l'obscurité. Le vent hurla et de puissantes vagues s'écrasèrent sur des rochers invisibles. Pendant la descente, les passagers eurent droit au « sons et lumières » le plus sensationnel auquel Kleber eût jamais assisté. Des rayons laser écarlates, comme des armes extra-terrestres, transpercèrent les faces hideuses de lutins et de démons qui flottaient dans l'air. Une musique cacophonique – Bach, boogie, Schönberg, disco, des voix de soprano aussi effrayantes que celles des Harpies ou aussi séduisantes que celle de la Lorelei – inonda l'atmosphère. Ce vacarme était accompagné d'odeurs insupportables : fruits pourris, tiges de chrysanthèmes laissées dans l'eau d'un vase pendant des semaines. Puis, le silence. Et l'obscurité totale. C'était inquiétant. L'ascenseur arriva en fin de course, eut quelques soubresauts, s'arrêta. La descente avait duré trois minutes au plus, mais Kleber soupira de soulagement. Mentalement, il tira son chapeau à T.J. Il avait dû employer la moitié des virtuoses de Disneyland pour mettre au point ce voyage au pays des frissons qui valait bien l'Enfer de Dante et *Le Chien des Baskerville.*

Des glissandos de harpe se firent entendre, enregistrés mais rassurants. Puis une nouvelle voix de femme, chaude et maternelle :

– Et le Seigneur dit : « Que la lumière soit. »

A la hauteur de huit étages plus haut, des panneaux s'écartèrent et, comme du Ciel, il plut des rayons de lumière brillante projetant des taches de couleur ambre, rose et jaune sur une plate-forme circulaire habillée d'un épais tapis rouge. Au milieu de celle-ci, apparut ce que Kleber prit d'abord pour la statue magnifique d'une femme en état d'adoration, les mains tendues vers Dieu. Grande et majestueuse, elle portait la même robe de rude étoffe que les guides, mais dans cette lumière irréelle, les plis en semblaient aussi délicatement sculptés que dans le marbre de la Pietà. Sur son sein était un cœur de feutre, dont le sang tombait goutte à goutte.

Elle se mit à chanter.

Jusqu'à ce moment, Kleber avait été protégé par sa solide carapace de journaliste. A part un court moment d'appréhension quant au fonctionnement de l'ascenseur, c'était le spectacle qui l'avait fasciné. Mais la voix de cette femme le bouleversa. Elle chantait une hymne qui lui rappelait vaguement son enfance protestante, mais les paroles n'avaient pas d'importance. Sa voix couvrait un registre étonnant. Elle évoluait des basses veloutées du violoncelle à des notes inaccessibles aux coloraturas habituelles. Et chaque son était aussi clair et aussi unique que la facette d'un cristal. Pendant qu'elle chantait, la plate-forme tournait sur son axe, de façon à permettre à chaque spectateur d'admirer un visage en état d'extase. Jamais Kleber n'avait entendu une voix aussi fascinante. Il regrettait de n'avoir pas caché un magnétophone dans sa chemise. La femme au cœur sanglant arriva devant lui. Elle regarda directement dans ses yeux. Elle baissa le bras droit et se passa la main dans les cheveux, d'un geste presque sensuel. Il frissonna. S'était-il trahi? Est-ce que les hommes en veste Nehru l'avaient démasqué? Mais elle continua de tourner et leva ses deux bras vers le ciel...

La lumière baissa jusqu'à la quasi-obscurité pendant qu'elle finissait de chanter. Un orgue joua les premières mesures de *Mort et transfiguration*. D'en haut, une riche voix de baryton, semblant venir de très loin dans les siècles passés.

– Chacun de nous doit connaître un jour un voyage dans un abîme sans fond; telle est la malédiction de l'homme. Il doit trébucher dans les ténèbres, bousculé par la tempête, tourmenté par les orages, les flammes et les tentations, trompé par les fausses valeurs et les langues fourchues qui lui promettent de l'or mais crachent le poison. Vous venez de vivre symboliquement le voyage de l'Élu. L'Homme des Miracles, choisi par Dieu, devait tomber au plus bas, avant que la puissance de Notre Père le sauve des bas-fonds de l'enfer. Fermez les yeux et ne les rouvrez qu'au son de la trompette de Dieu.

L'ascenseur fut alors secoué de façon assez convaincante pour que Kleber se souvînt avec reconnaissance des promesses de sœur Gentilla à propos des tremblements de terre. Encore du tonnerre. Puis une fanfare de trompettes. Kleber ouvrit les yeux comme on le lui avait dit : il vit alors une grande dalle qui avait été installée sur la scène, s'éclairant lentement sous des lumières dorées. « Mon dieu! » murmura Kleber, une exclamation de circonstance. Devant lui se trouvait le mur de la cellule de la prison du comté de Tarrant, où T.J. Luther avait peint le portrait du Sauveur. Protégé par une vitre antiballe et encadré dans le cèdre brut d'une croix, le Fils de Dieu tourna pendant soixante secondes. Puis de nouveau l'obscurité, et la remontée rapide dans le murmure des voix excitées, accompagnée d'un enregistrement de chœur chantant *Dans le jardin*.

Plus tard, là-haut, à un stand de rafraîchissements construit à l'image d'un vignoble à Jérusalem, Kleber but un cocktail de jus de fruits insipide. 1 dollar le verre. Sœur Gentilla répondait aux questions.

– Qui est cette femme qui chantait?

Sœur Gentilla sourit :

– N'est-ce pas ravissant? C'est sœur Crystal. Un de nos plus merveilleux miracles. Il y a bien des années, elle perdit la parole. Les médecins ne comprirent jamais pourquoi. Elle vivait dans un asile d'aliénés. Elle ne se souvenait pas de son nom. Un jour, l'Élu se rendit à cette institution, comme il en a l'habitude. Il visite souvent les lieux où des pauvres gens sont privés de la joie de

Dieu. Pendant qu'il parlait, il remarqua une femme dont les joues étaient baignées de larmes. Il lui demanda son nom, mais elle ne put lui répondre. Il demanda aux médecins pourquoi elle était muette, mais ils ne purent lui donner d'explication scientifique. Ils haussaient les épaules de découragement. L'Élu s'approcha de la femme et pria pour elle. Il apposa ses mains sur sa gorge. Elle cessa de pleurer. Elle sourit. Elle ouvrit la bouche, mais pas pour parler. Elle se mit à chanter. Dieu avait guéri ses cordes vocales par l'intermédiaire de l'Élu.

Kleber se demanda s'il serait possible de se faufiler dans un autre groupe de visiteurs pour redescendre. Il avait soudain le sentiment (mais n'avait-il pas bâti sa carrière sur d'aussi folles intuitions?) que cette sœur Crystal rappelait étrangement l'ex-femme timbrée de T.J. Luther. Comment s'appelait-elle? Mathilda? Martha? Bon dieu! Il ne s'en rappelait pas. Mais il rit en lui-même. Ce serait vraiment un fameux tour de cochon et un beau doublet. Obliger une épouse dingue et divorcée à chanter au fond d'un puits pour gagner son dîner du soir...

– Quel âge a sœur Crystal? demanda Kleber avec précaution.

– Nul ne le sait, répondit sœur Gentilla. Sœur Crystal n'a aucun souvenir de sa vie avant le moment où l'Élu la toucha. Les rapports médicaux sur son cas sont classés dans le hall des Miracles, notre prochaine étape.

Kleber risqua une autre question.

– Comment tout cela est-il arrivé, et si rapidement?

D'un geste, il montra les chantiers gigantesques, les bull-dozers, les amoncellements de pierres et de planches. Il devait hausser la voix pour être entendu dans le vacarme des machines.

– J'ai lu que la mission de l'Élu ne date que de quelques années.

– Puisque vous aimez lire, vous devriez consulter l'autobiographie de l'Élu. Vous pouvez vous la procurer à la librairie du hall des Miracles. Mais Dieu ne porte pas de montre Timex.

Sœur Gentilla cessa de sourire et regarda Kleber de façon presque insolente. Elle l'irritait. Toutes ces femmes, dans leur robe grossière, l'irritaient.

– D'autres questions?

Il secoua la tête.

Sœur Gentilla fit un signe pour l'inviter à marcher à ses côtés. Après quelques pas, elle s'arrêta et demanda doucement :

– Excusez-moi, monsieur. Nous sommes-nous déjà rencontrés?

– Je ne pense pas, madame.

– Vous me rappelez quelqu'un. Quelqu'un que j'aurais connu il y a fort longtemps.

– D'où êtes-vous donc? demanda-t-il en essayant de garder une voix calme.

– D'un peu partout. J'ai beaucoup voyagé, quand j'étais petite. Surtout dans les environs. Et vous, d'où venez-vous?

Il mentit.

– De l'Ouest du Texas. C'est vraiment une chouette visite, madame.

– Merci. Nous devons nous dépêcher, maintenant...

Plusieurs fois, pendant la demi-heure qui suivit, Kleber surprit sœur Gentilla à l'observer de façon à peine dissimulée.

– Le hall des Miracles, annonça sœur Gentilla, occupera un jour un site plus spacieux que le colisée de Rome.

Hélas, pour l'instant, ce n'était qu'un décor de foire, deux ou trois huttes préfabriquées renfermant des vitrines d'exposition. Les « miracles » étaient représentés pour la plupart par des photos, du genre « avant » et « après », d'individus prétendument guéris de goitres, de tumeurs, de becs-de-lièvre, d'artères bloquées, plus quelques bizarres portraits de fous. Le « témoignage » figurant sous chaque image, rédigé à la première personne, racontait comment l'Élu réparait les membres, ouvrait les tympans et, dans les cas de désordres mentaux, capturait et exorcisait les démons. Sur une étagère se trouvait une rangée de bocaux à l'intérieur desquels Kleber reconnut des crapauds et des lézards conservés dans le formol. Mais la pancarte explicative disait tout autre chose : « Véritables monstres et démons extirpés par la Puissance de Dieu, par l'intermédiaire de Son Serviteur, l'Élu. »

Alors Kleber ne put retenir plus longtemps un ricanement de dérision. Les « démons » et les « monstres » lui rappelaient les grenouilles disséquées en classe d'histoire naturelle, vingt-cinq ans auparavant, Mack à sa gauche, dégoûté par cette manipulation, et T.J. à sa droite, enfonçant avec plaisir son scalpel dans les chairs. D'après ses souvenirs, T.J. était nul au cours, mais il était certainement le meilleur découpeur de grenouilles de son temps...

Le groupe suivait sœur Gentilla et Kleber se préparait à en faire autant, quand une forte main le saisit à l'épaule comme une tenaille et une voix lui siffla dans l'oreille :

– Prenez bien note de ceci, car ce que je vous dis est vrai et véritable... Les lâches qui craignent de me suivre, ceux qui ne me sont pas fidèles, les dépravés, leurs meurtriers, les immoraux, ceux qui en parlent aux démons, ceux qui adorent les idoles, ceux qui mentent, à tous ceux-là est réservé le lac de flammes...

– Nom de dieu! haleta Kleber, se tournant vers la voix.

Caché derrière des lunettes noires : T.J. Luther!

– Pour le dire autrement, vieux pote, je t'interdis de rire. Viens par ici. Je t'attendais.

Le prince des Tentations conduisit le prince du Pouvoir dans un ascenseur aux parois de verre qui montait là-haut, vers la gloire.

CHAPITRE 25

— Regarde, vieil ami, dit T.J. Je veux te montrer quelque chose.

Il appuya sur un bouton. Des draperies aux larges mailles s'ouvrirent, faisant apparaître une rangée de fenêtres d'une trentaine de mètres de long.

— Nous ne racontons pas tout à nos visiteurs. Nous n'avons pas le temps. Mais je veux que toi, tu saches *tout*.

— Comment tu savais que j'étais ici?

— Garde tes questions pour plus tard. Oh, à propos, je crois que tu te sentirais mieux sans cette foutue caméra dans la poche.

L'Élu glissa adroitement la main dans la chemise de Kleber et en extirpa le Minox. Il le tendit, sans commentaire, à une des vestes Nehru qui apparut et disparut aussitôt.

— Tu ne voleras point, cita Kleber sans conviction.

— Ni ne porteras de faux témoignage, répondit T.J. Mais t'emballe pas, Kleber; tu vas voir quelque chose qui en vaut la peine. Regarde par là, sur ta gauche.

Douze étages plus bas, à l'ouest, se détachant en silhouettes dans le soleil couchant, des troupeaux de bœufs et de vaches broutaient.

— Quatre cents têtes d'entrecôtes premier choix et de lait frais, dit l'Élu fièrement. Nous louons quelques dizaines d'hectares à une vieille veuve. Un de ces jours, elle va entendre l'appel de Dieu et nous donner sa terre. Je prie très fort pour elle. Nous avons besoin de cet espace pour y mettre un troupeau trois fois plus nombreux... Et tu vois ce joli petit morceau de jardin qui ressemble à une broche d'émeraude? Nos garçons et nos filles cultivent là des pastèques aussi grosses que des torpilles, des haricots verts, des pois chiches et des tomates meilleurs que ce que tu manges dans les grands restaurants. Ce jardin, Kleber, personne n'y avait fait pousser un pissenlit. Cette terre était dure et aride, à ce qu'ils disaient, maudite par Dieu. Mais je ne crois pas que n'importe quel endroit ou n'importe qui soit maudit par Dieu. Alors un matin, à Pâques, on est allé y planter deux rangées de pois. Fallait presque faire les trous à la dynamite. Sœur Crystal était à mes côtés et chantait comme un ange; c'était si beau que nous pleurions tous les deux, et nos larmes sont tombées sur ce prétendu terrain maudit de Dieu. Six semaines plus tard, il a fallu y aller avec des machettes et couper les treilles qui étaient parties pour envahir tout l'Ouest du Texas.

Il se tourna et désigna du doigt les bâtiments d'une usine où des aliments étaient préparés et stockés.

— Assez de nourriture pour notre organisation pour cinq ans au moins, même si on reçoit la bombe.

Sur une autre plaine, au loin, on pouvait voir une douzaine de puits de pétrole et de gaz naturel, qui remplissaient les coffres de la Cité des Miracles.

— Il y a assez d'essence pour faire rouler les camions de Dieu, quelles que soient les décisions des Arabes.

Des actions seraient bientôt mises en vente pour la construction d'un grand hôtel, face à l'entrée de la Cité. Il y aurait des rampes d'accès spéciales pour les handicapés, « comme à Lourdes ».

— Et attends de zyeuter ça, s'exclama T.J. en amenant prestement Kleber près d'une table de verre recouverte d'une nappe rouge.

T.J. la souleva d'un grand geste et fit apparaître un modèle réduit de la Cité des Miracles, le jouet le plus parfait qu'un enfant eût jamais possédé. Des monorails aériens glissaient entre les dômes et les flèches, des constructions brillant d'or et d'argent. Autour de la Cité, serpentait un rempart impressionnant, incrusté de pierres précieuses, et percé de douze portails surmontés d'anges de marbre, ornés de perles. Jusqu'à présent, la voix que Kleber écoutait avait été celle d'un représentant de commerce, d'un vantard. Mais elle continua sur un ton plus messianique.

— Voici la demeure de Dieu avec les hommes. Il aura sa demeure avec eux; ils seront son peuple et lui, Dieu-avec-eux, sera leur Dieu. Il essuiera toute larme de leurs yeux : de mort, il n'y en aura plus; de pleur, de cri et de peine, il n'y en aura plus... Apocalypse, chapitre 21.

L'Élu, derrière ses lunettes, essuya une larme convaincante.

— Le 1ᵉʳ janvier de l'an de grâce 2000, nous serons prêts pour Sa Venue. Voilà le grand rempart autour de la Cité! Il sera comme Dieu l'a commandé dans l'Apocalypse, fait de jaspe, sur des assises rehaussées de saphir, de calcédoine, d'émeraude, de sardoine, de cornaline, de chrysolithe, de béryle, de topaze, de chrysoprase, d'hyacinthe et d'améthyste. Et les portes des anges seront des

perles. Elles resteront toujours ouvertes car nous ne craignons pas
le mal. Rien de mauvais, d'immoral ou de malhonnête n'y pourra
pénétrer, mais seulement ceux qui sont inscrits dans le livre de
vie.

— Est-ce que je serai invité? demanda Kleber, chancelant sous
cet amoncellement d'absurdités.

— Si ton nom est inscrit dans le livre de vie, répondit T.J. Hélas,
mon vieil ami, je crains qu'il ne le soit pas pour l'instant.

— Et qu'est-ce que ça veut dire, T.J. — en admettant que je
puisse encore t'appeler T.J.?

— Certainement.

— Tant mieux, T.J.! Parce qu'il me serait difficile d'appeler
« L'Élu » quelqu'un qui m'a emmené dans les bordels et qui m'a
appris à me branler...

T.J. soupira et s'installa derrière son bureau, dans un siège de
cuir à haut dossier, de fabrication soignée.

— Je ne renie pas mon passé, mon ami. Mon âme était noire de
péchés, des péchés que tu ne peux même pas imaginer. Mais toute
la honte a été lavée par le sang de l'Agneau. Peux-tu en dire
autant?

D'un geste, il invita Kleber à s'asseoir. La position savamment
calculée de son siège obligeait le journaliste à lever la tête vers le
siège du pouvoir. La dernière fois que Kleber avait vu ce visage,
c'était sur la tombe de Lee Harvey Oswald. Pendant douze ans, il
avait gardé le souvenir d'une apparition maladive et trébuchante,
par un après-midi froid et menaçant. Maintenant, il voyait un
personnage débarrassé d'ombres, de rides et des grisonnements de
l'âge mûr, aussi replet qu'un dauphin bien choyé. Grâce à son
entraînement professionnel, Kleber diagnostiqua un excellent
régime, peut-être des injections de silicone pour effacer les marques de débauche. En tout cas, T.J. rayonnait comme une pêche
mielleuse. ·Il portait un costume de lin crème, des boutons de
blazer dorés, et il n'avait pas grossi de plus de deux kilos depuis
que les Trois Princes avaient été photographiés sur le perron de
chez Kleber, un quart de siècle auparavant. Seuls ses yeux étaient
cachés derrière des lunettes noires qu'il ne semblait jamais
quitter. C'est là que le temps a laissé son empreinte, se dit
Kleber. Derrière le masque, il doit y avoir des yeux vieillis et
morts.

— Tu regardes mes yeux, dit T.J. Tu te demandes pourquoi je
les cache...

— Nous avons tous les deux quarante-trois ans. Peut-être
es-tu astigmate. Peut-être que tu penses que le noir te va
bien. Ou peut-être que tu as des actions dans la lunetterie...

T.J. arracha ses lunettes et Kleber recula malgré lui. Les orbites étaient inflammées, les tissus entamés par le célèbre jet d'acide à la prison. Il y avait peu de blanc autour de la pupille, surtout des taches rouge sang. Si un fou s'était jeté du charbon brûlant au visage et avait rempli les trous avec des yeux pris à un cadavre, c'est à peu près ce qu'il eût obtenu.

– Mon dieu, T.J. J'ignorais. Excuse-moi.

Kleber regretta son jugement à priori, la condescendance qui caractérise trop souvent les reporters.

– Ça ne fait pas mal. Je porte ces lunettes uniquement parce que ça dérange les gens de me voir.

– Écoute, T.J., je ne suis pas venu ici pour t'espionner. Je suis au pays pour la réunion. J'ai pensé que je te verrais au dîner demain soir. J'avais aussi l'intention de te demander peut-être de participer à mon émission. J'admets que je n'ai pas réussi à passer à travers ton mur d'agents secrets.

– Je regrette, dit T.J., prenant note. Mon service de presse aurait dû me prévenir qu'un vieil ami me demandait. Ils ont tendance à filtrer un peu trop sévèrement. Mais, dis donc, tu dois être bien démuni pour avoir besoin d'un prédicateur de campagne à ton programme! Je me sentirais présomptueux de me retrouver assis sur la même chaise que Jane Fonda et tous les Rockefeller. Et tu t'y connais pour les démolir, mon vieux! Je dirais que tu es le seul à faire de l'autopsie par conversation à la télé!

– Mais tu ne serais pas obligé de t'asseoir sur cette chaise-là, T.J. J'enregistrerai l'émission ici. Deux vieux potes qui devisent à bâtons rompus. Donne-moi ton accord, et demain matin tout le personnel arrive par avion.

L'Élu joignit le bout de ses doigts en forme de clocher.

– Ça ne m'intéresse pas, Kleber. Tu le sais bien. Ils ont tous essayé de me descendre. Quand je pense à tous les beaux arbres qu'ils ont abattus pour faire du papier et imprimer leur poison puant sur la Cité des Miracles et sur mon ministère, ça me fait pleurer. Ils se faufilent ici une semaine sur deux, ces profanateurs, menteurs, alcooliques, athées et de gauche...

Il écrasa un bouton sur le bureau et fit signe à Kleber de regarder un écran géant de télévision. Le reporter se vit arriver au parking, rencontrer les deux sœurs et leur groupe d'enfants, passer le guichet de sécurité, régler son appareil photos dissimulé, prendre subrepticement des notes à l'intérieur de sa poche.

– Mon vieux, c'est la pire imitation de péquenaud que j'aie jamais vue! Peut-être que je devrais montrer un échantillon de ce film dans *mon* émission de télévision. Mes gens prendraient peut-être plaisir à cette séquence de cinéma-vérité; un chien maraudeur pris au piège, pour ainsi dire.

Kleber se prépara à la bagarre.

— Si cela arrivait, je collerais un procès aux fesses de l'Élu, une petite liste de plaintes qui commencerait par usage illégal de mon visage à des fins commerciales et finirait par vol de mon appareil photos. Le premier amendement de la Constitution américaine n'a pas l'air d'avoir cours dans la Cité des Miracles.

Immédiatement, une veste Nehru entra et posa sur le bureau le Minox et le rouleau de film exposé. T.J. le regarda à contre-jour et fronça le sourcil. Puis le lança, avec le Minox, dans les mains de Kleber.

— Rien n'est sorti. Mais t'en fais pas pour ça. Si t'as besoin de photos, t'as qu'à demander. J'en ai dix mille. Toutes parfaites... Et si tu veux parler de procès, parlons d'effraction. Au dos du billet d'entrée, les gens sont prévenus qu'il est interdit de venir à la Cité des Miracles sous de faux prétextes.

Kleber descendit rapidement de son cheval de bataille. Il semblait plus diplomatique de saluer et de partir.

— Nous allons trop loin, avec nos menaces et contre-menaces, T.J. Je veux simplement te dire merci et à demain soir. J'ai promis à Lisa de l'inviter à dîner.

L'Élu sourit chaleureusement.

— Oui, cette réunion sera une joyeuse célébration. A propos, Mack sera là?

Le ton trahissait son impatience de mesurer le mythe au miracle.

— Je ne l'ai pas encore vu. Difficile de compter sur lui. Attendre une star, c'est comme jouer à la loterie.

— Je serais en tout cas ravi de nous voir rompre le pain ensemble. Nous aurions dû le faire il y a longtemps.

— C'est vrai, répondit Kleber qui se demandait s'il pourrait utiliser Mack d'une façon ou d'une autre pour attirer T.J. devant les caméras de télévision. Au fait, t'ai-je félicité? C'est une installation du tonnerre de dieu que tu as ici!

T.J. soupira :

— Encore un commandement de violé! Est-ce que tu utilises le nom du Seigneur à la légère ou seulement pour te moquer de moi?

— Non, non, ça m'a échappé, nom de dieu!

Kleber sourit gentiment, mais T.J. resta très sérieux.

— Réponds à une question, Kleber. Réponds-moi avec l'honnê-teté de la fraternité, et nous avons été un jour liés comme des frères. Réponds-moi du fond de ton cœur, et peut-être, seulement peut-être, pourrons-nous alors parler sérieusement.

– Vas-y.

– Est-ce que tu me crois?

– Crois quoi?

– Est-ce que tu crois *en* moi?

– Si ta question, c'est : est-ce que je crois en Dieu?, ma réponse, avec tout le respect que je te dois, c'est non.

– Pas forcément en Dieu. Mais en *moi*. *Mon* œuvre. *Mon* ministère.

Kleber louvoya.

– Je crois en ton succès. Je reconnais ta célébrité.

– Ne triche pas. Regarde-moi, Kleber Cantrell, et réponds-moi : est-ce que tu me prends pour un simulateur?

– Ben... commença Kleber en essayant de trouver une façon détournée de dire les choses.

Et puis merde! se dit-il.

– Ouais, je te prends pour un simulateur.

– Formidable! s'écria T.J., comme soulagé d'un grand poids. Maintenant, on va pouvoir s'entendre. Maintenant, nous connaissons nos positions respectives. Viens ce soir au service. Assieds-toi au premier rang. Assieds-toi parmi les malades. Assieds-toi sur la scène à côté de moi. Suspends-toi au balcon. Observe-moi à la jumelle. Fourre-moi sous ton microscope de journaliste qui-voit-tout-sait-tout-et-ricane-de-tout. Et demain soir, donne-moi ta définition du mot simulateur.

Sortie d'on ne sait où, une nouvelle veste Nehru apparut et conduisit gentiment Kleber vers la sortie.

– Excuse-moi, maintenant, vieil ami. Je dois m'apprêter pour la visite de Dieu.

Il porta sa Bible à ses lèvres et y pressa les lèvres.

Kleber quitta la Cité des Miracles et trouva un téléphone public. Complètement paranoïaque, il se demanda si la ligne n'était pas sur écoute et il appela sa mère. VeeJee transmit une série de messages de Mack, qui errait dans tout Fort Worth, essayant à la fois de se débarrasser des journalistes et de visiter le décor de sa jeunesse. Il avait réservé et décommandé une chambre dans trois motels de suite; il fut finalement découvert chez un collectionneur d'art de Westover Hills qui prenait plaisir à investir de l'argent dans des entreprises de cinéma indépendantes. L'homme soumit Kleber à un interrogatoire serré avant de lui passer Mack.

Kleber invita Mack à la séance de T.J., mais le prince du Charme, entre deux verres, refusa.

– Je suis soûl, mec, mais pas assez pour ce genre de truc. Appelle-moi après l'amen. Je serai probablement chez Susan. Mais qu'est-ce que je fous à Fort Worth?

Kleber avait trois heures à tuer. Il ouvrit un gros paquet de documentation que ses services lui avaient préparé et s'absorba dans un cours accéléré sur le fondamentalisme religieux. Il semblait que celui-ci avait opéré un grand retour dans le Sud des États-Unis juste après la Seconde Guerre mondiale, comme antidote naturel au bouleversement de ce grand conflit. Vers la fin des années quarante, la *guérison par la foi* était pratiquée dans les faubourgs pauvres de villes isolées, avec des croyants recrutés pour la plupart parmi les Noirs et les pauvres Blancs qui lisaient la Bible en marmonnant. Les praticiens étaient de brillants exécutants qui auraient pu aussi bien travailler comme « aboyeur » dans les fêtes foraines ou faire des claquettes sur les trottoirs de Dallas. Les intégristes jetaient un regard sombre sur ce qu'ils considéraient comme « des sorciers et des charlatans », rangeant ces pratiques primitives dans la catégorie des lavements de pieds, des charmeurs de serpents et des crises de glossolalie.

Pourtant, le Texas fut le terrain inattendu où fleurit ce phénomène. Dans cet État où les baptistes purs et durs exerçaient une influence rigide sur le gouvernement, l'éducation et la culture, un Jack Coe put curieusement faire son chemin, si bien qu'en 1948, il opérait dans une tente assez spacieuse pour abriter vingt-cinq mille croyants. Un samedi soir de cette année-là qui est resté dans toutes les mémoires, frère Coe aurait soulagé quatre-vingt-sept malades affligés de tumeurs. D'après les estimations les plus modérées, il ramassa 500 000 dollars dans les collectes. Conclusion : beaucoup de moutons attendent d'être tondus.

Le suivant à faire son apparition fut Asa Alonzo Allen, dont la carrière fut notoire, bizarre et, comme le remarqua Kleber, plutôt drôle. Le Révérend Allen aurait dit à un collègue :

– Mon fils, je veux te dire quelque chose. Sais-tu quand une réunion de fidèles est terminée? Sais-tu quand Dieu t'indique de te diriger vers la prochaine ville? Quand tu peux prendre les gens par les pieds, les secouer la tête en bas et que l'argent ne tombe plus. C'est alors que Dieu te dit : « Va plus loin, mon fils! »

Quand A.A. Allen criait, se contorsionnait, tournait comme un derviche et claquait la paume d'une main en sueur sur la partie malade d'un corps, ah, nom de dieu, que de merveilles se produisaient les épingles de nourrice avalées s'envolaient des estomacs; les jambes raccourcies repoussaient de quinze centimètres sous nos yeux; des tumeurs malodorantes sortaient des bouches comme des langues de démon, étaient mesurées et exposées dans des bouteilles. Pendant quelque temps, Allen prétendit détenir le pouvoir de ressusciter les morts, mais de toute évidence il n'était pas encore tout à fait au point. Même quand il mourut d'alcoolisme, dans un lit de motel à Galveston en 1970, A.A. Allen continua de parler à la radio, ayant enregistré avec un appétit de goule des sermons qui rapportèrent encore de l'argent assez longtemps après son départ pour l'au-delà. Pendant sa dernière année, l'entreprise d'Allen expédia par la poste le nombre étonnant de cinquante-cinq millions de lettres...

Mais ce fut surtout avec l'arrivée d'Oral Roberts que le spectacle sortit des rues obscures pour se déployer sur les grandes avenues. Garçon de ferme en Oklahoma, fils de parents dévots, le jeune Oral s'écroula sur le terrain de basket-ball de son école, à l'âge de dix-sept ans. Le sang se déversa de poumons ravagés par la tuberculose. Il diagnostiqua immédiatement sa maladie : c'était Satan. Il pria et fit ce vœu : « Mon Dieu, si tu me guéris, j'enseignerai les Écritures. » A peine avait-il prononcé ces mots que le jeune Oral « sentit la présence de Jésus-Christ lui entrer par les pieds et tout son corps se mit à frissonner ». Puis, dans la tente d'un guérisseur voisin, Oral eut la vision, raconta-t-il plus tard, « d'une lumière aveuglante qui l'enveloppa et cette lumière fut tout ce qu'il put voir pendant un long moment... Il se sentit léger comme une plume : le choc soudain de la puissance divine ». Il bondit de sa chaise et cria : « Je suis guéri! »

Après un tel signal, il ne fut pas surprenant qu'Oral Roberts se consacrât entièrement à la guérison par la foi. Il passa une dizaine d'années à faire des sermons bien sentis sur le caractère des démons, informant les foules que quand Satan prend possession d'un corps d'un pécheur, la pauvre victime dégage une insupportable puanteur et ses yeux se changent en ceux d'un cobra. Mais si la main droite (pas la gauche, remarquez, seulement la droite) d'Oral Roberts, chargée de la puissance divine, touchait cette pauvre victime, les démons se ratatinaient, l'haleine redevenait fraîche, les yeux brillants, et les chèques étaient signés. Roberts acquit prospérité et notoriété, mais c'est la télévision qui le rendit puissant. Il fut le premier à reconnaître les possibilités énormes du pupitre électronique, acheta à bon marché du temps d'antenne sur des chaînes indépendantes et tissa peu à peu un réseau privé couvrant tout le pays. En 1965, il y avait environ cinq mille prédicateurs qui agitaient des tambourins dans tous les coins de l'Amérique, mais un seul, Oral Roberts, comptait trois millions de spectateurs qui le regardaient chaque semaine; un seul, Oral Roberts, entreprit la construction d'une université qui porterait son nom et qui coûterait un jour plus de 30 millions de dollars; un seul, Oral Roberts, recevait vingt mille lettres chaque jour. Il jura devant Dieu qu'il lisait chacune d'elles et priait pour l'expéditeur. Quelqu'un calcula que si le révérend épistolier passait quatorze heures par jour à son courrier (comme il prétendait le faire), cela signifiait moins de deux secondes pour chaque lettre. Il se fit beaucoup d'ennemis, tous exhalant probablement des odeurs insupportables; ces détracteurs se demandaient comment un humble apôtre du Seigneur pouvait avoir ce goût pour les costumes faits sur mesure à 500 dollars, conduire une Mercedes, tenir une comptabilité aussi compliquée qu'intelligente et être membre d'un club de golf de Palm Springs où l'inscription coûtait 20 000 dollars. Mais il devint évident que « la guérison par la foi » avait acquis une influence prépondérante quand Oral Roberts prit la parole en 1972 à la convention démocrate. Il demanda à Dieu de « guérir l'Amérique ».

D'après les documents qu'il lisait, Kleber put constater que l'Élu avait légèrement emprunté au fanatisme des autres A.A. Allen et Jack Coe, assaisonné de la respectabilité récente d'un Oral Roberts. Rien de tout cela ne concernait Kleber, personnellement ou professionnellement. Si le prince des Tentations était assez malin pour combiner des crapauds en bouteille et des extravagances télévisées, et si six millions de gens étaient satisfaits d'avaler le tout, tant pis, et la peste soit de l'*Americanus ignoramus.* Mais ce qui agaçait Kleber, et le démangeait du besoin de savoir, c'était la conviction inquiétante que les ambitions de l'Élu dépassaient ses douteux miracles. Par intelligence (c'était possible), par intuition (peu probable), ou par caprice (vraisemblable), T.J. Luther avait profité de la montée des conservateurs en réaction contre le libéralisme des années soixante. Les documentalistes de « En direct » avaient suivi la progression du pèlerin. L'année précédente, au début de 1974, l'Élu avait déclaré devant une assemblée de prédicateurs, en Floride : « Je refuse une Amérique qui interdit à ses chers enfants de faire leur prière en classe, et qui en même temps permet à une pornographie pire que tous les vices de Sodome de salir l'âme nationale. » Plus tard, la même année, à Cleveland : « Le moment est venu pour ceux d'entre nous qui ne veulent *pas* de l'avortement, qui *veulent* le droit d'enseigner certaines choses à notre jeunesse à la maison et non par la bouche de pédagogues pervers et fumeurs de hash, qui se désolent de la décadence de la force militaire américaine qui le cède aux Russes, nous promettant bientôt un monde entièrement communiste, le moment est venu pour ceux-là de se lever et de se compter. »

Au début de 1975, l'Élu fit souvent allusion à une « coalition des justes », s'appuyant sur des sondages invérifiables selon lesquels vingt millions d'Américains au moins suivaient le droit chemin. *Le Droit Chemin **. Aucun titre, aucune enseigne ainsi libellés ne pouvait être découvert, et personne n'admettait même l'existence d'une telle chose; pourtant Kleber ne cessait d'entendre les échos lointains d'un orage menaçant. Un député de l'Iowa, un homme probe et intègre qui soutenait l'amendement pour l'égalité des droits, qui avait voté contre un budget exagéré du Pentagone, qui avait demandé au Congrès qu'une enquête fût menée sur les ressources financières et sur les procédés de l' « église électronique », ne fut pas réélu. Son opposant, qu'on avait souvent vu sur scène aux côtés de prédicateurs conservateurs, se référait fréquemment dans sa campagne électorale au « droit chemin » qui conduisait aux solutions des problèmes essentiels, se déclarant contre le contrôle du port d'arme, contre l' « humanisme », contre l'intégration raciale dans les bus des écoles, et pour la famille, l'Église et la moralité. Après l'élection, l'Élu proclama que « Dieu avait béni l'Amérique, et qu'il la bénirait encore pour les candidats qui suivaient le droit chemin ».

Le Droit Chemin! Kleber s'émerveillait du génie primaire de la formule. Il était sous-entendu que quiconque s'en écartait était dans l'erreur. *Le Droit Chemin!* Il y avait à peine un an que Richard Nixon était tombé, et que l'affaire de Watergate avait révélé au pays qu'il avait frôlé d'être écrasé par le totalitarisme. *Le Droit Chemin!* L'ultraconservatisme était comme une de ces bougies truquées sur un gâteau d'anniversaire qu'il est impossible de souffler. Peut-être, comme Kleber le croyait de plus en plus fermement, cela reflétait-il avec exactitude le caractère de l'Amérique. La nation la plus libérale du monde devenait (ou avait toujours été?) hargneuse, méprisante et fondée sur un système de castes plus solidement établi que celui de l'Inde. Un sondage Gallup avait posé la question : « Pensez-vous qu'en Amérique, on soit plus ou moins heureux qu'autrefois? » 49 % des gens interrogés avaient répondu : « Moins », incriminant la montée de la criminalité, l'inflation, la drogue, la pollution, la désintégration de la famille, l'égarement de la jeunesse, le manque de confiance dans le gouvernement et l'injustice raciale. L'Élu commenta en personne

---

* Précisons qu'en anglais, le « droit chemin » se dit de la même façon que le « chemin de droite ». *(N.d.T.)*

les résultats du sondage. « Comment a-t-il pu se faire que ce pays d'hommes libres et courageux soit devenu un pays d'hommes écœurés et en colère? Oh, mes chers amis, la réponse est évidente! L'Amérique sombre dans les ténèbres parce que nous nous sommes détournés de Dieu. Moi qui suis tombé au fond de l'abîme, je peux vous dire que nous y tomberons tous. A moins que nous retrouvions Dieu, et que nous le suppliions de conduire notre nation comme nos ancêtres l'ont voulu. C'est seulement le jour où la nation entière aura retrouvé la foi que M. Gallup retrouvera des gens heureux sur ses listes. »

Le premier amendement de la Constitution avait décrété la séparation de l'Église et de l'État; l'alliance entre prédicateurs et politiciens était ainsi découragée. Mais si Kleber ne se trompait pas, l'Élu préparait un mariage redoutable.

Il était 7 h 15, en ce beau soir du mois de mai. Kleber arriva à la Cité des Miracles, à la fois très excité par son reportage et inquiété par une appréhension inexplicable. Dans son complet de lainage bleu, il avait l'air d'un pasteur. Il s'était juré de se comporter de façon irréprochable, comme un véritable diacre baptiste. Il n'allait ni ricaner ni grogner. Il avait un peu peur.

Devant le portail des Miracles, où des amoncellements de pierres précieuses supporteraient un jour un ange sculpté dans le marbre et la perle, Kleber fut accueilli par deux guides. L'un était une réplique de sœur Gentilla, en plus doux. L'autre était un garçon qui portait son nom accroché sur la poitrine. Frère Paul ne semblait pas très heureux d'avoir été choisi pour recevoir Kleber. Il adressa un sourire forcé à ce mécréant de journaliste, puis lui donna une serviette de cuir souple contenant tous les renseignements sur les Miracles, plus un badge pour lui permettre de circuler librement. Un jour, se dit Kleber, ce gamin pourrait devenir guide de l'Intourist au Kremlin ou agent de presse pour le prochain Nixon.

– Puis-je faire quelque chose pour vous? demanda Paul, montrant le chemin vers une porte latérale lui permettant d'éviter les cinq mille personnes qui se pressaient à l'entrée principale.

– Non, merci, je ne crois pas. Je vais seulement regarder un peu et me trouver une bonne place.

Paul salua et s'éloigna, probablement pour se rendre aux caméras de contrôle.

Le foyer du sanctuaire des Miracles était un bazar construit de telle façon que les fidèles étaient obligés de passer devant un alignement de stands pareils à des baraques de foire. Sur une longueur de deux cents mètres, on y vendait de tout, si ce n'est les caleçons de T.J. Les flacons de la « Terre du Miracle », deux grammes de poussière valaient 5 dollars. Les tubes d' « Huile du Miracle » : 10 dollars, mais avec en prime la bénédiction de l'Élu. Pour les plus riches, des morceaux de la tente du Miracle « originale et historique » étaient en vente dans des cadres d'aluminium. Accolé au dos, se trouvait un certificat d'authenticité signé par l'Élu lui-même. Le carré de quinze centimètres coûtait 25 dollars, mais si le mur au-dessus du divan du salon avait besoin d'être décoré, des morceaux d'un mètre carré pouvaient être achetés pour 100 dollars. Kleber fit l'acquisition du petit format pour l'accrocher dans son appartement de New York, à côté d'un échantillon du rideau doré du *Metropolitan Opera*. Ceil adorerait! Toutes sortes d'enregistrements de sermons, le « son véritable de guérisons miraculeuses », des voyages organisés en Terre sainte, des tee-shirts (« Je crois aux Miracles »), des autocollants (« Klaxonnez si vous aimez l'Élu »), et même des actions sur la construction de la Cité, de 1 000 à 100 000 dollars (promettant huit pour cent d'intérêts) : on vendait de tout. Une longue file de gens désintéressés attendait devant un stand dont la banderole annonçait : LA VIE ASSURÉE. Là, en échange de 814,35 dollars en liquide, par mandat, par chèque (« trois pièces d'identité sont demandées ») ou par carte de crédit, le chrétien prévoyant faisait l'acquisition d'une provision de nourriture pour une famille de quatre personnes pendant un an, le tout étant livré à domicile dans « un emballage étudié afin de pouvoir être rangé sous n'importe quel lit ». Un panneau, derrière les employés affairés, montrait des photographies et des titres de journaux sur les famines en Afrique, les massacres au Cambodge et les queues lors de la Dépression. A l'étalage d'une librairie, avec plus de deux cents titres couvrant des sujets aussi divers que *Le Droit du chrétien de porter des armes* et *Pourquoi Dieu a choisi l'Élu*, Kleber n'en trouva aucun se rapportant directement au *Droit Chemin*. Il s'enquit auprès de l'employé, sœur Gentilla elle-même, avec des lunettes de grand-mère pour compter les sous. Non, il n'existait pas une telle brochure, et elle n'avait jamais entendu parler du droit chemin...

Une fanfare d'orgue enregistrée poussa la foule à aller prendre place. Kleber s'installa au milieu et remarqua immédiatement que la température dans l'auditorium était plus élevée de plusieurs degrés que dans le bazar à air conditionné. « Probablement afin d'enflammer les foules », nota-t-il sur son calepin. Il regarda autour de lui et écrivit : « Souche texane. Quatre-vingt-dix pour cent de Blancs... peu de moustaches... pas de barbes... des habitués des bowlings et des mini-markets... atmosphère joviale... ils se font voir comme s'ils déjeunaient au club du coin... Les coiffeurs ont dû faire fortune cet après-midi; toutes les dames ont été frisottées et laquées... » Il était facile de les ranger dans la catégorie des insatisfaits menant une vie anonyme.

Mais, malgré lui, Kleber se sentait provisoirement en sécurité. Il était au cœur du Texas, chez lui, parmi cinq mille personnes moins intelligentes que lui et qui avaient moins voyagé, mais qui n'en étaient pas pour autant moins intéressantes. Car au début de sa quarantaine, Kleber avait commencé de faire le bilan de la vie errante qu'il avait choisie. Il y a des moment où le « Hollandais volant » envie les baraques solidement amarrées au quai. Il décida de faire un détour par Houston pour rendre visite à son fils. Le garçon, âgé maintenant de quinze ans, écrivait de temps en temps, mendiant des autographes de son père pour les distribuer à ses copains.

Le sanctuaire des Miracles ressemblait à une salle de spectacle de Las Vegas, quoique trois fois plus spacieux. Des cascades de gradins descendaient vers une scène imposante où étaient posées des plates-formes circulaires, comme des soucoupes volantes qui eussent atterri à des hauteurs différentes. Une espèce de guignol surgit et entonna des hymnes, raconta des plaisanteries, promettant « une soirée de miracles... une soirée de joie... une soirée qui pourrait être la plus importante de notre vie... ». Immédiatement, le scepticisme de Kleber réapparut, chassant toute sa bonne volonté.

Préparant sa visite à T.J., Kleber avait interviewé un acteur, un certain Marjoe Gortner qui avait été prédicateur pendant vingt ans. A l'âge de quatre ans, en pantalon de soie et plus bouclé que Shirley Temple, Marjoe avait également béni des mariages. A quatorze ans, il avait accumulé 3 millions de dollars. Tout cet argent disparut d'une façon ou d'une autre. Même son abjuration, même son apparition dans un film documentaire qui dénonçait brutalement les escroqueries de sa secte, rien n'endommagea la foi des croyants. « Ils déclarèrent que le diable m'avait possédé. Et voulez-vous que je vous dise quelque chose d'incroyable? Je pourrais retourner prêcher demain. Je pourrais me lever et *abjurer* mon abjuration : aucune tente ne serait assez grande pour contenir les foules. Marx avait raison, voyez-vous. La religion. *est* l'opium du peuple. Dieu est la drogue suprême. » Marjoe, dont le nom était une adroite combinaison de « Marie » et de « Joseph », avait régalé Kleber de souvenirs de sébiles en fer galvanisé employées pour les quêtes. On les avait choisies en métal pour faire honte aux donateurs dont les piécettes résonnaient bruyamment, alors que les billets tombaient sans faire de bruit. Marjoe raconta le truc des « soirées avec attractions spéciales », quand il fallait tenir deux semaines dans certains endroits. La plus populaire était « Les soirées de la drogue », durant lesquelles les pécheurs apportaient leur marijuana et la déposait sur l'autel du pardon, ne sachant pas que, cette nuit-là, Marjoe et ses associés remercieraient Dieu en fumant l'herbe diabolique. « Finalement, j'ai cessé de prêcher parce que je ne pouvais plus supporter d'être un imposteur. J'aurais dû cesser bien avant, mais il y avait trop de raisons de continuer à ramasser de l'argent. Je me disais : Ces gens mènent une vie ennuyeuse. Ils viennent sous ma tente, ils dansent, crient et se sentent bien pendant deux heures. Ça leur coûte 5 dollars. Et après? C'est de l'amusement, et c'est moins cher que le cinoche. Je leur donnais un sacré bon spectacle. Après le dernier amen, mes chaussures étaient remplies de sueur... Oh! c'est bien difficile d'abandonner! Quand un type se laisse prendre dans l'engrenage de la puissance divine, il en veut toujours davantage. Au fond de lui-même, il sait qu'il n'est qu'un plouc. Un rien du tout. Mais tous les soirs, pendant trois heures, il est Caruso et Laurence Olivier, et peut-être même un demi-dieu. Mais quand il commence à construire des monuments dédiés à lui-même et qu'il pense qu'il est Dieu avec un grand D, il est temps de faire gaffe. »

Le sanctuaire fut plongé dans l'obscurité. On retenait sa respiration, comme avant tout bon spectacle. Des cuivres se firent entendre, diffusés en stéréophonie aux quatre coins de la salle immense. Puis des tableaux vivants merveilleusement illuminés sortirent de l'ombre. Une plate-forme supportant des anges, huit jeunes femmes habillées de mêmes couleurs, les bras chargés de roses blanches, était suspendue très haut au-dessus de la scène. D'abord immobile, elle descendit vers le public, comme un plat présenté par un grand chef. Les anges chantèrent d'abord avec des voix très douces et très pures, qui se perdirent ensuite dans des harmonies et des rythmes plus compliqués pour finir dans un hard-rock religieux. Kleber se sentit remué.

D'autres plates-formes apparurent et présentèrent d'intéressants chargements : Sœur Crystal arrachée au puits du péché et semblant s'en réjouir; une bande de vestes Nehru vigoureux, des adolescents à la coupe de cheveux pré-Beattle et au visage brillant de pommade, frère Paul au premier rang. Il n'était plus l'hôte soupçonneux aux yeux inquisiteurs dont l'accueil faussement chaleureux avait donné à Kleber l'impression d'être l'antéchrist en personne. Maintenant, ses traits irradiaient comme ceux d'un guerrier du Seigneur.

Vint enfin une soucoupe volante chargée des « PDG de Jésus », parmi lesquels Kleber reconnut un ancien député qui continuait de déclarer que la démission de Richard Nixon était « un complot de la presse et des communistes ». Il donnait la main à un multimillionnaire de Waco, un dénommé Stanley Noah qui, si la mémoire de Kleber ne le trompait pas, avait été accusé en 1972 du meurtre de sa femme, de son gendre et d'un enfant d'une maison voisine qui avait accouru en entendant les coups de feu. La réaction des gens dans cette petite ville strictement religieuse avait d'abord été contre Noah, mais l'Élu était allé lui rendre visite en prison, une photographie avait été prise et transmise à l'Associated Press : T.J. à genoux, priant pour le pécheur repentant. Après de nombreux procès et révisions de procès, après avoir payé 4 millions 500 000 dollars à un avocat de Dallas nommé Otto Leo, Noah avait finalement été acquitté. Il avait été incorporé dans le bureau directeur de l'entreprise mère de l'Élu, et l'on disait qu'il était un des investisseurs les plus importants dans la construction de la Cité des Miracles. La police de Waco avait cessé toute recherche sur le triple meurtre tout en soutenant que ce ne pouvait être que Noah, mais ce soir, il rayonnait et gueulait des alléluias.

On reconnaît la vraie célébrité à ce que les présentations sont superflues. Frank Sinatra aime beaucoup entrer en scène sans être annoncé. Les hoquets et les frissons de surprise sont plus flatteurs que tous les boniments imaginables. L'apparition de T.J. Luther, ce soir-là, défiait tous les roulements de tambour, rendait toute parole vide de sens. Il apparut dans un tonnerre d'applaudissements, en haut des marches d'un escalier qui semblait venir de l'infini. Il descendit lentement, éclairé à contre-jour par des lumières dorées. Il semblait venir en mission des Cieux sur la terre. La dernière plate-forme qui l'attendait à mi-chemin et sur laquelle il prit pied fut alors balancée au-dessus des premiers rangs des fidèles. Si Florenz Ziegfeld et Busby Berkeley assistaient au spectacle depuis là-haut, ils devaient sûrement être satisfaits. Kleber se remit de son ébahissement pour écrire rapidement : « Le Duce ne s'offrit jamais une telle mise en scène. » Puis prudemment, il raya ces mots, se souvenant que ces envolées journalistiques faisaient souvent l'objet de poursuites en diffamation.

Il existe un ordre bien défini dans toutes ces cérémonies miraculeuses, qu'elles aient lieu dans une tente battue par les vents ou dans un splendide sanctuaire. D'abord un homme qui chauffe la salle, l'apparition de la vedette, des allusions à des miracles imminents, des manifestations de puissance surnaturelle, une offrande ou entracte qui agit comme un sorbet rafraîchissant la bouche au milieu d'un long repas, un sermon, puis enfin la principale attraction du programme : les guérisons, suivies par une quête. Le truc consiste à la retarder jusqu'à la fin de la séance, mais si le prédicateur est sûr de lui et s'il a pu provoquer les transes nécessaires, les moutons sont prêts à être tondus.

T.J. semblait s'en tenir à cette recette. Immédiatement, il ouvrit les bras à la manière d'un Christ crucifié. Des projecteurs faisaient danser des lumières colorées sur le verre noir de ses lunettes; il proclama la venue prochaine de miracles « au-delà de toute attente et de toute compréhension ». La vision lui en était venue cet après-midi, pendant qu'il méditait dans sa tour. Kleber se dit en lui-même : « Je sais! » Puis l'Élu s'immobilisa, le regard fixe comme un chien d'arrêt qui vient de sentir la présence d'un faisan. Qu'avait-il vu? *Des anges!*

— Je vois des anges, murmura-t-il. Je vois des anges là, sur les balcons, et ici, sur la scène, et plus loin là-bas, sur les bras de vos fauteuils. Oh! gloire, quelle nuit miraculeuse! Les anges sont venus eux-mêmes apporter les merveilles de Dieu!

Kleber regarda autour de lui, mais ne vit rien que des gens qui cherchaient eux aussi en vain les harpes et les auréoles.

Rapidement, l'Élu fit entrer en scène l'équipe opposée. Il étendit les mains devant ses yeux masqués, comme pour se protéger d'une menace.

— *Les diables!* siffla-t-il. Oh, mon Dieu, nous avons parmi nous des diables et des démons! Ils sont en plus grand nombre que les anges! Guerre sainte! Ce soir, Satan défie le Seigneur!

Agitation dans la foule. Chacun regardait son voisin, cherchant maintenant les cornes et les queues fourchues. Heureusement, l'Élu nomma plus précisément les forces ennemies.

— Où sont les démons du diabète? Que ceux affligés du diabète se lèvent!

Environ cinquante personnes se levèrent, obéissantes.

— Les démons de la tension artérielle?

Une centaine se leva.

— Les démons du cancer, ces monstres hiiiiideux?

Le plus grand nombre jusqu'à présent se leva.

— Arthrite? Nicotine? Alcool?

Des douzaines quittèrent leur siège.

— Les démons de l'adultère?

Tiens! Personne ne souffrait de ce grand mal.

— Homosexualité?

Deux ouvreurs s'assirent, pour qu'il n'y ait pas d'erreurs.

– Drogues?

Dans la rangée de Kleber, une femme à l'air las poussa son fils, un adolescent ensommeillé et aux cheveux emmêlés, à se lever. Elle arrangea sa cravate vert phosphorescent qui était desserrée. En peu de temps, presque toute l'assemblée s'était levée. Craignant de se faire remarquer, Kleber se leva aussi, avec l'intention de se mêler à la foule.

– Les démons de l'athéisme! cria alors T.J., arrêtant Kleber dans son élan.

Il se sentit découvert, mais personne ne parut faire attention à sa nudité morale. Il semblait y avoir une compétition exceptionnelle chez les démons, ce soir-là. Amusé, il marcha vers le fond de la salle et s'appuya nonchalamment près d'un panneau rouge indiquant la sortie.

– Mon Dieu! Oh mon Dieu! Comme notre travail est saboté, ce soir! dit T.J. en respirant lourdement et en commençant de psalmodier et de danser.

Il tourna d'abord sur lui-même d'un bout à l'autre de la scène avec la grâce d'un danseur expérimenté et la sexualité d'un chanteur de rock. Kleber écrivit sur son calepin : « Il ressemble à Tyrone Power imitant Elvis Presley. »

– Asseyez-vous, braves gens; asseyez-vous, dit l'Élu plus calmement. Mais soyez prêts. Peut-être serons-nous ici jusqu'à l'aube. Et voici une nouvelle que, je parie, vous ne vous attendiez pas à entendre de mon humble bouche. Mesdames, fermez votre sac à main. Messieurs, fermez votre portefeuille. Nous ne parlerons pas d'argent ce soir. Oh, Dieu sait que nous avons besoin de votre aide, et personne ne vous tapera sur les doigts si vous essayez de glisser un chèque dans la poche de l'ouvreur en sortant. Mais l'enjeu ce soir, ce sont les diables, et non les dollars.

Il marcha sur la pointe des pieds jusqu'au bord de la scène, s'agenouilla et demanda l'attention du public, comme s'il allait lui livrer un secret, T.J. parla avec précaution.

– Je suis peut-être en difficulté ce soir. En *grande* difficulté. Je veux vous prévenir, braves gens, de ce que vous et moi devons combattre. Le Seigneur me met à l'épreuve, et Satan croit que je vais me dégonfler. Ce que nous avons ici ce soir, c'est la force qui menace Dieu depuis le lendemain de la création. Vous savez de quoi je parle? Ce que nous avons ce soir parmi nous, c'est une puissance plus forte que toutes les armées de la Russie rouge; c'est un mal plus horrible que tous les meurtriers qui ont grillé sur la chaise électrique. Je parle... des forces de la mécréance. M'avez-vous entendu? J'ai dit : *les forces de la mécréance.* Oh! nous nous sommes déjà battus contre ces démons. Vous avez peut-être pensé que nous les avions ratatinés, mais ils sont revenus! Ils se sont introduits ici ce soir pour se moquer et rire. Je vais vous demander : est-ce que ces démons ont jamais gagné?

– NON!

– Pas *encore*. Notre réunion ici ce soir montre bien que nous sommes au cœur du combat. Mais ce soir, nous avons affaire à un sérieux adversaire. Quelque part dans cette salle, je hume la puanteur du sarcasme. Au-dessus de nos têtes, ces forces malignes ont suspendu un chaudron de poison bouillant, et si nous perdons, aucun de nous n'en sortira vivant. La Cité des Miracles se transformera en lac de feu éternel.

Ayant ainsi fait de la salle le champ de la grande bataille finale entre le Bien et le Mal, avec tous ses dangers, l'Élu tendit un bras accusateur qui se promena au-dessus des spectateurs comme un serpent menaçant. Kleber savait où il voulait en venir.

– Et qui donc est ce démon? Eh bien moi, je le connais. Mais je n'ose pas dire son nom. Laissons-le seul dans l'anonymat. Laissons-le seul en face de ce défi : *Regarde*-nous. *Écoute*-nous. *Cherche* la pierre déscellée de cette maison de Dieu. Et si tu trouves cette faille, alors viens démolir nos murs! Si nous sommes des imposteurs, nous méritons de périr.

Pendant que cinq mille moutons cherchaient *le* loup menaçant, Kleber se demanda ce qu'il lui restait à faire. La raison lui dictait de vider les lieux en vitesse. Mais peu préparé à un duel moral, trois décennies de journalisme l'avaient rendu effronté. Croyant que l'intelligence et une célébrité méritée et bien gagnée pouvaient se mesurer à l'hypocrisie, à l'ignorance et à une renommée douteuse, le prince du Pouvoir se dirigea vers la scène. Il était envahi d'appréhensions et de craintes, mais un défi est un défi, et il était bien déterminé à les vaincre. Dans un coin de la scène, il aperçut sœur Gentilla qui le perçait du regard; il entendit sœur Crystal qui, du haut de sa soucoupe volante, faisait flotter des alléluias stratosphériques.

Quand Kleber atteignit enfin la scène, il tendit la main et serra celle du prince des Tentations jusqu'à ce que ses jointures en pâlissent.

– C'est ton numéro, T.J., dit-il. Fais-le!

Puis il se rassit sur un siège aussi mou qu'un nuage. Les dés étaient jetés.

CHAPITRE 26

Ils résistèrent à l'épreuve de six semaines d'exil dangereux et lacustre, près de Fort Worth. Kleber recouvra sa santé physique et Ceil Shannon cessa de dresser l'oreille chaque fois qu'un bateau à moteur vrombissait près de leur chaumière, craignant que le pilote ne fût qu'un policier déguisé. Même après un grand bouleversement, la vie retombe toujours dans une certaine routine.

C'était la fin d'août 1975. Les journées étaient chaudes et paresseuses. L'infirmière et son patient osaient même, de temps en temps, s'aventurer jusqu'aux eaux tièdes d'Eagle Mountain pour se baigner, au coucher du soleil, quand le lac miroitait d'éclats orange. Et parfois, la nuit, Kleber pêchait au lamparo. Il avait tapé à la machine des instructions pour Ceil sur la façon de sécher les poissons-chats et les crapets dans la farine de maïs, puis d'en frire les filets dans la graisse de bacon. Quand elle eut assez de dextérité, elle se lança dans les sautés, ragoûts et autres tomates farcies.

Samantha Reiker vint examiner son patient pour la dernière fois. Physiquement, dit-elle à Ceil, la médecine officielle avait fait tout ce qu'elle pouvait. Les blessures de Kleber étaient cicatrisées; leurs marques s'estompaient sous le soleil du Texas. Les analyses de sang n'indiquaient aucun signe d'infection. Mais psychologiquement? Les deux femmes sortirent ensemble, et Ceil chercha quelques minutes d'entretien dont elle avait besoin. Elles se serrèrent dans les bras l'une de l'autre, toutes deux conscientes des énormes risques que cette aventure comportait. Ceil n'avait pas assez de mots assez forts pour remercier Samantha de ce qu'elle avait fait. Après que Kleber se fut « envolé » de l'hôpital, chaque docteur, infirmière, aide-soignant et gardien, même s'il n'avait fait que passer devant la porte de la chambre 610, subit un interrogatoire serré par les hommes d'un Calvin Sledge furieux. Samantha subit les hurlements du juge d'instruction pendant un après-midi entier, mais elle mentit avec froideur et aplomb. Il parvint à obtenir du Parquet un mandat d'arrêt contre Kleber, acte impulsif dont on devait longtemps débattre dans les cours du Texas. Il semblait pour le moins curieux de lancer un mandat contre un témoin dont la présence était indispensable pour permettre le jugement d'un meurtre.

– Nous allons bientôt partir, dit Ceil. Nous ne pouvons pas nous permettre de rester plus longtemps ici.

– Je crois qu'il voyagera sans problèmes, dit Samantha.

– Les seuls moments difficiles, c'est la nuit, parfois. Il se réveille en hurlant, mais aucun son ne sort. Simplement des spasmes, violents, terrifiants. Il a le regard d'une bête. Il s'accroche à moi comme s'il était en train de couler. Puis il se recroqueville comme un enfant abandonné, et si je le touche, il me repousse.

– J'ai parlé à un de mes amis « psy ». J'ai fait semblant qu'il s'agissait d'une de mes patientes qui avait été violée et frappée à coups de couteau. Apparemment, toute personne qui a été victime de la violence doit passer par quatre stades successifs. Le premier, c'est le choc et le refus. Puis vient ce qu'on appelle « la peur blanche ». La victime s'accroche à ce qui l'entoure comme un enfant effrayé.

– Nous en sommes là, alors.

– Le troisième stade, ce n'est pas la fête non plus. Le patient connaît une phase de dépression traumatique. Insomnies, nervosités, colères. Il « rejoue » l'événement. Il peut y avoir des cauchemars et des fantasmes épouvantables. Différents degrés de culpabilité entrent en jeu. Kleber peut se demander pourquoi c'est arrivé, et ce qu'il aurait pu ou aurait dû faire pour l'empêcher.

– Il ne pouvait rien faire.

– Il est le seul à le savoir. Et c'est à lui de régler cette question. Ça, c'est le quatrième stade. Quand vous arriverez là où vous devez aller, où que ce soit, il faudrait envisager de lui faire suivre une thérapie.

– Est-ce que je fais quelque chose de travers?

Samantha serra sa vieille amie une fois de plus dans ses bras.

– Je dirais que tu fais exactement tout comme il faut. Il a une sacrée chance de t'avoir. Écoute-moi, n'hésite pas à m'appeler s'il se passe quelque chose. Je suis à ta disposition jour et nuit. J'arrive dans les dix minutes.

En faisant rapidement les courses, Ceil s'appliquait à ne jamais aller deux fois dans le même magasin, et elle se mettait au courant des nouvelles les concernant. D'après la radio de la voiture, Kleber se trouvait dans des endroits aussi divers que le Sud de la France, Bangkok, Malibu. Si le nom de Ceil était mentionné, ce n'était jusqu'alors que sous forme de rumeur. Au début de la chasse à l'homme, NBC avait raconté : « La compagne de M. Cantrell, la dramaturge Ceil Shannon, se serait trouvée à Fort Worth. Mais son agent de presse à New York a fait passer un communiqué soutenant que Mlle Shannon se trouvait dans le nord de l'Inde pour le tournage d'un documentaire. »

Ils auraient pu aussi bien être là. Ces six semaines de planque étaient, finalement, délicieuses et effrayantes. Pas de télévision, pas de journaux, pas de téléphone. Six semaines d'intimité que n'avaient jamais connues, en quinze ans, deux personnes aussi proches l'une de l'autre. Un matin, Kleber tapa à la machine une phrase furieuse et lui fit signe de lire : « J'ai une idée de pièce fantastique pour toi. Le titre serait : *Sexe en silence.* » Ceil laissa échapper un rire nerveux et éprouva soudain le désir pressant de faire la vaisselle.

Crépitement des touches de Kleber : « Petite annonce pour la *New York Review of Dooks.* Homme muet très doué, intellectuellement et physiquement, cherche femme désirant action sans paroles. De préférence grande, rousse, avec un appétit sexuel insatiable. »

Quand, timidement et à mots couverts, Ceil demanda à Samantha Reiker si elle pouvait « euh... faire face », le docteur éclata de rire.

– Ça, tu peux le découvrir toute seule. Mais moi, ça m'a l'air formidable !

A présent, deux semaines avant le début d'un procès auquel devaient assister huit cents représentants de la presse internationale, Ceil savait qu'il était plus que temps de vider les lieux. Mais son cœur allait lui jouer un vilain tour. Alimenté par les folles craintes du scandale et du danger, l'amour de ces deux exilés avait atteint des dimensions dépassant l'objectivité de Kleber et les fantasmes de Ceil. Après la dernière visite du Dr Reiker, Ceil tomba dans les bras de l'homme qui ne pouvait pas lui parler. Elle s'y livra à des ébats épuisants et à un abandon sexuel total ; elle eut presque honte de ses solos orgastiques durant de longues minutes. Mais elle était tellement heureuse !

– Je me réjouis qu'en cette circonstance, tu ne puisses rien dire, car si tu poussais aussi des cris comme les miens, ce serait trop pour moi, lui dit-elle. Au cours de ces douze dernières années, je t'ai dit « je t'aime » peut-être sept mille fois, et *jamais* je ne t'ai menti, même quand tu étais excécrable comme cette fameuse nuit à Paris. Maintenant, tu vas entendre quelque chose de vraiment original : je ne savais pas ce que « je t'aime » veut dire, pas jusqu'à cet instant-ci. J'espère que tu comprends ce que je ressens.

Kleber lui prit le visage dans les mains pour le voir à la lumière de la bougie. Il mima lentement les deux mots « Moi aussi ».

Enlacés, ils restèrent serrés l'un contre l'autre et laissèrent sécher la sueur de leur corps dans la faible brise du soir venant du lac. Une heure plus tard, ils firent l'amour de nouveau, avec ardeur, avec violence, avec emportement.

– Mais c'est fou, ça, dit Ceil. A nous deux, on totalise quatre-vingt-huit ans et on se comporte comme si nous étions encore des mômes.

Auparavant, ils avaient fait l'amour de façon égoïste, routinière, incomplète ; l'amour par soulographie, par culpabilité, par convenance. C'est bizarre, se dit-elle. Il suffisait pour atteindre les sommets de l'amour d'une nuit avec Dieu et d'une valse avec la mort.

Au matin, à contrecœur, Ceil fit face aux réalités de la vie. Elle dit :

– Le procès commence dans douze jours.

Il hocha la tête, l'air absent.

– Si tu veux partir, il faut le faire maintenant. Mais je pense qu'il est de mon devoir de te demander une dernière fois : veux-tu prendre tes responsabilités et aller témoigner?

Il n'hésita pas et fit non de la tête.

– Tu es *sûr?* La radio dit que Sledge ne peut pas gagner sans toi.

Il mima : « Je m'en fous! »

– Je veux seulement savoir une dernière chose : pourquoi?

« Parce que... » Le stylo de Kleber hésita. Puis il écrivit rapidement : « Parce que je me sens déjà assez coupable. J'ai trop parlé et j'ai trop écrit pour une seule vie... Et parce que je ne veux pas qu'ils aillent fourrer leur nez dans mon passé. OK? »

Ceil respira profondément.

– Très bien. Aimer, c'est d'abord accepter. Je vais me préparer. Je vais te laisser seul pendant une heure ou deux. Je veux téléphoner, acheter des cartes.

Elle l'embrassa tendrement.

– Si on se fait coffrer, on pourra se donner un coup de fil?

Kleber sourit tristement puis écrivit sur son bloc : « Je connais du monde parmi les magistrats. »

Elle était partie depuis plus d'une heure quand Kleber s'habilla pour aller se promener dehors, contrevenant à la règle de la maison : pas de risques en plein jour. Et *jamais* seul. Les circonstances les avaient forcés à vivre comme des oiseaux de nuit. Mais Kleber avait besoin de réfléchir et de marcher. Par manque d'exercice, son corps ressemblait à un costume fripé. Au bord du lac, la marée était basse, offrant le spectacle d'un boulevard jusque-là inconnu de boue brunâtre et de galets luisants. Il en suivit la courbe jusqu'à une crique toute proche et découvrit une maison aux volets apparemment clos pour l'été. Il fut intrigué, mais il savait qu'il valait mieux faire demi-tour pour rentrer. Puis il aperçut une cabane à outils. Entassée près d'un tas de bois, il y avait une pile de journaux. La tentation était irrésistible. Il se faufila sous une barrière et, avec l'appétit d'un homme mettant fin à un jeûne de quatre mois, se mit à les lire. Dans la chaleur lourde du matin, il se laissa fasciner; des gouttes de sueur tombaient de son visage sur les images le représentant en page une. Quelque part, le son d'un moteur passa dans ses oreilles, mais il crut que c'était un bateau. Puis, du haut du chemin privé, une voix cria. Kleber leva les yeux sans peur, seulement agacé d'être interrompu. Un ouvrier noir était debout près d'un camion :

– Hé, là-bas, qu'est-ce que tu fous?

Kleber saisit une pleine brassée de journaux et s'enfuit vers la rive. Même s'il avait l'air ridicule, il serrait son butin contre sa poitrine. L'homme cria encore mais n'essaya pas de rattraper le voleur de papier.

Ceil rentra vers midi, la tête pleine de projets et d'horaires. Elle trouva Kleber assis par terre, entouré d'une montagne de journaux roulés en boule. Il avait l'air d'une cible dans un jeu de massacre pour enfants. Mais sa machine à écrire vrombissait comme une usine. C'est à peine s'il leva la tête quand elle entra.

– Qu'est-ce qui s'est passé? cria-t-elle. Qui a apporté ces journaux?

Dans la marge d'une première page, il griffonna : « Personne. Tout va bien. Pas de questions. Je dois finir. Je *dois*. »

Et pendant le reste de la journée, non-stop, comme un déluge, un flot ininterrompu de feuillets passa dans sa machine. A la fin de chaque page, Kleber agitait la tête, faisait signe à Ceil de la prendre et d'en insérer une autre. Ceil fut tellement prise dans la mécanique, si absorbée par la furie et la force de la narration, si heureuse que Kleber « se débarrasse » apparemment de ses traumatismes, qu'elle repoussa le moment de faire les valises. Elle décida de ne pas l'embêter avec les nouvelles qu'elle apportait : un Piper Cub les attendait à 17 h 30 sur un petit aéroport privé à l'ouest de Fort Worth. Puisque le pilote qu'elle avait engagé avec ses 1 500 dollars en poche, il pouvait bien continuer de vérifier son niveau d'huile en attendant les passagers, même s'ils étaient en retard.

Même quand Ceil entendit les portes de voitures claquer dehors, juste avant le crépuscule, les voix à peine feutrées et la précipitation, elle n'essaya pas d'arrêter Kleber. Bien sûr, elle fut bouleversée en entendant les malabars cogner sur la porte, comprenant que la police était là. Mais elle attendit que Kleber terminât sa page. Puis elle l'embrassa rapidement et dit :

– Ils nous ont eus. Mais je t'aime encore plus.

Dans les yeux de Kleber, il y avait des larmes et de la fierté. Il griffonna une dernière directive : « Brûle ça. » Ceil eut à peine le temps de mettre une allumette sous les informations imprécises des journaux et de verser une bouteille de cognac sur la flambée de son amant. Quand six policiers et adjoints défoncèrent la porte et firent leur apparition dans la pièce enfumée, le moindre mot écrit par Kleber était devenu cendres. Le prince du Pouvoir était muet.

Cette nuit-là, dans sa cellule, Ceil ne put fermer l'œil. La raison de ses tourments n'était pas d'avoir été mise au supplice par une foule insolente d'appareils photos et de questions sur les marches du tribunal, ni l'humiliation d'avoir à tremper ses doigts et ses paumes dans l'encre des criminels, ni les numéros accrochés à sa poitrine pour les photos d'identité de face, profil droit, profil gauche, ni le premier d'une longue série d'interrogatoires ennuyeux par Calvin Sledge, ni même qu'elle était maintenant une délinquante, accusée de conspiration pour tromper la justice, ce qui pouvait lui valoir de deux à dix ans au pénitencier. Non, ce qui priva Ceil Shannon de la paix d'un sommeil réparateur et nécessaire n'était ni la honte ni le regret. Elle était moins la prisonnière de la loi que celle d'une histoire inachevée. Cent fois cette nuit-là, elle se tourna et se retourna sur son sommier métallique en pensant : Si seulement ces salauds avaient attendu une heure de plus. Elle se souviendrait toujours de la partie de l'histoire de Kleber qu'elle avait brûlée et la garderait secrète, comme il le souhaitait. Mais le reste, la fin à raconter, si elle n'était jamais écrite, le coroner n'aurait pas à disséquer ses entrailles pour le découvrir, car il pourrait écrire sans risque de se tromper : Ceil Shannon est morte de curiosité.

« La vraisemblance, avait écrit Kleber en haut de sa première page, était l'*apparence* de la vérité... » C'est ainsi qu'il avait commencé son récit, au moment même où il avait relevé le défi de T.J. et était monté sur la scène du sanctuaire des Miracles.

Pendant un instant, l'Élu était resté devant lui, hochant la tête, bouche bée, comme un homme tenu en échec. Puis il se lança. Il présenta Kleber de façon flatteuse. « Mon ami intime depuis plus de quarante ans. » Les paroles d'éloges coulaient de la bouche du prédicateur avec tellement d'effusion que Kleber, progressivement, se sentit moins comme un représentant des incroyants et plus comme un convive s'endormant à un déjeuner littéraire, quand la présidente fait un discours dithyrambique sur la stature de sa dernière découverte.

La flatterie étant, par définition, monotone, Kleber n'écoutait T.J. qu'à demi, comme s'il avait entamé un interminable sermon sur le mont des Oliviers. Mais, tout à coup, l'Élu repassa à l'attaque.

– Lis ça quand tu auras une minute, lui dit T.J. en lui collant entre les mains un dossier en cuir d'un blanc virginal, intitulé en lettres d'or : LE DROIT CHEMIN. C'est le plan de Dieu pour sauver l'Amérique.

Et T.J. d'en résumer les principales données, au milieu des réclamations de son public.

– D'après les sondages, nous sommes vingt millions sur le droit chemin. Mais je pense que ces chiffres sont trop modestes. Je pense que nous avons avec nous cent millions d'Américains! Et une fois que nous serons parvenus à nous rassembler, nous serons en mesure de faire taire le juge qui dit : « Femme-n'aie-pas-peur-de-tuer-l'enfant-que-tu-portes. » Je pense que nous pourrons destituer le sénateur qui dit : « Soyons-gentils-avec-les-Ruskofs-parce-qu'ils-ne-veulent-pas-conquérir-le-monde-et-qu'il-ne-faut-pas-s'inquiéter-si-notre-défense-est-rouillée-et-foutue-comme-des-patins-à-roulettes-laissés-dix-ans-sous-la-pluie. » Est-ce possible?

– OUI! OUI! OUI!

– Mes chers parents (Dieu ait leur âme) m'ont donné trois noms, *Thomas,* c'était l'incrédule, vous vous souvenez? *Jérémie* était le prophète du désespoir. Il a même donné son nom aux jérémiades, ce pauvre Jérémie. Et *Luther,* c'est le type qui a placardé du nouveau à la porte de l'évêque. Dieu m'a dit cet après-midi – oui Kleber, le Seigneur me parle, et il te parlera à toi aussi, si tu te donnes le mal d'écouter –, Dieu m'a dit : « Mon fils, il doit y avoir une raison pour que ton père et ta mère aient appelé ainsi leur nouveau-né. » Alors, j'ai réfléchi. Et j'ai trouvé. Thomas Jeremiah Luther a longtemps *douté* que son pays pût échapper au *désespoir,* mais le Ciel attend de lui qu'il *réforme.* C'est la seule chose à faire. C'est ce qui est juste et c'est ce qui est droit. Et nous allons le faire car nous sommes de ce côté-là. Du côté de la gloire. Rien ne nous fera changer d'avis!

Avec un air de prestidigitateur faisant un tour de passe-passe, T.J. agita les mains devant la chaise de Kleber et demanda avec insolence :

– Des questions?

A peine un millier, pensa le journaliste; mais pas tout de suite. Il hocha la tête. S'il avait droit à un souhait, il demanderait à voir derrière le masque des lunettes noires qui cachait le prince des Tentations. Y avait-il de la malice dans ses yeux? T.J. croyait-il vraiment ce qu'il disait? Était-il une marionnette dont les ficelles étaient tirées par des politiciens de droite? Pendant ce temps, « les PDG du Christ » lançaient des regards noirs à Kleber, comme une Cour suprême refusant d'écouter la plaidoirie finale.

L'Élu entama alors la partie guérison du programme, et Kleber sortit un bloc-sténo de sa poche, acte qui provoqua des murmures dans l'assistance, comme, au cinéma, au moment où le voyou ouvre son couteau à cran d'arrêt. Par provocation, Kleber fit des grands gestes de la main en écrivant, s'espérant menaçant. Pourtant, les choses ne se passèrent pas comme prévu. Dans le quart d'heure qui suivit, son stylo s'était arrêté. Le scepticisme du journaliste s'était laissé prendre à la magie du théâtre de boulevard de la résurrection.

Pour recevoir les « bienfaits guérisseurs de Notre Seigneur », les candidats étaient rassemblés dans une large fosse, en bas de la scène. Puis ils montaient péniblement, les uns derrière les autres, le long d'une rampe pour s'approcher de l'Élu. A cet effet, le sanctuaire était plongé dans une demi-obscurité, excepté quelques pinceaux de lumière blanche qui encerclaient l'Élu appelant au Miracle. Ainsi donc les affligés devaient accomplir le voyage, depuis l'obscurité angoissante, au travers des pénombres inquiétantes, pour parvenir enfin dans la chaleur soulageante des lumières blanches qui entouraient l'Élu. Les sessions hebdomadaires de guérison miracle n'étaient jamais montrées à la télévision; seulement leurs résultats. Par exemple, une ancienne estropiée poussant la chaise à roulettes dont elle n'avait plus besoin, pour aller s'en débarrasser sur un tas de béquilles et d'appareils orthopédiques en tout genre. Kleber s'attendait donc à des procédés de ce genre : le prédicateur se met à hurler contre les démons de la migraine tout en donnant de grands coups sur le front de celui qui en souffre; quand les coups s'arrêtent, il se sent tout de suite mieux...!

Mais, en hommage sans doute à la présence de Kleber sur scène ce soir-là, l'Élu procéda avec calme et douceur. Son visage irradiait de tendresse. Non seulement il semblait guérir, mais aussi lire dans les pensées.

– Mes frères, mes sœurs, ne me dites pas quels sont les démons qui vous affligent, commandait-il à la masse obscure de ceux qui souffraient à ses pieds. Ce soir, je crois sincèrement que Dieu m'a doté d'une vision de rayon X. Je vois vos démons mieux que vous ne voyez votre nez au milieu de votre figure.

Il doit y avoir un certain code, se disait Kleber; complice parmi les malades qui lance des signes secrets à l'adresse du patron, pour indiquer l'approche d'une tumeur au cerveau ou d'une paralysie. En tout cas, Kleber ne repéra aucun truc. La « vision rayon X » de T.J. était quasiment infaillible. De ses mains moites, il fit des appositions pendant cinquante-deux minutes d'affilée à soixante-quinze personnes, les libérant, apparemment, des démons du cholestérol, de l'arthrite et du cancer, nichés depuis le cerveau jusqu'aux parties intimes. Il décela un démon batteur de femme chez un mari brutal et un démon du whisky très chic, très mignon ayant la forme d'une jeune femme à peine âgée de vingt ans. Plusieurs enfants dont la mère attestait qu'ils étaient muets de naissance quittèrent la scène de l'Élu en marmonnant des sons ressemblant assez à « Amen » et à « Jésus ».

A l'adresse de Kleber et de son bloc-notes, T.J. s'écria :

– Au plus profond de moi-même, je crois que les anges sont en marche.

Il demanda à chaque « miraculé » de répondre aux questions de Kleber après le service.

– N'ayez crainte de lui. Répondez à toutes ses questions; Dieu est à vos côtés.

Kleber remarqua que, sur la scène, une personne avait l'air encore plus fascinée par les événements que lui-même. En observant T.J., sœur Crystal, debout sur sa plate-forme, se tortillait d'une manière presque sexuelle. Elle avait le regard luisant ét psalmodiait à mi-voix une mélodie inintelligible mais superbe.

Tout en œuvrant, T.J. continuait de sermonner. Pas une minute à perdre.

– Je veux que vous compreniez la différence entre *soigner* et *guérir,* répétait-il inlassablement. Je ne suis pas capable de guérir le cancer, dit-il à un vieux fermier rougeaud dont le visage portait les marques d'interventions chirurgicales. Je peux expulser les démons qui infectent votre chair, mais seulement si vous avez retrouvé la foi. Sinon, ne perdez pas votre temps.

– Je crois en Jésus, dit le fermier, la main sur le cœur.

– Jésus-Christ a dit que nous *devons* naître deux fois : la première fois par la chair; la seconde, par l'esprit de Dieu. Je vous le demande, homme vénérable, avez-vous été touché par la résurrection de la foi?

– Oui, monsieur; c'est sûr.

– Alors, alléluia! s'écria T.J. en serrant le vieux croûton sur sa poitrine.

Le fermier eut l'air radieux de bonheur, puis il tomba dans les pommes.

– Voyez! dit T.J. Voici la preuve de sa foi. Non seulement Dieu a débarrassé ce vieil homme de ses démons cancéreux, mais Il lui a donné tant d'amour que grand-père en est tombé à la renverse, frappé par la puissance divine!

Dans le public, des imitateurs s'évanouirent les uns après les autres.

Le bon sens de Kleber lui disait que personne n'était vraiment soigné, qu'il était témoin d'un phénomène d'autosuggestion collective. Ces gens avaient parcouru de longues distances pour venir ici; ils voulaient désespérément croire et coopérer avec le faiseur de miracles. Mais il devint difficile de crier au boniment quand une femme pathétique se traîna dans la lumière, victime d'un emphysème pulmonaire. Après une apposition vigoureuse des paluches de l'Élu sur sa poitrine, elle parvint à exprimer sa gratitude d'une voix éclaircie, sans râles et sans souffrance. Dans cinq minutes, peut-être allait-elle danser en sortant de là, mais Kleber n'avait droit qu'aux feux de la rampe.

Il essayait de mettre de l'ordre dans ses émotions contradictoires quand soudain se fit entendre un cri aigu et horrible, puis du remue-ménage au fond de la salle. Une jaquette Nehru courut le long de la rampe pour venir murmurer quelques mots à l'oreille de T.J. L'Élu hocha la tête, inquiet.

– Donnez-nous de la lumière, ordonna-t-il.

Que se passait-il? Un groupe de jaquettes Nehru avançait dans la traverse d'un pas mal assuré, portant dans leurs bras un fardeau, un corps inanimé. Près d'eux une femme hurlait, complètement défaite.

On venait de trouver le corps de ce jeune homme dans les toilettes pour hommes, effondré sur un lavabo. Il s'appelait Billy Ray et semblait avoir succombé à une surdose d'héroïne. Quand ils arrivèrent sur la scène, Kleber reconnut l'adolescent assis non loin de lui au début du service. C'était celui qui portait une cravate vert fluorescent, celui que sa mère avait forcé à se dénoncer à l'appel des « démons narcotiques ». Pendant la session de guérison, il avait dû filer pour aller se piquer.

T.J. n'hésita pas. Il sauta de la scène comme une panthère agile. Kleber suivit, décidé à ne rien manquer. Selon le journaliste, le jeune homme allongé par terre n'était plus : teint grisâtre, yeux fixes et grands ouverts, traces fraîches de seringue au bras. L'une des jaquettes Nehru estima qu'il s'était bien passé sept minutes depuis qu'on l'avait découvert. Kleber était désolé pour le gamin, mais il ne donnait pas cher de la situation difficile où se trouvait l'Élu. Que faire d'autre que de prononcer les derniers sacrements? Un point pour le diable...

T.J. s'agenouilla et posa ses mains sur la chair morte. Il demanda à Kleber :

– Tu crois que celui-ci nous a quittés?

Kleber acquiesça. La mère hurla. Suivie du chœur des femmes.

– Tu crois qu'il est dans les mains de Satan? demanda T.J.

– Ça, c'est ton domaine.

– Eh bien, nous allons voir.

T.J. demanda qu'on l'aide à soulever le garçon; il embrassa Billy Ray sur ses deux joues grises et froides.

– J'ai connu une époque où je devais me battre avec ces démons-ci. Mais c'est fini, maintenant. J'ai un pouvoir contre les démons, parce que je suis l'agent de Dieu. Et tu veux que je te dise, Kleber? Je crois que Dieu peut sauver ce garçon; je le crois vraiment. Je crois que le diable va perdre la partie... Écoute-moi, est-ce que tu croiras en m... (Il avait presque dit en « moi », mais il se reprit rapidement.)... en mes miracles si je réussis?

Kleber se recula, refusant de prendre parti. Il était mal à l'aise. Les « Amen » résonnaient dans la salle comme des pierres qui lui eussent été jetées.

– Je vois que tu ne sais plus que penser, vieil ami. Mais tu peux peut-être m'aider. Tiens ça.

T.J. lui lança sa Bible de cuir blanc.

– Tiens-la bien serrée, Kleber, bien serrée! Quand le démon quittera le corps de ce garçon, il ira se loger dans le cœur de quelqu'un d'autre. Dans le premier cœur qui nie Dieu qu'il trouvera.

Eh bien, pourquoi pas? se dit Kleber en se sentant assistant magicien.

L'Élu gonfla le torse et se posta devant le corps inerte. Il pria avec conviction :

– Tu n'as pas le droit de prendre ce jeune homme, Satan! Dieu ne permettra pas que tu saisisses une seule âme dans la Cité des Miracles. Oui, tu m'entends bien! Et je t'appelle par ton nom, toi le hideux démon de l'héroïne, hiiideux démon de l'égarement, toi

Satan le pernicieux; par l'autorité de Dieu, je t'ordonne de sortir de ce garçon...! J'ai dit : Sors, Satan!

Contre toute attente, le jeune ouvrit la bouche, cherchant sa respiration. Sur sa peau, apparurent des taches violacées. L'Élu tomba à genoux, s'agrippant au blue-jean du jeune homme.

– Libre! Libre! Le diable est parti! C'est la fin du tourment! C'est la manifestation du Pouvoir du Seigneur! Et que nul ne pense autrement!

Soudain, la Bible blanche dans les mains de Kleber se réchauffa, comme si elle irradiait de l'énergie. Il la regarda et entendit l'Élu lui murmurer à l'oreille :

– Je t'assure que ce n'est pas un coup monté! Demande à ce garçon. Demande à sa mère si tu veux!

Kleber refusa. Billy Ray quittait la scène, soutenu par des croyants hystériques. Interloqué par ce spectacle, Kleber n'était cependant pas prêt à céder.

– Fais encore une chose pour moi, Kleber, ajouta T.J. Ouvre la Bible à Matthieu, chapitre 13, verset 15, et lis-le-nous.

Kleber obéit et commença d'une voix douce : « C'est que l'esprit de ce peuple s'est épaissi : ils se sont bouché les oreilles, ils ont fermé les yeux, de peur que leurs yeux ne voient, que leurs oreilles n'entendent, que leur esprit ne comprenne, qu'ils ne se convertissent et que je ne les guérisse. » Kleber essaya de ne rien laisser paraître. Sans le savoir, T.J. venait de lui refiler son dernier atout.

– Très bien, commença Kleber. Le frère Matthieu, là (un assez bon journaliste, soit dit en passant) soulève un point intéressant. A savoir, monsieur L'Élu, si tu es si fort pour chasser les démons de la chair des *autres,* alors comment se fait-il que tes yeux à toi ressemblent au feu de l'enfer?

Surpris, T.J. porta la main à ses lunettes noires, s'assurant que son masque était bien en place, que ses orbites brûlées étaient cachées :

– Ne te moque pas de moi, répondit-il. Tous savent le prix que j'ai payé pour mes péchés. C'est ainsi que j'ai été béni. Dieu m'a rendu la vue. J'étais aveugle; maintenant je vois.

– Ah, vraiment? rétorqua Kleber avec méchanceté. Mais il semble que le Seigneur distribue ses récompenses avec parcimonie, tu ne trouves pas? Je veux dire, si tu fais des miracles de façon quotidienne, pourquoi ne pas commander un nouveau tissu rétinien pour toi-même?

Et de balancer la Bible dans les mains tremblantes de T.J.

– Alors? Tu me réponds?

– Je ne peux demander à Dieu de faire plus pour moi qu'Il n'a déjà fait.

Il se tourna vers son troupeau de fidèles, cherchant réconfort et soutien. Ils n'avaient pas l'air très sûrs; ils attendaient.

– Mais bon Dieu, pourquoi pas? poursuivit Kleber. Je peux peut-être te donner un coup de main...

Levant son regard vers les spotlights au plafond, il s'écria :

– Y reste plus de miracles, Seigneur? Si tu n'es pas écœuré des tumeurs et des goitres, tu pourrais peut-être rafistoler les yeux de l'Élu? Ils ont l'air – excuse l'expression – *démoniaques*...

– Va-t'en, blasphémateur! siffla l'Élu.

Avec plaisir, pensa Kleber. Mais pas sans mettre un point final. Il tendit la main et, d'un coup, arracha les lunettes noires de T.J. Avec satisfaction, il les entendit s'écraser par terre. Il s'apprêta alors à se frayer un chemin dans la foule, mais ce qu'il vit sur leurs visages, ce n'était pas l'horreur. En réalité les gens reculaient, saisis. Certains tombèrent à genoux; une femme hurla puis s'évanouit. Kleber fit volte-face. Le prince des Tentations levait son visage vers la lumière. Il était heureux. Ses yeux étaient intacts. Les pupilles étaient douces, brunes et luisantes; tout autour, le blanc était immaculé comme des ailes d'ange. Les cicatrices s'étaient envolées. T.J. se mit à pleurer, jetant avec gratitude les bras autour du prince du Pouvoir.

– Ainsi donc, si un seul homme existe en Notre Seigneur Jésus-Christ, c'est lui la nouvelle création. Le passé est passé. Regarde : tout est comme autrefois.

Il embrassa Kleber sur les deux joues, tendrement.

– Merci, Jésus! Et merci, K! Dieu vient de te donner un miracle personnel à raconter.

Aussitôt après, l'Élu annula le reste du service et demanda à son troupeau de regagner les portes de la Cité des Miracles.

– Je dois parler à Dieu en privé, leur dit-il d'une voix rauque, tout en entraînant Kleber à travers un dédale souterrain partant de sous la scène jusqu'à l'ascenseur de la tour.

Kleber sentait son assurance le quitter. Il croyait connaître le pouvoir et en comprendre la valeur. Il avait dîné à la table des présidents; il avait bu à la coupe de la célébrité. Mais jamais auparavant il n'avait connu le pouvoir effrayant de la *croyance*. Les gens s'étaient précipités vers lui, dans le sanctuaire des Miracles, comme s'il était un vrai guérisseur, le suppliant de se laisser toucher, l'implorant de poser ses mains sur leur cœur malade, sur leurs membres atrophiés. Les flétrissures de leurs visages étaient le signe d'une passion primitive brûlant loin de la raison et du bon sens. Ils voyaient en lui un envoyé de Dieu, et

Kleber aurait eu autant de difficulté à les en dissuader qu'à éteindre un volcan en éruption en crachant dedans.

T.J. avait remis ses lunettes noires. Au fur et à mesure que l'ascenseur montait, il redevint inapprochable, comme s'il était en transe. Kleber jeta un regard en bas, par les murs de verre teinté de l'ascenseur : les groupes de gens, amassés derrière les grilles, regardaient le haut de la tour, certains le bras tendu, certains agenouillés en prières. Ils l'adoraient, lui, et cela le troublait péniblement.

Une fois dans le bureau de T.J., Kleber déclara immédiatement :

— Je veux un docteur.

— Tu es malade, mon ami?

— Non, pas moi. Je veux qu'un docteur vienne examiner tes yeux. Je veux un spécialiste qualifié, choisi par moi.

— Le téléphone est là, fit T.J. d'une voix lasse, indiquant une batterie d'instruments. Il est bientôt minuit, tu sais...

— En effet, ça peut attendre jusqu'à demain. Et au cas où tu aurais l'intention de publier un communiqué de presse, je veux qu'il soit clairement exprimé que je n'ai rien à voir avec ce qui s'est passé ici ce soir. Je ne te crois toujours pas.

— Que veux-tu de plus?

— Je veux des preuves à l'appui. Et si tu essaies de me couillonner, je te crucifierai tout cru.

T.J. soupira :

— Les miracles sont par nature très difficiles à accepter, aussi bien pour celui qui les fait que pour celui qui en bénéficie.

— Laisse-moi voir tes yeux encore une fois.

— Non.

— Pourquoi?

— Parce que Dieu a été généreux dans sa bénédiction, et que j'ai besoin de temps pour m'y habituer. Je refuse de prendre part à tes efforts désespérés pour le ridiculiser.

— Comment as-tu procédé, T.J.? Par hypnotisme?

— D'après ce que je sais sur l'hypnotisme, il faut que le sujet coopère. Il faut être consentant pour être hypnotisé. Je ne crois pas que c'était ton cas. A propos, as-tu senti une certaine chaleur?

— De la chaleur?

— Quand ma Bible était entre tes mains.

— Non, mentit Kleber.

— Je sens toujours la chaleur du pouvoir de guérison. On dit qu'il s'agit simplement d'un transfert d'énergie cellulaire de mes mains à celles du croyant. Bien sûr, c'est plus que cela. C'est divin.

Si tu me promets de ne pas l'écrire, je peux te dire un secret.

— Je ne promets rien. Je raconte tout ce que je sais.

— Tant pis. Dieu ne m'en voudra pas. Je peux passer ma main sur ton corps, et s'il y a une tumeur ou un muscle qui ne marche pas, je me sens absolument glacé, transi. Voilà comment je sais ce dont souffrent les gens, même sans le leur demander.

Kleber avait une foule de questions à poser, mais il était fatigué. Il avait besoin de la nuit pour mettre un peu d'ordre dans ses idées. De plus, il était tellement près de s'aliéner T.J. qu'il risquait de détruire sa dernière chance de l'amener devant les caméras de télévision. Il lui souhaita bonne nuit poliment.

— Attends; n'oublie pas ça.

T.J. tendit à Kleber le dossier sur le Droit Chemin.

— Nous travaillons à ce projet depuis longtemps. Je serais très intéressé par tes commentaires. Tu verras que nous ne sommes pas dangereux.

Kleber ne put réprimer un grognement moqueur :

— Je te promets de le lire soigneusement! Je veux voir comment tes avocats et tes chercheurs parviennent à contourner la séparation de l'Église et de l'État qui est dans la Constitution américaine.

— Le droit chemin ne cherche pas à gouverner, mon très savant ami. Nous n'avons qu'un seul but : raviver la bonne moralité d'autrefois. La Constitution n'interdit pas au peuple de Dieu de voter pour des candidats qui soutiennent la famille, la vie, et qui se battent contre un humanisme dangereux.

— Oh, que vous avez une grande morale, mère-grand! C'est pour mieux vous embobiner, mon enfant... Soutenir la famille, cela signifie être contre les droits des femmes, pas?

— Non. Nous exaltons les femmes.

— Soutenir la famille signifie se battre contre les gens qui vivent seuls mais qui s'aiment ensemble.

— Cela signifie que nous révérons la famille institutionnelle.

— Donc contre l'homosexualité, ce qui exclut au moins vingt-cinq millions d'Américains, à en croire le rapport Kinsey. **Faut-il** exécuter un dixième de notre population?

— Je peux les soigner et les ramener au Christ.

— Allons, T.J., ne déconne pas. Comment peux-tu prétendre représenter toute la moralité à toi tout seul? Ce genre de chose peut déchirer un pays. L'Amérique a été fondée sur la diversité d'opinions et de choix.

— Notre but est de rassembler, pas de diviser.

— Soutenir la vie signifie, je suppose, être contre l'avortement. Cela signifie donc que si une fillette de quatorze ans se fait violer (cela te rappelle quelque chose, non?) et si elle est enceinte, elle doit porter à terme un fœtus non désiré. Soutenir la vie! Tu imagines un peu l'équilibre mental de cette jeune mère? Sans parler de ce merveilleux poupon qui va voir le jour... Quant à l'humanisme... là, je reconnais que tu m'as eu! Humanisme : on en mangerait presque...

— Ne te moque pas de moi, Kleber. Tu sais bel et bien ce qu'est l'humanisme. C'est une philosophie séculaire qui nie l'existence et le pouvoir de Dieu. L'humanisme a transformé Adam en singe et a remplacé la Bible par *Playboy* sur les tables de chevet.

Kleber éclata de rire, mais il n'arrivait pas à exprimer tout le mépris qu'il ressentait.

— Je n'ai pas envie de jouer avec toi au jeu des citations, T.J. Mais un assez bon poète du nom de T.S. Eliot a défini l'humanisme comme la supériorité de la tolérance et du bon sens sur le sectarisme et le fanatisme.

T.J. prit sa Bible et commença à la feuilleter. Kleber leva les mains en signe de rémission.

— J'abandonne. Dans ce livre, tu peux trouver la justification de n'importe quoi. Soit dit en passant, c'est l'œuvre la plus violente et la plus « sexy » qui ait jamais été publiée.

Il fit un clin d'œil et s'apprêta à sortir.

— Tu oublies la documentation que je t'ai demandé de lire, lui rappela T.J. Fais-moi, je te prie, l'honneur d'étudier notre position avant de la jeter à la poubelle. Tu pourrais être surpris.

— Oh, je la lirai! Mais je ne m'attends pas à être surpris. Tous les démagogues ont tendance à chanter sur le même ton.

Le téléphone sonna. C'était le seul instrument noir au milieu d'une batterie blanche et grise. T.J. fronça le sourcil.

— Je dois répondre; c'est ma ligne privée.

Il décrocha et dit allô d'une voix sèche, qui aussitôt se radoucit.

— Ça alors! Mais comment allez-vous, madame Cantrell? Oui, ça fait longtemps... Oui, ça fait longtemps... Oui... Il est ici...

VeeJee? Comment avait-elle trouvé son fils? Kleber prit le téléphone. La voix de sa mère était extrêmement tendue.

— Kleber! Dieu merci, je t'ai trouvé.

— Mais, Maman, comment m'as-tu trouvé? Qu'est-ce qui se passe?

— Je t'ai cherché partout. Je suis aussi bonne détective que toi! Écoute-moi, il se passe quelque chose de l'autre côté de la rue, chez Susan.

— Quoi?

— Mon fils, je ne sais pas. Mack est là-bas. J'ai entendu des claquements de portes et des cris. Ils sont sortis sur le perron; il la tenait, le bras coincé derrière le dos. Puis ils sont rentrés. Tout ça m'a l'air plutôt inquiétant. J'ai pensé à appeler la police, mais ça ferait une publicité épouvantable.

– Maman, ne bouge pas. J'arrive.

Kleber raccrocha et résuma rapidement la situation à T.J.

– Je viens avec toi.

– C'est inutile.

– Je peux peut-être aider. Quelquefois, c'est miraculeux, ce que je peux faire.

Il l'accompagna jusqu'au bas de la tour devant laquelle une Mercedes rutilante attendait. L'Élu congédia le chauffeur et prit le volant pour conduire personnellement Kleber à Cloverdale Avenue. En chemin, T.J. fredonna la chanson fétiche de leur promotion; il avait l'air heureux et désireux de faire la conversation.

Il jetait de temps en temps des coups d'œil dans le rétroviseur, juste pour s'assurer que frère Paul suivait à distance raisonnable.

Trouver sa place. Toute la journée, et jusque tard dans la nuit, Mack avait essayé de trouver sa place. Dans les films, il ne ratait jamais la trace sur le sol, l'endroit où il devait se placer pour être dans l'objectif. Mais ici, dans sa ville natale, il n'arrivait pas à se définir. Il avait bu assez de whisky pour se brûler le gosier, assez de vodka pour s'écorcher la gorge et en avoir des renvois jusque dans les narines. A un moment, au cours de la journée, il avait entendu à la radio de la voiture que Mack Crawford se trouvait en ville, incognito. Il semblait important de ne pas se faire remarquer. Il se promenait en voiture dans Fort Worth, la casquette si bas sur les yeux qu'il ne voyait le monde que par une fente très étroite.

Il se souvenait s'être arrêté à une cabine téléphonique pour appeler Los Angeles. Une conversation brève et frustrante avec Arianna. Elle lui avait dit qu'elle était occupée à faire des croquis de costumes pour un film où devaient jouer trois douzaines de girls.

– Chéri, j'essaie de faire revivre l'époque dorée de Hollywood. Je n'ai simplement pas le temps de m'occuper d'un mari ivre à Fort Worth – et Dieu sait où ça se trouve!

– Mais j' veux parler.

– Ça peut pas attendre, chéri? Tu connais notre pacte... Chacun sa vie; chacun son travail.

– Je t'aime. Et toi tu m'aimes?

– Dis donc, ce n'est pas l'heure de la question à 1 000 francs.

– J'ai besoin de... quelqu'un.

– Bon, alors oui. Autant que je peux, je t'aime.

– Dis-le-moi encore.

– Je t'aime, à la folie. Maintenant, on raccroche ensemble, d'accord?

– Comment va Molly?

– En ce moment, elle est installée sur le bord de la piscine avec un joueur de football d'Encino. S'il fait un geste, j'appelle les flics. Maintenant, amuse-toi bien à ta réunion, poussin. Et dis bonjour à Kleber.

– Qu'est-ce que je fais ici?

– Ça, tu me le diras quand tu rentreras. Est-ce que tu es près d'un Neiman-Marcus? C'est le seul nom de magasin que je connais au Texas. Maintenant, un, deux, trois...

Clic! Elle avait raccroché.

Mack rappela deux fois mais eut droit au répondeur automatique. Ce n'était pas juste. Il avait acheté, payé une seconde épouse, et maintenant elle ne voulait même pas lui parler. Depuis six ans, il vivait un mariage dont les moindres faits et gestes étaient rapportés dans les journaux, mais cela les arrangeait tous les deux. Finis les ragots croustillants de Hollywood. L'union durable entre deux personnes à la sexualité déviante n'avait rien d'unique dans le monde du spectacle, surtout dans la mesure où Mack et Arianna avaient, chacun dans leur domaine, du talent, du succès et, quels que fussent leurs rapports ou leur absence de rapports en privé, de la discrétion. Les seuls moments difficiles étaient quand Mack se mettait en tête que, par définition biologique, l'homme et la femme doivent faire plus que badiner, mais de temps en temps s'étreindre et se serrer très fort. Mais Arianna se dégageait toujours avec douceur mais sans ambiguïté. La situation entre eux était définie par contrat, et aussi nette qu'un fossé sans pont. « Nous sommes trop vieux pour ça » : c'était sa réplique habituelle, à traduire par : « Ne gâche pas tout. » Et Mack n'avait pas assez d'introspection pour comprendre qu'il s'accrochait à cette femme parce qu'elle n'était pas inquiétante. Ni menaçante. Il pouvait affirmer avoir besoin d'amour, mais il n'y avait aucun danger dans un désir qui ne risquait pas d'être assouvi.

Dans la moiteur et l'obscurité de cette longue nuit, Mack finit par oublier Arianna. Il balança la dernière bouteille de vodka aussi loin qu'il put, et elle atterrit, comme un superbe tir au football, sur le terrain de jeux du lycée Western High. Il l'entendit voler en éclats en frappant une pierre cachée dans les buissons. Un peu plus tôt, il avait perdu sa montre, mais cela n'avait aucune importance, car il n'avait aucun sens précis du temps ni du lieu.

Quelque chose continuait de le tracasser. Il avait quelque chose à faire, mais impossible de se rappeler quoi. Il fit trois fois le tour de la piste de cendre en courant et se sentit brièvement ravigoté par sa force. Puis ses jambes le lâchèrent; il eut du mal à respirer; la bile lui montait à la bouche. Il ôta sa chemise et la noua autour de son pantalon, car elle sentait la transpiration. Il lui semblait important de continuer à courir, parce que s'il pouvait faire cinq tours (c'était la distance qu'il s'était imposée : cinq tours), il aurait l'esprit plus clair et se rappellerait ce qu'il avait à faire. La moitié d'un tour, voila ce qu'il fit. Il tomba, la tête en avant, s'étalant de tout son long dans la poussière. Ça faisait mal! Il cria et se remit difficilement sur ses pieds. Alors, devant lui, sur une butte qui se détachait dans la douce lumière de la lune, il vit l'école. Le voilà, le repère. Maintenant, il savait où il était et il se mit à courir vers l'entrée principale, les pans de sa chemise battant sur ses cuisses. La chose la plus importante à faire dans ses vapeurs alcooliques, c'était d'ouvrir les portes de sa jeunesse et de rendre visite à la vitrine des trophées près du bureau du principal. C'est là qu'était sa permanence. Le prince désirait visiter l'or qu'il avait gagné et sottement abandonné il y a des années. C'était son droit! Mais la porte était fermée à clé et il eut beau frapper de toutes ses forces, casser la vitre et déclencher la sirène d'alarme qui résonna comme un cri au milieu de la nuit, il ne put atteindre son trésor.

Boire. Il avait besoin de boire. Où avait-il jeté la bouteille de vodka? Tout en courant et en la cherchant désespérément, il finit par se souvenir de ce qu'il y avait de plus important. *Son fils.* Jeffie avait besoin de lui et lui avait besoin de Jeffie. Il aimait tellement ce garçon! Peut-être l'enfant ne se rendait-il pas compte de la force de l'amour que son père lui portait. La plus grande faute de sa vie, se dit-il, le seul délit moral commis en quarante-trois ans, avait été de faire un enfant puis de l'abandonner, mis à part quelques manifestations extravagantes d'amour à distance. Maintenant, il savait. Maintenant, il comprenait. Un fils, c'était la seule façon pour un homme de s'immortaliser. Ses films étaient éphémères; il n'existait que dans les quatre-vingt-dix-huit minutes nécessaires pour les voir. Et lui n'était qu'un morceau de ce tout fragile. Jeffie était la réalisation par laquelle Mack souhaitait maintenant être reconnu.

De toutes ses forces, il courut retrouver son fils.

Susan le laissa entrer, même si elle devait aussitôt le regretter. Mack était hostile et agressif, ressassant encore le même sujet que la veille.

– Mack, mon chéri, je t'en prie; écoute-moi, Jeff n'est pas ici. Je ne sais pas où il est.

– Je ne te crois, fit-il, menaçant.

Il avait trouvé une nouvelle bouteille de scotch et la descendait comme du Coca-Cola.

Calmement, doucement, Susan tenta de lui expliquer. Leur fils essayait de sortir d'une adolescence difficile. Peu doué pour les études ou pour le sport, Jeff avait peu d'amis; et parmi eux, il était mal accepté. Ce schéma s'était répété malgré les changements d'écoles. Le jour de ses seize ans, celui où Mack n'avait pas pu venir, il avait envoyé à son fiston une voiture de sport, une MG de 6 500 dollars, bleu électrique. Jeff massacra son cadeau en moins d'une semaine. La police trouva de la marijuana dans un plastique, sous le siège avant. Depuis, plus d'une fois, Susan avait été réveillée au milieu de la nuit par la voix de policiers s'occupant de jeunes délinquants et qui lui demandaient de venir chercher Jeff au centre de détention, ou encore par des appels de parents furieux exigeant qu'elle persuade son fils de quitter leur maison. La mère et le fils avaient vécu le traditionnel conflit de générations. Tout cela, c'était de la faute de Mack, en dernier ressort, mais elle avait gardé pour elle l'explication du psychiatre sur les raisons pour lesquelles Jeffie ment$it, volait et trichait. Le « psy » lui avait dit que ce garçon était « incapable de se mesurer à la puissante image de son père » et qu'« il n'avait pas d'identité masculine stable ». Mack ne savait même pas que Jeffie avait été en analyse; Susan s'était débrouillée pour payer une thérapie de 1 000 dollars sur l'argent de la pension alimentaire. Elle ne lui avait pas dit non plus ce qui risquait de le blesser profondément, à savoir que Jeff avait décidé d'utiliser le nom de jeune fille de sa mère, French, refusant d'écrire « Crawford » sur les fiches scolaires.

Personne n'aime entendre dire que son fils est une catastrophe, surtout si l'enfant a dû être confié aux soins et à la garde d'une ex-épouse vivant loin. De plus, Mack envoyait les chèques; personne n'aurait pu l'accuser de ne pas avoir fait face à ses responsabilités financières. Il ne s'était pas passé une seule année sans qu'il envoyât au moins 50 000 dollars à Fort Worth pour Susan et l'enfant. Cela voulait dire presque les trois quarts d'un million de dollars en dix-sept ans, et la récompense était bien peu d'amour et bien peu de respect filial.

– Mais pourquoi ne m'en as-tu pas parlé avant? demanda Mack, qui venait de retrouver ses esprits.

– J'ai essayé... Tu avais toujours l'air tellement occupé...

– Trop occupé pour mon fils?

Mack était blessé par l'accusation, blessé car il savait que c'était vrai.

A ce moment-là, le lien fragile des civilités et des bonnes manières se brisa. Les choses tournèrent mal. Mack accusa Susan d'être trop occupée à courir après les hommes pour se soucier vraiment de leur fils. Elle la trouva plutôt mauvaise. George Parsons, qui la veille s'était fait mettre à la porte par la célébrité, était le premier homme qu'elle voyait depuis des mois. En général, les hommes hésitent à inviter une femme dont l'ancien mari fait la couverture de tous les magazines. Qui oserait s'aligner?

Susan s'approcha du téléphone et menaça d'appeler la police. Mack lui arracha le récepteur. Elle se précipita vers la porte, mais Mack la rattrapa et se mit à hurler. De l'autre côté de la rue, VeeJee Cantrell entendit la bagarre.

Enfin, bien après minuit, on frappa vigoureusement à la porte. Puis une voix familière.

– Mack, tu viens? On va jouer dehors. C'est Kleber.

A l'intérieur, il y eut du remue-ménage. Une chaise tomba. Un verre se brisa. Kleber était inquiet; on était en plein cliché de la presse du cœur : un ancien mari, toujours amoureux, détient sa femme en otage. Plus d'une fois il avait couvert ces tristes mélodrames qui finissaient plutôt mal. En général, le pauvre type se faisait sauter la cervelle juste au moment où la police faisait irruption. Kleber appela de nouveau, d'une voix amicale et humoristique. Pas de réponse. Alors il commença à s'affoler et murmura à T.J. :

– Cours chez ma mère et appelle les flics. Ne dis pas que Mack est à l'intérieur. Dis seulement que c'est une querelle de ménage, ou un voleur, ou n'importe quoi. Dis-leur de se magner.

L'Élu hocha la tête.

– Ce ne sera pas nécessaire.

A grands pas il approcha de la porte, au risque de la fracasser.

– McKenzie! tonna-t-il. On t'attend!

Nouveau miracle. Doux comme un agneau, le prince des Charmes ouvrit le verrou, lâcha Susan et, tel le fils prodigue, avança vers T.J., la main tendue. Une fois de plus, les choses avaient pris un tournant différent. Le mauvais esprit s'était envolé. Susan était debout, sur les marches d'entrée, et elle dit d'une voix maternelle :

– Attention, les enfants; soyez prudents, hein?

– Oui, madame, répondit Kleber en souriant.

Elle avait encore une chose à dire :

– Mack, je t'aime. Ne l'oublie jamais.

Mack s'arrêta et fit demi-tour.

– Je suis désolé de ce qui s'est passé ce soir. L'un dans l'autre, on ne s'en est pas si mal tirés, n'est-ce pas, chérie?

Il lui sourit comme un petit garçon, et elle se sentit tout émue.

Mais tout en regardant le prédicateur et l'écrivain faire entrer l'acteur dans la Mercedes noire, les voyant disparaître aussitôt derrière les vitres teintées qui protégeaient les gens célèbres des regards du commun des mortels, Susan se sentit soudain parcourue d'un frisson dans l'air froid de la nuit; une peur inexplicable se saisit d'elle.

CHAPITRE 27

Enfin, un peu de paix.

Rassuré par le bercement et les fauteuils moelleux de la Mercedes-Benz, Mack sombra dans un sommeil éthylique, s'affaissant sur l'épaule de Kleber comme un grand enfant épuisé par toute une journée passée à jouer dans un parc. Kleber sentait à peine ce fardeau, étant lui-même affligé d'une migraine après les rudes événements de la journée. Il baissa un peu la vitre et savoura avec plaisir l'air de la nuit sur son visage. Ils se trouvaient quelque part sur une petite route bordée de terres agricoles, noires et veloutées. L'air embaumait : senteurs du printemps, le sol fraîchement labouré, le renouveau. Fort Worth et ses lumières vacillantes avaient disparu derrière eux.

Mack se redressa.

— Où diable sommes-nous?

— Tu voulais du café, répondit T.J. Je connais un endroit chouette.

— Qu'est-ce qu'est devenue ta jeep, T.J.?

L'Élu rit doucement.

— Elle a brûlé. Il y a eu une époque de ma vie où tout était à feu et à sang.

Kleber dit qu'il était temps de rentrer. Il se sentait las, et la nuit n'en finissait plus.

— Patience, pria T.J. Nous y sommes presque.

Bientôt la voiture crissa sur du gravier et s'immobilisa. D'un geste brusque, l'Élu mit les pleins phares. Devant eux, une cabane à outils étouffée par des plantes grimpantes... un bric-à-brac de jouets rouillés... une charrette les roues en l'air... et le bâtiment principal d'une ferme dont le toit paraissait avoir été écrasé par le poing d'un géant. C'était la maison de l'oncle Bun, détentrice des secrets. Tout a changé dans notre monde, sauf ça : voilà ce qui vint à l'esprit de Kleber. Les plis et les replis les plus obscurs de l'âme humaine varient aussi peu que ce lopin de terre empoisonnée où rien ne poussera plus jamais. Il éprouva un sentiment d'extrême fatigue et de méfiance. Pressentant quelque mauvais coup, il refusait de s'y associer.

– Ramène-nous!

Mais déjà T.J. était descendu de voiture et avança d'un pas résolu vers l'âcre souvenir. A cet instant Mack reconnut l'horrible endroit et, de son plein gré, descendit rejoindre l'Élu. Le journaliste ne pouvait que suivre. On frôlait le dénouement; son intuition le lui disait. Il restait encore quelques pages blanches dans son carnet.

Ce n'était pas un arrêt impromptu. T.J. avait préparé la pièce pour accueillir ses hôtes. Un feu de bois de pêcher et de cèdre s'embrasa à la première allumette; devant le foyer, des coussins de harem, invite sensuelle. Par terre, un tapis de paille et, dessus, des fruits frais en abondance, pommes aux couleurs éclatantes, raisins charnus du cellier de Bacchus. Des bouteilles d'eau minérale glacée et un thermos de café firent soudain leur apparition. Kleber chercha du regard quelque serviteur. Il n'eût pas été surpris si on lui avait demandé quel cocktail il voulait. Pourtant, les trois princes quadragénaires avaient bien l'air d'être les seuls occupants de la pièce. Maître de maison accompli, T.J. s'affairait, retapait les coussins, alimentait le feu, versait le café, offrait des fruits, mais les yeux toujours dissimulés derrière ses lunettes noires.

– Enlève tes lunettes, T.J., suggéra Kleber. Personne ne va te demander d'autographe!

– Tout à l'heure. Peut-être, répondit l'Élu.

Il s'installa devant le feu, s'adossa à un grand coussin carré recouvert d'une étoffe jaune et vermillon fabriquée en Inde. Sur le tissu, étaient imprimées des fleurs de lotus. Kleber reconnut le symbole bouddhiste : la cause et l'effet. Elles fleurissent aussi dans les marécages. T.J. apprécierait-il aussi une telle ironie?

L'éclat des flammes en pleine nuit flatte chacun, mais dans cet éclairage seyant, Mack devint d'une beauté à couper le souffle. Un quart de siècle avait éclairci sa chevelure et tissé des fils arachnéens sous ses yeux, mais la vieille cicatrice laissée par sa blessure de football ressemblait à l'ultime raffinement d'un sculpteur ajoutant le défaut indispensable pour rendre humain son guerrier classique. Même avec ses grands yeux bleus encore humides de larmes, les veines de ses tempes battant sous l'effet du whisky, sa barbe de deux jours or et argent et sa chemise souillée de vomissures, le prince des Charmes, à quarante-trois ans, demeurait pour Kleber le seul homme sur terre digne d'incarner à jamais la splendeur de la beauté physique. Kleber avait souhaité posséder une photo des anciens de la classe avec Mack à ses côtés pour l'accrocher chez lui, mais il savait maintenant qu'il n'avait pas envie de poser auprès d'un homme à peine marqué par le temps.

Mack ne semblait pas s'apercevoir des regards des deux autres.

– Bon sang! J'ai dû penser à ce sale trou des milliers de fois, murmura-t-il en observant la cabane. J'ai même essayé de l'acheter un jour, je crois. Juste pour pouvoir la brûler!

Il parlait clairement, en dépit de l'extraordinaire quantité d'alcool absorbée. Cela rappela à Kleber leur jeunesse, et leurs cuites, et la vitesse à laquelle ils reprenaient leurs esprits dès qu'ils étaient déposés devant la porte de la maison familiale. Maintenant, Mack avait repris ses esprits et ses facultés.

– J'ai toujours conservé cette maison, déclara T.J. Ce fut longtemps mon point d'attache.

Brusquement, il se leva.

– Venez, je vais vous montrer quelque chose.

Le prédicateur les conduisit dans l'autre pièce, dans le nid sordide du voyeur. Le trou était toujours là; Kleber le vit aussitôt dans le faisceau lumineux de la lampe. T.J. leur montra des boîtes de conserve empilées dans un coin, chili con carne, haricots, macédoine de fruits, maïs doux, les couvercles béant comme des semelles décollées de vieilles chaussures. Derrière, une longue rangée de bouteilles de Whisky soigneusement disposées, des marques les plus diverses, mais toutes des tord-boyaux...

– Tu te souviens du jour où Kennedy est mort? demanda T.J. à Kleber.

– Lequel? répliqua ce dernier de son ton mordant habituel, ayant « couvert » l'assassinat des deux frères.

– John. Tu ne te rappelles pas que je t'ai rencontré par hasard à l'enterrement d'Oswald?

– Ouais, T.J., je me rappelle...

Comment oublier ce spectre d'un cinglé trébuchant entre des tombes? A l'époque, il avait sérieusement envisagé de prévenir la police de Dallas; mais, comme il comptait par ailleurs dénoncer publiquement leur manque de doigté dans l'affaire Oswald, il jugea que ce n'était pas la peine.

– Je vivais retiré ici, à ce moment-là, poursuivit T.J. Je me suis nourri avec ces boîtes et j'ai bu toutes ces bouteilles jusqu'à la dernière goutte.

Il se mit à rire.

– Après avoir été sauvé par la foi, je suis resté trois jours et trois nuits à genoux pour confesser à Dieu rien que ce qui m'était arrivé pendant l'année 1963.

– Tu avais dû vraiment mal te conduire, fit Mack.

– C'est peu dire...

T.J. ramena ses compagnons auprès du feu. Là, des raisins plein la bouche, il continua à parler. Le jus rouge dégoulinait au coin de ses lèvres. On ne s'achète pas les bonnes manières comme on s'achète une Mercedes-Benz et une tour des Miracles, songea Kleber.

– J'étais l'incarnation du Mal. J'ai fait des choses que ni l'un ni l'autre ne pouvez imaginer.

– Oh, je suppose que si, répliqua Kleber. Après tout, le sort en était à peu près jeté il y a vingt-cinq ans.

– Non, mon ami; crois-moi. Pas même toi qui as vu les horreurs de la guerre et la barbarie des hommes... (Il cessa de fixer Kleber et se tourna vers Mack.) Et toi non plus, mon autre ami, qui as déclamé et interprété les rôles les plus violents. Aucun de vous ne pourrait jamais savoir ou comprendre ce qui m'est arrivé à l'époque où j'étais dans les griffes de Satan...

Mack décocha à Kleber un regard interrogatif du genre : « Il parle sérieusement? » Le journaliste haussa les épaules dans un geste qui voulait dire : « Je crois. »

– Je parie que vous vous demandez pourquoi je vous ai conduits ici... en ce lieu... ce soir. La réponse est simple. J'obéis à la volonté de Dieu. Il m'a ordonné de nous réunir tous les trois... Cet après-midi, Kleber, j'aurais pu te dire où nous serions tous à 1 h 15 ce matin.

Le reporter n'était pas prêt pour un scoop de plus. Il avait déjà en réserve trop d'histoires non écrites.

– Je crois que nous devrions en rester là pour ce soir.

– Ouais, moi aussi, fit Mack. Je suis crevé à cause du décalage horaire. J'aimerais bien savoir ce que je suis venu foutre dans cette ville. Je suis content de vous voir, les mecs... mais j'ai quarante scénarios qui m'attendent.

– Mes chers amis, je vous en prie, accordez-moi encore un instant. J'attends ce moment depuis très longtemps. Et pour moi, c'est important. Je voudrais d'abord vous dire combien je suis fier de vous. Toutes les prophéties de 1950 se sont réalisées. Toi, Kleber, tu étais celui qui avait le plus de chances de réussir, et tu as réussi. Ta carrière fait honneur à ton nom et à notre génération.

Il s'avança et serra la main de Kleber avec cérémonie, tel un général décernant des médailles. Kleber, malgré lui, apprécia le compliment.

– Quant à toi, Mack, Mack Crawford, l'élève le plus séduisant, le meilleur athlète. J'ai toujours admiré ton travail. Et ton dernier film, celui où tu sautes du haut d'une falaise pour atterrir sur un cheval roux et traverser un ravin au galop... incroyable! J'avais du mal à rester assis sur mon siège.

— C'est ma doublure qui a tourné. La compagnie d'assurances ne m'autorise même pas à tomber sur mon derrière.

— Quoi qu'il en soit, mon vieux, tu symbolises ce qu'il y a de mieux chez les Américains. Nous avons besoin de héros pour illustrer ce en quoi nous croyons.

Soudain, Kleber se dit que T.J. attendait peut-être qu'on lui retourne le compliment. Si cela pouvait aider à en finir avec cette soirée, alors il fallait dire quelque chose, et vite.

— Le Garçon le Plus Aimé ne s'est pas mal débrouillé non plus, je dirais, d'après le délire que j'ai vu ce soir dans ton église. Même le pape en serait jaloux.

— Attention, il ne faut pas confondre! Ce n'est pas moi qu'ils prient; c'est Dieu.

— Ah, tu as mis beaucoup d'eau bénite dans ton vin, fit Kleber.

T.J. se contenta d'incliner la tête pour se mettre à prier. Un silence pesant envahit lentement la pièce. Kleber se tourna vers Mack, levant les yeux au ciel comme un homme normal assistant à une scène de folie. Mais l'acteur ne semblait pas du tout choqué par la démonstration de foi du prédicateur; il avait même l'air plutôt intrigué. Kleber n'aurait jamais cru que Mack se laisserait prendre à ce numéro de champ de foire. Le whisky devait lui remonter à la tête.

— Je crois, susurra T.J. en position de prière, que Dieu nous offre une chance. Je crois que nous trois, qui avons grandi ensemble, qui avons été de jeunes princes, qui avons accédé à la célébrité, chacun à notre manière, nous que le monde regarde comme des fruits parfaits, l'occasion nous est offerte ce soir de nous débarrasser de ce que nous avons d'impur. Depuis vingt-cinq ans nous ne nous sommes pas revus, mais nous avons tenu le coup. Survivre ne suffit pas cependant. Dieu nous dit : Aucune des créatures présentes dans cette pièce n'est digne d'entrer au paradis. Du moins, pas encore. Pas avant d'avoir purifié notre âme par la confession.

— Quelle confession? demanda Kleber.

— La confession de ce qui doit être confessé. Il faut d'abord clore la porte du passé, et la porte de l'avenir s'ouvrira.

Il écarta largement les bras et, d'un geste théâtral, balaya l'espace de la pièce.

— Je suis convaincu que nous avons été frappés et marqués à tout jamais parce qui s'est passé jadis ici. Et je veux que vous sachiez le tribut que j'ai payé...

Pendant près d'une heure, T.J. raconta en détail une histoire que Kleber n'aurait été capable d'inventer ni Mack d'interpréter. T.J. décrivit sa souffrance d'avoir été rejeté par les autres après le lycée, puis ses escroqueries, le drame de Peavine et Magda, de Bun et Spike, de Missy et de Priscilla, de Marge et Bamboozle, de Mash, des histoires de sang, de fric et de malheur. Il fit revivre le miracle de la prison du comté de Tarrant, puis sa rapide ascension à la chaire et à la célébrité. Enfin, d'un grand geste, il arracha ses lunettes et leur montra ses yeux. A la faible lueur du feu, ils étaient gonflés de larmes, mais tout autour la chair était saine et en parfait état. Le miracle de Kleber tenait bon.

– Mais ce n'est pas tout, mes amis. J'ai encore autre chose à dire. Je veux que vous sachiez tous deux que, des années durant, j'ai nourri la pire des haines à votre égard. Toi, Mack, je voulais te tuer après cette soirée à l'Assembly Hall où tu m'avais cassé la figure. Et toi, Kleber, je m'apprêtais à t'abattre, le jour où on a enterré Oswald. Oui, c'est vrai.

– Bon Dieu! s'écria Kleber. Il doit y avoir au moins quarante films dans ta vie, T.J.! Quelle est ta part de foutaise dans tout ça?

– Nulle et totale à la fois. En tout cas, je me sens soulagé d'avoir osé vous montrer ce qu'il y avait de pourri en moi.

– Amen, et adieu! fit Kleber.

Il n'avait plus qu'une envie : se précipiter sur la première machine à écrire et mettre noir sur blanc une biographie du prince des Tentations. Il se dirigea vers la porte.

– Mais pourquoi tu nous as raconté tout ça? demanda Mack. Je comprends pas.

– J'ai besoin de savoir si j'ai été le seul à souffrir. As-tu quelque chose à partager avec nous? Kleber?

– Je ne crois pas. Ma vie est plutôt du genre ennuyeux, comparée au grand drame auquel nous venons d'assister. Je n'ai même jamais tué quelqu'un.

– Jamais? dit T.J. Et cette fille... tu l'as oubliée?

– Zob! J'ai sans doute plus d'une chose à me reprocher, mais pas Laurie.

Son regard se posa sur les planches inégales qui se trouvait devant le feu, là où chacun d'eux s'était écrasé sur la fille, cette nuit d'autrefois. Les images étaient encore tellement claires! Les cheveux ruisselants de pluie, la robe rose trempée, la petite bague au camée vert pâle... Il se mit à rire.

– Eh bien, voici ma confession à moi, frère Luther : ce soir-là, je n'ai même pas réussi à foutre ma queue dans la pauvre petite Laurie. Éjaculation précoce. Ce n'est pas l'envie de la baiser qui me manquait, rien que pour vous impressionner, mes salauds! Mais je n'y suis pas arrivé...

Mack regarda l'écrivain d'un air absent, puis hocha la tête.

– J'aimerais bien me soulager d'une ou deux petites choses, moi aussi. Il m'est arrivé de payer un « psy » 60 dollars de l'heure, juste pour être écouté, mais je ne crois pas qu'il m'ait beaucoup aidé. Je me demande même s'il était bien disposé à mon égard.

– Dieu écoute gratis, dit T.J.

Kleber eut envie de faire une petite remarque futée sur les quêtes dans les églises, mais il se retint. De toute évidence, Mack avait besoin de parler.

– Tu te souviens, K, un jour tu m'as demandé quel effet cela faisait d'être célèbre? Je crois savoir, maintenant. Mais d'abord, je dois revenir un peu en arrière. A vrai dire, l'homme passe la première partie de sa vie à se construire une identité. Il sélectionne ce qui lui convient et ce qui ne lui convient pas. Il soulève des haltères, lit des livres, essaie de se faire des amis qui veuillent bien de lui. Ensuite il travaille, il se fait du fric et il essaie de réaliser ses rêves. En somme, il devient lui-même. Avec des bons et des mauvais côtés, des coups et des bosses, des rires et des larmes : tout ça, ça fait un homme... (Il s'arrêta, gêné, et fit une grimace.) C'est difficile de se confesser. Je ne sais pas où je veux en venir...

– Continue, fit T.J. d'une voix encourageante; nous sommes avec toi. C'est le discours le plus important que tu aies jamais prononcé.

– Ce que je veux dire, c'est que, quelque part, à un certain moment, j'ai perdu le contrôle de ma vie. D'autres forces ont pris le dessus.

– L'homme n'est pas une île, dit Kleber, si je puis me permettre de citer John Donne.

– En fait, je n'ai jamais aimé ce que j'étais, ni qui j'étais... Comme cet accident de football... Ce n'était pas un accident, chers amis supporters. Mack Crawford s'est cassé les os volontairement.

– Mais pourquoi? demanda T.J. Dieu t'a donné un corps magnifique.

– Oui, apparemment. Quelqu'un me l'a donné et je suppose que c'est le mien.

Mack se palpa les cuisses pour voir si tout était bien là, puis il haussa les épaules et resta silencieux.

– Avec tout le respect dû à votre nom, monsieur Crawford, dit Kleber, ce n'est pas une confession très bouleversante. Tu t'es pris les poteaux de but dans la gueule. Tu parles d'une affaire! Cela ne ferait même pas une note en bas de page dans l'histoire de l'Homme d'aujourd'hui.

Ainsi provoqué, Mack tenta de se justifier :

– Mais j'ai fait ce qu'il fallait. J'ai brisé mon propre corps, comme je l'avais décidé, et c'était parfait. Ensuite, je me suis tranquillement installé dans ma vie d'handicapé. Et un beau jour, voilà Susan qui entre dans ma chambre, et puis une chose en amenant une autre, paf! je suis devenu un tas d'autres personnages auxquels je n'avais jamais pensé : mari, père, acteur – qu'est-ce que je dis? – *vedette*. J'étais une star avant même d'être un acteur. Les gens me demandent quel effet cela fait d'être la vedette de la série *Les Chevaliers de New York* programmée par toutes les télévisions du monde, ou de savoir que le prénom masculin à la mode dans certains pays d'Afrique est Mack. Qu'est-ce que vous dites de ça? Une tribu porte mon nom au fin fond de l'Afrique! Ils pourraient leur donner des noms plus dignes, comme celui de Schweitzer, ou Lumumba. Ils regardent un vieux navet en noir et blanc avec un petit acteur jouant un faux flic, et ils affublent leur gosse de mon identité!

– Un jour, à Bangkok, j'ai vu une affiche de toi, dit Kleber. Elle s'étalait sur tout un immeuble. On aurait cru que tu faisais de la publicité pour la jeunesse hitlérienne.

Mack sourit.

– C'était pas moi, mon vieux! Ça, c'est le bon côté du fruit, celui qu'on asperge de produits chimiques et qu'on fait briller avec de la laque. Celui que les marchands mettent en haut de la pile pour appâter le client. Oh, ce n'est pas la schizophrénie qui manque là-dedans... On raconte que je suis un merveilleux amant. En réalité, je suis un rigolo qui vend de l'amour. Mais je n'ai pas la moindre idée de ce que c'est... Enfin, ça suffira pour aujourd'hui. Merci de ne pas vous être endormis. Moi, j'ai failli rien qu'à m'entendre...

L'air très embarrassé, il fit signe à Kleber qu'il était temps de partir. T.J. jeta un bras autour des épaules de l'acteur.

– Dieu t'aime, Mack. Et moi aussi. Tu veux bien prier avec moi?

– Prier pour quoi?

– J'espérais que tous les trois, nous pourrions prier ensemble pour nous faire pardonner le drame de cette nuit-là... ce que nous avons fait dans cette maison...

– Mais qu'est-ce que tu racontes, Luther? Pardonner quoi?

– Très bien, alors; je serai le seul à me confesser. J'ai honte, profondément, de ce que nous avons fait à Laurie en cette nuit d'orage.

– Je ne l'ai même pas touchée avec le petit doigt! Je n'ai même pas été capable de bander, mon Révérend, et c'est même ça, l'histoire de ma vie!

– Mais nous devons la partager, cette culpabilité. Depuis vingt-cinq ans, nous traînons ce poison dans notre pacte.

Mack demanda à Kleber :

– Tu n'as jamais parlé à T.J. de ce type à San Antonio? Celui qui a reconnu l'avoir tuée?

– Quel type? demanda T.J. soudain désorienté. De quoi parlez-vous?

– Oh, j'ai peut-être oublié, fit Kleber, perfide. Ou bien j'ai pensé que cela ne t'intéresserait pas.

Rapidement, il improvisa une excuse : il avait eu l'intention de faire parvenir à T.J. la curieuse dépêche d'agence à propos des aveux de Butch; malheureusement, à l'époque, il n'avait pas réussi à trouver l'adresse de T.J...

L'Élu fut abasourdi. Il porta la main à son cœur.

– Ainsi, tu faisais de moi une quantité négligeable? C'est ça?

– Est-ce que cela aurait vraiment changé quelque chose dans ta vie?

– J'avais le droit de savoir!

Mack prit le parti du prédicateur.

– C'est vrai, Kleber; tu aurais dû le lui dire.

Pourtant, Kleber ne ressentait aucun remords à être accusé. En guise de réponse, il cita Scott Fitzgerald :

– Oublier, c'est pardonner.

– Nous avions un pacte. Nous avions juré de garder le secret et d'être comme des frères de sang.

– Nous étions des gosses!

– Tu peux me dire combien il y a d'escroqueries dans ta vie? Si tu trahis tes amis, où cela s'arrête-t-il?

– Arrête tes sermons, s'il te plaît. Mack a dit que ça suffisait pour aujourd'hui.

Kleber n'était pas vraiment touché du transfert de culpabilité sur ses épaules, mais il savait désormais qu'il n'obtiendrait pas une interview en direct de l'Élu pour son émission. Pas cette fois-ci, du moins. Mais c'était sans importance. A la place, il avait quelque chose de mieux encore. Un livre. La graine commençait déjà à germer. C'était peut-être la dernière fois qu'il pouvait interroger l'Élu. Il décida de pousser le prédicateur un peu plus loin.

– Tout cela a été très amusant, T.J. Mais il me semble que nous nous sommes écartés de la raison qui t'a poussé à nous amener ici. On a beaucoup parlé de vérité et d'honnêteté, ce soir, mais je ne crois pas que ce soient les confessions qui t'intéressent. Si tu as organisé cette réunion avant tant de soin, c'est parce que tu avais quelque chose derrière la tête. Alors, de quoi s'agit-il exactement?

– De rien...

– Allons! La fête est ratée. Montre-nous la lumière!

T.J. resta pensif pendant un instant, les paupières plissées et les mâchoires serrées. Puis il murmura :

– Après tout, pourquoi pas?

Là-dessus, l'Élu sortit de la maison pendant quelques minutes. Kleber crut alors entendre des chuchotements, des murmures, mais il les attribua à quelque brise nocturne. De plus, cette nuit-là, ce lieu était plus hanté que jamais. Quand l'Élu fut de retour, il portait un imperméable, vêtement des plus inutiles. Il ne faisait pas froid et il ne pleuvait pas non plus. Il avait à la main un attaché-case en peau de serpent qui avait dû coûter cher et, en sortant deux épais dossiers, en tendit un à l'écrivain et l'autre à l'acteur. Kleber parcourut rapidement le sien; il semblait s'agir d'un appel auprès de personnalités afin de rassembler la somme de 2 millions de dollars pour un « Centre audiovisuel des Miracles ». Il y avait de nombreuses photos de jeunes gens sains, caméra de TV au poing, assis devant des claviers d'ordinateurs, ou s'affairant dans des chambres noires. Tous avaient les cheveux bien peignés, les dents bien droites, et les souliers bien cirés. Des légendes, sous les photos, expliquaient que des « centaines » de jeunes gens « méritants » avaient un cruel besoin d'argent pour accéder à une « éducation chrétienne et à une initiation aux techniques de communication de masse ».

– Ce n'est pas à vous deux que j'expliquerai que de nos jours, le véritable pouvoir, c'est l'information, leur dit T.J. Nous allons construire un fantastique hall d'exposition consacré à la communication. Mack, tu seras la vedette de films propres et corrects dépeignant des personnages moraux. Et toi, Kleber, tu pourrais tenir des séminaires où notre jeunesse apprendrait à maîtriser et à écrire l'actualité.

Mais Kleber ne prêtait plus attention; époustouflé, il examinait ce qui était attaché à sa brochure par une agrafe en plaqué-or : une traite bancaire à l'ordre de la « Cité des Miracles », prête à être tirée sur sa banque de New York et portant déjà son numéro de compte individuel. Tout ce qui manquait, c'était sa signature. La somme de 500 000 dollars y était inscrite. Kleber jeta un coup d'œil vers Mack : il avait le même papier.

– Putain de merde! s'écria Kleber en éclatant de rire.

– Je ne voudrais pas sembler présomptueux, se hâta de préciser T.J., je fais seulement ce que Dieu me dit de faire. Dieu vous a nanti tous deux de bien plus que le commun des mortels; Dieu a créé votre célébrité, Il vous a largement récompensés : il est maintenant de votre devoir de partager votre grande fortune avec Lui.

Kleber se laissa tomber par terre, écroulé de rire. L'Homme des Miracles recommençait à vendre des encyclopédies, comme à ses débuts et toujours aussi maladroitement. Mais les camelots qui essaient de refiler des « antiquités » fraîchement patinées au pied de la pyramide de Gizeh étaient moins dangereux, et les vieilles putes qui vieillissent vingt ans dans la lumière de l'aube étaient plus vraies que l'Élu.

Mais Mack perçut les intentions cachées.

– J'ai l'impression qu'on essaie de nous faire chanter, K, fit-il en jouant un rôle connu de son répertoire, le héros en danger. T.J., tu n'es qu'un sale petit minable!

Il commença à déchirer la traite en deux, mais Kleber la lui arracha.

– Une minute, mes frères, bredouilla T.J. avec un petit rire sec. Je n'avais même pas l'intention d'en parler ce soir. C'est Kleber qui m'y a forcé. De plus, vous ne seriez pas forcés de payer tout en une fois. Vous pourriez étaler vos dons sur cinq ans, par exemple, ou dix. Ce qui vous arrangera le mieux par rapport aux impôts...

– Qu'est-ce que tu dirais d'un dollar par an pendant les 500 000 ans qui viennent? suggéra Kleber en empochant les deux traites.

– Rends-moi ça! ordonna T.J.

Kleber hocha la tête :

– J'aimerais bien garder ces deux souvenirs... L'Autre Chemin, c'est-à-dire le mien, aimerait sans doute voir comment on s'y prend pour extorquer de l'argent, chez les intégristes!

– Je ne ferais pas ça, si j'étais toi, mon frère. Il faudrait que je me justifie en chaire.

– Te justifier? Alors, n'oublie rien, T.J. Raconte à tes ouailles comment tu as violé une fillette mineure par une nuit pluvieuse de 1950. Raconte-leur comment tu as poussé tes deux meilleurs amis à, je te cite, « tremper votre mouillette dans le jus tant qu'il est encore chaud ». Raconte-leur comment tu as attendu vingt-cinq ans pour dire : « Pardon, Laurie. » Et n'oublie pas d'expliquer comment tu as essayé d'extorquer un demi-million de dollars, ni vu ni connu, à tes deux « meilleurs » amis. Et maintenant, une dernière confession; du fond du cœur, celle-là : ça fait des années que je ne peux plus t'encaisser! La prochaine fois que tu es branché en direct avec le ciel, demande à ton pote, là-haut, il te le confirmera!

Brusquement, Mack intervint : « Hé! » Il frappa un grand coup sur la brochure en papier glacé et d'un doigt, désigna l'un des étudiants à l'air béat.

– C'est qui, ça?

Le ton même de sa question indiquait qu'il n'avait pas vraiment besoin de réponse.

T.J. fit oui de la tête.

Sans dire un mot, Mack étudia longuement la photo. Puis il leva les yeux vers T.J. : il était en fureur.

– Que fait mon fils dans cette saloperie?

– Nous sommes tellement fiers de lui!

– Je veux une réponse, Luther; une réponse claire et nette. Si tu racontes une seule connerie dans ce que tu vas dire, je te promets de te défoncer la gueule à coups de pied. *Qu'est-ce que Jeffie fout dans cette photo?*

T.J. joignit les mains en signe de prière :

– C'est un de nos plus grands miracles, Mack. Ce garçon nous est arrivé à moitié tué par la drogue. Il était tellement désespéré et plein de haine qu'il m'a craché au visage. Pendant trois mois, il a refusé de nous dire son nom. Mais nous avons réussi à le débarrasser de ses démons. Sois fier de lui, Mack! C'est un puissant serviteur de Dieu. Il fait honneur à son père.

– Est-ce que Susan est au courant?

– Je ne sais pas, vraiment. Sans doute.

– Où est-il?

– Il vit sur notre campus. C'est un jeune homme remarquable.

Kleber scrutait sa brochure avec attention.

Il se pencha sous le bras de Mack pour voir où le doigt de l'acteur s'était arrêté. Paul! Le plus prétentieux des vestes à la Nehru! Le petit mouchard qui l'avait filé toute la journée... sur la photo, Jeffie, alias Paul, arborait un sourire figé et une auréole de lavage de cerveau si épaisse que tous les déprogrammateurs du monde ne pourraient en venir à bout. Kleber vit la main droite de Mack se contracter en un poing serré. Il sentit que le coup était prêt à partir, à frapper les yeux refaits à neuf du prédicateur. Pourtant, Mack dit simplement, les dents serrées :

– Donne-moi les clés de la voiture, T.J. Je vais chercher mon fils.

T.J. fit un pas en arrière vers le feu qui se mourait et remit ses lunettes.

– Il n'en est absolument pas question!

– Les *clés!*

– Il ne veut plus de toi.

– Bordel! Comment tu sais ce que mon fils veut? répliqua Mack, hors de lui.

De toute évidence, il était prêt à démolir la pièce et tous ceux qui s'y trouvaient.

– Parce qu'il sait qui tu es, Mack. Il sait *tout* de toi.

– C'est-à-dire?

– Ne me force pas à en dire plus, Mack. Crois-moi sur parole.

– Ta parole? Tu peux te la garder, Luther! Qu'est-ce que Jeffie *sait?*

– Il ne s'appelle plus ainsi. Il refuse de porter le nom que tu lui as donné.

Mack esquissa lourdement un bond pour tenter d'empoigner l'homme qui avait volé son enfant. Mais une voix nouvelle vint l'interrompre. A la porte, se tenait un jeune homme grand et mince, à l'air inquiet.

– Papa, ne fais pas ça!

Mack se retourna gracieusement et aperçut son fils. Son visage rayonna d'amour.

– Jeffie! s'écria-t-il en lui ouvrant les bras.

Mais le jeune homme ne bougea pas d'un pouce.

Kleber eut envie de gifler ce petit salaud au cœur sec.

T.J. aussi était irrité :

– Paul, je t'avais dit de nous laisser! Tout va bien.

– Je suis désolé de vous avoir désobéi, Élu. Mais je ne pouvais pas le laisser vous menacer.

– D'où sort cette connerie de Paul? demanda Mack.

– Paul est mon nouveau nom, fit le gamin avec fierté. Je l'ai choisi dans la Bible, en l'honneur d'un autre homme qui a changé sa vie.

Mack essaya de se montrer agréable et de garder son calme, mais sa douleur n'échappa pas à Kleber.

– Très bien, mon fils; beaucoup de gens changent de nom, tu sais. Tous les acteurs le font. Allons, Jeffie, viens m'embrasser. J'ai fait tout ce voyage uniquement pour venir te voir.

Le gamin fit un pas de côté, se rapprochant de l'Élu.

– Je ne t'appartiens plus, dit-il froidement. Un homme doit naître deux fois : la première par la chair, et je t'en suis reconnaissant; la seconde par l'esprit de Dieu, et voici mon nouveau père sur la Terre.

– Mais c'est une histoire de fous! s'écria Mack, le visage blême de peur et d'angoisse.

Il saisit son fils et l'emprisonna dans ses bras. Paul essaya de se dégager, mais n'y parvint pas, tant les deux bras qui l'enlaçaient étaient puissants.

– Lâche-le, Mack! ordonna T.J. C'est aussi pour ça qu'il est venu à moi.

– Ta vie n'est que perversion, fit le gamin d'un ton injurieux.

Ton mariage n'est qu'une comédie. Je sais ce que tu as fait à Maman. Si tu ne me lâches pas, l'Élu va te dire tes quatre vérités.

Mack fit alors ce qui, selon Kleber, était la seule chose à faire. D'un bras, il maintint son fils contre lui; de l'autre, il tenta d'empoigner le cou rouge et raide de l'Élu. Mais celui-ci le vit venir et, d'un pas sur le côté, s'esquiva. Mack vint s'écraser contre la cheminée. Sa tête frappa une brique qui dépassait. Quand il parvint à se relever, sonné, du sang souillait son beau visage, jaillissant d'une méchante entaille en plein front. De nouveau il saisit son fils, le coinçant sous son bras et fonça. Raté. Il vint s'abattre contre le mur où il y avait le petit trou, et le démolit. Kleber se mit à hurler pour arrêter le massacre. Mais c'était contre les démons que Mack se battait maintenant. Il tenta un assaut final. Retenant son fils contre lui, il s'avança en boitant vers l'homme qui le lui avait enlevé.

– Espèce de salaud! espèce de minable! fit-il, les dents serrées. Tu n'es qu'un truand!

Cette fois, l'énorme masse en sang réussit à décocher un droit en plein dans la joue de l'Élu, avec une force telle que des petits morceaux de chair volèrent en éclats sous un œil de T.J. Mack recula pour frapper encore une fois, mais il n'eut pas le temps. Calmement, T.J. venait de sortir de la poche de son imperméable un Magnum 44. Le tenant à bout de bras avec précision, il s'accroupit et lança :

– Mack, arrête!

Mack, abasourdi, lâcha son garçon et cria :

– Sauve-toi, mon fils! Cours.

Puis d'un bond, il tenta d'attraper l'arme. Il saisit T.J. au bras et les deux hommes luttèrent corps à corps, cherchant à s'approprier le revolver.

– Tue-le! hurla le gamin.

Mack brandit le poing; le coup partit. Qui avait pressé sur la détente? Cela n'avait aucune importance. La balle fit un énorme trou dans le visage le plus désiré du monde. Du front au menton, ce ne fut plus qu'un cratère béant. Le crâne avait éclaté et la cervelle dégoulinait le long du mur. Des morceaux de la chair de Mack vinrent éclabousser la joue de Kleber. Les bras tendus vers son fils, Mack Crawford, qui n'avait plus de visage, tomba mort.

Kleber ne se rappelait pas grand-chose d'autre, seulement quelques fragments qui le réveillèrent en sursaut comme des lames les nuits suivantes. Jamais il ne réussit à reconstituer une histoire complète, comme celles que façonnent les journalistes. Il se souvenait d'une douleur cuisante, qu'il avait d'abord prise pour un coup au cœur, dû à la peur et à la panique. Et, encore sous le choc, il s'était lâchement précipité dehors. La Mercedes était là, devant lui. Il avait presque atteint la portière de la voiture quand quelqu'un derrière lui, Paul peut-être, avait crié :

– Halte!

Il était à peine parvenu à faire un ou deux pas : ses jambes ne le portaient plus; elles étaient comme prises dans du plomb. Alors il s'était écroulé, trop épuisé pour pleurer, et avait attendu la balle suivante, prêt à mourir. Mais elle n'avait pas été nécessaire. Il était déjà touché. Des éclats du projectile qui avait démoli la tête de Mack avaient troué le cou de l'écrivain. Le sang coulait de sa gorge; il était prêt pour l'obscurité totale.

L'Élu ordonna au gamin de rentrer à pied, lui recommandant de ne pas souffler mot de cette nuit atroce.

– Personne ne saura jamais que tu étais ici. Va jusqu'à notre lieu de retraite, à Big Bend, et n'en bouge pas jusqu'à ce je t'envoie chercher.

Le gamin baissa la tête, trop choqué pour pleurer. Il s'enfonça en courant dans la nuit, sans se retourner. Lorsque la police arriva, T.J. avait ramassé le corps des deux princes, les avait placés côte à côte et se recueillait pour le salut de leur âme.

Il déclara qu'il s'agissait d'un accident. Mack était soûl; il avait fait le malin avec ce Magnum, modèle dont il se servait dans l'un de ses films, l'agitant en tous sens. L'Élu expliqua qu'il s'était inquiété et avait tenté de prendre le pistolet des mains de l'acteur. Soudain, le coup était parti et la balle avait traversé le visage de l'acteur et la gorge de l'écrivain par ricochet. L'explication était risquée, mais T.J. présumait, à tort d'ailleurs, que Kleber était aussi mort que Mack et qu'il ne pourrait plus rien dire.

Dans la voiture qui le ramenait, l'Élu s'appliqua à régler une autre affaire pressante. Comme on ne lui avait pas passé les menottes, par respect pour la personnalité qu'il était, T.J. s'arrangea pour retirer, sans être remarqué, l'excellent maquillage qui masquait ses yeux. Quand, au cours de l'audition, les photographes s'approchèrent pour prendre des clichés, l'Élu posa sur le monde un regard ravagé, des yeux injectés de sang, inondés de douleur et de larmes, marqués à tout jamais par l'acide d'autrefois. C'était réellement miraculeux, ce que sœur Crystal savait réaliser avec son matériel de maquillage. Grâce au ciel, elle avait étudié l'art de la cosmétologie à l'asile de fous. Dès qu'il serait sorti de tout cela, l'Élu saurait trouver un moyen de lui manifester sa reconnaissance.

CHAPITRE 28

M. D. Anderson Hospital
Houston, Texas

Le 18 septembre 1975.

Cher Kleber,
Écoute, sale petit voyou, je suis de ton côté. Je donnerais deux tiers du seul poumon qui me reste pour assister au procès. Hélas, je suis prisonnier d'une infirmière du genre gouine de choc appelée Claude qui administre les lavements avec une joie inégalée.
Fils, je ne sais pas vraiment quoi te dire. Selon la télé, tu es sourd et muet; mais j'en doute. Il doit y avoir quelque chose là-dessous qu'on ne connaît pas. Mais ce que je sais (je pourrais étrangler cette Claude pour avoir une cigarette), c'est que tu es assis sur la meilleure histoire du vingtième siècle. Et si tu ne l'écris pas pour moi, et dans les plus brefs délais, bonhomme, je t'attendrai avec une fourche pointue au bord du Styx.
Raccourcis, petit gars. Raconte juste les faits.

Tendresse, Casey.

P.S. : Tu sais sans doute que Millie est morte. Sa dernière mesquinerie. Elle avait quatre-vingt-quatre ans, et elle était aussi fière de toi que moi.

Le 25 septembre 1975,
Fort Worth.

Cher Casey,
Merci de ta lettre. Désolé, mais pour l'instant, je ne peux te répondre que mentalement. Si le monde recommence à tourner un jour, je pourrai peut-être écrire de vrais mots sur du vrai papier. Casey, avant de continuer cette lettre imaginaire, je voudrais te remercier encore une fois, sale Irlandais. Tout ce que je suis aujourd'hui, je te le dois. Tu es le seul type qui ait jamais pris le temps de m'enseigner à écrire. Ligne par ligne. Premier paragraphe, transition, deuxième paragraphe...
Je voudrais que tu sois là pour écrire l'histoire de ce cirque infernal. Moi, je me sens comme l'un de ces six aveugles touchant un éléphant pour la première fois et qui doit le décrire. De mon point de vue, c'est un merdier de a à z.

C'est à moi qu'elle est arrivée, cette histoire sur laquelle tu aimais gamberger. Or je suis incapable de l'écrire... Pour l'instant. Sans doute pour toujours. Pour des raisons personnelles et profondes, j'ai choisi de me présenter à la cour comme si je n'étais plus maître de mes sens.

Un jour, tu m'as dit que celui qui était capable de communiquer était celui qui avait le pouvoir. Faux, Casey. Le journalisme n'est qu'un bilan des pertes. Ma vie est un amoncellement de cadavres. Ils ont eu Kennedy; ils ont eu Mack, et ils ont tué mes sentiments.

L'Élu *est* le Mal, et je ne suis même pas sûr qu'il le sache. C'est peut-être la métaphore du côté obscur de notre personnalité à tous. Dieu est la dernière célébrité à la mode.

Tu veux savoir le pire? Je ne crois pas que Sledge pourra faire condamner T.J. Son dossier est trop fin. Même si je disais tout ce que je sais, Otto Leo me pulvériserait pendant le contre-interrogatoire. Il réussirait à détruire ma vie, mon œuvre et ceux que j'aime. Je ne veux pas non plus lui permettre de m'utiliser comme une matraque pour détruire la réputation que Mack a laissée. Mack a assez souffert. Qu'il repose en paix et que son image nous reste à travers ses films. C'était un homme bon et il n'y en a pas beaucoup.

Non, je ne dirai pas un mot. Je vais juste observer, écouter et penser. Au bout du compte, je pourrai peut-être aligner trois mots.

Raccourcis! Raccourcis! C'est ce que tu me criais toujours. Tourne la page. Et c'est ça la vie, Casey. Des raccourcis, et à la page suivante.

Ton ami et disciple, K.

En 1975, l'année où Mack Crawford fut abattu et Kleber Cantrell gravement blessé, il existait en Amérique 1 972 quotidiens, 2 819 stations de radio et 711 chaînes de télévision. Le domaine de la communication était un empire qui exerçait sur ses sujets plus de pouvoir que les présidents, les archevêques, les parents et les voisins. Le troisième dimanche de septembre, chaque pourvoyeur d'informations en Amérique et dans la majeure partie du monde civilisé accorda un temps et un espace exceptionnels au procès de Fort Worth qui devait commencer le lendemain. L'émission « 60 minutes » en fit 120 pour l'occasion. NBC offrit trois heures d'antenne. Le *New York Times Magazine* consacra douze pleines pages aux remarques des plus grands écrivains de la littérature policière, publiant leurs spéculations imaginatives et percutantes comme si elles avaient été écrites par Conan Doyle, Agatha Christie et Dashiell Hammett. A Londres, les bookmakers donnaient l'acquittement de l'Élu à cinq contre trois. Las Vegas dit : « Faites vos jeux. »

Les moyens de communication de masse couvrirent l'affaire « État du Texas contre Thomas Jeremiah Luther, alias l'Élu » comme s'il s'agissait des premiers pas de l'Homme sur le sable lunaire. A Beverly Hills, les correspondants se bagarraient pour occuper la première place devant les grilles en fer forgé à commande électronique à l'entrée du domaine de Mack Crawford. Ils interviewèrent des délégations entières de fans en sanglots mais, après, n'eurent plus grand-chose à dire. On aurait cru des agents immobiliers : « Il y a vingt-huit pièces, une piscine olympique, un court de tennis illuminé, six cheminées, un gymnase intérieur où Mack travaillait deux fois par jour, deux hectares de pelouse et des jardins spectaculaires, soignés par trois jardiniers japonais employés à plein temps, une salle de projection avec fauteuils tapissés pouvant accueillir vingt-quatre invités, une salle à manger pour trente-six personnes, une cuisine avec un équipement de restaurant et une cave à vins contenant plus de deux mille six cents bouteilles. Crawford possédait ses propres vignobles et préférait les bourgogne de la région de Mercurey. » Des hélicoptères balayèrent le panorama et, au crépuscule, une voiture Corniche vert sombre sortit, dans la plus grande excitation, du domaine. Les reporters se ruèrent sur la voiture mais n'obtinrent aucun commentaire des occupants, Mme Arianna Crawford, la veuve de la vedette, et sa fille Molly, dix-huit ans. Toutes deux portaient des lunettes sombres, et on apprit plus tard qu'elles se rendaient au cimetière de Forest Lawn pour se recueillir dans la crypte de l'acteur assassiné.

Il y eut profusion d'oraisons et d'éloges. ABC filma Arnie Beckman au siège social de la Macra; l'imprésario passa la majeure partie de la séquence de dix minutes à verser des larmes amères. Il compara son poulain assassiné aux héros classiques de Hollywood : Fairbanks père et fils, Cooper, Gable, Wayne.

– La caméra ne peut pas mentir, vous comprenez. Elle pénètre l'âme. S'il y a fausseté quelque part, cela finit toujours pas paraître, quelle que soit la qualité du maquillage, de l'éclairage ou des costumes. Mais s'il y a bonté – la bonne bonté américaine d'autrefois – alors elle brille avec plus d'éclat que tous les projecteurs du monde. Quel qu'était son rôle, Mack était toujours Mack, vous voyez... Mon dieu, je l'avais supplié de ne pas aller au Texas... Je me sens tellement responsable... J'adorais ce garçon... Le jour où il a été tué, je me suis senti foutu. J'ai perdu mon frère, mon fils, mon meilleur ami, mon acteur préféré... (A ce moment-là, Arnie éclata en sanglots. Puis il se reprit pour ajouter :) Mais c'est peut-être mieux comme ça... C'était le dernier des grands... A voir ce que l'industrie du cinéma est devenue, les saloperies qui sortent sur les écrans... De toute façon, Mack n'aurait jamais accepté de jouer ces conneries...

Arnie annonça ensuite ses projets : un film à grand spectacle et un feuilleton télévisé de douze heures sur la vie de McKenzie

Crawford junior. Il estima un public potentiel à « un milliard de gens dans le monde » et révéla que certains bénéfices de ces projets seraient offerts à la section cinéma de l'université de la Californie du Sud. Arnie tint promesse. Trois ans plus tard, il devait envoyer à cette université un chèque de 10 000 dollars pour la création de « bourses McKenzie Crawford ». Personne ne parla de la mesquinerie de sa « générosité » : *Mack!* (le film) devait rapporter 74 millions de dollars en première exclusivité.

Lureen Hofmeyer, la mère et la parente la plus accessible de l'acteur assassiné, accorda ce dimanche-là une interview à la BBC devant un panneau indiquant HOLLYWOOD. Les vents chauds ébouriffaient ses cheveux fraîchement reteints, alors qu'elle se rappelait plutôt gaiement les grands moments de la vie de son fils, en commençant par sa naissance, « juste là, en bas de l'autoroute de Hollywood, mais à l'époque, quand j'étais actrice, l'autoroute de Hollywood n'existait pas évidemment », et concluant par un éloge émouvant au talent dramatique de son fils.

– Il avait l'habitude de se moquer de moi en disant que c'est moi qui lui avais légué ce goût pour le maquillage.

Lureen rappela aux téléspectateurs la dévotion que le martyr avait portée à Jeffie, Molly, et à la jeunesse en général...

Pour conclure, Lureen profita de l'occasion pour remercier publiquement « les milliers et milliers d'amis et de fans qui ont écrit de si belles lettres ». Elle promit de répondre à chacune, mais pria les futurs correspondants de joindre une enveloppe timbrée. Soigner la mémoire de Mack devint l'unique occupation de Lureen. Pendant des années, elle devait continuer de faire des apparitions régulières à l'anniversaire de sa mort; elle continua de vivre dans sa demeure, repoussant toutes les attaques d'Arianna tentant de l'en extirper. Elle devait mourir tranquillement d'une attaque cardiaque dans le lit de son fils.

Un montage cinématographique retraçant la carrière de Mack fut soigneusement préparé, depuis la publicité pour Ford de ses débuts, en passant par les scènes les plus mémorables des *Chevaliers de New York,* jusqu'à des extraits de ses dix-huit grands films : Mack en Shérif, Mack en Flic, Mack en Fermier, Mack en Détective Privé, Mack en Entraîneur Sportif, Mack en Commissaire de Police Opiniâtre ou en Législateur. En somme, commentait ensuite Charles Champlin du *Los Angeles Times,* Mack ne serait jamais oublié en tant qu'acteur dont la *présence,* sinon le talent, était exceptionnelle. « Certes, il n'avait pas la voix d'un Laurence Olivier ni le mordant d'un Marlon Brando. Sa façon de toucher le public ne jouait que sur deux niveaux : un sourire timide d'adolescent, une moralité sans tache. Là où il excellait, c'était dans sa façon de représenter, avec son physique magnifique, un homme plein de grâce et d'allure, une virilité évidente, un respect dévoué pour nos jeunes filles. Il savait regarder les femmes comme les femmes veulent être regardées. » Même dans la mort, il était par excellence le fantasme de l'homme vu par le cinéma. L'hommage se terminait sur un gros plan des yeux bleus perdus dans quelque mesa d'Arizona, paupières plissées par le brûlant soleil du désert. C'est Orson Welles qui donna la bénédiction finale : « Comme l'a dit Will Rogers : " Être un héros, c'est avant tout savoir à quel moment il faut mourir. Survivre tue le héros. " »

La télévision montra aussi une table ronde avec de célèbres avocats, spécialistes en criminologie, pour analyser le procès. Edward Bennett Williams et F. Lee Bailey discutèrent pour savoir s'il fallait renvoyer l'affaire devant une autre cour. On pensait généralement qu'Otto Leo demandait et obtiendrait que le procès eût lieu ailleurs. Il n'en fit rien.

– Je pense qu'il a commis une erreur, dit Williams. Moi, j'aurais demandé que le procès ait lieu au fin fond du Texas. Dans l'idéal, un petit coin perdu sans télévision locale, sans cinéma, avec un seul journal traitant uniquement de la culture des tomates et de l'orchestre des majorettes.

Lee Bailey hocha la tête.

– Il n'existe pas un seul endroit dans nos cinquante États où l'on pourrait trouver douze hommes et femmes qui n'ont pas la tête farcie de cette affaire. Moi, je le laisserais à Fort Worth. Et je donnerais cinq ans de ma vie pour être là-bas maintenant.

Richard (Racehorse) Haynes, le grand avocat de Houston, était d'accord.

– J'ai appelé Otto hier soir pour lui dire que j'étais prêt à lui céder mes cinquante prochains meurtres s'il me laissait conduire l'interrogatoire. Selon moi, cela va être le plus beau procès de tous les temps, y compris Jeanne d'Arc et Sacco et Vanzetti. En fait, Jésus-Christ face à Ponce Pilate, c'est rien à côté de ça.

Le magazine *People,* se rappelant qu'il était arrivé à Kleber Cantrell d'écrire dans ses colonnes, publia son quatorzième article sur l'événement. PEUT-IL PARLER ? PARLERA-T-IL ? S'y trouvaient des interviews avec des spécialistes des yeux, des oreilles, du nez et de la gorge de Johns Hopkins, de la clinique Mayo et de l'hôpital Harris, à Fort Worth. Pas de réponse nouvelle. Le Dr Samantha Reiker, lasse, déclara :

– Je suis désolée, mais je n'ai pas d'opinion. Il y a une trop grande barrière entre les blessures physiques et mentales.

Selon l'interne de la clinique Mayo, Cantrell était, en langage profane, « frappé de mutisme par la tragédie ».

Calvin Sledge éteignit le poste de télévision où passait « 60 minutes ». Son épouse, Marge, se plaignit :

– On n'a pas encore vu l'Homme des Miracles. Dan Rather aurait réussi à faire une interview exclusive derrière les barreaux de la prison du comté de Tarrant.

– Je ne crois pas que le Révérend Luther fera une confession publique, répondit Sledge en bâillant.

Il s'étira de tout son long sur le canapé de location, dans l'appartement de location. Il avait été obligé de déménager avec sa femme et ses filles dans un endroit secret. Non pas que leur vie fusse en danger (les menaces par lettre et par téléphone les condamnaient à l'enfer, plus qu'à autre chose), mais ils étaient harcelés par la presse et les curieux. Sans réfléchir, Sledge avait permis à une station de télévision locale de le filmer en train de tailler ses rosiers dans le jardin devant sa maison. L'émission avait été diffusée dans le pays tout entier, avec son adresse clairement visible.

Au cours d'une des auditions précédant le procès, Sledge avait été interrompu par un appel hystérique de Marge. Deux hommes avaient suivi les filles qui rentraient de l'école et avaient essayé de les monter dans une voiture. En fait, il s'agissait de cinéastes de documentaires, mais Marge resta sur ses positions, les tenant aussi pour des voleurs d'enfants. Puis leurs voisins commencèrent à se plaindre des curieux la nuit. Des photographes se cachaient dans les arbres. Sledge proposa d'aller s'installer chez la mère de sa femme, à Wichita Falls pour la durée du procès, mais Marge refusa.

Vivre avec un garde devant votre cachette secrète, dormir auprès d'un homme agité dont le nom et le visage de plus en plus fatigué étaient maintenant célèbres, c'était extraordinairement excitant. Marge avait bien l'intention d'être présente au tribunal depuis les trois coups d'ouverture jusqu'au verdict final. L'année précédente, Marge avait bien vu les épouses du Watergate soutenir leur mari. Marge emprunta vingt robes à ses amies; elle espérait que le procès ne durerait pas plus longtemps. Au-delà de vingt jours, il faudrait faire des mélanges. Deux magazines la pressaient d'écrire pour eux « le Journal de la femme du procureur ».

Depuis le tout premier coup de téléphone, celui qui les réveilla en sursaut à 3 h 40 du matin, quatre mois plus tôt, Calvin quittant en vitesse la maison pour passer trois jours et trois nuits sur le lieu du crime, son mari avait changé de façon inquiétante. Cette affaire était comme une peste, une maladie insidieuse qui lui couvrait les épaules de pellicules, teignait sa langue en rouge et son visage en gris, qui court-circuitait sa bonne humeur et son humour, les transformant en impatience et en colère. Voilà un homme qui avait du mal à garder les yeux ouverts, mais qui se versait un autre verre de scotch (il buvait de plus en plus) et continuait de griffonner sur son bloc jaune, inlassablement.

– Allons nous coucher, dit doucement Marge. Je te réveillerai de bonne heure.

– Vas-y, toi. Je te rejoins dans une minute.

– Comment va ton estomac?

– Ça va... Il a cessé de gargouiller.

Sledge mangeait à peine; de temps en temps, il avalait un hamburger. Quelquefois, il avait mal au bras gauche; il craignait une bursite. Mais il n'en parla pas à Marge; elle n'arrêtait pas de râler, de toute façon.

– J'aimerais vraiment que tu portes ton nouveau costume, dit Marge.

Elle lui avait acheté un costume trois pièces, rayé bleu marine à 175 dollars chez Clyde Campbell, le meilleur tailleur pour hommes de la ville. Et qu'avait-elle reçu en retour? Une engueulade pour dépense inconsidérée! Calvin déclara qu'il porterait son vieux costume en gabardine qu'il avait depuis six ans et dans lequel il avait l'habitude d'apparaître le premier jour. Superstition.

– Ça va aller, lui dit-elle.

Elle l'embrassa et sentit l'odeur de whisky et de transpiration.

– Je devine toujours le vainqueur. De plus, le sondage du *National Enquirer* dit que tu obtiendras une condamnation.

– Je suis fatigué, chérie. Et j'ai peur. Bon dieu, qu'est-ce que j'ai peur!

– C'est normal. Le contraire serait étonnant.

– Et si je visais un peu trop haut? Supposons qu'Otto Leo me descende en flamme? Ça pourrait arriver!

– Dis-moi, tu penses toujours que le prédicateur soit coupable?

– Bien sûr! Mais ça ne veut rien dire, pour la justice. Tu ne sais pas à quoi on s'attaque! Ce salaud d'Otto Leo a toute une armée à sa solde.

Dix jours plus tôt, l'avocat de la défense avait obtenu la liste des six cents citoyens du comité de Tarrant susceptibles d'être membres du jury. Chaque juré en puissance fut passé dans l'ordinateur de la Cité des Miracles afin de déterminer s'il était dans le droit chemin. La plupart l'était, mais Sledge ne connaissait pas leur nombre. Ensuite, plus de deux mille supporters et employés de l'Élu se déployèrent pour surveiller et faire des recherches sur la vie de ces jurés. Ils forcèrent le tribunal à vérifier qu'aucun ne possédait de casier judiciaire, qu'aucun n'était aux prises avec la justice comme plaignant ou accusé. Ils firent des « rondes » autour de la maison des jurés, prirent des photos furtives, notèrent si la pelouse était bien soignée ou à l'abandon (auquel cas cette personne n'avait pas le sens des responsabilités et ne respectait sans doute pas les principes de loi et l'ordre). On prenait note des décalcomanies du drapeau américain sur les fenêtres de la façade, des pare-chocs de voitures ornés d'autocollants du genre « Je soutiens la police locale ». Tous ces signes étaient des clés pour connaître la personnalité visée. Et maintenant, Otto Leo connaissait chacun des six cents jurés par son nom, son adresse, sa profession, sa religion, ses études, son obédience politique, son rôle dans la communauté, ses clubs, son dossier médical, et même et y compris ses contraventions et les ragots sur sa vie amoureuse. Le lendemain, la défense allait se présenter à la cour, forte de toutes ces provisions. Sledge devrait s'en remettre à la bonne vieille intuition.

— Et c'est juste ça? demanda Marge.

— Non, ce n'est pas juste. Mais c'est légal.

— Quelqu'un de pauvre ne peut pas se payer des ordinateurs et des espions.

— Il ne s'agit pas de pauvres. Il s'agit de pouvoir et d'argent.

— Eh bien, tout ça, tu devrais le dire aux journalistes.

— J'aurais l'air de quoi, chérie? D'un âne qui brait! Bon, va te coucher maintenant; je te rejoins.

Deux heures plus tard, Marge se hasarda dans la salle de séjour et découvrit son mari endormi sur le sofa. Il était trempé de sueur; son souffle était lourd. Elle s'apprêta à le lever comme un enfant mais Calvin se réveilla en sursaut, paniqué. Il l'attira dans ses bras et la serra fort contre lui. Depuis quatre mois, c'était la première fois qu'elle sentait qu'il avait besoin d'elle. Ils passèrent le reste de la nuit agrippés l'un à l'autre et feignant de dormir.

Si Dieu a un pouvoir spécial pour frapper les gens du zona, alors la divine providence s'est penchée sur le berceau du Texas. Le lundi où devait commencer le procès le plus important de ces dix dernières années, le juge Ferguson Cleveland Stringer se réveilla avec une douleur épouvantable, une barre rouge de boursouflures tout autour de la ceinture. Il fut même dans l'incapacité de s'habiller. Le docteur accourut à son chevet, à Grand Prairie, et lui ordonna de garder le lit pour une durée indéterminée. Cela pouvait durer jusqu'à un mois. Les quatre autres juges auprès de la cour d'assises qui, d'ordinaire, siégeaient à la cour du comté de Tarrant, s'étaient tous, pour une raison ou pour une autre, déclaré incompétents pour le cas Luther. C'était une grande première dans l'histoire du comté, mais de fait, personne n'avait le désir de présider un procès qui ne pouvait que détruire la patience et la réputation de n'importe quel juge. Aucune des deux parties ne souhaitant attendre un mois que le zona de Stringer fût guéri, on décida de faire appel à un comté voisin. Par la plus dingue des coïncidences, un nom fut avancé dans l'heure qui suivit. Au nord de Fort Worth, en train d'acheter un taureau, se trouvait le juge Carlos P. Mustardseed *, un homme de soixante-seize ans et aux trois quarts à la retraite. Originaire du Texas de l'Est, ce vieux juriste était connu pour la dureté de ses sanctions et la rigueur de ses séances. Il avait l'allure d'un vieux cow-boy voûté qui s'est fait désarçonner de trop nombreux mustangs. Les Otto Leo en avaient peur comme de la peste. En revanche, l'arrivée inattendue du juge Mustardseed au banc des magistrats à 11 h 20 ravit Calvin Sledge, mais il fit l'impossible pour ne pas le montrer. Il feignit une légère surprise, mais en réalité, cela équilibrait un peu la situation. Otto Leo avait tiré le maximum de son ordinateur au sujet du juge Fergie Stringer; il avait analysé dans le moindre détail les vingt-quatre années d'exercice du juriste, comment il accordait à la défense un petit coup de pouce avant la sentence, son droit à l'erreur, ses appels au bon sens. Stringer n'était pas un juge enclin aux peines lourdes; Carlos Mustardseed, si. Ça allait faire mal...

« Bonjour! Ici, Fort Worth, Texas. Au micro, Rogers Ackerby. Je me trouve actuellement sur le trottoir en face de la cour d'assises du comté de Tarrant, où a lieu le procès de Thomas Jeremiah Luther ou, comme il préfère lui-même s'appeler, l'Élu. Nous en sommes au quatrième jour de sélection des jurés. » Pendant qu'il parlait, les caméras de NBC montraient une queue de gens qui s'étirait sur deux kilomètres. De jour comme de nuit, deux mille personnes au moins attendaient dans l'espoir d'occuper l'un des soixante sièges dans la salle du petit tribunal. C'était surtout des femmes d'une quarantaine d'années, en veste et pantalon. Même si très peu parvenaient à pénétrer dans la salle, ces gens venaient tous les jours, tenant à la main des magazines de cinéma et des albums, dans l'espoir de figurer sur des photos des

---

* Nom qui signifie « Graine de moutarde »... (*N.d.T.*)

fans de Mack Crawford. Ils se battaient avec le troupeau de l'Élu, qui formait chaque jour un cordon de sécurité sans cesser de chanter des hymnes religieux... « Hier, le juge Carlos Mustardseed s'en est pris aux deux parties pour ce qu'il a appelé " des retards et des sottises inutiles ". Au bout de quatre jours, pas un seul juré n'a encore été désigné. »

Des studios NBC de New York, on envoya une question à Ackerby : quelles étaient les chances de voir Kleber Cantrell témoigner?

– Ce matin, Sledge m'a confié son intention d'amener M. Cantrell devant la cour, debout, dans une chaise roulante, ou allongé sur un brancard.

– Pourquoi faire? Est-il en mesure de parler?

– Aucune nouvelle de ce côté-là.

– Selon une rumeur, M. Cantrell pourrait être autorisé à *écrire* ses réponses.

– Sledge pense que c'est possible. Otto Leo se battra certainement contre une telle procédure. Mais la question demeure : est-il capable d'écrire? Cantrell est sous garde à vue, au secret, dans quelque lieu bien gardé. Son amie, Ceil Shannon, est en liberté sous caution, 50 000 dollars payés deux jours après son arrestation. Elle sera appelée à la barre pour parler des activités de M. Cantrell quand il a quitté l'hôpital. Tout ça n'est pas très clair. A vous les studios.

Pendant presque deux semaines, le juge Mustardseed toléra les joutes oratoires des deux avocats. Puis il piqua sa crise. On avait interrogé plus de cent cinquante personnes et sélectionné seulement deux. Tout le monde était agacé, en particulier les représentants de la presse. Pour les correspondants, il était devenu difficile d'obtenir une petite minute aux informations du soir. Il y avait de la grogne chez les journalistes qui s'interviewaient mutuellement, signe certain de l'absence de nouvelles. Tout le monde voulait que la pièce commence, mais les machinistes en étaient encore à construire le décor.

Voici comment ça marchait : chaque partie avait le droit de refuser quinze jurés. Mais le juge avait un droit de veto illimité. L'astuce consistait à amener Hizzoner * à refuser un juré. Des deux côtés, on exploitait la technique à fond.

Sledge avait le chic pour détecter les ménagères s'ennuyant à la maison et à la recherche d'un vrai mélo pour s'occuper pendant

---

* Déformation familière de « His Honour », formule qu'on emploie en s'adressant au juge. (*N.d.T.*)

plusieurs mois. Il persuada le juge d'en écarter plus d'une quarantaine. Pour lui, il n'était pas question non plus d'accepter des jurés à la recherche de célébrité. Les douze derniers sélectionnés devaient être photographiés, dessinés, soumis aux pressions et au feu de tous les projecteurs. Ils devaient devenir célèbres. L'État voulait des gens capables d'aller contre l'opinion publique et non pas de voter l'acquittement pour jouir de leur célébrité.

Otto Leo fut forcé de sonder un domaine nouveau pour la sélection des jurés : le cinéma. Tous les films que Mack Crawford avait tournés furent cités dès la fin de la première semaine. La défense se devait d'empêcher les fans de Mack de s'asseoir au banc des jurés. Si une vieille fille avait un jour rêvé de se faire sauter par Mack Crawford, ses fantasmes déçus pourraient lui faire décider d'un jugement revanchard contre l'homme qui avait détruit la source de ces fantasmes.

Au matin du dixième jour, le juré potentiel numéro 163 passa sur le gril des questions de Calvin Sledge pendant deux heures. Il sembla enfin être un homme honnête, le citoyen idéal. Puis Otto Leo lui posa, pendant une heure des questions inutiles, inutiles parce qu'il avait déjà, grâce à l'ordinateur, un dossier aussi épais que le pouce sur le type. Ses assistants ne cessaient d'entrer et de sortir furtivement de la salle, avec des bouts de papier. La patience du juge Mustardseed était presque à bout. Otto lut une note; son visage s'illumina. Il demanda au juré :

— Partagez-vous les tâches ménagères avec votre épouse qui travaille à l'extérieur?

— Oui, monsieur.

— Eh bien, supposons que vous veniez à ce tribunal pendant cinq ou six mois, êtes-vous certain que votre épouse acceptera d'avoir l'entière responsabilité de ces charges?

Quelques rires dans la salle.

Tout d'abord, le numéro 163 acquiesça. Puis il réfléchit et fit non de la tête; sur son visage, apparut le spectre de la discorde maritale à propos de vaisselle sale et de couches-culottes. Otto jeta un coup d'œil au magistrat, s'attendant à un nouveau rejet.

Le juge Mustardseed intervint aussitôt :

— Maître Leo, j'aimerais savoir comment vous avez appris que cet homme faisait le ménage de sa femme, et quel est le rapport avec l'affaire qui nous concerne.

— La défense a le droit d'étudier dans les moindres détails la vie des jurés, Votre Honneur, fit Otto avec une certaine condescendance.

— Ah vraiment? fit le juge en quittant son fauteuil.

Il sembla s'intéresser pour la première fois à un gros câble électrique qui se déroulait depuis la table de la défense jusqu'à la porte. Il avait été là depuis le premier jour, et le juge l'avait certainement remarqué. Mais cette fois, il le ramassa et le suivit comme un chien jusque dans le corridor et la salle de conférences attenante, où la défense avait dissimulé un terminal d'ordinateur, petit mais efficace. Chaque fois qu'un éventuel juré passait un interrogatoire, l'ordinateur faisait apparaître tous les renseignements le concernant.

Le juge Mustardseed prit immédiatement une décision fantastique, du moins du point de vue de Calvin Sledge. Il arracha la prise, rapporta le câble dans la salle du tribunal, l'enroula comme un lasso et le lança à l'huissier.

— Revenons à des moyens rudimentaires, dit-il. On pourra peut-être composer un jury.

Otto protesta avec vigueur. Il rappela des précédents, des privilèges mais là encore, le juge lui coupa le sifflet.

— Le jour où moi, je serai remplacé par un ordinateur, vous pourrez placer le vôtre dans l'entrée.

Otto continua de protester, mais le juge réagit en rejetant la liste entière des quatre cent cinquante jurés enregistrés par l'ordinateur et qui devaient encore être interrogés. L'avocat de la défense pestait : les 150 000 dollars que l'Élu avait fait dépenser pour ses filatures venaient de s'envoler en fumée.

Otto eut du mal à contenir sa fureur. Il commit la terrible erreur d'accuser le juge d'incompétence, et demanda au magistrat de se récuser lui-même, offense suprême pour tout juge.

— J'ai une meilleure idée, jeune homme. C'est *vous* que je vais récuser. Pour la nuit.

Et il ordonna à l'huissier de retenir une cellule pour Me Leo à la prison du comté.

Calvin Seldge éclata de rire; là-dessus, lui aussi fut condamné à passer la soirée au trou!

— Vous aurez tout le temps de réfléchir tous les deux à la façon de vous conduire devant une cour de justice.

Tandis que les journalistes se précipitaient au téléphone pour communiquer les dernières nouvelles de la soirée, le juge Mustardseed donna ordre aux huissiers d'aller se promener dans les rues de Fort Worth et de choisir au hasard une centaine de jurés possibles.

— Et n'allez pas me ramener certains de ces cinglés, gronda le juge, rappelant à ses troupes, s'il en était besoin, que le tribunal était assiégé par des bonnes sœurs en robe blanche de la Cité des Miracles.

L'automne avançait, et les plaines du Centre et du Nord du Texas brunissaient. Les hommes de loi avaient troqué leur costume léger de septembre pour des laines plus chaudes. A la fin de la septième semaine, le neuvième juré, un apprenti croque-mort qui avait quitté l'école en septième, fut accepté. Le lendemain, ce fut un facteur. Puis un retraité, ancien professeur de travaux manuels. La veille de la Toussaint, un chauffeur de poids lourds qui déclara que le dernier film qu'il avait vu était *The Sound of Music* passa l'épreuve.

– Et maintenant, quelques nouvelles, annonça le juge aux jurés. Tout d'abord, les bonnes. Félicitations, et je vous offre à tous à dîner ce soir chez Cattleman's. Puis les mauvaises nouvelles : juste après, je vais vous mettre au secret. Vous allez avoir à accomplir un des devoirs les plus importants et les plus honorables d'un citoyen. Vous allez aussi en entendre de toutes les couleurs, des vertes et des pas mûres. Je suis persuadé que vous saurez reconnaître le bon grain de l'ivraie. Dormez bien et soyez prêts à commencer demain matin à 9 heures.

Les deux parties étaient plutôt pessimistes sur la personnalité des jurés, mais c'est toujours comme ça avec les avocats.

Avant l'audition des témoins, Otto attaqua Calvin Sledge. La défense présenta *in limine* une motion demandant au juge d'interdire toute question et tout témoin se référant au passé criminel de T.J. Luther. Sledge protesta avec vigueur. A n'en pas douter, les jurés avaient le droit de savoir que la vie de l'accusé n'était pas immaculée. Leo refusa l'objection en faisant remarquer que depuis plus de dix ans, l'accusé n'avait commis aucun crime, aucune mauvaise action, aucune atteinte à la moralité (qui du moins justifiât son arrestation).

– Pour nous, cela prouve « une présomption de bonne conduite », dit Leo.

Le juge Mustardseed regarda l'Élu en hochant la tête en signe de doute. Interprétant ce geste du magistrat comme un soutien, Sledge argumenta avec conviction que les nombreux accrochages de M. Luther avec la loi, depuis sa première arrestation pour escroquerie, étaient la preuve d'une structure psychologique criminelle constante.

– L'accusation a peut-être raison, concéda le juge, mais si un type se conduit *apparemment* de façon correcte pendant aussi longtemps que cet homme, on peut penser qu'il est revenu sur le bon chemin.

Motion accordée; le Droit Chemin gagnait le premier round.

Thomas Jeremiah Luther serait donc jugé par des jurés ne sachant rien de sa vie tumultueuse et dangereuse. Son casier judiciaire de neuf pages, commençant en 1953, ne serait jamais porté à leur connaissance; T.J. était aussi blanc qu'une feuille vierge.

Par réglementation et par tradition, c'est l'accusation qui, dans les procès criminels, prend en premier la parole, et a également droit à la déclaration finale. C'est donc à ce titre que Calvin Sledge se leva pour présenter son dossier. Même si Sandy Double était resté à ses côtés pendant la sélection des jurés et s'il allait l'aider dans les interrogatoires, Calvin avait choisi de faire cavalier seul pour la présentation. C'était un homme portant un vieux costume froissé, contre huit avocats aux ordres de Otto Leo, tous tirés à quatre épingles. C'était un petit bloc-sténo jaune dans les mains du procureur, contre quatre armoires bourrées de renseignements qu'Otto Leo avait fait porter dans la petite salle bondée. Sledge pensait que sa mise conviendrait au décor du tribunal, qui ressemblait à celui d'un décor de film sur la signature de la Déclaration d'Indépendance, avec ses murs lambrissés et ses chandeliers de cuivre de l'époque coloniale, de chaque côté de la barre.

D'une voix délibérément plate, où ne transparaissait aucune émotion, Sledge procéda à la lecture de l'accusation. Il informa le jury que, selon l'État du Texas, un meurtre avait été commis par Thomas Jeremiah Luther, âgé de quarante-deux ans, et qu'il allait le prouver.

– On a beaucoup, sans doute trop, écrit sur ce sujet. Pourtant, l'histoire en est fort simple : trois hommes, qui étaient des copains d'enfance dans cette ville même, trois hommes qui ont atteint une renommée nationale, se retrouvent, par une belle nuit de printemps, dans une ferme abandonnée. Ils font une petite fête. Au cours de cette fête, Thomas Jeremiah Luther, qui se dit homme de Dieu, décide de *jouer* le rôle de Dieu. Il tue l'un de ses amis et blesse l'autre très gravement. Voilà l'histoire, mesdames et messieurs. Une tragédie américaine.

L'accusateur se tut brusquement, comme s'il avait encore quelque chose d'important à dire. Puis il hocha tristement la tête et se rassit. En tout, six minutes.

Otto Leo prit dix fois plus de temps et fit une leçon d'instruction civique. La loi en vigueur au Texas *exige*, répétait-il inlassablement, que chaque juré présuppose que « le pasteur accusé » est innocent à priori. Avec quelle adresse il se garda d'appeler son client « l'accusé », faute que font trop souvent les avocats! Il s'appliqua à rendre le prévenu humain, à doter T.J. du respect dû à un archevêque.

– Mon client est un serviteur du Seigneur, un des chefs religieux les plus remarquables au monde. L'État du Texas se trouve devant une tâche extrêmement difficile. Il doit prouver, et j'insiste sur le mot *prouver,* que cet homme est coupable de façon avérée. Je voudrais répéter cela. Je le répéterais cent fois si le juge m'en donnait l'autorisation. L'État *doit,* je répète *doit,* prouver, je répète *prouver,* la culpabilité de façon avérée. Prenez bien note : *de façon avérée.* Nous ne sommes pas au cinéma, mesdames et messieurs. Nous ne sommes pas à Hollywood, même si les personnages et la mise en scène vous font penser à « Au théâtre ce soir ». Ce n'est pas « Les Dossiers de l'écran »; donc, n'espérez pas de révélations fracassantes. Je suis désolé que mon client, cet homme de qualité, si respectueux de la vie, soit forcé d'être au banc des accusés pour répondre aux calomnies et au scénario dont on l'accuse. A la fin de cette rude épreuve, si vous, braves gens, avez le mondre soupçon quant à ce cas absurde, il vous faudra vous prononcer sans hésiter en faveur de l'acquittement de l'Élu, pour qu'il puisse s'en retourner à ses œuvres généreuses dans la maison de Dieu.

Sledge se leva :

– Objection, Votre Honneur! Est-il nécessaire que la défense souffle dès à présent les trompettes des anges?

Le juge Mustardseed commenta sèchement :

– Maître Leo, vous aurez tout le temps, je crois, pour nous apporter toutes les preuves nécessaires quant à la réputation du prévenu. Pour l'instant, poursuivez.

Otto devait à présent réduire l'impact des photos du meurtre avant qu'elles ne fussent présentées.

– Nous ne refusons pas d'admettre le fait qu'il y ait eu mort d'homme. Mais l'accusation ne manquera pas de s'appesantir sur ce sujet. On va vous forcer à regarder, mesdames et messieurs les jurés, des photos horribles, épouvantables, terrifiantes...

Il leur fit une description si monstrueuse que Calvin Sledge apparut còmme un sadique de vouloir simplement les présenter à la cour. De plus, Otto devait démonter d'avance les accusations selon lesquelles T.J. était en possession illégale d'une arme à feu, « le soir de cette triste mort ». Ni meurtre ni tuerie, notez bien; seulement « mort ». Le sous-entendu était clair : bien sûr que le port d'arme est interdit, mais vous et moi, nous en avons une puisque c'est la loi de la jungle. Arrêtez une centaine de voitures sur l'autoroute Dallas-Fort Worth, et la moitié auront une arme dans la boîte à gants...

– Certes, il n'est pas question pour nous de nier que ce soir-là, on a tiré, mesdames et messieurs, conclut Leo à mi-voix, comme partageant un secret avec les jurés. Mais ce qui est plus intéressant, c'est de savoir *pourquoi*. Quand vous connaîtrez les motifs, j'ai toutes les raisons de croire que vous mettrez fin à ce procès et rendrez mon client à sa vie et à son œuvre.

Il était plus de 5 heures du soir et le juge Mustardseed, somnolent depuis le déjeuner, avait du mal à garder les yeux ouverts. Il mit fin à la séance. Les témoignages commenceraient le lendemain matin. Tout à coup, T.J. Luther bondit de son fauteuil et s'écria théâtralement : « Amen! » Il le répéta en frappant son poing sur la barre. Des papiers s'envolèrent dans tous les sens. Puis il se rassit : que quelqu'un ose le remettre à sa place! Personne n'osa. Sa bénédiction enthousiaste constitua le bouquet final de la séance. Une fois dehors, Sandy Double dit à Calvin :

– Tu aurais dû objecter à cet « Amen ».

– J'y ai pensé. Puis j'me suis dit que ça ne ferait pas bien de demander au juge d'interdire à un type inculpé de meurtre de dire « Amen ».

– Méfie-toi de ce type.

– Je n'arrête pas depuis le 9 mai.

Le lendemain matin, l'Élu apparut à la cour muni d'une Bible, et au cas où ce ne serait pas suffisant, il arborait sur le revers de son veston une grande croix resplendissante en or. Il s'installa comme un gosse à l'église, coincé au milieu de fidèles adultes. Il ne bougea pas, ni ne griffonna, ni ne somnola; il ne fit rien que brandir ses doigts comme des flèches d'église. Et de lire la Bible pendant les témoignages clés, ce qui divertissait l'attention des jurés.

Selon l'habitude, Sledge commença par le côté sanguinaire de l'affaire. Il garda le médecin légiste à la barre pendant trois jours entiers alors que deux heures eussent suffi. Mais ce ne fut pas du temps de perdu. Le médecin décrivit avec force détails la façon dont la balle du Magnum 44 avait transpercé la bouche de Mack Crawford à une vitesse de 225 km/h écrabouillant veines, tissus, os et cartilage. La victime avait perdu tout son sang dans une souffrance épouvantable. Sledge eut ce qu'il voulait : la description d'une tuerie. Il demanda au médecin légiste de faire passer un dossier contenant vingt-six photos couleurs du cadavre. Otto ne souleva pas d'objection mais leva les yeux au ciel à l'intention du jury, comme pour dire : Je vous avais bien prévenu!

Sledge fit :

– Je suis désolé d'avoir à vous soumettre ces photos épouvantables. L'assassinat, ce n'est pas très joli.

– Objection, Votre Honneur! interrompit l'avocat de la défense.

L'assassinat n'a pas encore été prouvé. Rien n'est moins sûr.
Le juge ne prit pas parti.

– Je demande à l'accusation de se borner à montrer les photos.
Mesdames et messieurs, ni réaction ni remarque, s'il vous plaît.
Regardez ces pièces, puis passez-les à votre voisin.

La femme la plus âgée parmi les jurés, une femme bien en chair
d'une soixantaine d'années, propriétaire d'une buvette, jeta un seul
coup d'œil et porta aussitôt un mouchoir en dentelle tirebou-
chonné à sa bouche pour contenir, à grand-peine, un haut-le-cœur.
L'homme assis à côté d'elle, un courtier en assurances qui avait
faire rire l'auditoire lors de son interrogatoire en déclarant que son
score au golf ne pourrait pas s'améliorer s'il ne s'entraînait pas
pendant six semaines, trembla. Les photos produisirent un effet
d'épouvante collective. A un tel point que Sledge en vint à désirer
que le procès s'arrêtât là. Ces douze braves gens enverraient
sûrement T.J. Luther à la potence, rien que pour éviter de
regarder plus longtemps cet album macabre. Le choc, ici, venait
du fait que ce cadavre presque décapité, maculé de sang sur la
poitrine, cette vision d'enfer, était celle de l'homme le plus
photographié du monde. Plus qu'un assassinat, c'était un crime de
lèse-célébrité. C'était l'horreur comparée aux fantasmes que pro-
voque la notoriété. Sledge savait qu'une agence de presse italienne
avait proposé d'acheter une de ces photos (le corps vu en entier, de
face) pour 30 000 dollars comptant. C'était une des raisons pour
lesquelles il transportait tous les négatifs dans son attaché-case
depuis le début de l'affaire; il avait peur que quelqu'un, parmi son
personnel, ne succombât à l'énorme tentation.

Au début, Otto Leo sembla peu intéressé par le témoignage du
médecin légiste. C'était une tactique, car le Dr Franco Cervone
était connu pour sa façon d'envoyer balader les avocats de la
défense dont il n'aimait pas l'attitude. C'était un Italien versatile,
avec cet égocentrisme typique des gens qui travaillent dans la
pathologie.

– Docteur Cervone, j'ai presque oublié de vous le demander,
avez-vous par hasard découvert dans vos tests de laboratoire des
traces de sang qui n'appartenaient pas au défunt?

– Oui.

– Ah, vraiment? fit Leo sur un ton qui laissait supposer que l'on
cachait quelque chose d'important. Et où, s'il vous plaît?

– Sur les doigts du défunt. La main droite. Et peut-être une
toute petite tache à la saignée du poignet de cette même main.

– De quel groupe sanguin s'agissait-il?

– Groupe B.

– Je vois. Et quel était le groupe sanguin de M. Crawford?

– O positif.

– Alors, que faut-il comprendre?

– Cela signifie qu'il y avait un peu de sang d'une autre personne sur sa main.

– Très intéressant. Et y avait-il sur le corps du défunt des particules de chair qui appartenaient à quelqu'un d'autre?

– Oui. Sous les ongles de la victime, il y avait un minuscule spécimen de tissu.

– Alors, essayons d'y voir clair. Sur le corps de ce mort, vous avez découvert du sang et des particules de chair appartenant à quelqu'un d'autre. C'est bien cela?

– Plus ou moins.

– Je voudrais savoir, docteur, quelle est votre opinion?

– Objection, fit Calvin Sledge. La question tend à influencer la réponse.

Le juge leva la main; il semblait être d'accord.

– Cela pourrait-il signifier que Mack Crawford s'est battu avec quelqu'un ce soir-là, docteur?

– Même objection, Votre Honneur, protesta Sledge.

Cette fois, le juge accepta l'objection. Mais il murmura, assez fort pour être entendu par ceux qui se trouvaient auprès de lui : « On dirait qu'il avait buté quelqu'un. »

Nous y voilà, se dit Sledge. Leo va s'attaquer à l'image officielle de Mack Crawford. Avant peu, le jury va béatifier l'Élu pour avoir débarrassé la société d'un personnage dangereux. Il griffonna quelques mots sur un bout de papier et le passa à Sandy Double. « Voir si on peut tirer quelque chose de Cantrell. Nous avons *besoin* de lui. » L'assistant hocha la tête et sortit discrètement de la salle à la première suspension. Il ne pensait pas avoir plus de succès que son supérieur à faire parler cette pauvre bouche.

Otto paradait, maintenant, comme s'il était enfin parvenu à débrouiller les fils d'un grand mystère.

– Docteur Cervone, ne perdons pas de temps. Pouvez-vous répondre à cette question pour les jurés : d'après les résultats des examens du sang du défunt, peut-on dire qu'il était soûl?

Sledge objecta et le juge demanda à Otto de poser sa question différemment.

– Avait-il ingéré de l'alcool la nuit de sa mort?

– Oui.

– Était-il ivre?

– Objection? Question tendancieuse.

– Passons, Votre Honneur. Oublions l'alcool pour l'instant. Docteur Cervone, avez-vous procédé aux examens *post mortem* habituels concernant les narcotiques?

– Bien sûr.

– Ces tests ont-ils révélé que le défunt avait fumé de la marijuana?

Otto prononça ce mot avec un accent espagnol évoquant une corruption de la ville frontalière.

– Non.

– Haschich?

– Nous n'en avons pas décelé.

– Héroïne?

– Non.

– Mescaline?

– Non.

– LSD?

– Non.

– Amphétamines?

– Non.

– Barbituriques?

– Non.

– Cocaïne...?

– Oui. Il y avait des traces irréfutables d'ingestion de cocaïne.

– Pourriez-vous affirmer que le défunt absorbait régulièrement de la cocaïne?

Sledge dut faire objection : le médecin légiste n'était pas qualifié en tant qu'expert des narcotiques. L'ennui est que tout le monde eut l'impression qu'il tentait de cacher quelque chose aux jurés.

– Objection accordée, dit le juge qui semblait cependant fasciné par cette descente dans la Babylone hollywoodienne.

– Dites-moi, docteur, est-il vrai que les consommateurs de cocaïne sont souvent agressifs? Querelleurs? Prêts à se battre? Violents?

Sledge objecta quatre fois et quatre fois, l'objection lui fut accordée. Mais Otto Leo regagna son siège avec une victoire substantielle. Il avait réussi à semer le doute chez les jurés : la star était un camé. Ensuite, Sledge demanda au médecin légiste si « les fosses nasales de M. Crawford étaient enflammées », puisque traditionnellement, c'est par là que l'on absorbe la cocaïne.

– Je ne sais pas, répondit le Dr Cervone.

– Pourquoi pas?

– Parce qu'il n'avait pratiquement plus de nez.

La séance du jour se termina sur cette vision épouvantable.

Sandy Double passa deux heures penché au-dessus du lit de Kleber Cantrell. Il lui raconta des histoires drôles, lui dit combien il avait aimé son livre sur le Vietnam, le prévint qu'Otto Leo avait déjà commencé à s'attaquer à la réputation de Mack Crawford. Et que bientôt ce serait son tour.

– Une ou deux fois, j'ai cru qu'il allait dire quelque chose, rapporta Sandy à son patron. Il y avait comme de la colère dans son regard. Puis il est retombé dans son silence de zombie.

L'accusation appela ensuite à la barre une femme au doux visage qui travaillait à la recette des impôts du comté de Tarrant. Elle s'appelait Ommalee Plenty et c'était grâce à elle que Calvin Sledge espérait faire condamner T.J. Luther. Elle identifia un parchemin jauni, l'acte de vente de la propriété sur laquelle le corps de McKenzie Crawford avait été découvert. Il s'agissait de 4,13 hectares appartenant autrefois à deux frères disparus, Brigham et Peavine Luther.

– Appartenant autrefois? demanda Sledge.

– C'est exact. En août 1971, cette propriété a été confisquée par le comté de Tarrant pour arriérés d'impôts. Il s'agissait d'une somme de... voyons... un total de 2 221,15 dollars, intérêts compris.

– Le soir du 9 mai 1975, qui en était le propriétaire?

– Le comté de Tarrant, Texas.

– Elle n'appartenait donc pas au prévenu, Thomas Jeremiah Luther?

– Non, monsieur. Cela appartenait aux gens de ce comté.

– Y avait-il une pancarte indiquant ce fait?

– Je l'ignore. Je crois qu'il est coutumier d'en mettre une. Mais quelques vandales les arrachent, ou le vent. Vous savez dans quelle époque nous vivons.

Otto Leo laissa passer Ommalee Plenty sans lui faire subir de contre-interrogatoire, comme si son témoignage n'avait pas d'importance. En réalité, il était inquiet. Calvin Sledge avait réussi à établir que son client était coupable de violation de territoire public. Cela valait une amende de 200 dollars avec le pire des juges, mais lié à un meurtre, cela pouvait entraîner la peine de mort.

Ensuite, ce fut un défilé de fins limiers venus du laboratoire d'analyses criminelles de Fort Worth. Pendant plusieurs jours, ils vinrent divertir et ennuyer les jurés : diagrammes, dimensions, mesures, croquis à la craie autour du corps, empreintes de pas

dans l'herbe, morceaux de plomb tombés de la vieille toiture. Tout
cela, plus important par sa longueur que par son contenu. Lors de
son contre-interrogatoire, Otto Leo ne remit en question aucune de
ces données. En revanche, il demanda pourquoi cinquante-trois
détectives avaient passé presque trois semaines sur place, gaspil-
lant, petit calcul sur son bloc-notes, « plus de neuf mille heures de
travail ». Était-ce là une procédure habituelle?

– Non, maître, répondit un détective du nom de Weiller.

– Quelqu'un a-t-il donné l'ordre de dépenser cette extraordinaire quantité de temps et d'argent?

– Oui, maître; notre chef, et le procureur.

– Celui-ci vous a-t-il personnellement demandé quelque chose?

Le détective eut un rire nerveux.

– Oui. Il a dit que, si nécessaire, nous resterions jusqu'à
Noël.

– Ah bon? Et sous quel prétexte fallait-il rester là jusqu'à
Noël?

– Parce qu'il ne tolérerait pas que cette affaire merde.

– Eh bien, je le comprends, dit Otto en réprimant un rire comme
tout le monde. Mais devons-nous conclure que, par le passé,
certaines enquêtes du laboratoire criminel ont, pour utiliser
l'expression plutôt colorée et directe que vous avez employée,
« merdé »?

Sledge n'eut pas besoin d'objecter. Le juge abattit sa main sur la
table en signe d'avertissement, mais d'une certaine façon, on
pouvait croire qu'il applaudissait.

L'aspect d'un témoin et son comportement à la barre sont
parfois plus éloquents que ce qu'il dit. Ce fut le triste cas d'Arthur
Capo, dix-neuf ans, avec son air d'animal souterrain. Il clignotait
sans cesse des yeux, comme gêné par la lumière du jour, et passait
continuellement sa langue sur ses lèvres, desséchées par l'angoisse.

– Quel a été votre rôle, la nuit du 9 mai 1975? lui demanda
Calvin Sledge.

– Conducteur d'ambulance, répondit Arthur.

Arthur raconta qu'il avait été appelé à la ferme où deux
hommes « gisaient », gaspilla cinq bonnes minutes à raconter ses
difficultés pour trouver la maison, et les jurés se demandèrent,
comme le fit la presse, si le délai qu'avait mis Arthur à arriver
n'était dû qu'à la négligence. Il affirma que, selon lui, il n'y avait
aucun doute que Mack Crawford était décédé, et qu'il « semblait »
qu'il en était de même pour Kleber Cantrell.

– Il était allongé par terre, juste à côté de l'autre type, et il y avait du sang partout, sur son cou et sur sa poitrine. Il écumait. Je n'ai pas réussi à trouver son pouls.

– Mais en fait, il n'était pas mort, n'est-ce pas?

– Non, monsieur. Il avait encore quelques restes de vie. Quand je l'ai mis dans l'ambulance, il a laissé échapper une espèce de gémissement. Ou de soupir.

– A-t-il dit quelque chose?

– Ses lèvres bougeaient, mais je ne suis pas arrivé à comprendre ce qu'il disait.

– Lui avez-vous posé des questions?

Otto Leo était déjà prêt à objecter. Le juge Mustardseed leva son bras en signe d'avertissement. Lui non plus n'allait pas permettre un témoignage par ouï-dire.

– Oui. Je lui ai demandé : « Qui vous a fait ça? »

– Et M. Cantrell vous a-t-il répondu?

– Objection!

Otto était au bord de l'indignation.

– Je crois que je vais la refuser, dit le juge, surprenant cette fois les deux parties. J'aimerais bien entendre la réponse à cette question.

– Eh bien, Votre Honneur, il ne m'a pas vraiment répondu; pas à haute voix.

Sledge avait envie d'étrangler ce petit salaud. Ce n'était pas la réponse dont ils étaient convenus la veille.

– Je vais vous poser la question autrement : M. Cantrell a-t-il réagi d'une quelconque manière?

– Réagi?

– Monsieur Capo, dois-je définir pour vous le mot « réagir »?

– J'avais mal entendu.

Otto bondit, ravi.

– Votre Honneur, M. Sledge est en train de harceler son propre témoin.

– Apparemment, oui. Monsieur le procureur, cette *réaction* répond-elle suffisamment à votre question?

– Votre Honneur, selon moi cela est essentiel à l'identification du prévenu. Ce sont comme des mots prononcés sur un lit de mort.

– Ne dramatisons pas. Mais poursuivez. Et sans souffler les réponses à votre témoin.

– Monsieur Capo, quand vous avez demandé à M. Cantrell « Qui vous a fait cela? », a-t-il fait quoi que ce soit?

Arthur Capo agita nerveusement la tête, comme un acteur de théâtre amateur se rappelant enfin son texte.

– Oui, oui. Il a essayé de se relever. (Capo mima la scène du cadavre se levant de sa tombe.) Je lui ai dit de rester allongé. Mais il a montré du doigt le prédicateur, là-bas, le type qui est en costume bleu brillant, et il était dans tous ses états; presque convulsé. J'avais l'impression qu'il essayait de prononcer le mot « lui ». Il le montrait du doigt et il essayait de dire « lui ». Puis il s'est évanoui.

Sledge n'apprécia pas le doigt accusateur, mais ce type avait fait de son mieux. Plus de questions.

S'il est permis de s'interroger sur les raisons qui justifiaient les appointements exorbitants d'Otto Leo, il allait en faire preuve, en démolissant Arthur Capo en deux temps trois mouvements.

— Quand avez-vous quitté l'école, monsieur Capo?

— Après mon certificat d'études.

— Je vois. Et qu'avez-vous fait avant de devenir chauffeur d'ambulance?

— Je bricolais des bagnoles.

Otto présenta au témoin un paquet de photos couleurs en lui demandant de ne pas les regarder pour l'instant.

— Auriez-vous l'obligeance de prononcer le mot « lui » pour moi?

Obéissant, Arthur Capo fit « lui ».

— Merci. Maintenant, voulez-vous le redire, et quand vous prononcerez le « i », gardez votre bouche dans la même position.

— Luiiiiiii.

— Maintenant, vous pouvez regarder ces photos. Dites-moi ce que font ces gens.

Arthur étudia les chichés.

— On dirait qu'ils souffrent. Qu'ils souffrent même beaucoup, j' dirais.

— Ça vous intéressera peut-être de savoir que ces photos sont celles de quinze personnes prises au hasard parmi les gens qui font la queue à l'extérieur du tribunal. J'ai demandé à chacune d'entre elles de prononcer le mot « lui », et voilà ce que ça donne. Êtes-vous d'accord si je dis que, quand quelqu'un prononce le « i » du mot « lui », cela ressemble à une grimace? A une douleur?

— Ouais. C'est possible.

— Dernière question, monsieur Capo. Quand quelqu'un est gravement blessé, choqué, n'est-il pas vrai que ses membres peuvent faire des mouvements involontaires? Comme par réflexe?

— Je comprends pas.

— Je veux dire, cette personne peut-elle soudain tendre son bras, comme quand un docteur frappe le genou avec un marteau.

— Oui, bien sûr.

– Le mouvement du bras de M. Cantrell aurait-il pu être un réflexe, alors?

– Ouais. Sans doute.

Depuis le début des témoignages, un carton format boîte à chapeau était posé de façon évidente sur la table du procureur, bien au centre. Sledge faisait des efforts manifestes pour ne pas y toucher. Quand il arrivait à Leo de faire de grands effets de manches, lors de ses contre-interrogatoires, Sledge regardait cette boîte comme si elle renfermait toute la vérité. Naturellement, elle était l'objet de la curiosité de tous. Le moment était venu de couper les rubans...

Alors que le chef du laboratoire criminel était à la barre des témoins, Sledge découpa le couvercle de la boîte avec un couteau de l'armée suisse (s'assurant que tous les jurés pouvaient voir cette lame bien virile car, au Texas, un vrai homme porte toujours un couteau de poche sur lui), puis il glissa ses deux mains à l'intérieur avec autant de précautions que si un nid de scorpions en gardait le contenu. Il en sortit un horrible pistolet massif, provoquant un silence contemplatif. Sledge regarda longuement l'arme qu'il tenait dans ses mains et l'apporta cérémonieusement aux jurés. Elle fut identifiée. Le Magnum 44 était la pièce à conviction « H », comme dans « Horrible ». Il n'y a rien de romantique dans un Magnum 44, et Sledge était reconnaissant à l'Élu de ne pas avoir employé une arme plus modeste ou plus discrète. Un Magnum 44 n'est pas fait pour blesser ou effleurer. Son but est de détruire et d'abattre. Sledge remarqua avec plaisir le regard des jurés aller de l'horrible objet au prédicateur, qui arborait toujours sur le revers de son veston une croix d'or.

Torrey Dale, le chef du laboratoire criminel, était un homme sec et terne. Il ressemblait aux prédicateurs à l'époque où ils n'avaient pas encore découvert la laque à cheveux et les costumes télégéniques. Quand il parlait, des pellicules lui tombaient sur les épaules; un de ses verres de lunettes tenait à sa monture avec un morceau de scotch. Mais très vite, il devint le témoin le plus intéressant pour l'accusation.

Il tenait l'arme avec respect, expliquant qu'elle avait été « trafiquée », pour la rendre encore plus mortelle. La puissance d'un Magnum 44 projette une balle dans sa victime avec une violence telle que le point de sortie est plus grand, bien plus grand, que le point d'impact.

– Pouvez-vous nous expliquer pourquoi? demanda Sledge.

– Parce que la balle entraîne avec elle des fragments d'os et des particules de tissus au moment où elle traverse le corps. C'est comme une fraiseuse. (Dale extirpa un échantillon de la poche de sa veste.) Voici une balle de 3,80 cm, avec une partie centrale en plomb de 1,90 cm. La pointe en est creuse, comme vous le voyez, et le bord est dentelé. Elle est ainsi conçue pour que, en touchant sa cible, la balle se dilate. Elle s'évase. Elle s'élargit. En général, elle explose en de multiples particules. Le but est d'être assuré d'une destruction totale.

– Pouvez-vous nous donner plus de détails sur ce point? Pouvez-vous nous dire précisément quelle est la puissance de cette arme et de cette balle?

Torrey Dale hocha la tête avec simplicité. Il prit un sac de toile contenant différents objets. Il montra un livre épais à l'assistance.

– Voici le catalogue de chez Sears & Rocbuck. Environ onze cents pages. (Au milieu, il y avait un grand trou, assez large pour y passer quatre doigts.) En me servant de cette arme, j'ai visé ce catalogue à un peu plus de six mètres de distance. Oh, j'ai oublié de vous montrer ça. (Il brandit une plaque d'acier d'environ 30 centimètres de côté, et une soixantaine de millimètres d'épaisseur.) Cette plaque d'acier avait été placée *devant* le catalogue. La balle a transpercé la plaque, comme vous pouvez le voir, puis, comme vous pouvez le voir aussi, a troué le catalogue.

Le chef du laboratoire criminel compléta son témoignage en produisant devant les jurés un morceau de contre-plaqué de 60 cm de côté sur 1,90 cm d'épaisseur, sur lequel il avait aussi exercé le Magnum. Du côté du point d'impact, il y avait un trou aux larges dimensions, mais le dos de la plaque, là où la balle était sortie, était brisé, fendu, déchiqueté; en un mot : détruit.

– Et c'est ce type de balle qui a transpercé le crâne de Mack Crawford? demanda Sledge.

– Exactement.

Sledge fit exposer au spécialiste l'étude balistique, établissant la relation entre l'arme et les fragments de balle retrouvés, mettant en évidence le fait indiscutable que le Magnum portait les empreintes digitales de T.J. Luther.

– Y avait-il d'*autres* empreintes?

– Aucune que nous ayons pu déceler.

Alors, le procureur prit une décision rapide. Il décida de saper toutes les tentatives de la défense pour plaider l' « accident ». Certes, il aurait pu attendre le moment de la réfutation, mais il se doutait que Leo allait faire venir une légion d'experts en armes dans le but de prouver (ou du moins de suggérer) que ce sacré engin s'était déclenché tout seul.

— Monsieur Dale, existe-t-il ce qu'on appelle le déclic de détente?

Torrey Dale sourit, comme un homme averti des grossières tactiques de la défense.

— Oui, monsieur.

— Voulez-vous nous expliquer ce que cela signifie, en langage profane?

— C'est une détente qui part au moindre contact.

Sledge prit le Magnum de la barre du témoin. Il l'observa d'un air narquois, jouant finement de ses doigts sur la détente.

— Cette arme en est-elle munie?

— Non, monsieur. Pas selon ma définition.

Et Dale expliqua qu'il fallait que le doigt appuie avec une certaine force pour déclencher la détente. Au cours de ses expériences en laboratoire, il avait attaché un fil de fer à la détente, y suspendant des morceaux de métal comme des plombs de pêche.

— Si l'arme se déclenche avec moins de 450 g suspendus, alors nous considérons qu'il s'agit d'un déclic de détente.

— Quelle quantité de poids avez-vous dû suspendre pour déclencher cette arme?

— Plus d'un kilo.

— Elle n'est donc pas munie d'un tel déclic?

— Absolument pas. En revanche, il semble que le chien qui vient frapper le percuteur ait été limé pour que la balle parte plus vite. De plus, l'arme était en très bon état. Son propriétaire savait l'entretenir.

Plus tard, pendant le contre-interrogatoire, Otto réussit à faire dire à Dale que souvent, les fanatiques d'armes à feu limaient le chien du percuteur. Mais cela ne fit pas grand effet.

— Une dernière question, monsieur Dale, dit Sledge. Cette arme aurait-elle pu partir accidentellement; « partir seule », comme on dit.

— Je ne crois pas. On pourrait la faire tomber cinquante fois, et elle ne partirait pas. Je le sais parce que j'ai essayé. La seule façon de faire partir le coup, c'est d'appuyer le doigt sur la détente et d'appuyer très fort.

— Il faut donc un type qui a bien l'intention de tirer, c'est ça?

— Oui, monsieur. Le recul peut vous envoyer valser de l'autre côté de la rue. On ne tire pas avec cette arme les doigts dans le nez. Ni par accident.

Hochant la tête, pensif, le procureur se tut. Il tenta d'évaluer sa prestation jusque-là. Il avait donné aux jurés un cadavre, une mise en accusation fragile mais acceptée et l'arme du crime. Il ne manquait plus qu'un témoin oculaire. Il y en avait un. Peut-être. L'estomac noué, il annonça le dernier nom sur son carnet de bal :

– J'appelle à la barre Kleber Cantrell, Votre Honneur.

CHAPITRE 29

La Cité des Miracles aurait sacrément eu besoin qu'il s'en produisît un. Pendant un temps, la direction générale s'était arrangée pour faire bonne figure, mais après la huitième semaine de procès, les œuvres de l'Élu étaient près de l'effondrement. Les quelques étudiants qui s'inscrivirent à la session d'automne furent remerciés pour la Toussaint, car il n'y avait plus d'argent pour payer les enseignants. C'était la crise financière. Le courrier, qui pleuvait autrefois par dizaines de milliers de lettres par semaine, était réduit à quelques centaines, dont très peu de chèques.

Un secrétariat réduit réglait les affaires courantes, jonglait avec les factures, publiait des communiqués de presse déclarant haut et fort que l'œuvre du Seigneur serait accompli contre vents et marées. Après l'arrestation de l'Élu, on décida de continuer d'assurer les programmes de radio et de télévision en utilisant de vieux enregistrements. Mais les miracles en rediffusion ne marchaient pas aussi bien qu'en direct. Seules quelques sœurs parmi les plus loyales restèrent, dont Crystal et Gentilla. Quand les camions étaient arrivés pour embarquer la plupart du matériel de la Cité des Miracles, démontant les ordinateurs, emportant les machines à écrire et les bureaux, les femmes avaient été prises de peur et de panique.

Au début, sœur Crystal avait réussi à calmer ses angoisses en se rendant régulièrement en ville, pour participer aux services du culte et de soutien organisés sur la plate-forme du camion. Mais bientôt, Otto Leo décréta que l'église ambulante devait disparaître. Il convainquit l'Élu que ce spectacle de passion attirait trop l'attention de la presse internationale et conférait à leur cause un caractère primitif. Même s'il n'était pas d'accord, même s'il regrettait de perdre ce soutien, T.J. accepta. Les sœurs reçurent l'ordre de dégager.

A la suite de cela, sœur Crystal fit le vœu d'aider l'Élu, auquel elle vouait une dévotion sans bornes. Elle descendit au fond du puits, sous le dôme, et commença une grève de la faim. Elle se jeta au pied du célèbre portrait de Jésus-Christ et pria :

– Seigneur, dis-moi comment venir en aide à mon maître bien-aimé.

Le juge Mustardseed convoqua les deux parties dans son bureau. Il avait déjà été largement débattu de l'éventuelle apparition de Kleber Cantrell; néanmoins, le vieux magistrat était nerveux en ce territoire inconnu. Il exigea de savoir ce que le procureur attendait qu'il dît – ou ne dît pas. Il n'était pas encore certain de donner son accord pour que Cantrell fût présenté dans son tribunal.

– Votre témoin semble-t-il prêt à faire une déposition?

– Eh bien, M. Cantrell n'a pas dit qu'il s'y refuserait.

– Est-il en mesure de parler?

– J'ai de bonnes raisons pour penser que oui. Il me semble, Votre Honneur, qu'il est de mon devoir d'essayer, en tout cas. C'est peut-être la seule façon pour les jurés de savoir précisément ce qui s'est passé cette nuit du 9 mai.

Aussitôt, Otto Leo intervint nerveusement. L'audition des témoins devait se faire de façon objective et impartiale; l'apparition d'un témoin, porté à la barre sur un brancard, avec une blessure à peine cicatrisée, allait jouer en défaveur de son client. Il serait bien plus équitable de recueillir le témoignage de Cantrell sur son lit d'hôpital, ce qui, bien sûr, exclurait les jurés.

Le juge rumina ce problème comme une chique de tabac.

– Mes amis, la nuit nous portera conseil, dit-il enfin.

Et, posant sur Calvin Sledge un étrange regard :

– Essayez de dormir un peu, mon vieux. Vous avez l'air complètement vanné.

Dehors, Sandy Double attendait. Il entraîna Sledge dans un couloir attenant.

– La mère de Kleber t'attend dans ton bureau. Elle dit que c'est important.

Sledge grogna. Il n'avait pas de temps à perdre avec VeeJee et ses cogitations.

– Va lui parler, Sandy, d'accord? Dis-lui que je suis débordé. Dis-lui que je ne crois pas que j'aurai le temps de l'appeler.

– Je lui ai déjà dit ça. Mais elle veut quand même te parler.

– Mon dieu! Qu'est-ce qu'elle a encore trouvé?

– Elle a une grande boîte en carton pleine de papiers. Elle dit que ce sont des choses que Kleber a écrites et que tu n'as pas encore lues. Des vieux doubles. Elle a l'air dans tous ses états. Elle dit qu'elle ne pourrait jamais avoir la conscience en paix si tu n'avais pas *tout* lu.

Sledge grogna de nouveau et avala une pleine poignée de cachets contre les aigreurs qui lui parcouraient l'estomac.

– Occupe-toi d'elle, Sandy. Tiens-lui la main. Achète-lui un Orangina.

Il se précipita vers la porte du tribunal et sauta dans sa voiture avant que les journalistes ne le poursuivent. A contrecœur, VeeJee confia son trésor à Sandy, mais elle lui fit signer un reçu en trois exemplaires sur papier timbré.

– Y a-t-il quelque chose en particulier que je doive lire, madame?

– Tout est important, dit-elle. Mais certains mots sont peut-être plus importants que d'autres.

Le soir, Sledge alla chercher Ceil Shannon au motel où elle était gardée par la police. Les premiers jours, cette garde à vue était tellement insupportable que Ceil pensa en devenir folle. Mais petit à petit, elle s'était habituée à vivre avec seulement une télévision, des cheeseburgers du fast-food d'à côté, et des coups de téléphone à New York dont elle savait qu'ils étaient écoutés. Quand Sledge débarqua à l'improviste, Ceil était en train de se faire des tresses. Une façon de tuer le temps.

– Que se passe-t-il? demanda-t-elle, inquiète. Il est arrivé quelque chose à Kleber?

– Nous allons voir, fit Sledge.

Ceil se précipita pour se maquiller et enfiler autre chose que son blue-jean et son tee-shirt. Sledge lui saisit le bras.

– Vous êtes très bien comme ça. Pas besoin d'artifices.

Ils se rendirent dans une petite clinique privée, à la limite de Denton, où l'on soignait depuis le début de septembre un patient de quarante-trois ans inscrit sous le nom de « Chester Teton ». Un jeune docteur les conduisit jusqu'à la chambre de Kleber et demanda à Ceil Shannon de signer son autographe sur l'édition du soir du *Star Telegram*. Il voulait savoir les rumeurs et les dernières nouvelles du procès. Il assura le procureur n'avoir eu la visite ni de journalistes, ni d'espions envoyés par Otto Leo. Le patient allait bien, « mangeait comme un ogre » et « acceptait » la thérapie.

Ça, Sledge le savait. Grâce à un miroir sans tain, il avait observé Kleber quand les infirmières lui avaient ordonné de se lever, de se tourner, de se laver la figure. Kleber obéissait aux ordres. De toute évidence, il entendait. Mais chaque fois que Sledge lui avait demandé : « Alors, mon vieux, vous allez nous aider? », il avait obtenu pour toute réponse un regard vide d'animal empaillé.

Ce soir, Kleber était assis dans son lit et regardait, sans la voir, une télévision suspendue au plafond. Il n'était pas autorisé à regarder les informations, mais avait droit à des rations illimitées de comédies et de téléfilms. Près de son lit, une pile énorme de courrier; tous les matins et tous les après-midi, un thérapeute prenait au hasard quelques lettres et en lisait tout haut des passages. On espérait provoquer une étincelle. Jusque-là, il n'avait réagi qu'une seule fois, à une lettre d'un vieux journaliste de Houston, un certain Clifford Casey. Les yeux de Kleber s'étaient emplis de larmes.

La pièce était plongée dans l'obscurité, excepté la faible lumière de la télévision. En entrant, Ceil se raidit. Il lui fallut quelques instants pour se décontracter. Puis elle se dirigea vers Kleber et l'embrassa sur le front. A l'affût, Sledge observait. Kleber était content de la voir, mais il n'en laissa rien paraître.

Sledge alla droit au but :

– Demain matin, je vais vous appeler à la barre, mon vieux. Pas question d'y échapper. J'ai besoin de vous. Je vais vous poser des questions simples et directes. Vous n'aurez qu'à répondre par oui ou par non. Si vous refusez de coopérer, je vous demanderai d'écrire vos réponses. Et si vous refusez encore, je ferai ma plaidoirie et ce sera terminé. Otto Leo pourra en toute tranquillité demander l'acquittement, et je pense que le juge le lui accordera. Puis on prendra tous de petites vacances, après quoi je pourrai revenir au boulot en pleine forme, et alors, sans hésiter, je demanderai l'inculpation de Mlle Shannon ici présente. Je vous assure, je ne me gênerai pas, mon vieux. Il faudra bien que *quelqu'un* aille en prison.

Ceil s'efforça de dissimuler la peur qui l'envahissait. Pour Kleber, elle voulait cacher sa faiblesse.

– J'admets, c'est dégueulasse, reprit Sledge. Mais, mon petit Kleber, ne croyez pas que vous allez vous en tirer comme ça. Le juge Mustardseed aime bien les lauriers et il n'aime pas qu'on se foute de sa gueule. Je ne serais pas étonné qu'il vous accuse d'outrage à la cour. Ça vaut six mois de taule. Il pourrait aussi, si ça lui plaît, vous faire revenir après six mois, voir si vous avez changé d'avis, et si vous continuez à la fermer, vous renvoyer au trou pour vous donner plus de temps pour réfléchir. Il peut faire ça jusqu'en 1999, si ça lui chante, et je l'aiderais de tout mon cœur.

Ceil regarda Sledge avec un mépris non dissimulé.

– C'est vraiment ignoble, Kleber n'a absolument rien fait.

– Je sais. La vie *est* injuste. Ah, j'ai oublié quelque chose... Au cas où votre petit ami décidait de nous aider demain, j'envisagerai sérieusement d'oublier les accusations contre vous.

– Je suis sûre que ce genre de nouvelles plaira à mon avocat, dit-elle, vraiment étonnée par le marchandage. Et à la presse aussi.

– Comme vous voudrez. Négocier fait nécessairement partie de la justice...

Puis il les laissa seuls en leur promettant que personne ne les regardait, ne les écoutait. Il autorisa Ceil à passer la nuit avec son amant.

– Vous pouvez ne pas me croire, mais il n'y aura pas de micro dans cette pièce, ce soir. Je vais vous laisser passer la nuit ensemble. Je ne suis pas romantique, mais je ne suis pas le dernier des salauds non plus.

Il faisait étouffant dans cette pièce, mais quand Ceil essaya d'ouvrir la fenêtre, elle s'aperçut qu'elle était bouclée. Dehors, des barreaux. Voilà ce qu'était devenue leur vie. Deux personnes, jalouses de leur indépendance, étaient cernées par la folie du monde. Elle fit couler de l'eau glacée sur un gant de toilette et éponge le front de Kleber.

– Si seulement on pouvait croire Sledge, dit-elle. Si seulement, cette nuit nous appartenait.

Kleber fit signe qu'il voulait un papier et un crayon. Elle en avait dans son sac. Il griffonna rapidement : « C'est notre première nuit conjugale. »

Ceil essaya de rire et murmura :

– Officiellement, tu es malade.

« C'est vrai, écrivit Kleber. Je suis malade de tout ce merdier... Et de trouille. Désolé de t'avoir plongée là-dedans. »

– Fais ce qui te semble le mieux.

« Allume la télévision », écrivit Kleber.

Ce qu'elle fit. Kleber lui fit signe de s'asseoir à sa gauche, bloquant le miroir accroché au mur. Si des regards traînaient de l'autre côté, tout ce qu'ils verraient, ce serait le dos large d'une grande femme.

« Maintenant, mets de la musique », écrivit-il en montrant un magnétophone à cassettes près de son lit. Ceil trouva du Vivaldi. « Maintenant, l'air conditionné. » Il montra un gros ventilateur. La machine se mit à vrombir bruyamment, propulsant sur eux des vagues d'air lourd et humide.

– On peut parler, maintenant? murmura Ceil.

« En principe, oui, écrivit Kleber. On est protégé par la comédie, la musique et l'air chaud. Il y a sûrement une métaphore là-dessous. »

– Comment te sens-tu?

« Encore ce mot, écrivit Kleber. *Sentir.* »

– Écoute, mon chéri, ne t'inquiète pas pour moi. Ma situation ne doit pas affecter ta décision. Je suis une grande fille. J'ai toujours su quels étaient les risques encourus. Je ne me suis jamais sentie aussi vivante que pendant ces six derniers mois. Et je n'en changerais pas une seule minute pour sauver ma tête.

« Il y a deux personnes pour qui je m'inquiète, écrivit Kleber. Toi... et Mack. Je ne peux pas le laisser se faire démolir une deuxième fois. »

– Ajoute quelqu'un d'autre à ta liste.

« Qui? »

– Numéro Uno.

« J'ai mon plan. »

– Je t'aime.

« Alors, viens dans ce lit, nom de dieu! »

Elle déchira les papiers en petits bouts et les brûla dans son assiette à dessert. Puis elle se glissa sous les couvertures et serra contre elle, pendant toute la nuit, son amant blessé. A un moment donné, Kleber se recroquevilla contre elle. Elle le sentit trembler; elle entendit des sanglots rauques échappés de sa gorge. Mais que faire, sinon le presser contre elle, le caresser, lui dire qu'elle serait toujours là. Puis ils partirent à la dérive sur la mer imprécise de la demi-conscience. Juste avant l'aube, Ceil crut entendre Kleber prononcer, clairement et fortement : « Pourquoi *moi*, nom de dieu? » Et, quelques instants plus tard : « Je t'aime, chérie. » Elle se réveilla d'un coup et regarda Kleber dans la douce lumière du matin : il avait les yeux bien fermés. Elle avait dû rêver.

Il y eut des bagarres ce matin-là, dans la file d'attente des spectateurs. La pluie tombait, glaciale et le vent soufflait à vous pétrifier sur place. La police ferma l'accès nord de la ville et tenta de discipliner cette foule d'environ dix mille personnes qui dési-raient assister au procès. Des embouteillages monstrueux. Les hélicoptères volaient dangereusement bas, avec, à bord, des cameramen de télévision; le vent n'arrangeait rien à l'affaire. Un photographe tomba avec son téléobjectif du toit d'un immeuble de trois étages. Il se cassa la jambe. Le détachement des reporters fonça pour en faire des photos. Les clubs de fans de Mack Craw-ford arrivèrent en délégation dans trois autobus spécialement

affrétés. On raconte que quelqu'un, en début de file, avait proposé,
et vendu, pour 1000 dollars, un ticket prioritaire qui assurait
l'entrée au tribunal.

Le juge Mustardseed arriva. Il était d'humeur aussi sinistre que
les vents de décembre. Quelqu'un lui demanda son autographe : il
le menaça de le faire arrêter pour encombrement de la voie
publique. Il pénétra dans la salle d'audience et y alla immédiatement de son petit discours. Si quelqu'un voulait éternuer, il
vaudrait mieux le faire tout de suite. Toute interruption aurait les
pires conséquences judiciaires. Sledge promit à la cour d'éviter
toute dramatisation inutile, mais c'était bien sûr impossible.
Kleber avait été amené au tribunal dans une camionnette empruntée à la société Brink; dans sa chaise à roulettes, on l'avait hissé
par un escalier dérobé, gardé par une douzaine d'hommes revolver
au poing. Il attendait à présent dans l'antichambre. Il portait un
costume couleur saumon qui lui allait mal; c'est Sledge qui avait
demandé à Darlene de l'acheter chez J.C. Penney. Il avait perdu
dix kilos et avait l'air du parent pauvre venu en ville assister à un
enterrement. Ses cheveux étaient trop longs et il avait le teint gris;
cela mis à part, il avait l'air normal et rationnel. Comme personne
n'avait vu le prince du Pouvoir depuis presque trois mois, depuis
son arrestation, son apparition était très attendue.

D'une voix forte, Sledge annonça Kleber. Tout le monde se
tourna vers la porte gardée par l'huissier. Et ce diable de
Kleber Cantrell pénétra d'un pas décontracté dans la salle d'audience, sans l'aide de personne. Ni chaise à roulettes ni brancard.
Le cœur de Calvin Sledge se mit à battre de bonheur. Ça allait être
du gâteau. La nuit précédente, Ceil Shannon avait sûrement
trouvé les mots pour le convaincre. Le gant de velours avait eu
plus d'effet que la main d'acier. Vivent les femmes!

Le juge expliqua aux jurés que ce témoin avait été victime d'une
blessure par balle à la gorge, sans préciser par qui, quand ou
comment. Le vieux magistrat examina Kleber comme un éleveur
évaluant un poulain dont il n'est pas sûr. C'est tout juste s'il ne lui
reluqua pas les dents. Puis il expliqua la proposition de l'État du
Texas. Si Kleber acceptait de témoigner, il bénéficierait de la
clémence de l'instruction pour toute autre poursuite, en particulier
le fait d'avoir quitté l'hôpital Harris pour se dérober à la
justice.

– Vous comprenez ce que je dis, jeune homme?

Kleber cligna des paupières et fit de la tête un signe affirmatif.

– Pouvez-vous parler à voix haute, mon vieux?

Kleber hocha la tête.

Le juge ordonna au greffe d'inscrire que le témoin répondait par signes de tête. On plaça sur la barre un bloc et plusieurs crayons taillés, pour lui permettre d'expliquer sa réponse en l'écrivant, s'il le souhaitait.

Otto Leo intervint avec une liste d'objections toute prête, aussi longue que la lettre au Père Noël d'un enfant gourmand. Le juge lui demanda de se contenir.

— Voyons d'abord où cela nous mène. Vous pourrez toujours objecter ultérieurement.

— Vous vous appelez bien Kleber Cantrell? commença Sledge.

Signe affirmatif.

— Entendez-vous ce que je vous dis?

Signe affirmatif.

— Êtes-vous capable de répondre oralement? De vous servir de votre voix?

Signe négatif.

— Quel est votre métier?

Kleber leva ses sourcils, l'air amusé.

— Servez-vous du papier si vous voulez...

Pas de réponse.

— Vous êtes écrivain?

Signe affirmatif.

— Pouvez-vous écrire vos réponses à la cour?

Kleber hésita et ne fit aucun mouvement de la tête. Le juge demanda si c'était oui ou non. Bien sûr, Otto se hissa sur la pointe de ses mocassins en crocodile ornés de glands.

— Objection, Votre Honneur. Objection! Je n'ai jamais vu une chose pareille en trente ans de barreau. Le procureur nous offre une représentation de marionnettes. Je me trouve dans l'obligation d'objecter vigoureusement devant ce spectacle choquant et inadmissible.

— Ojection rejetée, dit le juge.

— Mais c'est un cas exceptionnel!

— Je vous l'accorde!

— Je fais objection à tout ce qui sortira de sa bouche.

— Rien ne sort de sa bouche!

— Cette triste plaisanterie est une insulte à la justice américaine!

— Maître Leo, vous devriez profiter de votre soirée pour réviser vos cours de droit pénal.

L'avocat s'assit, bouillant de colère.

Sledge apprécia l'échange à sa juste valeur, mais il savait que la cour redoutait ces événements peu orthodoxes. Il fallait faire vite; n'ayant pas assez de temps pour ériger un monument national au rôle proéminent de Kleber Cantrell, il était forcé de tenir pour acquis que les jurés savaient qui était Kleber, et donc qu'ils le croiraient.

– Connaissez-vous l'inculpé, Thomas Jeremiah Luther, alias l'Élu? demanda Sledge par routine.

Il faut préciser que jusqu'à ce moment-là, l'écrivain n'avait même pas jeté un regard du côté du prédicateur, bien que quelques mètres à peine les séparassent. Depuis le moment où Kleber avait fait son entrée dans la salle d'audience, il avait semblé appartenir à un monde impénétrable, celui d'un homme muré dans le silence. La question resta sans réponse. Elle lui fut posée de nouveau :

– Connaissez-vous l'inculpé?

Comme aucune réponse ne venait, le juge, inquiet, proposa un verre d'eau. Il fut apporté jusqu'aux lèvres de Kleber, mais il refusa de boire. Calvin Sledge se sentit envahi par le désespoir. Il vit le juge tendre la main vers son marteau. Il savait que si ce foutu muet ne hochait pas au moins la tête, c'en était fini.

« Il est temps de redescendre au pied de la colline, mon fils, lui avait dit son père quarante ans plus tôt. La vue d'en bas est la même que celle d'en haut. » Par pitié, implorait-il en silence. Par pitié, Kleber. Par pitié, bouge cette sacrée tête. Il posa la question une dernière fois : « Connaissez-vous l'inculpé, Thomas Jeremiah Luther? »

C'était la fin de sa carrière.

– Répondez, *de grâce!*

Soudain, les murmures du public se transformèrent en agitation. Derrière lui, à la table de la défense, l'Élu s'était levé lentement; d'un geste brusque, il ôta ses lunettes noires, renversa sa chaise, brandit la Sainte Bible et s'écria avec passion, comme s'il était en haut d'une chaire :

– *Réponds* à cet homme, Kleber! Tu ne peux tout de même pas nier que tu *connais* ton frère!

Alors, Kleber le regarda. Il rencontra les yeux qui le défiaient : ils étaient de nouveau brûlés. Le spectacle le frappa. Il se mit à trembler, comme un homme saisi par le froid et le brouillard, la nuit, sur une plage. Puis son corps fut parcouru de spasmes. Sans un son il agita les lèvres, comme si on venait de lui arracher un masque à oxygène.

Le vieux juge hurla à l'inculpé de s'asseoir. Il ordonna aux huissiers de venir au secours du témoin et de le faire sortir de la salle. Malgré leur diligence, chacun put voir le visage d'un homme saisi d'une terreur épouvantable, viscérale, indescriptible.

Sœur Crystal avait honte de sa faiblesse, mais le fait était là : elle avait très faim. Elle essaya d'abord d'ignorer cette douleur qui la tenaillait à l'estomac, puis elle se rendit compte que, si elle ne mangeait pas, elle serait incapable de continuer à prier. Elle pressa donc sur le bouton de l'ascenseur, mais il ne vint pas. Elle pressa encore. Elle donna des grands coups sur le bouton. Puis elle commença à s'inquiéter. Il n'était jamais arrivé que l'ascenseur ne vînt pas gentiment la chercher au fond de sa trappe. Cette machinerie était le centre et l'âme de la Cité des Miracles : on la soignait particulièrement. Sœur Cristal se mit à gémir et à crier, et comme personne ne venait à son secours, elle entreprit de grimper le long de l'échafaudage. Au prix d'énormes difficultés, elle se hissa, effrayée par les démons en plastique, les diables et les gargouilles parsemant les entrailles des murs circulaires. Les monstres s'agitaient sur leurs ressorts et la narguaient. C'est alors que son pied glissa sur l'un des mécanismes qui mettaient en branle la musique cacophonique, et son ascension fut orchestrée de violents accords de composition atonale, de chœurs de trompette à déchirer les tympans. Par deux fois elle glissa, s'écorchant les mains à des clous qui dépassaient. S'agrippant où elle pouvait, elle arriva enfin à la surface, après force prières. Elle se précipita à l'entrepôt pour trouver de la nourriture, pour prendre avidement sa part des bienfaits du Seigneur. Mais là, elle découvrit deux étudiants qui remplissaient des sacs en toile de jute avec des légumes et emportaient des boîtes de conserve qu'ils entassaient dans une camionnette garée à l'extérieur. Devant l'apparition de sœur Crystal, les garçons semblèrent gênés et plutôt coupables :

— On emporte tout ça dans un endroit sûr, déclara l'un d'entre eux.

Mais elle le vit faire un clin d'œil à son copain.

Elle fouilla pour trouver du pain, mais il n'y avait rien dans la huche qui, d'habitude, contenait des centaines de plateaux à peine sortis du four. Les garde-manger étaient vides. Même les réserves en sel, en épices et en thé, étaient parties. Un des étudiants lui jeta une grosse tomate trop mûre, presque pourrie, mais elle n'en fit qu'une bouchée.

— Quelles sont les nouvelles du procès ? demanda-t-elle.

— L'Élu nous demande à tous de prier beaucoup, fit l'un des garçons en se dépêchant de partir avec son chargement.

Sur leurs traces, sœur Crystal trouva une boîte de porc aux haricots. Mais elle ne savait pas l'ouvrir. Personne ne lui avait jamais enseigné ces pratiques. Elle fouilla dans les tiroirs de la cuisine et trouva une collection de couteaux bien aiguisés. Elle en choisit un avec une lame de vingt centimètres de long et commença à percer un trou assez grand pour extraire les haricots. Puis, se sentant envahie par une vague de malaise, de peur indéfinie, elle glissa le couteau dans une des poches profondes cachées dans les plis de sa robe.

Aux nouvelles de 10 heures du soir, le présentateur de la télévision déclara : « L'apparition fracassante de M. Cantrell à la barre des accusés, en fin d'après-midi, peut être considérée comme un coup préjudiciable à la défense du Révérend Luther. Cantrell, notre ancien compatriote de Fort Worth, une figure nationale de la presse et de la télévision, a semblé être victime d'un choc émotionnel en apercevant l'Élu. Il a dû être transporté hors de la salle d'audience dans un état de choc intense. Juste après 18 heures, il a été admis à l'hôpital Harris. Le porte-parole de l'hôpital s'est refusé à tout commentaire. »

Trois jours avant Noël, par une nuit de décembre, Sandy Double lisait. Le carton de documents que VeeJee Cantrell lui avait remis était soigneusement étiqueté : « KLEBER CANTRELL – LES DÉBUTS – 1950-1960. » Il contenait des centaines d'articles parus dans le journal du collège, des devoirs de classe, des lettres, des listes de blanchisserie.

– Bon dieu, c'est pas possible. Ce type ne jetait donc jamais rien? grogna Sandy.

Il ne voyait pas l'intérêt de fouiller dans ce qu'un bonhomme avait écrit vingt ans plus tôt, mais responsabilité professionnelle oblige : Calvin lui avait dit de lire cette merde; il la lirait.

Il était près de minuit et ses yeux commençaient à fatiguer quand Sandy découvrit un épais dossier de copies carbone attachées avec une épingle à nourrice. Les doubles étaient difficiles à lire. Mais le titre était intéressant : « LES TROIS PRINCES, Exercice de fiction brève, par K. Cantrell, New York, N.Y., 1956. »

Il lut le premier paragraphe :

« Il avait plu neuf jours d'affilée et nous étions d'humeur aussi maussade que le paysage. Nous étions les Trois Princes par décret officiel de la classe, et notre royaume était un désespoir boueux. La ville des Chimères, où nous avions grandi, n'avait aucun plaisir à offrir à trois jeunes gaillards à la veille de leur remise de diplôme. Mais nous voulions faire de ces quelques heures un souvenir inoubliable. Voilà peut-être pourquoi nous répondîmes à l'appel lancé par C.G. Licker, le prince tentateur. Si seulement Dieu nous en avait empêchés... »

Et Sandy continua de lire...

Otto Leo s'interrogeait sur les conséquences de l'apparition dramatique de Kleber Cantrell à la barre des témoins. On s'attendait à ce qu'il dénonce un vice de procédure et obtint gain de cause sans le moindre mal. Mais dans le bureau du juge Mustardseed, Leo déclara immédiatement :

— Mon client refuse un procès avorté. Il n'est pas question de recommencer de telles séances.

Le juge se fit conciliant :

— Je vais demander aux jurés de ne pas tenir compte de l'attitude de M. Cantrell.

— C'est comme balancer un putois dans la salle des délibérations et de demander au jury de ne pas tenir compte de l'odeur, fit Leo, jetant au procureur un regard chargé de dégoût professionnel. Vous devriez faire la leçon à M. Sledge.

Calvin n'en ressentit aucune honte. Il savait que le procès ne pouvait pas se dérouler normalement, qu'il était impossible de parvenir à un verdict. Néanmoins, tous les moyens de communication du pays commentaient ce soir la peur dont avait été saisi l'écrivain au moment où il avait été forcé de regarder l'Homme des Miracles; tous disaient aussi que le procureur s'appuyait sur des éléments plutôt minces.

Otto Leo avait ses raisons pour poursuivre ce procès. Entre autres, flatter son propre moi, enflé à un point inimaginable. Il n'existait que pour sa vie professionnelle. Il détestait tellement sa vie privée qu'il avait en fait réussi à s'en abstraire totalement. Il se déshabillait dans l'obscurité, ôtant son toupet, ses chaussures surélevées et sa sous-ventrière, et n'avait pas besoin de regarder cet homme gras, chauve et avachi, cet être qui le dégoûtait depuis l'enfance. Il était un expert en masques et appréciait l'adresse de l'Élu à porter le sien.

Bien que jouissant d'une certaine renommée au Texas, Otto Leo mourait d'envie d'être placé au panthéon des magistrats, aux côtés des Clarence Darrow et autres Oliver Wendell Holmes. Dès l'instant où l'Élu l'avait appelé, il avait su que c'était là le missile qui placerait Otto Leo sur orbite. Il avait préparé une *superbe* défense! On allait en parler dans les journaux judiciaires; cela ferait partie des cours de criminologie. Il avait à sa disposition quatre-vingt-huit témoins, aussi bien des armuriers prêts à réfuter le déclic de détente du Magnum 44, que des personnalités du corps médical, prêtes à apporter leur témoignage d'experts sur les effets nuisibles de l'usage abusif de cocaïne. Il avait un psychiatre de l'université du Texas prêt à dénoncer la faillibilité des « témoins oculaires ». En bloc Otto avait, selon lui, assez de témoignages pour acquitter T.J. Luther de l'incendie de Rome.

Mais il y avait une autre raison. Dans le gros attaché-case d'Otto Leo, il y avait une demi-douzaine de lettres d'éditeurs new-yorkais. Chacune lui proposait avec empressement de signer un contrat pour ses mémoires du procès. Il avait répondu à chacune personnellement pour exprimer ses remerciements et implorer la patience, indiquant combien il attachait d'importance à la valeur d'un tel livre, et qu'il ne songerait pas à l'écrire à moins d'une avance d'un million de dollars. C'était risqué; il le savait. Mais il était suffisamment convaincu de son brio et de son aplomb pour que lui, Otto Leo, se permît d'attendre jusqu'à la fin de ce procès historique. Cela pourrait alors leur coûter *deux* millions de dollars.

L'Élu ne se trouvait pas dans sa cellule quand Otto Leo vint lui rendre visite en prison. Le gardien sourit et dit :

– T.J. est par là, quelque part. Vous savez, c'est comme chez lui, ici.

Après quelques minutes de recherche, on trouva le prédicateur. Il était installé, les pieds sur la table du gardien, et tout en parlant au téléphone, il picorait dans un plateau de nourriture envoyé par le club de Fort Worth. Il raccrocha, puis ouvrit tout grands les bras pour accueillir son avocat.

– Je suis prêt, Otto. Merci d'être venu. Nous devons prier ensemble.

– Certes, mon Révérend. Mais d'abord, je veux que nous examinions cette liste de témoins. J'ai décidé de démarrer avec le Dr Cyman d'Austin. Il va démolir Cantrell.

L'Élu hocha la tête.

– Ce ne sera pas nécessaire. Un seul témoin suffira.

– Et qui, par exemple?

– Dieu parlera par ma bouche. Je témoignerai en mon propre nom et au nom de mon Dieu.

Lors de la sélection des jurés, Otto Leo avait prévenu le barreau que « le révérend accusé » pourrait éventuellement témoigner en son propre nom. Mais que cela ne devait, en aucun cas, être interprété comme un signe de son innocence ou de sa culpabilité. Lors de ces prémices, l'avocat n'avait guère eu l'intention d'exposer son client versatile à un croisement de fer avec l'accusation. Il en savait le prix : l'Élu pouvait dévier du scénario préétabli et balancer quelque remarque légère, quelque commentaire incontrôlé qui pouvaient ouvrir des portes qui avaient tout intérêt à rester fermées. Mais à ce moment-là, observant le visage imperturbable de l'Élu, Otto calcula qu'il pouvait prendre le risque. De la façon dont ce procès se déroulait, il allait y avoir tellement d'erreurs réversibles que T.J. pouvait s'installer à la table de la défense et prononcer le sermon sur la Montagne. Néanmoins, il avertit l'Élu du danger qu'il y avait à témoigner et entreprit de répéter avec lui le jeu des questions-réponses.

– Je connais les questions et je connais les réponses, déclara l'Élu.

– Attention, mon Révérend. Ne vous trompez pas. Il ne s'agit pas d'un grand procès théologique et épique. Il ne s'agit pas de Galilée ni de Martin Luther. Nous sommes à Fort Worth, au Texas, en l'an de grâce 1975, et l'on juge un assassinat.

– Il n'y a pas eu d'assassinat, mon cher conseiller. Et ça, Dieu le sait.

– Dieu ne vote pas ici. Mais les douze jurés, si.

– Après avoir entendu la vérité de la bouche de Dieu, il n'y aura plus qu'un vote. Maintenant, allez vous reposer. Vous avez l'air fatigué.

T.J. congédia Otto et se rendit dans sa cellule pour lire sa Bible.

– Votre nom, s'il vous plaît? demanda Otto Leo avec respect.

– J'ai été baptisé sous le nom de Thomas Jeremiah Luther. Il y a neuf ans et demi, je suis devenu l'Élu.

– Votre âge?

– Quarante-deux ans, selon le calendrier des hommes.

Otto fronça les sourcils pour faire signe à son client. Pas de réponse bizarre, nom de dieu!

– Votre métier?

– Ministre de Dieu.

– De quelle confession?

T.J. sourit et hocha la tête.

– Non, maître; sans confession particulière. Notre Église est ouverte à tous, même aux avocats...

Son visage était un chant de victoire sur la douleur. Les cicatrices de ses yeux étaient le prix de son martyre. Il était installé dans sa chaise, immobile, raide comme un militaire, sachant se servir du micro suspendu au-dessus de ses lèvres. Il ne se penchait pas en avant pour aboyer, comme la plupart des témoins. Il restait appuyé à son dossier, laissant les amplificateurs porter sa voix. Son costume bleu layette avait été ajusté sur lui le matin même pour qu'il fût à son avantage. Sur le revers de son veston, la croix d'or scintillait, épinglée de façon à être toujours visible par les jurés. Au moment de prêter serment, non seulement T.J. embrassa la Sainte Bible, mais il la serra contre son cœur. A nouveau, Sledge s'inquiétait : ce témoin avait l'air sacrément convaincant. Si rassurant, même, que la crise de terreur de Kleber Cantrell semblait soudain avoir été, de toutes pièces, une manigance de l'accusation.

— Où êtes-vous né? demanda Otto.

— Ici même, à Fort Worth, répondit T.J. Texans depuis quatre générations. Mes grands-parents émigrèrent ici, quittant la Géorgie après la guerre civile. Ils traversèrent le Sud en charrette. Ils faillirent crever de faim. Leur but était d'aller en Louisiane, d'après l'histoire de la famille, mais ils n'aimèrent ni les marécages ni les moustiques de là-bas, et poussèrent jusqu'au Texas. Ils se sont installés comme fermiers dans le comté de Parker.

Le jury semblait s'intéresser à la biographie de la famille. Avec adresse, Otto présentait son client comme un gosse du pays. Sledge s'attendait à cette manœuvre, mais que faire? C'était du Norman Rockwell tout pur.

— Êtes-vous allé à l'école à Fort Worth?

— Oui, maître. A l'école publique. L'un de mes plus beaux souvenirs est d'avoir été élu le favori de la classe au lycée de Western High, en 1950.

— Après cela, avez-vous accompli votre service militaire?

— Certainement. Je me suis engagé pour la guerre de Corée. Vous vous souvenez de cette guerre. Elle n'était pas très populaire. J'ai été formé à la base de Fort Bliss avant d'être envoyé en Orient...

Je veux bien être pendu, se dit Sledge, si sa croix en or ne brille pas comme une médaille militaire. Il ricana sous cape. Dans son dossier, il y avait un rapport sur la carrière peu glorieuse de T.J. Luther sous les drapeaux, marquée d'enfreintes à la discipline plus que de faits d'armes, mais il était impossible de présenter ce rapport aux jurés.

— Rendu à la vie civile avec les honneurs?

— Bien sûr.

— Après la guerre, est-ce à ce moment-là que vous êtes devenu ministre du Seigneur?

Sledge avait de réelles difficultés à contenir sa colère. L'avocat de la défense sautait allègrement la période de 1953 à 1966, treize années de méfaits, de casses et d'escroqueries. C'était répugnant!

— En fait, je n'ai jamais étudié pour devenir ministre de Dieu, répondit T.J.

Otto tapota aussitôt le dossier qu'il tenait entre les mains : le témoin glissait sur un territoire potentiellement dangereux. Sledge écouta attentivement; le prédicateur allait peut-être par inadvertance lui tendre le bâton pour se faire battre.

— Mais est-il correct de dire que vous êtes *devenu* un ministre de Dieu?

— Ça, c'est sûr. Et il était temps. J'étais presque arrivé aux portes de l'Enfer quand Dieu a posé sa main sur mon épaule.

Et crac! Sur le visage de Leo, on lisait : ça, ce n'était pas la réponse attendue. Rapidement, il prit une nouvelle direction.

— Où exercez-vous votre ministère?

Mais l'Élu ne voulait pas de cette question-là.

— Je veux que les jurés sachent *tout* de moi, poursuivit-il. J'ai flirté avec le diable. J'ai fait des choses pour lesquelles je ressens la plus grande honte...

Alors que Calvin Sledge était suspendu à chaque syllabe, attendant l'erreur fatale du témoin, le juge Mustardseed intervint, détruisant tous ses espoirs. Il dit au témoin qu'il était inutile de s'attarder sur les sentiers ombragés de la jeunesse.

— Vous êtes ici pour témoigner. Vous n'êtes pas dans un confessionnal.

— Je vous remercie de votre conseil, Votre Honneur. Je ne veux simplement pas que cette cour pense que je cache quelque chose. Si je commençais à mentir, alors tout pourrait n'être que mensonge.

— Maître, poursuivez avec votre témoin. Monsieur Luther, contentez-vous de répondre aux questions de votre avocat.

Otto baissa la tête de façon obséquieuse.

— Euh, Révérend...

Sledge décida de faire une petite intrusion sur le grotesque de la situation.

— Objection. L'appartenance religieuse du témoin n'a pas été établie. Il n'est pas encore Révérend.

— Objection accordée, fit le juge contre toute attente.

— Très bien. Avez-vous été ordonné ministre de Dieu? demanda Leo.

— Oui.

— Où avez-vous été ordonné, mon Révérend?

— Dans la maison de Dieu. Dieu m'a dit de créer un ministère.

Amusé mais prudent, Sledge se leva de nouveau.

— Objection, mais je ne sais pas très bien comment exprimer ceci. Si le témoin n'est pas en mesure de nous fournir quelques preuves substantielles de son... euh... diplôme théologique... il ne peut s'arroger le titre de Révérend.

Otto Leo s'était minutieusement préparé à ce genre d'attaque. Il se précipita vers le juge et murmura assez fort pour qu'on l'entendît :

— N'importe qui au Texas peut se dire Révérend. Aucun diplôme théologique n'est nécessaire.

Le juge posa la main sur son micro et se pencha en avant.

— Qu'est-ce que vous avez dit?

Son appareil de surdité fonctionnait mal : il fallait de nouvelles piles. Leo répéta sa phrase plus fort, mais ce n'était pas assez pour le juge. Ce dernier se pencha, l'oreille tendue vers la bouche d'Otto, mais ce faisant, il retira sa main du micro. C'est ainsi que tout le monde put entendre la voix exaspérée de Leo :

— N'importe quel crétin qui en a envie peut se faire appeler Révérend!

Parmi les rires, le juge permit l'appellation que T.J. s'était lui-même octroyée.

— *Monsieur*, poursuivit l'avocat de la défense, feignant le compromis, connaissez-vous... (Otto, troublé, se corrigea.) Connaissiez-vous le défunt, McKenzie Crawford junior?

— Oui, dit T.J. en hochant tristement la tête.

— Connaissez-vous Kleber Cantrell?

— Certainement.

— Comment avez-vous rencontré ces deux hommes?

— Nous avons grandi ensemble. Sur Cloverdale Avenue, dans cette ville. Sur les hauteurs d'Arlington. Nous étions unis comme des frères. Nous partagions la même vie.

— Si je comprends bien, malgré les années, cette amitié est restée intacte?

Le visage de T.J. s'assombrit, comme accablé.

— Enfin, oui... En tout cas, moi, je le croyais. De mon côté, je n'ai jamais changé. Nos vies ont pris des chemins différents, bien sûr, mais on peut dire que nous étions restés en relation.

— Je vois. Et cette nuit du 9 mai 1975, avez-vous eu l'occasion de vous retrouver, pour ainsi dire, avec McKenzie Crawford junior et Kleber Cantrell?

— Oui. Et je veux vous raconter cela.

De la salle bondée, montèrent des murmures de curiosité, ainsi qu'un « Amen! » enthousiaste. Le juge n'eut pas de peine à entendre cela. Il frappa sa table et s'écria :

— Nous ne sommes pas à l'église, mesdames et messieurs.

— Racontez à la cour, mon Révérend, ce qui s'est passé cette nuit du 9 mai. Comment trois copains d'enfance se sont-ils retrouvés ensemble?

T.J. respira profondément, puis hocha vigoureusement la tête.

— Tout d'abord, je veux rappeler à tout le monde que ce que je vais dire est la vérité, toute la vérité, rien que la vérité, et que Dieu m'assiste.

Le juge Mustardseed martela la table.

— Vous avez déjà prêté serment. Toute incartade à la vérité est un parjure. Maintenant, poursuivez!

— Cet après-midi-là, Kleber est venu à la Cité des Miracles pour nous espionner. Comme un renard déguisé en mouton. Son unique but était de dénoncer notre Église, d'attirer sur nous la honte et le ridicule...

Sledge objecta vigoureusement.

— Ce ne sont que rumeurs, supputations et...

Le juge accepta. Otto Leo tâcha d'apparaître profondément blessé.

— Votre Honneur, comme nous en avons préalablement discuté, il est impératif que la relation entre ces trois hommes soit établie, en particulier l'*état d'esprit* du défunt et du ministre accusé.

— Eh bien, maître, votre témoin peut dire ce que lui a fait et ce que lui a dit, mais je lui interdis de spéculer sur les motivations de M. Cantrell. Ni sur celles du défunt. Vous avez toujours le droit de soumettre M. Cantrell à un contre-interrogatoire. Je vous l'ai accordé.

L'Élu choisit un moment peu opportun pour remarquer :

— A en juger par l'état dans lequel il se trouvait hier, ce vieux Kleber aura du mal à raconter ce qu'il faisait ce jour-là!

Le juge était mécontent. Il agita son marteau en direction de T.J.

— Jeune homme, vous n'avez rien à dire si on ne vous pose pas de question. Compris?

— Je veux seulement que les jurés comprennent pourquoi Kleber s'est rendu dans mon église.

— Taisez-vous!

Puis, en direction de l'avocat de la défense qui s'agitait, le juge lança :

— Maître, si vous n'êtes pas capable de faire respecter à votre témoin les règles de la procédure, c'est moi qui le ferai pour vous.

Merveilleusement amusé, ravi, en fait, Calvin Sledge regagna tranquillement son fauteuil, renonçant à toute objection. Ce qu'il avait envie de faire, c'était d'envoyer un petit mot doux au prédicateur, le remerciant d'avoir fait réapparaître le visage terrible du témoin saisi de terreur.

Sœur Crystal savait qu'elle avait quarante et un ans parce qu'on le lui avait dit. Sur elle-même, elle *savait* très peu de choses;

aucun souvenir d'enfance, aucun visage lui permettant de s'identifier, de se rattacher au passé. Le jour où elle avait quitté
l'hôpital, on lui avait dit que cela avait été un plaisir de l'avoir
comme patiente pendant près de vingt ans. Ce fut la première fois
qu'elle sut où elle avait été pendant vingt ans... Tout n'avait été
que brouillard avant que l'Élu atteignît son cœur et lui donnât
l'amour du Seigneur. Et ces récentes années de cloître, à l'intérieur
de la Cité des Miracles, avaient été merveilleuses.

Elle se rappelait, dans le menu détail, chaque instant depuis que
l'Élu lui avait souri à l'hôpital et avait posé la main sur son front.
Elle se souvenait, avec autant de précision que les chants des
cantiques, comme elle avait été heureuse lorsque l'Élu avait décrété
que dorénavant, elle s'appellerait sœur Crystal, en hommage à la
pureté lapidaire de sa voix. De loin, elle préférait ce nouveau nom à
celui de Jane Doe, qu'elle avait à l'hôpital. Elle se rappelait son
émotion au moment où les docteurs lui avaient permis de partir et
d'accompagner l'Élu à sa Cité des Miracles. Elle avait joyeusement
troqué son jumper bleu marine et son maillot gris qu'elle portait à
l'hôpital pour la robe aux longs plis marmoréens que portaient les
demoiselles d'honneur de l'Élu. L'une des phases de la cérémonie
d'initiation consistait à faire une donation à l'Élu. Le jour où elle fut
acceptée, sœur Crystal était très embarrassée. Elle vit les autres
femmes offrir de riches tributs. Sœur Gentilla posa une poignée de
joyaux d'or, des actions dans trois puits de pétrole et de ravissantes
lithographies sur l'autel des Miracles. L'Élu la bénit avec effusion.
Quand vint son tour, sœur Crystal était troublée. Elle bégaya des
paroles d'excuse. Sa donation n'avait aucune valeur. Mais l'Élu
sourit avec grâce et rappela à tous les membres de la congrégation
le jour où, dans la Bible, la pauvre veuve paya la dime. Puis il
s'exclama en de joyeux remerciements devant chaque objet qu'elle
tirait de sa taie d'oreiller fermée par une ficelle. Les objets
pathétiques atterrirent dans les mains tendues de l'Élu comme s'il
s'agissait de précieux bijoux. Il annonça que ces tributs à Dieu
iraient dans un coffre spécial sous l'église. Sœur Crystal se sentit
réconfortée d'imaginer Dieu acceptant ses dons. Elle se représentait
le Seigneur caressant son peigne auquel il manquait les dents,
l'harmonica que le concierge noir de l'hôpital lui avait donné pour
qu'elle ne raconte à personne qu'il aimait lui faire le bain, les
9,45 dollars en petites pièces gagnés à faire des entre-deux pour des
mouchoirs en dentelle, la bague, les fleurs séchées et les galets
coloriés.

Et ce jour de Noël, à l'aube, elle se rendit au sanctuaire des
Miracles, tomba à genoux dans la scène déserte et pria :

– Je voudrais tellement avoir autre chose à donner à l'Élu

aujourd'hui. Seigneur, dites-moi ce que je dois faire pour aider mon maître.

– Qui a eu l'idée d'aller à la ferme? demanda doucement Otto Leo, s'efforçant de tenir son témoin comme un cavalier dont le cheval refuse les rênes.

– Je crois que c'était notre désir à tous. Comme je l'ai déjà dit, quand Kleber et moi sommes allés chercher Mack chez son ex-femme, il était extrêmement ivre. Je voulais qu'il se reprenne avant de pénétrer dans la Cité des Miracles.

Sledge griffonna la seule question qu'il n'avait jamais été capable d'éclaircir : *Pourquoi ces trois hommes se sont-ils rendus dans une baraque abandonnée au milieu de la nuit?* Son intention était, quand son tour viendrait, de garder le prédicateur à la barre une semaine entière s'il le fallait.

– Que s'est-il passé là-bas? demanda Leo.

– Eh bien, nous sommes entrés. J'avais une bouteille thermos avec du café chaud. Kleber et moi avons persuadé Mack de s'asseoir et de se calmer.

T.J. leva les sourcils en direction des jurés, faisant appel à leur compréhension de la difficulté à maîtriser les ivrognes.

– Vous êtes-vous battus?

– Pas au début. Au début, c'était une réunion. J'étais heureux de partager ce moment privilégié avec ces vieux amis parce que je savais que le lendemain, nous serions sous les projecteurs. Mon désir, c'était qu'on puisse se laisser aller, oublier les années, nous retrouver malgré ces vingt-cinq ans passés... J'étais tellement fier de ces deux garçons... et... la voix du prédicateur s'estompa; ses yeux se remplirent de larmes brillantes qui tombèrent juste au bon moment... et, je dois le confesser, je voulais qu'eux aussi soient fiers de moi...

Malgré son excès de sentimentalisme, T.J. marqua un point. On pouvait comprendre son désir de se mesurer aux autres. La célébrité, c'est comme un portefeuille d'actions dont la valeur doit être vérifiée chaque jour aux cours de la Bourse.

– Maintenant, mon Révérend, veuillez raconter à la cour les événements qui ont précédé l'accident, demanda Otto.

Calvin Sledge ne pouvait pas laisser passer cela.

– L'accident? L'accusation spécifie qu'il s'agit d'un meurtre!

– L'avocat proteste avec raison, fit le juge Mustardseed. Enlevez « accident ».

– Très bien, que s'est-il passé avant que le revolver... *ne parte,* mon Révérend?

L'Élu plissa les yeux; il semblait dérouté.

– C'est assez imprécis... murmura-t-il.

Ce n'était pas là la réponse qu'Otto Leo lui avait préparée pendant leurs longues répétitions. Dès le début, il avait rejeté la position, tentante pour la défense, de folie temporaire, de trous de mémoire, d'irresponsabilité. Ici, le scénario prévoyait que T.J. décrivît en détail l'ivresse de Mack Crawford et ses manœuvres d'intimidation.

– Le défunt vous a-t-il menacé? guida Leo, essayant de ramener son témoin sur les rails.

– Je ne me souviens pas. Mack était fatigué. Il pleurait. Il n'était pas très clair. Il semblait avoir honte de sa vie... C'était un de ces rares moments où les gens parlent avec franchise de leur vie. Je leur ai raconté la haine et la colère qui m'avaient habité pendant des années. Quand nous étions ensemble au lycée, j'étais le favori de la classe. Tout le monde m'aimait. C'était officiel : ils m'avaient élu! Mais une fois les diplômes distribués, mon téléphone n'a plus sonné. Personne ne s'intéressait à moi, et ça m'a fait mal. Je mentirais si je disais le contraire...

Le juge essaya doucement d'intervenir, mais l'Élu était lancé.

– Si l'on n'a jamais connu la popularité, la perdre n'est pas grave. Mais moi, je *souffrais*. Les années ont passé; j'essayais d'être fier de Kleber pour les mots qu'il écrivait, pour le pouvoir qu'il détenait. Et j'allais voir les films de Mack, assis tout seul dans l'obscurité, essayant d'applaudir. Mais mes deux meilleurs amis m'avaient oublié. Ils n'avaient pas voulu de moi dans le beau monde. Et cette nuit-là, chez l'oncle Bun, je leur ai dit combien ils m'avaient fait mal. Mais je leur pardonnais, car j'avais été enfin admis dans une plus grande fraternité, le royaume de Dieu!

Pendant cette longue déclaration, les sourcils épais, teints couleur acajou, d'Otto Leo s'étaient transformés en sémaphore, tentant en vain de réglementer ce flot ininterrompu. Rien n'est plus périlleux qu'un témoin se laissant aller, en particulier un inculpé essayant de justifier les raisons de son crime. Mais si l'Élu s'aperçut de la panique de son avocat, il refusa d'en tenir compte.

– Aussi, quand j'ai raconté à mes amis la cause de ma douleur, tous deux la refusèrent. Kleber dit qu'il n'avait eu aucune intention de me repousser. Que toute sa vie, il avait été très occupé; toujours un nouveau reportage à faire. Qu'il ne fallait pas que je prenne cela comme une attaque personnelle. Il traitait tout le monde de la même façon.

Le juge en avait assez entendu.

– Maître, demandez à votre témoin de répondre plus brièvement. Il s'égare.

Otto hocha la tête avec gratitude.

– Mon Révérend, cette cour apprécie votre franchise. Maintenant, je voudrais que nous parlions de la pièce à conviction...

Il montra la table sur laquelle se trouvait le Magnum 44 qui avait brisé la vie de Mack Crawford et la voix de Kleber Cantrell. L'une des lacunes dans le dossier de Calvin Sledge, c'était l'impossibilité de prouver à qui l'arme appartenait. Elle avait été fabriquée dans les années cinquante, mais impossible de trouver son pedigree. Pour contourner cette difficulté, Sledge avait produit des rapports du laboratoire de criminologie, identifiant irréfutablement les empreintes digitales de T.J. sur le pistolet, sans oublier le fait que le prédicateur l'avait vaguement reconnu la nuit de la tuerie. « Ouais, c'est à moi », avait-il déclaré, mais refusant de dire où et quand il avait obtenu cette arme. Le devoir le plus important d'Otto était de faire oublier l'image de ce prétendu homme de Dieu se baladant avec un pistolet assez puissant pour faire voler en éclats la gueule d'un rhinocéros. Au Texas, il existe quatre motifs légaux pour port d'arme; à priori, l'Élu ne pouvait se réclamer d'aucun :

1. le rapporter chez soi après l'avoir acheté;
2. l'emporter chez un armurier pour être réparé;
3. se rendre à un champ de tir ou à en revenir;
4. se protéger si l'on transporte fréquemment d'importantes sommes d'argent, auquel cas il faut emprunter l'itinéraire le plus direct entre le lieu de départ et le lieu d'arrivée, banque ou domicile.

Otto manœuvrait donc avec prudence.

– Mon Révérend, un homme de votre importance doit être l'objet de beaucoup de menaces, n'est-ce pas?

– Malheureusement, si.

– Vous avez la réputation de dire les choses comme elles sont, d'avoir votre franc-parler, aussi bien en chaire qu'à la télévision. Je suppose qu'il y a beaucoup de gens qui n'aiment pas la vérité crue de vos révélations, n'est-ce pas, Révérend Luther?

T.J. hocha la tête humblement.

– Même un serviteur de Dieu se doit de tenir compte des menaces. Je connais de nombreux prédicateurs qui sont dans l'obligation de porter un moyen de protection personnelle. Il y a toujours quelque part des esprits vengeurs.

– Et je suppose qu'il vous arrive de porter personnellement des sommes substantielles entre votre église et la banque?

A sa table, Sledge griffonna joyeusement : *A 1 heure du matin?*

– C'est exact, dit T.J. Je n'ai rien à cacher, maître. Je porte en effet un pistolet car je suis un soldat du Seigneur. Les soldats doivent être armés. C'est le Seigneur qui l'a dit à Moïse. C'est un commandement de Dieu.

Otto Leo voulait revenir aux menaces de Mack Crawford, mais son client n'était pas prêt à lâcher son histoire d'armement. L'Élu se tourna vers le box des jurés.

– De plus, ajouta-t-il confidentiellement, cela fait vingt ans que je possède cet objet. Il me vient de mon ex-épouse. C'était une Craymore. Des gens comme les Craymore devaient se protéger, eux aussi. C'est la vie...

Il se tut pendant quelques instants pour permettre à ce nom connu de la bonne société de Fort Worth d'imprégner l'atmosphère; il ne remarqua pas que Calvin Sledge se faisait une note supplémentaire : *Sortir le dossier Melissa Craymore.*

Otto jeta un coup d'œil à sa montre : 16 h 20. Il aurait dû s'arrêter, mais il n'était pas satisfait des réponses de son client concernant l'attitude de Mack Crawford lors de cette nuit fatale.

– Révérend Luther, la nuit du 9 mai 1975, le défunt vous a-t-il menacé? Avez-vous craint pour votre vie?

– Je n'ai jamais eu peur de personne, répliqua T.J. De rien sauf de la colère de Dieu. Mack m'a menacé, c'est vrai, mais ce n'était pas Mack; pas vraiment. Ce que j'ai vu cette nuit-là, c'était une langue de serpent, des yeux jetant des flammes infernales, le souffle fétide d'un chacal. Mack n'existait plus. Ce qui l'avait remplacé, c'était la personnification du mal. J'avais perdu Mack depuis longtemps. Mack est mort bien avant la nuit du 9 mai 1975.

– Mon Révérend, s'il vous plaît, répondez à cette question par « oui » ou par « non ». M. Crawford vous a-t-il menacé physiquement?

– Ce n'est pas la question! Je ne devrais pas être jugé. Il n'y a pas de réponse. Je n'ai pas tiré sur lui, même si j'en accepterai la responsabilité le jour du Jugement dernier. C'est le Seigneur en personne qui a détruit ce démon.

Là-dessus, le juge Mustardseed faillit s'étrangler et annonça la fin de la séance.

Dans son bureau, le juge Mustardseed découvrit une bonne bouteille de whisky qu'un avocat lui avait fait porter comme cadeau de Noël. Il décréta qu'il s'agissait d'un cadeau précieux et l'ouvrit sans retard. Puis il servit, dans des verres de polystyrène expansé de grandes rasades aux avocats qui entouraient son bureau.

— Je serais bien disposé, maître Leo, envers une demande de la défense pour obtenir l'erreur judiciaire, fit le juge.

— Merci de votre conseil, monsieur le juge, mais mon client a refusé d'en faire la demande.

— Il a bien tort. Vous devriez le faire examiner!

— C'est déjà fait, fit remarquer Sledge rapidement.

Le prédicateur avait depuis longtemps satisfait aux tests de Rorschach de réalité et de raison. Bien entendu, le juge n'avait pas besoin de la demande d'un avocat pour faire avorter le procès. Il pouvait y mettre fin, quels que fussent les sentiments de l'Élu. Le juge est censé défendre les droits des inculpés. Mais il avait accepté de présider (alors qu'aucun autre juge ne voulait en entendre parler) justement parce qu'il avait la réputation d'être capable d'arracher un verdict à n'importe quel jury. Enfin, ce vieux juge avait l'un des dossiers les plus enviables des archives de criminologie. Ses décisions avaient rarement été reprises ou critiquées par les instances supérieures. Au crépuscule d'une carrière honorable, le juge Mustardseed ne voulait pas finir sur le rôle du pilote qui saute de son avion endommagé au lieu de l'amener, même en serrant les fesses, jusqu'à une quelconque piste d'atterrissage. Et puis, il y avait le problème d'argent. Les journaux avaient clamé haut et fort que ce procès avait déjà coûté au comté de Tarrant plus de 700 000 dollars, et que s'il était interrompu, c'était de l'argent jeté par les fenêtres. Étant un conservateur critiquant aisément les prodigalités du gouvernement, le juge Mustardseed ne voulait pas être accusé de gaspillage. Il demanda à Calvin Sledge son avis sur la poursuite du procès.

— Eh bien, monsieur, puisque le Seigneur vient de faire son entrée en tant que coaccusé, je ne voudrais pas rater son passage devant les jurés...

Otto se sentit insulté. Même s'il ne *soutenait* pas entièrement l'étonnant témoignage de son client, l'avocat tint à rappeler aussi bien au barreau qu'à l'accusation que, parfois, il fallait tenir compte d'un « geste de Dieu ».

— Dites-moi, mon vieux, vous allez essayer de nous prouver que Dieu a tiré sur la détente? demanda le juge.

— Tout le monde connaît l'histoire des « voix » entendues par Jeanne d'Arc, dit Leo.

— Et, répliqua le juge, si j'ai bonne mémoire, on l'a passée à la casserole!

Le juge eut alors un de ses fameux gestes vagues; il allait laisser continuer cette affaire pendant quelque temps encore, mais il tenait à avertir qu'il ne tolérerait aucune incursion dans les domaines de la théologie, du mysticisme, ni de l'absurde en général. Sa façon de s'exprimer indiquait qu'il savait que cette décision n'était pas sage et qu'il se réservait le droit d'arrêter à n'importe quel moment la pièce qui se jouait... Une fois de plus, il rappela aux jouteurs qu'il s'agissait de répondre à des questions précises : Un meurtre a-t-il été commis? Par l'inculpé? L'État du Texas peut-il prouver ce meurtre sans qu'aucun doute ne subsiste?

– C'est clair comme de l'eau de roche, décréta le magistrat. Sauf si vous pissez dedans!

Ce soir-là, l'Élu informa les autorités de la prison qu'il souhaitait ne pas rencontrer ses avocats. Il organisait une retraite de Noël et des séances d'échanges avec les autres prisonniers.

Cette nuit-là, Sandy Double termina sa lecture des *Trois Princes* pour la quatrième fois. Il avait été particulièrement frappé par la description minutieuse, faite par un jeune Kleber Cantrell, d'une ferme où une jeune fille avait été violée par trois lycéens, puis jetée dans une rivière en crue. Il y avait d'étranges liens de parenté entre la cabane « romancée » et celle où Mack Crawford avait été assassiné. Tout en y réfléchissant, il se rappela ce vieil article de l'agence AP qui avait brièvement retenu l'attention de Calvin, celui pour lequel le laboratoire d'analyses criminelles avait utilisé sa poudre magique. Il passa le reste de la nuit à fouiller dans les monceaux de papiers, à la recherche d'un lien. A l'aube, il avait trouvé la clé de l'énigme. D'une voix excitée, il appela Calvin au téléphone.

Cette nuit-là, sœur Crystal ne put pas dormir. Sa paix intérieure était troublée par des vents qui lui soufflaient dans les oreilles, par des larmes qui se formaient sans raison apparente, inondant son visage. Des voix la harcelaient. Inquiétantes. Effrayantes. Impossible de les chasser...

Nuit de Noël.

Fort Worth s'offrit un ravissant spectacle. Les gratte-ciel du centre ville avaient leurs arêtes illuminées, et le paysage ressemblait à un ensemble de paquets-cadeaux géants. Seul le tribunal n'était pas illuminé ressemblant à un cadeau non déballé, caché derrière l'arbre. Les Pères Noël de l'Armée du Salut s'adressaient aux files de gens qui attendaient d'entrer au tribunal; la foule s'était gonflée des étudiants rentrés pour les vacances, et la police avait augmenté ses effectifs pour contrôler la circulation.

Au coup de maillet d'ouverture, Sandy Double se leva pour expliquer le retard de Calvin Sledge : « Une petite urgence médicale. » Piètre excuse, mais le juge l'accepta parce que c'était Noël. Quand Sledge fit son apparition dans la salle d'audience à 10 h 25, tout le monde remarqua comme il avait l'air fringant dans son nouveau costume bleu marine à rayures digne d'un directeur de banque.

Aussitôt, il y eut une surprise. Sledge renonça au contre-interrogatoire de T.J. Luther pour l'instant, se réservant le droit de le rappeler plus tard si nécessaire. L'Élu sembla déçu. Il s'était réjoui de passer la journée à la barre et d'adopter une attitude triomphale face à l'accusation.

Cela étant, la parole était à la défense. Otto Leo s'empressa de présenter une motion demandant un verdict d'acquittement. Mais comme prévu, le juge refusa.

– Monsieur le procureur, avez-vous un témoignage à réfuter? demanda-t-il.

– Certainement, dit Sledge avec l'empressement d'un étudiant qui a préparé un devoir exceptionnel.

Et d'annoncer un nom que personne ne connaissait :

– Mme Maurice Alonzo!

Alors pénétra dans la salle une vieille dame ratatinée; elle avait un visage tendre, le menton carré et un regard étincelant, comme peint à la laque bleu ciel. Elle salua gentiment, aimable comme une marchande de confiserie. Otto Leo se pencha, nerveux, vers l'oreille de son client. Qui était-ce? Quel rapport avait-elle avec le sang de la célébrité? L'Élu scruta le visage de cette femme, mais il ne disait rien. Calvin Sledge jouissait avec perversité. Ils allaient ramper, tous ces salauds...

– Quel est votre nom, madame? demanda le procureur.

– Madame Maurice Alonzo.

La voix était claire; elle avait l'accent chaud du Sud.

– Votre âge?

– J'ai quarante-deux ans.

La réponse provoqua des murmures dans la salle. Cette femme ne mentait pas par vanité, mais elle semblait avoir vingt ans de plus.

– Connaissez-vous l'inculpé, Thomas Jeremiah Luther?

– Oui, je le connais. Je le connaissais.

– Comment l'avez-vous connu?

– C'était mon premier mari, répondit Melissa Craymore Luther Colefax Alonzo, mariée trois fois, divorcée trois fois, et en portant les marques.

Après quatre mois d'efforts pour essayer de retrouver cette

femme, voilà qu'elle avait téléphoné à Sledge la nuit précédente depuis l'aéroport de Dallas-Fort Worth. Jamais le destin n'aura offert plus beau cadeau.

– Et où habitez-vous?

– Dans un autre État...

Sledge respectait le marché. Missy avait accepté de témoigner contre la garantie formelle que son lieu de résidence ne serait pas révélé. Elle aimait sa vie dans la banlieue de Mobile, où elle possédait une gentille petite boutique d'antiquités et était connue pour les excellentes occasions qu'elle choyait et exposait. Elle prenait aussi du Lithium jour après jour, et en avait avalé trois cents milligrammes avant de se présenter à la barre.

Sledge lui montra le sinistre Magnum 44, devant lequel elle se contracta aussitôt. Connaissait-elle ce pistolet? Oui, bien sûr.

– Ce 44 appartenait à mon père, Wyman Craymore. Je m'en souviens très bien. C'était son préféré. Il l'avait acheté à Londres, à une duchesse qu'il avait rencontrée lors d'une chasse à l'éléphant au Kenya.

– Êtes-vous sûre?

– Absolument certaine.

Elle retourna l'arme et montra deux petites initiales gravées sous le canon : W. C.

– C'est Papa qui avait fait faire ça à Londres; le graveur s'étonna que quelqu'un voulût faire inscrire W. C. sur un pistolet!

Missy fouilla dans son sac et en sortit une vieille facture froissée, rédigée d'une grande écriture élégante. L'arme qui avait tué Mack Crawford avait plus de vingt ans.

– L'accusé, Thomas Jeremiah Luther, continua Sledge, a déclaré avoir reçu cette arme de vous ou des biens de votre père. Pour autant que vous vous en souveniez, cette déclaration est-elle exacte?

Missy rit avec indulgence.

– Non, monsieur. Il l'a volée. Sans permission.

Il y eut de l'agitation à la table de la défense. Otto Leo s'était levé. L'Élu s'était levé de concert, secouant furieusement la tête. Depuis quatre mois, c'était la première fois que T.J. perdait son calme. Sledge remarqua deux jurés qui observaient le prédicateur d'un regard nouveau.

– Êtes-vous certaine de ce que vous dites? demanda Sledge.

– J'en jure sur ma tombe. T.J. m'a volé tout ce qui n'était pas scellé au mur.

Otto fit une objection qui fut acceptée, mais Missy était vraisemblable.

– Quand avez-vous vu l'inculpé pour la dernière fois? demanda Sledge.

Missy n'hésita pas. Sa revanche fut implacable.

– Au cours de l'été 1960. Juste après qu'il m'eût abandonnée et fait brûler la chaumière de notre lune de miel.

– Lors de votre mariage, vous est-il arrivé d'entendre T.J. Luther proférer des menaces contre Mack Crawford?

– Oui. Au grand bal de 1958. Il s'était juré de tuer Mack. Il a dit que jamais il n'oublierait ce serment...

– Merci.

Sledge s'assit, heureux comme un poisson dans l'eau.

Au contre-interrogatoire, Otto Leo harcela Missy sur un seul point : combien de temps elle avait passé chez les psychiatres et dans leurs institutions – environ un tiers de sa vie. Mais elle était le genre de témoin auquel il ne fallait pas toucher; plus Otto l'attaquait, plus il s'enlisait.

– Susan French, Votre Honneur, annonça Sledge, déchaînant une cavalerie dans les couloirs.

Un cordon de police et d'huissiers l'aida à se frayer un passage dans la foule des journalistes; les spots de la télévision réchauffèrent la grisaille de l'après-midi. Elle avait les yeux profondément cernés de fatigue et d'insomnie; elle avait dû bien se tourmenter avant de se décider à témoigner. Cette femme ne cherchait pas, ou ne cherchait plus, les feux de la rampe mais la façon dont elle s'installa à la barre indiquait qu'elle était de taille à y faire face. Elle portait un ensemble-pantalon de laine noire et un foulard écarlate noué autour du cou, rappelant de façon symbolique que le sang avait coulé.

La veille jusqu'à minuit, Susan French avait obstinément repoussé les insistances du procureur, lui expliquant que, même si elle était sommée de se rendre au tribunal, son témoignage ne servirait à rien. Néanmoins, Sledge avait continué de la harceler : il avait besoin d'elle, il savait que sa beauté simple et tranquille ferait de l'effet. De plus, Susan vivait dans cette ville, et c'était un lien entre Fort Worth et les grosses têtes de la célébrité. Son témoignage était vital pour préserver la réputation du défunt. Si elle ne venait pas au secours de l'accusation, les jurés pourraient croire la version de T.J., selon laquelle Mack méritait d'être tué. Susan fut finalement persuadée par une allusion adroite de Sledge qui la toucha dans son sens de sa propre valeur.

– Ils s'apprêtent à déverser tellement de saloperies sur la tombe

de Mack que les gens vont se demander comment vous avez pu
rester mariée à une telle calamité nationale.

— Je vous en prie, laissez-moi tranquille. Je n'ai rien à voir
là-dedans. Je suis comme l'un de ces passants innocents qui
reçoivent une balle perdue.

— Vous êtes une des dernières personnes à avoir vu Mack
vivant, lui rappela Sledge. Si vous avez aimé cet homme, et moi je
sais qu'il vous aimait, c'est le moment de le montrer. Dans le cas
contraire, vous niez tous les instants de bonheur partagés avec lui.

Susan implora encore une heure pour réfléchir; pendant ce
temps, elle essaya de trouver son fils. Au standard de la Cité des
Miracles, on lui répondit que Jeffie/Paul ne « répondait pas ». Elle
laissa un message. A 3 h 15 du matin, son fils rappela; il écouta la
décison de sa mère, sans discuter.

— Fais ce que tu crois être le mieux, Maman, dit-il. Dieu
t'aime.

Avec délicatesse, Sledge interrogea Susan sur son mariage, sa
séparation, son divorce, tout cela assaisonné par des objections de
Leo. Et à juste titre. Une union brisée depuis longtemps n'avait
qu'une importance relative pour le meurtre. Néanmoins Sledge
s'attardait, convaincu que le juge était aussi intéressé que les jurés.
Il voulait que tout le monde apprécie à quelle femme formidable
Mack avait été autrefois marié.

Susan avait décidé de ne dire qu'une partie de la vérité, mais elle
fut surprise de la facilité avec laquelle elle mentit. Quand Sledge
lui demanda si Mack était ivre ou menaçant à son égard la nuit où
il avait été tué, Susan hocha la tête avec solennité et déclara
fermement :

— Non.

— Semblait-il ivre?

— Oh, il avait peut-être bu un verre ce jour-là, je ne sais pas. Il
était de sortie avec ses potes. Il avait l'air de bonne humeur.

— Madame French, demanda Sledge pour terminer, au cours de
ces vingt ans où vous avez connu McKenzie Crawford junior,
comme mari, amant et ami, vous est-il arrivé de le voir commettre
un acte violent?

— Seulement dans ses films, répondit-elle, laissant échapper un
rire poignant. Le Mack Crawford que je connaissais était doux... et
généreux... et bon... et attentionné... (Sa voix se fit hésitante.) Et
très très gentil... (Des larmes de chagrin coulèrent sur son visage.)
Mack était un *gentil*-homme... et toute sa vie, beaucoup de gens se
sont *servis* de lui...

Calvin Sledge dit qu'il en avait fini avec ses questions, et Otto laissa passer, prudemment. Il était préférable de ne pas presser davantage cette femme forte, frappée de douleur. Le juge s'épongea les yeux, remercia le témoin et rendit hommage à son courage.

Le vieux magistrat regarda l'horloge. 1 h 50. Son intention était d'abréger la séance, car les jurés devaient fêter Noël à l'hôtel où ils étaient séquestrés. Il avait acheté pour chacun d'eux un cadeau : de l'eau de Cologne pour les dames, de la mousse à raser pour les messieurs, son projet immédiat était de partager avec eux le verre de la clémence.

– Je crois qu'il est temps de fêter Noël, fit-il.

C'est alors que Calvin s'approcha de la barre et offrit son dernier cadeau surprise : un témoin inattendu.

– Il serait peut-être préférable d'avoir passé les fêtes, murmura le juge.

– Peut-être, peut-être pas, répondit le procureur. Il est prêt maintenant. J'ai passé une heure avec lui ce matin. Je ne peux pas assurer qu'il sera encore prêt la semaine prochaine. Je pense que vous serez d'accord pour dire que son témoignage est crucial pour les deux parties.

Le juge hocha la tête, consulta Otto Leo, puis se tourna vers les jurés.

– Mesdames et messieurs, je suis désolé de vous retenir ici plus longtemps. Mais c'est important. Le procureur m'informe qu'il souhaite rappeler M. Kleber Cantrell. Il semblerait que M. Cantrell ait retrouvé non seulement sa santé, mais sa voix.

– Dieu soit loué! s'écria le prince des Tentations, alias l'Élu, comme si c'étaient ses prières à lui qui avaient engendré ce nouveau miracle.

CHAPITRE 30

C'était un matin sinistre et glacé. De lourds nuages venaient du nord, balayés par des vents tourbillonnants. Le cœur de sœur Crystal était chargé de tristesse. Défiant les intempéries, elle courut jusqu'à la petite colline où elle aurait dû normalement se trouver en ce jour de fête. Si l'Élu n'avait pas été retenu ailleurs, la Cité des Miracles en ce jour eût resplendi de joie et de festivités. Les foules eussent commencé à s'assembler avant midi pour obtenir les meilleures places et assister à la grande représentation de la Nativité, dans laquelle sœur Crystal tenait depuis des années le rôle du Premier Ange. Transie de froid, elle ferma les yeux et essaya de se rappeler les douces draperies d'un blanc céleste autour de son corps, les ailes en papier mâché jaillissant de ses épaules. C'est elle qui ouvrait toujours le spectacle en soufflant dans une corne dorée. Et elle avait toujours eu l'honneur de clore la soirée en chantant la douce mélodie de *Oh, douce nuit.* Tout ce qu'elle pouvait faire, à présent, c'était de grelotter sur cette butte abandonnée, celle qui, lors de la représentation de Pâques, servait de Calvaire... Elle regarda autour d'elle; elle ne vit point de visages radieux, d'allées parsemées de fleurettes, d'arbres ployant sous les présents destinés aux pauvres. Il n'y avait que de l'herbe brune, des arbres nus et pitoyables.

Il se mit à pleuvoir, de la neige fondue glaciale. Comme elle courait s'abriter, sœur Crystal aperçut une procession de voitures luxueuses pénétrant dans le domaine, se garant juste en bas de la tour des Miracles. Elle se rua pour aller voir ce qui se passait. Elle reconnut certains membres du conseil d'administration. Sœur Gentilla était postée sous le portique, un grand parapluie noir à la main, abritant de la pluie ces hommes importants. L'air sombre, ils s'engouffrèrent dans l'ascenseur de verre et montèrent jusqu'au dernier étage.

— Que se passe-t-il? demanda sœur Crystal.

— Une réunion privée, répondit sœur Gentilla qui savait toujours tout mais ne disait jamais rien.

— C'est grave?

— Il faut attendre. Ils doivent discuter de l'avenir du ministère de l'Élu.

Au pied de la tour couleur bronze, les rumeurs se propagèrent parmi les quelques dévots qui restaient. Ils étaient plaqués contre le mur, regardant les nappes de pluie, et bavardaient. Quelqu'un dit qu'on procédait à l'examen d'un nouveau ministre du culte. Quelqu'un d'autre murmura que la Cité des Miracles pourrait fermer à tout jamais. Le conseil d'administration était très préoccupé par l'avenir du Droit Chemin, surtout en regard de l'élection présidentielle de 1976 dont les primaires commenceraient très prochainement. La voix des intégristes devait être entendue, et puissamment, dans les bureaux de vote. Et voilà qu'un scandale dégoûtant mettait en danger la volonté de Dieu et la santé de l'Amérique...

Peu après midi, les membres du conseil d'administration sortirent les uns derrière les autres avec des figures d'enterrement. Sœur Crystal s'approcha timidement de l'éleveur de Waco nommé Noah, qui avait lui-même été acquitté de plusieurs crimes. Elle lui demanda ce qui s'était passé. Mais Noah n'avait pas de temps à perdre avec sœur Crystal; il était trop préoccupé par ailleurs. Il répondit brusquement :

— Excusez-moi, ma sœur.

Et il s'avança vers un type mince aux cheveux en brosse d'environ trente ans, qui portait un costume noir de pasteur et une cravate rouge flamboyant. Sœur Crystal surprit ce qu'ils se murmuraient.

— Écoute-moi, mon petit gars : tu vas retourner au Hilton, parler à ta gentille petite femme, et puis tu m'appelles avant 6 heures.

— Entendu, monsieur. Mais vous comprenez, c'est une grande décision. C'est arrivé si vite.

— Oh, nous pensons que tu peux t'en sortir. Il ne s'agit pas de tarder.

On poussa le nouveau venu à l'air troublé dans une Cadillac, qui démarra en vitesse.

Sœur Crystal avait attendu patiemment pendant cet échange mais maintenant elle répéta sa question :

— Pouvez-vous me dire ce qui se passe?

— Pas grand-chose. On attend seulement que le procès soit terminé.

— Qui est ce jeune homme?

— Jimmy Lee Witherspoon, un gentil petit prédicateur de Galveston. Y s' peut qu'il nous donne un coup de main.

– Mais l'Élu va revenir. C'est une épreuve qui est imposée à notre foi. Dieu ne nous abandonnera pas.

– Malheureusement, ma sœur, dit Noah en montant dans sa Cadillac et en faisant vrombir le moteur, le Seigneur ne paie pas beaucoup les factures, en ce moment.

Sœur Crystal se posta de façon à empêcher la porte de la voiture de se fermer. La pluie tombait en trombes sur son visage, mais elle ne s'en souciait guère.

– Que pouvons-nous faire, mon frère?

– Prier. Et ne pas perdre confiance. Rappelons-nous les paroles de Dieu à Moïse : « *Tes ennemis périront par l'épée avant toi.* »

– Oui, bien sûr! Oh, je n'y manquerai pas...

Tandis que Noah passait les grilles, sœur Crystal comprit. La révélation. Elle sut ce qu'elle avait à faire. Et elle se pressa, même si elle avait de nouveau mal à la tête, même si elle était déchirée par le souvenir de scènes imprécises, par des voix qui la troublaient. Elle devait aller à *lui*. Elle devait renouveler son engagement. Elle allait le combler d'amour et de dévotion. Elle allait dire à l'Élu que la Cité des Miracles était en danger. Elle allait l'informer qu'un homme nouveau allait prendre sa place, comme si quelqu'un pouvait prendre la place de l'Élu. Puis, après avoir parlé à son maître, elle se rendrait au Hilton pour prévenir ce parvenu de Jimmy Lee Witherspoon que ses prétentions étaient futiles.

Dans le sous-sol de la tour se trouvait une pièce où l'on gardait les objets personnels. Là reposaient les reliques de la vie antérieure de toutes les sœurs et de tous les frères qui avaient renoncé à leur triste passé pour se donner à l'Élu et à son amour. Par chance, le gardien s'était tiré après deux vendredis sans paye, et il n'y avait personne pour interdire à sœur Crystal de briser la serrure de son casier. Très vite, de crainte d'être vue, elle ôta sa robe de coton et enfila à nouveau les vêtements qu'elle avait à l'asile. Elle se brossa les cheveux pour les sécher et les faire briller. Elle prit l'enveloppe où étaient inscrits ses noms : JANE DOE – SŒUR CRYSTAL, effrita le cachet de cire rouge et vida le contenu. De pauvres restes tombèrent dans ses mains. Elle fut tentée de s'attarder quelques instants pour admirer les fleurs séchées, le peigne cassé, les galets coloriés. Mais elle n'avait pas le temps. Elle enfila la bague à son doigt et fourra les 8 dollars dans sa poche, espérant qu'ils suffiraient à payer le bus jusqu'à Fort Worth.

Juste avant de franchir les grilles d'entrée de la Cité des Miracles, sœur Crystal obéit à une dernière impulsion. Elle glissa le couteau de cuisine volé sous sa blouse. Elle ne savait pas très bien pourquoi c'était nécessaire, mais les voix lui disaient d'être armée. En attendant le bus, elle fut insensible à l'orage. D'une main, elle serrait son argent, de l'autre, elle tâtait la lame réconfortante de l'acier.

— Êtes-vous le même Kleber Cantrell qui a déjà témoigné devant nous? demanda Calvin Sledge.

Kleber hocha la tête. Puis il regarda l'Élu dans les yeux : cette fois, il n'y avait aucune peur dans son regard.

— Oui, ajouta-t-il d'une voix forte. C'est moi.

Le son de sa voix provoqua un émoi dans l'audience. En huit mois, c'était la première fois que le célèbre écrivain se faisait entendre en public. Tout le monde s'agita pour mieux entendre et le juge frappa son maillet avec une telle force qu'il se brisa.

— Quand avez-vous recouvré votre voix? demanda le procureur.

Kleber haussa les épaules.

— Je ne sais pas précisément.

— Est-ce ce matin?

Kleber hocha la tête.

— Ce matin, je vous ai parlé pour la première fois, mais...

— Continuez, je vous en prie. Mais *quoi*?

— Mais je n'ai pas été tout à fait honnête, dans cette affaire. Au début, après avoir été blessé, je n'avais plus de voix. C'est vrai. Rien ne sortait. Puis, petit à petit, je ne sais pas précisément quand, je me suis aperçu que je pouvais murmurer. Mais c'était douloureux. Physiquement et émotionnellement. Alors, j'ai décidé de jouer les muets. Je pensais que, de toute façon, j'avais assez utilisé de mots pour une vie tout entière.

— Pourquoi faites-vous cette déclaration maintenant devant la cour?

— Parce qu'il y a eu tant de mensonges et de contre-vérités racontés ici, et parce que j'ai honte de moi.

— Pourquoi avez-vous honte de vous? demanda le procureur.

C'était une question non préparée et pas très fine, mais personnellement il voulait en savoir la réponse.

Indigné, Otto Leo intervint.

— Objection, s'il vous plaît. Hors sujet. Moi, je ne me demande pas pourquoi ce témoin a honte de lui! Depuis des mois, il vit dans le mensonge. Il a égaré le cours de la justice. Et maintenant, il se met à la merci de cette cour. Quel Kleber Cantrell faut-il croire?

L'élu se pencha et saisit la manche de Otto.

— Chut! ordonna le prédicateur. Laissez-le parler.

— Répondez à la question, demanda le juge Mustardseed.

Kleber prit son temps.

– Parce que, dit-il d'une voix douce, presque inaudible, en restant silencieux, je reniais ma vie. J'ai fait mes débuts ici, dans cette ville, il y a vingt-cinq ans, en cherchant la vérité, et quand le jour est venu de dire ce qui était arrivé, à moi et à Mack, je me suis tu. Je le regrette. Je me suis conduit comme un trouillard. Je présente mes excuses à la cour.

Le juge tapa doucement sa main sur son bureau.

– Poursuivons ce témoignage pertinent. Qu'il soit noté que la cour apprécie la franchise du témoin.

Le bus coûtait 1,25 dollar, que sœur Crystal paya en menue monnaie, écoutant avec plaisir la mélodie des pièces tomber dans la boîte. C'était comme des cloches de Noël. Le bus était presque vide. Seules quelques gens de la campagne se rendaient en ville pour acheter des cadeaux. Le chauffeur conseilla à sa nouvelle passagère de s'asseoir au premier rang, juste derrière lui, et de se sécher à l'air chaud du ventilateur.

– On peut facilement attraper une double pneumonie par un jour comme ça, lui dit-il.

Il était gentil. Il demanda à sœur Crystal si elle avait lu le *Star Telegram* du matin et, comme elle répondait non, il lui tendit le journal.

– Vous êtes de l'Église?

– Oui, monsieur, répondit poliment sœur Crystal.

– Vous allez rendre visite au prédicateur?

Sœur Crystal fit oui d'un signe de tête. Elle glissa la main dans sa poche et sentit le couteau. Et si cet homme était un espion? Allait-il l'empêcher d'accomplir son urgente mission?

– Sacré procès! déclara le chauffeur en conduisant son bus sur l'autoroute mouillée. Inutile de vous dire que j' suis du côté de l'Élu.

Sœur Crystal se détendit. Elle se mit à lire le journal. Sur la première page, il y avait une énorme photo qui retint son attention. C'étaient trois garçons au visage juvénile, une vieille photo datant de vingt-cinq ans, celle que Clara Eggleston avait volée aux archives du *Star Telegram* et mise dans un cadre d'argent. Aujourd'hui elle était à la retraite et malade, mais elle avait vendu sa relique à prix d'or. Sœur Crystal marmonna le titre en silence : PHOTO EXCEPTIONNELLE DES PRINCIPAUX ACTEURS DU MEURTRE CRAWFORD. En dessous, la même manchette qu'en 1950 : LES PRINCES DE WESTERN HIGH FACE A L'AVENIR.

Pendant le reste du voyage, elle contempla la photo. Et quand le chauffeur la fit descendre, tout près du tribunal, sœur Crystal lui demanda si elle pouvait garder le journal.

— Bien sûr, fit gaiement le chauffeur. Et dites au prédicateur que je pense à lui. Ne vous mouillez plus, hein? Et joyeux Noël!

Sœur Crystal glissa son couteau dans le journal plié et serra les Trois Princes contre sa poitrine. Puis elle courut vers le tribunal.

Sledge posait mécaniquement ses questions. Lui et Kleber avaient répété toute la nuit.

— L'après-midi du 8 mai 1975, vous êtes-vous rendu à ladite Cité des Miracles?

— Oui.

— Comment étiez-vous habillé?

— Un pantalon, une chemise, un chapeau de paille, des lunettes de soleil.

— Pensez-vous qu'il s'agisse là d'une tenue d'espion?

Kleber rit.

— Je n'ai pas voulu jouer à la CIA, si c'est ce que vous voulez dire. Mais j'avoue que j'ai essayé de me mêler aux touristes. Que cela plaise ou non (et à moi, ça ne plaît plus), je suis reconnaissable. Je suis allé à la Cité des Miracles en tant que journaliste.

— Voulez-vous dire à la cour *pourquoi* vous êtes allé là-bas?

— Juste pour voir. C'était un bon sujet.

— Aviez-vous l'intention d'écrire ou de faire une émission de télévision sur la Cité des Miracles ou sur l'Élu?

— Peut-être. J'aurais pu écrire un article, ou faire une émission, si... si ça n'était pas arrivé.

— *Ça?*

— Si Mack n'avait pas été assassiné.

Otto Leo était hors de lui. Il protesta vigoureusement.

— Je n'ai jamais entendu une chose pareille, Votre Honneur. Très évidemment, le procureur et ce... ce témoin vedette ont mijoté ensemble ce mélodrame fumant pour monter les jurés contre l'accusé...

— Je ne vois pas cela du tout ainsi, fit remarquer le juge. Taisez-vous et asseyez-vous. Objection rejetée.

Otto demanda alors, et obtint, une objection permanente à chaque mot qui sortait de la bouche de Kleber Cantrell.

Sledge passa alors en revue la nuit en question, obtenant de Kleber un témoignage oculaire qui accusait l'Élu. Kleber infirma que Mack eût été menaçant ou dangereux chez Susan, puis on en vint à la ferme.

– L'inculpé Luther vous a-t-il dit, à vous et à M. Crawford, qu'il était le propriétaire de ce lieu?

– Oui, en effet. Il nous a dit que cela avait été son havre pendant des années.

– Vous êtes sûr?

– Tout à fait. Il a dit que cette maison appartenait à sa famille depuis des années.

– L'accusé a-t-il mentionné que cette maison avait été en fait mise sous scellés par le comté de Tarrant pour impôts impayés?

– Non.

– En pénétrant dans cette propriété d'État sans permission, saviez-vous que vous commettiez une effraction, un délit?

– Non, maître. On ne demande pas à voir le contrat d'achat d'une maison avant d'entrer chez les gens. De plus, je n'avais pas demandé à aller là-bas. C'est T.J. qui nous a emmenés, en quelque sorte sans nous demander notre accord.

Kleber lança un regard à l'Élu : il avait l'air blessé; le visage d'un homme trahi.

– Y a-t-il eu une bagarre dans cette bicoque la nuit du 9 mai 1975?

– Pas au début. On a commencé par se raconter notre vie. On ne s'était pas vus depuis longtemps. Puis T.J. a commencé à nous sermonner, Mack et moi, comme s'il voulait nous convertir. Ce n'était ni le lieu ni le moment.

– Dites au jury ce qui est arrivé ensuite.

– Tous les deux, nous étions de plus en plus mal à l'aise. Mack voulait partir. Moi aussi. Mais on étaient coincés. Nous étions venus dans la Mercedes de T.J. et nous étions perdus en pleine cambrousse. Mack s'est énervé; il a exigé les clés de la voiture. Au lieu de nous ramener, T.J. a ouvert son attaché-case et nous a lancé deux dossiers épais. Nous avons compris que l'Élu nous avait choisis pour faire d'énormes contributions à la Cité des Miracles. Il a essayé de nous taper un demi-million de dollars chacun. Alors je crois que tous les deux, Mack et moi, on s'est foutus de lui. Alors...

– Alors?

Kleber remua la bouche, mais rien ne sortait. Il manquait d'air. Le juge ordonna à l'huissier d'apporter de l'eau. Kleber but, toussa et s'efforça de terminer son histoire. Sa voix n'était plus qu'un souffle dans un vieil orgue.

– Alors... T.J. a sorti le pistolet... D'abord, j'ai cru que c'était une plaisanterie... Mais Mack a compris la menace... Il a bondi sur T.J. et... T.J. a tiré sur lui. On m'a dit que la balle... ou une partie... avait transpercé complètement le corps de Mack pour finir son trajet dans ma gorge... Excusez-moi... j'ai du mal à respirer...

La situation devenait délicate. Le procureur du comté de Tarrant décida d'arrêter là. Tout s'était passé comme il l'avait prévu. Il passa son témoin à Otto Leo, priant de toutes ses forces pour que l'avocat de la défense tombât dans le piège qui lui avait été soigneusement tendu. Il retint son souffle, feignant de s'intéresser à un autre dossier.

Il était 16 h 25. Dehors, le vent hurlait et le tonnerre grondait. Tout le monde voulait rentrer chez soi. Mais Otto Leo ne pouvait pas laisser les jurés partir et aller ouvrir leurs cadeaux, son contre-interrogatoire en suspens pendant quatre jours. L'avocat de la défense demanda qu'on lui accorde une demi-heure. Le juge n'était pas très chaud, car il devait personnellement se rendre en voiture à la maison de campagne de son fils cadet, où on l'attendait pour le dîner de Noël à 19 heures. Et les routes étaient verglacées. De plus, le témoin était épuisé; sa voix était fragile. Continuer de le presser de questions serait cruel et dangereux médicalement.

– Avec votre respect, monsieur le juge, supplia Leo. Cela ne peut pas attendre. C'est inscrit dans le sixième amendement de notre législation. Le droit au contre-interrogatoire. Et nous ne savons pas si M. Cantrell pourra parler dans quatre jours. Sa voix semble revenir quand il souhaite attaquer mon client. On peut se demander s'il ne va pas retomber dans cette aphonie hystérique tellement pratique.

Le magistrat demanda l'avis du procureur. Sledge fit semblant d'avoir envie de rentrer chez lui, assura que Kleber serait disponible après Noël, mais, prenant le masque de la charité, concéda que trente minutes de plus ne raccourciraient pas trop les fêtes.

– Je vous donne jusqu'à 17 heures pour votre contre-interrogatoire, maître Leo, déclara le juge Mustardseed.

Les épaules couvertes de neige fondue, tremblante, sœur Crystal se vit refuser l'entrée du tribunal. Derrière la vitre, le garde fit non de la tête et d'un signe, montra l'heure à sa montre. Il boucla la porte. L'orage s'intensifiait. Des éclairs déchiraient le ciel au-dessus de la ville, comme des courts-circuits électroniques. Les voix revinrent. Les voix lui dirent de courir. Les voix lui donnaient du courage. Les voix lui indiquèrent le chemin. En courant, sœur Crystal fit le tour du bâtiment, se perdit, se retrouva dans un cul-de-sac où le camion à plate-forme de la Cité des Miracles avait été remorqué et abandonné. Dans quel état il était! Les vents avaient déchiré les draperies rouge sang et la croix était tombée. De la phrase écrite sur la grande bannière : « LA VENGEANCE M'APPARTIENT, A DIT LE SEIGNEUR », seul le premier mot était encore lisible.

L'enquête révélerait ensuite comment sœur Crystal avait réussi à s'introduire dans la salle, et même si quelques petits fonctionnaires devaient perdre leur emploi, ce n'était vraiment la faute de personne. Comme il arrive parfois, le système de sécurité du tribunal ne fonctionna pas. C'était la faute de l'heure tardive, des intempéries et des circonstances. A la porte arrière du bâtiment, le garde préposé à la surveillance s'était absenté pour appeler sa femme et lui dire qu'il serait en retard pour le repas de Noël. Au poste de sécurité où les spectateurs étaient fouillés et passés aux rayons X pour détecter le port d'armes, personne n'était là pour arrêter une femme trempée des pieds à la tête, l'empêcher de se mêler à la foule et de se plaquer contre le mur. Pressant contre elle le journal et son secret, sœur Crystal écoutait et attendait.

Otto Leo attendit que le tonnerre cessât de gronder, les yeux tournés vers le plafond par déférence envers un client plus élevé. Puis il s'attaqua au prince du Pouvoir.

– Du 16 mars au 5 novembre 1972, où habitiez-vous, monsieur Cantrell?

– Je n'en ai pas la moindre idée.

– Vous ne vous en souvenez pas du tout?

– Je voyage beaucoup.

L'avocat prit un épais dossier, en tourna les pages furieusement, titillant tout le monde.

– Est-il vrai que, du 16 mars au 5 novembre 1972, vous avez fait un séjour à la clinique de Merriac, à Lucerne, en Suisse?

Calvin Sledge objecta, mais le juge fit signe au témoin de répondre.

– C'est possible, fit Kleber à contrecœur. Je n'ai pas la mémoire des dates.

– Très évidemment, murmura Leo en continuant de tourner ses pages. N'est-il pas vrai que la clinique de Merriac est une institution réservée aux drogués et aux alcooliques fortunés?

– Objection! s'écria Sledge, tandis que le juge demandait à Otto de cesser ses coups bas.

– Maître Leo, ma charité chrétienne, en ce jour de Noël, est à bout. Venons aux faits, je vous prie. Il vous reste onze minutes.

Néanmoins, le mal était fait.

Otto ne sembla pas mécontent de s'en tirer avec ce modeste triomphe quelque peu en dessous de la ceinture. Mais une fois de plus, l'Élu le saisit à la manche et lui murmura un message urgent à l'oreille. Au fond de la salle, le cœur de sœur Crystal bondit dans sa poitrine au moment où elle vit enfin son maître. Elle voulait l'appeler, lui dire qu'elle était là, mais les voix lui dirent d'attendre.

Remonté à bloc, Otto Leo avança de nouveau vers le box.

— Avez-vous déjà été poursuivi pour diffamation? demanda-t-il.

Kleber eut envie de crier que c'était infect. La vraie réponse, c'était oui. Il avait été poursuivi à cause d'un personnage mineur de son livre sur le Vietnam. Un capitaine des marines avait pensé que son personnage avait été déformé. Quoique Kleber eût les faits pour lui, son avocat lui avait conseillé un arrangement à l'amiable de 5000 dollars.

— Oui, mais...

— Et je crois que vous avez arrangé cette affaire plutôt que d'aller en justice, est-ce exact?

— Puisque cela vous intéresse, je serais très heureux de dire toute...

— Oui ou non, vous êtes-vous « arrangé »?

— Oui.

Le regard de Kleber brilla d'indignation. Tous les avocats sont des salauds. En lui refusant le droit à une explication, Leo avait posé sur les épaules de l'écrivain la pelisse du menteur.

— Voyons, encore une petite question, et nous pourrons tous rentrer chez nous. Vous souvenez-vous d'être allé, à une autre occasion, dans cette vieille maison quand elle était la propriété de la famille de l'accusé?

Sur son siège, Calvin Sledge faillit bondir de joie. Un cadeau du ciel! Otto Leo était sur le point d'ouvrir une porte derrière laquelle se tenait le fantôme d'une jeune fille violée.

Kleber prit son temps avant de répondre, comme Sledge le lui avait conseillé.

— Pouvez-vous être plus explicite, maître? demanda-t-il.

— Non. Je ne peux pas être plus clair. Je vous rappelle, monsieur Cantrell, que vous témoignez sous la foi du serment, même si un homme tel que vous ne devrait pas avoir besoin de cet avertissement. Répondez simplement par oui ou par non. Aviez-vous déjà été dans cet endroit avant la nuit du 9 mai 1975?

L'enquête ne devait pas non plus expliquer les circonstances qui avaient permis à cette femme de se trouver où elle était. Pendant tout le procès, personne n'avait osé quitter la salle au cours d'un témoignage, soit pour ne pas manquer une seule minute du dialogue, soit par peur de provoquer la colère du vieux juge. Mais en ces derniers moments de la séance de Noël, et malgré la sensation provoquée par l'apparition de Kleber, des spectateurs étaient sortis sur la pointe des pieds, craignant le blizzard et les dangers de la route. Pour la première fois depuis le premier jour, il y avait des sièges vides. Ainsi sœur Crystal put-elle se glisser, ravie, à une place vacante au dernier rang, puis, comme le temps avançait, faire comme d'autres et se rapprocher sans bruit. Finalement, elle s'installa au premier rang, à côté d'un artiste qui, à grands gestes, prenait des croquis. Elle était tellement près qu'en se penchant, elle pouvait toucher l'Élu. Elle pouvait l'envahir de son amour. Elle se prépara à son acte d'adoration.

Kleber répondit prudemment :
– Oui.
– Très bien! s'écria Leo avec un mépris théâtral. Quand?
Kleber pensa à la réponse insolente que Calvin Sledge lui avait conseillée.
– Êtes-vous sûr, maître, de vouloir connaître la réponse?
– Nous vous serions très reconnaissants, monsieur, de nous fournir une réponse véridique, répliqua l'avocat, nullement dupe de la manœuvre.
– Très bien. Il y a eu vingt-cinq ans en mai dernier, T.J. nous a emmenés, Mack et moi, dans ce même endroit...
Sa réponse tourna court.
– Vous ne montrez pas beaucoup d'enthousiasme à vous rappeler ce qui s'est passé cette nuit-là. Se serait-il passé quelque chose dont vous auriez honte?
– Objection, fit Sledge, pour la forme.
Le juge fit un mouvement vague de la main sans prendre de décision.
– Allez-y, monsieur Cantrell. Dites aux jurés ce qui s'est passé cette nuit de mai 1950.
Kleber respira profondément puis hocha la tête.
– Nous avions dix-huit ans environ. Nous étions inséparables...
Otto l'interrompit :
– Est-il exact que vous vous dénommiez les Trois Princes?
– Oui.

– S'agissait-il d'une espèce de société secrète?

Kleber éclata de rire. Il n'était pas question que cet avocat construise une cabale à partir d'un jeu sans importance.

– Non. Nous étions trois amis intimes.

– Continuez, je vous prie.

– C'était la veille de la remise des diplômes. Il avait beaucoup plu pendant ce mois de mai. Ça n'arrêtait pas. Nous avions organisé une fête sur le lac, mais on avait dû l'annuler. Alors T.J. nous a conduits à la ferme de son oncle Bun, près de Weatherford. On a bu de la bière et on s'est raconté des blagues en attendant que l'orage cesse. Nous étions juste trois gamins essayant de se battre contre un mauvais coup du sort. Je me souviens que le vent projetait des branches contre la vieille baraque. Je me souviens des éclairs et du tonnerre. Je me souviens de ma peur. C'était la classique *Valpurgisnacht*...

– La quoi? demanda le sténographe.

– La nuit du bal des fantômes... Puis soudain, dehors, quelque part dans l'orage, nous avons entendu la voix d'une fille. Une jeune fille qui criait. Mack... (Kleber sourit en se souvenant.)... Mack a toujours été le héros, même à l'époque. Il s'est précipité dans l'orage, a trouvé la fille et l'a ramenée à l'intérieur pour qu'elle se sèche. Elle venait de subir une épreuve épouvantable. Elle s'était perdue... Je me souviens que son manteau lui avait été arraché des épaules, comme aspiré par le ciel... Et sa robe, une robe rose dont elle nous a dit que c'était celle de sa mère, était déchirée... Elle était triste comme un rat trempé... Nous avons un peu parlé et bu, et ce dont je me souviens ensuite, c'est que T.J. était en train d'avoir un rapport sexuel avec cette fille – contre sa volonté... Mack et moi, on est allés attendre dans la pièce d'à côté... Puis, quand T.J. eut terminé... il nous a proposé de faire pareil... Mais aucun de nous deux ne l'a fait.

La voix de Kleber tomba comme un livre terminé, et il s'arrêta. L'histoire, ce fut évident pour tout le monde, avait été difficile à raconter.

Sœur Crystal regarda le croquis de l'artiste : une fille trempée par la pluie dans les bras d'un adolescent imposant. Le dessinateur prit une page blanche et esquissa la même fille, entourée de trois jeunes gens avançant vers elle. Elle voulut dire à l'artiste qu'il se trompait, mais elle fut dérangée par les voix. Elles étaient revenues. Les voix l'assaillaient comme des mains tendues. Elles semblaient la déshabiller. Elles se posaient sur ses seins et les rendaient plus durs. Elles lui caressaient le corps. « *Tu es belle.*

murmurait l'une des voix, *Si belle... Toi et moi, nous allons nous aimer...* »

— Et alors? demanda Leo d'une voix dure.

— C'est à peu près tout, répondit Kleber, les yeux baissés.

— Comment savez-vous que M. Luther a eu un rapport sexuel?

— Parce que je l'ai vu.

— Vous avez regardé?

— Oui.

— Vous êtes donc un voyeur?

— Objection! fit Sledge qui n'aimait pas la tournure minable que prenaient les événements.

— Objection acceptée. Maître Leo, vous êtes sur un terrain glissant.

— Voyons, monsieur Cantrell. Vous avez toujours donné à vos admirateurs de meilleures histoires que celle-là. Elle n'a même pas de fin!

— Pas encore.

— Non, ce n'est pas tout, lança Leo. Nous sommes même loin du compte! Vous nous en avez raconté un bout et laissé le reste de côté. N'est-il pas vrai que vous et Mack Crawford avez, en fait, étranglé cette jeune femme?

— Non, dit Kleber, se rendant lentement compte que son histoire était en train d'être déformée.

Il sentit la panique monter en lui. Mack était mort. Maintenant, c'était sa parole contre celle d'un homme de Dieu. C'était le témoignage d'un écrivain, un écrivain imbécile qui avait préféré « s'arranger » plutôt que de se défendre, un critiqueur professionnel qui bafouait les valeurs traditionnelles, celles auxquelles croyaient sans doute tous les jurés, une célébrité à l'éclat tristement terni, contre celui d'un prédicateur qui avait le pouvoir d'insuffler la vie aux morts et qui, choqué et silencieux, arborait la croix du Calvaire sur sa poitrine. L'issue était douteuse.

— N'est-il pas vrai aussi que vous, le chef des Trois Princes, avez suggéré de jeter le corps abîmé et inanimé de cette jeune femme dans la rivière Brazos?

— C'est absurde, marmonna Kleber en lançant à Calvin Sledge un regard qui signifiait *Sortez-moi-de-là.*

Le procureur s'était levé, essayant de formuler une objection tandis que Sandy Double fourrageait dans une pile de dossiers à la recherche de l'article jauni, la dépêche d'agence où était raconté le véritable dénouement de cette nuit d'orage.

Dans le tumulte, Otto Leo lança sa dernière question :

– Et comment s'appelait cette malheureuse jeune femme?

C'est à ce moment-là qu'un énorme éclair déchira le ciel du Texas, frappant un transformateur électrique situé au nord de la ville. Les lampes du tribunal s'affaiblirent en une pâle lueur sinistre. Le juge Mustardseed abattit son maillet pour mettre fin à la séance. L'Élu se leva pour prophétiser la damnation de tous les pécheurs et de Kleber Cantrell en particulier. Ce fut pendant cette confusion fatale que sœur Crystal se leva au premier rang pour répondre à la dernière question d'Otto Leo.

– Laurie, dit-elle d'une voix claire et douce. C'est moi, Laurie.

Alors, sortant le couteau caché dans le journal plié, Laurel Jo Killman, enfin consciente pour la première fois en vingt-cinq ans, se précipita dans l'arène de la justice et plongea sa lame d'acier dans le cœur de l'homme qui lui avait volé la vie.

Sans doute la dernière chose que vit l'Élu, l'image qui dansa dans la lumière mourante, la vision finale de Thomas Jeremiah Luther, fut-elle cette bague au doigt de la folle. Il fallut trois huissiers pour attraper la meurtrière, la maîtriser, arracher le couteau qu'elle tenait serré dans sa main, cette main qui portait à l'annulaire un camée vert pâle représentant le visage d'une vieille femme avec un très long nez, qui souriait.

LIVRE VII

Raccourcis

CHAPITRE 31

APXXXCCC 112370   STOP DÉPÊCHE DÉPÊCHE
STOP STOP
Fort Worth, TX – 24 déc. 1975
L'Élu poignardé...

STOP STOP APXXL 1333334480
Fort Worth, TX – 24 déc. 1975 – 16 h 59
    Une femme, surgie de la section réservée au public, se serait ruée pour planter un couteau dans le cœur de l'Élu...

DÉPÊCHE
URGENT
Fort Worth, TX – 24 déc. 1975 – 17 h 17
STOP STOP
    L'Élu, chef religieux controversé, a été poignardé cet après-midi par une femme, probablement une fanatique. Agé de quarante-deux ans, l'inculpé, Thomas Jeremiah Luther, était jugé depuis septembre pour le meurtre de l'acteur Mack Crawford.

STOP STOP STOP
Fort Worth, TX – 24 déc. 1975 – 19 h 01 Central Southern Time
    L'Élu est mort. L'employé à la réception de l'hôpital Petersmith déclare la victime morte à son arrivée... 18 h 50 CST...

STOP STOP PRIORITÉ ABSOLUE
URGENT
    L'Élu non décédé. Je répète *non* décédé. Le service des urgences de l'hôpital Petersmith communique : « État critique » du chef religieux, admis d'urgence en chirurgie...

AP, 16 mars 1976, Fort Worth, TX
    Laurel Jo Killman, quarante-deux ans, a été transférée aujourd'hui par décision judiciaire au pavillon des assassins malades mentaux de l'hôpital d'État du Texas, à Rusk. Au cours d'une brève audition, Mlle Killman a chanté des cantiques et reconnu avoir enfoncé un couteau de cuisine dans le cœur du chef religieux Thomas Jeremiah Luther, l'Élu « sur l'ordre de Iahvé ».

Mlle Killman était depuis cinq ans employée à la Cité des Miracles. Auparavant, victime d'une amnésie à dix-sept ans, elle avait passé toute sa vie adulte à l'hôpital psychiatrique de Rusk. Un porte-parole de l'hôpital, le Dr Morgan Stein, a affirmé à la Cour aujourd'hui que le fait de la laisser sortir avait été une erreur fondamentale. Mlle Killman souffrait et souffre encore de démence et de schizophrénie aiguë, a déclaré sous serment le Dr Stein. Elle ne sera sans doute jamais jugée apte à comparaître devant la justice pour avoir poignardé le Révérend Luther, estime-t-on dans les milieux autorisés.

Extrait du *Star Telegram* de Fort Worth, 3 octobre 1977, p. 32.

MORT D'UN ANCIEN PROCUREUR

Calvin Sledge, quarante-trois ans, est décédé aujourd'hui d'une crise cardiaque dans sa caravane résidentielle, à la sortie de Decatur. Bien connu comme procureur dans le célèbre procès de l'Élu en 1975, M. Sledge démissionna de ses fonctions et présenta sa candidature au Sénat. Il se trouva en vingtième position sur trente-six aux élections primaires. Ses mémoires sur l'affaire, *La Justice bafouée,* furent publiés l'an dernier et furent très mal accueillis par la critique. Il laisse une épouse, Marge, et trois filles.

TV Guide, 3 avril 1978

A NE PAS RATER : *Verdict of Time* (CBS, durée : 3 heures). Première mondiale du film fondé sur des mémoires à succès du procès de l'Élu, par Otto Leo, avocat de la défense. Un drame documentaire d'un genre nouveau, sur ce qui aurait pu se passer si l'affaire n'avait pas été interrompue avant le verdict des jurés. Comme le relate Leo, le jury se partageait à 8 contre 4 en faveur de l'acquittement au moment où l'Élu fut poignardé.

4 avril 1980
Boîte postale 61
Brendon, Vermont

Mme Clifford Casey
3221 Braeslane
Houston, TX

Chère Judy,
Je viens d'apprendre le décès de Case et je suis effondré. Je ne puis trouver de mots pour vous dire combien je respectais et aimais cet homme.
Je me sens coupable de ne pas lui avoir donné de nos nouvelles. En vous écrivant, j'espère que quelque chose lui parviendra, où qu'il soit.
Ceil Shannon et moi nous sommes mariés il y a six mois. Nous avons fini par légaliser notre liaison. Juste à temps. Notre fils est né en février. C'est un splendide gaillard, potelé, exigeant et roux, baptisé McKenzie Casey Cantrell. Nous l'appelons déjà Case. Peut-être deviendra-t-il journaliste; il adore sucer les crayons.
Nous vivons dans une vieille ferme au bout d'une route ne figurant sur

aucune carte officielle. Comparés à nous, J.D. Salinger est un vadrouilleur et Greta Garbo une exhibitionniste.

Il y a des jours où j'essaie de travailler, mais je n'avance guère. J'ai perdu la main, je crois. Qu'importe? Aucun de mes écrits n'a jamais beaucoup apporté à qui que ce soit.

Pourtant, il y a des moments où je donnerais volontiers la moitié de mes droits d'auteur pour voir Clifford Casey se pencher sur ma machine, arracher le feuillet et hurler : « Raccourcis, fiston. »

Il va me manquer. Je vais essayer de continuer sans lui.

Soyez assurée de ma fidèle affection,

Kleber.

La veille de Noël, cinq ans après les incidents survenus au tribunal de Fort Worth, un inconnu se tenait immobile au sommet d'une petite colline couverte d'une épaisse couche de neige, de quelques bosquets de pins et de fourrés enchevêtrés. Il essuya ses puissantes jumelles pour en ôter le givre et les régla sur la maison bourgeoise du XVIIIe siècle dont la façade en marbre blanc du Vermont se fondait dans le paysage hivernal. Une forêt de bouleaux argentés faisait écran pour dissimuler la demeure, située à l'extrémité d'une route privée écartée de tout. Aucun véhicule ne pouvait approcher sans être vu ou entendu.

Lors de ses précédentes observations, l'étranger avait étudié le système de sécurité perfectionné, nouvel accessoire nécessaire à la célébrité. Les gens très célèbres achetaient des maisons nichées dans l'arrière-pays, puis détruisaient le paysage rural avec des fortifications complexes, des sonneries d'alarme et autres gadgets électroniques. Kleber Cantrell avait entouré chaque centimètre du périmètre de sa propriété de onze hectares d'une clôture grillagée de deux mètres soixante-quinze de haut, électrifiée à intervalles réguliers. A l'intérieur, se dressait un mur de pierre épais, bâti à l'ancienne. Scripps et Howard, deux bergers allemands efflanqués et nerveux, patrouillaient le terrain autour de la maison. Des barres verticales interdisaient l'accès à la véranda, et les occupants avaient l'air d'être des prisonniers. Le bruit courait dans le village que Cantrell faisait installer des rayons laser pour balayer les environs immédiats sur un rayon de trente mètres. Le prince du Pouvoir s'était barricadé, en famille, dans la mélancolie d'une forteresse électronique. Ce bouclier lui était indispensable pour tenir à distance un monde dont il s'était retiré physiquement et émotionnellement.

L'intrus, qui portait un passe-montagne gris et jaune lui couvrant le visage et le protégeant contre les rafales de vent du

Vermont, ajusta un objectif de 300 mm sur son Nikon, fit le point pour centrer la belle demeure ancienne et prit la moitié d'un rouleau de photos. Il travaillait vite car la neige recommençait à tomber en épais flocons. Mais cela lui convenait : la tempête rendrait peut-être son stratagème plus plausible. Il appréhendait ce qu'il allait faire; il avait même peur. Mais s'étant préparé minutieusement, il avait jugé avoir attendu assez longtemps. En cette veille de Noël 1980, il allait enfin tenter son coup.

Ceil Shannon Cantrell fit infuser du thé aromatisé aux herbes et en porta une tasse dans le bureau tapissé de cuir et de livres. Comme à l'accoutumée, son mari y sommeillait sur une chaise longue. Ses lunettes avaient glissé le long de son nez et lui donnaient l'air d'un intellectuel paresseux. Ceil lui tapa sur l'épaule et passa la tasse odorante et fumante sous sa moustache.

– Réveille-toi, paresseux. C'est la veille de Noël!

– Mais je suis éveillé, mentit-il en bâillant comme un homme surpris dans son sommeil. Où est Case?

– Endormi près de l'arbre. Il s'est épuisé à force de jouer avec les papiers d'emballage. Allez, remue-toi. Je vais t'offrir un cadeau.

– Non. Pas avant demain matin.

– Oui, mais ce cadeau-là, c'est spécial... Il nécessite un certain travail.

Glissant les mains sous les aisselles de Kleber, elle l'obligea à se lever et le poussa vers la salle de séjour. La maison était une merveille. Elle embaumait et ressemblait à une image des Noël américains d'antan. Elle aurait mérité de figurer dans un magazine : des bougies parfumées aux épices et aux baies de laurier étaient allumées, nichées dans des bouquets fraîchement coupés de branches de sapin. De la cuisine s'échappaient les senteurs de bonshommes en pain d'épices avec des boutons de nougatine, de pâtés de viande, de galettes au beurre en forme d'étoiles et de croissants, et aussi d'une oie magnifique farcie d'huîtres et de truffes, qui rôtissait. Près de la fenêtre se dressait le sapin de trois mètres que Kleber avait abattu. Il lui avait fallu toute une journée pour faire marcher la scie à ruban. L'arbre était un peu penché et son feuillage était endommagé, mais les décorations abondantes de Ceil lui donnaient un air de fête. En somme, ce Noël pour deux personnes et un enfant d'un an avait demandé un travail extraordinaire. Il est vrai que seuls les « projets » de Ceil lui permettaient de garder un certain équilibre. Sans eux, elle eût abandonné depuis longtemps son vieil amant et nouveau mari pour revenir à Manhattan, où elle n'avait que trop souvent envie de se retrouver.

Ceil avait d'abord accepté le désir de réclusion totale de Kleber et fait preuve de beaucoup d'enthousiasme pour dénicher la maison isolée de leurs rêves en Nouvelle-Angleterre. Une année entière fut occupée en démarches clandestines, à envoyer des éclaireurs dignes de confiance, puis à utiliser des noms d'emprunt et des ruses légales pour acquérir la cachette. Une autre année fut consacrée à la « rénovation », tâche difficile car Kleber se méfiait des artisans et des ouvriers locaux qui pénétraient dans sa propriété. Sa paranoïa était à son comble. Ceil acheta une collection de *Manuel du bricoleur,* et le couple s'exerça aux travaux élémentaires de plomberie et d'installation de doubles fenêtres. Ensuite, ils vécurent en ermites excentriques, mangeant leurs propres produits. Sardonique, Ceil ne manqua pas de souligner que leur première saison de culture leur avait coûté 34 dollars la tomate dure et verte et 72 dollars le melon. De plus, ils nourrissaient des légions de taupes, de lièvres et de daims.

De temps à autre, ils laissaient pénétrer dans le sanctuaire un vieil ami de l'édition ou du spectacle et les deux enfants issus des précédents mariages de Kleber venaient chaque été. Son fils, un futur reporter-photographe qui suivait des cours à l'université du Texas, aimait parler métier, et Kleber s'animait quand il narrait des anecdotes et prodiguait des encouragements. Cependant, le garçon considérait son père comme un monument public. Quand ces réunions sombraient dans des silences gênants, Ceil s'empressait de préparer des pique-niques et d'organiser des promenades. La fille de Kleber, âgée de dix ans, se passionnait pour le théâtre et communiquait étroitement avec sa belle-mère. Mais les deux enfants se sentaient visiblement mal à l'aise pendant ces visites dans un espace aussi clos.

Des mois entiers s'écoulaient sans qu'aucun autre être humain ne dérangeât leur isolement. La pièce devenait ennuyeuse. La répétition générale de deux mois à l'abri des regards sur un lac à Fort Worth avait été excitante et stimulante, mais une représentation qui promettait de durer toute une vie dans un trou du Vermont mettait à bout la patience et l'ingéniosité de Ceil.

Peut-être que si Kleber avait écrit, elle se fût sentie satisfaite de servir le génie créateur. Mais les activités de son mari se limitaient à s'engraisser les fesses sur sa chaise longue, se tourmenter pour leur sécurité, dévorer des livres d'histoire (comme s'il ne se sentait plus à l'aise dans le passé lointain), et prendre des notes pour un projet de biographie d'une espèce de chef indien nommé Quanah Parker. Kleber jetait au panier sans l'ouvrir tout ce qui ressemblait à des lettres d'admirateurs ou de curieux, regardait rarement le journal local, interdisait la télévision et écoutait la radio seulement pour les bulletins météorologiques et la musique classique. Quand Ceil voulait connaître les nouvelles, elle utilisait le poste en cachette et se sentait comme Anne Frank du temps des nazis.

Sa grossesse avait été une surprise et, vu son âge, une inquiétude. A plus de quarante-cinq ans, Ceil craignait pour ses facultés de reproduction, même si le miroir lui renvoyait le même corps élancé, aussi mince qu'à l'université, et une chevelure cuivrée qui n'avait pas besoin de teinture pour dissimuler les rares fils d'argent. Quand ses règles ne vinrent pas pendant deux mois consécutifs, elle crut à la ménopause. Furieuse contre la course implacable du temps, elle prit l'avion pour New York sous un prétexte quelconque et là, apprit l'incroyable vérité. Elle décida aussitôt de se faire avorter; elle ne voulait même pas importuner Kleber avec des soucis gynécologiques. Mais dans la salle d'attente, elle fut bouleversée par des numéros du *Futurs Parents,* par plusieurs futures mères radieuses communiant joyeusement en une fraternité de ventres arrondis, et par la chance que l'actrice en elle voyait de jouer un rôle qu'elle n'avait plus envisagé d'interpréter. Prenant la fuite sans même annuler son rendez-vous, la jeune femme rentra vite. Ce soir-là, à la fin du dîner, elle lui demanda s'il désirait encore de la tarte aux framboises (il répondit non), s'il désirait encore du café filtre (non), s'il désirait un grog (non), s'il désirait un bébé – sans réponse. Dix minutes plus tard, Kleber sortit en trombe de son bureau où il était censé lire la partie de l'*Encyclopaedia Britannica* consacrée aux Indiens d'Amérique.

– Eh! Qu'est-ce que c'était que cette histoire?
– Quelle histoire?
– Tu plaisantais, n'est-ce pas?
– A quel sujet?
– Au sujet d'un bébé.
– Pas vraiment.
– Tu parles sérieusement?
Le visage de Ceil refléta une satisfaction perverse.
– Nous sommes trop vieux pour fonder une famille.
– C'est déjà fait. Je me réjouis d'avoir enfin quelqu'un à qui parler.
– Nous parlons tout le temps!
– Nous parlons très peu, et de tout sauf de nous-mêmes.
– C'est pas vrai.
– Eh bien, voilà les informations de la soirée : Ceil Shannon Cantrell a annoncé aujourd'hui qu'elle était enceinte, qu'elle en est très heureuse, qu'elle est aussi très effrayée, mais que son médecin

la juge assez forte et en bonne santé, et qu'elle mènera sa grossesse à terme.

Ce qu'elle fit sans difficulté. Kleber montra de l'intérêt pour le nouveau « projet », se prépara à assister à l'accouchement, mais perdit son calme à la dernière minute et se trouvait dehors, au bord de l'évanouissement, quand McKenzie Casey Cantrell vit le jour. L'apparition du bébé dans la maison procura à la mère une année de travail et d'amour passionné, mais donna à Kleber l'occasion de s'inquiéter encore plus. Convaincu que son fils était une proie pour les kidnappeurs et les cinglés, il renforça les systèmes de sécurité de sa demeure. Ceil s'insurgea contre cette obsession. Elle avait du mal à se rappeler toutes les combinaisons, chiffres et codes pour entrer et sortir. Après bientôt quatre années de résidence, rien ne s'était produit jusqu'alors, si ce n'est la visite occasionnelle d'un touriste ou d'un étudiant en journalisme qui avaient découvert le chemin et sonné à la grille d'entrée. Les horribles sonneries d'alarme les faisaient fuir, terrifiés. Les villageois ne demandaient pas mieux que de laisser le couple célèbre en paix; dans ce coin du Vermont, le respect de la vie privée est le plus beau produit de la culture.

Ceil avait espéré que le bébé serait l'occasion d'un nouveau départ dans la vie de son père. A tort. Kleber se réveillait encore au milieu de « cette nuit-là », le corps secoué de sanglots et parcouru de frissons. Dans l'obscurité, il se pelotonnait souvent contre sa femme, comme un enfant redoutant d'être abandonné. De toute évidence, Ceil le savait, il n'avait jamais franchi la quatrième étape mentionnée par Samantha Reiker, à savoir « faire face » à sa participation dans les événements de cette nuit de violence. Mille fois elle avait tenté de le persuader de parler de ces événements, mieux encore de relater par écrit toute la souffrance et toute l'horreur, mais sa règle était : je ne parlerai jamais plus de Mack et de T.J.; jamais plus. Il demeurait prisonnier de sa culpabilité. Il se considérait en quelque sorte responsable du meurtre de Mack. Ainsi refusa-t-il un chèque en blanc envoyé par son éditeur, des offres de magazines qui arrivaient aussi régulièrement que la nouvelle lune, une tournée de conférences à 15 000 dollars la séance, choisissant plutôt d'écrire un bouquin sur un chef comanche mort depuis longtemps à trois mille kilomètres de là et sur lequel n'existait pratiquement pas de témoignage oculaire. Les quelques pages soumises au jugement de Ceil n'étaient pas bouleversantes, quoiqu'elle l'eût chaudement complimenté. Il écrivait sans émotion; ses mots reflétaient sa vie. Jadis elle était tombée amoureuse d'un homme fort et décidé; leur amour s'était nourri de leurs séparations; maintenant, il était calme et ancré. Mais certains jours, elle en venait à souhaiter une bonne petite guerre qui réveillerait son intérêt. Quand les Russes envahirent l'Afghanistan, elle s'efforça de rendre l'événement aussi passionnant journalistiquement que le sac de Carthage.

Elle n'avait pas à se plaindre des contraintes domestiques. Ils se partageaient équitablement les tâches. Ceil pouvait ainsi s'adonner plusieurs heures par jour à ses travaux littéraires. Tous les matins, une fois Case nourri et recouché, elle se rendait avec impatience dans le hanger où l'on rangeait autrefois les outils agricoles. Elle avait transformé la pièce lugubre et envahie de toiles d'araignées en un repaire blanchi à la chaux où Kleber n'entrait jamais. Dans le silence tranquille et parfois angoissant des matinées du Vermont, elle s'était mise à bricoler des sketches et des dialogues. Ce qui commença en 1977, comme une conversation à bâtons rompus entre un homme et une femme imaginaires obligés de se cacher, se transforma peu à peu en une pièce riche et longue. Sans créer une œuvre vraiment autobiographique, Ceil s'était largement inspirée de ses sentiments et émotions ressentis pendant qu'ils se cachaient. Kleber s'informait rarement des progrès de son travail. S'il le faisait, elle devait inventer des mensonges. Inspiration en panne. Fontaines taries. Impasses. Impossible de lui dire la vérité. Impossible de lui révéler que *Lying Low* était sa plus belle création, une pièce capable de la faire pleurer et vibrer même quand elle l'abandonnait plusieurs semaines pour la reprendre en parfaite objectivité. Elle craignait que sa réussite non seulement ne décourageât son mari, mais aussi qu'elle n'exacerbât sa névrose et, peut-être, ne détruisît leur mariage.

— D'accord, je donne ma langue au chat. Qu'est-ce que c'est? demanda gaiement Kleber en recevant un volumineux cadeau enveloppé de papier rouge vif.

— Une nouvelle invention. Aucun châtelain ne devrait s'en passer.

— Une machine à traire? Pour qui?

— Ne sois pas grossier! (Ceil venait de sevrer Case et ses seins étaient encore lourds.) Ouvre donc ce bon dieu de paquet!

Kleber déchira le papier et découvrit un petit téléviseur couleur. Il regarda sa femme comme si elle venait de le trahir :

— Je t'ai déjà dit ce que je pensais d'une télé à la maison.

— Oh, nous n'allons pas nous mettre à regarder « Les Jours heureux » pendant les repas, répondit-elle, essayant d'éviter la véritable raison des inquiétudes de Kleber. Il y a de bonnes émissions. PBS a programmé une de mes pièces le printemps dernier et je ne l'ai même pas vue. (Elle avait pensé à tout ce qu'elle pourrait dire pour lui faire accepter l'appareil.) D'ailleurs, ce n'est pas seulement un téléviseur, mais un magnétoscope avec caméra. Nous pouvons filmer Case et projeter la bande...

Le bébé s'était réveillé et marchait joyeusement à quatre pattes dans le papier d'emballage, se fourrant les rubans dans la bouche. Ceil prit dans ses bras son enfant enrubanné et lui dit d'attendre sagement. Son premier repas de Noël serait bientôt prêt.

— Nous pourrions même improviser une petite séance érotique maison, de temps à autre... Certains de nos élans méritent d'être filmés.

Sa plaisanterie ne provoqua qu'un faible grognement dénué d'enthousiasme.

— Écoute, tant pis si toi, tu veux perdre ton temps devant la téloche, mais jamais je ne permettrai que cet enfant soit élevé dans la fascination de cette monstruosité. Il lira des livres. (Puis une pensée lui vint.) A quoi ça peut nous servir, de toute façon? Tu sais bien que nous sommes trop loin pour capter quoi que ce soit.

— Pas du tout. Je me suis déjà arrangée avec les voisins. Nous pouvons nous brancher sur l'antenne de Garth et Maggie en attendant l'installation du câble. Il passe juste en bas de la route.

Kleber n'avait même jamais rencontré les voisins, un sculpteur et sa femme qui faisait du tissage. Il fut surpris que Ceil eût fait leur connaissance.

— Et pour que mon cadeau soit parfait, je suis allée jusqu'au bout. Le fil t'attend juste à côté de la grille. Tu n'as plus qu'à faire un simple branchement.

Au bord de la colère, Kleber regarda sa femme pendant un long moment. Puis il songea aux efforts et aux trésors d'imagination dépensés pour lui faire ce présent douteux. Finalement, voulant se montrer de bonne volonté en ce soir de Noël, il accepta d'un signe de tête, mit une parka et sortit. Bientôt Ceil et le bébé, emmitouflés dans des manteaux épais, le rejoignirent et regardèrent Papa se battre avec deux ou trois cents mètres d'un câble qu'il fallait faire passer dans les branches d'un érable. Les bergers allemands aboyaient et gambadaient de concert. La neige tombait; la visibilité était presque nulle. Les dernières heures de l'après-midi étaient grises comme de l'ardoise.

Au sommet d'une colline, l'inconnu monta dans sa voiture de location, marmonna une prière à un dieu auquel il ne croyait plus, et desserra le frein. Lentement d'abord, puis prenant rapidement de la vitesse, l'automobile dévala les deux kilomètres de la descente abrupte. Au moment où le véhicule allait s'écraser sur le premier obstacle qui défendait le domaine de Kleber Cantrell, le jeune homme ouvrit la portière et se jeta hors de la voiture. Il évita soigneusement le choc mais on put croire qu'il avait été éjecté brutalement dans la neige. Il commença à ramper, comme étourdi. Puis il entendit crier et il tomba, faisant semblant d'être assommé. La violente collision avait provoqué des sirènes stridentes et des étincelles électriques.

Kleber ordonna à sa femme de se mettre à l'abri avec l'enfant. Courbé comme sous un feu nourri, il courut jusqu'à la maison. Là, il saisit la carabine toujours prête dans le coffre d'une vieille pendule à côté de la porte d'entrée, puis ressortit en toute hâte, l'arme pointée sur l'inconnu. Les chiens, bavants et excités par l'incident, se préparaient déjà à déchiqueter l'intrus. Ceil Shannon, de plus en plus inquiète, observa toute la scène et courut avec son mari, l'enfant rudement secoué sur son dos.

— Kleber, pour l'amour du Ciel, cet homme est blessé!

Écartant son mari, elle se faufila à travers le grillage en empêchant les chiens de la suivre, s'agenouilla près du jeune homme et le pressa de questions. Voyant qu'il n'avait apparemment rien de cassé, elle aida l'inconnu au passe-montagne à monter le perron et le fit entrer dans la chaude demeure. Là, il se redressa et enleva son masque. C'était Jeffrey Crawford. Il savait qu'il lui fallait parler vite.

— Cinq minutes, monsieur Cantrell. Je ne demande rien d'autre. Écoutez-moi et je m'en vais.

Le fils de Mack avait presque vingt-quatre ans. Plus grand, plus étoffé, il semblait avoir perdu son vernis « divin ». Une extrême agitation se lisait sur son visage.

— Qu'est-ce que tu fous ici? tonna Kleber, frémissant de colère.

— Je suis désolé pour votre grille d'entrée. Je paierai les dégâts. J'ai perdu le contrôle de ma voiture.

Kleber se tourna vers Ceil.

— Appelle la police!

— Kleber, ne sois pas stupide. Ils ne viendront pas ici une veille de Noël et par une pareille tempête. En outre, les journaux en parleraient. C'est ce que tu veux? Ce n'est pas vraiment un cambrioleur. Nous serions forcés d'admettre que nous le connaissons.

— As-tu un complice? demanda Kleber.

Il se précipita vers la fenêtre et scruta l'obscurité à travers les petits carreaux couverts de givre.

— Non, monsieur; je suis seul. Je reconnais avoir organisé tout cela. Je devais trouver un moyen pour parvenir jusqu'à vous.

– Tu aurais pu écrire.

– Je l'ai fait. Plusieurs fois. Je n'ai jamais reçu de réponse.

– Monsieur Politesse ici présent regarde rarement son courrier, intervint Ceil.

Elle apporta une tasse de café que Jeffrey but avec gratitude. Il tremblait de froid et du contrecoup du choc.

– Pourquoi n'as-tu pas téléphoné?

– J'ai essayé d'obtenir votre numéro, monsieur. Mais il est sur la liste rouge. Avant que vous ne me jetiez dehors, monsieur Cantrell, je veux que vous sachiez que je ne suis plus le même. Plus du tout.

Kleber était encore en colère. Il avait gardé le fusil près de lui.

– Il n'y a pas de raison pour que je te ménage, espèce de petit merdeux. Je pense que tu devrais être en prison. Maintenant, je te serais reconnaissant de foutre le camp. Nous allions célébrer Noël en famille.

– Monsieur, *j'ai* été en prison. La pire des prisons. J'ai enfermé mon bon sens pendant plusieurs années. Après... cette nuit-là... J'ai vécu seul dans le désert. Je craignais que Sledge ne m'accuse ou quelque chose comme ça. Je ne saurai jamais pourquoi il ne m'a pas cité comme témoin. Quoi qu'il en soit, je ne suis jamais retourné à la Cité des Miracles. Si seulement je n'y avais jamais mis les pieds... J'ai tout raconté à ma mère; elle m'a pardonné. Ensemble, nous avons passé deux ans en Europe, afin d'échapper à toute cette publicité.

– Comment va Susan? s'enquit Kleber, soudain calmé.

– Bien. Elle a épousé George Parsons, un avocat. Il l'adore. Ils ont l'air très heureux.

– Je m'en réjouis pour elle. Transmets-lui toute mon affection.

– C'est elle qui m'a poussé à venir. Vous seul, a-t-elle dit, pouvez m'aider.

– T'aider à quoi?

Jeffrey se racla la gorge. Son courage l'abandonnait. Il commença une phrase et ne put l'achever. La douleur s'inscrivit sur son visage, une douleur venue de loin.

– Je ne vous demande pas de me plaindre. Je... je...

– Continuez, nous vous écoutons, murmura Ceil gentiment en lui souriant.

– J'ai des cauchemars. Parfois, je me réveille en hurlant. J'ai des nausées, mais rien ne sort. J'ai entendu ce coup de feu des milliers de fois. Je vois ma propre tête éclater. Maman m'a emmené chez des médecins; j'ai subi toutes sortes de thérapies... Je ne peux pas me débarrasser de la culpabilité. Je ne cesse pas de revivre cette nuit-là... Je donnerais volontiers ma vie pour faire revenir mon père...

Il s'effondra, pleura. L'instant était poignant. Le jeune homme mettait son âme à nu; cette scène brisait le cœur de Ceil. Elle l'invita à se reposer et à partager leur repas de Noël.

— Merci. Mais j'ai seulement demandé cinq minutes... J'ai même tenté de me tuer, sans succès. Monsieur Cantrell, laissez-moi terminer rapidement. J'essaie d'écrire un livre, ça fait deux ou trois ans. Je n'ai jamais dit à mon père que je l'aimais; c'est ça, le fond du problème. Ma dernière action avant son décès fut de l'abandonner pour aller vers un imposteur. Je pense que peut-être si je relate tout, si je sors tout ça, si je raconte comment l'Élu m'a pris dans ses filets... (L'excitation le gagnait.) J'ai des tonnes de documents...

— Des documents? demanda Kleber en dressant l'oreille. Quel genre de documents?

— Eh bien, l'Élu avait une fondation, voyez-vous; c'était une couverture pour leur argent. Ils l'écrémaient comme un casino de Las Vegas. J'ai des doubles de bordereaux de transactions avec une banque suisse. J'ai des faux certificats médicaux authentifiant les prétendues guérisons. J'ai des récits de gens mourants parce qu'ils le croyaient...

— J'aimerais bien lire ça. Ça m'a l'air de valoir la peine.

Jeffrey sourit tristement.

— Il n'y aura pas de livre, voilà l'ennui. Du moins, pas de ma main, car je ne sais pas écrire. Je ne suis même pas capable de construire correctement une simple phrase.

— Mais si, tu peux. Tu as la passion en toi. Persévère.

— Monsieur Cantrell, croyez-moi, je ne sais pas écrire. Mais vous, si. La passion ne vaut rien sans talent. C'est pourquoi j'ai forcé votre porte. Je désire vous remettre toute ma documentation.

Kleber secoua la tête, mais pas aussi promptement que l'eût supposé Ceil.

— Je ne peux pas m'approprier ton travail.

— Avec tout le respect que je vous dois, monsieur Cantrell, il s'agit de *votre* vie. Et de celle de Papa. Et de T.J. Vous trois avez vécu tout cela, et vous seul restez pour l'écrire. C'est votre responsabilité, votre obligation morale.

— Je me suis retiré du monde, mon petit.

— Vous ne fuyez pas le monde, assena Jeffrey avec une insolence calculée. Vous vous fuyez vous-même. Tous les systèmes de sécurité du monde ne vous garantiront jamais une nuit de sommeil paisible... Maintenant, je m'en vais.

Le trait habilement décoché piqua Kleber. Ceil lut la tentation dans son regard. Pourtant il fit non de la tête. Non, merci.

– Encore une chose. Si vous voulez me malmener dans votre livre, ne vous gênez pas. Je le mérite. A propos, je n'accepterai pas un sou des droits d'auteur. Papa m'a laissé assez d'argent, plus qu'assez. Autre source de culpabilité... L'homme que j'ai contribué à faire mourir a fait de moi un multimillionnaire.

Jeffrey se dirigea vers la porte, se redressant, comme débarrassé d'un lourd fardeau.

– Vous ne voulez vraiment pas partager notre repas de Noël? insista Ceil.

– Non, madame. Merci de votre bonté. Votre maison est magnifique. C'est le Noël dont chacun rêve. Je m'en voudrais de m'imposer.

Il sortit de sa poche un morceau de papier et griffonna quelque chose dessus.

– Je suis descendu à Val d'Isere Lodge, en haut des pistes. Si vous changez d'avis, téléphonez-moi.

Il s'en fut. Les clochettes de la porte saluèrent sa sortie d'un joyeux carillon. Il disparut dans le tourbillon de neige.

Après le dîner, auquel Kleber, distrait, fit peu honneur, Ceil essaya la nouvelle télévision. En passant d'une chaîne à l'autre, elle tomba par hasard (mais le hasard existe-t-il vraiment?) sur une évocation au dernier journal télévisé du cinquième anniversaire du procès de Fort Worth. Kleber feignait d'être occupé dans son bureau, mais sa femme l'entendit marcher à pas feutrés, à portée de l'ouïe. Elle monta le son, au cas où... Le commentateur évoquait les principaux protagonistes et ce qu'ils étaient devenus. « Kleber Cantrell et sa femme, l'auteur dramatique Ceil Shannon, qu'il a épousée l'an dernier, vivent dans le Vermont, totalement retirés du monde. (Courte séquence montrant une maison obscure et ombragée, dissimulée dans les frondaisons d'une forêt de bouleaux.) Ils demeurent des personnages mystérieux, même pour leurs plus proches voisins. » Brève tentative pour interviewer leurs voisins, tentative qui échoue sur une porte brusquement refermée. Ceil bénit Garth et Maggie. Elle avait bien fait de cultiver leur amitié. En conclusion, les caméras montraient Fort Worth, « où toute l'histoire a commencé, et où elle n'est pas encore terminée ».

« Il est dans le coma depuis cinq ans, dit le commentateur en changeant de ton, et on l'a, à trois reprises au moins, déclaré cliniquement " mort ". Le mois dernier, sur la requête de ses frères, les respirateurs artificiels ont été débranchés. Pourtant, Thomas Jeremiah Luther, quarante-sept ans, l'Élu, reste obstinément vivant dans sa Cité des Miracles récréée.

« Ce soir, veille de Noël, cinq ans jour pour jour après l'agression dont fut victime le Révérend Luther dans la salle du tribunal où on le jugeait pour le meurtre de l'acteur Mack Crawford, plusieurs dizaines de milliers de ses fidèles sont rassemblés. Ils ont commencé d'attendre patiemment dès avant l'aube, pour une brève visite de la crypte où est exposé derrière des vitres à l'épreuve des balles le corps du pasteur dans le coma. Il repose sur une estrade cramoisie à côté du célèbre tableau de Jésus-Christ qui lui valut d'emblée sa célébrité mondiale.

« Par une ironie du sort, la Cité des Miracles a vu se déculper sa puissance depuis que son maître a été poignardé par une malade mentale qu'il a été accusé d'avoir violée. On estime aujourd'hui le nombre des membres de la secte du Miracle à plus de dix millions sur les cinq continents. Son organe politique, le Droit Chemin, rassemble des pétitions afin qu'une convention récrive la constitution des États-Unis.

« Un message de Noël du directeur par intérim, le Révérend Jimmy Lee Witherspoon, a été publié ce soir. En voici la teneur : " Si nous pouvons ramener ce pays à Dieu, alors le martyre de notre maître n'aura pas été vain. L'Élu vit pour nous. Et la gloire du Seigneur nous lavera de nos péchés et guérira chacun de nous. Joyeux Noël à tous. " »

Ceil regarda une mer de bougies vacillantes et écouta les dernières mesures de *Adeste Fideles*. Puis, d'un geste brusque, elle éteignit le téléviseur et alla retrouver son mari.

– Tu as entendu ça?

Kleber haussa les épaules.

– Quelques bribes me sont parvenues...

Sur ses genoux s'empilaient des coupures de journaux du procès. En cinq années, elle ne l'avait jamais vu jeter le moindre coup d'œil à ces amers souvenirs. Ses mains étaient noires de poussière.

– Je crois que je vais aller me coucher, chéri, dit-elle en l'embrassant tendrement sur le front.

– Je te rejoins bientôt.

Ceil remarqua le papier de Jeffrey Crawford en évidence sur la table du téléphone, près de la chaise de Kleber. En quittant le bureau, elle le vit tapoter sur le combiné.

A 3 h 30, par cette nuit d'hiver, la jeune femme se réveilla. Seule. Elle avait envie de se blottir contre quelqu'un. Du côté de Kleber, le lit n'avait pas été défait. Inquiète, elle l'appela. N'obtenant pas de réponse, elle se glissa jusqu'au palier. D'en bas lui parvint son rire, un rire purificateur qui avait la force des eaux brisant un barrage. Kleber riait à gorge déployée en tapant frénétiquement sur sa machine à écrire.

Elle retourna se coucher, se promit d'envoyer un mot discret à Jeffrey pour le remercier de l'avoir aidée si éloquemment et si efficacement puis s'endormit d'un sommeil profond, heureuse.

Lithographié au Canada
sur les presses de
Métropole Litho Inc.